塗仏の宴―宴の始末

塗佛之宴―撤宴

京極夏彦

Kyogoku Natsuhiko

王華懋 譯

目次

總導讀㈠　曲辰

妖怪兮歸來，推理可以附體些：京極夏彥與「百鬼夜行」系列

當我們回顧某個成功人士的一生時，常會將故事起始於某個挑選出來的時刻，並刻意放大、強化那個時刻的象徵意義；有時為了創造一個好的開頭，甚至不惜虛構創造。

然而，在京極夏彥身上，倒是不用捏造。

京極夏彥原本在廣告公司擔任平面設計與美術總監，後來因為身體的關係而決定辭職出來與朋友一起開設小型的設計公司。後來卻因為大環境的關係，根本接不到案子。為了在公司看起來像是有事做，京極夏彥在工作閒暇時寫起了小說。完成作品後，基於「都花了上班的時間跟用公司的器材印出來了不要浪費」的心情，他在一九九四年的五月黃金週連假，打電話去本應沒有人的講談社Novels編輯部，居然剛好有個編輯接起來。對方發現是個從未出版過小說也沒得過任何文學獎項的讀者，想要詢問該怎麼投稿。一般而言，像講談社這種設有推理小說新人獎的出版社，不太會接受外來者直接投稿，不過這位編輯仍請京極夏彥寄來，並告知閱讀原稿以及評估是否出版需要幾個月的時間，請他耐心等候。

豈料，第三天京極就接到編輯的電話，表示即將出版他的小說，希望能見面詳談。後來的事我們都知道了，同年九月，《姑獲鳥之夏》如同希克蘇魯伯隕石浩蕩登場，不但在推理史或娛樂小說史上留下永久的印記，同時也改變了之後的小說生態。

這幾乎是最完美的作家勵志寓言了，一個原本掙扎於生活的青年，居然靠著創作而找到屬於自己的光。

不過，或許我們先來介紹一下京極夏彥，與他筆下最重要的「百鬼夜行」系列。

京極夏彥與「百鬼夜行」

京極夏彥出身自北海道小樽，要知道一直以來，北海道都被日本統治者視為化外之地。只打算從中獲取自然利益，而沒有想過要好好經營，直到十九世紀末才被視為日本的一部分而積極開發。這也造成了北海道的「和風」極為淡薄，特別是小樽，洋溢著西式風情。但就在這樣的距離感，京極夏彥對「何謂日本」格外著迷。特別是在民俗或宗教的部分，甚至還考慮過成為僧侶，可以終日過著讀書與思考的日子。不過後來發現經營寺廟需要的絕非閱讀或知識，於是打消了念頭，決定做一個人也沒問題的美術設計工作。

根據京極夏彥自述，他從小就喜歡讀書，熱愛由文字建構出的世界，總會超出同齡人的閱讀傾向。在小學時便靠著字典來猜測漢字的意思並讀完了「柳田國男全集」。並因為這位日本民俗學之父的啟發，對民俗學、宗教這類隱藏在現代文明的縫隙的存在感到興趣，「無論說有多喜歡都不為過」，繼而投入水木茂以「鬼太郎」為中心的漫畫世界中，開始展開對妖怪的思考。這也就是為什麼，《姑獲鳥之夏》的人物設定與故事題材原本是打算畫成漫畫的，但最後卻發現還是寫成小說比較好，「因為文字比較能保留那種幻想的可能」。

而由《姑獲鳥之夏》開啟的「百鬼夜行」系列，至今將近三十年，出版了九本「本傳」與八本「外傳」，外傳暫且不計（註），本傳作品如下：

一、《姑獲鳥之夏》，一九九四年九月（六百三十頁）。
二、《魍魎之匣》，一九九五年一月。（一千零六十頁）
三、《狂骨之夢》，一九九五年五月。（九百八十二頁）

註：外傳作品有：《百鬼夜行——陰》（1999.07）、《百器徒然袋——雨》（1999.11）、《今昔續百鬼——雲》（2001.01）、《百器徒然袋——風》（2004.07）、《百鬼夜行——陽》（2012.03）、《今昔百鬼拾遺——鬼》（2019.04）、《今昔百鬼拾遺——河童》（2019.05）、《今昔百鬼拾遺——天狗》（2019.06），除了「今昔百鬼拾遺」那三本外，均為短篇集，這三本後來也出版了合集《今昔百鬼拾遺 月》（2020.08）。

四、《鐵鼠之檻》，一九九六年一月。（一千三百五十九頁）
五、《絡新婦之理》，一九九六年十一月。（一千三百八十九頁）
六、《塗佛之宴 備宴》，一九九八年三月。（九百八十一頁）
七、《塗佛之宴 撤宴》，一九九八年三月。（一千零七十頁）
八、《陰摩羅鬼之瑕》，二〇〇三年八月。（一千兩百二十一頁）
九、《邪魅之雫》，二〇〇六年九月。（一千三百三十頁）（註）

這系列的故事雖然常被命名為「推理小說」，也基本上是依循著「命案發生—偵探介入—真相大白」這樣的敘事邏輯，但細究其內容，卻顯得頗有些不同。

本系列可以稱為偵探的有兩個角色，一個是職業上的偵探——榎木津禮二郎。身為華族之後，卻自己出來開了間私家偵探社，不過也不做任何普通私家偵探會做的跟蹤、調查之類的事。畢竟「調查是下賤的人所行之事，身為神的自己是沒必要做的」，具備觀看他人回憶的超能力，這讓他常會如同天啟般地說出真相，但由於語焉不詳，在小說中往往扮演著混淆讀者的功用；而真正擔綱讀者眼中的偵探則是中禪寺秋彥，開了間舊書店「京極堂」並以此為名。不過除了舊書店老闆外，還繼承了武藏晴明神社擔任宮司／陰陽師，副業則是專門「驅逐附身妖怪」（憑物落とし）的祈禱師（拝み屋）。

特別之處就在於這個「偵探＝陰陽師」的人物結構中，對口頭禪是「這世上沒有什麼不可思議的事」的京極堂而言，解決事件並非找到「真相」而已，而是如何將「不可思議」變成「可思議」的過程。相較於其他推理小說的核心關懷是「誰殺的」，「百鬼夜行」系列的問題則在揭曉凶手才真正開始。

正因如此，就算是讀者眼中的偵探，京極堂也從未做過如福爾摩斯那樣收集物理證據，或是像白羅那樣到處打聽推敲出言詞的漏洞之類的事情。他更重要的工作毋寧是將案件及其衍生現象賦予一個總括的「形體」——多半是利用妖怪的象徵概念，再拆解這個形體，讓書中的當事人與書外的我們知道事件背後的結構，得以用「理解」去對抗「附身妖怪」，而只有驅逐了附身妖怪，京極堂的任務才能稱之為完結。

之所以會如此設計，或許我們還得回到九〇年代日本推理小說的發展來看。

「百鬼夜行」與新本格

眾所周知，松本清張一九五七年的《點與線》引發日本的社會派風潮，此後三十年本格推理小說只能靠少數堅持不輟的作家延續命派，這段時間甚至被笠井潔稱為「本格之冬」。直到綾辻行人《殺人十角館》於一九八七年出版，從此被標記為新本格元年。

綾辻行人在小說的開頭，清楚地劃分出新本格與社會派的世代遞嬗。他假大學推理社團成員之口說出「我不要日本盛行一時的『社會派』現實主義。女職員在高級套房遇害，刑警鍥而不捨地四處偵查，終於逮捕男友兼上司的凶手歸案——全是陳腔濫調。貪污失職的政界內幕、現代社會扭曲所產生的悲劇，全都落伍了」，並同時強調推理小說就是「遊戲」而已。

儘管這極有可能是年少時的狂言戲語，但綾辻行人所提出的「遊戲」，卻很好地說明了新本格的傾向。如果我們將遊戲定義為「在規則的限制下，進行一連串的互動，需要有個結果並從中獲得愉悅感」的話，什麼會是「小說」的基本規則呢？我想應該是語言吧，用文字來表現故事以及意欲表達的東西，正是小說的無上命令。那換句話說，一種基於遊戲而出現的推理小說，或許也正是意識到語言所占據的主宰位置，進而對其產生顛覆的意欲。

所以，一種無視現實世界運作規則，甚至無法在真實層面運作的詭計：敘述性詭計誕生了。當然這種基於敘事才能成立的推理小說詭計早就存在，但在八〇年代後現代主義盛行之際，普遍對於這個世界是否有絕對的真實感到困惑，並對我們予以信賴的語言產生質疑時，這個寫作手法卻迅速地引起了新本格作家的興趣，繼而發揚光大。

不過，對京極夏彥來說，語言原本就是無法信賴的東西。他曾經將人的意識比喻為「類比」、而語言就是「數位」，在類比的世界中，一如時鐘，指針是均勻地從1移向2，是一種連續性的展現；然而數位時鐘

註：出版日期以新書版初版為主，頁數則參考講談社文庫版本。

的盤面上，則是直接從1跳到了2，無法意識到中間的變化，並構成了「不連續性」。正因為語言的不連續性，它只能截斷並保留某時某刻的想法，當意識化為語言的同時，意識早就繼續往前邁進了，這是一個永恆的逸脫的過程。在「百鬼夜行」系列中，他試圖以推理小說的形式來展現這種語言的不可信任，案件本身往往非常單純，但是當每個當事人都透過自己的語言來企圖謀奪某種真實性的同時，這些言語的交混便會拖延解謎的關鍵。對偵探（＝京極堂）而言，解謎並不困難，麻煩的地方卻在於如何藉由自己的語言來框限眾人的認知，繼而推導至他希望的結果；對作者（＝京極夏彥）而言，寫推理小說也並不困難，但如何提醒讀者這種語言的不可信，便讓他開始引渡大量知識進入小說之中，透過偵探之口達到某種調和。繼而讓讀者發現，語言這種可以被任意操作的東西，恐怕才是最需要保持懷疑的對象。而當他所希望處理的東西愈來愈複雜而麻煩時，他所需要動用的知識（＝語言）也就愈來愈多，這便造成了他小說篇幅愈趨膨大的原因。

京極夏彥當初因為公司生意不好而寫起小說，但歸根究柢卻是因為當時泡沫經濟崩潰，全日本都處於景氣寒冬，日本的企業神話破滅，過去以為不可能動搖的世界產生了裂痕，為新本格這種在質疑世界構成的文類打下了受歡迎的基礎。於是京極夏彥成功的擴大了新本格的受眾，也為自己開創了條獨一無二的寫作道路。

更別提，他還有妖怪呢。

新本格與妖怪

在推理小說的發展中，將鄉野傳說、民俗信仰與殺人命案結合的所在多有，早期的西方有約翰·狄克森·卡、日本有橫溝正史，到了九〇年代初期，也有如《金田一少年事件簿》這類的漫畫作出現代的嘗試。但是這類小說多半都有很明顯的「否定怪異、高舉理性」的特色，讀者從一開始就很清楚知道那些怪物並不存在，就像是人工調味料一樣，只是點綴。

但在京極夏彥筆下，妖怪從一開始就占據了重要的位置，如果回頭看「百鬼夜行」系列的書名，發現都是「『妖怪』之『漢字』」這樣的組合，他曾在一次訪談中表示，「妖怪就是啟發整個故事的開端，漢字則總括了情節的發展，但我並不會去直書妖怪，而是透過後面的漢字來提醒妖怪的存在」。如果用台灣同樣在研究妖怪與創作推理小說的瀟湘神的說法，就是「京極夏彥的小說中，妖怪是不登場的，但正因為不登場，所以無法被否定，因此也就可以殘留在讀者的心中」。

「百鬼夜行」系列的故事背景多設定在第二次世界大戰後的日本，儘管故事有時會回溯到戰爭時期或甚至戰前，但如果限定事件本身，本傳這九本的時間甚至是侷限在一九五二至一九五三這兩年。京極夏彥創造了一個時間凝滯在結界內的世界，在其中盡情地放任妖怪馳騁。這恐怕是因為，那是妖怪還能存在的最後時光了。京極夏彥認為，妖怪可以分成兩種：一是角色化的妖怪，一種是存在於言說中的妖怪。前者藉由圖像來表現妖怪的形象，可以成功建立其大眾認知，但問題就在於視覺是一種絕對性的感官。當一個妖怪被圖像化／角色化了，也等同於定型了，這種定型奪走了妖怪的可能性，無論是江戶時期的鳥山石燕或是昭和時期的水木茂都在做類似的事情；而口傳型的妖怪則有各種變形的可能性，還可以因應時代與地方來做出變形。只是當二次世界大戰之後，日本必須要成為現代國家，需要用科學來摧毀那些妖怪的存在可能，而讓牠們只能存在於畫冊或圖鑑之上，那實在是太可憐了，在可能的範圍內，他想重新召喚妖怪，賦予牠們生命。

在華人世界的概念中，妖怪是一種超自然的、威脅到人日常生活的東西，只是「百鬼夜行」系列常把妖怪視為一種「解釋機器」，用來概括描述那些人們無法理解的存在，牠更用來概括那些人們的恐懼或哀傷。無論是自然定律或是人的內在心靈，妖怪得以將「現象」具象化，而一旦具象了，人就可以驅逐、迴避、甚至嘲笑牠們。儘管是被排拒出的、殘渣一樣的存在，但反而成為了文化或日本本身的具象物。

這讓他書寫的妖怪推理獨樹一幟，因為他想書寫的，並非單純的事件或人心的形狀，而是想透過「百鬼夜行」這一系列，重新書寫傳統、理解現代的根由，對這個世界做出專屬於他的解釋。

畢竟，「這世上沒有不可思議的事，只存在可能存在之物，只發生可能發生之事。」

作者介紹——
曲辰，一個試圖召喚出小說潛藏的世界樣貌的大眾文學研究者。相信文學自有其力量，但如果有人能陪著走一段可能得以看到更清晰的宇宙。

總導讀㈡　凌徹

獨力揭起妖怪推理大旗的當代名家——京極夏彥

日本推理文壇傳奇

在一九九〇年代的日本推理界，京極夏彥的出現，為推理文壇帶來了相當大的衝擊。書中大量且廣泛的知識、怪異事件的詭譎真相、小說的巨篇與執筆的快速，這些特色都讓他一出道就受到眾人的激賞，至今不墜。

此外，京極夏彥對妖怪文化的造詣之深，也讓他不同於一般的推理作家。除了小說以日本古來的妖怪為名，故事中不時出現的妖怪知識，也說明了他對於妖怪的熱愛。

身為日本現代最重要的妖怪繪師水木茂的熱烈支持者，更自稱為水木茂的弟子，京極夏彥在妖怪的領域也具有無比的影響力。京極夏彥對於妖怪文化的大力推廣，也絕對是造成日本近年來妖怪熱潮的重要因素之一。

而這一切，或許都是京極夏彥當初在撰寫出道作《姑獲鳥之夏》時，所始料未及的吧。畢竟他以小說家之姿踏入推理界，進而在妖怪與推理的領域都占有一席之地，其實可說是無心插柳的結果。他出道的過程，早已成為讀者之間津津樂道的傳奇故事了。

京極夏彥是平面設計出身，就讀設計學校，並曾在設計公司與廣告代理店就職，之後與友人合開工作室。但由於遇上泡沫經濟崩壞，工作量大減，為了打發時間，他寫下了《姑獲鳥之夏》這本小說，內容則是來自於十年前原本打算畫成漫畫的故事。而在《姑獲鳥之夏》之前，他不但沒寫過小說，甚至連「寫小說」這樣的念頭都不曾有過。

《姑獲鳥之夏》完成後，因為篇幅超過像是江戶川亂步獎與橫溝正史獎這些新人獎的限制，所以他開始刪減篇幅，但隨後便放棄修改而沒有投稿。之後他決定直接與出版社聯絡，詢問是否願意閱讀小說原稿。會撥電話給講談社其實也是巧合，他當時只是翻閱手邊的小說（據說是竹本健治的《匣中的失樂》），查詢版權頁的電話，之後便撥給出版這本小說的講談社。儘管當時正值黃金週(日本五月初法定的長假)，出版社可能沒有人在，但他仍然試著撥了電話。

沒想到在連續假期中，講談社裡正好有編輯在。編輯得知京極夏彥有小說原稿，儘管是新人，但仍請他寄到出版社來。京極夏彥原本以為千頁稿紙的小說，編輯會花上許多時間閱讀，之後還有評估的過程，得到回音應該會是半年之後的事，於是小說寄出之後便不再理會。結果回應來得出乎意料地快，在原稿寄出後的第三天，講談社編輯便回電，希望能夠出版這本小說。

推理史上的不朽名著《姑獲鳥之夏》，就這樣在一九九四年出版了。京極夏彥的作家生涯，也就此展開。相較於過去以得獎為出道契機的推理作家，京極夏彥並沒有得獎光環的加持，只是憑藉著小說的傑出表現才有出道的機會。但他的才能不但受到讀者的支持，推理文壇也很快給予肯定的回應。一九九五年的《魍魎之匣》才只是他的第二部小說，就能夠在翌年拿下第四十九屆日本推理作家協會獎。一出道就聚集了眾人的目光，第二部作品更拿下重要的獎項，京極夏彥的實力，由此展露無疑。

而他初出道時奇快無比的寫作速度，則是除了小說內容外更令人瞠目結舌的。《姑獲鳥之夏》出版於一九九四年，接下來是一九九五年的《魍魎之匣》與《狂骨之夢》，一九九六年的《鐵鼠之檻》與《絡新婦之理》。表面上每年兩本的出版速度或許不算驚人，但如果考慮到小說的篇幅與內容的艱深，應當就能了解他的執筆速度之快了。除了《姑獲鳥之夏》不滿五百頁，之後每一本的篇幅都超過五百頁，後兩本甚至超過八百頁。如此的快筆，反映出的是他過去蓄積的雄厚知識與構築故事的才能。

兩大系列與多元發展

雖然京極夏彥在日後的執筆速度已不再像初出道時那麼快速，但他發展的方向卻更為多元。在小說的領域，京極夏彥筆下有兩大系列作品，分別為京極堂系列與巷說百物語系列，此外還有一些非系列的小說。在小說之外，則包括妖怪研究、妖怪圖的繪畫、漫畫創作、動畫的原作腳本與配音、戲劇的客串演出、作品朗讀會、各種訪談、書籍的裝幀設計等等，在許多領域都可以見到他的活躍，更讓人驚訝於他多樣的才能。

京極夏彥的成功，影響了日後許多的推理作家。講談社由此開始思考新人出道的另一種方式，不需要擠破頭與大多數無名作家競逐新人獎項，只要自認有實力，且經過編輯部的認可，作家就可以出道。一九九六年講談社梅菲斯特獎的出現，也正是將這種想法落實的結果。

倘若比較同時期的作家，從一九九四年的京極夏彥開始，出道於一九九五年的西澤保彥，與一九九六年的森博嗣，推理小說界在此時出現了不小的變動。當許多新本格作家的作品產量開始減少之際，前述的三位作家表現出截然不同的風格。他們出書速度快，短短數年內便累積了許多作品，而且又不會因為作品的量產而降低水準，反而都能維持著一定的口碑。此外，更吸引了許多過去不讀推理小說的讀者，將讀者層拓展得更為寬廣。

京極堂系列

在大致描述京極夏彥的作家生涯與特色之後，以下就來介紹他筆下最重要的兩大系列。

京極夏彥的主要作品，是以《姑獲鳥之夏》為首的京極堂系列。到二〇〇七年為止，這個系列總共出版了八部長篇與四本中短篇集，是京極夏彥創作生涯的主軸，也仍在持續執筆中。由於京極堂系列是他從出道開始就傾力發展的作品，配合上寫作前幾部作品時的快筆，因此作品數很快地累積，而其精采的內容，也使得京極夏彥建立起妖怪推理的名聲。

京極夏彥的作品特色，首推他將妖怪與推理的結合。或許也可以這麼說，他是在寫作妖怪小說時，採用了推理小說的形式，而這正表現在京極堂系列上。京極堂系列的核心在於「驅除附身妖怪」，原文為「憑物落とし」。所謂的「憑物」，指的是附身在人身上的靈。在民俗社會中，人的異常行為與現象，常會被認為是惡靈憑附在人身上的關係。因為有惡靈的附身，才使人們變得異常，而要使其恢復正常，就必須由祈禱師來驅除惡靈。

京極堂系列的概念類似於此。每個人都有著不同的心靈與想法，有些人的心中可能因為自己的出身或見聞而存在著惡意。扭曲人心的惡意憑附在人類身上，導致他們犯下罪行或是招致怪異舉止，真相也從而隱藏在不可思議的表象中。京極夏彥讓憑附的惡靈以妖怪的形象具體化，結果正如同妖怪的出現使得事件變得不可思議。陰陽師中禪寺秋彥藉由豐富的知識與無礙的辯才，解開事件的謎團，讓真相水落石出。由於不可思議的怪事可以合理解釋，也就形同異常狀態已經回復正常。既然如此，那麼造成怪異現象的妖怪，自然也就在真相解明的同時被陰陽師所驅除。

這樣的過程，正符合推理小說中「謎與解謎」的形式。京極夏彥曾在訪談中提及，推理小說被稱為是「秩序回復」的故事，而他想寫的也是這種秩序回復的故事。在這樣的概念下，妖怪與推理，這兩項看似沒有任何關聯的類型，在京極夏彥的筆下精采的結合，也成為他最大的特色。

而京極堂以豐富的知識驅除妖怪及解釋真相，也讓京極夏彥的小說裡總是滿載著大量的資訊。《姑獲鳥之夏》中，京極堂所言「這世上沒有不有趣的書，不管什麼書都有趣。」，事實上也正是京極夏彥本人的想法。對於書的愛好，讓他的閱讀量相當可觀，因而得以累積豐富的知識，也隨處表現在故事之中。

另一個特點，則在於人物的形塑。身兼古書店「京極堂」的店主、神社武藏晴明社的神主、以及陰陽師這三重身分的中禪寺秋彥，擔負起驅除妖怪與解釋謎團的重任。玫瑰十字偵探社的偵探榎木津禮二郎，可以看見別人的記憶。此外包括刑警木場修太郎，小說家關口巽，《稀譚月報》的記者同時也是京極堂妹妹的中禪寺敦子等等，小說中的人物有著各自獨特的個性，不但獲得讀者的支持，更成為許多人閱讀故事時的關注對象。

介紹過京極堂系列的特色之後，以下針對各部作品做簡單的敘述。

一、《姑獲鳥之夏》（一九九四年九月），女子懷孕了二十個月卻尚未生產，她的丈夫更消失在密室之中。同時，久遠寺醫院也傳出嬰兒連續失蹤的傳聞。

二、《魍魎之匣》（一九九五年一月），因被電車撞擊而身受重傷的少女，被送往醫學研究所後，在眾人環視之下從病床上消失。此外，武藏野也發生了連續分屍殺人事件。

三、《狂骨之夢》（一九九五年五月），女子的前夫在數年前死亡，如今居然活著出現在她的面前，雖然驚恐的她最終殺死了對方，卻沒想到前夫竟然再次死而復生，於是她又再度殺害復活的死者。

四、《鐵鼠之檻》（一九九六年一月），在箱根的老旅館仙石樓的庭院裡，憑空出現一具僧侶的屍體。之後，在箱根山的明慧寺中，發生了僧侶連續遭到殺害的事件。

五、《絡新婦之理》（一九九六年十一月），驚動社會的潰眼魔，已經連續殺害四個人，每個被害者的眼睛都被鑿子搗爛。而在女子學院的校園內，也發生了絞殺魔連續殺人的事件。

六、《塗佛之宴》（一九九八年三月、九月），分為兩冊「宴之序幕」與「宴之尾聲」。「宴之序幕」中收錄了六個中篇，「宴之尾聲」解明隱藏於其中的最終謎團。關口聽說伊豆山中村莊消失的怪事，前往當地取材。數日後，有名女子遭到殺害，關口竟被視為是嫌疑犯而遭到逮捕。

七、《陰摩羅鬼之瑕》（二〇〇三年八月），由良伯爵過去的四次婚禮，新娘都在初夜遭到殺害，兇手至今仍未落網。如今，伯爵即將舉行第五次的婚禮，歷史是否會重演？

八、《邪魅之雫》（二〇〇六年九月），描述在大磯與平塚發生的連續毒殺事件。

京極堂系列除了長篇之外，還包括了四部短篇集，都是在雜誌上刊載後集結成冊，有時也會在成書時加入未曾發表過的新作。這四本短篇集各有不同的主題，皆以妖怪為篇名。

一、《百鬼夜行——陰》（一九九九年七月）收錄了十篇妖怪故事，每篇故事的主角皆為系列長篇中的配角。藉由這十部怪譚，讀者可以看見在系列長篇中所未曾描述的另一個世界。

二、《百器徒然袋——雨》（一九九九年十一月）、《百器徒然袋——風》（二〇〇四年七月）各收錄三篇，主角是偵探榎木津禮二郎，故事中可以見到他驚天動地的大活躍。

三、《今昔續百鬼——雲》（二〇〇一年十一月），共收錄四篇，本作的主角是妖怪研究家多多良勝五郎，描述他與同伴在傳說蒐集旅行中所遭遇到的怪事。

巷說百物語系列

京極夏彥的另一個系列作品是《巷說百物語》，這個系列開始發表於一九九七年，一九九九年出版第一本，到二〇〇七年為止共出了四本。本系列的第三本《後巷說百物語》更讓京極夏彥拿下了第一三〇屆的直木獎，成為他作家生涯的重要里程碑。

《巷說百物語》刊載於妖怪專門雜誌《怪》上，是這本雜誌的創刊企畫，一直持續至今。在試刊號的第〇期，京極夏彥發表了《巷說百物語》的第一個故事〈洗豆妖〉，之後除了兩期之外，其餘每一期都可以看見《巷說百物語》系列的小說。京極夏彥總是提及，只要《怪》繼續出刊，《巷說百物語》就不會停止，由此可見他重視這本雜誌的程度。

刊載於雜誌上的巷說系列，每期都是一個完整的中篇故事，目前為止尚無長篇連載。而在匯整出版單行本時，京極夏彥會再新寫一篇未發表在《怪》上的作品，做為每本小說的最後一則故事。本系列至今已出版了四本，從一九九九年八月的《巷說百物語》，二〇〇一年五月的《續巷說百物語》，二〇〇三年十二月的《後巷說百物語》，到二〇〇七年四月的《前巷說百物語》，除了《巷說百物語》收錄了七篇作品之外，之後的三本都收錄六篇作品。

巷說系列的背景設定於江戶時期，從一八二〇年代後半開始。在那個時代，妖怪的存在依舊深植人心，人們深信妖怪會作祟，怪事的發生也可以歸因於妖怪而不必尋求合理的解釋。系列的靈魂人物是又市，以言語欺瞞人們的詐術師。在《巷說百物語》中，詭異的怪事不斷發生，而這一切怪事，其實都是又市在幕後設計的。他接受委託，並與伙伴們刻意製造出妖怪奇聞，藉由這些怪事的發生，使得他能夠達成真正的目的，並且能夠被隱藏在怪異之下而不為人知。

《續巷說百物語》與前作略有不同，著眼點較偏重於角色，固定班底的描寫在本作中被突顯，他們的過去也藉由不同的故事被一一呈現。《後巷說百物語》發生於江戶時代之後的明治時期，四名年輕人每逢遭遇怪異，便來請教一位隱居在藥研堀的老翁。老翁由這些怪事，回想起年輕時與又市一行人所遇到的事件，並在故事最後會同時解決現在與過去的事件。

《前巷說百物語》的設定再度轉變，描寫的是又市的年輕時期。在前三作中，又市已經是成熟的詐欺師，但他並非生來就是如此，《前巷說百物語》中的又市還年輕，他的技巧也還不純熟，因此故事又再次表現出和前三作不同的風格。

巷說系列目前共包含上述四本，但還有另外兩本小說與其相關，那就是《嗤笑伊右衛門》與《偷窺者小平次》。這兩本其實是京極夏彥改寫日本家喻戶曉的怪談，使其呈現新貌的作品。但是由於巷說系列的重要人物又市與治平也出現在其中，而且對他們兩人的生平有著較多的描述，因此雖然小說本身的重點在於固有怪談的重新詮釋，但由於人物的重疊，其實也等同於巷說系列的外傳作品。而在京極夏彥的得獎史上，這兩部作品同時都有得獎的表現，《嗤笑伊右衛門》拿下第二十五屆泉鏡花文學獎，《偷窺者小平次》則是獲得第十六屆山本周五郎獎。

開創推理小說新紀元

京極夏彥的過人才華，發揮在許多的領域上，也讓他有著非凡的成就。過去台灣曾經出版過京極夏彥的數本小說，讀者們也已經對他有著一些認識。可惜的是，過去都未曾以作品集的型態來全面地引薦與介紹，因而對讀者而言，期待度極高的京極夏彥作品，也始終都是傳說中的名作，無緣一見。

如今，京極夏彥的小說再度引進台灣，而且是他筆下最主軸的京極堂系列作品全集，讀者們可以從完整的小說集中一睹這位作家的驚人實力。足以在日本推理史上留名的京極堂系列，其精采的故事必然會讓人留下深刻的印象。妖怪推理的代名詞，開創妖怪小說與推理小說新紀元的當代知名小說家京極夏彥，現在，就在眼前。

二〇〇七年五月九日

作者介紹——
凌徹，一九七三年生，嗜讀各類推理與評論，特別偏愛本格。

渾沌既死一萬年，獨抱太樸存——

塗佛

——畫圖百鬼夜行・前篇・風

化物繪　花山院所繪之目赤圖未傳世（註一）。亦有以光重之百鬼夜行繪為本，元信等人所繪之物。其中奇怪之物有名，淨土繪雙六應為最初，其名大略有赤口、滑瓢、牛鬼、山彥、歐托隆、哇伊拉、嗚汪、目一坊、拔首、塗篦坊、塗佛、濡女、咻斷卑、休喀拉、晃火、亂暴、逆髮、身毛立、啊嗚啊嗚、無可如何（註二）。似多以其形而名之。（後略）

——《嬉遊笑覽》卷三（書畫）

註一：傳說花山院（九六八～一〇〇八）擅長戲畫，曾畫過做鬼臉嚇小孩的圖。「目赤」即做鬼臉之意。

註二：「歐托隆」（おとろん，otoron）、「啊嗚啊嗚」（あうあう，auau）為音譯名，「無可奈何」（どうもこうも，dōmokōmo）是一對名醫，為了一較高下而將兩人的頭同時切下、同時縫合，然而頭一切斷，無人能為他們縫合，就在無可奈何的狀態中死去，變成妖怪。

1

世界……一點一點地開始扭曲。
當然，天還是天，地還是地，但蒼穹隱約地轉為暗淡，碧海隱約地變得沉澱，翠層隱約地開始暈滲。
沒有人……發現。
一點一點……一點一點。
肉眼無法分辨，一點一點地。
慢慢地逐漸失序。
不久後，宇內之箍將會鬆脫，底部脫落，個人——國家這個老朽的木桶將會解體。
然後，世界將恢復真實的形貌。這是經混沌至太極的，難以違抗的道理。
這是無可奈何之事。
因為，世界原本就只有一個。
就如同有多少個人，就有多少個世界，駭人異相橫行的時代，原本就是錯誤。
錯誤應該導正。
不……
就算不予理會，也會被導正。
就像上古的大型爬蟲類自地上被驅逐一般。
所以……
不必騷亂。
也不必煽動。
會毀壞的事物就會毀壞。無謂地追求戲劇性的變革，是愚者的行為。
僅憑個人雙手，畢竟無法撼動世界。
革命兩個字雖然常見於史書中，但那只是一種誤解，將原本就會改變而改變的事物，誤以為是人力所招致的改變。但是，如果只是嘎嗒嘎嗒地晃動個一兩下，倒不如根本不要碰觸。即使好似自己改變了天命似地誇下豪語，世界也從未因此改變過。世界，只是順其自然。

無論是堰塞或引流，水總是由高往低流。若違背天地自然之理，事物不可能成立。異相的命運就是自然被淘汰。

那麼無論怎麼樣朝不自然的方向使力，結果也是徒然。

會引來反動的使力方式，不能說是聰明的做法。愈是施加壓力，就愈會遭到相同的抵抗。愈是強硬地推進，愈會發生相同的矯正力量。無論往右搖或往左晃，結果也只會停頓在該安頓之處。總是內含著反革命的革命，幾乎沒有意義。

不可急功近利。

裝出倨傲的模樣也沒用。

不必要使出多餘的力。

我們所居住的世界原本就是傾斜的。

只要稍微一推即可。

沒必要用力扭轉。

只消朝傾斜的方向輕輕一推即可。

異相的穢土，在某處歪歪斜斜地堆起。構造上有缺陷的東西，即使不施以外力作用，也會被自己的重量壓垮。只要朝傾斜的方向，用指尖輕輕一頂就好。

只要這樣就好。

只要這一點小動作，穢土遲早會一掃而空，淨土來臨。

很簡單。

只要慢慢花上時間……

就像以棉花勒住脖子般。

緩緩地。

一點一點……一點一點。

肉眼無法察覺，一點一點。

慢慢失序吧。

然後，虛假的世界將會崩潰。

發現的時候已經太遲了。再也無法阻止了。

跳舞吧，歌唱吧，愚昧的異形世界的人民啊。

歡慶淨土到來之宴，

——想必無比歡悅。

*

天空……從未想過天空是圓的。

村上貫一望著窗框圍繞出來的四方形白色虛空，這麼想道。

天空為什麼是圓的呢……？

自己是幾年前聽到這個問題的？那應該是剛復員回來的事了。那麼是五年前嗎？還是六年前？

——都過了六年了嗎？

貫一「嗯」地呻吟了一聲，翻身仰躺，仰望天花板。天花板被太陽曬得泛黑，木紋、灰塵及污垢描繪出有機的花紋。

貫一對那些複雜的圖像一時看得出神。

——六年啊。

望向牆壁。很骯髒。暗淡無光。他覺得剛租下這房間的時候好像不是這種顏色。但是另一方面，他也覺得好像起初就是如此。記憶很模糊。他完全不明白具體來說有哪裡不一樣。不管如何，天花板的紋樣和暗淡的牆壁，看在貫一的眼裡都格外新鮮。

貫一搬到下田已經十五年，成家則有十四年了。這棟屋子是在成家的時候租下的。十四年的時間並不算短，然而貫一卻沒有在這棟屋子裡悠閒渡過的記憶。成家以後，他好一陣子拚命地工作。然後因為兵役，被占去了六年的時間。復員以後，他更加賣力地工作。

戰後，貫一選擇的職業是警官。他現在隸屬於刑事課，也就是所謂的刑警。貫一很幸運，剛復員就得到熟人的推薦，進入下田署奉職，換言之，貫一算起來也以警官的身分度過了六年。

這六年之間，貫一從來沒有在白天待在家裡。

他會待在家裡，只有睡覺的時候；就算醒著，也沒有理由仔細盯著牆壁和天花板瞧。貫一會感覺新鮮也是理所當然，因為他幾乎不知道這個時段的自家情景。

偶爾休個假吧、也照顧一下身體吧、稍微關心一下家人吧——六年來，妻子不斷地這麼抗議。但是不管妻子再怎麼樣苦苦哀求，貫一也完全不理會這些怨言，全心投入工作，直至今日。

貫一並不是比別人熱愛工作，也並非不把家人放在眼裡。妻子勸諫、孩子撒嬌，他心底是可以接受的。他也會心想：總有一天滿足他們吧，總有一天會有辦法吧，只是每當一回神，一年，又一年過去了。

然而……

那樣的自己，現在卻像這樣在家。

家裡沒有半個人。

貫一再次望向窗戶。被窗框切割下來的天空是四方形的。

——天空……為什麼是圓的啊……

這是在六年前，一瞬掠過耳際的話。

然而……那以不靈轉的發音編織出來的簡短疑問，貫一卻不知為何，從抑揚頓挫到音調，全都記得一清二楚——儘管他完全不記得前後的狀況。而且這在六年間所交談過的無數話語中，也不算特別令人印象深刻的話。

貫一翻了個身。

不過他也並非一直在意著這句話。只是突然想到。貫一沒在思考什麼，也沒在看什麼，只是仰望著窗框外白色暗淡的天空，心裡面就突然冒出這句話來。那道懷念的聲音帶著遠方霧笛般模糊且清澈的音色，從貫一被煙霧燻得漆黑污穢的肺腑之間，朝著被酒精麻痺的腦袋深處響了起來。

——天空看起來是圓的嗎？

六年前，貫一是怎麼回答這個問題的？

他回溯記憶。就和牆壁的顏色一樣，遙遠的記憶極為曖昧模糊，但是他大概猜得到。

天空哪裡圓了？——貫一一定是以粗魯的口吻這麼回答。這根本算不上回答。他的回話連問題本身都予以否定、冷淡至極。當然沒有後續吧。貫一完全不記得接下來是否被繼續追問，或做出了其他的回答。

貫一嘆了口氣。的確，要是得到這種回答，即使再怎麼無法接受，也提不起勁繼續追問了吧。那等於在強迫對方「不許問」。自己從那個時候起，就什麼也不明白。雖然只是一點小事，但遠在六年以前，誤會就已經萌芽了。

——不算小事嗎？

以為是小事，是大人的自私。對於年幼的孩童來說，那或許是無比重大的事。那麼就算貫一沒有惡意，如此冷語冰人，不曉得在親子之間造成了多麼深的鴻溝。貫一躺正，再次仰望天花板的污垢。

當然，貫一也想好好疼愛孩子。但是只有心裡這麼想，終究也無法親切地對待孩子吧。不管心裡面覺得多可愛，笨拙的貫一也不可能理解該如何對待幼子。因為不久前，貫一還待在軍隊裡，不是殺人就是被殺，滿腦子只嚴肅地思考著生死問題。

——六年。

從那之後，已經過了六年——不，才過了六年。

才過了六年而已。然而……

——那孩子……

此時，響起了不可思議的聲音。

是那些傢伙在吵鬧。

——鑼嗎？還是篳篥？

三、四天前，一群奇裝異服的傢伙在街上徘徊。他們站在每個十字路口，吹奏著陌生的異國樂器。不過他們似乎只是吹奏，並不像托缽僧那般會要求施捨。好像是一種宗教活動。

聲音很快就停了。這並不是違法行為，所以也無法取締吧。而且聲音並不刺耳，也不到噪音的地步。聽了也不會令人在意。可是……

總覺得坐立難安，心情虛幻渺茫。只是一群陌生人在路旁吹奏奇妙的聲音罷了，然而僅是如此，卻讓人感覺彷彿整個城鎮都微妙地扭曲了。貫一爬起身來，後頸根很痛。

被……兒子毆打的傷。

他撫摸著脖子。

——隆之。

貫一的兒子叫隆之。開戰的時候出生的，今年應該十二歲了吧。隆之很孱弱，食量小，平日連小蟲都不敢抹殺，是個溫柔的孩子。貫一只記得責備過他沒膽量、沒志氣，未曾罵過要他不許撒野。當然，貫一從來沒見過自己的孩子動粗。

然而這……全都只是貫一什麼都不看、什麼也不聽、什麼都不明白罷了。他刻意用力按住脖子。很痛。更大力地按。這種鈍痛，還有額頭上的傷痕，都更證明了貫一是個無能的父親。

他用力吸了一口氣。

「隆之……」出聲呢喃。

沒有人回應。

家裡沒有人。總覺放不下心。這樣的行為一點都不像貫一。但正因為沒有人在，才索性流露出軟弱的態度。貫一甚至想就這樣淚流滿面，撲倒在棉被上——雖然他根本流不出淚來。

那不可思議的聲音再度響起。

昨天……

貫一被隆之揍了。那時，原本性情溫厚的兒子板著臉大吼大叫，暴跳如雷，而妻子也不斷哭喊，失去了理智，貫一亂了方寸。挨上一擊的瞬間，貫一醒悟到，原來世上有不可挽回的事。

貫一是個強悍的警官。雖說事出突然，但他不可能默默挨打。可是那時貫一毫無防備、渾身破綻。是因為內疚吧。

隆之手裡拿的是他生日時貫一送給他的文鎮。貫一察覺此事，頓時失去了對兒子動粗的一切抵抗能力。第二擊也被打個正著。

意外的是，貫一被第三次擊中後昏倒了。

所以貫一不曉得後來究竟發生了什麼事。醒來時，兒子已不見蹤影，只剩下垂頭喪氣的妻子。而妻子只是垂著頭，連話都不肯說，貫一也無法問出兒子去了哪裡。

於是，貫一當上警官後第六年，第一次請了假。

貫一還可以硬撐，而且傷也不是痛到無法行走，其實沒有必要請假。

可是貫一不想去，他深深覺得自己的職場污穢不堪。

而且他也覺得如果這時候還滿不在乎地採取無異於平日的行動，似乎太對不起家人了——對不起妻子和兒子。儘管應該要道歉的家庭已經分崩離析了，但貫一不想承認。

——不管怎麼樣，這都是藉口。

說穿了，貫一只是想要勉強營造出非日常性，來逃避現實吧。

這個狀況異於日常、一切都不同——貫一為了拚命這麼說服自己，選擇了放棄職務這個最不像貫一會做的事。這也是一種默默的主張，聲明自己才是被害人。

總覺得很卑鄙哪——貫一想。

不過也像是理所當然。

聲音停了。

——這麼說來。

妻子去哪了？

她交代過去處才出門的吧？

貫一在被子上盤腿而坐，用力蜷起背，掃視了家裡一圈。

應該熟悉的、陌生的景色。

應該看厭了的、未知的風景。

失去了應該關心的家人後，貫一才決心要休息。真到了休息的時候，家人反而不在了。

——真諷刺。

真的、真的太可笑了。

貫一露出愁眉苦臉般的奇妙表情……

笑了好幾次。

——實在是……

他覺得世界實在太諷刺了。

今天早上，轄區內發生了案件。

聽說是殺人命案。而且……似乎是獵奇事件。

貫一被調派到刑事課以前，曾經在防犯課保安組工作過一年，也在派出所待過約兩年時間，但從來沒有遭遇過殺人案件。然而……

——好死不死……

接到通知時，貫一打從心底想道：雖然不曉得是誰，但有必要偏等到我請假的時候才殺人嗎？

——真的是……

偏偏在這種時候……

只能說屋漏又偏逢連夜雨。

貫一按著額頭，手指撫過顏面。

根據後輩的報告，事件曝光的經緯大致如下：

昨日深夜，蓮台寺溫泉的駐在所連續接到數次通報，說有一名男子背著一具疑似全裸女子的遺體，四處流連徬徨。起初駐在所的警察以為是開玩笑或看錯了。換成貫一是駐在所警察，一時半刻也很難相信吧。從接到的消息綜合研判，男子背著裸女，似乎往高根山中去了。駐在所警察為慎重起見，後來聯絡了署裡。於是天色未明，警方就帶著數名當地的消防團員前往山中，在山頂附近發現了遺體。

據說遺體被麻繩捆住，高高地吊在樹枝上。

非比尋常。

殺了人還吊到樹上，這種行為與其說是凶惡，更接近荒誕。

貫一完全無法理解做出這種行為的人的心理，根本是瘋子的行徑。難道他們有什麼他人無法得知的深刻過節嗎？但是就算是恨之入骨的仇家，把人吊到樹上又能怎麼樣呢？做這種事就能消除心頭之恨嗎？貫一不覺得。

可是，這類所謂的獵奇事件不會從社會上消失，而且貫一也經常聽說。即使如此，對貫一這種人來說，簡直像是瞎編出來的命案，依然不可能是現實中的事。就算真的發生，那也是另一個世界的事。貫一一直覺得，他不想和這種事扯上關係，也永遠不會和這種事扯上關係。

不管怎麼樣，都沒有現實感。

沒錯，沒有現實感。異人在路旁吹奏陌生的音色，心愛的兒子攻擊父親，屍體吊在樹木上——這種現實是假的。

貫一覺得一定是搞錯了。

是不是不小心在哪裡打開了不能夠開啟的門，踏入了異次元世界？雖然現在身處的世界，與過去生活的世界完全相似，卻仍有著微妙不同。完全相同，卻完全不同。這個世界是假的。瘋了。雖然完全不懂哪裡不一樣，但有什麼地方扭曲了。家庭之所以崩壞，肯定是扭曲的緣故。自己哪裡弄錯了。在哪裡打開了異界的門扉……

——這是逃避現實。

沒錯。是妄想。不管看起來有多扭曲，不管感覺有多瘋狂，不管有多荒誕，不管有多難過……

——這都是現實。

貫一拍打臉頰。

幸虧——聽說嫌疑犯當場以現行犯被逮捕了，所以應該不是多棘手的案子吧。可是愈這麼想，貫一的身體就愈動不了。接到通知的時候，貫一也強烈地心想現在沒功夫去管那種事。

當然他只是想，並沒有說出口。不管事情再怎麼嚴重，終究是他個人的事，那麼就不是可以在公事上通用的事。貫一頂多只是挨了兒子揍罷了。就算這對貫一來說是件大事，在社會上或許是司空見慣的事，總之，解決殺人命案才是第一優先吧。

所以不能就這樣一直睡下去。不管胸口有多痛、脖子有多疼，縱然家庭四分五裂……貫一沒有閒功夫哭泣。明天起，貫一即將回歸職場。

貫一再次望向窗外。

被窗框切下來的天空，依然是四方形的。

＊

沒錯。

那個時候，城鎮確實一點一點地扭曲了。

當村上貫一獨自煩悶的時候，世界微小的扭曲，已為鎮上的每一個人帶來感覺不到的微小壓力。

當然，沒有一個人自覺到。

那沒有自覺的壓力，無疑帶給了每個人沒有自覺的不快。不合理的不快，產生出朦朧的不安與模糊的焦躁，不久後，這些轉變為沒來由的煩躁。

然後，扭曲捲起風來。

是令人坐立不安的、討厭的風。

那忙亂的風悄悄地穿過馬路，竄過整個城鎮，從家家戶戶的窗縫和紙門破洞無聲無息地溜進去，搔過後頸，在耳邊盤旋，靜靜地，極為安靜地，攪亂了整個城鎮。

沙塵捲上陰天，害怕的野狗奔馳而去。

郊外也傳來好幾道遠吠。

野獸是了解的。了解這非比尋常的氛圍。

乍看之下與日常無異。

男子拭著汗，拉著貨車。
主婦在黑色的木板圍牆上曬著棉被。
景色一如往常地悠閒。
但是……
無言地拖著貨車的男子、勤勞地曬被子的女子，看起來像是悲愴地、拚命地想要保護什麼？
這不是心理作用。
當然，平民百姓應該沒有那麼小題大作的認識。
那個人是做拉車生意的，他肯定是日復一日地拉著車來維持生計。至於婦人曬被，與其說是為了衛生，或為了除濕，正確答案應該是因為昨天和前天都曬過了吧。晴朗的日子就要曬被——對於這記號化的日常，婦人一定連一丁點的疑問都沒有。
可是……
仔細想想。
天空不是一片混濁，沒有半點陽光照射的跡象嗎？只差沒有下雨，這不是適合曬被的天氣。看看那誇張的貨車貨架吧。上面不是只擺了一個用手提就足夠的小行李嗎？
為什麼要拉車？
為什麼要曬被？
這些事，全都只是為了確認今天無異於昨天而進行。大家都搞錯了，誤以為同樣地反覆日常生活中反覆的行為，就能夠保有日常。那已經淪為獲得日常性的一種儀式了。
這是空虛的抵抗。
人們為了排除步步逼近的非日常，而反覆空殼化的行為。
可是……行為已經失去意義，因果關係逆轉，本末已經顛倒了，不是嗎？
已經……太遲了。
微小的扭曲一點一點地，但是確實地侵蝕了這個鎮上居民的恬淡。

就連維護居民安寧的警察也不能例外。那一天……這個城鎮的警察署被不明就裡的緊張與靜謐的喧騷籠罩。

不過，他們表面上極為平靜。是慎重還是膽小？考慮到對公眾的影響，早晨發生的殺人命案的詳情尚未公開，因此他們不得不佯裝平靜吧。可是從署長到事務員警官，沒有一個人內心是平穩的。靜岡縣本部的搜查員鑼鼓喧天地抵達後，立刻奏起了不和諧音。

宴會的狂亂……已經開始了。

*

門被粗暴地打開了。

就算開門的人出於職業關係而動作粗魯，可是這噪音也太刺耳了。此時待在大辦公室裡的中年刑警用左手按了一下胃部，朝桌上吐出煙來，然後瞪住進房的年輕刑警。

「怎麼樣？」

「不得了了呢。」

「這我知道……」

老公僕態度懶散地說道，揉熄香菸。他的臉色蠟黃，表情也毫無生氣。相對地，年輕刑警彷彿正在笑。

「……一大早就有女人光溜溜地吊在樹上，當然不得了了。」

這種事還是頭一遭哪——老刑警嘆了一口氣說。聽到他無力的口吻，年輕刑警說：「簡直就像偵探小說呢。」兩人都是第一次碰上獵奇事件吧。但是這種反應的差別，似乎並非基於各自的使命感與人生觀，而完全是出於體力的差別。

年輕刑警交抱雙臂，同時蹺起二郎腿。

「話說回來，老爺子，你身體不要緊吧？最近天氣實在不怎麼妙哪。」

「不必擔心，燒已經退了。」老刑警極為不悅地說。「只是流鼻涕的感冒罷了。本來就沒什麼大不了的。說起來，發生這種荒唐的案子，我哪裡能躺著休息，而且燒也退了。」

「不曉得為什麼，最近請假的人很多，動不動就人手不足，有老爺子在，真是太好了。不過老爺子年紀也大了，不要太勉強自己啊。」年輕刑警態度隨便地說。

「竟然被你這麼說，我也真是不中用啦。」老人憤恨地答道。「噯，算了。告訴我詳細狀況吧。搜查會議的報告我是聽了，可是總覺得不得要領，聽得不是很明白。不管是偵訊還是訪查，總覺得都不是很順利哪。」

「哦……這是樁奇怪的案子呢。」年輕人拉過椅子。「總之，被害人的身分查出來了。遭到殺害的是織作茜二十八歲──老爺子也知道吧？就是那個製造紡織機的織作家一族的寡婦。」

「哦……你說房總的？喂，那麼被害人就是之前被捲入轟動千葉東京的連續殺人事件，一家死絕的織作家的倖存者嗎？這樣啊……」

「對啊，就是啊。」年輕刑警有些興奮地說。「這下子真的是一家全滅了呢。感覺好像被隔岸觀火的火給燒著了似的。」

「與上次事件的關聯呢？」

「應該沒有關聯。」

年輕刑警叼起香菸。

「那個事件的犯人被逮捕了嘛，應該也已經送檢了。也沒聽說被釋放還是逃獄了。」

年輕刑警點著火柴。

響起「咻」的細微聲音。

老刑警吸起鼻涕。磷燃燒的味道刺激了他的鼻子。

「可是……不會太快了嗎？才短短三個月哩。不管人活得再怎麼隨便，也不至於會連續被捲入如此凶惡的事件──殺人命案。不，一生頂多一次吧。不不不，幾乎是不會碰上吧。然而被害人卻連續……」

「不過所有國民都曾經被捲入戰爭這場大殺戮哪……」年輕刑警抽動著臉頰。「噯，那一家天生不幸吧。難得倖存下來了……卻……總之，春初的事件已完全結束了。這次是另一起獨立的案件。犯人也肯定是那傢伙。」

「最好是這樣……」

老刑警板起臉來。

「……我可不想從以前的事件重新徹查起。」

「東京警視廳和千葉本部也不會允許我們那麼做吧。再說，上次的事件已經送檢了，嫌疑犯也自白認罪了。聽說是以現行犯逮捕的。上次事件的關係人也幾乎都死光了，不可能有遺恨。說起來，被害人是家人遭到殺害的一方呢。就算她會怨恨人，也沒有遭到怨恨的道理啊。」

「可是……那個寡婦幹什麼跑去蓮台寺溫泉？去泡溫泉養生嗎？」

「哦，據她的同伴說，是去近郊的神社奉納什麼東西。」

「同伴？她有同伴啊？是……男人嗎？」

「是男的。名字……呃，是津村，津村信吾。聽說是丹後的羽田製鐵董事顧問羽田隆三的第一祕書。」

「身分確認過了嗎？」

「確認過了。話說雇主羽田氏本人正趕往這裡。這個人來頭不小唷。哎，該怎麼應付才好呢？」

「真麻煩哪。織作跟羽田有什麼關係嗎？」

「聽說是很遠的親戚。羽田氏好像宣稱自己代替無依無靠的被害人父親照顧她，但我從來沒聽說過這件事。」

「什麼叫你沒聽說過？」

「雜誌什麼的不是炒作得沸沸揚揚嗎？悲劇的未亡人織作茜。可是沒有任何雜誌提到她有親戚是這種大人物啊。話說回來，警方的官方發表要怎麼辦呢？一定會引起騷動的。案子本身又是個獵奇事件。」

「唔唔……」老刑警抱住了頭，一副厭煩到了極點的態度。

「噯……那種事就讓署長和……靜岡本部去煩惱吧。我們只要解決案子就是了。只要破案就是啦。喂，對了……村上那傢伙怎麼了？聯絡他了嗎？」

「哦。」年輕刑警的表情放鬆了。「貫兄說他明天會回來上班。」
「哦？聯絡上他了卻沒立刻來？」
那個村上竟然沒來啊——老刑警露出詫異的表情。
「我告訴他，說連老爺子都挺著發燒的身子來了。貫兄說他跌倒摔下坡道，看樣子傷得很重吧。這要是平常的他，一聽到這種消息，馬上就會衝過來的。」
「應該……不是吧。」老公僕板起了臉說。
「什麼意思？」年輕人問，但他的問題被忽視了。
「重要的是，那傢伙——嫌疑犯招供了嗎？」
老刑警微微伏下視線看著年輕刑警。
年輕刑警嘛起叼著香菸的嘴說：
「說到招供，他打從一開始就招供了。因為他人就呆呆地杵在現場嘛。」
「可是只有這樣……」
「不，他也自白了。他對趕到現場的警官說：『是我幹的。』」
「他自白了？」
「是的。所以把他逮捕了。」
「那還有什麼好吵的？」
「唔……就是搞不懂啊。」
「搞不懂？搞不懂什麼？」
年輕刑警聳聳肩膀。香菸的灰掉了下來。
「他錯亂了。不管問他什麼，都只會說夢話似地胡言亂語，嗚嗚又啊啊的，根本不曉得他在講些什麼……」
年輕人用食指指著自己的頭部。
「……或許是**這裡**有問題。」

「那……」

「嗯。可能有必要送去精神鑑定。崎兄堅持說不是，老樣子，死纏爛打地嚴厲逼問，說絕對要他招供，都額冒青筋了。」

「不能交給緒崎啦。我們是民主警察，又不是特高。那傢伙根本不了解什麼叫人權。靜岡本部的看法呢？」

「態度保留。」

「真奸詐。」

「是很奸詐啊。可是依我看來，是……」

年輕刑警再次用手指戳戳自己的太陽穴。

「可是……要是那樣的話……就是變態殺人嘍？」

「那當然變態啦。」

年輕刑警說著，拿起鋁製菸灰缸，把幾乎要燒到手指的香菸按熄。

「深夜潛入溫泉裡，絞殺入浴中的裸女，這還不夠變態嗎？」

「是沒錯……但或許有什麼不為人知的動機啊。如怨恨、有利害關係之類的。這或許是有計畫性的謀殺，也有可能是佯狂。」

「不可能不可能。」年輕人無力地揮揮手，拉起椅子坐下。「行動太沒有一貫性了。那已經是瘋子的行徑了。因為不管是過失殺人還是預謀殺人，無論有什麼隱情，要是殺了人，不想自首的話，一般都會逃跑吧？」

「他不就逃了嗎？」

「那不是逃，是吊起屍體觀賞。那傢伙別說是逃了，還從現場扛著遺體爬山呢。雖說死者個子小，但屍體很重的。那個變態體力還真好。說起來，雖然夜晚黑漆漆的，但背著裸女走在路上還是很醒目吧？一般人會這麼做嗎？」

「不會。」

老刑警冷冷地答道。

「沒錯，不會。行凶現場似乎沒有人目擊，所以兇手只要早早逃走就行了。可是他竟然沒有這麼做。目擊者一大堆哪。總共收到了七則通報。要是進行訪查，作證的人會更多吧。然後啊，若是他冒著這麼大的危險去藏屍或棄屍，做一些處置也就罷了？也不是。那傢伙不僅沒有把屍體藏起來，還正大光明地——這麼說雖然很怪啦——總之，他把屍體高掛在樹上，簡直像是要人來看似的。而且選擇的還是遠看也格外醒目的大樹。那棵樹高得要命，得耗費相當大的體力才行。不出所料，入山搜索的消防團馬上就發現了。哪有這麼離譜的犯罪？這到底有什麼意義？」

「如果有意義的話……那就是偵探小說了。」

「才沒有什麼意義。聽趕到的派出所警官說，那傢伙看到警官，也沒有要逃走的樣子，只是呆呆地看著屍體看得出神。所以才被逮了。」

「嗯。」

「就是啊。沒有意義，完全沒意義。而且警官盤問他在做什麼，那傢伙也只是傻笑。結果沒有人強逼問，他在現場就自首了。」

「就是這一點教人不解。他一下就招了嗎？」

「聽說很老實地招了。」

「他自己伸出雙手說：『我俯首認罪』嗎？」

「不，警官——蓮台寺派出所的警官問說：『這究竟是誰幹的？』他大概沒想到那傢伙就是犯人吧。結果那傢伙回答說：『我也不太懂，不過大概是我幹的』。」

「這樣啊，這麼老實地招了啊。可是……那不是已經解決了嗎？事到如今還要查些什麼？他不是現行犯嗎？」

「這個嘛……」年輕刑警揉了揉右眼底下。「因為他說的是**大概**。**大概是我幹的**。」

「大概？什麼叫大概？」

「天知道。」

「什麼天知道……」

年輕刑警的額頭擠出皺紋，並用指頭抓了抓。

「那傢伙說他不太懂。聽說他是這麼說的：我也不太懂，不過**大概是我幹的**。他還說：**下手的我逃走了**。」

「什麼……跟什麼啊？」

「我也不知道啊。」年輕刑警肩膀鬆垮下來，脖子左右轉了幾次。

「那已經……該怎麼說呢……」

年輕人表情糾結成一團。

「……對，連一點理智都感覺不到。那個人才三十幾吧，可是怎麼說，就像已經老糊塗了似的，還是腦袋的螺絲鬆了？感覺就像在跟猴子對話一般。他的眼睛就像死掉的鯖魚，講話也口齒不清。」

「會不會是嗑藥啊？」

「看起來不是那麼了不起的貨色。」

「嗑藥哪裡了不起了？」

「再怎麼說，那些毒蟲都是自願選擇崩壞墮落的吧？那也得花錢啊。只是啊，不管是嗑希洛本還是鴉片，都不會變成那種窩囊廢。老爺子只要看過他一次就知道了。真的讓人覺得跟他說話，自己也會跟著瘋掉的。崎兄會那麼暴躁不耐煩，這次我是可以理解的。」

老人看著年輕人如實露出嫌惡的表情，不由得面呈難色。

「有那麼……糟糕嗎？身分呢？他是流浪漢還是什麼嗎？流浪工人嗎？」

「他胡謅自己是個小說家啦，不過還沒確認。住址好像在東京中野，目前正在向東京警視廳查詢，看看有沒有前科。他好不容易才想起自己的名字，剩下的就是在胡言亂語些什麼野篦坊啊、消失的村子，實在是莫名其妙……」

「野篦坊？」

「就是『是這種臉嗎？』的怪談啊。真是胡說八道。」

「他說得出自己的名字吧？他叫什麼？」

「關口巽。他自稱啦。」

「關口？沒聽過哪。不過我本來就不讀小說。小說家的話，我頂多只知道伊藤整（註一）跟志賀直哉（註二）而已。」

「總之，先把他給關起來了，剩下的就麻煩老爺子嘍。」年輕刑警說道，站了起來。

「怎麼？又有別的案子嗎？」

老刑警問道，年輕刑警便說：「就那個啊。」指向天花板。

老刑警朝上望了一眼，然後看向年輕人。年輕刑警雖然手指著天花板，視線卻是朝著牆壁外頭——建築物外面——大馬路。

「喏，不是弄得砰砰鏘鏘的嗎？實在吵死人了……我得去幫忙取締那場花燈遊行。都忙成這樣，還得去管那種事，真是氣死人了……嗯？不對，取締遊行在先，所以應該說都忙成這樣了還給我殺人比較對。」

年輕刑警轉向窗戶，嘆了口氣。

咋舌。

老刑警乾燥的臉頰肌肉僵硬了。

「那種事……不必動用到你吧？叫交通課去就行了。」

「不是，是訪查。」

「什麼訪查？」

「哎唷，就這個事件的啊。那些傢伙這幾天老是聚在這一帶，要不然就是四處徘徊，好像也去了蓮台寺那裡，或許看到了些什麼。」

「看到啊……」

老刑警抱起雙臂。

「那些傢伙……是什麼人？」

「好像叫成仙道。」

「生鮮道？那是啥？」

「新興宗教。」年輕人不屑地說。「很可疑。聽說根據地在山梨，從北部這樣一路侵略到靜岡，終於攻進下田這裡來了。」

「是哪一宗？基督教嗎？還是法華宗？」

「那是啥？」

「不是有嗎？本尊什麼的……」

「這個嘛，我完全不曉得。」

年輕人說完準備走出去。

然後，一瞬間他忽地回頭望著我。

我輕輕微笑，站了起來。

接著趕過年輕刑警，行禮後離開了房間。

「老爺子，剛才那個人……」

那個男的是誰？——背後傳來聲音。

＊

這麼說來……好一陣子沒有看到天空了。

妻子的眼睛空虛混濁，村上貫一以更加空虛的眼神望著她，邊想著天空的事。

為什麼你老是這樣……？

註一：伊藤整（一九〇五～一九六九），小說家、評論家與詩人。翻譯介紹詹姆斯．喬伊斯（James Augustine Aloysius Joyce）與羅倫斯（D. H. Lawrence）等人的作品，提倡新心理主義文學。

註二：志賀直哉（一八八三～一九七一），小說家，為白樺派代表作家，被視為日本短篇小說的完成者。代表作有《暗夜行路》等。

貫一復員以來六年間，一次又一次被這麼責問。

然而……其實貫一並不太了解那究竟是什麼意思？

起初，貫一大概也糾纏不休地追問那句話的意思。他不記得自己信服了沒有。但他覺得那個時候，非常努力地想要知道妻子的真意。

然而貫一知道，就在不斷重複當中，相同的一句話，意思卻漸漸地變得不同了。

貫一花了極長的時間，學習到說話的人的真意與說出口的話不同，而這是無法單從說出來的話本身察覺的。

然後就在無法了解真意的狀況下，話語不斷重複，不久後淪為單純的形式，最終失去了意義。不覺得悲傷，也不覺得生氣，只是莫名空虛，貫一不再傾聽失去了光采的話語。

待回神時，妻子的話完全傳不進貫一的耳裡了。

「你在聽嗎？」妻子說。

貫一沒有回答，只是撫摸著脖子。

「那孩子……」

妻子──美代子哭著說道：

「……你不是說……那孩子是我們的孩子嗎？你說過吧？」

「當然了。」貫一簡短地答道。「妳想說……錯在我身上嗎？」

「我又沒那麼說。」

「那麼……」

「說已經無法回頭的是你；說只能積極思考的也是你。所以我才積極地……」

「愚蠢。」

「哪裡……愚蠢了？」

「誰叫妳……」

貫一背過臉去，伸手拿起矮桌上的香菸。哪裡不對。有什麼地方弄錯了。

「……妳那麼做又能怎樣？這是親子問題吧？是我們夫妻和隆之的問題啊。別人——而且是那種詭異的傢伙，到底能做什麼？只能靠我們自己解決了啊。」

「你說這要怎麼解決？」

「這……」

——有可能解決嗎？

「思考要怎麼解決……」

——已經無可挽回了。

「……不就是父母的責任嗎？」

貫一說出完全違背真心的虛偽話語。

因為他有種錯覺，覺得說出一連串無用的正當話語，就能夠治癒腐爛的胸口。

原來如此，說出口的話與真實的心情，竟然能相差這麼遙遠。想到這裡，貫一明白了。

「就是因為覺得是做父母的責任……」妻子把貫一不誠實的話當真，回應道。不是的——貫一在心底想著，但是說出去的話已經與自己的意志無關，自行萌生出意義來了。

「……所以我……煩惱了很久，最後才……」

「煩……煩惱了很久，最後竟然去投靠宗教嗎！」

貫一把手指挾著的香菸扔到榻榻米上。

「開什麼玩笑。到底是怎樣？莫名其妙，竟然自作主張，找一些奇怪的人商量。我告訴妳，從以前開始，那種事都是騙人的。肯定是詐欺嘛。妳連這點簡單的道理都不懂嗎！」

「不懂、我不懂！」美代子一次又一次搖頭。

頭髮披散開來，模樣駭人。

「……我不懂！你就懂了嗎？你一定懂嘛，看你那不可一世的樣子。要是你能解決，就快點解決啊！喏，現在立刻把那孩子還來啊！讓那個溫柔的隆之回來啊！喏，快點，快點啊！」

「妳……妳給我適可而止一點！」

——時間。

要是時間能夠倒轉，重新來過。

——三天……對，只要三天就行了。

就可恢復正常了。

「辦不到嗎？這樣，你辦不到，是嗎？」美代子語帶嘲弄地說道。

她的口氣莫名地教人火冒三丈。她話中的尖刺毫不留情地貫穿了貫一的胸口。

貫一比任何人都明白自己的無能。

——用不著別人來說。

「什麼嘛，你什麼都做不到。所以我才……」

「妳……妳才是，妳又能做什麼？就只會說我……」

「做不到啊！我什麼都做不到，所以我才抱著一線希望……」

「混帳，就算如此，也不能去找那種人啊……！再怎麼說都太瘋狂了！」

妳簡直是瘋了！——貫一惡狠狠地敲打矮桌。

美代子沉默，怨恨地瞪著貫一。

「怎……怎樣？」

——不對。這樣子不對。

美代子頓了一會兒，小聲地說「是啊」，接著突然激動了起來。

「……對啦，我是瘋了。我一點都不正常。發生了那種事誰還能夠保持冷靜？我不像你這麼聰明，我很笨，有什麼辦法？到底是怎樣？到底要怎樣才能像你那麼冷靜？你為什麼老是這樣？」

「囉、囉嗦！」

——不是這樣。不是這樣的。

「喏，動不動就那樣吼。你以為只要大吼大叫，事情就會解決嗎？那你昨天為什麼不吼那孩子？真窩囊。你為什麼不肯抱住他、阻止他？為什麼！為什麼！」

那孩子跑掉了啊！——美代子握拳敲打榻榻米，一次又一次。

「連我都推開了……那個乖巧的孩子竟然……」

——那不是……

「不……不是我的錯。我……」

「喏，什麼嘛，這下子開始逃避責任了嗎？什麼叫這問題要靠我們自己解決？開什麼玩笑！」

「閉、閉嘴！我叫妳閉嘴！」

「哦？工作忙，是嗎？你是了不起的刑警大人，才沒時間為了無聊的家庭糾紛煩心呢。什麼嘛？要打人嗎？要動粗，是吧！」

「妳這個臭婆娘！」

貫一摑上美代子的左臉。打得不是很準，他再一次揮起手臂。妻子背過臉，舉手擋著。貫一像要打掉她的手似地一巴掌揮下去。

——不是的、不是的。

我並不想這麼做的。

美代子掙扎，淒厲地尖叫。

貫一只是一次又一次揮起手來，試圖讓自己的手掌命中妻子的臉頰，直到他察覺到怒氣攻心的自己有多麼滑稽時，才突然冷靜下來。動脈陣陣鼓動，告訴他心跳變得有多快。

眼睛乾澀。

貫一放下舉起的手。

害怕的美代子以令人聯想到小動物的動作跳了開去，離得遠遠地蹲在房間角落，像個孩子般哇哇大哭起來。妻子的身影滲暈成兩三重。貫一無法動彈，直到那個模糊的影像凝結為一。

——不對。

不是這樣的。

貫一朝著不可能摸到的妻子伸出手去。

「對不起。對不起……」

——我幹麼道歉？

「是、是我不好。不管有什麼，我都不該動手動腳……」

——哪裡不好了？我怎麼可能有錯？

——出言挑釁的不是這個臭婆娘嗎？

——我才是被害人。我完全沒有錯。

不對。

「不管有什麼……我都……不該動粗……」

貫一強自壓抑無法忍耐地湧上心頭的感情，鎮靜心情。這應該是與妻子無關的感情。只是被妻子的言行舉止誘發出來罷了。

那是無處排遣的憤怒——不，不明就理的煩躁——與其說是煩躁，更接近不安——的這類東西。

然而如同貫一是被害人，妻子也是被害人，兒子也是被害人。在這種情況下，並不存在著能發洩憤怒與不安的加害人。

——妻子的心情也和我一樣。

「原……原諒我……」

貫一低下頭去。

妻子激動得抽噎了好一陣子，不久後以更加怨恨的眼神瞪住了貫一。

貫一盡可能地謙虛、收斂、讓步，然而只靠著表面的話語，他的誠意似乎傳達不出半分。歉意傳達不出去。

就這樣，彼此陷入了一陣漫長的沉默。

顯而易見，多說無益於修補關係，話雖如此，年輕時候姑且不論，現在兩個人都已經老大不小了，即使事到如今靠上去摟抱，也無法解決事情吧。那麼，只能夠沉默以對了。

可是……這段寂靜只是徒然地延長靜止的時間，幾乎沒有任何意義。

自我主張是很簡單，但是要別人接受自己的主張，卻不是件易事。
同樣地，喜歡上別人很簡單，但是要別人喜歡上自己不是件易事。
不管是夫婦還是親子，人與人之間要維持良好關係，需要的不是高邁的主義主張，也不是崇高的慈愛精神。
需要的是漫長得令人難以想像的、毫無起伏的反覆——名為日常性的漫長經驗性時間。反覆再反覆，唯有透過累積日常，才能夠傳達出誠意和好意。
但是……
例如，暴力就能夠在一瞬間傳達出惡意。
它可以在瞬間破壞過去所累積的感情。而那些累積起來的日常，一旦遭到破壞，就到此為止了。無法輕易地加以修補。想要修補成原來的樣子，必須再花上漫長的時間。
——然而，現在連時間都停止了。
貫一望著妻子不斷喘息的背影。
停止的時間，不管經過多久都是無為。
在沒有經過的經過當中，似乎連原本井然有序的思考都無法隨心所欲。儘管清楚地認識到自己處在迫切的狀況裡，貫一的意識卻不受限地飛往無關的方向，伴隨著毫無連貫性的意象，不斷擴散與聚攏。
不久後……貫一衰弱的眼瞳，在妻子嬌小的背上幻視到格格不入的往日情景。
幼子或哭或笑。
搖搖晃晃地爬向貫一。
——隆之。
是出征前的記憶。
妻子在廚房工作。
爸爸……這是爸爸唷……
前來迎接的人們。哭泣的妻子。陌生的孩子。

復員時，隆之已經六歲了。一個理光頭的骯髒小孩，以有些警戒的眼神瞪著貫一。貫一的語彙中，找不到該對這個孩子說的話。

隆一並不是貫一的親生孩子。

美代子與貫一結婚後，很快就懷孕了，但是那個孩子流掉了。

原因是過勞。

當時是個既貧瘠又黑暗的時代，所以比起悲傷，貫一更感到空虛。至少那並不是絕望。添了新家人，生活和心情都煥然一新——這種所謂的希望雖然破滅了，但是相反地，當時貫一感覺到一種這下子就可以不必改變的安心感。

在這種時代，或是這樣的自己，真的有辦法好好地扶養孩子嗎？

這樣的不安，與疼愛即將出世孩子的心情，同樣占據了當時貫一的部分心情。流掉的孩子很可憐，令人同情，但是就算孩子平安出生，貫一也沒有自信能夠將他健康地扶養成人。

什麼自信，什麼安心。

當時的貫一確實沒有那類健全的心靈。不曉得什麼時候會收到召集令，那個時候的貫一每天都過得戰戰兢兢。

無論如何，他本來就無法浸淫在幸福的夢中。

美代子說，要是你就這樣被徵召入伍，就只剩下我一個人了，哭了。

貫一安慰她說，要帶著襁褓中的嬰兒生活在後方，非常辛苦，所以這樣反倒好。

這樣反倒好——就算撕破嘴巴，也不該說這種話。

——根本算不上安慰。

貫一覺得自己很蠢。並不是只要誠實就好。而且妻子應該也不是只靠著希望就決定生產。那麼與希望相反的不安，應該也同樣地隨著流產消失了，所以當時妻子的心境應該與貫一相去不遠——貫一這麼想。即使如此——不，正因為如此，才更不應該說那種話吧。

那個時候，就算是謊話，貫一也應該假裝絕望才是。貫一是真的覺得悲傷，而且反正話語本來就是不誠實的……

可是貫一什麼都不明白。他一直強烈地認定，自己沒有任何惡意，只要實話實說，對方就能夠了解自己的誠意。

為什麼你老是這樣……？

床上的妻子被貫一的話深深地刺傷了。

要是出征，你就回不來了啊……

我們就不可能再有孩子了啊……

妻子哭著這麼說。「妳這是叫我去死嗎！」貫一怒吼。「只會說那種自私自利的話，要去打仗的可是我啊！去死的也是我啊！最害怕的人是我啊！」貫一大吼大叫。

貫一也被妻子的話刺傷了。

從那個時候起，兩個人就沒有任何進展了。

那時，貫一怒吼完後，也深深地陷入了自我嫌惡。

因為妻子把他的話當成惡意，所以生氣。會被話語刺傷，錯不在說話的對方，而總是接收話語的自己。冷靜想想，就能知道妻子也是出於不希望貫一上戰場的心情才這樣說的。要是妻子覺得貫一最好去死，就絕對不會那樣說。

於是……貫一決定領養孩子。

——隆之。

隆之的親生父母是什麼樣的人？貫一也不知道。

據被委託處理此事的人說，隆之的父母因迫不得已的理由，無法養育他，但是貫一沒有詢問是什麼樣的理由。貫一與妻子商量後，妻子二話不說地答應，說無論有什麼樣的理由，孩子都沒有過錯，那孩子一定是上天賜予的。

雖然領養孩子的手續相當麻煩，但孩子很快就收養到了。

妻子高興地抱著別人的孩子。貫一也很快地湧出做父親的親情，然而赤紙卻彷彿等待著這個時機似地，送達了。

貫一有種很不可思議的心境。

貫一在眾人揮舞著小旗歡送下離開，一次又一次地告訴自己：這樣就好了，這樣就好了。

——其實一開始就錯了嗎？

不可能順利的。

他們打從一開始就是虛偽的一家人。一切都是假的。

——不是的。

貫一莫名地想看看天空。

＊

門砰的一聲被粗暴地關上了。

當然，顯然是進門的刑警故意這麼做的。

額頭青筋畢露。嘴唇乾燥皸裂。眼尾眼頭血絲遍布，一片鮮紅。激動與疲憊、煩躁，一眼就可以看出，這名刑警的情緒已經瀕臨了緊張的極限。

刑警激動得發抖似地，鼻子噴出氣息，看了一眼扔在桌上的文件，神經質地以食指敲打桌子。

「什麼……？」

什麼什麼？——刑警態度暴躁地拉開椅子，抓起文件，粗魯地坐下。

「雜司谷連續嬰兒綁架殺人……？」

刑警說完後，便沉默不語，靜靜地看起文件上的文字。

他的嘴角徐徐下垂。再次用手指敲打桌子。一次又一次敲打。

「緒崎……」

沙啞的聲音響起。被呼叫的刑警——緒崎——全身一震，有些誇張地轉過頭來。

剛才被粗魯地關上的門不知不覺間打開，一名年老的刑警站在那裡。

「老爺子……你感冒好了嗎？」

老刑警沒有回答，來到緒崎旁邊。

「弄到這麼晚，辛苦你啦。課長呢？」

「回去了。不……應該和本部那些人在酒宴裡吧。」

「連那種人都得接待嗎？」

「當然啦。」緒崎不悅地轉動椅子。「從靜岡縣本部過來的蓮台寺裸女殺害事件搜查本部長的警部大人，是署長的同期呢。」

「可是事件都還沒解決……」

「哈！」緒崎罵道。「只是沒辦法送檢罷了，真兇都已經抓到了。上頭的大人物完全放心了。而且就算來上一堆大人物，也不能做什麼嘛。就算他們待在這兒，也只會讓現場的人神經緊張而已。」

「代替潤滑油，灌他們酒喝，是嗎？確實像是課長會做的事。不過仔細想想，課長的用處也只有這麼一點嘛。」

「混帳啦混帳！」緒崎齜牙咧嘴，皺起鼻子，不屑地罵道。「每個都是混帳王八蛋！」

「怎麼比平常更暴躁了呢？」

老刑警拉開旁邊的椅子，靠背向前地跨坐上去。他的一舉一動都十分懶散，一看就是十分疲憊的樣子。

「發生什麼事啦？」

「還有什麼事？老爺子，就案子……」

「我不是說案子……」老人打斷緒崎，朝他伸出手指。

好像是在向他討菸。

「……我是說你個人。」

緒崎從胸袋裡掏出香菸遞給老人，說：「為什麼這麼問？」

「瞞我也沒用。」

「不愧是訊供天王老汎——有馬汎，不過我想一定有人提供消息，對吧？嗳……的確，要說有什麼的話，的確發生了一些事。前天，我老婆跟岳父岳母……啊啊，可是那是私事，跟工作無關。」

「旁人看起來可不是那樣。嗳……老實說，沒有人提供消息。只是我也一樣罷了。」

「老爺子嗎？怎麼了？不是感冒而已嗎？」

「感冒才是沒關係呢。」老人——有馬幾乎是嘆息地說道。「嗳，最近總覺得身邊騷動不安。鬧哄哄地靜不下來。沒錯，之前的戰爭開始前，也是這種感覺。」

「什麼意思？難道又要開戰了嗎？又不是看卦的，說這種話，一點都不像老爺子。不過現在的日本也實在淒涼。就算想打拉，沒子彈沒錢也沒軍隊。什麼保安隊，反正也派不上用場吧？老爺子是杞人憂天啦。」

「我並不是那個意思。」

有馬興致索然地說道，從緒崎身上移開視線，望向遠方。此時他才將一直在手中把玩的香菸含進嘴裡。

「不管這個……那個嫌疑犯怎麼樣了？聽太田說，那傢伙……相當難纏？」

「難纏……是很難纏啊。可惡死了。」

緒崎點燃自己的香菸後，將火種遞向有馬。老人皺起眉頭，湊了上去。

「聽說那個人腦袋有問題，不是嗎？」

「腦袋有問題？那的確是有問題。都殺了人嘛。殺人犯全都是瘋子。正常人會殺人嗎？才不會哩。」

緒崎彷彿看到什麼髒東西似地板起臉來如此說道。

有馬略為後退。冷靜想想，緒崎剛才的發言問題十足。

「你、你是怎麼啦？……你才是，不要緊嗎？」

「不要緊？我要緊得很哪。」緒崎豁出去地說。「老爺子，我啊，跟那個低能的混帳東西面對面待了整整一天哪。那個臭傢伙不管問他什麼，回答都是左閃右躲，敷衍了事。要是我低聲下氣一點，就給我吐些莫名其妙的話。一逼問他，就立刻道歉。戰戰兢兢、扭扭捏捏的，連半點信念主張都沒有。明明殺了人，卻一點反省的樣子也沒有。不，他根本什麼都沒在想。被那種人給殺掉，被害人真是不幸。與其被那種人殺死，被驢子咬死還比較能瞑目。我光是想起那傢伙就噁心。如果我不是刑警，早就把那種廢物給殺了。」

「喂喂喂，你這話也太恐怖了吧……」有馬無力地笑道。「……你不是才說殺人的傢伙全是瘋子嗎？那樣的話，想要殺掉那傢伙的你不也是瘋子嗎？」

有馬以玩笑般的口吻說，但他的眼睛沒有笑意。

緒崎頓了一下，歇斯底里地揉掉沒有熄掉而乾冒煙的香菸，罵道：

「開什麼玩笑？那種人才算不上人。殺人罪這種東西啊，只有殺人的時候才成立。那個叫關口的垃圾東西才沒有人類那麼高尚哩。他比猴崽子還不如。就算殺了猴子，也算不上有罪吧？」

「喂。」

「而且那個猴崽子明明是猴子，還敢加害咱們人類。那種禽獸就該消滅。就連狗咬了人都得抓去殺哪。」

「喂，你氣個什麼勁啊？不管是多惡劣的人，人還是人啊。如果不能算做人，我們也沒辦法逮捕了。我們這一行是以人為對象的。那要是真的猴子，不管是抓還是殺，都是保健所的工作。而且現在這個時代，就算殺野獸，也會被白眼看待的。你說話前先想想自己的立場吧。」

緒崎再次點燃香菸，答道：

「管他什麼立場。反正我都瘋了。」

「你冷靜一下腦袋吧。」

「我冷靜不下來。我本來就討厭不乾不脆的傢伙。我說：是右吧？他就給我答右。胡說！是左吧？他又給我說左。耍人啊？整天戰戰兢兢畏畏縮縮的，卻又沒有半點畏罪反省的樣子。說穿了，那傢伙腦子裡只有他自己。他一定是在盤算，只要裝出一副膽小的樣子縮成一團，就會有人同情他，可憐他，對他伸出援手。誰會同情那種殺人犯！」

「沒有證據吧？」

「他自白了。」

「我聽說他陷入錯亂，不是嗎？」

「那傢伙就是犯人。就算沒有自白，他人也待在棄屍現場。」

「可是只有狀況證據而已，缺少決定性證據啊。」

「所以我才在審問啊。」

「不會是……拷問吧……？」

老刑警把手按在脖子上，擠出滿臉皺紋。

「……原來如此啊。我才在奇怪，人都在現場抓到了，也自白了，除了搜索證據，何必還要審問呢……？看你那樣子也沒辦法哪。他現在的狀態沒辦法問出切確的供述是吧。喂，緒崎……」

「什麼？」

「不要拚過頭了。」

「什麼意思？」

「我是說，如果那傢伙不吐實的話……不，講不通的話，就別再強逼了。暫時撤手吧。交給其他人吧。如果他是真兇，肯定會有其他證據。看那樣子，就算你強逼他吐實也沒用。管你是吼是揍都不會有用的。太田那傢伙甚至還懷疑嫌疑犯是不是智商不足呢。」

「請等一下。意思是他沒有社會責任能力嗎？哼，我才不這麼想，休想。我才不接受那種說法。殺了一個人，卻不必被問罪，這太無法無天了。」

「就算你這麼說……」

「不，那傢伙只是太卑鄙了。」

「卑鄙？你的意思是他假裝錯亂嗎？」

「應該不是假裝吧。他才沒那麼機靈。那是他本來的樣子。可是他不可能沒有責任能力，也不是精神異常，只是性格腐敗罷了。不能連那種傢伙都讓他無罪釋放。」

「釋放不是我們的工作。起訴不起訴，是送交檢察以後的事。就算起訴了，也是由司法來判斷啊。」

「就算是這樣，製作筆錄也是我們的工作。要是我們抱著嫌疑犯沒有責任能力的成見來搜查，意見會影響到檢察啊。我可不要那樣。那傢伙才不是什麼殘障。對了，老爺子，你看看這個，這是東京警視廳送來的，關於關口的報告書。我一大早申請查證，沒想到回來一看，已經送到了。快得異常哪……看了這個，老爺子也會了解的。你看……」

緒崎出示文件。

「嫌疑犯關口巽——這是本名。住在中野的小說家——這好像也是真的。」

「他有前科嗎？」

「比有前科更糟糕。那傢伙啊……是去年發生的『雜司谷連續嬰兒綁架殺人事件』的關係人。」

「關係人？那是什麼案子？」

「是去年夏天的案子。出生的嬰兒接二連三被綁架，遭到殺害……的樣子。細節沒有公開。關口是那個案子的關係人之一。」

「他不是犯人吧？」

「天知道。關係人不是病死，就是意外死亡、自殺，死得都差不多了，真相有如羅生門。看看對關口的偵訊內容，就跟這次一樣，根本不曉得他在胡說八道些什麼。什麼屍體出生、產女怎樣……這就是那傢伙的手法。」

「產女？妖怪的產女嗎？這麼說來，他這次也提到野篦坊怎麼樣……」

「對對對。」緒崎瞇起眼睛。「他說韮山的山裡有野篦坊。這不是讓人很想掐死他嗎？真是愚蠢。可是啊，令人吃驚的是，這份報告書裡說，關口也是那個『武藏野連續分屍殺人事件』的關係人。」

「武藏野？是那個少女接二連三被綁走……」

「沒錯。是我國犯罪史上也難得一見的殘虐獵奇殺人事件。如果事情就像聽說的那樣，那可真的是慘絕人寰。這個案子裡，疑似犯人的人物也死了。可是那個疑似犯人的人物——聽了可別吃驚——聽說是關口的舊識。不僅如此，關口在案件發生前，甚至與其中一名被害人有所接觸。」

緒崎似乎被自己的話刺激，靜靜地激動起來。他的眼神也開始變得異樣。

「關口不是刑警，他是個作家。這不是很奇怪嗎？而且啊，事情還不只如此。那傢伙在年底的『逗子灣首級投棄事件』時，也曾經和被害人一起吃過飯——就在被害人慘遭殺害之前。這會是巧合嗎？」

「逗子？哦，那個黃金骷髏事件啊。那個案子已經解決了吧？我在報上讀到，說犯人已經逮捕了。」

「現在還在公判中。嗳，只論那個案子的話，關口確實不是犯人。」

「你的意思是說，就算是這樣，還是很稀奇嗎？」

「才不只稀奇這點程度呢。嗳，關口完全是關係人，沒有被列為嫌疑犯。之前的兩個案子也是。可是……下一個就不同了。」

「還有嗎？逗子灣的案子不是半年前才發生的嗎？還沒經過多久呢。」

「還有呢，到了今年。那傢伙啊，是那宗『箱根山連續僧侶殺害事件』的重要關係人——不，有一段時期甚至是嫌疑犯。」

「箱根？那個案子沒有破呢。」

「公開發表是說犯人死了。誰知道到底是不是真的。」

「什麼是不是真的？難道你想說那個人就是箱根事件的真兇嗎？這……」

老人一副難掩困惑的模樣，坐立難安地站起來，轉過椅子，又坐了下去。

「……你是想自找麻煩嗎？」

「這四個案子都是東京警視廳和神奈川本部的管轄。管轄外的事，跟我們無關。」

「就是啊。這都是發生在同一個轄區的事吧？如果那傢伙真的可疑，轄區的刑警也不可能平白放過他。再怎麼說，負責的可是大名鼎鼎的東京警視廳啊。」

「所以說，過去的事無所謂啦。可是啊，這個案子是我們的管轄，所以絕對不能放過。我是這個意思。那傢伙確實是個蠢蛋，但可不是普通的蠢蛋。沒有社會責任能力的人，有可能像那樣連續參與震驚社會的獵奇事件嗎？怎麼樣？」

「什麼怎麼樣……唔，確實是不太現實啦。」

「這是現實啊。」緒崎邊吐出煙霧邊說。「是現實。這裡就這麼寫著。」

緒崎用指尖敲了報告書好幾下。

「嗳……如果這是真的，不管他有沒有責任能力，都非常脫離常識。就像你說的，如果那傢伙是刑警還是偵探……至少是事件記者的話，還可以了解。」

「他的朋友裡面好像有偵探，也有刑警跟事件記者。不過這更讓他顯得可疑了。」

「獵奇事件啊……」

有馬環抱雙臂。

「被害人……也有那樣的過去吧？」

「沒錯……被害人是碰上潰眼魔──絞殺魔嗎？她是那一連串荒唐的連續獵奇殺人事件的被害人家屬中唯一的倖存者。這也讓我不爽。我不曉得她家是財閥還是什麼，可是在我們底下的人不曉得的地方，似乎彼此牽連著。」

「彼此牽連著？」

「我剛才舉的與關口有關的四個事件，和與被害人相關的事件中，有一部分的關係人重疊。一般來說，這應該會引起騷動才對。但是表面上卻沒有任何風波。我想裡頭有某些隱瞞。」

「隱瞞啊……」

「我要來揭穿。」緒崎憤慨地說。「總而言之，我就是沒辦法原諒攪亂這平穩日常的傢伙！管他有沒有責任能力，我最痛恨殺人犯了！」

我要殺了他！──緒崎再次說道，拿起手中的文件拍打桌子。

有馬以悲傷的眼神看著奮起的後輩，微弱地搖了幾次頭。接著他呢喃似地說了：

「噯，你冷靜點。你的心情……我了解。我剛才說的不祥的預感，指的就是這個。總覺得最近周遭亂哄哄的。雖然也沒有什麼特別不一樣，可是就是好像有什麼東西在肚子裡扒抓似的……。鎮上騷亂不堪。你不覺得嗎？」

「不覺得。」緒崎冷淡地說。「就算是這樣，也是那個殺人狂害的吧。只要讓那傢伙招供，一切都……」

緒崎的語尾變得曖昧。讓嫌犯招供之後就會怎麼樣？區區一介刑警不可能知道。嫌疑犯只是個無用的牲禮罷了。丟棄的棋子不管有什麼下場，都不會造成任何影響。

我不再偷看刑警，潛身巨大的椅子背後，透過骯髒的窗戶眺望扭曲的城鎮。

＊

自己從什麼時候開始不再看天空了？

妻子準備著遲了的晚餐，貫一看著她的背影，想著這些事。

好苦悶。

想看天空。

家裡的時間依然凍結。

妻子與貫一之間橫亙著緊張的氣氛，腳邊黏稠地沉澱著沉渣般不愉快的空氣。教人待不下去。

事態沒有任何進展。

然而映在貫一眼裡的，卻完全是熟悉的日常風景。電燈泡的溫和光芒。砧板咚咚的聲響。鍋子冒出來的蒸氣。

只有景色一如往常。

鐘聲一響，哭泣的妻子宛如驚奇箱裡的嚇人玩具般站起來，走向廚房。貫一一瞬間戒備，心想妻子該不會要拿菜刀做什麼傻事，結果並不是，妻子只是無言地、宛如進行儀式般地，準備起晚餐。

咚咚咚地，日常的聲音迴響著。

總覺得滑稽極了。

要是隆之這時候打開紙門走進來，就這樣坐下來一起吃飯，就完全是數天前的和平情景了。要是自己輕鬆地「喂」地出聲，妻子是不是會笑著回頭呢？

眼前的情景就是如此地無異於往常……

甚至令人忍不住這麼想。

當然，貫一不可能出聲。貫一只是望著一如往常的不同世界的情景，竭盡全力將一不小心就會到處亂飄的浮躁意識繫緊在殘酷的現實裡。

咚咚咚地，日常的聲音迴響著。

是從以前就一直聆聽的聲音。

明明毫無改變，卻完全不同了。

——不。

難道……這才是真實的世界嗎？

或許過去的貫一只是一直拒絕去看世界的實相罷了。雖說是夫妻，但終究是別人，更何況隆之是別人的孩子。就算再怎麼有感情，但若說平常不會有種生疏之感，那也是騙人的。貫一確實覺得隆之很可愛，現在也依然對他充滿了慈愛之情。

但是，那說穿了只是覺得別人家的孩子也很可愛的感情，若是顧忌世人的眼光，也不能放棄養育義務，所以疼愛孩子是當然的，貫一的感情會不會只是這種程度而已？畢竟拼湊起來的家庭不可能處得好。

這個時候。

不知為何……

貫一的耳邊突然響起一句話。

為什麼哥哥老是這樣……？

為什麼老是那麼愛擺架子……？

為什麼哥哥總是默默忍耐……？

——兵吉。

在貫一心中響起的，不是妻子的聲音，也不是兒子的聲音。那是老早就離別的弟弟——兵吉的聲音。

為什麼哥哥老是這樣……？

為什麼？為什麼？為什麼？弟弟動不動就愛這麼問貫一。一次又一次地追問。貫一不管被弟弟詢問多少次，都無法體會弟弟的用意。

——這樣啊。

根本沒什麼。

妻子一次又一次說的話，從一開始就是貫一最熟悉的話。

——沒錯……是一樣的。

有沒有血緣關係，根本無關緊要。

——是一樣的。

貫一的意識飛往遙遠的過去。

村上貫一出生在紀州熊野。

他是六個孩子當中的老二，哥哥在貫一出生前就已經夭折，所以貫一實質上是長男。原本應該是次男的貫一會取了個像長男的名字，也是這個緣故。貫一底下是妹妹，再下去是兵吉。兵吉與貫一差了六歲，底下還有弟妹各一人。

貫一家是兼業農家，十分貧窮。一家七口靠著貧瘠的旱田糊口。為了打開活路，也試過抄紙等工作，但都很不順利。貫一從小被當成長男養育，對自己的境遇不抱任何疑問，只是唯唯諾諾地工作。沒有什麼特別有趣的事，也沒有什麼特別悲傷的事，貫一只是日復一日地揮起鋤頭，渾身是泥地工作。

貫一家雖然窮困，但淵源已久，雖然姓氏不同，但村子一角住的全都是親戚——一族。貫一家在其中被視為本家，換言之，貫一的地位形同本家的繼承人。

但是就算是舊家，佃農還是佃農，不管持續幾年，都不是多了不起的人家。所以貫一早年完全沒有受到嚴格管教，要他注重血統、繼承家業什麼的。可是那微不足道的境遇差異，還是成了一種無言的壓力，貫一確實從相當年幼的時候開始，就有了繼承人的自覺。

自己遲早會成為戶長——這樣的未來不是想改變就能改變，也沒有選擇的餘地，換言之，不是可以為此不平不滿的事。家業代代都是農業，貫一生來就是農民。對貫一來說，這是天生如此的既成事實。

但是，弟弟兵吉與這樣的貫一大不相同。為什麼非得做這些自己不喜歡的農務？兵吉常常這麼問貫一。對於這個困難的問題，貫一覺得當時應該也是簡慢地回答：因為我們家是農家。

這……也算不上回答。

那個時候，兵吉是在詢問貫一被迫世襲家業的理由。那不管怎麼聽都是這種問題。現在的話，貫一可以了解兵吉這麼問的心情，但是當時貫一連兵吉這麼問的意圖都不懂。

結果，兵吉問貫一：「為什麼不得不繼承家業？」而貫一回答：「因為家業就是要繼承的。」真是可笑的回答。

兵吉也對父親問了相同的問題，被狠狠地責罵了。

父親與弟弟發生過好幾次衝突，每次爭吵，貫一就會用「你成熟點吧」這類乳臭未乾的說詞來安撫血氣方剛的弟弟——不，逼迫弟弟。

某一天——

忘了是冬天還是春天，大妹滿十八歲嫁人，貫一也有人來說親，就是這時候發生的事。記得當時貫一二十歲，兵吉十四歲。一如既往，兵吉和父親發生口角，大吵一架，跑出家裡，就這樣消失了。

兵吉再也沒有回來。

已經是十五年前的事了。

——沒錯。

已經過了十五年了。

自從弟弟離家出走後，家人愈來愈無法相處。一樣是話語失去了效力，就像現在的貫一和美代子，父母的關係傾軋，家庭的時間凍結了。父親拒絕貫一，貫一拒絕父親。底下弟妹的臉上失去表情，家裡的一切全都有如虛假，一片空虛。

——完全一樣。

相同的不只是弟弟的話而已，就連家庭崩壞的情形都一樣。

兵吉消失以後，父親變得自暴自棄。

以前父親動不動就咒罵弟弟「窩囊廢」、「廢物」、「乳臭未乾」，見面第二句話就是「滾出去」，甚至還動手動腳，然而那個廢物真的不在了，父親的態度卻一改從前，成了個廢人。

當然，是因為擔心弟弟的去向。貫一也不是不感到自責。可是更重要的是，父親那種自相矛盾的態度讓貫一大受動搖。

過去貫一總是模仿著父親，像父親那樣對待弟弟。這樣的貫一，立場又是如何？貫一按捺不住，戰戰兢競地詢問父親，結果引來父親暴怒。然後父親說，兵吉會離家出走，是母親害的，是貫一害的。因為做母親的應該庇護兵吉、做哥哥的應該開導兵吉，然而他們卻沒有充分地體諒兵吉的心情，兵吉才會離家出走。

哪有這種道理？這哪裡說得通？

貫一這麼反駁。父親毆打貫一。

就這麼崩壞了。

過去，貫一從未反抗過父親，甚至連反抗的念頭都沒有。但是再怎麼表現出恭順的態度，貫一的真心也未必能夠傳達給父親。

看樣子，父親把說東就不敢往西的貫一當成是一個應聲蟲和懦夫，而認為生性頑拗的兵吉十分可靠。

貫一想都沒有想過父親竟然這麼看待自己。他一直以為自己是個模範的好兒子。

同樣地，貫一也覺得不管他怎麼想，對兵吉來說，貫一仍然是個只會作福作威的爛哥哥罷了吧。

確實，話語是靠著道理成立的。所以沒有話語說不通的道理吧。但是相反的，沒有任何心意能夠透過話語傳達。

一個月後——貫一拋棄家人，離家出走了。

他從來不憎恨父親，也不厭煩母親，也沒有輕蔑過兵吉。至於幼小的弟妹，更只有感到憐愛。即使如此，他們還是彼此乖違、分歧，結果一家人四分五裂了。

之後十五年來，貫一一次都沒有回家。

他寫信到妹妹出嫁後的地址，通知自己的新住處，但是從來沒有聯絡過。

貫一一直忘記了。

那個時候也是一樣的。

這種失落感——死心、焦躁與悔恨，自虐、依存與混亂，以及將這些全部吞沒的奇妙寂靜……

——完全一樣。

所以，有沒有血緣關係、疼愛不疼愛，都沒有關係。

就算隆之是貫一的親生兒子，結果也是一樣吧。他在孩子出生後立刻上戰場，六年間在殺戮中渡日，總算回來之後，看見自己的孩子已然成長，心中不感到奇異，他才覺得奇怪。如果是自己的親生兒子，就可以由衷地說「噢噢，好可愛，你長大了哪」，緊緊地擁抱上去嗎？空白的時間可以一瞬間填滿嗎？貫一覺得不可能。

那麼。

那個時候的奇異感覺，並不是因為隆之是養子才有的感覺吧。貫一覺得無論怎麼樣，空白的時間都無法填補。什麼只要血緣相連，即使分隔兩地，心靈還是會相通、什麼只要有親情存在，心意就一定會相通，這全都是幻想。

——全都是假的。

貫一這麼想。

自己並沒有不小心誤開了異世界的門扉。

而是一直看著錯誤的世界生活。

如果說有哪裡錯了，那一定是十五年前離開熊野的家時就錯了。

出生後二十年間什麼也不看，只是活著，這段期間的欺瞞轟然崩毀了——即使如此，貫一還是不去正視實相，選擇了拋棄故鄉並逃離，在陌生的土地組織家庭——後來貫一便一直注視著名為家庭的溫暖幻影。

不，貫一就是為了能夠一直看著幻影，才拋棄故鄉的吧。

——這就是，現實。

之後十五年……

然後貫一想到了。

沒錯，貫一這十五年來，一直沒有看天空。

討厭，多麼討厭、多麼令人絕望的結論啊。

可是。

——即使如此，這才是現實。

貫一將意識從過去拉回現在。

注意到時，那個不可思議的音色就在近處響起。若是留心去聽，那是非常令人不安、吵鬧的聲響。過去竟能一直不把它放在心上，簡直是不可思議。

晚餐已經準備好了。

妻子抱著飯桶，坐在固定的位置，微微低著頭看貫一。貫一下定決心，在妻子的對面——一樣是貫一平常坐的位置坐下。

美代子垂著頭，在碗中添飯。

然後她就這樣僵了一會，接著以幾乎聽不見的微弱聲音說：「對不起。」

貫一沒有回話。

美代子遞出飯碗。貫一默默地接下。

「……我……說得太過分了……」

「不用再說了……」

聽了也沒用。不，聽了又會動搖。

愈是為情所繫，就愈是痛苦。與其如此，遭受殘酷的痛罵反倒要來得好。

「我不認為你有錯。可是……除了你以外……」

「別說了……」

話語什麼都無法填補。要說的話，應該趁貫一還相信語言有效的時候說才是。

「親愛的……」

妻子露出悲愴的表情。

貫一了解。妻子在不斷地困惑與深思之後，最後選擇了再次浸淫在家這個溫暖的泉水當中。不，她無法不選擇這條路。

名為家的泉水……

那裡總是溫溫地，有些沉澱。

但是，泉水外的環境對人來說實在是太苛酷了。要不斷曝露在灼熱的沙漠當中，對任何人來說都是件痛苦不堪的事吧。就算是極寒的冰河也一樣。赤裸的人類很柔弱，世間又冷酷無情。所以每個人都追求它——泉水。被禁錮在不會太熱、不會太冷、舒適無比、沒有起伏、由預定調和所支配的日常這個樂園當中。不僅如此，無論是要找到那灘泉水、或浸淫在泉水，都易如反掌。例如說，只要貫一現在說聲「知道了，我們重新來過吧」，這個房間立刻就會被舒適的液體給填滿吧。

可是，那種安寧其實只是幻影。家這個泉水就像海市蜃樓一樣。所以就算自以為浸淫在湧泉之中，其實也只是埋沒在熱沙裡、被霜雪覆蓋而已。不會讓人感覺到應該確實遭受到的打擊——這樣的幻影，就是家這個泉水的真面目。一切都只是心理作用。

因為是幻覺，所以只要期望，就可以得到。

不過……

一旦發現就完了。只要一度懷疑是不是其實根本沒有泉水？眼前剩下的，就只有灼熱的沙漠和冰凍的霜雪。

十五年間，不斷在熱沙中做著甜美的夢，而今知道那其實只是海市蜃樓——貫一再也提不起力氣去浸淫在那幻影的泉水之中了。

貫一說出殘酷的話來：

「已經……沒救了。不要再繼續這場鬧劇了。應付場面、用冠冕堂皇的話來矇混過去，都沒有意義。一切就像妳說的。我是個無能、遲鈍、殘忍的傢伙。而妳也無能為力。我們家已經無法恢復原狀了。」

「這……」

「隆之……八成不會回來了。」

貫一彷彿告訴自己似地慢慢說道：

「……已經……不必再假裝一家人了。」

不可思議的聲音再次響起。更接近了。

美代子在意著屋外，然後平靜地答道：

「……我明白了。可是……也不能就這樣下去吧？我們姑且不論……但隆之他……」

「嗯。」

沒錯……不能就這樣下去。

仔細想想，兒子失蹤了一整天，貫一卻完全沒有去找他。這確實異常。

美代子再次聆聽不可思議的聲音。

音色很刺耳。貫一……不知為何感到一陣不安。

「我會盡早……報案要求警方尋找。那樣的話，大概明天就……」

「馬上就會……幫我們找唷。」

美代子抬起頭來，注視著貫一的眼睛。

「然後……會讓我們復合，恢復原狀。」

「妳是說那個……那個聲音……？」

「嗯。」

美代子有些嚴肅地答道。

「我想……」

我想再做一次夢。

妻子彷彿仰望天空似的，抬起頭來。

*

刑警鬧哄哄地凶猛奔出。

儘管沒有必要慌張，但他們可能是被市鎮浮躁不安的氣氛所煽動，也或許是他們生來的習性致使，也可能認為慌慌張張就是他們的職責所在？

寫上了漆黑毛筆字「蓮台寺裸女殺害事件搜查本部」的和紙，被眾人一擁而出捲起的風吹動了幾下，不久後依然如故地垂了下來。

在猛將凶暴地退出後，大辦公室裡變得一片閑散，只看到萎靡不振的有馬刑警，彷彿在作戰時被吩咐留守的傷患兵。

這名老朽的刑警背後，宛如滲出了一股自虐的主張，訴說著：反正我是個落伍沒用的老兵。老刑警一張又一張地撕下貼在黑板上的資料，然後仔細地以板擦抹掉上面的粉筆字。

好像不太好擦。

有馬瞪著板擦好一會，接著拍打了幾下，甩掉卡在纖維裡的白粉。

緒崎不知不覺間現身，大步走到老刑警身後，以紙束拍打了一下老刑警的背。看樣子他好像在離黑板較遠的角落整理資料。

「老爺子……」

有馬回過頭來。

緒崎靠在講壇上，淺淺地坐下。

「緒崎，怎麼了？快點去偵訊啊？你不是負責人嗎？」

「沒關係啦。聽說本部長大人要先親自接見。」

「那你更要去啦。上頭的大人物搞不清楚狀況吧？」

「我才不要。」緒崎說。「光是做些愚蠢的說明就夠煩的了。就交給課長，他走了我再去吧。不管這個，貫兄他……今天還是休息嗎？」

「太田昨天說他應該今天就會來了。好像還沒來呢。是遲到嗎？」

「他受傷的時機也太巧了吧。」緒崎拿著資料到處敲打。

「會嗎？哪裡巧了？」有馬問。

緒崎再敲了一下講壇。

「哼！剛才的那算啥啊？什麼慎重處理？又不是綁架事件，幹麼要報導管制啊？有錢人就那麼偉大嗎？」

「當然偉大啦。」老人說，將糊成一片的黑板再擦了一次。「這個國家沒有國王啊。也沒有武士了不是嗎？唯一一個高高在上的現人神大人（註一），也發表了人類宣言（註二）哪。連神都沒了。管理政事的究竟是哪些傢伙，庶民大概都知道。沒有權力者，也沒有信仰的對象，唯一能夠依靠的就只有金錢了。人類只會膜拜能夠依靠的東西，不是嗎？這個國家到底是不是民主主義很難說，不過肯定是拜金主義不會錯。資本家是最偉大的。」

「哼！」緒崎捲起資料。「就算這樣，為什麼警察非得看那些暴發戶的臉色不可？我不知道什麼羽田製鐵、柴田製絲的，可是就算再怎麼有錢，平民干涉搜查，也太無法無天了。不應該有這種事吧？真是氣死人了。」

「不是的。你也聽到剛才的說明了吧？他們是來提供線索的。羽田隆三先生是被害人的遠親，由於買賣土地和設立財團法人等等，與被害人在生意方面關係也很密切。而柴田勇治先生與被害人一家從上上一代起就過從甚密，織作紡織機械一族現在已經滅絕，目前由柴田製絲的幹部經營。而且就像雜誌上吵翻天的，柴田先生本人和被害人關係也很親近。羽田先生和柴田先生都對被害人個人知之甚詳。平民協助搜查是天經地義的事吧？搜查本部長只是要求我們對這些透過一般搜查無法掌握到的資訊小心處理。」

「這就叫做看人臉色。」緒崎用腳跟踢著講壇。「為誰小心處理？為那些財閥的大人物嗎？本部長說這是一般搜查無法掌握到的資訊，可是兇手都已經抓到了，只要逼問那個蠢蛋就行啦。逼他吐實以後，趕快發出新聞稿還是開記者會不就成了？」

「所以要考慮到那個兇手——不，嫌疑犯的人權啊。若是連同大人物的證詞一起考慮，那個叫關口的小說家也可能不是真兇，不是嗎？」

「他就是兇手。」

「等一下。嗳，就算關口是實行犯好了，也有必要徹查他背後的相關事證吧？至少他沒有動機殺害織作茜。」

「所以怎樣？老爺子說的那些問題，只要逼問那個混帳，就可以一口氣解決啦？是與土地有關的利益榨取嗎？還是企業內的派閥抗爭？難道叫我們也去查仇殺的可能性嗎？還是什麼桃色糾紛、利害關係……？太蠢了。」

緒崎非常暴躁。

「說起來，才沒有什麼動機呢。他是想殺人才殺的。雖然莫名其妙，可是我殺了她——這才是真相。那傢伙就是這種人。」

殺人兇手！——緒崎再一次踢上講壇。

「不要這麼認定。」老刑警說道，把板擦放到黑板邊緣。

「如果——我說如果唷，如果這個案子……對，是委託殺人的話，怎麼樣呢？緘口收了第三者的酬勞……」

「老爺子今天倒是很為上頭的人說話呢。」緒崎憤恨地望向老公僕。有馬面無表情，哼笑了一聲。

大概吧。

這個年老的刑警不可能擁有全面支持體制的心理構造。即使他絕對不是個壞人，卻也不會比別人善良到哪裡去，只是衰老的肉體格外偏好慎重罷了吧。

「如果真是那樣，我們拙劣的成見很有可能會因此放任巨惡逍遙法外啊。」

「巨惡？」有馬話還沒說完，緒崎就嘲笑似地怪叫。「世上哪有那種戲裡頭出現的大壞蛋啊？」

「是……嗎？」

「什麼叫惡啊？正義這種東西的虛偽外皮，老早就被剝下來啦。鬼畜英美其實是仁慈的進駐軍，咱們的盟友德意志倒成了惡魔的爪牙。可是就連這種狀況，只要世間局勢一變，又全部都會顛倒過來。老爺子剛才不也說了嗎？這個國家是拜金主義。拜金主義的社會裡，有貧富差距，沒有善惡之分。沒有正義也沒有邪惡！」

緒崎氣勢洶洶地叫罵，有馬的表情變得有些受不了。

脫離常軌了。

註一：現人神即天皇，意指以人身顯現之神明。

註二：指一九四六年元旦，日本戰敗後昭和天皇所公開的詔書。詔書中天皇否定自己為現人神，故俗稱「人類宣言」（人間宣言）。

「喂，緒崎……」

有馬想說「你說得太過火了」。老人衰弱的肉體也無法承受過激的論調。

「總而言之，我的基準只有一個。不能放過殺人犯。而那個傢伙就是個殺人犯。」

可惡的殺人兇手……！

緒崎製造回音似地連聲喚道。

有馬的表情變得悲傷。

「所以說……還不知道是不是啊。」

「我知道的。那傢伙啊……那傢伙只是在閃爍其詞罷了，那傢伙是個殺人的猴崽子。」

緒崎如此反覆呢喃，眼中似乎早已沒有老人了。突然間，緒崎中斷念咒般的獨白，望向有馬。

「哎……」

他嘆了一聲，離開講壇，背對有馬。

「在這種地方和老爺子爭論也沒用。到了下午，一定就會找到多如牛毛的證據，證人也會把這裡塞得門庭若市吧。這麼一來……那個卑鄙無恥的傢伙就完蛋了。老爺子也會信服的。」

緒崎難受地伸了個懶腰，轉動脖子，順便瞥了瞥有馬，接著呻吟似地問：「老爺子今天接下來呢……？」

有馬蜷起背，朝著窗戶答道：

「我的搭擋沒來，也不能出外勤，只好顧電話了。不過這是非公開的搜查，也不可能收到線報吧……」

緒崎沒有聽到最後，說著：「貫兄到底怎麼了呢？」開始**往這裡走來**。他來到門口處，也不回頭，舉起左手說了聲：「我先走啦。」離開了房間。接著他就這樣聚精會神地往走廊另一頭走去，消失了。八成是去偵訊室了吧。乍看之下他似乎集中在什麼事物上，實際上注意力卻很散漫。完全——**沒看進眼裡**。

這段期間，老人一直望著窗外。

緒崎離開以後，超過十分鐘以上，有馬就這樣一直看著。

十分鐘後，老人才總算在講壇旁邊的折疊椅上坐了下來。

然後他深深地嘆了一口氣。
此時。
走廊吵鬧起來。
「放開我！放開我！」粗野的聲音響起。
不久後，一個掙扎個不停的三十多歲男子被兩名女警抓著肩膀，拖也似地從走廊盡頭出現，他們踩著雜沓的腳步聲，消失到另一頭去。接著一名額頭光禿的中年巨漢從後面走出來，把地板踩得吱咯作響。
有馬抬起頭來，稍微放大了音量說：
「西野。怎麼了？醉鬼嗎？」
中年男子停下腳步，把臉探進搜查本部的大辦公室說：
「汎兄，你猜得沒錯，喝得爛醉如泥哪。關了一晚，現在正要放他出去。酒精好像還沒完全退掉。」
「真令人羨慕。我也想喝個爛醉，醉到被扔進拘留所裡也醒不來。」
有馬一本正經地說。
被稱為西野的男子伸了個懶腰，看了看走廊對面的情況後，說著「你們好像很忙哪」，走進房間裡來。
「好像也沒聽說有什麼大逮捕案啊？怎麼氣氛這麼森嚴？一組的全都出動了吧？總覺得亂哄哄的。而且……署裡好像有不少陌生臉孔？」
「靜岡本部來了好幾個人。」有馬說，請西野坐下。
「真的很不平靜呢。」
「只有這一點……是彼此彼此。」
西野在椅子上坐下。
「這陣子被輔導的孩子好像也不少。還有什麼鄰居爭吵啊、夫妻吵架，一些無聊的通報變多了，搞得人手不足。幾乎都是些旁人根本不想理的雞毛蒜皮小糾紛，放著不管應該也不會怎麼樣，可是既然都接到報案了，也不能置之不理。」
「是不能不理啊。」有馬轉了轉脖子。「對了，取締那個製造噪音的宗教的，也是你們課嗎？」

「那是交通課負責的。」西野說。「他們也沒做什麼壞事，只是妨礙交通而已吧。人雖然多，可是就算聚在一起，頂多也只有三人左右。嗳，感覺大概就像來了一堆街頭藝人吧。他們……怎麼了嗎？」

「沒什麼……」

有馬交叉皺巴巴的雙手手指，擺在膝上。西野說了：

「汎兄，那個啊，聽說是不老長壽的宗教團體唷。嗳，都活到這把年紀了，也不會想要長生了啦。不過我們這些壯年時期在艱苦時代中度過的人，對人生還是有所依戀吧。或許會流行吧。」

「西野，別說玩笑話了。自古以來，街頭巷尾流行的淫祠邪教之類，從來沒有一樣可以永遠流傳下去的……」

會流行就會過時，不當心只會受騙——有馬微微痙攣著臉頰，淡淡地說道。

「別說是長生了，會夭壽的。」

「說的沒錯。」西野大笑起來。「愈是可疑的東西，就愈吸引人嘛。戰後就像雨後春筍般出現了許多新宗教。伊豆姑且不論，駿河好像很多呢。是因為宗教不像戰前那樣受到打壓嗎？《宗教法人法》也制定了，真不曉得宗教團體這下子是容易生存還是難以存續了……對了，剛才的醉鬼……」

「那個令人羨慕的大酒鬼？」

「那個人也說了很古怪的話。」西野有些高興地說。「那個人昨天大白天就喝起霸王酒，還睡在大馬路中間，所以我把他給抓來了，可是他心情非常愉快。說到他心情愉快的理由……」

「是什麼？」

「說是在慶祝驅逐惡靈。」

「惡靈？惡靈說的是這個嗎？」有馬把雙手垂在胸前。

「那是幽靈啦。嗯……？惡靈跟幽靈一樣嗎？」

「如果是嗚嗚嗚……地出現，不都一樣嗎？」有馬說。「都是死人吧？」

「是死人……吧。唔，既然是靈，應該是死的吧。據說那傢伙自稱是醫學博士呢。那位醫生大人啊，說他去年夏天開始就一直被死人的靈魂糾纏不清，傷透了腦筋。結果他被搞到神經衰弱，失去工作，也失去住處，在上野一帶過著流浪漢生活。然後這個月初，他碰到了一個叫什麼的，會使通靈術的孩子。」
「孩子？」
「聽說是個孩子。那個孩子說他很可憐，要為他驅逐惡靈。」
「驅逐惡靈？」
「嗯，驅逐惡靈。那傢伙當時就像個快溺死的人，連根稻草都不放過，所以就照著那孩子說的做了。雖然不曉得那孩子是給他作了法還是怎樣啦。」
「他把小孩子說的話當真啦？」
「當真了呢。可是沒想到啊，昨天……那個惡靈竟然完全消失了。」
「哦？」有馬敷衍地應聲。「噯，人說只要相信，泥菩薩也是金身佛嘛。不管是什麼東西，只要深信不疑，或許就會靈驗吧。但是阿西啊，那個人何必跑到下田這裡來慶祝呢？反倒是這點教人納悶呢。」
「天知道。」西野扭了扭脖子。「身無分文、居無定所，他是怎麼跑來這裡的？總不可能是走路過來吧？可是如果有錢坐火車來，不必白吃白喝，直接在上野舉杯慶祝不就好了？總覺得前言不對後語。說起來，那個人是不是根本不曉得這裡是下田啊？」
「瘋了……？」
「是瘋啦。」西野環起雙臂。「噯，或許說樂昏頭比較對吧。這裡忙得要死，真是會給人找麻煩。害我都不想把他抓回署裡，直接替他墊錢，買車票送他回上野算了。話說回來……我們怎麼會忙成這樣啊？這鬧哄哄的情況是從什麼時候開始的啊？總覺得心浮氣躁的。」
西野嘴裡埋怨個不停，站了起來，拍了一下禿頭後，說：「汎兄也不要太勉強。最近瘋子可不少……」
恰好這個時候，傳來「西野組長」的呼叫聲。
「哎呀，不好。」西野向有馬舉手致意，游泳似地來到門口，點頭說：「我先失陪了。」
他踩出重重的腳步聲，消失在走廊另一頭。
老公僕什麼也沒說，再次望向窗外。
他看到四方形的歪曲泛白天空。

接著就這麼背對這裡開口了：

「你……是靜岡本部的人嗎？」

他是在對我說話。

我往前一步，扶住拉門，答道：「差不多。」

老人緩緩地回頭：

「我沒聽到……你的介紹。」

「因為我不是管理階層。」

「看起來不像。你不是底下的小人物吧？」

「管轄不同。」

「是……前任軍人嗎？」

「這個國家的成人男子，幾乎都是前任軍人。」

「說的也是。」老人無力地說道，再次轉向另一頭。

接著他說：

「真令人厭惡。」

＊

「天長地久……」

那個幾乎沒有眉毛的清瘦男子以兼具高低音域的獨特嗓音嘹亮地誦道：

「天地所以能長且久者，以其不自生，故能長生——老子曾經這麼說過。天地之所以悠久，是因為天地不為自己而生，換言之，是因為沒有自我這個我執。無為無心，才是長久獨一無二之法門……」

貫一以充滿警戒的眼神注視著那兩片動個不停的薄唇。美代子彷彿在計算榻榻米的紋路一般，深深低著頭。

「……吾等成仙道，追求的便是那獨一無二之法門——道。與供奉摩訶不可思議之邪神、強迫無理之信仰的淫祠邪教之類，根本上完全不同。道，即氣的運動，所謂氣，即萬物之根源。無論神、佛、靈、人，一切都只是氣的一種顯現方式。吾等並非信仰，只是以真實之形態存在。為此，吾等在偉大的真人曹方士底下，日夜不斷地修行正確的存在方式，並推廣這正確的存在方式。鄙人名喚刑部，是個乩童。」

「開場白……已經夠了。」

貫一半帶不耐煩地說道，於是那名男子——刑部殷勤地答道：「這樣，恕我失禮了」，在圓形的胸飾前合掌。

「依我所見，村上先生似乎將吾等成仙道視為一般所謂之宗教，所以鄙人才進行了一番無謂的解釋。」

「管你們是不是宗教……」

——宗教。什麼宗教？

說起來，貫一根本不知道宗教的定義，也不想知道。所以他也沒有思考過信仰之於人生究竟是什麼。不過貫一也不認為那種東西能夠救人。貫一認為，信心不會在黑暗中將人導向光明，反倒只會使人盲目。只要閉上眼睛，不管是處在黑暗或光明之中，不都是一樣嗎？所以——不，那種事根本無所謂。與貫一無關。

「……根本無所謂。我們只是……」

「想知道令公子的所在，對吧？」

刑部面無表情地打斷貫一的話。

「您知道，是嗎？您昨天說您知道吧？」美代子抬頭，急切地說。貫一制止她。他才不想被人抓住弱點。

「可是他們昨天的確是這樣說的，所以……」美代子向貫一傾訴。「您知道對不對？對不對？刑部先生！」美代子追問刑部。

「沒錯。」

刑部斷定說。

妻子一瞬間定住，視線對準了異樣的來訪者那面無血色的臉。

「喏，你看，親愛的，隆之他……」

「等一下。你叫刑部是嗎？你真的知道小犬在哪裡嗎？」

「一切……瞭若指掌。」

——他們為什麼會知道？

等一下。

「這樣啊……。我想你也從內人那裡聽說了，我的職業是刑警，幹的是不近人情的工作……」

「不待聽聞，吾等已明白一切。」刑部從容自在地說。

「那就簡單了。」貫一切入正題。「內人說……你們似乎對我們家裡的……呃，很清楚我們的家庭糾紛。不，不僅如此，你們連小犬隆之不是我們夫婦的親生兒子都知道。」

「是的。昨日，鄙人在街上看到正在尋找令公子的尊夫人，從她的面相感覺到非比尋常的氣，實在無法坐視不見，因此明知冒昧，還是叫住了尊夫人。」

「唔……我可以想像那個時候內人的模樣一定不尋常，臉色和面相應該也不普通吧。可是刑部先生，你說不忍坐視而叫住內人，這我很感激……可是為什麼你連我遭到小犬動粗、還有小犬是養子的事都知道？十四年前幫我們介紹小犬的恩人五年前已經過世，現在知道這件事的，應該只有我們夫婦而已……」

「令公子也知道這件事吧？」

刑部以冷淡的口吻說。

「嗯……是啊……你說的沒錯。」

貫一鬆開原本跪坐的雙腿。

隆之知道一切。

那就是崩壞的開始。

我真正的父親不是你……

生下我的也不是妳……

我是小偷的孩子，對吧……？

大前天——

隆之不知道從哪裡聽來了連貫一都不知道的親生母親的事情。

自甘墮落的流浪潑皮妓女。而且還是個竊盜慣犯。她懷下萍水相逢的男人的孩子，臨月的時候遭到檢舉，在獄中生產。生了是生了，卻完全沒有養育的念頭，是個再差勁也不過的母親。

隆之所述說的人物形象，以親生母親來說，是能夠想像得到的範圍中最糟糕的一種。

真的嗎？這是真的嗎？——隆之哭著這麼問貫一。

貫一大吃一驚。的確，為他們斡旋隆之的是警察關係者，可是這件事連妻子都不曉得。美代子說不知道比較好，貫一也這麼想，所以不僅是介紹人的身分，連名字都沒有告訴美代子。不只如此，貫一自己也完全不知道隆之親生母親的身分等資料。因為他和妻子一樣，認為就算知道這些事，也不會有任何益處。

因為不知道，就算被逼問，貫一也無從答起。可是隆之不是自己的親生兒子，這是事實，而貫一一直隱瞞著這件事，這也是事實。

貫一支吾起來。

那是毫無結果的爭論。從一到十，貫一沒有一個問題可以好好回答，卻也無法裝傻說那全是胡說八道。欺騙了隆之的內疚，不管怎麼掩飾就是會冒出破綻，然後，貫一親子花了十四年累積起來的石塔崩塌了。

——沒錯。

已經無法挽回了。

做不到了。

「其實啊，我在懷疑呢，刑部先生……」

貫一說道，繃緊肩膀。

沒錯……昨晚，貫一仔細聆聽妻子的說明之後，心中產生了一個疑念。

所以貫一才會把這個打扮怪異的男子叫進家裡。

「小犬究竟是從誰口中聽到自己的身世的……？」

隆之是什麼時候、在哪裡、從誰那裡得到這些消息？

這是個重要事件。如果沒有人告訴隆之，隆之根本無從得知。

遺憾的是，貫一只因為祕密曝光就慌亂不已，直到昨晚都沒想到這點。

「我不知道小犬從哪裡知道的。就像我剛才說的，這件事應該沒有任何人知道才對。然而……內人說，你們完全沒有聽到任何說明，就看穿了一切……」

「親愛的，你在胡說些什麼……」美代子慌了。

妻子只想知道兒子在哪裡，但是……

貫一瞪住刑部。

「就像你看到的……內人完全相信了你們的靈力——我不知道那是靈力還是什麼。不過這也難怪。陌生的你會知道這些事，本身就夠離奇了。我不曉得你怎麼知道的。可是不管怎麼樣，你們知道我們家的祕密，這是事實。而有人把這個祕密告訴了隆之……這也是事實。」

「難道……」刑部微微睜眼。「難道村上先生，您認為是吾等向令公子灌輸了什麼不好的事情嗎？」

「我的工作就是懷疑別人。而且或許不單純是提供消息而已。如果你們就是隆之的消息來源，也有可能教他一些壞主意，慫恿他離家出走，甚至也可以藏匿他——不，綁架他。那麼你們會知道離家出走的隆之在哪裡，也是理所當然的。」

「哎呀哎呀，這太令人意外了。」刑部說道，撫摸掛在自己胸前的圓形飾物。它看起來像是一只手鏡。邊緣反射出陽光，灼燒貫一的虹膜。

貫一別開視線。刑部說了：

「吾等未曾見過令公子，絕不可能做出那種可惡之事……」

「那麼你們怎麼會知道我兒子在哪裡！」貫一厲聲問道。

刑部微笑了。

「天地雷風山川水火，世上所發生的一切，皆可透過八卦之相來獲知。」

接著他開始朗朗述說：

「太極生兩儀，兩儀生四象，四象生八卦。所謂太極，即根源——一，也就是氣。換言之，世上一切事物的現在，都能夠藉由觀看氣的動向來得知。即使是過去和未來也是一樣……」

「占卜！」

貫一以帶刺的口吻打斷刑部的演說。

煩躁極了。貫一不耐煩到了極點。

「愚蠢極了。不好意思，我不相信占卜。這沒有根據。不，就算你說什麼氣之類的，那種莫名其妙的根據說再多我也不懂，也不想懂。」

「親愛的……」

美代子抓住貫一的袖子。

「就算是占卜還是咒術又有什麼關係？現在只要能知道隆之的下落……」

「妳閉嘴一邊去！」

「親愛的……」

「聽好了，美代子。現在這種狀況，就算隆之人回來了又能怎麼樣？只會重複一樣的事而已吧？隆之已經知道了。我們已經無法回到過去單純的親子關係了。我們之間的隔閡一生都不會消失。即使如此，妳仍然要視而不見，繼續扮演親子、扮演夫婦嗎？」

「我……可是……」

「這是無可奈何的。我昨天也說過了，世上是有不可挽回之事的。」

「那麼隆之……那孩子……」

「我當然會去找隆之。必須找到隆之，討論今後的事吧。就算無法恢復成原本的一家人，我們在戶籍上還是父母。而隆之還未成年，我們有養育他的義務。可是找人不是宗教的工作，而是警察的工作。我會馬上報警。」

「可是，那你為什麼……」

「我要知道到底是誰告訴了隆之那件事。都是那傢伙害的，都是因為那傢伙告訴了隆之多餘的事……」

害得原本舒適的湧泉變成了熱沙。不——害得貫一發現自己打從一開始就埋在熱沙當中了。

「告訴令公子的並非吾等。」

刑部以冷靜的聲音說。

「那到底是誰……是誰說的！」

「如果您想知道……吾等也有知道的方法。如果您願意，鄙人可以進行扶乩等等……」

「不要再提什麼占卜了！」

貫一不屑地說。刑部微微地揚起薄唇。

「還有……」

「還有什麼？」

「村上先生，您……誤會了一件事。」

「誤會？」

「是的。」刑部異常清晰地回話，瞬間，那些不可思議的音色在門外響起。

「村上先生，世上沒有不可挽回之事。依您所處的方式，世界將會如您所願地改變形姿。您只是世界的一部分，但是對您來說，世界就是您本身——您本身就是一切。」

「什麼跟什麼……無聊。」

「一點都不無聊。」

「不，無聊。那當然是啦。事情端看人怎麼想，一切都是心理作用。不管處在任何狀況，只要不去在意，就不會覺得難過，那麼就不會不幸。可是……」

「可是什麼呢？如您所說，一切端看各人的心氣如何去想。靠著心氣，可以改變一切。不管是現在還是未來……甚至是過去。」

「胡、胡說八道……已經過去的事不可能改變。不要在那裡油嘴滑舌地胡說八道，攪亂別人的人生了。我們、我們一家人……」

「例如說……」

刑部站了起來。

「……假設有一件只有您知道的過去事實。如果您把它給忘了……那還能說是事實嗎？」

「事實……就是事實啊。」

「不，並非如此。」刑部嚴峻地斷定。「沒有人知道的事實不是事實。所謂過去，就形同亡靈。形成您現在的形象的，是您現在的氣。只是現在的您的氣流，將過去這個幻影宛若現實般顯現在您當中罷了。」

「那根本是胡言亂語！不管任何狀況，事實就是事實，絕對不可能扭曲。裝水的杯子破掉的話，水就會溢出來。水會溢出來，是因為有杯子破掉這個事實。就算沒有人知道杯子破掉這件事，只要杯子破掉，水還是會溢出來，不可能說沒有人知道，杯子就會恢復原狀。已經過去的事是無法挽回的！」

——沒錯。已經無法回頭了。

就算蒐集破掉的容器殘骸，又貼又補地拼回原狀，也不堪使用了。水會從裂縫裡溢出，不斷溢出……

說穿了，矇混一時只是無謂的抵抗。

那種東西，還是粉碎了比較好。

——那種東西……

刑部抬起下巴。

「真是如此嗎？那種情況，如果連本來有杯子的事都無人知曉的話，又將如何？如此一來，無論杯子是好的還是破的，都沒有關係。溢出來的水不久後將會乾涸。乾涸之後，只剩下一個破掉的杯子。這種情況，豈不是無人知道杯中原本是否有水？杯子或許本來就是破的，如果本來就是破的，也不可能裝水。杯子破掉，水溢出來的事實，在這裡不再能夠是事實了。只剩下破杯存在的事實有效。再者，要是有人在不知不覺間收拾了碎片，那麼甚至沒有人會知道當時發生了什麼事。這樣一來，就只剩下一個什麼都沒有發生過的事實。」

「這……這是詭辯！」

刑部不為所動。只有話語襲來。

「這不是詭辯，而是真理。沒有人能夠回溯時間。所以除非被記錄下來，或有人記得，否則過去形同**不存在**。更何況個人的過去，不是旁人所能夠窺知的。因為人絕對無法回到過去確認。紀錄……還有記憶。能夠保證過去的事物，只是這點程度的東西罷了。紀錄可以改寫，而記憶將會消逝。所以只要不記錄在任何地方，同時無人記得，過去就會消失無蹤了。原本過去這種東西，在經過的階段，就已經**不復存在**了。被不具實體的幻影所囚，迷失現在，誤判將來，是謂愚昧啊。」

「可是……」

忘不掉。一旦知道了，就再也……

「村上先生，如果浸淫在家這個溫暖泉水當中是一場夢，那麼離開那裡，曝露在寒風熱浪當中，亦是一場夢。夢境與現實是等價的。夢境與現實都是氣的一種顯現。事實與虛構並沒有區別。那麼淪為過去的俘虜、消沉度日……值得嗎？」

「可是……」

貫一啞口無言。

煩躁轉變為不安，那股不安被自外面侵入的不可思議音色給煽動，不斷膨脹。

「可是，那麼……」

「所以說……」

刑部發出更嘹亮的聲音。

聲音再次直擊貫一的胸口。

「如果令公子回來的時候，已經**忘掉了一切**，如何？即使如此，府上還是會重蹈相同的覆轍嗎？」

「忘……忘掉？哪有那麼巧的事……呃，不……」

如果真的辦得到的話……

就能夠像從前那樣，再次浸淫在湧泉的夢中嗎？

——不行。

這不行。一定行不通的。

刑部瞇起眼睛。他看透了。

「原來如此……即使如此，您還是會提心吊膽，擔心令公子何時會發現真相，擔心祕密何時會曝光，是嗎？那麼……如果繼續隱瞞，會成為一種隔閡的話，乾脆……」

刑部緩慢地望向貫一的眼睛。

「……連您和尊夫人都忘掉這件事如何？」

「忘……掉……？」

——怎麼可能……這……

這種幻想太過於甜美了。

「只要兩位遺忘……這個世上就再也沒有人知道了，不是嗎？」

「別、別開玩笑了！這種事怎麼可能辦得到？而且就算我們忘記了，萬一又有誰……」

「請勿擔心。縱有奸邪鼠輩伺機向令公子進讒，屆時兩位也能夠正大光明地堅稱絕無此事。也不會有任何內疚之感。因為兩位也根本不知道這件事啊……」

——這……

說的沒錯。這次也是，如果貫一能夠撒謊到底，就不會演變成這種結果了。

「如此一來，就再也不必害怕了。」

「不必害怕？」

「再也不必害怕了。因為旁人的那種胡言亂語，根本是笑話啊。因為兩位並未撒謊。聽仔細了，屆時**那將會成為真實**。」

「這……」

貫一……放聲大吼。

「……這種事怎麼可能辦到！」

「**吾等就辦得到**。」

刑部斷言。

貫一感到腦袋中央一陣鈍痛。

他的心情……

激動不已。

＊

門無聲無息地打開了。

門後出現一個消沉的人影。

辦公室裡，幾名刑警正圍著木桌。有馬慢慢回頭，看見男人進門，皺起眉頭，露出極為悲傷的表情。太田作勢站起來。可是第一個出聲的是緒崎。

「貫兄，你怎麼了？」

來人是村上貫一。一眼就可以看出村上憔悴至極。他的脖子上貼著膏藥，眼眶凹陷，皮膚乾燥，稀疏的鬍子在臉上形成陰影。村上默默地走到有馬前面，低頭說道：「給你添麻煩了。」

「你的傷……好了嗎？」

「呃……嗯。」

「可以工作嗎？」

「我會工作。」

「這樣。那就上工吧。你了解狀況嗎？課長和署長那裡……」

「我剛才去打過招呼了。事件的概梗我從太田那裡聽說了。課長說……之後的指示就詢問有馬兄……」

「嗯……」有馬只出了這麼一聲，垂下兩邊嘴角，沉默不語。

接著他深深地吸了一口氣，說：「嗳，坐吧。」村上拉開破舊的木椅。

這麼一來，除了管理階級以外，下田署刑事課一組的所有成員都到齊了。有馬轉向村上說：

「今早的搜查會議裡決定了今天大致上的任務分配，不過本部那些人好像不會行動。這種情況，慣例上本部應該和我們合作，可是這次啊……」

「財閥插手干涉，他們嚇得不敢動彈了。」

緒崎以充滿惡意的口吻說。

村上什麼也沒說，露出詫異的表情。

「嗳，細節部分你慢慢會知道吧，總之這次是以特例的形式進行。搜查本部長是那邊的人。然後，關於截至昨天的搜查進展，既然村上也來了，就再整理一次，重新研究一下吧。各看各的報告書，也沒辦法有個共識嘛……太田，補足各自負責的部分。」

有馬說道。

原本坐下的太田再次站起來，走到前面。

「好的……關於被害人的個人資料，除了昨天提供的資料以外，沒有任何新事證，所以割愛……啊，等一下我會把資料交給村上兄，請你參考。呃……關於案發當天的被害人行動，與被害人共同行動的津村信吾先生所做的證詞，大致上都已經獲得證實。被害人很有名，就算變裝也相當起眼。」

「被害人變裝了嗎？」

「報導中公開的被害人照片全是和服打扮，但案發當天被害人穿的是洋服。髮型也不一樣。雖然不知道她為何改變裝扮，不過我認為應該是為了避人耳目。案發當天，被害人早上離開住宿的飯店，下午抵達下田，登上下田富士，接著前往蓮台寺溫泉。移動全是靠自用車。津村先生說穿了就是司機。那是一輛漆黑的高級自用車，所以很醒目，在許多重要地點都有人目擊。被害人在十八時十五分進入旅館後，立刻用了晚餐，然後與旅館的女傭聊了約一小時，二十一時五十分前往露天澡堂。二十三時過後，被害人仍未回到房間，津村先生感到奇怪，請女傭前去察看情況，結果……」

「只留下浴衣，人不見了。」

「沒錯。」太田點點頭。「被害人全身赤裸地消失了。津村先生首先聯絡雇主羽田隆三先生，接著報警。」

「等一下。」有馬打斷說。「我現在才發現……他報警了，是吧？」

「是的，有報案失蹤。嗳，不見的女子渾身赤裸，脫衣處連內衣褲都留著……一般都會覺得出了什麼事吧。」

「這樣啊。可是有人目擊到嫌疑犯扛著被害人在路上走，不也立刻報警了嗎？派出所沒有立刻把這兩件事連結在一起嗎？一邊是女人光著身體失蹤，一邊是男人扛著裸女哪。」

「可是……以常識來看，不會認為人是光著身體失蹤吧。就算是綁票，也不會扛著光溜溜的女人離開，更不會想到是遭到殺害吧。所以津村先生好像只通報說被害人在入浴中失蹤。另一方面，派出所雖然在差不多的時間內接獲有人扛著裸女在路上走這種離奇的報案，不過也不會馬上就想到是殺人事件吧？或者說，這種通報內容，根本教人一時無法盡信啊。」

「太荒唐了。這也不能全怪到派出所警官頭上哪。」

緒崎說，有馬點點頭，比比下巴，指著別的刑警說：「那，下山……」看到他的動作，一名臉色黝黑、身形剽悍的刑警發言了：

「哦，司法解剖的結果已經出來了。根據驗屍報告，除了顏面及腹部有受到壓迫的痕跡以外，沒有醒目的外傷。雖然好像有細微的擦傷，但那似乎是日常生活中造成的。死因是頸部壓迫所引發的窒息。是絞殺。」

太田偏了偏頭說：

「可是……仔細想想，這表示被害人全身赤裸，也沒有特別抵抗呢。那麼……」

「不，不是沒有抵抗，而是無法抵抗吧。只要從後面架住被害人，像這樣……」

下山以動作表現。

「……用力一勒，就完全無法抵抗了，不是嗎？頂多只能掙動一下手腳而已吧，而且又渾身赤裸。然後凶器是麻繩。這在棄屍現場扣押了。或者說，把遺體吊在樹上時，用的也是這條麻繩。」

「麻繩啊……」有馬說。

「是的，是麻繩。相當長，也很牢固。再怎麼說，都可以拿來吊屍體、拖屍體了。至於全長……呃，量過了……唔，這寫在資料裡面。根據研判，殺害時也是以這條繩子做為凶器，把前端像這樣抓住恰好的長度，加以勒斃……」

「可以證明嗎？」

「這條繩子含有大量水分，那些水似乎就是殺害現場的露天澡堂的水。」

「分析過成分了嗎？」

「哦，溫泉裡的沉澱物結晶了。然後還有味道。我出生的時候，泡的就是蓮台寺的溫泉水。」
「這樣啊。」
「所以聞得出來。而且現場的岩溫泉裡發現了大量稻草屑，與編織凶器繩索所用的稻草相同。應該是被害人掙扎時掉進水裡的。不過除此以外，現場沒有其他遺留物，也沒有找到嫌疑犯留下來的任何線索。」
「死亡推定時間呢……？」
「二十二時二十分到二十三時。是從胃部裡的食物判斷的。喏，用餐的時間能確定是幾點嘛。這與驗屍的結果幾乎一致。範圍縮得更精準了。我的報告就是這些。其他……好像問到了許多目擊證詞……對吧？太田？」
「截至今早，總共收到了三十三件目擊報告。非常多。其中有二十五件目擊報告，聲稱看到嫌疑犯扛著被害人的遺體移動。這些證詞都是住在蓮台寺近郊的居民——唔，這也是理所當然的——所提供的……對吧？」
「裡面也有成仙道的人啊。」
一名刑警說道。他的開襟襯衫釦子解開了兩顆。
村上一瞬間望向那名男子。
太田「噢噢」地應聲。
「成仙道的信徒有……一、二、三……有五個人呢。他們站在街頭，吹奏著那些奇怪的樂器。此時扛著裸女的猴子……啊，這個就不必說了。移動路線是從溫泉這樣……」
太田用手指在黑板上的地點比畫。
「……從這裡這樣，從這裡這樣，經過這裡，從這條路上山。目擊者的分布也完全沿著這條路。每一個目擊證詞的時間點，也與徒步移動的速度大致吻合。換言之，證詞可信度很高。」
「沿路一直被人觀看嗎？」
「當然啦。那簡直就像化妝遊行嘛。而且肩上扛的還是一個全裸的美女，簡直就是劇場秀。一定會引來注意嘛。」

太田揚起尾音說。

有馬無力地瞪住他。

太田搔了搔頭。

「往前推算，殺害時間是二十二時到二十三時左右呢。這與先前的死亡推定時刻也沒有矛盾。附帶一提，從遺體的狀況來判斷，被害人似乎也的確是被扛在肩膀上搬運的。用左肩。雙腳——或者說臀部朝前搬運。並沒有使用手推車，也不是用背的。這一點也由目擊證詞證實了。請各自參照解剖所見……」

太田出示文件。

「凶器的出處也很明確了。是從蓮台寺郊外從事農業的松村裕一家的倉庫偷來的。」

「偷了繩子啊。還真找得到呢。」

「因為警方接到失竊報案。」下山說。「然後啊，萬無一失地，嫌疑犯偷繩子的時候，臉還被看到了。」

「又被看到了？」

「那傢伙就是那種人。」緒崎發言。「他從一開始就不打算隱瞞。是個蠢貨。可是那傢伙不是個單純的蠢貨，而是個惡質的蠢貨。他利用自己的無能，以為這樣就不會被問罪。他用自己的愚蠢當擋箭牌。」

「噯，別一直蠢來蠢去的。關於那個嫌疑犯呢……？」

有馬用力板起臉來，制止緒崎後，很快地轉向太田問。

「請各位看看這個。這是靜岡本部所提供的，嫌疑犯關口巽的著作。呃……目……玄……啊，是《目眩》。我們透過東京警視廳，私底下向發行所稀譚舍聯絡，取得了作者的照片。啊，就是這個……是本人。此外，為了慎重起見，我們拿這張照片請所有目擊者指認，全員都異口同聲地證明就是這個人沒錯。」

「連臉……都被記住了？」

「記得一清二楚呢。看過他的人全都記得。」

「他的長相很有特徵嗎？」

「呃，我是覺得這張猴子臉沒什麼特徵啦……」

太田看著照片說。

一瞬間，現場鴉雀無聲。

「所以……」太田悄聲說。「所以……已經夠了吧？除了這些以外，還需要什麼？為什麼本部猶豫再三，不肯送檢？」

「動機啊。」有馬說。「完全不曉得動機是什麼。」

「動機……這有動機嗎？」

「誰知道？可是啊，被害人是個來頭極不尋常的未亡人哪。被害人是個大名人，背後又有大人物撐腰。所以『沒有動機，這是變態殺人』這樣的理由是講不通的。而且要是發表『這是路煞犯案』，本部也感覺很沒面子吧？再說嫌疑犯關口巽與被害人織作茜之間沒有任何關聯……」

「有關聯。」這次緒崎以粗啞的聲音打斷有馬的話。「那隻猴子……和『武藏野連續分屍殺人事件』有關係，這個事件與柴田財閥有關，而柴田財閥與被害人家屬公私往來皆十分密切。而且這個事件的關係人和捲入被害人家屬的『潰眼魔、絞殺魔連續獵奇殺人事件』有一部分重疊，重疊的關係人，全都是嫌疑犯的朋友。」

「這……會不會是巧合？」

「是巧合吧。」緒崎當場回答。

「哦？崎兄改變看法了嗎？你之前不是氣勢洶洶地說，這些事件全部相關，全都是關口犯的案子，這次也是計畫性的謀殺嗎？」

下山刑警問道，緒崎稍微笑了一下說：

「這當然是計畫性的謀殺。不過那個叫關口的傢伙，沒有那麼大的本事連續引發這麼多大案子。他腦袋愚笨，也毫無魅力。就算他登高一呼，招攬得到的也只有蛆蟲而已吧。所以之前的事件是他碰巧被捲進去的吧。是巧合。可是這個巧合就是關聯所在。那傢伙一定認識生前的被害人。所以至少這不是臨時起意的路煞殺人，而是有計畫的犯罪。但是，動機不同於一般。」

「不同於一般……？緒崎……」

「我已經和那個人渣面對面談了兩天。那傢伙啊，不可能有一般人的動機。那傢伙比猴子還要惡劣。」

「什麼意思？」

「換句話說，我認為那個猴子盯上了偶然認識的被害人，一直伺機而動。他是個變態。而且是個有多餘智慧的變態。那傢伙從過去的案子裡學習到，因為他是個蠢蛋，就算發生案件，通常也不會被列在嫌疑名單裡面，即使他照著平常行動，也十分安全。所以那個混帳東西糾纏不休地跟蹤被害人，甚至追到下田這裡來，然後興奮之下，殺了被害人。肯定是這樣的。」

「把被害人吊起來的理由呢？」

「很簡單。因為他認為殺人之後，只要做出再荒唐也不過的行動，別人就會認為他瘋了，不會被逮捕。」

「你怎麼想？」有馬向村上徵詢意見。

村上依然一臉沉痛，平靜地說了：

「這個嘛……既然有目擊證詞，嫌疑犯肯定與棄屍脫不了關係，除此之外……說到動機的話，還是只能等他自白……」

「期待他自白也沒用的！」緒崎吼道。「他連半句真話都不肯說！」

「他一直做偽證嗎？」

「不是。就像我剛才說的，那傢伙是個蠢蛋。他很清楚就算不扯謊，他說的話別人也聽不懂。不管說得再多，也一樣說不通，根本就是渾然天成的緘默。他連妄想和現實都區別不清，教人無從應付。聽好了，貫兄，那傢伙想出了一個漫無目的的計畫。無謀的謀略、無能的能力、無知的智慧……這是靠著這些無為的作為而成立的卑鄙犯罪！什麼野篦坊，那個混帳王八蛋！」

「對了，關於那個野篦坊，」有馬說。「他前天不是說，他在韮山看到了野篦坊嗎？」

「管他是韮山還是天城山，世上才沒有什麼野篦坊。無聊。」

「那種東西就算是印度還是西藏也沒有吧……可是，如果那傢伙是從韮山來到下田的，狀況就有點不同了吧？」

「哪有什麼不同？」

緒崎不屑地說，微微顫抖地吐出嘆息。

有馬舉手制止。

「可是，緒崎，被害人是開著漆黑的自用車直接來到下田的。如果就像你說的，嫌疑犯跟蹤被害人的話，嫌疑犯也應該直接來到下田才對。如果那傢伙是繞經韮山過來的，就表示他並沒有跟蹤被害人，對吧？嫌疑犯來到下田之前的行蹤也得調查清楚才行。那傢伙不是供稱他受人委託，才來到伊豆嗎？」

「只是說說罷了。」

「他是怎麼說的？」

「只是胡說八道罷了。」

「別囉嗦，你說就是了。野篦坊的事你也沒有寫在報告書裡，搜查會議中也沒有提出來吧？直接偵訊的人是你，有這麼多事只有你一個人知道，那可麻煩了。」

「那種內容怎麼可能拿來在會議上報告？」緒崎凶暴地說。「你會在報告書裡寫什麼野篦坊嗎？老爺子？要是寫那種東西，這次豈不是輪到我要被抓去精神鑑定了？免談。」

「別鬧了，全部說出來就是了。現在這裡沒有本部那些人，也沒有上頭的大人物。不管是抱怨還是洩氣話，全聽你說就是了。」

緒崎垂下頭，含糊不清地說了：

「那傢伙……說他受朋友的朋友之類的委託，過來尋找消失的村子。」

「消失的村子？」

「我才不知道那什麼鬼咧。那傢伙說什麼韮山有個山村，像煙霧般憑空消失了。所以那傢伙走訪靜岡、三島和沼津調查。那只是隨口瞎掰出來的啦。他說他也拜訪了市公所、郵局之類的地方，不過肯定是騙人的。就算聽信一半好了，只是朋友的朋友拜託，幹麼做到這種地步？就算是真的，那他也夠蠢了。那傢伙還說他甚至在韮山拜訪了駐在所。」

「韮山的……駐在所？」

「韮山啊……」有馬以陰森的嗓音重複道。「向那個駐在所確認過了嗎？」

「嗯，我姑且透過本部詢問了……對吧？太田？」

「哦……」太田發出沒勁的聲音。「呃，回覆完全不得要領。」

「那當然了！」緒崎交疊雙腿，連珠炮似地接著斷定說：「那傢伙的自供全是信口開河！」

「駐在所說嫌疑犯沒有去過嗎？」

「駐在所警官淵……呃，一個姓淵脇的巡查只說有個怪男人來訪，不過我們拿嫌疑犯的照片給他看，他卻說好像不是這個人。」

「問也是白問啦。那個蠢蛋說他和警官還有一個怪男人，三個人一起去了消失的村子。還說什麼結果村子裡住的全是不一樣的人，是宮城來的人。什麼宮城啊？」

「我不曉得是什麼狀況，可是不好好確認怎麼行呢？真拿你沒辦法……」

有馬以充滿虛脫感的視線掃視眾人，最後有氣無力地轉向村上。

「……村上，怎麼樣？現在狀況就是這樣。」

村上也一臉憔悴，頭也不抬地說道：

「嫌疑犯……錯亂了呢。」

緒崎聞言，緊接著吼道：「是瘋了！那就是他本來的樣子！」

村上無視於他，對著有馬說了：

「先調查他的行蹤……然後果然還是動機呢。行蹤是絕對必須確認的。嫌疑犯與被害人在下田碰面，是巧合還是必然……？」

「是必然。」

緒崎再次斷定。但是有數人提出異議。

「還是先查證一下嫌疑犯的供述是真是假比較好吧。知道是謊言的話，也比較痛快。崎兄也想早點解脫吧？這種倦怠感實在教人難受啊……」

「那要怎麼分配？」

「這個嘛……」有馬發出毫無幹勁的聲音。「……伊豆還好，駿河就難辦了。」

「現場指揮不是交給汎兄了嗎？」

「可是三島、沼津再加上靜岡，我們不太容易行動。管轄外要不要拜託本部的搜查員算了？」
「什麼拜託……做決定的是他們耶。」
「靜岡本部負責哪些事……？」
村上問道。太田回答：
「留意羽田製鐵、柴田製絲的動向，派遣搜查員到東京、鞏固與東京警視廳的搜查合作、要求國家警察神奈川縣本部提供資訊、研究官方發表的內容等等。」
「怎麼這樣啊？」下山說。「這樣也算搜查嗎？」
「搜查會議中決定的職務分配，只說他們是頭，我們是腳，就這樣而已。他們說腳要往哪去，由腳自己決定唷，村上兄。可是腳是不能拜託頭的……對吧？老爺子？」
有馬在額頭擠出深深的皺紋。
「老爺子，乾脆請課長還是署長去疏通疏通如何？」
村上說。下山同意。
「就是啊，不就是為了這個目的，才連日接待他們嗎？那不是白白請他們喝酒而已吧？」
「噯，說的也是。」有馬答道。
「那麼就這麼辦吧。署長姑且不論，課長是站在我們腳這邊的吧？而且已經不需要目擊情報了。要是有人目擊到行凶現場另當別論，但現在重要的是嫌疑犯之前的行蹤。」
「我知道啦。」有馬說。「靜岡、沼津、三島——這三個地方交給本部。我來交涉。下山和戶崎再一次徹底調查現場周圍。太田和武居調查嫌疑犯當天的行蹤。緒崎和本部的人一起，繼續偵訊嫌疑犯。村上……」
有馬說到這裡，瞬間吞了一口氣，說：
「……和我一起去韮山。」
「去韮山……嗎？」
村上以沒有抑揚頓挫的聲音重複道。
刑警慵懶地站起來。

我……靜靜關上打開一條縫的休息室門扉。

＊

從車窗望出去的陰天，依然被切割成四方形。

貫一幾乎完全沒有思考。

對面的座位上，筋疲力竭的老刑警以筋疲力竭的姿勢坐著。疲倦的臉，充血的眼睛，一切都鬆垮無力，彷彿懶得再繼續活下去似的。那張毫無緊張感的臉頰另一頭，山谷、樹林、河川等一成不變的無趣風景不斷地現身又掠過。

反覆的，時間。

——總比凍結了好嗎？

自己在做些什麼？

貫一也不是不這麼想。他也覺得不是在這種地方做這種事的時候。

結果妻子與成仙道的男子一同離家了。至於貫一，他再三動搖之後，最後覺得一切都無所謂了……儘管如此，他還是下不了決心，將自己的人生交給那個叫刑部的人。

——是我太窩囊了嗎？

還是因為我是個刑警？

如果就像那個人說的，真的能夠把過去恢復成一張白紙……

那的確是個蠱惑的甜美誘惑吧。貫一差點就做了一場有如蜜糖滴在鼻尖般的美夢。溫暖而舒適的日常景色也如同海市蜃樓般在眼前升起。

——可是。

如果能夠刪除過去這艘船，那麼現在這個過去的船首，究竟會變得如何？過去消失，不等於現在也消失嗎？船都沉了，卻只有船首若無其事地飄浮在水面，不可能有這種荒唐事。如果船首浮著，那一定是假的。

站在那種虛構過往上面的自己，究竟算是什麼？

那真的可以說是自己的人生嗎？

貫一這麼想。

所以，貫一拒絕了。

刑部大概笑了吧。他有如兩棲類般的眼睛和薄唇確實扭曲了。然後他以有些近似樂器的噁心音色說：

「您……似乎不知道何謂幸福呢。」

有因才有果……

果成為因，又生出下一個果……

這個世上的一切全受到因果律支配……

吾等全活在做為果的現在……

換言之，改變未來，即改變現在……

而改變現在，即是改變做為因的過去……

所謂幸福，並非等在未來之物……

同時也非存在於過去的過往之物……

得不到的事物，終究只是畫上的餅……

現在得不到，哪裡算是幸福呢……

想要斬斷阻礙現在幸福的禍根……

惟有回頭改變過去……

——改變，

——過去。

不知為何，貫一湧出一股難以形容的感情，彷彿胸口被揪緊了一般。

「畫上的餅嗎……」

他呢喃。

老人——有馬極其緩慢地，睜開就快閉上的皺巴巴眼皮。

「村上。」

貫一虛脫地「哦」了一聲。

「怎麼啦？」老人以比他更虛脫的聲音問道。

「什麼怎麼了……沒怎麼樣啊。」

「這樣。哎，我這是多管閒事啦。你今早去了警邏總務，對吧？你……去提出搜索申請嗎？」

「咦？」

「……找你兒子吧？」

「啊……嗯。呃……」

「不想說是嗎？」有馬說。

不想說。

有馬再次放下眼皮。

「叫……隆之嗎？」

「呃……」

「哦，我說你兒子啦……一定很大了吧。」

有馬說。

「……我看到他的時候，還是個臉上掛著鼻涕的小鬼頭哪。啊，是在你當上警官時見到的。你那個時候才剛復員，瘦得不成樣子，連你兒子都像個營養不良兒童。我啊，給了他芋頭乾哪。芋頭乾。」

「這樣……」

「是啊。我兒子沒有回來嘛。我每天都在聽復員通知，結果還是不成。所以那個時候，山邊那傢伙對我說：『村上就拜託你了。』萬年巡查部長的我能幹麼呢？頂多只拿得出芋頭來……」

「啊啊……」

山邊是貫一的恩人。

十五年前——

貫一離家後無依無靠，介紹住處和工作給他的就是山邊。

貫一會毫不猶豫地選擇了陌生的下田做為第二故鄉，完全是因為山邊的親切讓他銘感五內；而山邊會選擇下田做為貫一的新天地，則是因為下田是山邊的故鄉。

貫一當時懵然無知，沒見過世面，連火車都沒有坐過。可是貫一還是決定離家自力更生，山邊被他的決心感動，代他安排了一切事宜。

不只是這樣而已。美代子同樣是出於某些原因，離鄉背井，一個人正流落街頭，此時把她介紹給貫一的，也是山邊。美代子流產，夫妻感情瀕臨破裂的時候，也是山邊為他們帶來隆之。保護大後方的妻子，擔任貫一復員後的身分保證人，推薦貫一當警官……一切的一切，全都是託山邊的福。若是沒有山邊唯繼這個人，就不可能有現在的貫一。

然而……

現在已經……

山邊五年前過世了。

是昭和二十三年早春的事。

貫一再次感到胸口一陣微痛。

「山邊先生……」

貫一悄聲說道。

「山邊啊，是我的童年玩伴。他和我不一樣，非常優秀，和家人卻沒什麼緣分。他父母早逝，很早就孑然一身，也沒有兄弟。可能是因為這樣吧，他一直很掛心你們夫婦。他好幾次來找我打聽，問你有沒有好好地在幹警察……」

「是……這樣啊……」

「沒想到他竟然死得那麼快哪。」有馬說道，雙手覆臉，就這樣往下抹去。「他竟然死了。我覺得他把你託給了我，所以把你從警邏叫到防犯來。你完全沒有辜負我的期待，很快就到刑事課來了。」

「我很感激汎兄。」

「別說傻話了。」有馬說。「推薦你到一組的是西野。換句話說，這是你的實力。我到山邊的墓前向他報告過了。」

「墓前啊……」

貫一不知道山邊的墓地在哪裡。

「老爺子，我……」

「且慢。」有馬睜開眼睛。「你不是不想說嗎？那就別說。我並沒有自許為你父親。我可是個陌生人。」

「不是的……」

貫一突然……不安起來。

——這股不安是怎麼回事？

貫一催促幾乎糜爛的腦細胞活性化。貫一一直忘了一件非常重要的事。他一直忘記了。好幾年之間，他完全沒有去想。那是……不安的理由是……

——對了。

那是……

恩人山邊的……來歷。

貫一不清楚山邊的來歷，也從來沒有詢問過生前的山邊。因為他的立場不適合問這種問題，也沒有必要特別詢問……

不過只有一次，山邊推薦他到下田署的時候，貫一聽山邊說他的工作與警方有關。山邊說因為這樣，他在警界吃得開。所以貫一一直這麼以為。所以。所以、所以。

貫一連山邊的住址都不知道，只隱約知道山邊好像住在東京，可是也沒有確認過。他聽說山邊是下田人，和有馬是老交情，可是這些事他也沒有特別詢問過。他也約略感覺到山邊似乎沒有親人，不過這也是現在第一次確實聽到。這也是。也是、也是。

——這麼說來……

山邊過世的時候，貫一也只收到了一張通知。

一張明信片。

而且是在山邊過世了半年以後才收到。

儘管受到山邊那麼多照顧，貫一卻沒有去參加葬禮，也沒有包奠儀。貫一連在山邊靈前上柱香都沒有。

不過……貫一記得有馬似乎也是一樣，只收到一張明信片，還說他大吃一驚。

「老爺子……」

「怎麼了？」

貫一不知道該說些什麼好。有馬以不可思議的表情回望貫一。

「不……呃……」

不安令人渾身哆嗦地，變得更強烈了。

「山邊先生……是個怎麼樣的人？」

貫一好不容易勉強問出這句話。

有馬望向平淡無味的車窗風景，深深地嘆了一口氣，說：

「他……是個可怕的人。」

「可怕……？」

「很可怕。」有馬的眼神很懷念。「他腦袋很好。跟我完全不同。明明到人生途中，我們兩個都還一樣哪。是血統好，還是腦袋不一樣？像我，工作了這麼大半輩子，未來都已經定啦，去年好不容易才爬到警部補的位置。而他從年輕的時候就在內務省工作……」

「內務省？」

「怎麼？這怎麼了嗎？」有馬狐疑地問。

「不，沒什麼……」貫一打馬虎眼。

——內務省？他說內務省？

內務省的官僚為什麼會援助從紀州的農家離家出走的人？為什麼會為這種人費心安排結婚、就業、甚至收養孩子的事？

——更重要的是，

貫一的不安膨脹得愈來愈厲害，直到大到不能再大時，化成了一股寒意，竄上背脊。

——我，

我到底是什麼時候、在哪裡認識山邊的？

完全不記得。

——我，

對山邊一無所知。

這麼說來……山邊的長相如何？貫一應該記得，然而一旦試著想起，卻變得模糊不清。愈是拚命想要回想出來，浮現在腦海的臉就愈像一個陌生人。

——我真的認識山邊嗎？

那會不會是幻覺？那麼讓那個幻覺從一到十全部安排妥當的貫一的人生，究竟算是什麼？

——我的人生……

是陌生人所建立的嗎？

「村上，怎麼啦？」有馬問道。

「老爺子……我……」

有馬露出悲傷的表情撇過臉去，可能沒有出聲地說了聲：「對不起啊。」滿是皺紋的嘴唇確實是這麼動的。

喀登、喀登。火車前進的聲響，一次又一次震動著耳朵。穿過短短的隧道，無趣的景色再次占領了窗戶。

「村上。」

有馬開口。

「這個案子……你怎麼想？」

「怎麼想……？」

「老實說，我根本無所謂。我覺得應該就像緒崎說的吧。只是啊，今天我就是想離開下田。」

「離開下田？」

「是啊。」

有馬拿手巾擦臉。

「那個城鎮騷然不安。它可是我出生長大的地方哪。怎麼會變成這樣一個亂哄哄的地方了呢？我覺得……應該是那個成仙道害的。」

「成……仙道是嗎？」

「你不在意那些聲音嗎？」

有馬說道，垂下眉毛和兩邊的嘴角，一副肚子痛的樣子。

「在意啊。」

雖然是提起來才會想到的程度。

「我啊，總覺得整個城鎮在吱咯作響。那種討人厭的聲音，彷彿讓我想起了自己是個卑鄙的傢伙。」

討人厭的聲音。

美代子跟著那些聲音走了。

那彷彿發生在久遠的過去，也像是剛剛才發生而已，毫無現實感，卻又極為現實。

我相信……

我要和隆之一起生活……

如果你不願意的話……

——我會連你一起忘掉……是嗎？

那種事，

吾等可以輕易辦到……

辦得到啊？

那麼貫一這個人將會從美代子的過去消失得一乾二淨嗎？

到時候……

那將會變成事實……

貫一的記憶，將透過那個叫刑部的人之手，從妻子的歷史完全刪除。而妻子的歷史中，將會滿滿地充溢著她與隆之兩個人甜美的回憶吧。

貫一閉上眼睛。

的確，有多少人就有多少種真實吧。那麼到時候對妻子來說，那就是真實了。

可是貫一的真實不同。對貫一來說，即使崩壞，妻子永遠就是妻子，兒子永遠還是兒子。對貫一來說，那才是真實。

簡直……被一個人拋下了。

所謂家人，指的並非有血緣關係的人，也不是對彼此抱有親情的人。透過無止境的日常反覆這種無窮無盡的沉悶行為所構築的，是一種共通的真實。所謂家人，意味的會不會是共享真實這種幻影的人呢？

——不要。

不管是幻影、虛假、謊言還是誤會都一樣。

因為貫一這個人，就是透過那滿是空隙的、縫縫補補的過去所累積而成的。

「以前哪……」有馬開口道。「很久以前，我曾經在接下來要去的韮山村當過駐在所警官。」

「這樣啊……？所以老爺子才會想去？」

「對。總覺得那個時候教人懷念。對了，就是那個時候，我和一直失聯的童年玩伴山邊重新有了交流。當時警察是內務省管轄的。嗳，不過那傢伙是官僚，而我是個不起眼的駐在所警官……」

「那是幾年前的事了？」

「我想想，大概十五年前了……」

「十五年前……？」

是貫一與山邊認識的時候——雖然貫一完全不記得兩人是怎麼認識的了。

「沒錯，十五年。遙遠的過去嘍。」老刑警呢喃道。沒錯。遙遠的過去了。

——無所謂了。

不管怎麼樣，貫一都不會改變。

誰要改變？——貫一心想。過去渺茫，未來不可捉摸，即使如此，**現在**一定就是現在。

除了現在以外的**現在**，不可能存在。無論在語言上還是概念上，這都是矛盾的。所以貫一認為就算過去能夠改變，即使被賦予了從未體驗過的過去，又怎麼能夠相信？不管有多可疑、或是有多模糊，如果不相信經驗性的過去，人要怎麼活下去？

喀登、喀登。火車行進聲一次又一次震動著耳膜。正是這種反覆使得貫一之所以能夠是貫一吧。無趣的景色才是世界的一切。即使毫無改變，火車也確實地在前進，不是嗎？

接著好一陣子，貫一放空腦袋，望著掠過窗外的山林。新綠漸深，自豪地告諸世人夏季即將來臨。

——是鐵橋。

「村上……」

有馬突然屈身，把臉湊近貫一。

「怎、怎麼了嗎？」

「這……這節車廂是不是不大對勁？」

「不對勁？哪裡不對勁……？」

「不對勁。」有馬瞪大眼睛，只轉動眼珠子掃視周圍。接著他更壓低了嗓音說：

「不覺得太安靜了嗎……？」

喀登、喀登。

喀登、喀登。

喀登、喀登、喀登、喀登。

——很安靜。

貫一慢慢環顧車廂。

車廂沒有客滿，但也不到空蕩蕩的地步。視線所及的範圍內，乘客不少，但都以恰到好處的間隔分散各處。

然而……

卻沒有半點聲響。在說話的好像只有貫一和有馬。貫一屏住氣息，望向斜對面的座位。

斜對面坐的是一個小個子的老太婆。頭上綁著一條骯髒的手巾，穿著農事服，手上戴著粗白手套。旁邊的座位擺了一個約有身體大的包袱，裡面露出沾有泥土的蔬果。

是常見的情景。

沒有任何可疑之處。

貫一轉頭望向旁邊的包廂座位。

那裡坐了一個像是事務員的男子，戴著圓眼鏡，穿著開襟襯衫，頭戴麥桿草帽，手上拿著扇子。這個人也沒有什麼可疑之處……

一道閃光。

男子的胸部一帶閃閃發光，反射出車窗照進來又消失的陽光。

是一只像手鏡般的圓形物品。

——那是……

貫一再次望向老太婆。

老太婆的胸口也有。

——和刑部的一樣。

貫一作勢站起。

那個老人。那個女人那個學生那個婦人。

那個男人那個人那傢伙那傢伙還有那傢伙。

「老爺子……！」

這節車廂。坐在這節車廂裡的……

貫一迅速前傾，在有馬耳邊小聲說：

「這節車廂裡坐的全都是成仙道的。」

「成仙道？」

「全都是成仙道的信徒。」

「你說什麼？」

有馬伸起上半身。接著老人僵住了。

「老爺子，怎麼了？」貫一悄聲問道。不知為何，悸動變快了。心跳突然加劇，胸口發疼。有種虛渺的心情。好想念妻子、好想念家人。好寂寞。快受不了了。不想待在這種地方。不想……完全不想。

「那是……我記得是靜岡本部的……」

有馬說道。貫一回頭。

鄰接的車廂，通道正中央站了一名男子。

「那個人……是靜岡本部的人？」

「不……不清楚是不是。」

「我去看看。」

沒辦法待著不動。貫一站了起來。「村上，等一下。」有馬伸手制止。貫一無法克制。他……受不了了。

他小跑步穿過通道。

這傢伙……這傢伙還有這傢伙。

這些傢伙，全都是被那個下流的刑部抽掉過去的空殼子。一定是這樣的。

沒有一個人動彈。每個人都盯著前面坐著。

只有貫一在活動。

打開車門，穿過連結部分。再一次開門。靜岡本部的人怎麼會在這種地方……？

貫一倒吞了一口氣。

沒看到男人。但是。

相反地……

坐在隔壁車廂裡的……全是異人。

每個人手中都拿著異國的樂器。

頭上綁著黑色的布，身上穿著黃色的異國衣物。

胸口掛著圓形手鏡般的飾物。

「啊……」

此時……

那種彷彿扒抓胸口內側般、不愉快的、同時不可思議的聲音在車廂中迴響。

「你、你們……」

聲音很快就停了。

——他們……要離開下田嗎？

「我、我是警察！」

貫一拿出警察手帳。

沒有一個人看他。

喀登、喀登、喀登、喀登。

「這、這是警方盤問……」

那道聲音再度響起。

「安靜！不可以在這裡吹奏樂器……！」

聲音沒有停下來。

「叫你們安靜！停下來！」

閃閃爍爍。閃閃爍爍。

圓形飾物閃閃發光。

住手住手住手！

「哇啊啊啊！」

貫一跑過異人之間、跑過攪亂心緒的聲音洪水之中。不管怎麼跑，聲音和光芒都沒有消失。

——跑到最後一節。

快點穿過車輛，去到車廂外頭。

那麼一來，聲音就會穿出去，散往天空。

碰到門了。

接著，透過車門的玻璃窗，

貫一看見了不存在這個世上的東西。

車廂外……一名男子背對這裡站著。他穿著未曾見過的異國服裝，頭部異常巨大，而且金光閃閃。

——黃金……面具？

男子戴著面具嗎？

男子回過頭來。

巨大的耳朵。高聳的鼻子。扁塌的下巴。同時……

睜大的一雙巨眼之中，

蹦出了兩顆眼珠子。

貫一尖叫起來。

「村上、村上！」有馬遠遠地叫著。

「宴已備妥……」

刑部的話聲響起。

2

那一天，大概是木場修太郎巡查部長最後準時出現在他任職的東京警視廳搜查一課一組的刑警辦公室。

青木文藏記得，那天木場的表情非常不高興。不過木場這個人原本就難以捉摸，旁人很難看出他究竟是高興還是生氣，所以木場實際上心情如何，青木並不知道。

木場緊抿著小小的嘴巴，直線形眉毛底下的小眼睛瞇得更細，拱著厚實的肩膀走進刑警辦公室裡來。完全不曉得他在想些什麼。也不知道他到底有沒有打招呼，就算有，聲音一定也很小，根本沒有人聽見吧。

若是常人，這種冷淡的態度就叫做不高興——不，完全是直截了當地表現出滿肚子火。可是就木場而言，卻無法照常理判斷。

例如……

假設木場正哼著歌，看起來興頭十足、興高采烈。即使如此，若說當時木場是真的興高采烈，未必就是如此。無論他看起來有多高興，那也只是看起來而已，說不定他其實正暴跳如雷。所以要是打趣地對他說：「前輩，是不是有什麼好事啊？」肯定會倒大楣。青木因此遭到木場吼罵的次數多不勝數。

但是反過來說，就算木場看起來消沉而凶暴，也不能隨便向他攀談，說要聽他吐苦水。愛管閒事不是件壞事，但是偏偏那種時候，木場總是勁頭十足。同情他只會讓自己吃虧。

這麼一說，木場似乎是個很難相處的傢伙，但實際上卻也並非如此。

木場很照顧人，勤勞規矩，表情並不特別死板，也不比別人愛挑剔。他有點愛唱反調，不知道投機取巧，但是比一些固執己見的倔強鬼或見風轉舵的牆頭草更好相處多了。只是照一般人的感覺，多難看透木場的反應罷了。

例如去年，木場做出了身為警視廳刑警難以想像的脫軌行動。那並不是怠忽職守、貪污這類司空見慣的醜聞。木場被捲入管轄外的案子，對窩囊的有關當局大感失望，想要靠一己之力解決案子而奔走。結果木場違反服務規程，不僅受到申戒，還被處以一個月的閉門反省。

他的動機是公憤、義憤，一般來說，是不該遭到這種處分的。但是木場這個人的正義和信念，不知為何卻總是以脫軌的形式顯現出來。

為什麼會採取那種行動？乍看之下，只讓人覺得莫名其妙。但是仔仔細細地聽過之後，才稍微能夠了解。雖然木場絕對不是胡來，卻完全猜不到他的目的。

木場就是這樣一個人。

木場閉門反省的時候，青木帶著香蕉去慰問。他記得木場曾說他忘不了戰爭時在南方吃到的香蕉滋味，所以青木特地破費買了帶去，然而儘管青木如此費心，木場卻絲毫不開心。事後一問，木場罵他說那些香蕉青得不能吃，還說香蕉就是快爛的才好吃。後來青木收到別人送他的香蕉，特地挑選了一些熟到發黑的送給木場，又被罵說這些香蕉根本爛到不能吃。

木場就是這樣，教人完全摸不透。

所以那一天，或許木場的那個模樣也算無異於平常。

那一天不知道為什麼，搜查一課課長大島剛昌一早人就在刑警辦公室。木場一看到大島，立刻筆直地朝他走去。

大島看也不看木場，說：「怎麼？來勢洶洶的。」木場完全是叉著腿擋在課長面前站住，卻以意外中規中矩的口吻開口：「關於昨天的事……」他走過去的模樣充滿了狠勁，一副就要直接毆打上去的態度，結果卻讓周圍的人期待落空。

「昨天的……什麼事？」

「就是……世田谷的漢方醫啊。」

「漢方……哦，那個啊。那個怎麼了？」

「課長……」

木場從後褲袋裡抽出扇子。

「……不見了一個人。」

「嗯？是豐島的女工嗎？沒收到失蹤報案吧？」

大島依然看著桌上的文件，漫不經心地應聲。

「她沒有親人，誰會報案？」

「雇主之類的……」

「哪來那麼好管閒事的雇主？」

「有啦，當然有了。」大島總算抬起頭來。「說起來，對小企業來說，勞動力是很貴重的。就算是女工，少了一個也很傷腦筋的。」

「工廠根本是用低薪剝削勞工到死。女工什麼的，可以取代的人太多了。失蹤的是個已經有些年紀的女人，雇個更年輕的才划算……」

大島再次低頭看文件。

「課長，總之……」

「木場。」

大島理齊文件，擺到一旁，坐直身體仰望木場。

「我們可不是跑新聞的。你是什麼？」

「刑警。」

「不對。你是司法警察員東京警視廳巡查部長。木場，你給我聽好了，不要成天在那裡四處亂晃，撿些有的沒的事回來，像什麼樣子？我們是組織行動，你只是個齒輪，齒輪只要乖乖轉動就是了。」

「轉動？」

「你那是什麼不滿的表情？有意見嗎？你想說當齒輪太大材小用嗎？混帳東西，可別小看齒輪了。要是少了一顆齒輪，別說戰車跑不動，就連戰鬥機也會墜落。不是我自誇，我也是顆齒輪，只是比你們高級一點罷了。聽好了，你只要待在你的位置顧著轉動就是了。這麼一來，組織就會正常運作。只要組織正常運作，就輪不到你來傷腦筋。齒輪掉落路邊，會動的東西也動不了啦。」

「這……我明白。」

「你不明白。你根本就不明白。」大島略帶沙啞地說，縮起下巴，身體後仰，把整個椅子往後拉。

「那個漢方醫在三軒茶屋，對吧？失蹤的女工生活起居的工廠在東長崎吧？那麼就算發生了什麼犯罪行為，那也是豐島世田谷那些人的工作吧？」

「就是因為轄區不肯行動，我才像這樣……」

「之所以不肯行動，是因為沒有犯罪嫌疑。」

「可是目黑署逮捕了一名這個案子的關係人。那傢伙手中有證據。」

「那麼沒多久就會採取行動了吧。相信他們吧。」

「查到證據以後，兩個月以上都沒有動靜了。這段期間逮捕關係人的刑警離職，與案情相關的女人也失蹤了。」

「或許是在觀察動靜吧？像是祕密偵查或鞏固證據……你也很清楚，搜查是很低調不起眼的吧？而且根據你的說法，那個漢方醫頂多只是用不合理的高價販賣沒用的藥材罷了，不是嗎？那算詐欺吧？那種小家子氣的詐欺師，何必綁架女人？」

「那是……所以說他們的手法……」

「砰！」一道巨響，大島雙手拍在桌上。

「木場，你很囉嗦唷？我告訴你，你可別把我看得太扁了。我聽過你的報告後，早就向目黑署求證過了。」

「求證？」

「對。我剛才在看的，就是今早送到的資料。那個漢方醫——条山房藥局嗎？的確是有人申訴和報案，可是這些都會駁回。」

「駁回？」

「上當的是傻瓜。有七成的客人感激那個漢方醫。藥對於有效的人就有效。只是沒效的人吵著要退錢罷了。這種事難道要一一處理嗎？醫生裡也有不少庸醫啊。如果治不好病患的醫生全都觸犯詐欺殺人罪，全國的醫生有一半都得去坐牢了。監獄可沒那麼多，而且那樣子醫生會不夠，連感冒都不行啦。」

「可是……他們的手法很巧妙……」

「喂，目黑署可不是在睡大頭覺，他們也去現場搜查過了，可是沒有查到什麼違法行為。要是搜到大麻還另當別論。目黑署好像已經提出警告了，但聽說他們的營業內容算不上觸法。不勞你擔心，轄區也清醒得很。」

木場不為所動，只是把玩著扇子，結果又把它收進後褲袋裡。

接著他沉默了一會兒，這麼問道：

「目黑署的岩川……為什麼辭職了？」

「岩川？聽說岩川警部補是因為私人因素而主動辭職的。從目黑署警務課長的口氣聽來，似乎要回去繼承家業吧。」

「協助岩川搜查的小鬼呢？」

「沒聽說。」

大島彷彿表示這是他最後一句話似地，把文件收進抽屜以後，大聲要茶。木場敬禮右轉，無精打采地離開上司前面，默默地在自己的位置坐下。

鼻翼膨脹。眉間和鼻子上也擠出了皺紋。青木不知該如何開口。雖然木場的表情的確相當恐怖，可是他並不一定在生氣。木場這個人只要理由可以接受，就不會記恨——可以接受的話。

正當青木決定出聲叫他，同僚木下圀治說了一聲「前輩早安」，時機巧妙地把剛泡好的茶遞到木場前面。

木場依然怫然不悅。連話也不說。

木下這個人從他微胖的外表完全想像不出十分膽小謹慎，出於膽小，他格外拘泥於營造課內圓滑的人際關係——換言之，他是個喜好逢迎的人。

木下再一次說：「前輩早安。」

「早你個頭啦王八蛋。呆頭呆腦的招呼個什麼勁？混帳東西。你是管茶的啊你？」

木場叫罵著，抓起茶杯，又罵道：「你存心燙死人啊？」

看樣子……心情不太好。

木下貍子般的臉轉向青木，伸長了人中部位。木場噘起下唇，盯著茶杯花紋看了好一會兒，不久後轉向木下問道：「長門大叔咧？」木下立刻回答：「大叔神經痛。」長門是一課裡資歷最老的刑警，也是木場的搭擋。木場不知為何擺出歌舞伎演員招牌動作般的表情，啞著聲音問：

「哼，那老頭子也不中用啦。」

木下露出窩囊的笑容，說：「長門大叔還很健朗的。」

「健朗個頭。神經痛的人勝任得了一課一組的工作嗎？別待什麼刑事部，轉到防犯去算了。取締鴿子、對妓女說教才適合他。」

木場看似有些寂寞地對請病假的長老刑警罵了一串，朝大島的座位瞥了一眼，接著「喂」地叫青木。

「什麼事？」

「過來一下。」

木場小聲說，悄悄地離席去到走廊。

青木邊注意著大島，像是做錯事感到內疚般，偷偷摸摸地跟了上去。

一去到走廊，青木就被木場揪住手臂，按到牆上。木場右手撐在青木左耳旁，把臉湊近他的右耳，對著牆壁說話似地說了：

「你記得岩川吧？」

「岩……岩川？那個池袋署的……」

「沒錯，就是那個岩川。嘴巴尖酸刻薄，滿腦子只想著出人頭地，只會拍上司馬屁，無能又愛逞威風的垃圾岩川。你不是也曾經被他搶過好幾次功勞嗎？喏，那次銷贓揖客命案時，你也……」

「我知道。可是……那剛才談到的……」

「沒錯。」木場說道，身體離開青木。「你聽到的話就簡單了。那傢伙後來調到目黑署去了。然後啊，青木，你還記得他老家是幹啥的嗎？」

「他的老家……？」

「根據我的記憶啊……沒錯，那傢伙是個有錢人家的大少吧？」

青木和木場在派任到本廳前，一起在池袋署共事過。岩川真司就是他們那個時候的同僚。

「我記得他應該是貿易商的兒子。只是……對，聽說他父親很久以前就過世了，公司也已經沒了……」

「就是吧？那種年紀要回去繼承家業就已經夠怪的了，而且他也不像有生意頭腦，我就覺得奇怪……而且連公司都沒了，要回去繼承啥啊？」

木場雙臂交環，瞇起眼睛。

岩川的刑警資歷應該比青木淺，但他在交通課待了很久，據青木的記憶所及，他的年紀似乎比木場還大。現在已經快四十了。

「岩川兄……怎麼了嗎？」

「你不是聽到了嗎？」木場突然冷淡起來。「他辭職了。那個熱衷於出人頭地的馬屁精竟然辭職了。年紀都快不惑了才辭掉警察工作，到底想做什麼？而且有哪個笨蛋會雇用他那種廢物啊？」

「說的也是。那麼……岩川兄做了什麼事嗎？」

木場沒有回答這個問題。相反地，他一臉凶相地轉向青木，不知為何這麼問了：

「你還年輕，我不曉得你會怎麼想……嗯，你想要長生不老嗎？——不，你……怕死嗎？」

「死……那當然怕啦。我可是前任特攻隊隊員，這條命等於是僥倖撿回來的。可是前輩，為什麼這麼問？」

「因為……我也怕死啊。」

「什麼？」

「就連在最前線的時候，我也從來沒有想過這種事。可是啊，仔細想想……是啊，那就像睡得舒舒服服地，卻突然從安眠中被拉了回來似的……」

木場說道，像是掩飾難為情似地，仰頭以幾乎聽不見的聲音說：

「恐怖死了。」

「咦？」

「恐怖」。聽起來的確是這兩個字。青木懷疑自己聽錯了。木場應該是天不怕地不怕才對。青木瞪大眼睛。木場依然瞪著天花板，再次唐突地問：

「你……父母嗎？呃，是啊。」

「咦？父母嗎？呃，是啊。」

「在東北嗎？」

「在仙台附近……怎麼了嗎？」

「不，沒事。」木場不悅地說，轉過身去。接著他說：「你還只是個小鬼頭，不要太勉強，偶爾回老家去吧。」

「前輩！」青木朝木場寬闊的背後叫道。「到底……發生了什麼事！」

木場一定碰上了什麼案子。

難以捉摸的男子微微回頭，說：「跟你這個小鬼頭沒關係。」

「事到如今還說這什麼話……太見外了。」

「是你太嫩了。」

「前輩……」

「回辦公室去吧。你是循規蹈矩的模範地方公務員吧？小心大島警部閣下發威啊。」

木場說完，背對青木走了出去。

——又來了……

從青木的經驗來判斷，木場一定下了某種決心。他已經做好受到處分的心理準備，打算暗中進行搜查吧。之所以對青木不必要地冷酷，也是不想把別人捲入自己的失控行為。事實上，青木過去曾經好幾次遭到波及。而那種時候，木場總是已經做好了一個人擔起責任的心理準備。

「木場前輩……」

青木叫喚木場。

的確……

不與世浮沉，孤高獨行的木場乍看之下很帥氣，但是那種做法仍然只能說是愚笨。

從過去的例子來看，這種時候的木場所採取的行動並不會偏離目標太遠。木場總是逼近真相。身為刑警，木場的嗅覺和眼光應該算是十分精準。

即使如此，木場仍舊無法直搗黃龍，因為他總是單打獨鬥。回顧過去的例子，如果木場能夠進行組織搜查，狀況有可能大為不同。

最重要的是，如果一個人掌握到正確答案，同時確信組織全體的方向是錯的，那麼那個人無論如何都應該要說服組織才對。警察組織並未愚笨到無法區別對錯，也沒有透過正當的程序還不肯行動的組織。木場可能不這麼相信，但青木相信。所以木場才會說青木太嫩，但以青木的角度來看，採取正確行動卻遭到處分的木場才是笨蛋。

「前輩什麼時候才肯信任我！」

青木小聲叫道，木場停下腳步。

「你在胡說些什麼……」

「前輩打算做什麼？」

「做什麼？」

「什麼做什麼……前輩打算進行搜查，對吧？」

「你在胡說些什麼啊？」木場高聲說道，露出一種難以理解的、以木場來說十分罕見的表情。

「可是前輩不是說那個漢方醫如何又如何嗎？」

「哦，你說条山房啊。剛才課長不是說過了嗎？你也聽到了吧？目黑署搜查過，既然沒問題，那就是沒問題吧。只是我不曉得他們搜查過罷了。」

「那岩川兄……」

「岩川嗎？岩川想要舉發那個条山房。因為那裡在進行類似長生不老講習會的可疑活動，岩川好像盯上了它……。不過這表示那傢伙誤會了。」

「那……那個女工呢？」

「你很囉嗦耶。」木場說。「那個女的被条山房給騙了，上星期人就不見了……沒什麼，我跟那個女的有點緣分。不過如果条山房沒關係……那麼是藍童子嗎……？」

木場偏著頭說。

「藍……什麼？」

「你不知道嗎？聽說是個能通靈的小鬼啊。」

「沒聽過。」青木說道，木場笑了。

「這樣啊。不知道也是當然的。喂，用不著擔心，我不會再像上次那樣魯莽行事了。而且又沒人死掉。噯，課長說啥都沒有的話，一定啥都沒有吧。」

「什麼啥都沒有……」

態度老實過頭了——青木這麼想。

「而且今天也不是我當班。總覺得提不起勁。我去資料室看個報好了，你回去辦公室吧……」

木場說道，轉過身去。

這是青木最後一次看到木場。

＊

「原來如此，那麼……」河原崎松藏「啪」的一聲闔起記事本。

「木場刑警失蹤的日子，恰好是一星期前的星期五，五月二十九日，對吧？」

「也……不算是失蹤……」

聽到別人這麼說，青木難掩困惑。木場不見是事實，但失蹤這兩個字的語感，怎麼樣都與這個現實格格不入。

青木思考了一會兒，這麼回答：

「木場前輩那一天就提出假單了，好像也被受理了。所以雖然不知道他去了哪裡，不過應該是長期休假。」

「休假？本廳的人可以說請假就請假嗎？」

河原崎大感驚訝地說，搔了搔理得極短的頭髮。

若是不知道他的身分，怎麼看都不會覺得他是個正派人士。

這個乍看之下像黑道也像個和尚的人，是目黑署刑事課搜查二組的刑警。

他亮出來的警察手帳上貼的照片確實是眼前這個男子，上面也蓋了騎縫章。他確實是個警官。

青木苦笑了：

「呃……沒那回事。跟你們一樣啊。查案子的時候沒辦法休息，沒案子的時候就等案子，根本沒辦法休假。就算強迫放假，也只會教人沮喪而已。而且也不曉得什麼時候會被召集。就算是不當班的日子，也得待機等聯絡，沒辦法出門。你……住宿舍嗎？」

「我住單身宿舍。」

「我去年搬離宿舍了。木場前輩本來就在外面租房子，不過除了遭到閉門反省處分的期間，他是全勤上班的。」

「那……又怎麼會……？」

「關於這個，前輩和我道別以後，好像去了健康管理部。」

「哦？他身體不舒服嗎？」

「可能……不太舒服吧……」

青木不知道該怎麼表達這種怪異的感覺，只好使勁歪起整張臉。

木場也是人，應該也有身體不適的時候。可是這要是平常，木場就算遭到一般人會昏倒的打擊，也會忍下來。

不是靠精神力支持，也不是努力，就是把它給忍下來。青木無法切確地形容，但是木場請病假這種事，就像烏龜用兩條腿走路一樣，是好似可能，卻絕對不可能的事；若是真的發生，肯定教人捧腹大笑。

「總覺得……難以置信，可是木場前輩好像貧血還是怎麼了。所以到保安室讓醫生診療，卻發現問題好像嚴重了。」

「問題嚴重？」

「應該相當嚴重。木場前輩的私生活過得很隨便啊。他這個人做事一板一眼，但有時卻漫不經心。又愛把錢花在莫名其妙的地方，所以很窮。而且他租的地方不附膳食，所以總是有一餐沒一餐地亂吃。然後一碰到工作就勉強自己，不要命似地胡來，喝酒又像用灌的一樣。」

「唔唔，我感同身受哪。」河原崎抱起雙臂。「我也是肝臟不好。」

「木場前輩要是被自己的肝臟告上法院，肯定會被判有罪。然後警務覺得這樣不行，聯絡了總務課，總務課又轉給了課長。我那天上午就回去了，所以不知道，不過聽管理官說，下午課長和前輩兩個人談過之後，決定讓前輩休假。我沒有直接問課長，不過聽說課長叫前輩好好休息休息。」

「你們課長人真好呢。」

「才……不好呢。」

課長其實想要趕走麻煩蟲。

「原本應該需要診斷書之類的文件證明吧，這部分跟你們一樣。上班情況也只是簽一下簽到簿而已，不是嗎？全都看上司一句話。不過我也覺得前輩實際上也有休息的必要啦。課長心想前輩大概過個兩三天就會回來了。反正那個笨蛋除了工作以外沒別的本事——只要是認識前輩的人，任誰都會這麼想。然而……」

「然而？」

「上面決定要臨檢淺草的國際市場，這本來跟我們沒關係，不過說是要派遣血氣方剛的搜查員過去。說到血氣方剛，當然非木場前輩莫屬。課長心想前輩都睡了三天，應該也睡煩了，於是要附近的派出所聯絡他住的地方。」

「……人不在？」

「不在。聽說沒有回去。從休假的第一天就沒有回去……」

「從本廳就這樣消失了？」

「不，他下班以後好像先回了老家一趟。木場前輩的老家在小石川，他好像去那裡露了臉。不過沒有過夜，晚上就離開了。」

「唔唔……那麼這該怎麼看才好呢……」

河原崎這次搔了搔耳朵。他才二十多歲，但是無論是動作還是服裝，看起來都沒有這麼年輕。河崎原的頭髮短得近乎光頭，膚色黝黑，還留了鬍子。另一方面，青木雖然比河原崎年長，但他的言行舉止和外貌經常被人誤認為學生，怎麼看威嚴就是輸人家一截。

成是這樣吧。

「木場刑警究竟是……」

「從過去的例子來看……」

以青木的經驗來判斷，木場一定又插手奇妙難解的事件，正為此煩惱，憤慨之下逞起匹夫之勇來——八

但是……

臨別之際的木場，和平常的木場有點不一樣——雖然青木說不出哪裡不一樣。

「嗯……應該是去找他提到的失蹤女工，或者是去救她……可是……」

青木說到這裡，噤口不語了。

「可是？」

河原崎問道。青木答不出來。

總覺得不協調。那是……

「……案子的規模嗎？」

對手太小了。不像是木場會為此挺身而出的敵人。「什麼案子？」河原崎又追問。

「對……對手只是鎮上一家小藥局，而且是詐欺和失蹤，不是得花上那麼多天的案子。靠前輩的衝勁來看，那種事只要花上他一天就夠了。也不用申請拘票什麼的。大吼大叫地衝進去胡鬧一番，帶回女人，寫篇悔過書就沒事了。根本用不著請假。」

「真、真是胡來。」

「是很胡來啊。而且有勇無謀又粗暴，完全是豁出去了。不過，木場前輩過去雖然曾經豁出去好幾次，但條件是對手夠**巨大**。」

「巨大？」

「是的。我認為木場前輩一碰到不可能應付得了的強敵，就會異樣地衝動。每次都因此而吃苦頭……有點像接近戰敗時的軍部。不過我覺得這決不是件好事呢。那簡直是唐吉訶德。」

「糖雞什麼？」河原崎的眉毛垂成八字形。

「小丑。」青木答道。他不是在貶損木場，但這種說法怎麼聽都是中傷吧。不過事實就是事實。

河原崎「唔唔」地低吟。

「其實啊，青木兄，我會在執勤時間外找你，是因為，呃……」

河原崎支支吾吾地說著，拿手巾擦了擦汗，鬆開領帶。

這裡是水道橋一家骯髒的料理店包廂。

料理大概都吃得差不多了，眼前的兩名男子中間隔著杯盤狼藉的餐桌對坐。

「河原崎，我還以為是木場前輩在目黑署的轄區闖出什麼禍來了呢……」

木場的話，這是很有可能的狀況，而那種時候他會把青木找去的可能性相當高。就算引發醜聞，只要表明警官的身分，若非犯罪情節太誇張，警方大部分都會酌情處理。要是先被上司知曉，肯定會遭到處罰，但是也有其他平穩解決的方法。但看樣子青木想錯了。

河原崎再一次拭汗。

「哎呀，聽到木場兄的事蹟，真教我汗顏。實在是感同身受啊。其實啊……」

河原崎再一次支吾，最後拉下領帶，做出乾一杯的動作，說：「要不要換個地方？」

青木撒謊說「我酒量很差，不好意思」，堅決辭退了。

其實青木很愛喝酒。但是他酒量很不好，兩三下就會醉得不省人事，毫無記憶。雖然不能只靠外表判斷，但河原崎看起來像個酒豪，不曉得會被他帶去什麼不正經的地方。

河原崎說「這樣啊」，然後說了聲「那恕我失禮」，叫來女侍，點了冷酒。

「其實啊，青木兄……曖，一直沒說，真的很過意不去，其實我是你提到的岩川——上個月退休的岩川警部補的部下。」

「你是……那個岩川兄的……？」

「我當上刑警後還不滿一年，一直待在岩川兄底下，也經手了跟条山房有關的案子。」

「哦……」

令人意外的發展。

「条山房呢……就像木場兄說的，以花言巧語招募會員，再用惡毒的手法高價販賣生藥。這是事實……雖然最後沒能告發他們。」

「什麼叫惡毒的手法……？」

「就是過去曾經流行的，類似催眠術的手法吧。」河原崎說。

「催眠術嗎……？」

「是的。我這個人沒有學識，不太了解，不過他們會對病患下暗示。叫……洗腦吧？做著這樣的事。」

「洗腦？可是他們是藥局哩？賣藥何必要暗示呢？讓病人肚子痛嗎？」

讓病人感覺根本沒痛的肚子在痛，好販賣特效藥給他們嗎？總覺得這種方法麻煩極了，要稱之為詐欺也很可笑。強迫推銷還更有效率多了。這不是木場會插手的案子。「好小家子氣的做法。」青木說。

河原崎搖了搖頭說：「不是的。条山房就像你說的，是漢藥處方藥局，他們也治病，不過賣的是使人更健康的藥。像是能長生不老啊、返老還童之類的藥。還有回春劑這類，健康的人也想要的藥。不過價錢昂貴，一般人不太可能掏腰包買，而他們使用暗示，使得顧客不得不買。至於是哪種暗示，我雖然無法理解，可是手法十分惡劣。我稍微計算過原價，那根本就是暴利。不管藥再怎麼有效，賣不出去就是垃圾。而就算是普通的小麥粉，賣得好就是神仙妙藥。」

「那麼規模相當龐大呢。」青木說，河原崎應道「是啊」，摸了摸光頭。此時女侍送酒來了。光頭刑警一拿到酒，立刻津津有味地喝了起來。

「不好意思。怪緊張的……」

「別在意……可是，最後卻沒辦法舉發嗎？」

「是的。那個時候岩川兄狀況極好，破案率也很高，所以拿到了搜索票。當然也接到了不少匿名檢舉。可是啊，販賣的手法姑且不論，藥本身並不是毒藥，也不是麻藥，只是貴了許多，卻是很普通的藥。而在這種情況下，買的人並沒有自己受到催眠的自覺。所以他們才會買，而在持續購買的時候，是不會有任何怨言的。」

「……真巧妙。」

與其說是巧妙，這就是箇中精髓。

受到催眠的期間，他們深信自己是出於自由意志行動。換言之，這段期間絕對不會有任何怨言。催眠解除以後，他們才會發現自己是受到別人指使，但既然是催眠，當然不是被正大光明地指揮做這個做那個，所以要證明自己之前的行動並非出於自由意志，相當困難。

青木說完，河原崎便瞇起眼睛，這次脫下版型有些落伍的西裝，擺到一旁。

「完全就是如此。沒辦法證明。例如，如果他們說：你給我買這個！那就是恐嚇。或是威脅『要是不買就殺了你』之類的。還有，像是『不喝這個藥你就會死』，也算是一種拐彎抹角的恐嚇。」

「算是恐嚇吧。」

「但是条山房完全不做這類事情。他們一句話都沒有叫顧客買。而藥劑實際上又有一定程度的效果，成分也沒有可疑之處。換言之，只要無法證明催眠，他們就沒有任何違法之處。所以雖然警方進行了現場搜證，也沒辦法舉發他們。」

很困難吧。

河原崎心有不甘地盯著桌上的魚骨頭，把指頭關節扳得吱咯作響，就像準備幹架的地痞流氓似的。

「可是……可是啊，當時我火冒三丈，實在無法就這樣罷休。」

「你的意思是……？」

「就是說……只搜了一次，什麼都沒找到，結果就這麼收手，實在教人無法接受。因為我打從一開始就猜想八成什麼都找不到了。我以為搜查行動只是一種示威。我心想就算嚇唬他們，也無法讓他們屈服的話，只要能夠證明他們催眠的手法，案子就能成立了。我打算追查到底的，然而……」

「然而？」

「岩川兄卻乾脆地結束了搜查行動。」

「你的意思是……之前不是這樣的……？」

「岩川兄是個很固執的傢伙。不過他對於感覺會失敗的案子不會積極參與，對危險的案子也敬而遠之。因為他的功名心很重嘛……啊，這一點你也知道吧？」

「呃，嗯……」青木隨便應聲。實際上岩川是個教人敬而遠之、難以相處的同僚。

雖然和木場相較之下要正常多了。

「當時岩川兄也是自信滿滿。他可能有什麼確信吧。在搜查之前，他還說這肯定可以拿到總監獎（註）。」

「總監獎？真的假的？這又是為什麼？」

「通靈啊，神通。」河原崎態度不屑地答道。「那個時候，岩川兄是照著一個叫藍童子的通靈少年的神諭在行動……」

這麼說來，木場也提到過這個名字。

「總不會是照著占卜來決定搜查方針吧？」

「啊，我以目黑署的名譽發誓，搜查員並不是依靠神諭在搜查。是岩川兄個人去找藍童子商量，詢問他的意見，並採用為方針而已。雖然這實在不值得嘉許，但是藍童子好幾次協助搜查，每一次都說中，所以高層似乎也對這件事睜一隻眼閉一隻眼。我不相信什麼通靈啦……可是真的很靈。」

「說中了嗎？」

「中是中了啦。我沒有和那個藍童子說過話，不過那個藍童子少年識破了条山房的手法是詐欺，所以岩川兄才會積極投入這個案子。不過那完全只是個開端……嗳，這種情況，藍童子並沒有太大的關係。我之所以認為条山房可疑，完全是基於我們搜查的結果。」

河原崎辯解似地說。

青木總覺得不太對勁。那個通靈少年真的沒有關係嗎？

沒錯……

木場的確說過：「如果条山房沒關係，**那麼是藍童子嗎？**」**那麼**是什麼意思？在青木聽來，感覺像是「如果条山房是清白的，**那麼**犯人就是藍童子」。

「那個藍童子……是個少年嗎？那個少年後來……」

「這個啊……好像只有岩川兄知道他的聯絡方式，岩川兄離職後，就音訊不通了。」

「這樣啊……」

「就是啊，岩川兄突然離職了嘛。就在我左思右想著該如何揪出他們的狐狸尾巴，準備重新展開調查的時候……」

「我也聽說了。岩川兄離職的理由是什麼？」

「不清楚。也完全沒有和我們商量過。不過我在搜查二組裡，也是較不討岩川兄喜歡的一個啦……」

「這樣啊……」

青木沉思起來。

木場……怎麼看待自己呢？

青木從來不覺得自己被木場討厭。可是回想起來，與木場認識的這四年多來，青木也從來沒有被木場稱讚過。「太嫩了」、「你幾歲啦」、「不許說那種學生似的話」、「要是這樣就說得通，就天下太平啦」——青木得到的總是咒罵，有時候雖然批評得有理，但有時候也並非如此。

雖然不到全部，但青木大致上都以好意去接納木場的謾罵。可是搞不好那只是青木的一廂情願，事實上木場打從心底痛恨著青木的不成熟也說不定。

木場不在了以後，青木才第一次思考起這些事。

人與人的關係，大部分都是靠著單方面的認定而成立吧。就算出於嫌惡而說出口的話，只要當成對方是出於一片好心，就不會引發風波。

反過來也一樣。

河原崎露出有些自虐的笑容。

「我只是想當一個男子漢罷了。」他唐突地說出這句話，接著說：「我這個人怎麼說，很笨拙……常常被人誤會。岩川兄認定我是一個右翼分子，好幾次對我說教。」

「你是右翼分子嗎？」

註：正式名稱為「警視總監獎」，是日本警察機構的一種表揚獎項。

「日本戰敗，真的很讓人不甘心——我的確是說過這種話。說過是說過，可是，呃……我絕對不是個國粹主義者，也不是在讚美戰爭……」

青木不太懂。青木是俗稱的特攻生還者，然而儘管他有著如此英勇的過去，卻覺得日本戰敗實在太好了。

「啊……抱歉。呃，我的壞習慣就是一個人橫衝直撞。不管什麼場合，只要覺得壞蛋就是不對，就會忍不住說出偏激的話來。所以条山房的事也是，我主張無論如何都不能撤手。只是沒辦法證明他們的手法罷了，換個角度來看，他們比一般的詐欺師更惡劣，不是嗎？」

「是……這樣沒錯。」

「而且固執於条山房案子的不是別人，就是岩川兄自己啊。起初我只是照著他的指示行動而已，但從途中開始……逮捕了一名關係人以後，我就再也無法忍耐了。」

「無法忍耐？」

「我覺得絕對不能放過這幫傢伙。我並不是自詡為正義使者，以暴力控制他人雖然不可原諒，但不管是揍還是踢，雖然身體會痛，心卻沒有那麼容易壞掉。可是那幫傢伙卻是直接侵蝕你的心。」

「心……？」

青木環抱起雙臂。

因為他不太明白什麼叫心。

河原崎所說的心，大概指的是意志吧。

意志就是個人的思想、個人的心情嗎？的確，如果那是洗腦，就等於個人之所以為個人的尊嚴被嚴重地剝奪了。可是在被剝奪之前，真的有那樣的個性存在嗎？真的有值得死守的尊嚴嗎？

青木沒有明確的解答。

所以他不吭一聲。

河原崎繼續說道：

「所以……雖然中間也有過不少事，不過岩川兄退出以後，對条山房的追查完全中止了。高層對這件事原本就很消極，其實也是意料之中……但我無法接受。再怎麼說，雖然證據不足，但我們手中還是有王牌的。」

對了——青木想起木場的話。

「這麼說來，木場前輩好像也說過，目黑署在逮捕關係人的時候，找到了證據……」

「啊，證據是一份文件，只是光有那份文件，幾乎沒有證據能力可言。必須有證人來證明它，需要一個催眠已經解除，而且遭遇符合文件內容的被害人作證。這相當困難。而唯一能夠擔任證人的，就是那名女工。」

「失蹤的那個女工？」

「她被綁架了。」

「綁……綁架？」

青木的反應引得兩三名客人回過頭來。

兩名刑警偷偷摸摸地遮住臉。

青木把臉湊近河原崎的鼻尖，以幾乎聽不見的氣聲竊竊私語：

「綁架……真的被人擄走了嗎？」

河原崎微微地點了好幾次頭。

「被藥店擄走？」

這次河原崎搖頭。

「你的意思是就算有人作證……条山房也不痛不癢？」

「不是。」河原崎放下酒杯，縮起隨意伸展的腳，正襟危坐。接著他雙手放在膝上，身子前屈。

「青木兄。」

「什、什麼？」

「剛才青木兄說手法很小家子氣，但這個事件並不小。一點都不小。我認為……是規模太大，所以看不見整體罷了。」

「什麼……意思？」

「關於這件事……」

河原崎彷彿接下來即將上戰場廝殺的武將，猛地將酒飲盡。接著露出奇妙的表情，正經八百地說道：

「青木兄，接下來我所說的話，請你千萬不可洩露。」

「不、不可洩露……？」

很老套的說法。青木姑且答應。

河原崎低下頭來。

「那麼……我當青木兄是個英雄好漢，所以向你坦白。」

「英雄好漢？」

「是的。我對天發誓，我絕對沒有做出任何違法行為，但是如果接下來我所說的話傳到署內，我一定會因為違反服務規程受到處罰。貫徹初衷而受到處分是無妨，但是如果前功盡棄……」

「處分啊……」

青木苦笑。看樣子，青木與這種人很有緣。

河原崎撫摸著鬍鬚。

「三月二十二日，我們逮捕關係人，拿到了證據文件。同時那天也找到了證人女工。我們蒐集資料，進行內部研討，約一星期後的三月三十日拿到了搜索票，隔天就到現場進行搜證。然後四月二日，搜查決定中止。岩川兄在十天後辭職了。而我第一個擔心起證人的安危。儘管我們要求證人合作，搜查卻沒有什麼進展，事情就這麼不了了之，所以證人很有可能遭到報復。我認為我們也有責任保護證人的安危。可是檯面上搜查已經中止，所以我私下……」

「監視那名證人嗎？」

這種行動……簡直就是木場。河原崎與木場的性格、志向肯定大不相同，但表面上的行動模式似乎極為相似。青木批評木場的做法時，河原崎會做出感同身受的發言，也是因為他把木場當成同類了吧。

「那個女工……哦，那個女工叫三木春子。」

河原崎說到這裡，注意起周圍動靜來。

「嗯，我在搜查中止後，趁著勤務時間的空檔，與她碰面了幾次。我認為她在工廠的時候應該不會有什麼閃失，但是外出的時候很危險。她說每星期會外出一兩次，所以我便一直留心，不出所料……就正好在兩星期前，她突然消失了……」

是木場失蹤一星期前。

「我真的是拚了命地找。我先到条山房去探視情況，卻沒有半點異常。不過就算闖進去，也只會重蹈搜查時的覆轍，於是我便回到工廠，徹底訪查，結果發現她每星期外出一次……**似乎是去見木場兄**。」

「去……見木場前輩？」

難以置信。

木場在廳內也是個出了名的硬派。

即使說他與女證人幽會，也不會有人就這樣聽信。說硬派是好聽，講白了就是完全沒有任何桃色新聞，其實是一種壞話。愛道是非的人揶揄木場這個豪傑患有女性恐懼症，但事實上應該不是。

確實，木場都已經三十五了，身邊卻連個女人的影子都沒有，不管被別人怎麼說都無可奈何吧。不過至少木場並不討厭女人，也不是完全不受歡迎。木場和青木不一樣，在歡場女子之間風評極佳。

說穿了，木場只是太純情了。青木認為木場這種人雖然可以逢場作戲，但一旦認真起來，就害羞得不得了。這麼一來，到底誰太嫩就很難說了。而這樣的木場竟然……

——跟女人幽會？

「難、難道河原崎，你是在懷疑木場前輩嗎？」

青木差點大叫出來，急忙壓低音量。

「沒有的事！」河原崎揮手，誇張地否認。「我不認識木場兄，但總覺得可以理解他的行動。我想這次他會失蹤，也是出於和我相同的動機……」

「是嗎……？」

不認識木場的河原崎相信木場，而熟知木場的青木卻有些懷疑。有點地不對勁。到底是……

女人**去見木場**這件事嗎？

若是這種情形，應該是木場去找女人才對。

青木正想追問這一點的時候，河原崎已經繼續說下去了。

「幸好有目擊者。有人說看到疑似三木春子的女子被數名男子團團包圍，走在路上。」

「數名男子……？是組織犯罪嗎？」

「就算對象是女的，但要拐走一個人也沒那麼容易。又不是古裝電影，也沒辦法把人打昏再扛走。那麼應該是威脅對方，叫對方乖乖跟他們走吧。」

「原來如此……應該也是吧。然後呢？」

「是的。直接說結論的話，擄走三木春子的不是条山房一派，而是韓流氣道會的人。」

「韓流？那個不必碰到人就可以把人打飛的，呃……道場在新橋的那個？」

「就是那個韓流。」河原崎把身子屈得更低，話語中充滿狠勁。「……原來青木兄知道啊？」

「嗯，知道個梗概。」

韓流氣道會青木也略知一二。

記得他們標榜傳授中國古武術，是所謂的武術道場。

但是，韓流與柔道等一般的武術不同，他們肆無忌憚地宣稱能夠從身體發射出某種未知的力量，不必直接觸碰，就能夠打倒對手，使用的技法令人難以置信。

換言之，那是個荒唐無稽的流派，可是也因此而充滿話題性，最近也經常耳聞。青木昨天才剛讀過詳盡的採訪報導。

不過青木會讀那篇報導，是因為寫那篇報導的記者是他認識的人，而且是青木頗有好感的妙齡女子。

「可是……河原崎，就算有目擊者，你怎麼會這麼快就發現是韓流氣道會？」

「是雜誌。我平常很少看雜誌，可是對古武道很有興趣，碰巧……」

「難道你讀的是……《稀譚月報》？」

就是那本雜誌。

「青木兄也看了嗎？難道青木兄也對武道……？」

河原崎突然一本正經地問，青木猶豫了一會兒，答道：「我只通曉警官應該要會的程度罷了。」青木對寫下報導的女子有興趣，但是對那些野蠻人半點興趣都沒有。

「我在訪查中問到的犯人外貌總有些似曾相識，結果我想到了照片……那本雜誌不是也登了照片嗎？」

「是啊。道場的情景。」

「他們穿著黑色的拳法衣，對吧？和柔道服不同，料子比較薄。就是那個。目擊證人說，五、六個人裡面有兩個穿著那種衣服。我也請證人確認過了。」

「他們的服裝很有特色呢。」

既然如此，應該錯不了。那種服裝的樣式很特殊。

「你是說……就是他們不會錯？」

「與其說是不會錯……」

河原崎說到這裡，縮起臉頰，露出一種肚子痛似的奇怪表情。接著他小聲地說：「事實上就是如此。」

「什麼？」

「事實上就是如此。我……一星期前隻身潛入氣道會，順利地……將遭到軟禁的三木春子小姐給救出來了。」

「什麼！」

青木真的打從心底大吃一驚。

如果這是真的，那麼河原崎就是個可以媲美木場的瘋狂刑警了。

「她……現在由我個人保護。這不是出於公務才做的。雖然可以追究氣道會綁架監禁的罪行，但這麼一來，他們肯定會斷尾求生，而且這個案子的真相更要深沉詭譎多了。」

「請等一下。」青木感到困惑。「那個氣道會……為什麼要綁架那名女子？」

武術家怎麼會和這種事扯上關係？實在難以理解。這個事件不是藥局為了擴大營業而犯下的詐欺事件嗎？說到中國古武術道場與漢方處方藥局之間的共同點，唯一想得到的頂多只有中國兩個字。

河原崎說：「問題就在這裡。」

「問題？」

「大問題。她——三木春子小姐並不單純是詐欺被害人。我認為条山房的事件，全都是為了她一個人所策畫的。」

「我……不懂你在說什麼。」

「簡而言之就是這樣：三木小姐並不是眾多被害人當中的一個，而是条山房為了欺騙春子小姐一個人，準備了其他眾多被害人。」

「你的意思是，這不是為了賣藥而想出來的詐欺？」

「唔，當然，可以順便賣藥最好，但我認為那只是次要。他們真正的目的在於其他。這一點氣道會也是一樣。」

「你是說，那個團體也不是單純的武術道場？」

「單純的武術家會綁架女人嗎？才不會。条山房和韓流氣道會都想要三木春子小姐——不，**想要她手中的土地**。」

「土地？」

「沒錯。」河原崎說。「剛才我之所以說這個事件規模龐大，就是這個緣故。當然，我也還沒有掌握到全貌，不過這麼一來，這個事件真的非常深不可測，不知道哪裡才是底了。」

「土地……呃，真是令人不解啊。」

「**有什麼不得了的大事**正在發生。」河原崎說。「春子小姐現在非常衰弱，內心也大受打擊。可是，她非常在意警視廳的木場兄。所以我心想木場兄或許掌握到了什麼，才……」

「跑來找我？」

木場……人在哪裡？

青木突然感覺到一股深不見底的不安。

＊

這天大概是木場修太郎最後一次拜訪位於小石川的老家——木場石材行。

這天修太郎態度平淡。修太郎這個人總是十分淡泊，不過保田作治覺得他這天的態度格外沒有起伏。

修太郎似乎一如往常，從店門口默默地走進來。聽說修太郎回老家時，首先都會直接去到作業場，敲敲做到一半的墓碑，蹲下來看看，東摸西摸個半天以後，和師傅閒話家常。

他絕對不會說「我回來了」。家人經常是在他與師傅聊天的時候發現他的。

這天是保田發現的。

保田是修太郎的妹婿。換言之，雖然姓氏不同，但保田也算是修太郎的弟弟。

修太郎很少回老家。他搬出老家後已經過了將近一年半，但這段期間只回來過三、四次。而且都不是在盂蘭盆節或過年回來。修太郎大概是心血來潮的時候，毫無預警地就這樣回來。

然而修太郎每次回來，都是一副剛去了澡堂一下回來般的態度。不管中間隔了多久，也絕對不說「好久不見」、「家人都好嗎」這類填補空白的話。話雖如此，修太郎也絕不會說笑，或表現出親暱的態度。他總是淡淡的。保田從來沒聽過修太郎說過任何社交辭令。

所以對保田來說，修太郎絕不是個容易相處的大舅子。

修太郎不會對他出言諷刺，也不會疾言厲色，可是保田還是忍不住小心翼翼，就是會在意。

保田也覺得，大舅子就是不喜歡大家對他客氣——不希望保田對他客氣，所以才不怎麼回老家來。

這麼一想，就更介意了。

不只是妻子，保田對岳父岳母以及對修太郎，都有一種難以形容的、近似罪惡感的感情。平時雖然不會意識到，但是一看到修太郎，他就忍不住想起來。每次看到大舅子的臉，保田就會坐立難安。

保田作治三年前與修太郎的妹妹百合子結婚。雖然住在岳父母家，保田並不是入贅女婿，也不從事石材行的工作。保田是市公所的出納人員。

他和百合子是相親結婚的。

記得上司前來說親時，保田二話不說，高興地答應了。

保田舉目無親，一直很希望能夠成家。但是聽到細節以後，保田心想這場婚事八成談不攏。聽說對方家有家業，獨子是警官，完全不打算繼承家裡。那麼這樁婚事的條件八成是要入贅女方，繼承家業吧——保田一廂情願地這麼判斷。雖然保田完全沒有理由拒絕婚事，卻也完全不打算轉職，所以認為兩方條件不合。不過為了顧及上司的面子，保田還是不抱希望地前往相親。

可是，那只是保田多心了。

岳父說：「我還不打算退休。」

岳父向保田保證，只要雙方覺得投緣，婚事沒有任何條件。小個子的石匠笑著說：「坐辦公室的不可能幹得來石材行的工作，我也暫時不打算退休，所以別說是入贅了，你完全沒必要繼承我們家的家業。」那麼就毫無問題了。婚事進行得很順利，然後因為岳家正好有空房間，在外租房子不經濟，保田決定搬進岳家同居。

那個時候修太郎還住在家裡。

頭一次看到大舅子的時候，老實說，保田覺得很恐怖。修太郎充滿迫力的容貌當然恐怖，那茫茫不可捉摸的地方更教他害怕。

初次見面的時候，修太郎也沒有寒暄，只是冷冷地報上名字，說了聲：「多指教。」完全看不出他是高興還是不高興。

住在一起以後，保田也很少有機會和大舅子說話。警官的作息時間和一般人大相逕庭，不僅如此，修太郎就算假日也不出門，只是關在房間裡。保田後來才知道，聽說刑警不曉得什麼時候會被召集，所以假日也得留在家裡待命才行。保田打從心底想道：同樣是地方公務員，竟然相差這麼多，警察真是份辛苦的差事。同時保田好幾次想要找機會與這個深不可測的大舅子好好地交心一談。結果他的心願至今仍未能實現。

不過，保田只有一次看到過修太郎高興的表情。當時修太郎正在看雜誌。保田偷偷一瞄，結果大舅子抬起頭來，一副高興的模樣說：「這是美國佬的漫畫哪。」魁梧的警官高興地自言自語道：「彩色的是很漂亮啦，可是還是洋里洋氣的哪。」

保田無法理解。

過了約一年，修太郎說要搬出去。

本人說是因為接到非正式通知，要從轄區調到本廳去，但保田認為那只是藉口。保田內心確信，修太郎一定是覺得他這個妹夫很礙眼。

或許也與百合子懷孕有關係。

「有這麼一個凶神惡煞的大舅子待在家裡，你們也覺得拘束吧。」修太郎離家之際這麼說。他還說：「這個家是你們的家。」這些發言都是出於好意吧。

但是保田記得，當時他感覺如坐針氈。

前年年底，修太郎搬出了家裡。

不可思議的是，岳父和岳母對修太郎的行動似乎沒有任何意見。修太郎再怎麼說都是獨生子，保田認為一般父母應該都會囉嗦個幾句，像是叫他辭掉警官工作，繼承家業，或是快點娶妻成家，岳父母卻完全不會。此外，修太郎儘管都已經年過三十了，卻似乎完全沒有拿錢回家，也不知道是不是因為這樣，兒子在外獨立生活後，家裡也沒有給予任何援助。

看在保田眼裡，這與一般的親子關係有些不同。但是他們之間並沒有隔閡，這樣的情況對他們來說似乎是非常自然的。妻子百合子好像也不覺得自己的哥哥或父母有什麼特別不一樣。

家人就是這樣的嗎？——保田心想。

然後……就在保田完全忘記的時候，修太郎一副理所當然的態度回家了。

這天也是這樣。

保田剛從市公所下班回來，相當疲倦。

大馬路已經暗下來了，但作業場的燈泡還亮著。保田想起工頭說有急件要趕，過去看了一下。

他在那裡看到修太郎。

修太郎蜷著寬闊的背，似乎正在抽菸。空間被電燈泡照亮，顯得格外赤紅，一樣泛紅的煙霧悠悠晃盪著。

修太郎旁邊是一個老手石工。

保田感到困惑，忘了出聲，僵在原地。

因為他累了。

「我說留老啊……」修太郎的聲音響起。「御影石（註一）這種東西為啥叫御影啊？」

修太郎問道。

老石工叼著香菸，頭上捲著毛巾，像獾一般的臉擠成一團。他在笑。

「我說阿修啊，你是石材行家的小孩，竟然連這種事都不曉得？那當然是因為御影石是在攝津國御影村生產的嘛。這誰都知道啊。」

「哦？這樣啊？」修太郎老實地點點頭。「原來如此，是產地村子的名字啊。那這個根府川石就是根府川村生產的囉？」

「這還用說嗎？真是廢話。這東西在相模根府川村開採的。那智黑是紀州那智產，秩父青是武州秩父產。幸虧你問的是我，要是你拿這種蠢問題去問大師傅，那就等著挨巴掌吧，混帳東西。」

石工粗魯地說道。

修太郎笑著，答道：「就是啊。」

「就是嘛。」石工反覆道。

「大師傅還好，要是上代師傅看到你這樣，可能會氣得當場切腹哪。」

「胡說八道，我們家代代都是不折不扣的町人，切什麼腹？（註二）說上吊還有可能哪。老頭子別在那兒胡扯啦。」

「上代師傅就是這樣一個人啦，你這蠢蛋。」

「看你凶的。」修太郎說。

接著他望向堆在旁邊的石頭，

輕輕一摸。

「這東西……也是從攝津搬來的嗎？」

石工看也不看地答道：「那是伊豆御影。不是正宗的御影石。」

修太郎默默地盯著石頭看。

石工一點一點地雕起石頭來。

「伊豆啊……」

「那脆得很哪。」石工說，「喀、喀」地揮著鑿子。

保田走下水泥地，走近兩人。

「喀、喀」地，鑿石子的聲音迴響。

「哥……」

保田出聲，修太郎回頭，說了聲「哦，保田」，也沒有特別打招呼，問道：「爸呢？」

「大概……在睡覺。」

「不太好嗎？」

「嗯……時好時壞。」

「這樣啊。」

修太郎又望向伊豆御影石。

「媽怎麼了？」

「呃……」

「我知道。又去那個……什麼占卜念咒的了吧。真是有病。」

「哥知道啊……？」

保田在修太郎旁邊坐下。

「……呃，哥……」

「別這樣叫，怪教人渾身發癢的。我們年紀又沒差多少。你是我妹的老公，又不是我弟。就算有我這種

註一：即花岡岩。

註二：切腹是江戶時代武士的死刑，其他階級的人不可以任意切腹。

哥哥，也沒半點好處啊。」

「可是……」

「叫我修太郎就好了。」

保田噤聲了。就算修太郎這麼說，保田也不可能這麼叫。

「百合子上星期寄信來了。我一直很掛意，可是忙東忙西的，一直沒能回來。看樣子……她給你添麻煩了。」

「也不算麻煩……」

「她還沒回來嗎？那不是很不方便嗎？」

「家裡人多，有女傭也有奶母，我並沒有什麼不方便的地方……。可是爸他……」

修太郎扔掉香菸，用腳踩熄，說：

「不用擔心那麼多。會死的時候就會死。活得了就是活得了。」

「可、可是……」

「話說回來，老爸病倒、老媽神經失常、老婆也不在，你也真是禍不單行哪。」

抱歉哪──修太郎說。

岳父木場德太郎三個月前在作業場病倒了。是腦溢血。

幸好症狀不嚴重，處置也迅速，保住了一命，但右半身留下了輕微麻痺。雖然不是影響生活起居的重大障礙，但完全無法進行雕石工作了。店裡有三個師傅，雖不到必須關店的地步，但是德太郎暴躁與消沉的樣子非比尋常。

保田完全無能為力。

德太郎日漸衰弱。無法自由使喚自己的身體，那種痛苦不是旁人能夠體會的。此外，岳父雖然什麼也沒有說，但是他一定也對後繼無人感到萬分焦急。

即使如此──保田依然無能為力。

保田舉目無親，這三年來與岳父相處，了解到他的為人，將他視為親生父親般景仰。所以更感到痛苦。他非常了解岳父的苦惱，心痛無比。

「要是我……可以繼承爸的工作就好了。」保田說。「……那樣的話……」

或許岳父就不會那麼煩悶了。

「開什麼玩笑？」修太郎說。「你根本沒理由非幹石匠不可。如果要幹……也是我先來幹。」

「哥……」

修太郎一臉凶相地瞪住保田。

「別會錯意啦。我根本不打算幹石匠。我是警官，而你幹的是算錢的工作。你那雙慘白的手處理得了石頭嗎？石材行在爸這一代就會結束啦。」

石工停下打鑿子的手。

修太郎望向石工。

「留老，你不服嗎？」

「不是不服。我打你小時候起，就知道你是個只會忤逆父母，天打雷劈的混帳東西……」

石工再次刻起石頭。

「聽見了沒？」修太郎摸摸稜角分明的下巴。「輪不到你操心。爸全都明白。他沒叫你繼承家業吧？」

「這……嗯，可是我身為這個家的一分子……」

也為了讓他們接納自己為一家人。

修太郎再次瞪住保田。

保田覺得修太郎在說「你哪裡算我家的人」，於是別開視線垂下頭去。

「你本來就是木場家的一分子啊。你不就住在這個家裡嗎？不過我已經不是了。不管這個，傷腦筋的是那個老太婆。她怎麼啦？這次又迷上什麼了？」

「咦？哦，一開始……是風水。」

「封水？那是啥？」

「呃……聽說是中國占卜方位的祕術……」

「喂，這次是中國啊？」修太郎不屑地說，伸手拍了石頭一掌。響起「啪」的一聲。

岳母阿幸非常虔誠。這一點保田在婚前就聽說了。但是岳母並非長年信仰同一個對象，而是從討吉利之類到民間流行的俗信迷信全部相信。

聽到眼睛痛，就去找對眼病有效的神社，聽到肩膀痠痛，就去封肩膀痛的神社參拜。茶柱豎起來就高興個半天（註一），鞋帶斷掉就趕快撒鹽（註二）。這並沒有什麼不好。但是凡事過了頭，都很教人傷腦筋。

這次就是如此。

老伴遭逢意外之災，使得岳母慌了手腳。忙著看護的時候還好，但等到岳父病情穩定之後就糟糕了。岳母似乎認定，岳父會遭到這樣的病苦災厄，一定有什麼理由。

岳母先是懷疑家相不好。她說一定是房子蓋得有問題，不幸才會接踵而至，於是接二連三找來專門的相士和看卦的，要他們看看家相。

卜卦的說法每一個都不同，相信這個，另一個就變得可疑，完全搞不懂到底該怎麼改變才好，一團混亂。不過以保田來看，每一個都不值得相信。

就算封住窗戶，擺上花朵，岳父的病況也完全沒有好轉，傾頹的家運也沒有恢復，即使如此，岳母還是不放棄。她不是停止相信，而是去尋找更能夠相信的事物。最後岳母認定足以相信的，就是風水這種陌生的占卜術。

「有一個叫太斗風水塾的……」

「等一下。」

修太郎拿出記事本，抄寫下來。

「你說太斗什麼？怎麼寫？」

「太陽的太，一斗兩斗的斗。風和水，私塾的塾。主持人是一個叫南雲正陽的人，平常聽說在企業之類的機構擔任經營顧問，也在大公司工作，所以媽說他應該值得相信。」

「經營……什麼？用占卜來提供經營之道嗎？」

「嗯。媽非常拚命，還要我幫忙調查他們的聯絡方法。那個時候我聽到了一些事，例如說，不是有什麼行情嗎？」

「稻米行情之類的嗎？」

「對。所謂行情最重要的是透過天候和買賣動向預先掌握，不是嗎？主要好像就是占卜這類資訊。其他還有公司大樓的位置和蓋法，還有客戶的運勢等等……」

「做生意還得靠那種東西嗎？真是世界末日啦，喂。」

修太郎向石工徵求認同，但石工只是哼了哼鼻子。

「媽……是被那個騙了嗎？被騙走鉅款嗎？」

「不是的。」

「不是？」修太郎意外地說。

「太斗風水塾並沒有理會。媽吃了閉門羹，大概被看穿沒什麼錢吧。」

「這樣啊。那……」

「嗯……」

岳母不肯放棄。雖然求不到風水師，但祈禱師、靈媒師、行者等等每天輪流拜訪家裡，一下子病魔降伏、一下子疾病痊癒、一下子說是祖先造孽、一下子說是彰義隊（註三）作祟，每個人都說得天花亂墜，騙了小錢就走。不管做什麼，岳父的病情依然時好時壞，狀況毫無改變。然後，這些行為當然開始影響到家計了。

妻子也頻頻拜託岳母，求她不要再這樣了，但是岳母擔心纏綿病榻的岳父，令人不忍苛責，而且她會這

註一：泡粗茶時，有時茶莖（茶柱）會筆直浮在茶水中，日本民間認為這是吉兆。

註二：日本神道教認為鹽具有驅邪作用，所以碰上壞事時都會撒鹽。

註三：一八六八年二月，反對江戶開城的江戶幕府舊臣組織彰義隊，反抗維新政府軍。同年五月遭到殲滅。

麼做，也是不願意放過任何一絲希望，結果終究還是無法制止。然後……

「岳母最後找到的……是那個華仙姑處女。」

「華、華仙姑？那個……昭和的妲己？」

「對……」

華仙姑處女是轟動社會的女占卜師。

據說她的占卜從未失準，不僅如此，她還能除去她所看透的未來災禍，甚至擁有自由改變未來的神通力。

聽說沒有人知道她的長相、年齡、來歷、住址，甚至聯絡方法。可疑的風聞煞有介事地流傳著，像是華仙姑雖然絕對不現身人前，因此沒有在社會上公開活動，但是她對各界的影響力極大，連政治、經濟界的大人物都會前去請教她的神諭。修太郎所說的昭和的妲己這個別名，也是由來於此。華仙姑就是以美色掌控國家的妲己再世。

但是，這些終究也不過是傳聞罷了。可說是一種都市傳說，甚至有人說根本沒有那種人存在。華仙姑處女是個連存在都相當受到爭議的夢幻占卜師。

「沒人知道華仙姑在哪裡吧？」修太郎說。「聽說就算拚了命找，也完全不曉得她住哪兒，不是嗎？我是不曉得怎樣啦，可是把人家貶得那麼難聽，結果還不是有一堆人想找她看相。這是什麼社會嘛。而且……就算找到了，她有可能理會這種窮光蛋的石材行老太婆嗎？連理都不會理吧？華仙姑這個詐欺師應該比那個什麼風水的還要高級，只接見大人物吧？」

詐欺師——修太郎似乎這麼認定。保田也覺得如此。保田對占卜一點興趣也沒有。雖然不明白大舅子的發言是出於刑警的職業，還是修太郎原本就是這種個性，總之大舅子的見解似乎與保田相同。

「那果然是詐欺師吧。」保田問道。

修太郎一面把玩著香菸盒，一邊問道：

「怎麼？一副上了鉤的口氣。」

「是……上鉤了吧。如果真是詐欺的話。」

「啥？聽你的口氣，真找到人了？」修太郎說。接著他睜大了小小的眼睛說：「真的……找到了？」

找到了。

岳母使盡各種手段尋找，仍然沒有半點線索，即使如此，岳母依然不肯放棄。岳父病倒約兩個月半後——也就是半個月前，岳母找到一名男子，自稱**認識據說認識華仙姑的人**。

「認識的認識？好可疑哪。」

「是……啊。那個人說，只要付他一百萬，就願意引介。」

「引介……？喂，那才是詐欺吧？最近很多利用華仙姑名義的詐欺事件哪。利用沒人知道真的華仙姑長什麼樣、幾歲，這個說我是華仙姑，另一個也說我是華仙姑。負責的部署不同，我是不太清楚啦，不過聽說逮到的自稱華仙姑的傢伙，年紀從十七到五十五都有哪。」

「哦……」

「錢……怎麼了？不可能付吧？」修太郎說。

不可能付得出來。連要付給師傅的工資都拖欠許久了。但是岳母是認真的。她認為只要能夠讓岳父痊癒，一百萬算不了什麼，甚至去借了錢，支付了半額做為訂金。保田和百合子都一籌莫展。

「原來如此，我了解了。原來……在說這件事啊。」

「百合子說了什麼嗎……？她在信上說的嗎？」

「哦。她說媽沉迷在什麼棘手的東西裡，被騙了一大筆錢……還說她再也無法忍耐了。然後說什麼為了攢錢，要加入什麼東西，所以要暫時離家……真是莫名其妙。」

「這樣。」

「我妹去哪了？」

「去……研修。」

「研修？」修太郎怪叫道。「研修啥？難道有什麼研修可以讓熱中占卜的老太婆改過自新嗎？有的話我也想加入。我有太多笨蛋朋友得讓他們改過自新啦。」

「不是。」

保田望向石工的背影。石工的脖子上滲滿了汗水。

「百合子去的，是培育經營者的研修。」

「經……經營？要經營什麼？」

「就是木場石材行的……」

「這裡？為什麼？這裡可是家傳統石材行耶？經營這裡是什麼意思？」

「百合子計畫把這裡改為有限公司。若是像以前那樣沒有計畫地收支，實在沒辦法維持下去……」

「把這家石材行弄成公司？喂，留老，你聽見了沒？」修太郎呼叫石工。石工頭也不回，一聲不吭。但是修太郎兀自說下去：

「聽見了沒？留老，你要變成上班族啦！」

「煩死人啦，修仔！都已經離開的人了，就別再多嘴啦！」

石工不高興地說。這個年老的師傅對於將石材行改為公司形態，應該有極大的抗拒感才是，但是……

修太郎「哼」地低吟了一聲，問道：「那經營者是誰？」

「暫時是百合子……百合子現在在做一些會計事務工作。」

「哦？那傢伙小時候算數爛得要命哪。連我都會打算盤了，那傢伙卻怎麼樣都不開竅……不過那也是二十幾年前的事了啦。」

修太郎叼起沒點火的香菸。

保田低頭抱住膝蓋。

「起初，我也想過自己來做，可是我不能辭職。爸和媽也反對，說要是我辭職，就失去了唯一穩定的收入……所以才由百合子……」

「所以她才去研修啊……？」

「是的。實在是進退維谷了。像留老……已經欠了他兩個月的工資了。」

「甭在意。」石工說。「我還是個小鬼頭的時候，就被上代大師傅大力拉拔，才能有今天。只要有飯吃，我沒什麼好抱怨的。而且日子難過的時候不效勞，啥時才要報恩？做白工什麼的，連個屁都算不上。」

「多古板的老頭子啊。」修太郎說。

「沒你那麼老派啦。」石工應道。

「閉嘴啦工匠。」修太郎又頂嘴說。「可是保田啊，我偶爾會聽說生意上了軌道，把商店改成公司的，可是從沒聽說落魄了才來改公司啊。」

確實如此。

可是……

「那個研修會宣傳是以創業人士為對象，說設立公司以後，一個月資產就能倍增。」

「哈，好笑。」修太郎說。「你仔細想想。要是你知道一個月就能讓資產翻兩番的方法，會告訴別人嗎？我就不會。一個月兩倍，兩個月就四倍，三個月就八倍哪。一眨眼就成了億萬富翁啦。」

「你說的沒錯……」

「研修要住宿嗎？」

「嗯，是二十天的集訓。」

「集訓啊……。在哪裡？」

「靜岡。伊豆半島上面的……」

「伊豆啊……」

修太郎望向石頭。

是伊豆御影石。

「那個研修……講師是誰？」

「咦？哦，我記得那是一個叫指引康莊大道修身會的團體，講師是那裡一個叫磐田老師的人。」

「指引康莊大道？那不是宗教嗎？」

「感覺跟宗教無關。」

「這樣啊。」修太郎抱起雙臂。

他的眉間刻滿了縱橫交錯的皺紋。

在生氣？還是在沉思？保田完全看不透他的心裡在想什麼。修太郎嘴裡叼的香菸還沒有點火。

石工慢吞吞地回頭，望向那張臉說：

「修仔……」

修太郎瞇起眼睛瞪住石工。

「……果然不太妙嗎？百合子不要緊吧？」

石工一臉嚴肅。保田連一句話也沒有透露過，但石工恐怕很擔心吧。

「嗯。」修太郎只應了一聲。

此時，保田有種孤獨感。

這種情感與每次見到修太郎都會感覺到的罪惡感互為表裡。

木場石材行陷入危急存亡之秋，保田以他自己的方式拚命挽救。他認為已經盡了一切可能的努力，可是他也覺得那是由於事不關己，才能夠做出來的努力。

怎麼說呢，這些努力就像協助對面人家失火，拿水桶幫忙潑水一樣。他的努力是常識範圍內的努力，絕不會魯莽到衝進火場之中。雖然保田誠心誠意地做出努力是事實，然而完全派不上用場也是事實。而儘管他派不上用場，卻受到感謝。會受到感謝，正是因為他不是當事人。如果他是蒙受火災的住戶家屬，絕不可能就樣就了事。

追根究柢，保田只是外人。

但是反過來想，就算出於好心，但是如果有陌生人衝進火場，那依然也是一種麻煩。因為要是人就這麼死了，別人也無法負起任何責任。

所以……保田放棄了。

半懷放棄的誠意、名為客氣的逃避。

那就是罪惡感的真面目。

「太魯莽行事了嗎？」

保田盡可能陰沉地說。

「……難不成……那個講習也是詐欺嗎？」

「八成也是詐欺吧。」修太郎說得十分乾脆。「一般這就是詐欺啊。就算沒有觸犯到法律，也是詐欺行為吧？喂，該不會已經被騙走了貴得要死的講習費吧？怎麼樣？」

「呃……那是會後才付款的。」

「事後才付款？」

「嗯。一般來說，若是詐欺，不是都會先要求付款嗎？所以我們才相信了……」

就是因為完全不需要先行投資，他們才會決定參加。他們已經連半毛錢的餘裕都沒有了。

「大致內容是怎麼樣？」修太郎問。

「嗯。首先參加研修，然後他們也會融資給我們設立公司的資金。要是經營順利，再每個月償還包括研修費在內的借款……」

「什麼叫要是經營順利？要是不順利怎麼辦？研修費免錢，借了的錢也不必還嗎？」

「他們說絕對會順利。」

修太郎再次拿下叼在嘴裡的香菸，說：

「絕對不可能順利的啦。就算要教人，二十天也太長了。重點就在這裡。門外漢就算只學了二十天，也不可能學到什麼皮毛吧？二十天不可能讓笨蛋變聰明，只會讓人有那種錯覺，然後反正不可能經營順利，到時候再派討債的上門叫罵，把土地財產全部搜刮一空，就這麼完啦。」

不愧是刑警，說話充滿說服力。保田覺得好像做了什麼不可挽回的事，感到坐立難安。

修太郎菸也沒抽就這麼扔掉了。

「真是的，上了當的不是她自己嗎？竟然還有臉說老媽。為啥我的親人全都笨成這樣啊……？留老，這是遺傳嗎？」

石工沉著聲音說：「你是最笨的一個。」修太郎說：「沒錯！」笑了。

「保田啊。」

「是的。」

「我啊……」

修太郎只說了這兩個字，站了起來。

「哥……我該怎麼做才好……？」

「不必擔心。不管是家沒了還是飯碗丟了，不管碰到多慘的事，只要還有一條命在，總有辦法的。」

「只要命在……」

「沒錯。」修太郎說完，往門口走去。「哥，你不回家裡看看嗎？」保田出聲，修太郎也不回頭地說：「保田，你振作點哪。可依靠的只剩下你了。你要好好保護我的笨家人哪……」

接著他轉向石工說：「喂，留老，你可要長命百歲啊。」石工回道：「你少貧嘴了。」此時修太郎已開門踏進了漆黑的夜裡。

再見啦。

這是保田最後一次看到大舅子修太郎。

＊

「原來如此。那麼……」河原崎松藏說道，摸了摸鬍子。「這表示木場兄在老家的時候，並沒有特別不一樣的地方。雖然我覺得回到老家，也不探望一下生病的父親就離開，這種態度實在不能說是一般。」

「可是木場前輩的妹夫說那很平常。」青木答道。「我從來沒聽說過木場前輩的私事，可是總覺得這很像他的作風。雖然我也說不清楚哪裡像。」

木場握住病榻上的老父的手，問著：「爸，你還好嗎？」這種情景光是想像就教人噴飯。

「可是……這話雖然有點多餘，不過你剛才提到的指引康莊大道修身會很不妙唷。我記得會長磐田這傢伙來歷不明，有此一說，他是個無政府主義的激進分子，戰前曾經策謀顛覆國家，也有人說他是共產圈的間諜。最近他以中小企業的老闆為目標，幹了不少壞事。總之，這個人惡質的風評從沒斷過。去年春天，他還被憤怒的前會員給毆打受了傷呢。」

「哦……我隱約記得。你是說錦糸町還是淺草橋的那個事件嗎？那麼前輩的妹妹……」

「很不妙唷。」河原崎探出身子說。「我想最好警告她一下。雖然或許已經太遲了……」

「這樣啊……。不曉得木場前輩有沒有注意到？感覺他應該很專精那類事件的……」

不。木場注意到了。

據保田所言，木場似乎斷定那場研修活動是詐欺。就算不知道磐田的事，木場也一定憑他一流的直覺察覺到了。然而……

——只要還有一條命在啊……

只要還有一條命在，總有辦法……

然而木場卻只對妹夫留下這種一點都不像木場會說的感性忠告。雖然斷定就是詐欺，卻也沒有指示具體該怎麼做。儘管親人就快成為被害人了……

你怕死嗎……？

——到底發生了什麼事？

「青木兄、青木巡查！」河原崎的聲音響起。

「哦……河原崎，對不起。」

「叫我阿松就好了。在目黑署大家也都叫我阿松。松藏阿松。」

即便河原崎這麼說，青木也沒辦法馬上改口。青木了解木場妹夫的心情。能夠以底下的名字修太郎直呼木場的人，大概只有木場的父母而已吧。

「那……松兄。這件事我明白了。我也會仔細叮嚀保田先生的。若能趁著事情還未變得棘手之前先設法處理，或許能夠成為告發那個磐田的契機。不過前提是磐田真的做了反社會的犯罪行為。」

「我同意。」河原崎說。「這件事就先這樣……。青木兄，我之前推測木場兄或許掌握到某些與条山房有關的消息，所以單獨行動……這個推測果然錯了嗎？」

「嗯，這個嘛，我的直覺告訴我前輩確實與某事件扯上了關係，但是前輩的模樣實在有點……」

「不對勁嗎？」

「嗯，不對勁。所以或許不是。」

「木場兄的住處那邊怎麼樣呢？」

「哦，小金井那裡……」

昨晚。

河原崎在小料理店對青木說「有什麼**不得了的大事**正在發生」。河原崎熱切地說他雖然無法有條有理地說明，而且也絕對不可能說服上頭的人接受，可是確實有個驚人的巨大陰謀在暗中確實地進行。

然後河原崎說木場一定掌握到了某些線索。掌握關鍵的三木春子好像還是沒有透露太多，但是她與木場見過幾次面，結果木場似乎因此行蹤不明。

老實說，青木不喜歡這種脫離現實的妄想，所以一時也無法聽信，卻莫名地有些掛意。而且他也的確很在意木場的動向。

最重要的是，他浮躁不安。梅雨季節都快到來了，青木卻像除夕早晨似地慌慌張張。青木覺得這一切都是木場失蹤造成的。

所以青木接受河原崎請求協助的央託。他並不打算違反服務規程。而且他判斷只是拜訪連續缺勤的前輩刑警的住宅，探視情況，算是身為警官的合理行動，稱不上脫軌行為。

於是青木今早前往木場的老家，接著去保田上班的地方詢問情況，最後拜訪木場位於小金井町的租屋處。

青木是第一次拜訪木場的老家，但木場住的地方他去過好幾次。

青木按下告知來訪的警鈴，也沒有應答。如果有人在，木場應該會出來應門。聽說房東老婦人腳不方便，無法自由行動。青木等了一會兒，老婦人拖著左腳現身了。

青木告知來意，老婦人說「請等一下」，又按了一下警鈴。木場租的是二樓，而她無法上二樓，所以也沒辦法確認木場人在不在。

「好像不在呢。」老婦人說。

青木早知道木場不在，於是當下請求讓他進房裡看看。老婦人認識青木，也知道他是個警官，因此毫不猶豫地讓青木上二樓去。

「青木兄，你未經主人同意，擅自進去人家房間嗎？連搜索票都沒有就進去？自己一個人？」

河原崎好像有些吃驚。

「當時狀況緊急啊。我當然希望房東可以陪同，但大嬸沒辦法爬樓梯呀。所以我請她在樓下等。假設說——只是假設唷，要是木場前輩死在房間裡，大嬸也不曉得啊……」

「死在房間？命案？」

「木場前輩不會隨隨便便就死掉啦。要是不準備反戰車砲，是殺不死他的。可是喏，事情總有萬一嘛。搞不好會餓死，就算沒死，或許有可能因此營養失調，動彈不得也說不定……」

我怕死了……

老實說，青木有些擔心。木場臨別之際的態度和話語讓他莫名地掛意。

「那麼裡面怎麼樣了？」河原崎露出精悍的表情問道。不過要是木場真有個什麼三長兩短，青木也不可能在這裡悠哉地聊天，結論可想而知。

「很整齊。而且是整潔過頭了。」

「平常很髒亂嗎？」

「一點都不髒亂。雖然我也一樣，不過獨居男人的住處……你也知道吧？」

「嗯。我的房間也亂成一團。」

「人家不是常說沒人照顧的男人住處髒到生蛆嗎？可是前輩有點不一樣。我昨天也說過了，木場前輩雖然個性粗魯，卻很一板一眼。他說開伙很麻煩，但是修補衣物或整理之類，倒是做得很勤快。他很擅長整理。」

「那樣就不需要老婆了。」

「要要要。」青木揮揮手。「老婆是絕對要的。不過當他的老婆肯定很辛苦。木場前輩住的地方啊，乍看之下總是很整齊唷。可是仔細一看，你會發現廚餘扔在水桶裡，菸蒂堆了好幾個紙袋。連垃圾都分好類後卻擺放在房間裡。換句話說，垃圾也都沒有丟掉。」

「沒有丟掉？」

「沒有丟掉。像電影宣傳單、剪報這類怪東西都留著，貼在剪貼簿裡，或是束起來。雖然是分門別類收藏妥當，可是不曉得留著要做什麼用。連火車便當的包裝紙也一樣，全都收在水果箱或抽屜裡。前輩沒辦法區分東西值不值得留下來。然後一旦要丟，就一股作氣，全部丟得一乾二淨。有一次他還差點把手帳都給丟了。」

「警察手帳嗎？」

青木點點頭。這是真的。

「所以說，木場前輩已經消失了一星期了吧？如果他連一次都沒有回家，房間裡就算有什麼東西發出異味……」

「也不奇怪？」

「不奇怪。而且現在這種季節，要是本人死在裡面，那肯定……」

動不動就扯到這上頭來。

看樣子，青木下意識地考慮到木場死亡的可能性——儘管青木並非潛意識裡希望木場死掉。不……這絕對不可能。

要長命百歲啊……

因為我怕死啊……

——都是因為前輩說了那種意味深長的話。

「可是，你說整潔過頭的意思是……？」河原崎問道。

「哦，真的是一塵不染。大嬸說木場前輩已經整整一星期沒回家了。搜查漸入佳境的時候，我們不也常回不了住處嗎？像木場前輩，一星期或十天不回家十分稀鬆平常，所以大嬸也沒有放在心上。而那種時候，前輩的房間也會變得滿亂的，有時候還有吃到一半放到發臭的飯。」

「可是這次什麼都沒有？」

「什麼都沒有。不僅如此。矮桌上還蓋了裝飾用的白布……那叫什麼去了？桌巾嗎？而且上面還優雅地插了一朵花。」

「花……？」

「沒錯，花。」青木神情奇妙地說。

木場的房間裡插著花——這種滑稽又格格不入的感覺，河原崎不可能懂。若要比喻，就像軍服上代替階級章繡上花朵一樣。

「不過已經快枯萎了。我不懂花，所以不知道那是什麼花。不管怎麼樣，那不可能是前輩插的。我懷疑是不是三木小姐放的，不過……」

昨天河原崎說，三木春子好像每星期會外出一次去見木場。雖然不清楚他們在哪裡見面，不過如果她拜訪木場的住處，有可能看不慣那冷清的房間，插上一朵花做為點綴。可是……

「她在兩星期前被綁走的吧？」

「是兩星期前。五月二十二日。」

「就是啊。而她之前每星期都與木場前輩見面。所以她被綁走那一天，也是要和木場前輩見面的日子吧？你昨天說的不是很清楚，氣道會是在她外出回來後才擄走她的嗎？」

「不，在她出門的時候。她一出宿舍就被抓了。」

「那表示三木小姐和前輩見面，已經是三個星期以前的事了。鮮花撐得了三個星期嗎？」

「呃，我從沒去過花店，所以也不敢斷定，但是如果每天換水的話，有些品種或許撐得下去？」

「撐不了那麼久的。兩星期或許還有可能……而且我也不認為前輩會為花換水。」

「那麼青木兄的意思是……？」

「我問了大嬸。」

青木攙扶老婦人回房間，將帶來的鹽煎餅送給她，打聽了許多事。老婦人可能很希望有人陪她聊天，饒舌地說個不停。當然，大半都是閒聊、牢騷、或述說自己的境遇，但青木都悉心地傾聽。

線索不是免費的。沒有人得不到報酬還會積極地提供協助、無償提供的線索全都不可靠、不可能隨便走走問問就順利獲得想要的線索——這全都是木場教他的。

老婦人吶吶地說了一個小時以上。提到的內容五花八門，但是有關木場的線索只有一小部分。不過這給了青木幾項寶貴的資訊。

首先，有個女子前來拜訪木場。

女子大概是在三月底到四月初第一次拜訪，無論木場人在不在，她每星期都會來個一兩次。

起初，木場好像在門口把女人趕回去，但是沒有多久，就讓她上二樓去。

那名女子最後一次來訪，是五月底左右——木場失蹤前沒多久——當時她帶了一個男人一起來。

然後木場失蹤那天早上，他這麼對老婦人說：

前陣子我父親病倒了……

聽說老家亂成一團……

誰叫我媽和我妹都笨得要命……

真是煩死人了……

老婦人對木場說：「那不得了，得快點回家去看看啊。」或許是因為老婦人這句話，木場才會從本廳直接回老家吧。最後老婦人說：「木場不在，我連個說話的對象都沒有，寂寞得很哪。」

青木的心情很複雜。然後他半認真地說「我會再來」，辭別了老婦人。

河原崎摸摸鬍子。

「那名女子……會不會是春子小姐？」

「應該不是吧。我一開始聽到時也以為是三木小姐，可是好像不是。」

「我想應該不是。」河原崎說。「大嬸說一星期來個一兩次？」

「關於這一點……」青木望著前方答道。「房東大嬸並不是每次有人來都會去應門。木場前輩在的時候，她就不會出去玄關，要是有人來訪時她正在睡覺，她連有人來過都不知道。所以她說一星期來個一兩次，應該想成是一星期來兩次比較正確。或者是每隔三天來一次，是定期過來。三木小姐沒辦法那麼頻繁地溜出工廠吧？」

「沒辦法。工廠是輪班不休息地運作。她星期五休半天，星期六休息，所以總是在星期五下午……」

「去木場前輩那裡？」

「是的。同事的女工這麼作證。木場兄好像曾經到過春子小姐上班的工廠一次，並且向工廠的人表明自已刑警的身分。春子小姐外出的時候，也都告訴旁人說她要去見**那個刑警先生**，所以大家都以為春子是以證人身分被刑警找去。」

「原來如此……那個時候，工廠的人還不知道目黑署已經停止搜查了。可是如果這是真的，就表示木場前輩和三木小姐……在外頭見面？」

應該是吧。

「木場兄的住處，沒有疑似春子小姐的女性拜訪過他嗎？」

「大嬸說來的好像都是同一個女人。那名女子大概都是晚上八點過來，而且不一定是星期五。再說三木小姐被綁架後，那個女人還是照常來訪……」

「然後又帶男人來嗎？」

「是啊。」

青木停步，交抱雙臂。

「那個男人……是什麼人呢？」

走在稍後方的河原崎繞到前面望向青木。

「呃……以我笨拙的想像力來推理，這種狀況……是啊，會不會是木場兄的女朋友帶她的親人過來……？」

「不可能，絕對不可能。」

「那麼，會不會是木場兄勾搭上的女人的前任男友找到女方新男伴的住處，跑來罵人？」

「更不可能。如果真的被你說中，我就不幹刑警回鄉下去。因為那表示我根本沒有看人的眼光嘛。前輩才不是那種……」

青木突然陷入沉思。

他覺得說不定真是如此。

青木只知道木場的一面而已。只是撫過他的表面，幾乎完全不知道木場這個人的本質。

——不。

不對。不是的。

——不是這種問題。

這些幾乎都只是青木一廂情願的認定。但青木決定這麼去想。換言之，這等於是認同河原崎的誇大說法。

「那名女子和木場兄，呃……是什麼樣的感覺呢？」河原崎一臉困窘地問。「房東有沒有聽到什麼對話之類的？」

「大嬸有點重聽，聽不到二樓的話聲。可是……」

「可是？」

「大嬸說她初次看到那名女子時，以為是走唱的。走唱這種說法有點古老，不過這是什麼意思呢……？」

河原崎用右手撫摸著光頭。

「走……走唱的？是在人家門前唱鳥追歌（註一）、新內節（註二）、或浪人唱謠曲（註三）的那種……？」

「會不會是和尚呢？現在又不是江戶時代怎麼會有走唱，托缽的和尚吧？」

「可是是女的吧？」

「嗯……」

青木問大嬸為何會這麼想，老婦人答道：「也不曉得為什麼呢。就是這麼感覺。」青木沒有再繼續追問。到底是什麼因素讓大嬸將訪客與走唱的連結在一起？青木實在無從追查起。

「話說回來，河原崎……不，松兄，你那邊怎麼樣？有沒有什麼新發現？」

「我針對韓流氣道會調查過了。當然不是眾所皆知的表相，而是背後的那張臉。」

「還有表裡之分啊？」青木問道，河原崎說：「嗯，有啊。該說是虛飾與本質，還是假面具與真面目呢？就氣道會的情形來說，發揮未知能力的武術鍛鍊場只是個假面具。」

「拿掉假面具的話是什麼？」

「似乎是個政治結社。」

「政治結社？」

「不過完全不知道是右派還是左派，也不知道在背後操控的是什麼。不過大概能推測出應該不是左派吧……」

「你怎麼知道的？」

「哦，那裡大部分的門生都是一般市民，但是除了師範以外的幹部，幾乎本來都是黑道分子。由於黑市接二連三被檢舉，黑道的地盤不是沒了，就是不斷解散和合併。要存活下來非常辛苦。所以這也是一種新的行業。然後黑道……唔，這或許因人而異，但依我的看法，我認為黑道和左翼思想格格不入。可是有時也有大逆轉……」

——大逆轉？

「虧你查得出幹部的身分呢。」青木說。

「以毒攻毒呀。」河原崎答道。「不過這也多虧了《稀譚月報》。報導中回答記者問題的代理師範岩井，以前曾經被目黑署四組以傷害罪逮捕。他是個不得了的大無賴。可是啊，我奇怪紀錄怎麼沒有公開，原來這傢伙所惹出來的並不是單純的傷害事件，而是與公安有關的案子。我去找負責人追問，他說既然與岩井那傢伙有關係，那麼氣道會絕對不是個單純的道場，背後一定有什麼……」

「所以你才會說政治結社啊。唔，是這樣啊？話說回來……代理師範竟然是個無賴啊……」

青木想起寫下那篇報導的女記者——中禪寺敦子。寫報導的人是她，當然採訪的也是她吧。那表示她曾經見過那個無賴。

青木心中突然湧出一股不安。

她——中禪寺敦子不要緊嗎？既然報導順利地刊登，表示應該沒問題吧，可是……

——好一陣子沒見到她了。

分隔兩地，無論何時都令人感到不安。換句話說，這種感情與其說是擔心敦子的安危，更應該說青木對

註一：江戶時代，稱為女太夫的女藝人新年時換上新衣，在人家門口唱的一種歌。是農家趕鳥，初春祈禱豐收的祝歌。
註二：江戶時期，太夫與彈奏三味線的人二人一組在街頭邊走邊唱的一種演奏形態。
註三：謠曲指能劇中的歌謠。

那個什麼代理師範感到嫉妒吧。

河原崎接著說了：

「另一方面，自稱韓大人的師範則來歷完全不明。不管怎麼調查，都查不出底細。他沒有前科，署裡也沒有人知道他。」

「他是日本人嗎？」

那不是日本人的名字吧。

「是本國人。韓大人好像公開宣稱他是日本人。聽說所謂韓流，雖然裡面有個韓字，但是與韓國無關，意思是這名韓大人所創立的流派。嗳，就像是用來唬人的藝名吧。」

「唬人啊……」

青木總覺得難以信服。

他不明白理由。或許只是還擺脫不了嫉妒罷了。

「可是……對了，氣道會是中國古武術吧？既然是來自中國，而且都要隨便掰個名號的話，叫什麼陳大人、金大人、宋大人、劉大人的，不是比較像一回事嗎？」

「說的也是。」河原崎歪了幾下脖子。然後他說：「為什麼會是韓呢？」

重點是……

「重點是，松兄，三木小姐什麼都還沒說嗎？」

「啊？哦，是的……要是她肯透露就好辦多了，但我也有公務在身，昨晚只匆匆見了她一面。她還是只說自己的土地快要被偷走了……」

「我並不打算深入，不過……」

青木聲明之後，小心翼翼地問了：

「……三木小姐現在在哪裡？」

這個問題似乎令河原崎不願啟齒。

他猶豫著，右手無所事事地一開一合。青木看不下去，說：「你不相信我的話，不必說也無妨。」

河崎瞪大了有些上吊的眼睛。

「不……沒有的事。我相信青木兄。可是……再繼續把你拖下水，我總覺得良心不安，怎麼說……」

的確，既然都已經知道這麼多，青木也是同罪了。就算管轄不同，若是知道有人確實違反了服務規程，青木身為司法警官，就有向上司報告的義務。但是青木覺得現在不是拘泥於這種瑣事的時候。木場就不在意這些。

正當青木想著這些事，河原崎彷彿看開了似地說道：

「我有自言自語的老毛病。我接下來要開始自言自語，請你不要放在心上。」

接著他挺直了背。

「我在被招攬到目黑署擔任刑警以前，在音羽負責派出所勤務。那時候有一位先生很照顧我。他是個活動主辦人，或者說是江湖藝人的頭子，大概算是半個流氓吧，但是他豪俠好義，雖然嘴巴惡毒，卻比一般警官還能夠信任。我把搶回來的目標寄放在那位先生家裡。自言自語完畢。」

真奇怪的自言自語。

青木苦笑。河原崎張大嘴巴，接著蜷起挺直的背，「呼」地吁了一口氣。

青木出聲笑了起來。

「我好像聽到了什麼……可是聽不太懂哪。不過那裡可以放心吧？」

「那裡有很多年輕人……我已經拜託他們有事要立刻報警。那麼一來，我的所做所為就會曝光，但是我不打算為了逃避處分，甚至牽連一般民眾。」

「我認為你的做法很明智。那麼她現在的情況穩定嗎？啊，這也不是我在問誰，是自言自語。」

「目前好像不要緊。」河原崎說。

「你告訴她木場前輩失蹤的事了嗎？」

「沒有。她好像對木場兄……」

河原崎說到這裡，抬起頭來。

青木也朝上望去。

這裡應該是他所熟悉的城鎮，看起來卻宛如異國。復興與開發一日千里。市街到處殘留著空洞的黑暗，只有表面被密實地塗抹起來，轉變成另一張臉。河原崎說：

「變漂亮了呢。這一帶以前全是黑市呢。」

「市政府把它們全部撤除了。黑暗倒留了下來。」青木說。

兩人來到池袋車站前。

「呃……木場兄常去的店在哪裡？」

「在靠郊區的地方。我也曾經被帶去兩三次。木場前輩好像從隸屬池袋署的時候就是常客了，不過我是到本廳工作以後，木場前輩才介紹我去的。那是家小店，有個美艷的老闆娘單獨掌店。」

「哦？好像很不錯呢。」河原崎說。

「木場前輩每次看到老闆娘都說她是母夜叉、醜八怪，但我覺得老闆娘是個大美女。她叫做阿潤小姐。」

「阿潤小姐……？」

河原崎詫異地說。

「那個人……是不是叫竹宮潤子？」

「我不知道她的本名。好像也有人叫她潤子……怎麼了嗎？」

「不……春子小姐好像是透過一個叫竹宮潤子的人介紹，才和木場兄認識的。」

「阿潤小姐介紹的？可是……」

不是不可能的事。

「我將春子小姐從氣道會救出來的時候，她一直不停地說『木場先生他、木場先生他……』。我問那是誰，春子小姐便說『是潤子姊介紹的東京警視廳的刑警』。我又問她潤子是誰，她只說是竹宮潤子。」

「那個人……姓竹宮嗎？唔唔。所以松兄，你向本廳查證，找到木場修太郎，然後又找到我身上是吧……？啊，從這裡轉彎。哇，好髒的巷子。我都是天黑了才來，完全沒發現……噯，走吧。搞不好前輩正窩在那裡也說不定。那樣事情就好辦了。」

青木只是嘴上說說。青木的深層正告訴他的表層，說木場不可能那麼容易就找到。樂觀與悲觀能夠平衡相處，一定也只有現在了。

青木變得有些自暴自棄。

火災留下的混合大樓地下。

兩人屈著身體，穿過昏暗狹窄的樓梯。樓梯裡，無論是牆壁還是天花板，全都被塗鴉、焦痕、油脂和灰塵所形成的扭曲花紋給填滿了。一道門不曉得本來就是黑的，還是髒掉變黑的，又或者只是看起來是黑的，上頭貼著一塊生鏽的銅板，以不可思議的字體雕刻著「貓目洞」三個字。旁邊則掛著木牌，上面寫著「午休中」。

青木敲門。響起「喀、喀」的鈍重聲響。

「阿潤小姐。」

沒有回應。青木看了一下畢恭畢敬地站在後面的河原崎，接著抓住門把。

門沒鎖。

青木猶豫一會兒。就在他決定開門的時候，響起「喀喳」一聲，門打開了一半。阿潤揉著睡眼惺忪的眼睛，探出臉來。

「阿、阿潤小姐，我是……」

阿潤刺眼地眯起眼睛。儘管這裡十分幽暗，對她來說還是很刺眼吧。門裡光量更少。她撩起微捲的髮絲，一縷外國香水味掠過青木的鼻腔。

「哦……你是那個警察小朋友。七早八早的幹麼呀？」

阿潤露出白皙的肩口。她穿著露出肩膀的晚禮服。

「我有些事想請教妳……」

「請教我？什麼事？案子嗎？」

「關於警視廳的木場刑警還有三木春子小姐，本官有事想要請教！」

河原崎在背後叫道。阿潤一雙渾圓的杏眼突然睜得更圓，說道：

「那邊那個看起來血氣過盛的小朋友，在人家店門口擺警官架子，可是會礙到生意的。進來裡面吧。」

她白皙的手指伸出門口招呼兩人。

留長的指甲很漂亮。

店裡面幾乎是一片漆黑。

阿潤打開了電燈，但仍然很暗，簡直就像置身洞穴裡。吧檯浮現在溫暖的黑暗中。阿潤柔聲說道：「隨便坐。」一走進吧檯裡。

「要喝什麼？」

「不……呃……」

「我也還在，呃……」

青木偷看河原崎。河原崎頻頻用手巾拭汗，說：「我不必了。」

「執勤中？真沒趣的一群人。像我，工作就是喝酒哪。不過下班了也一樣繼續喝啦。話說回來……你說那個木屐怎麼了？」

「呃……恕我冒昧，妳是竹宮潤子小姐嗎……？」

「這愣頭青是打哪來的啊？」阿潤瞪住青木。「你朋友嗎？」

「算朋友吧……」

「哼。」老闆娘哼了一聲。「會問女人名字和年紀的蠢蛋，不是刑警就是官僚……哎呀，我忘了你也是刑警呢。嗳，算了。那你們來幹麼？春子……發生了什麼事嗎？」

「妳果然認識春子小姐。」

「她在上野被人扒了錢包，不知該如何是好時，是我及時為她解圍。我已經忘了是幾年前的事了，當時她才剛從伊豆的深山裡出來。我幫她出了電車錢，她便老實地登門奉還。她是個好女孩，只是有點傻呼呼的，教人放心不下哪。」

「伊豆……三木小姐是伊豆出身的嗎？」

青木說道，望向河原崎。

光線昏暗，看不出河原崎的表情。

「松兄，我剛才和你提到，木場前輩的妹夫說，木場前輩他……一直看著伊豆出產的石頭。然後他聽到妹妹研修的地點也是伊豆，又看了看石頭……」

「這有關係嗎？」

應該沒有吧。是牽強附會嗎？

「重要的是，青木兄，春子小姐擔心她的土地會被搶走……既然她這麼說，表示她擁有土地吧？如果就像這位小姐說的，春子小姐是伊豆出身，那麼她的土地也在伊豆嘍？」

「聽說是在韮山……」

阿潤邊喝著什麼邊說。

「那女孩在伊豆的韮山有一些土地。好像是祖父的遺產。她說因為稅制更改，得繳交固定資產稅，所以煩惱著要不要賣掉……」

阿潤把手肘撐在吧檯上，背脊彎曲，姿勢就像貓在伸懶腰。

「……啊啊，對了，我想起來了。她好像說她賣掉父母住的房子，但是沒賣掉以前祖父住的山上土地吧。還說那裡的土地就算想賣，八成也賣不掉。」

「想賣也賣不掉？」

「因為太偏僻了吧？而且她說是在深山裡。市價很低，也找不到人要買。不管這個，怎麼啦？小朋友跟春子有什麼關係？」

「呃、這……那個……」

河原崎忙碌地用扇子搧著臉。他在吹散阿潤散發出來的甘甜香味嗎？青木苦笑著說：「松兄……怎麼樣呢？条山房與韓流氣道會爭奪那塊連買主都找不到的偏僻土地……這種假設現實嗎？我是覺得有點不太現實啦。」

「嗯，可是……」正當河原崎想要開口時，阿潤指著青木說了：

「条山房……你是說那個漢方藥局？」

「是的。」

「是長壽延命講吧？」

「長、長什麼？」

「長壽延命講啊，青木。」阿潤說。

「阿、阿潤小姐，妳記得我的名字……」

「哎唷，別管這種小事了。不過春子被那個条山房欺騙，為了籌措藥錢，差點賣掉土地是真的。不過她很聰明，最後是打消念頭了。可是仔細想想，連買主都找不到的土地，就算想要賣掉，也沒那麼簡單就能換到現金。換句話說……或許是条山房主動提出要收購土地。」

「原來如此……」河原崎合上扇子。

阿潤品評似地，斜著眼睛打量河原崎的光頭，然後問道：「那麼，那個叫什麼韓什麼道的，又是做什麼的呀？」

「呃，那是一個可疑的道場……」

「更重要的是，你又是誰呀？」

「是！本官是目黑署刑事課搜查二組的河原崎松藏！階級巡查，綽號阿松！」

「又沒人問你那麼多。」阿潤說道，軟綿綿地笑了。

青木簡短地說明韓流氣道會綁架並監禁三木春子的事，以及河原崎救出春子的經過。阿潤微微地歪著頭，看著河原崎，看似好笑又像佩服地說：「哦？你闖了進去啊？」青木指著河原崎，以戲謔的口吻說：「簡直就像木場二號呢。」

「你們警察也滿胡來的嘛。」阿潤說道，再次笑了。「那麼一號怎麼了？把那個笨蛋介紹給春子的，的確是我，她之前被一個奇怪的男人糾纏不休，傷透了腦筋呢。」

「果然是妳！」河原崎短促地一叫。

「我在三月介紹的……是春子休半天的日子，所以是二十日吧。星期五。那天生意很不好呢。後來過了幾天，春子過來找我，說她想向木場道謝，問我他的住址。那傢伙看樣子派上用場了呢……」

老闆娘以食指抵著臉頰說。

接著她的表情突然轉為嚴肅。

表情一變彷彿成了另外一個人。

她的表情彷彿看到妖怪飄浮在半空中似的。

「那個傻瓜……怎麼了？」

死了嗎？——阿潤不待回答就反問。

青木顯得極為慌亂。從別人口中聽到這幾個字，實在太真實了。

「不不不。」河原崎搖搖頭說。「木、木場兄他……下落不明……」

「這麼厲害？你說那個廁所木屐嗎？下落不明……多久了？」

「大概一個星期。我們想知道木場前輩最後什麼時候露臉，所以才過來打聽……」

「失蹤……什麼跟什麼嘛？」

阿潤緩緩地晃動手中的液體。

「妳有什麼線索嗎？」河原崎問。

阿潤沉默了半晌。

「他來過。我想想……約十天前吧。」

「十天前……」

河原崎翻開記事本。

「五月二十七日嗎？星期三。」

「大概……吧。」

「木場兄最後被人目擊，是兩天後的五月二十九日。對吧？青木兄？」

青木點點頭。河原崎口吻有些激動，追問當時木場有沒有什麼不尋常之處。但是……阿潤不知為何以食指按住嘴唇，就這麼沉默了。看來……樣子是不尋常吧。

「阿潤小姐。」青木呼喚老闆娘。

河原崎驚慌失措地問：

「木場兄……和平常有什麼不一樣嗎？」
「和平常一樣啊……」
阿潤停止眨眼。
「……那個傻瓜總是那副德性。」
「那……有沒有……對，他有沒有說什麼？說什麼和平常不一樣的……」
「有。」
「他說了什麼？」
「長生是好事嗎……？」
「啥？」
「只是延後死亡罷了嗎……？」
「死亡？」
「妳……怕死嗎？」
這……
這些話……
「阿潤小姐，前輩他……木場前輩他……」
「我不知道啦。那傢伙總是那付德性，不是嗎？什麼嘛，明明半點架勢都沒有，還老愛裝腔作勢的。竟然把那身龐然巨軀縮得小小的，不只是退化成幼兒，完全是胎兒的姿勢了。然後還說什麼『我很怕』。這不是傻瓜是什麼？」
阿潤毫不掩飾感情地說。
青木總算知道籠罩自己的不安的真面目了。
那就是……失落感。
「青木兄……」就在河原崎轉頭出聲的時候。
一道光芒無聲無息地射入黑暗。

原本垂著頭的阿潤機敏地抬起頭。青木也順著她的視線回頭。門已經打開，出現一道男人的黑影。影子取下午睡中的木牌，拿它「叩叩」地敲門。阿潤轉眼恢復成困倦的表情。

「不好意思……這裡被包下來了。請回吧。」

她以倦怠的嗓音說，做出趕狗般的動作。男子用體重壓住店門，稍微傾斜身子問了：

「妳是……竹宮嗎？」

阿潤壞心眼地瞇起眼睛，答道：

「才不是。酒場的女人是沒有姓氏的。你不知道嗎？」

「那麼……妳是潤子嗎？」

男子說完渾身漆黑地侵入進來。青木從吧檯前的高腳椅子稍微站起身子。

侵入者的輪廓朦朧地在微明中浮現。

男子扔出木牌。「匡噹」一聲響起。

「有點事……想請教妳。」

河原崎一轉身，下了椅子。接著年輕刑警的表情轉為精悍，與方才不知所措的模樣大相逕庭。

「你……」

河原崎吼道。

「你是韓流氣道會的岩井！」

「什麼？」

青木大吃一驚。

河原崎戒備起來。

男子搖晃著肩膀笑了。

「你……原來如此，這樣啊。那個學做小偷行徑的就是你啊。這樣啊，這樣啊。這下子就甭懷疑了，看樣子是中獎了。好，把偷的東西給我交出來。乖乖交出來的話，我可以稍微手下留情，饒你少斷幾根肋骨。」

男子以緩慢的動作舉起右手。

「青木兄！」河原崎壓低身體，大聲叫喚青木。青木本來愣在原地，聞聲反射性地跳下椅子。

「你猜的沒錯，潛入道場的祕密房間，帶走春子小姐的是我。但是啊，岩井，遺憾的是，這兩個人與這件事無關，春子小姐也不在這裡！青木兄！」

青木急忙擋在阿潤身前保護她。

老闆娘一臉毅然地注視著闖入者。

男子慢慢地將舉起的右手掌挪到前面。

「真是不見棺材不掉淚。看你的架勢……不像是条山房的手下哪。……是磐田老頭子雇來的嗎？」

騷然的空氣從男子背後逼近。幾條影子出現在門口。出口被堵住了。樓梯似乎還有許多人。退路……被截斷了。

「我不是誰的手下。我是目黑署的河原崎！」

河原崎取出警察手帳舉起。

男子──岩井的身體搖晃得更厲害了。

「目黑署？你是刑警啊？刑警竟然非法侵入民宅？真是笑死人了。原來如此……是那個藍童子指使的嗎？真是不學乖哪……」

岩井笑出聲來，接著大聲怒吼：

「混帳王八蛋！叫你馬上把女人給我交出來！」

他當場踢翻椅子。

簡陋的椅子當場碎成一地。

「你幹什麼！」阿潤就要鑽出吧檯。

青木按住她的肩膀制止。阿潤不可能打得過對方。

河原崎彈了一下雙手手指，進入臨戰態勢。

阿潤皺起眉頭，說著：「等一下，不要這樣！」就要撲上來，卻被刑警制止了。

「這裡這麼狹窄，你們在想什麼？受不了，為什麼刑警都笨成這樣！你也是！我不知道你是什麼韓流暖流，那張椅子你怎麼賠我？這裡可是我的店！要打架到外面去！」

「少囉嗦！」岩井吼道，一拳打上擺飾櫃。

拳頭發出驚人的聲響，擊碎了櫃子，玻璃和酒瓶破碎，散落一地。阿潤「啊啊」大叫，再次鑽進吧檯，從裡面的架上抓出一瓶洋酒，抱在懷裡。

「又給我弄壞了！你給我記住！就算你們叫我交出來，沒有的東西就是沒有啊。裡面也只有一個房間而已。喏，自己去找啊！」

岩井努努下巴。三條人影從他身後閃進來，走進裡面的阿潤的房間──似乎是榻榻米房間。

阿潤抱著酒瓶再次走出吧檯，站在青木旁邊，一臉憤恨地瞪著他們。「阿潤小姐。」青木悄聲呼喚。他並沒有問，但阿潤答道：「這瓶酒特別貴的！」

很快地，裡面傳來聲音說：「代理師範，沒有人。」

「藏到哪裡去了？」

河原崎沒有回答，他慢慢地退後。

青木抓住阿潤的手，配合河原崎的動作，在狹窄的房間裡慢慢地朝門口移動。

岩井發出響尾蛇嚇唬敵人般的滋滋聲，慢慢地逼近河原崎。

「松、松兄……！」

「不必擔心我。青木兄，盡快讓潤子小姐平安無事地……」

「什麼平安無事！我的店怎麼辦！」

「現在不是說這種話的時候……」

青木轉動眼珠窺看情形。門口有兩個人。就算突破那裡，也不知道狹窄的樓梯還有多少人。要突破包圍的一角或許有可能，但是要連續衝破重圍，逃出地上，不是件易事。

「很想……叫警察呢，松兄。」

「青木兄……我記得你會武術……」

「我只會警官應該要會的程度而已。」

「那我就放心了。」

話聲剛落，

河原崎衝向岩井。

青木猛地一拉，幾乎要把阿潤的手給扯下，飛快地衝向門口。說是衝，也只有幾步的距離。「磅！」的一聲巨響，店裡被打得亂七八糟。青木筆直往門口的其中一人衝去。後來進來搜房間的幾個男人伸手抓住阿潤的衣服。阿潤抓起祕藏的昂貴洋酒，全力朝男人頭上敲去。當然……酒瓶破碎，琥珀色的液體飛濺出來。

「浪費死了！」

男子「噢」地咆哮一聲，手打了下來。青木抱住阿潤屈身，鑽也似地穿過門口。

不出所料，樓梯還有好幾個男人等著。

──可惡！

青木閉上眼睛，大聲吼叫，抱著阿潤直衝過去。他跑上樓梯。

只是不顧一切地往前衝。

「不許讓他們逃了！」岩井的吼聲響起。

身穿黑色拳法衣的男人們殺氣騰騰地包圍上來。

青木懷裡抱著阿潤，無法反擊。

──好可怕。

不想死。

現在……青木充滿了恐懼。恐懼應該是生物所擁有的感情中最原始的一種。防衛本能一旦到達極限，就會轉化為凶暴的攻擊性。青木一邊抵抗，一邊想起去年把他打傷的某個犯罪者。那個人也是不顧一切地胡亂攻擊上來。那個人也很害怕，那個人也想活下來。就如同俗話說窮鼠齧貓，人一旦被逼到絕境，就會像這樣逐漸崩壞嗎？

「讓開！」

青木大叫。

用肩膀擋開從上面過來的人。

用腳跟踢開從底下過來的人。

——不行嗎！

肩口遭到鈍重的衝擊。

他噍下慘叫。

接著側頭部一陣銳利的疼痛。

脖子、腰和背。鈍痛、劇痛、辣痛。

青木在樓梯中間被擋住去路，把阿潤壓在牆上似地覆住她。敵人的視線集中在青木背上。脖子被按住了。「這傢伙！」鄙俗的聲音響起。殺氣蜂擁而至。接著……

——木場前輩……

——這不是木場前輩的職責才對嗎！

「嗚嗚！」青木聽見叫聲。是河原崎嗎？

——不對。

「什麼人！」尖叫聲響起，接著攻擊的目標顯然從青木身上轉移了。

殺氣通過青木背後。青木趁隙閃到一邊去，抱著阿潤蹲在樓梯角落。

一切發生在短短數秒之間。

只聽到呻吟與喘息。青木抬起頭來。阿潤在懷裡說著：「好重，你要像這樣抱到什麼時候？」接著她推開青木站起來。

「怎麼搞的？得救了。」

青木環顧周遭。無賴倒成一堆，全都不省人事。

「這……」

中央站著一個不可思議的男子。說他是老人，但他的肌膚仍然充滿彈性，不過不管怎麼看都不年輕了。

他穿著一種像是中山裝（註）的陌生服裝，下巴的鬍子留得很長。單眼皮的一雙細眼正微笑著。

「要不要緊？快點出去地上。我的弟子在外頭，可以幫你治療……」

「弟子？地上……」

青木望向樓梯上面，很快地又轉向店門口。

「裡面還有同伴，是嗎？」

老人說道，踩下一階。

蹲在門口附近的男子害怕地叫著：「代理師範、代理師範！」

沒多久，岩井揪著河原崎的衣領，拖也似地把他抓出店裡來。河原崎的臉都腫了。岩井仰望男子，表情立刻轉為憤怒。

「你……是張吧！你想礙事嗎！」

岩井吼道。男子斥責似地回道：

「獰猛之人啊，平靜下來。會攪亂氣脈。」

「什麼！」岩井瞪住男子。被稱做張的男子又走下一階。

「我記得你是韓那裡的人，你叫岩井吧。既然你會在這裡，表示我的病患……從你們手中逃走了，是吧？」

「很遺憾，女人不在這裡，去別的地方找吧。」

岩井說完，把河原崎推進店裡。「鏘」的一聲，什麼東西被撞壞了。

「等一下、我的店……！」

阿潤想要下樓梯，青木拚命制止，接著叫道：

「松兄……河原崎！」

張猛地回頭，說：「你們快點出去。」

「可是……」

——這個人個頭這麼小……

不……

青木看著在腳下抱著肚子呻吟的暴漢。這些暴行全都是這個年齡不詳的男子所做出來的。青木再一次環顧倒下來的敵人，重新確認這一切都是現實，然後拉著仍執意回店裡去的阿潤手臂，爬上隧道般的樓梯。他再也沒有回頭。

看見四角形的白色天空。

出口處有一個戴著圓眼鏡的男子，正擔心地朝下看。男子伸出手來，想要先攙扶阿潤，但阿潤甩開他的手說：「我沒事，重要的是我的店……」看起來像個好好先生的眼鏡男子接著扶起青木的肩膀。然後他看著青木的脖子，說：「啊啊，這一定很痛。」一瞬間，青木全身痛了起來。

「敝姓宮田，在世田谷經營漢藥處方的条山房員工。我馬上替您療傷……」

「条、条山房？」

青木鑽出男子手中，躲了開去。

——這些傢伙……也是敵人嗎？

背後竄過一陣劇痛。「啊啊，動得那麼厲害，會傷到肌肉的。」宮田再次抓住他的手。青木困惑地望向他，宮田正在微笑。

在宮田身後，遙遠的、馬路另一頭的混合大樓屋頂上，青木幻視到不存在於此世之物。

一群異國打扮的人正俯視著青木等人。

正中央的人物有著一顆大得異樣的頭，金光閃閃。那是面具嗎？巨大的耳朵、高挺的鼻子、扁塌的下巴。而那雙睜得大大的雙眼之中……

眼珠子蹦了出來。

岩井的尖叫聲傳來。

註：日本稱「人民服」，孫中山所創的一種高領服裝樣式。

3

武藏野平原上並列著幾個台地，中野就是位於台地上的平坦城鎮。儘管如此，若往郊區走去，仍有坡道極多的地區。雖然都是坡道，但並非整片土地傾斜，而是傾斜的方向紛亂不一。小巷也都是人工建造的，給人一種勉強將高台與低地縫合在一起的印象。或許因為如此，許多細小的坡道任意切割城鎮，結果彷彿把地面給弄低了似地，造成有些場所景觀意外地美麗。

所以，這裡並存著視野極佳的地方，與感覺極為封閉的地方。

例如，有條俗稱眩暈坡的坡道。

這條坡道很狹窄，傾斜度也不上不下。

站在眩暈坡底下，給人一種城鎮到此結束的感覺。

它的坡度決不陡峭，但是除了坡道以外，什麼都看不見。左右兩旁是無盡延伸的油土牆。坡道平緩地延續，一瞬間讓人有種盡頭上什麼都沒有的錯覺，彷彿坡道將永遠延續下去。

當然沒有那種事。

事實上，眩暈坡很短。只要稍微走上一段路，坡道就結束了。儘管如此，登上坡道頂端後，不知為何會留下一股徒勞感。坡道途中的風景自始至終幾乎沒有變化，所以讓登坡者有種不斷原地踏步、繞圈子走的錯覺吧。

甚至讓人在途中陷入眩暈。

據說因此它才會叫做眩暈坡。

但是，無限被有限所包覆，結果爬上坡道以後，上面只是個普通的小鎮。

鳥口守彥站在視野狹隘、坡度平緩的坡道下，想起從這裡看不見的坡上城鎮。

那並不是什麼特別的風景。

只是個……普通的城鎮。

即使如此，鳥口在爬上眩暈坡前都一定會這麼做。因為他覺得若不這麼做，就彷彿不知自己即將前往何處。鳥口覺得很不可思議。如果不去意識，根本沒有什麼好在意的。這只是一條普通的坡道，然而一旦意識到就不行了。對鳥口來說，這條坡道……是一條特別的坡道。

踏出一步。

接著一股作氣爬到最上面。他預感到，要是在途中稍作喘息，肯定會陷入眩暈。只要爬到頂端，那奇怪的預感就會煙消雲散。

那是只有短短幾分鐘的、細長的異界。

眩暈坡上的風景，真的是平凡到近乎乏味。雜木林和竹林裡並列著平房老民宅，另一頭則有五金行和雜貨店。就連那些店也是因為屋簷下擺著金屬臉盆、掛著束起來的掃把，才勉強看得出是店鋪，一旦關店，便與一般民家毫無區別了。

再過去一些，有一家兩側都是竹林的蕎麥麵店，隔壁就是舊書店。舊書店的店面很不起眼，要是不留神地走著，可能就會錯過了。寫著店名的扁額也在風吹雨打中褪色了。

店名叫「京極堂」。

鳥口隔著玻璃門窺看內部。

被太陽曬舊的黑色書架、成排褪色而蒙塵的書背。書。除了書還是書。書與書之間，書的另一頭也堆滿了書。從書的隙縫間露出來的櫃檯前，坐著一個身穿和服的男子，表情彷彿北半球已經毀滅似地臭到了極點，也在看書。

那是店主人中禪寺秋彥。

店裡沒有半個客人。但是他不管有沒有客人，無時無刻總是像這樣在看書。日復一日、無論天黑天明、是睡是醒，總是在看書。

在鳥口看來，這個人真正是稀世怪人。聽說他以前在高等學校擔任教師，相當有才能，而且也前途無量，但是他幾年前辭了職，有一天突然開起了古書肆，而理由似乎就是因為開舊書店可以鎮日讀書。因此這家店的老闆從早到晚都坐在櫃檯裡，無時無刻讀著書。

至於沒有在看書的時候，這個怪人都在做些什麼呢？說起來令人吃驚，他是個禰宜。據說中禪寺家代代都是後面的神社的宮守，他代替宗派不同的父親，繼承祖父的職位，但鳥口未曾見過他神主的打扮。

舊書店兼神主，無論怎麼放寬標準來看，都不可能賺得了錢。然而中禪寺也沒有半點做生意的意思。

但他卻有位極賢慧的夫人。

這一點實在教鳥口無法理解。

中禪寺表情凶惡，嘴巴惡毒，實在算不上是好好先生的類型。的確，他那有些過瘦的身形和古典的外貌，睜隻眼閉隻眼來看，也不能說不英俊；而且他能言善道，甚至饒舌過頭，所以應該也不是不受歡迎，但鳥口還是無法信服。他怎麼樣都無法想像中禪寺談情說愛的樣子。不管怎麼想，京極堂店主的嘴巴都不可能吐出那種娘娘腔的話來。

鳥口再一次往裡窺看。

他扶住玻璃門，然後猶豫了。

不是不方便進去，而是他想起了初次拜訪京極堂的日子。

那是個燠熱的日子。

鳥口守彥在去年夏天過後與中禪寺秋彥相識。那時鳥口因緣際會涉入某獵奇事件的調查。

鳥口的職業是所謂的事件記者。

這是好聽的說法，但鳥口參與編輯的雜誌，是只能夠不定期發行的粗劣出版品——亦即俗稱的糟粕雜誌；不僅如此，裡面刊登的報導全都是犯罪題材，而且獵奇犯罪的比重高得異常。因此鳥口雖然是一般平民，卻經常得涉入這類陰慘的事件中。

但是，去年的事件很特別。

由於涉入那個事件，鳥口經歷了深刻的體驗，幾乎顛覆了過去的人生觀。

那宗獵奇事件就是去年夏天到秋天震驚社會、惡名昭彰的「武藏野連續分屍殺人事件」。

這宗連續獵奇殺人事件後來被評為史上最慘絕人寰的案子，就如同它的惡名，彷彿是一種傳染病，感染了所有接觸到它的人，一邊在牽涉其中的人心中注入黑暗，一邊不斷地擴散開來。鳥口在不知不覺間被捲入事件，心中的盒子因而被撬開，窺見了黑暗的、無底的深淵。籠罩事件的黑暗，不允許事件記者鳥口置身事外，只是做一個單純的旁觀者。

鳥口追查著複雜奇妙的事件，在這當中，他透過朋友作家關口，認識了這個怪人古書商。這宗棘手的事件幾乎有如惡魔一般，毫無解決的跡象；而使它閉幕的既不是刑警也不是偵探，而是這個古書商——中禪寺秋彥。

鳥口一輩子都忘不了那一天。

現在回想起來仍然歷歷在目。

然後……今年春天——鳥口再次被捲入棘手而且奇妙的事件。

鳥口誤闖受到超越人智的不文律所支配的異界，被囚禁在無法逃脫的牢檻裡，他掙扎、抵抗，最後還受了傷。將那件教人一籌莫展的詭異事件——「箱根山連續僧侶殺害事件」導向終結的，也是中禪寺。

這只是……短短數個月前的事。

兩個事件都令鳥口生涯難忘。

——是因為如此嗎？

或許在那樣特殊的狀況下幾次共同行動，鳥口有種錯覺，彷彿他與中禪寺相處了相當長的時光。儘管他們沒認識多久，然而每次一見到中禪寺那張不高興的臉，鳥口不知為何就感到放心。雖然認識還不滿一年，鳥口卻怎麼樣都不覺得他們的交情只有如此。鳥口實在無法想像他們短短一年前還是互不相識的陌生人。

這或許是一起歷經淒慘事件始末、這種日常難得的體驗所造成的錯覺。那麼就某種意義來說，這可能接近戰友，是共享非日常記憶的人擁有的一種連帶感情。不過一切只是鳥口單方面這麼感覺，至於中禪寺怎麼想，鳥口無從得知。

鳥口仍然不是很了解中禪寺。冷靜想想，中禪寺這個人算是難應付的類型吧。

鳥口也覺得中禪寺是自己這種貨色無論如何也應付不了的傢伙。而且中禪寺也決非能草率應付的人。但鳥口仍然不知好歹地動輒拜訪中禪寺。拜訪的理由總是形形色色，不過更重要的是，鳥口也覺得自己是為了尋求那種不可思議的連帶感才來到這裡的。

鳥口平整呼吸，打開玻璃門。

店主人連頭也不抬。

看來他正耽溺於讀書中而沒有發現，但，怎麼可能。他不是沒有注意到，而是連看都不必看就識破進來的是不是客人了。

他很敏銳。

總是如此。然而鳥口卻有些困惑了。

「師傅……」

最近鳥口都這麼稱呼中禪寺。

鳥口邊叫著，邊橫著身體，穿過被書牆包夾的狹窄通道。古書獨特的霉味、墨水味及灰塵混合的氣味掠過鼻腔。腳下及前後左右都是書山，接著他跨過綁起來的雜誌。

「師傅，呃……」

「我不記得我收過徒弟。」

中禪寺頭也不抬地說。

鳥口總覺得手足無措，什麼也沒說，拉過櫃檯旁邊的椅子坐下。

「可以打擾一下嗎？」

「如果我說不行，你會回去嗎？」

冷淡到了極點。

「師傅還是老樣子，好冷漠唷。理我一下有什麼關係嘛？看這樣子也沒有客人，師傅一定正閒著吧？」

店主人怫然作色。儘管怫然，卻仍然看也不看鳥口。或者說，雖然他與鳥口說話了，但現在他的眼中連鳥口的鳥字都沒有。他的眼睛正頑固地緊追著鉛字。

京極堂說了：

「你看到我這樣子還不明白嗎？我一點都不閒，好嗎？」

我總是忙得很——店主人如此作結。

鳥口將他的話當成耳邊風，邊說著「看起來不像呀」，邊環顧店內。

一如往常。若說有什麼變化，那就是書變多了。一定是生意不好吧。書賣不掉。

「生意不好呢。」

「要你多管閒事。」

京極堂說道，總算斜眼望向鳥口，逞強似地說：「珍貴的藏書豈能那麼輕易賣人？」然後他終於抬起頭。

「我並不是喜歡才讀這種書的。我和朋友說好要為他調查麻煩的東西，才會讀這種不想讀的書。可是每次好不容易進入佳境，不是你就是木場和關口之流的出現，拿些有的沒的事來妨礙我。我和人家一月四日就說好了，今天都已經五月二十九日了，卻一點進展也沒有。」

鳥口苦笑。天底下只有這個人，不可能有任何不想讀的書。而且就算沒人拜託，他也總在看書。不管是約定還是調查，只要有理由可以名正言順地讀書，他肯定會讀得更賣力。

鳥口這麼說，中禪寺便露出極不愉快的表情。接著他端正坐姿，用說教般的口吻，針對義務感與幸福感的關係和人類自由意志的問題，諷刺加指桑罵槐地滔滔不絕起來。

這麼一來……鳥口別說是回嘴，連應和都插不了口。聽眾只能畢恭畢敬，嘴巴半開地拜聽他的高論。不管訓示有多麼地令人感激、理論有多麼地深奧，鳥口至多也只能在中禪寺說完的時候，「唔嘿」一聲而已。

中禪寺就是如此饒舌的人。

不僅如此，在這類日常對話中，從他的口中源源不絕地湧出來的話語，大部分都是由諷刺、歪理、抓語病、詭辯所構成的。而且全都有外行人無法招架的龐大資料來撐腰，更教人無從抵擋。再也沒有比理論武裝後的謾罵更惡毒的了。

不過中禪寺這個人就像之前說的，成天都在看書，而且不只是讀艱澀的專門，赤本（註）和漫畫他也讀，古文書也翻閱，若真的有心，甚至還會從國外調來科學論文研讀，他會如此博學多聞，說當然也算理所當然。然而即便如此，中禪寺所蓄積的所謂一般派不上用場的知識量，真的是非比尋常。

鳥口也經常過來求助於他的智慧。所以耐著性子聆聽充滿了諷刺挖苦的長篇大論，也算是獲得必要知識的一種手段。中禪寺的話值得他去忍耐，而且那些無謂的長篇大論當中經常隱藏著重要線索。

註：此指內容迎合一般大眾口味的低級廉價本。

狠狠地念了一頓之後，中禪寺的演說總算結束，於是鳥口立刻開口：「開門見山……」今天他並不是來借重中禪寺的智慧的。

「其實大前天……」

「你逮到華仙姑了……是吧？」

中禪寺當下接口說。

「師、師傅怎麼知道？」

「那種事連地鼠都知道。這陣子你每次到我這兒來，開口閉口就是華仙姑，隨便猜都猜得到。順道一提……你是不是有什麼事不敢告訴我？」

「咦？」

「你有事瞞著我，對吧？不過我大概猜得出來。一定是敦子那傢伙又幹了什麼蠢事吧。不對嗎？」

「呃……」

完全沒錯。是不是蠢事姑且不論，中禪寺的妹妹敦子確實與鳥口正在追查的事件有關係，而且鳥口也的確被要求不能透露。

「……為、為什麼師傅會……」

簡直就像看卦的。默默地坐著就能說中。

「想要瞞我，你還早了五十年。」中禪寺把書挪到一邊去。

「早了五十年嗎？」

「如果敦子做了什麼蠢事……應該是五天前吧。那個傻瓜到底幹了什麼？在路上撿到華仙姑嗎？」

「為、為什麼……完、完全沒錯。」

「真的……撿到了華仙姑？」

明明是自己說出口的，中禪寺卻露出極意外的表情來。

「師傅也真過分，一副什麼都知道的樣子，原來是在套我的話嗎？」

「誰套你的話了？我只是說出最有可能的狀況罷了。其實昨天《稀譚月報》的總編輯中村先生打電話過來，問我：『令妹還好嗎？』這豈不是問得我一頭霧水嗎？一問之下，才說敦子得了惡性感冒，請了三天假。那個瘋婆娘會因為感冒請假，這首先就太可疑了。這要是真的，我應該也會接到聯絡才對，所以我猜想她一定在搞什麼鬼。」

「哦……」鳥口敬畏不已。

正如同中禪寺所猜測，敦子並沒有感冒，而是受傷了。換個角度來看，這比感冒還要糟糕。

鳥口總覺得尷尬極了，縮著脖子，朝上看著中禪寺。

就算嘴上罵得難聽，中禪寺一定也擔心著妹妹。

「我是這麼想。不過那傢伙也不是小孩子了，放著不管也不會怎麼樣……不過我還是姑且聯絡她看看。然而她好像不在家，於是我便聯絡你。」

「咦？聯絡我？」

「是啊。」

「為什麼會想到要聯絡我？」

「哼。如果敦子瞞著我幹什麼壞事，肯定會隨便抓個附近的事件記者還是偵探助手之類的幫忙嘛。」

自從箱根事件以後，鳥口似乎被中禪寺認定為教唆妹妹的壞朋友之一了。在箱根事件中，鳥口與敦子一起出了大糗，給旁人惹來相當大的麻煩。

中禪寺揚起一邊的眉毛望向鳥口。

「昨天我打電話到赤井書房了。」

「哎呀呀。」

赤井書房是鳥口工作的出版社。

不過赤井書房雖說是出版社，也只是個空有其名的公司，出版的只有鳥口所編輯的《月刊實錄犯罪》一本雜誌而已，而且連那本雜誌都在停刊中，實在不成體統。員工包括社長在內，只有三個人。

「結果竟然沒有人接電話。我打了好幾次，結果你們社長親自接電話了。」

「啊，赤井接了電話嗎？」

「是啊。我雖然不認識，但社長知道我。反正一定又是你說些有的沒的……」

「妹、妹尾呢？」

「妹尾先生聽說被派去關口那裡辦公事。然後社長親口告訴我，前天黃昏時分，鳥口大叫著：『大消息呀！獨家新聞啊！**敦子小姐不得了啦！**』急急忙忙地衝出去了。」

「唔嘿。」

為了慎重起見，鳥口要求總編輯妹尾對這件事保密。妹尾因為是總編輯，很少離開編輯室，所以接電話的幾乎都是他。另一方面，社長赤井另有本業，而且本業那裡似乎生意興隆，所以相當忙碌。對赤井來說，出版算是業餘愛好，他並不經常駐守在編輯室裡，應該不會接電話的。

鳥口心想應該不要緊，所以對赤井什麼也沒說。鳥口沒料到竟會發生如此不測的狀況，完全沒有採取預防措施。

「你們只有三個人，至少也該串一下口供吧。」中禪寺意興闌珊地說。「你已經兩個月以上都全心投入揭穿華仙姑的底細，也一一向我報告經過。你連華仙姑的住處都查出並潛入了，儘管如此逼近真相，卻被她給逃了——你五天前聯絡我時是這麼說的吧？那麼事到如今能夠成為大消息的，除了抓到本人以外還會有別的嗎？不僅如此，你還提到敦子的名字。那傢伙不也是五天前開始有可疑的行動嗎？如果這些事情沒有聯想在一起，只能說是遲鈍了。」中禪寺說。鳥口死了心，說：「師傅說的沒錯。」接著他站起來，深深一鞠躬。

毫無辯解的餘地。

「敦子小姐拜託我不要說，說她不想讓師傅擔心。可是再怎麼樣，不告訴師傅是太過分了。雖然我了解敦子小姐的心情，可是怎麼說呢……？仔細想想，敦子小姐是師傅唯一的妹妹，師傅想必非常擔心……呃、咦？」

鳥口抬頭一看，中禪寺正在看書。

「師、師傅……」

「我不記得我收過徒弟。」

「您不擔心嗎？您們是一家人啊。」

「才不是家人，是兄妹。而且如果事情嚴重到需要我擔心，你根本也不會贊成瞞我吧。」

「是沒錯啦……」

總覺得白道歉了。

鳥口覺得好像有什麼俗諺可以適切地形容這種狀況，一時卻想不出來，於是他陷入沉思。接著他心想反正想到的也一定是錯的，望向默默地讀書的乖僻古書商的側臉。

「那麼……」

古書商邊讀邊問。

「……預測如何？」

「預測？」

「對於華仙姑的預測。」中禪寺冷冷地說。

「哦。完全猜中嘍。」

鳥口說道，再次坐回椅子上。

「華仙姑是個傀儡。她被施了後催眠。」

「果然。那麼幕後黑手……是賣藥的嗎？」

「嗯，對她施以後催眠的是賣藥郎尾國誠一。除了尾國操縱她以外，別無可能了。因為華仙姑一直深信尾國已經死了——儘管事實上他們幾乎每天見面。」

「尾國呢？」

「沒看見。華仙姑失蹤，真相是她差點被某個政治結社綁架，但途中逃跑了。她好像差點被抓去利用在什麼壞事上面。」

「政治結社啊……」中禪寺簡短地說道，面容猙獰地瞪住鳥口。

「沒錯。」鳥口答道。「是一個叫韓流氣道會的團體，表面上是武術道場。師傅知道嗎？」

「知道。」

中禪寺闔上書本。

「那個可笑的團體宣傳著恣意擴大解釋的氣功，對吧？敦子在《稀譚月報》這個月號上寫了一篇報導……哦，難道與這有關？」
「您猜得沒錯。敦子小姐也被盯上了。」
「真是大傻瓜。」中禪寺說道。「那種東西認真看待才是笨蛋。那跟撫摸痛處，疼痛就會減輕的錯覺是一樣的嘛。說『痛痛飛走』，疼痛就會飛走，所以也不能說完全沒效果，可是那根本不是值得大費周章仔細驗證的東西啊。」
敦子也是個雜誌記者。但是她任職的出版社稀譚舍，是赤井書房根本無法比較的一流出版社，敦子參與編輯的就是那裡的招牌雜誌。
「敦子受傷了嗎？」中禪寺問。
「嗯，看了很教人心疼。可是敦子小姐不愧是師傅的妹妹，運氣絕佳。她被一家叫条山房的漢方藥局……」
「条山房？」
中禪寺轉向鳥口。
「你說的是世田谷的漢方藥局嗎？」
「敦、敦子小姐好像是這麼說的。怎麼了嗎？師傅知道嗎？」
中禪寺不置可否，只是默默地撫摸下巴。接著他偏著頭。
「這種殘缺感……是怎麼回事呢？」
「殘缺？什麼東西？」
「不……不太明白。可是……不可能吧……」
中禪寺接著再次隨意翻閱起堆在旁邊的書籍。
「師傅，您在查些什麼？」鳥口問道，於是中禪寺一臉嚴肅地回了一句。
「塗佛啊……」

＊

神田原本緊鄰日本橋的商人町，做為工匠町而興盛起來。聽說神田過去指的是鎌倉河岸到駿河台的狹窄地區，但隨著江戶的歷史發展，它所指稱的範圍愈來愈大，進入明治以後，西側的低窪地區市街化，它的邊界也更為擴大。

後來，那一帶——西神田地區由於接近官廳街的地利，成立了許多大學。同時由於全國性的升學率提高，年輕人自鄉下大舉遷住，結果集中建設了許多以學生為對象的租賃屋，學生街於焉誕生。

不知道最近學生勤勉程度如何，但當時的學生非常用功，讀書量也大。

世上只要有需要，自然就會出現供給。看準了貧窮學生這個市場，以神保町為中心，舊書店大舉開張，新刊書店也跟著開店。

不久，這些書店逐漸自行出版，為了滿足出版所需，發祥於築地的西式活版印刷廠和洋裝本製本業者也遷移過來，西神田獨特的街景就這麼形成，直到現在。

但是戰前數量極多的租賃屋，在戰爭結束後日益減少。由於學校本身還在，所以還能看到許多學生，但是他們並不居住在這個城鎮。熱鬧的只有白天而已。此外，小印刷製本業者等也逐漸地被淘汰，大部分從街上消失了。空洞化的市街出現了許多事務所和公司，彷彿有東西一掃而過似的，外貌整個改變了。

只留下了舊書店。

不過它們遲早也會消失吧——益田龍一心想。一眼就能看出街上的景氣並不好。

益田在三月來到東京，所以每天來到這座充滿霉味的市鎮報到，也才經過三個月而已。

儘管歷時尚淺，但他覺得第一次拜訪這裡時還比較有活力。一問之下，聽說這兩年街上的景氣就一直很不樂觀，所以或許只是益田的心理作用；但他強烈地感覺到，就在春天移轉到夏天的短暫季節變化中，街上的活力是每況愈下。

一臉死氣沉沉的老頭子在店門口拿撣子拍掉書本上的灰塵。態度看起來一點都不像在做生意。益田總是覺得他應該招呼招呼客人才對。

彎過巷子。

那種事無關緊要。

益田不是開舊書店的。他是個偵探。說是偵探，也只是個見習生，偵探見習生說穿了跟無業遊民沒什麼兩樣。對於無業的人來說，沒有景氣不景氣可言。不關自己的事。

這棟三層樓高的大樓與不景氣的市街格格不入，堅牢無比。這裡就是益田工作的地點——玫瑰十字偵探社。一樓是高級西服店。入口處以裝腔作勢的文字標示著「榎木津大廈」。大廈的物主就是自稱日本唯一——不，世界唯一的**天然**偵探，玫瑰十字偵探社代表榎木津禮二郎。

益田走上石造階梯。

直到春初，益田都還是神奈川縣的刑警。益田一直以受民眾愛戴的警官為目標，轄區內發生「箱根山連續僧侶殺人事件」時，他負責此案，結果對原本深信不疑的事物產生了若干懷疑。就如同千里之堤潰於蟻穴這個譬喻，此案大大地動搖了益田做為警官的信念，結果益田辭去公僕之職，決定拜在攪亂事件的偵探門下，成為他的弟子。

益田在樓梯轉角平台站住了。

他聽到街上有陌生的聲響。

聲音很快就平息了。他從平台的小窗往外看，只見不景氣的市街形成的粗糙景觀。

二樓被一個看起來人很親切的稅務會計師及冷漠的雜貨盤商所租賃。姑且不論會計師，雜貨商似乎不怎麼賺錢。

再往上走去。

三樓是榎木津的事務所兼住家。由於占據了整個樓層，相當寬敞。門板嵌著霧面玻璃，上頭以金色的文字標示著「玫瑰十字偵探社」。哪裡有玫瑰，哪裡又是十字，益田完全不了解。他也算是員工，覺得應該要早點弄明白才是，但他剛開始上班沒多久，就知道這種事直接問榎木津也是白費功夫。榎木津這個人不會說明。而且有可能他根本忘了。所以益田覺得去請教榎木津的小說家朋友或舊書商朋友比較好，卻遲遲找不到機會。

他打開門。

「匡噹」一聲，鐘響了。

入口正前方有一道屏風，旁邊是接待區的沙發，有一雙腳掛在椅子扶手上。腳縮了回去，什麼東西忽地爬了起來。

爬起身來的是安和寅吉。

寅吉是個奇特的青年，他天不怕地不怕，住在這裡照顧蠻橫偵探的生活起居，自稱偵探祕書，但有流言說他只是個打雜的。

寅吉用一種彷彿老虎咆哮的表情打哈欠。

「和寅兄，你在幹麼？」

益田繞過屏風，在沙發坐下。

「怎麼，是益田啊。我還以為又是羽田製鐵的人來抱怨了。」

「羽田？哦，被放鴿子的那個？」

說到羽田製鐵，那是一家一流的製鐵公司，也是家大企業。三天前，羽田製鐵的顧問還是會長親自前來委託尋人，然而反覆無常的偵探卻在約好的時間外出，爽約了。

「哪有什麼抱怨不抱怨的，委託人都氣壞了，應該不會再來了吧。」

「可是這樣先生的父親面子會掛不住啊。」

「也是啦。」

榎木津的父親原本是華族，也是財閥總帥。

這麼隨便的偵探事務所能接到羽田這種大人物的委託，幾乎全拜偵探父親的介紹吧。寅吉再次打了個大哈欠，發牢騷說：「受不了，每次收拾爛攤子的都是我耶。」負責看家的偵探祕書為了應付羽田的使者，似乎吃了不少苦頭。

「話說回來，怎麼了？你怎麼睡在這種地方？」

「什麼怎麼睡這裡，昨天和前天我都睡這裡，好嗎？這裡的床只有先生那裡的一張而已。棉被雖然有好幾組，可是能鋪床的只有我房間。有榻榻米的只有我房間而已。沒辦法睡同一個房間，又不能在石子地鋪棉被。」

「哦……」

益田了解了。因為有客人。

而且還是女客。同時這個來客不是一般女子，而是每個人都想知道她下落的神祕通靈占卜師——華仙姑處女。

三天前，華仙姑被韓流氣道會這群近乎流氓的暴徒給襲擊，救了她的不是別人，就是榎木津禮二郎。榎木津乍看之下狀似柔弱，但一打起架來，卻是強得不像話，連當時在場的益田都有些被嚇到了。後來益田把被盯上的華仙姑帶到事務所這裡來，但……

「她沒有去找旅館嗎？事務所這裡已經被那些人知道了吧？」

益田也明白眼前的狀況，他們非得藏匿華仙姑不可，但是他沒想到華仙姑竟會一直住下來。寅吉粗濃的眉毛奇妙地扭曲了。

「要從那些傢伙手中保護她，這裡比較方便。再怎麼說，這裡都有先生在啊。」

或許是這樣沒錯。不管藏在哪裡，一旦被找到就完了。

「這樣啊。她住在這裡啊……這樣的話……那小敦也還在這裡？」

益田說道，往後一看，中禪寺敦子本人正若無其事地捧著托盤站在那裡。托盤上擺著咖啡，正冒出蒸氣。

敦子笑著說道：「益田先生，早安。」

益田狼狽萬分。

「啊、敦、敦子小姐，妳、妳的傷勢如何？」

脖子好像快抽筋了。

敦子被剛才提到的韓流氣道會襲擊，受了傷。五天前，敦子偶然與華仙姑相識，明知道危險，卻仍然與華仙姑一起行動。

風貌有些少年氣息的女記者開朗地說「不要緊了」，再次微笑。但是那張笑臉仍然處處留有怵目驚心的瘀血和傷痕。敦子為人機靈，似乎察覺益田的視線落在這些傷痕上，辯解似地說了：「啊……我拜託寅吉先生，去了那家漢方藥局領了藥回來。藥很有效。寅吉先生，早安。」

敦子將咖啡擺到桌上。

「睡在這種地方不要緊嗎？會不會肌肉痠痛？」

敦子偏著頭問。寅吉摸摸睡亂的頭髮，揉著睡腫的眼睛，有點慢吞吞地說：「一點都不要緊唷。別看我這樣，我可是很強壯的。就算露宿也根本算不上什麼。話說回來，敦子小姐，這種打雜的事是我的工作……」

「沒關係的。我在這裡打擾，這是應該的。請至少讓我做這些事吧。而且寅吉先生不是打雜的，是祕書吧？」

「我是祕書兼打雜。」寅吉抬頭挺胸說，敦子笑得更深了。

「布由小姐現在正在準備早餐……對了，益田先生用過飯了嗎？」

「託妳的福，還沒有。」

益田畢恭畢敬地答道，寅吉便說：「你這人也真厚臉皮哪。」雖然益田也覺得自己的回答很奇怪，但是別人挑毛病也就算了，怎麼樣也輪不到愛湊熱鬧的寅吉來說。

於是敦子說：「那麼請一起用餐吧。榎木津先生起床的時間不一定，所以準備早餐的時間也不固定。今天……」

「下午才會醒吧。賴床是咱們主人的生活意義嘛。」

寅吉說道。榎木津真的是個很難起床的人。不過益田覺得仔細想想，這麼說的寅吉自己都睡到現在才起來，實在沒資格說偵探。早就已經過十點了。益田這麼說時，敦子便非常好笑地說：「寅吉先生說了夢話唷。」

寅吉大為驚慌：

「我、我說了什麼？」

「好像說什麼天婦羅和小螃蟹，還有什麼跑去哪裡了……之類的……」

莫名其妙。

「什麼跟什麼啊？」寅吉洩氣地說。換成益田，如果自己的夢話是這種內容，肯定也會感到洩氣。寅吉搔著頭，一副難為情的樣子，益田拿他取笑了一陣子以後，端起敦子泡的芳香灼熱的咖啡喝了起來。

「話說回來……」

待益田清醒後，開口說道。

「益田先生，有什麼發現嗎……？」

敦子恢復了凜然有神的表情。

昨天和前天兩天，益田與事件記者鳥口守彥分頭調查了某個男子。

「關於那個……布由小姐以為已經過世的人。」

「尾國誠一嗎？」

那個人……

尾國誠一是巡迴諸國，推銷家庭藥品的販賣員，是所謂越中富山的賣藥郎。

華仙姑處女這個神準占卜師的影響力甚至遍及財政界，在背後操縱她的男子，似乎就是尾國。鳥口查到了這件事。華仙姑的占卜之所以百發百中，全都是由於尾國惡毒且巧妙的奸計所致。識破這一點的，則是榎木津的朋友，敦子的哥哥——中禪寺秋彥。

「雖然還不知道尾國究竟有什麼目的，不過他並沒有特別避人耳目，沒有使用假名——也不曉得尾國這個名字是不是真名——總之他大搖大擺地過日子。他住在鳥口調查到的地點，門牌上的名字也是『尾國』這個姓氏，附近的人也都知道他。不過因為他做的是巡迴賣藥的生意，幾乎都不在家。鳥口是在更早以前——四月的時候查到這個叫尾國的人，不過他已經兩個月沒有好好回過家了。」

「可是他都會去布由小姐那裡，不是嗎？」

「對……」

華仙姑處女這個名字，只是世人擅自的稱呼，本人說她從來沒有這樣介紹過自己。現在在廚房準備早餐的女子，本名叫做佐伯布由。

昭和的妲己——華仙姑處女……

鳥口守彥在三月初旬的時候開始調查華仙姑的事蹟。

起初似乎完全不知道該從何著手。

這也是當然的。雖然這個題材很適合糟粕雜誌，但不能否認，對手似乎有點過於強大了。聽到這件事時，益田也這麼覺得。

但是鳥口十分鍥而不捨。是事件記者魂使然，激勵他揭穿負面傳聞不絕於耳的頭號占卜師真面目，抑或是想要透過報導大人物的醜聞這種主流雜誌不好碰觸的禁忌，一口氣增加雜誌銷量，到底鳥口的真意如何，益田不得而知，總之鳥口十分熱心。

「如妳所知，鳥口三月起就一個個徹查華仙姑的顧客，盯上了幾個人物，堅持不懈地持續盯梢，結果查到了一名男子。然後鳥口跟蹤出門的客人，找到了有樂町的佐伯家。那是半個月前的事。接著這次他監視那戶人家，發現該名男子頻繁拜訪此處。於是鳥口裝傻去見佐伯小姐，想要探問出那傢伙的來歷。」

鳥口首先偷拍男子的特寫照片，待男子回去之後，立刻假裝是尼龍牙刷的推銷員，拜訪佐伯家，信口開河、天花亂墜地胡說一通，並拿出男子的照片給對方看。

華仙姑——佐伯布由說她不認識才剛離開的男子是誰。

鳥口說，他當下就察覺對方不是在說謊。因為鳥口事前已經得知華仙姑身邊有個**可疑男子會使用催眠術**。

「那就是……尾國先生？」

「是的。鳥口在追查與華仙姑有關的某個事件的過程中，已經知道尾國這個名字。所以當時對於他這個人，不管是住址姓名職業出身地，都已經查得一清二楚了。但是鳥口唯一不知道的是那個人的長相。尾國一直沒有現身。於是鳥口帶著照片到尾國家去，向附近的人家打聽。沒有錯，那個人就是尾國。這麼一來……」

「華仙姑……很有可能是被那個尾國所操縱……？」

「對。鳥口也這麼認為。事實上，佐伯小姐一直深信尾國先生老早就已經過世了，對吧？」

「嗯。布由小姐說她至今仍然無法相信。她說鳥口先生拿照片給她看，事後她也覺得那個人很像誰，但是由於認定尾國先生已死，所以沒有聯想在一起。可是……」

敦子露出讓人不忍直視的表情。

益田別開視線。不知為何，他看不下去。

華仙姑不見了，幫忙我一起找吧……

五天前，玫瑰十字偵探社接到鳥口的委託。

但用不著偵探出馬，由於前述的狀況，華仙姑出現在益田等人面前了。

然後——事態急轉而下。

「韓流氣道會在策畫些什麼，但目前沒人知道。尾國與氣道會的關係也還不明確。但是見到佐伯小姐本人以後，我們知道她並沒有任何惡意。關於那個尾國，他出身佐賀，職業是富山賣藥郎，住址在這附近——小川町。就像我剛才說的，尾國完全沒有隱瞞。我們雖然沒有去到佐賀，但是只要知道年齡，馬上就能夠證實他是不是尾國本人。不過……」

「不過什麼？」敦子不安地說。

益田瞬間倒吞了一口氣。

他覺得好像再次聽到在樓梯間聽到的那種奇妙音色。

他望向窗外。

只見被窗框切成四方形的白色陰天。

「可是，可是唷，儘管尾國對周圍的人毫不隱瞞，他本身卻是不透明的。像他在富山的哪家藥店工作……尾國當然也有向他買藥的顧客，所以我和鳥口分頭去探訪，結果……」

「結果？」

「寫在藥箱上的藥店名稱都不相同。喏，賣藥的不是都會在顧客家裡寄放那種木頭藥箱嗎？箱子上會寫著像是小松藥品、宮田藥局、河合堂之類的……」

「還會送小孩子陀螺呢。」寅吉說。

「對，有時會留下一些玩具。記在玩具上的名字也不一樣。所以尾國雖然是家庭藥品的販賣員，卻無人知道他究竟隸屬於哪家藥局。非常混沌不明。」

「這……太奇怪了。那麼藥店那裡呢？」

「我們當然全部聯絡過了。想說或許他和多家藥店簽約，但是每一家都說不認識這個人……只有一家有線索。」

益田抓過自己的皮包。

「有一家藥局說，他們沒有雇用尾國，但認識這個人。這個啊，敦子小姐……結果非常有意思。俗話說，現實比小說更離奇呢。」

益田取出幾張紙。

「我記得敦子小姐與去年年底的『金色骷髏事件』有關係吧？石井負責的那個案子……」

那是使冬天的逗子一帶陷入混亂的噩夢般事件。益田本身雖然並未直接相關，但他警察時代的上司石井是當時的搜查主任。敦子與她的哥哥還有榎木津都與本案相關。益田確認似地望向敦子，她微微點頭。

「呃……敦子小姐知道嗎？一柳史郎這個人，是那個事件的關係人吧？」

「是的。我記得……他做出包庇兇手的供述……」

「獲得了不起訴處分。那個時候我還是刑警。然後啊……」

「啊。」敦子叫出聲來。「他是……賣藥郎……」

「沒錯。富山的一柳藥品，是史郎先生的老家。那家藥店知道尾國誠一，說是兒子的朋友。」

「一柳先生的……朋友？」

「是的。說他們是同行，也曾經見過一次面。呃，根據資料，一柳先生的太太也是那事件的關係人吧？太太因為還在公判中，很快就知道她的住處了。我打算去拜訪一柳先生，不過在那之前……」

「問我們先生也沒用的，益田。」寅吉說道。他到現在還是不把益田當同事看。

「這我知道。我啊，有事想要請教華仙姑——不，佐伯小姐。」

「問布由小姐？」

「我想知道十五年前發生了什麼事？她曾經對敦子小姐說，她把所有家人都殺光了。她還說她認識的尾國誠一也在十五年前過世了……」

益田說到這裡，敦子的一雙大眼顫動了。

她的視線前方……

就站著佐伯布由。

＊

「感覺好像被塗佛給作祟了呢。」多多良勝五郎說道，笑聲異常地高亢。

他是個體態豐碩的男子。絳紅色的背心左右拉大，感覺鈕釦都要繃掉了。他的髮絲粗硬，鼻子上掛著小巧的圓眼鏡。整個人就像個上下短了一截的菊池寬。

「呃……」

鳥口完全不曉得該說些什麼才好。

「……聽說您在研究妖怪是嗎？」

中禪寺介紹多多良，說他是妖怪研究家。

多多良再一次「嘻嘻嘻」地笑了。

「除了我以外，沒有人有這種頭銜了。」

「應該沒有吧。」

「所以我覺得也不錯啦。」

「唔唔……」

鳥口還是不知道該說些什麼好。

「我是一本低俗的糟粕雜誌的編輯，不太懂這方面的事，不過京極師傅教了我不少，也覺得好像略懂一些……不，還是不懂。雖然糟粕雜誌有很多怪談類的題材，不過頂多也是鍋島的貓怪騷動（註一）、指導牛若丸劍術的烏鴉天狗（註二）這一類的……」

鳥口說道，多多良便一臉嚴肅地說：

「貓為何會變成鬼怪，這才是重點。例如說，鞍馬山的魔王信仰背景與基督教有關，貓的話則是大陸。但大陸的貓在我國被替換成貍子，其中的理由是……」

「請、請等一下。」

這個人或許比中禪寺更難應付。

「您就是在研究這類東西？」

「沒錯。怪異研究是很重要的。例如說，為什麼打叉記號會代表禁忌呢？一看到打叉，人就會停下腳步。被打叉的東西就不會被挑選。圈總是正確答案，而叉是錯誤回答。這是為什麼呢？」

「不知道……」

「一定有理由的。有時候完全不同的文化圈，使用的象徵符號卻相當類似。我想知道其中的理由。」

「理由……？」

「沒錯，理由。」多多良再次說道。「膚淺的表面解釋並不完全。或許光是追溯文化起源還不夠，也可能是生理層面的問題。腦科學和精神醫學的成果有時候能夠補充民俗學的不足，考古學有時也能夠改寫歷史。我本來是念理科的，但就在想東想西之間……尋追到妖怪上頭了。」

「真是奇特呢。呃，不是從民俗學那方面研究過來的嗎？」

「不是。」多多良歪起眉毛。「以柳田老師為中心的研究現在依然興盛，也有許多在野的學者，不過在這當中，像我這種研究者仍屬異數。和學術界特別格格不入。我並沒有事師什麼了不起的人，也不屬於任何派別。而且我所做的學問，不管是民俗學或文獻學都無法弄明白，視情況，我有時候也會引用考古學或心理學做為論據，總而言之，只能夠稱之為妖怪學。我的同好包括了中禪寺，有好幾個人唷。所以不管再怎麼研究，也沒有地方發表。沒有媒體願意讓我發表。」

鳥口也覺得應該沒有。

「不過啊，其實我已經準備在《稀譚月報》雜誌上連載了。從下個月開始刊登。」

註一：世人將佐賀藩鍋島家的繼承糾紛假託貓妖作怪而編出來的故事。

註二：牛若丸為平安末期武將源義經的幼名。他七歲時被送入鞍馬寺，相傳鞍馬寺的天狗傳授其武藝。

「《稀譚月報》？怎麼會找上這麼特別的雜誌……？」

「是中禪寺的妹妹幫忙的。」

「敦子小姐幫忙的……？」

「對。不過我骨子裡是個懶鬼，怕有天會給人家添麻煩哪。」

多多良愉快地晃動身體。

「連載的契機就是塗佛。」

中禪寺曾經提過這個東西。

「那麼，毒佛是什麼呢？」

「塗，是塗，塗鴉的塗，塗改的塗，塗抹的塗。再加上佛。」

「佛祖是妖怪嗎？」

「關於這個啊……」

多多良歪著頭說。

「其實……喏，那邊的壁龕上不是堆著書嗎？」

到處都堆著書。中禪寺家裡，沒有一個房間不被書所侵入，即使客廳也不例外。鳥口望向多多良指示的方向，那裡依照大小堆放著線裝書。

「那裡有《畫圖百鬼夜行》。」

「哦……」

鳥口也知道那本書。以前中禪寺曾經給他看過。根據介紹中禪寺給鳥口認識的關口說法，那是中禪寺的座右書。

「去年年底，中禪寺在京都弄到了一本《繪本百物語》，而我傾盡我微薄的財產把它給買了回去。我是今年年初——記得是一月四日吧——過來拿書的。那個時候，中禪寺正在讀那本《百鬼夜行》，說**咻嘶𤙂**怎麼樣。」

「哦，**咻嘶𤙂**。」

咻嘶臯是妖怪的名字。鳥口之所以能夠追查到華仙姑，就是某一事件裡有咻嘶臯登場。不過鳥口只知道名字而已。

「借一下應該沒關係吧。」多多良把手撐在榻榻米上，爬也似地伸手拿過那本書。

「就是這本。這不是商品，看一下應該不會怎樣吧。當時中禪寺在讀這本書，然後說他很在意這本書的編排方式。」

「編排方式？」

「對，編排方式。以現代的說法來說，這是一本妖怪圖鑑呢。而中禪寺在意的是收錄順序。那個時候啊，我正試著解讀這本書裡的圖畫。」

「解讀圖畫？」

「對。簡單地說，裡面的畫非常俏皮。裡面畫的小東西、情景設定等等，全都有所影射或諧音，整張畫就是一首狂歌（註一）。而且非常徹底地、反覆地把意義編織在裡面。十分徹底唷。圖畫的說明也充滿知性，精巧絕倫，完全是江戶風格。」

「哦？」

鳥口本來以為世上沒有多少人熱愛妖怪，看樣子他太天真了。多多良的知識與中禪寺的顯然不同，但就不同的意義來說，更有深度。

多多良將幾本書擺在矮桌上攤開。

「呃……木魅、天狗、幽谷響、山童、山姥、犬神、白兒、貓又、河童、獺、垢嘗、貍、窮奇、網剪、狐火。這是前篇。怎麼樣？大概聽過吧？」

「咦？嗯，有貍子、河童和天狗嘛。知道是知道。山彥和木靈（註二）也知道。然後……什麼狗啊網啊的

註一：一種鄙俗的短歌，內俗戲謔、滑稽。特別流行於江戶初期及中期。
註二：山彥是幽谷響，木靈是木魅的另一種較普遍的漢字寫法，日語中發音相同。

就有點……」

「哪裡有狗和網？」多多良笑了。「嗯，這些都是大角色，還是說熟面孔？然後中篇是絡新婦、鐵鼠、火車、姑獲鳥等等，知名度比較低一點，但還是聽過。」

「啊，鐵鼠我知道。」鳥口說。以前中禪寺曾經告訴過他。

「不過中禪寺在意的是後篇。見越、休咯拉、咻嘶卑、哇伊拉、歐托羅悉、塗佛、濡女、滑瓢、元興寺、苧泥炭、青和尚、赤舌、塗篦坊、牛鬼、嗚汪。」

「唔唔，好像聽說過又好像沒聽說過。」

鳥口抱起雙臂。完全聽不懂多多良在說些什麼，聽起來只像是在念咒。

「中禪寺說，答案有幾個。」

多多良推起有些滑下來的眼鏡。

「首先，例如說嗚汪、元興寺（gagoze，音即嘎勾傑），這些是妖怪的古語。」

「古魚……什麼古魚？」

「就是以前的稱呼，過去的名字。現在雖然都說『妖怪來嘍』來嚇唬人，不過過去的人是用『哞』、『嘎勾』、『汪汪』等聲音來嚇人的。換句話說，這些妖怪可能是古老的妖怪——這是中禪寺的意見。不過看了中篇，我總覺得這看法不太對。中篇登場的妖怪形形色色，有看似採自漢籍的，也有疑似民間傳說的。有死靈、生靈，也有高女、手之目等取材自當時流行的諧音妖怪。」

「是在開時事玩笑嗎？」

「幾乎是玩笑。不過中禪寺也非常明白這一點。於是下一個可能解答是，這是依照資料參考書畫的。」

「以前有什麼資料參考書嗎？」

「有的。《嬉遊笑覽》這本江戶的隨筆裡，有一節叫做『妖怪畫』。裡面提到的妖怪有赤口、滑瓢、牛鬼、山彥、歐托隆、哇伊拉、嗚汪、塗篦坊、塗佛、濡女、咻嘶卑和休咯拉——幾乎完全重複了。上面只有提到名字，不知道是怎麼樣的圖畫。不過其他有好幾份繪卷，裡面所畫的登場人選——說妖怪是人選也有點怪呢——登場的妖怪完全相同。不過像《化物繪卷》、《百鬼夜行繪卷》，名字有些出入。有一種說法是，這是狩野派所流傳的妖怪畫的範本。鳥山石燕——也就是這本書的作者——石燕把範本上的妖怪全部擺在這個後篇裡了。」

「原來如此。那應該就是這樣沒錯吧。」

「但是啊，」不知為何，多多良加重了語氣。「中禪寺還是無法接受。」

「唔，那其他還有什麼嗎？」

鳥口連自己都覺得問得很隨便。

「不知為何，中禪寺很拘泥於渡來人。我對大陸的妖怪很熟，所以他說要借重我的智慧。」

「他竟然會向別人討教，真教人吃驚。佩服佩服。」

鳥口低下頭來，多多良露出詫異的表情。

接著他想了一會，這麼說道：

「不管是河童、貍貓、天狗還是狐狸，往前回溯本源，都與大陸有關。當然，它們並非只是單純傳入日本，而是不斷進行複雜的進化、退化、融合與分裂，用一般方法根本無法理解。裡面有好幾次的大逆轉，全都是些本末倒置的例子。我想要仔細地釐清這些要素，加以體系化。我想知道為何會變成這樣。中禪寺則有點不同，我想他是想要知道狀況——構造。所以他思考的是公式。在他來說，似乎是先有構造，要素會隨之附加上來。我是田野調查派，而他是書齋派，對吧？」

不折不扣的書齋派。

「所以我涉獵文獻與他閱讀資料的目的有些不同。唔，這先暫且不管，總之不管要調查什麼，若是不了解這上面登載的妖怪意義，就無從著手啦。仔細一看，這些妖怪全都相當棘手……」

多多良翻頁，上面畫著奇怪的怪物。

「見越還能了解，傳說很多，《和漢三才圖會》裡也有，不過在《和漢三才圖會》裡叫做山都。然後是休喀拉和咻嘶卑……這兩個算是難懂，不過也不是完全不懂。但哇伊拉和歐托羅悉就真的莫名其妙了。然後這個呢……這是塗佛……」

多多良翻了幾頁，把書轉過來，推向鳥口。接著他笑著問：

「鳥口先生，你覺得如何？」

這是佛堂吧。

上面畫了一個巨大的佛壇。是個附有紙拉門、富麗堂皇的佛壇，可能是特別訂做的。佛壇前的地上掉著磐鐘和鐘槌，旁邊擺了一個漆盆，上面有木桶，桶裡裝著水，插著白花八角的枝葉。佛壇旁邊放了一個同樣豪華的棋盤。佛壇的紙門打開一邊，本尊阿彌陀佛有一半露了出來。

在本尊前面，香爐旁邊，原本應該放牌位的地方，有個只纏著一塊腰布的半裸男子。這個比人類小一號的男子跪著從佛壇裡探出身體。他的頭髮稀疏而且脫落，頂部完全禿光了。垂下的耳垂讓人聯想到佛像，身體似乎已經變色了，還伸出舌頭來。

最奇異的是男子的雙眼。

他的眼珠子凸了出來，簡直如同螃蟹一般。

男子雙手指著掉出來的眼珠子。

這張圖不恐怖，但很荒謬。

可是，比刻意嚇人的圖更要……

如果真有這種東西，一定比一般妖怪恐怖多了吧。

鳥口有種難以形容的感想。他東想西想之後說：「這是在影射……可喜可賀（註一）嗎？」

本來以為會被一笑置之，沒想到多多良一臉嚴肅地說：

「沒錯，或許有這樣的意思在！石燕最喜歡來這一套了。像是家道中落（註二）、貴得讓人眼珠子蹦出來的佛壇之類的……啊啊，這個看法不錯。」

多多良喃喃自語地想了一會，沒多久又恢復原來一本正經的表情。

「嗯，然後呢，我們談到這個塗佛特別令人不解。光看名字似乎也不是那麼古老呢。於是我們說到有許多妖怪雖然名稱和外形保留了下來，但已經失去了意義……」

「原來如此。」

「這或許是一件很嚴重的事。所以我們就約定兩人同時調查看看，當時中禪寺的妹妹恰好在場。那女孩幾歲啦？」

「二十三還是二十四吧。」鳥口答道。其實鳥口連敦子的生日都知道，可是詳細過頭可能會啟人疑竇。要是被懷疑就不好了。

多多良說：「哦，好年輕呀。她說這很有意思，向我建議希望能登在雜誌上，她會向總編輯提議，問我要不要寫寫看。」

「的確像敦子小姐會說的話呢。」

不管是什麼，只要是能夠刺激知性好奇心的題材，敦子都非常喜歡。只要能夠滿足她的知性好奇心，題材本身的傾向似乎完全無所謂。事實上，不管是猥褻的題材還是怪奇的題材，只要交到她的手中，全都會轉變為充滿學術氣息的報導。

「結果約定準備期間半年，要在下個月號——也就是七月號，六月發行的雜誌開始連載。我決定從最莫名其妙的妖怪寫起，所以第一個是**哇伊拉**。」

「哇……？」

「**哇伊拉**。關於**哇伊拉**，沒有任何資料。我從分析名字著手，但就是缺少關鍵性資料。雖然不管是『哇伊．拉』還是『哇．伊拉』，都可以牽強附會出一番道理啦。如果以中禪寺執著的渡來人系來說明的話，像是古代中國的通古斯民族（註三）裡，有一支叫做穢貊（waiboku）……不過我覺得有點牽強。歐托羅悉也一樣，不過歐托羅悉還有許多線索可循。但是，關於這個塗佛……」

「完全不知道？」

「我一直在思考關於塗佛的事呢。簡直就像被它給附身了似的。」

原來如此，這也算得上是一種附身狀態吧。多多良說完，歪著頭說：「中禪寺好慢呢。」

註一：可喜可賀，日文作「目出度い」（medetai），光看漢字字面，亦有「眼睛掉出來」的意思。

註二：日文作「落ち目」（ochime），原義為落魄、每況愈下，但只看漢字字面，則是「掉下來的眼睛」。

註三：Tungus，為分布於東西伯利亞、中國北部的一支少數民族。

鳥口很在意紙門另一頭。

「師傅在做什麼呢？我也就算了，竟然讓多多良先生久等。」

「沒辦法，我毫無預警就跑來了。」多多良說。鳥口也是一樣。由於連續有客人來訪，店主人索性將書店打烊了。這是常態，所以鳥口也不覺得給人家添了麻煩，不過仔細想想，對方應該相當困擾吧。

「關於那個塗佛……」

鳥口轉移話題。

「它是什麼樣的妖怪呢？會亂塗些什麼嗎？」

「不會吧，應該。」

「那……我知道了。這一定是假的佛像，要是虔誠萬分地對它膜拜，就會被它用舌頭像這樣舔舔舔……」

「有、有這樣的傳說嗎！」

多多良好像當真了。

「在哪裡搜集到的？」

「只、只是臨時想到的罷了。」

多多良甚至打開筆記本，舔起鉛筆來，鳥口連忙否認。要是多多良把他信口開河說出來的內容寫成論文就不得了了。「聽起來很不錯說。」多多良遺憾地說道，闔上記事本。

「狐狸化身為神佛的故事是有的。有個民間故事就是老貍子化身成阿彌陀佛，受到眾人膜拜，不過大部分都被獵人給識破。但在那種傳說裡，大部分都是佛祖在室外顯現迎接，而且身形龐大，不會在佛壇裡，對吧。」

「佛壇給人的感覺就是裡面好像有什麼東西呢。」

「嗯，就是啊。然後啊，我第一個懷疑這是不是器物的妖怪——付喪神。就是器物經過百年會變成妖怪的那個。」

「像雨傘妖怪之類的？」

「對對對，雨傘妖怪。石燕畫了許多佛具妖怪，像是鉦五郎、拂子守、木魚達磨等。而像經凜凜就是佛典幻化的妖怪。」

「佛典？妖怪一般不是都害怕經文嗎？」

「害怕經文！」

多多良高興地叫了一聲。

「確實如此。靈驗的經典應該是妖怪的敵人才對呢。」

「可是佛典卻變成妖怪嗎？」

「是啊。如果經書會變成妖怪，佛像久了也會變成妖怪吧。」

「這樣啊。不過仔細想想，就算是佛像，也是人做的，就像人偶一樣嘛。那麼塗佛是佛祖變成的妖怪嗎？」

「不對。」多多良當場推翻自己的說法。

「不對？」

「不對。你看看這張圖。佛像畫在另一處，不是嗎？」

多多良指道。畫上畫著半掩的佛像。

「這傢伙不是佛像。這裡本來應該是放牌位的地方吧？但是說牌位變成妖怪又很奇怪。於是我接著專注在**塗**這個字上面。」

「塗……？」

「對，塗。名字上有塗字的妖怪不少，像是塗壁、塗坊、塗坊主。塗壁和塗坊是一種會擋住去路的妖怪，所以是野襖、衝立狸（註一）這一類的妖怪。野襖是鼯鼠的別名，鼯鼠又與牟蒙嘎相通（註二），牟蒙嘎就是我剛才提到的妖怪的古語。也有一種妖怪叫做百百爺（momonji）。另一方面，塗坊主也是野篦坊這一類的

註一：「野襖」有「野外的紙門」之意，而「衝立」是屏風的意思。

註二：日文中鼯鼠叫做musasabi，也叫momonga（牟蒙嘎）。

妖怪，感覺上也近似見越或伸上（註一）。」

「塗佛生靈……」

「什麼？」

多多良似乎聽不懂鳥口的冷笑話。

「隔壁一頁有一個叫濡女的妖怪。此外還有滑瓢、塗篦坊（註二）的另一種稱呼等等。但是塗佛並不是無臉類的妖怪呢。然後呢，所以說到塗，我就聯想到漆器。陶瓷叫做china，但說到japan就是漆器，而牌位是漆器吧？順帶一提，佛壇也有漆製品。雖然很昂貴，但是特定的宗派裡會使用塗佛壇（註三）。」

「原來如此，塗佛壇去掉壇字的話，完全就是塗佛了。」

「沒錯沒錯。」多多良點點頭。「我想或許能夠從這裡追查下去，所以調查了佛具兩個月，結果什麼都沒發現。唉！也不能算完全沒有，只是缺少關鍵性證據。然後……」

就在多多良舉起手來要說明什麼的時候，紙門另一頭傳來人的氣息。

*

「或許被禁忌房間裡的**東西**給作祟了。」佐伯布由說道，幽幽地笑了。

她彷彿忘了成長。

之所以讓人感覺不像人，是因為她的臉是完美的左右對稱嗎？那雙折射率低、有如玻璃珠般的瞳孔讓人印象深刻。除了布由以外，益田不知道其他還有誰如此適合洋娃娃這般形容。如果是長得像洋娃娃般美麗的意思，榎木津也算同類，但偵探的壞規矩證明了他的人性。而布由似乎舉止個性十分端莊，這更使得她充滿了洋娃娃般的氣息。

讓人感覺不到生物的主張。

「禁忌房間……？」

益田重複。布由「是」地應答。

「我從小就被教導，我家——佐伯家——代代肩負著守護禁忌房間裡的大人這個重責大任。」

「代代？」

代代守護著某樣東西的一族，這可以理解。但是把保護的東西稱做「大人」，就令人費解了。在漫長的歲月中，保護的對象被賦予了人格。那是類似神佛的事物嗎？

「我生長的地方，是從伊豆韮山再往深山裡去的一個小山村——其實也算不上山村，只是一個小村落。我在那裡長大，但我不知道那片土地叫什麼名字。因為在離開村落前，我不知道外面的世界，所以從來沒有想到要去區別、去稱呼它。不過……我記得我們會把整個村落稱做 hebito。」

「hebito？」

布由點點頭。寅吉呢喃自語道：「是蛇（hebi）嗎？」

「應該不是吧……」敦子說。「……不過我也沒有根據。」

布由接著又說了下去。

「村子以佐伯家為中心，有好幾戶很小的小屋……我想約有十來戶吧，大家就像家人般彼此往來過著日子……。不過實際上應該就是一家人吧，因為姓氏好像也沒有幾個。但只有佐伯家的人例外，多被稱做老爺、少爺或小姐。我想那個村子原本應該是由佐伯家與佐伯家的傭人所構成的。後來是因為身分制度改變嗎……？不過佐伯家也不是武士家，或許是在漫長的歲月中，主從關係逐漸消失了。」

「哦，不是有桃源鄉——或者平氏殘黨的村落嗎？敗逃的武將定居下來的地方，並不是那一類村落嗎？」

「我想應該不是。我記得也沒有家譜之類的流傳下來……但或許只是我沒有看過而已，不過家祖父嘴上總是掛著說：佐伯家還要古老太多了。」

「還要古老？比源氏與平氏更古老嗎？我對歷史不太熟悉……」

註一：伸上原文作「伸上り」（nobiagari），有往上伸長之意，和見越一樣，是會愈看愈高的妖怪。

註二：塗箆坊（nuppera-bō）即野箆坊（noppera-bō）。

註三：即漆製佛壇。

益田望向寅吉，寅吉猛烈地搖頭。敦子接著說：「韮山……是吧？那裡是伊豆的代官所（註一）所在地……在江戶時期是伊豆國的中心地點。幕末時期，江川太郎佐衛門（註二）在那裡開設了韮山塾，製作反射爐……不過伊豆原本就有許多史蹟和遺蹟。平家姑且不論，源賴朝被流放的蛭小島，我記得也是在韮山。韮山的名稱由來是因為北條早雲（註三）所建造的城堡吧？那裡是北條氏的發祥地。再更早的話……」

就是敦子的哥哥的拿手領域了嗎？

敦子的話告一段落，布由接著說：

「我記得祖父說還要更古老許多。還說佐伯家從伊豆被稱為伊豆以前就住在那裡了。」

「那真的很古老呢。伊豆從什麼時候開始被稱為伊豆的？」

益田這次直接詢問敦子。

「咦？不清楚呢。我記得《豆州志稿》裡提到，伊豆因為突出南海，所以叫做伊豆（註四）。還是《倭訓栞》裡寫的？另外還有《諸國名義考》吧，說伊豆出湯（註五）的略稱。嗯……算了，隨便亂說會被哥哥罵的。我不知道。」

「不管怎麼樣，說比源氏和平氏還古老，也太誇張了吧。要稱做舊家，也舊過頭了。」

「沒錯，古老過頭了。」

布由口氣堅決地說。益田從她的語氣中聽到主張，朝她望去。但是宛如洋娃娃般的女子依然面無表情。

「長男繼承家業，次男、三男服侍長男，女兒學習禮儀，嫁到家長決定的門當戶對的人家去……」

「哦……」

「這就是佐伯家的規矩。」

「這……這是武家的規矩啊。聽說是明治以後的風俗，不是那麼古老的。」

益田在上次涉入的事件中學習到了。

有許多以為是自古以來的規矩，起源其實在近世。一直認為是常識的概念，大部分可能只是為政者便於掌握人民而捏造出來的。

主婦是女主人之意，所謂夫，說穿了只是人夫功夫的夫。長子繼承、父權制度、男尊女卑等社會上視為理所當然並且遵行的事，其實並不是那麼理所當然的。

「……我是這麼聽說的。」

「這樣啊。」布由說。「可是我聽說佐伯家從古早以前就一直是這種規矩了。」

益田不甚明瞭地問了：

「這樣嗎……？會不會其實府上的家系原本還是武家呢？」

布由靜靜地偏著頭。

「我不這麼認為。而且……這些規矩是有理由的，是為了內廳的……」

「禁忌房間？」

「是的。禁忌房間裡的**東西**，照顧它的方法……是一子相傳，只有長男能夠學到。長男過世的話，就由次男、三男依序繼承……女子不算在裡面。」

「哦……」

那個東西究竟是什麼？益田很難問出口。

「妳受不了那種古老的陋習，是嗎？」

總覺得這話在哪裡聽過。

益田在上次涉入的事件裡，看到了許多女性被古老的制度壓垮、扭曲，卻仍然不斷地掙扎。

但是布由搖了搖頭。

「我一直活在那種制度當中，所以老實說，完全無從感到不滿。就像魚不會去意識到水，不是嗎？直到

註一：代官為江戶幕府管理直轄地的官員，代官所即其辦公處。

註二：江川太郎佐衛門是伊豆韮山的世襲代官，太郎佐衛門為代代當家的通稱，製作反射爐者為三十六代江川英龍。

註三：北條早雲（一四三二～一五一九）為戰國時代武將，來歷不明，原為今川氏食客，後築韮山城並獨立一方，確立北條氏在關東的霸權。

註四：日文「突出」的古音tsuki-izuru中，一部分音近伊豆（izu）。

註五：出湯即溫泉，發音為ideyu。

從水中被撈起來，才知道水的存在。」

「有道理！」寅吉少根筋地答腔。

「可是那樣的話……」

到底是為什麼？

「我認為制度或規則，這類束縛人們的事物，對於無法忍受的人來說，或許是真的無法忍受，但也不是廢除了就能夠海闊天空。而對於能夠忍受的人來說，有或沒有都是一樣的。」

「妳的意思是，對妳來說，不管有或沒有都無所謂？」

「嗯。」布由落寞地，同時有些歉疚地說。「我想對於家庭、家世、傳統這類事物，有許多人在其中感覺到歷史的重量與包袱吧。來找我商量的人當中，也有許多人說想逃出那些制度、破壞那些制度。」

——諮詢者嗎？

沒錯……這名女子就是華仙姑。聽到這些話，益田才真切地感覺到。眼前這名述說的女子，並非只是個遭到惡漢追捕的不幸美女。

華仙姑繼續說下去。

「是啊……之前來找我商量的年輕女子這麼說了：我有個心上人，但是父母不允許我們結婚，為什麼我必須和父母決定的對象廝守一生？這是我的人生，我要自己決定……」

「最近這種人突然變多了呢。」益田說。

「聽說是呢。」華仙姑的口氣像個異邦人。「那個時候，我一如以往，心不在焉地說出不帶半點真心的神諭，但是我一邊說著不知道誰讓我說的話，一邊這麼想道：這名女子的心情……我半點都不了解。」

「不了解？」

「嗯。那名女子再三提到我喜歡、我要自己選擇、這是我的人生，我我我地說個不停。那麼自我到底是什麼？只要照著我想的去做就是對的嗎？堅持自我，是身為高等人種的條件嗎？」

「呃，怎麼說，這是為了過自立的人生……呃，或者說是為了守護個人的尊嚴……」

「我沒有自我。如果說具備自我才叫高等，那麼我就是一個低等的人。」

華仙姑嗓音清亮地說道。

益田困惑了。非常……困惑。

「呃，那該叫高等嗎……呃，這不是高等低等的問題……」

不，就是高等低等的問題。每個人都毫不猶豫地說，自立的人比無法自立的人更了不起，不是嗎？

「所以說，呃，那是現代的自我確立……或者說身為一個現代人……」

「過去的人比現在的人更差勁嗎？」

「不……」

「制度雖然一直在改變，但是我認為人從遠古以來就一直沒有變過。我這樣的想法是錯的嗎？」

「不……這……」

完全無法反駁。因為再怎麼說，益田就是對那種墨守成規、死板的論調感到疑問，才辭掉刑警工作的。

華仙姑垂下頭來。角度一變，表情看起來也跟著變了。

「我沒辦法斷定我就是哪種人、怎樣是我的人生。我認為我無法不給任何人添麻煩、不依靠任何人地活下去。因為我這個自我，是被父母養育、被社會守護，一直活到現在的結果，所以構成我這個自我的要素，大部分都是別人賦予的，不是嗎？那麼自我就像是一面反映世界的鏡子——我深深地這麼感覺。」

「鏡子？」

「沒錯，鏡子。」華仙姑彷彿宣告神諭似地說。「鏡子可以照出各式各樣的東西。無論是花還是臉，只要放在鏡子前，全都會如實照映出來。看鏡子的時候，沒有一個人是在看**鏡子本身**。然而每個人卻都滿不在乎地說他們在看鏡子。」

益田赫然一驚。

華仙姑說的沒錯。鏡子是沒辦法看的。每個人都只看倒映在鏡子表面的東西，然後說是在看鏡子。

「看到的只是虛像。每個人都認為倒映在表面的影像就是自我。可是那種自我，只要站在眼前的東西改變，就會跟著改變了。所以自我這種東西，找了也是白找。」

「那……」

「所以說，」華仙姑繼續宣告神諭。「我想重要的是自我面對的是什麼人。我剛才提到的女性諮詢者顯然想反抗父母。這是常有的事。但是假設說有蘋果和橘子，父母親叫她吃蘋果，其實她本人覺得吃蘋果也無謂，卻出於反抗而選擇了橘子，這種情況也能算是什麼所謂個人的尊嚴嗎？」

「這個，呃，確實有一個反抗的自我，而這個自我也是自我的一部分，如果順從於這樣的自我……」

自我自我自我。像鸚鵡般反覆個不停，益田覺得自己真像個傻瓜。

華仙姑說了：

「在那種情況下，如果順從真正的自我應該是兩邊都可以吧？不過前提是有所謂真正的自我存在。」

「或、或許她其實是喜歡橘子的。」

「或許吧。但是如果有一個人即使違反你的意志也強烈地希望你吃蘋果，而且你也明白他的要求並非出於惡意，那麼即使糟蹋別人的心意，也一定要選擇另一樣——人真的有什麼喜歡到這種地步的東西嗎？」

「唔……」

益田抱起雙臂。

「相反地，雖然其實想吃的是橘子，但考慮到推薦的人的心情，結果還是選擇了蘋果……這樣算是受到強制而扭曲自我嗎？」

「這個嘛……」

益田望向敦子。

敦子默默地低著頭。

益田覺得這種態度一點都不像她。

「雖然狀況各有不同，而且婚事也不能和食物相提並論，不過無論如何……凡事都沒有絕對，不是嗎？」

「是這樣沒錯……」

絕對這種東西只存在於概念當中。

「可是……若論您所說的所謂現代人，現代人唯有自我是絕對的嗎？我……不願意任憑別人擺布地度過一生，可是我也沒有那麼強烈的主張，明知道別人不願意，也要……堅持到底。」

華仙姑維持著一貫的表情，忽然變回了布由。當然，那只是看著她的益田一廂情願地這麼感覺罷了。華仙姑會流暢地宣達神諭，但布由不擅於談論自己。

「我大概了解妳想說的意思。」益田說。「什麼個人、自我，說得似乎很了不起，不過這些東西確實很曖昧模糊，而且是相對的吧。同時若是不拘泥於個人或自我，有沒有制度都無所謂——妳是這個意思嗎？」

「不是嗎？」

「這……」

益田不明白。

益田質疑社會的絕對性而辭掉警官工作。但是如果連自我之於自我的絕對性都得懷疑的話……這……

「制度……例如說，法律算是一種制度嗎？」

布由戰戰兢兢地詢問。

她彷彿認為反抗時代潮流是一種主張，而主張是一種壞事。

「對……」

布由張開沒有塗口紅，卻帶著一抹艷紅的姣好嘴唇，發出宛如敲打玻璃杯般的清脆音色。

「對了……人……」

「什麼？」

「不能殺人……有這樣的法律吧？」

「當然有。」

「對於想殺人的人來說，這條法律一定很礙事。因為會受到懲罰。可是對於從來沒有想過要殺人的人來說，這種法律一點都不礙事。無論這種法律存不存在，都不會有任何不同。不對嗎？」

「妳說的應該沒錯。的確，世上很少有人會殺人。人不會那麼輕易地殺人，大部分的人也認為殺人是件壞事，所以從來沒聽說過有人主張不要懲罰殺人犯或修改法律。不過如果世上真的沒有任何一個人擁有殺人衝動，也不會有限制的法律出現了。正因為即使很少，也一定有人想殺人，所以……」

「可是就算有法律，殺人行為還是不會消失。」

沒錯。

「所以……我認為人會不會做出那種凶殘的行為，和有沒有法律並沒有太大的關係。」

布由說道。凶殘的行為因為有法律，才被稱為犯罪行為。因為有社會，也才會被稱為反社會行為。但是若問如果沒有法律也沒有社會人就會大開殺戒嗎？當然不會有這種事吧。

「所以……我認為家和規矩也是一樣的。這類束縛個人的制度，也是因為先有一個團體，由於某些行為蒙受損害，才會制定出禁止的制度，同時也因為有人想要做出某些行為，制度才會出現吧。但是會遵守制度的人不是因為有制度才遵守，會破壞制度的人不管有多少制度，也一樣會破壞吧……」

她的意思是，制度不管有或沒有都無所謂嗎？

「沒錯……就像即使明文禁止……還是會有人殺人一樣……」

華仙姑——布由這麼作結。

——殺人。

聽到這兩個字的瞬間，益田彷彿被當頭澆了一盆冷水，渾身戰慄。

布由徹底地面無表情。沒想到端整而毫無矯飾的臉竟是如此地恐怖。讀不出感情。

「如果人不殺人……不是由於受到法律和制度所禁止的話……那麼是受到什麼所限制呢？」

布由問道。

「這……倫理觀或道德觀……」

不是嗎？

難道不是嗎？

「跟……」

敦子突然插嘴。

「……跟那種飄忽不定的道理無關。」

「咦？」

「人之所以不殺人，是因為人是人。」

「什麼？」

敦子就這樣沉默了。

華仙姑望著敦子的側臉，面無表情地再次轉向益田。看在益田的眼裡，應該毫無變化的那張臉看起來非常地悲傷。

「益田先生……」華仙姑說道。「家是制度。但是……家人並不是制度。」

「呃……」

「我想無論活在什麼樣的制度裡，人都不會過著多麼與眾不同的生活。這十年之間，我接受過許多人的諮詢。無論是身分尊貴的人，還是家財萬貫的富翁都來找過我。有人過得拘束，也有人過得輕鬆；有不幸的人，也有幸福的人。但是每個人都一樣，早晨起床，吃飯，然後睡覺。人不會因為有錢就能吃十倍的飯，再幸福的人也會肚子餓。當我接觸到許許多多的人以後，學到了一件事，一個人無論處在多麼嚴苛的環境裡，只要能夠做為一個生物正常地生活，就不會感覺到太大的不幸。」

「做為一個生物……？」

「可以說是……人類這種生物活下去所需要的成長方式、生活方式吧。不願意生孩子、不願意給生下來的孩子哺乳，這種情況還是不正常的。即使做為一個人仍然算是正常，但至少做為生物，是不正常的……」

人類與動物不同。唯有置身在狀況、主張、主義、理念這類看似高尚的事物當中，人類才能夠是人類。即使談論什麼女人、男人、個人或自我，那也都只是一些看似高尚的事物——非經驗的概念。但即便如此，人類依然是動物的一種。如同華仙姑所說，如果身為生物應有的模樣，被這些非經驗性的事物給凌駕了，以一個生物而言，或許仍然只能夠說是不正常的。

華仙姑繼續說道：

「我認為，保證這種生活的並不是制度，也不是道德或倫理。高邁的道理無法保證任何事。能夠保證這些的，大概只有無趣的日常而已。」

「日常……？」

「嗯。也就是我所失去的事物。」

敦子突然抬起頭來。

「我不太懂……，不過雖然愛情聽起來有種崇高、神聖的印象，但我認為……它所意味的，就是共享無趣的日常……」

益田沉思了起來。

人們常說，愛情是盲目的。也說愛情是任何事物都無可取代的。為了實現崇高的愛，克服萬難的愛情故事多不勝數。但這些故事不知為何總結束在實現的一瞬間。無論什麼樣的戀愛，等待著結合後的兩人的，都一定是無趣的日常，但戀愛故事從來不描寫這部分。因為不描寫，所以每個人都誤會愛情了。

厭倦了無趣的日常，為了追求非日常，最後殉情——仔細想想，這種故事實在相當卑俗。然而這樣的故事卻能夠風靡大眾，可說是誤會的極致嗎？

當然，益田也覺得戀愛的契機全都起於誤會。

益田想起吊橋的說法。據說在劇烈搖晃的吊橋上邂逅的男女，一定會墜入愛河。因為腦將曝露在危險中的悸動誤以為是來自於戀愛感情的悸動所造成的結果。但益田認為就算不在吊橋上，戀愛的開始也都是源於誤會吧。

問題在於之後。能夠不斷地誤會下去才算了不起——這樣的風潮會不會是錯的？如果真是如此，益田或許一直都錯了。

可能是察覺到益田有所疑惑，華仙姑暫且停了話，過沒多久又靜靜地這麼說了：「我認為，共享日常的人……就叫做家人。家人與制度、法律都沒有關係。」

「家人啊……」

「而我……殺害了我的家人。然後，我的日常被剝奪了。」

華仙姑處女面不改色地毅然說道。

益田感到一陣慄然。

*

鳥口望著屋簷下那不合時節的風鈴，大口大口地吃著中禪寺夫人送來的水羊羹。

被吩咐「稍等一下」後，已經過了將近一小時。這段期間，夫人送茶送點心，為了不怠慢客人，看起來忙碌極了。一問之下，原來寡情少義的主人丟著兩個客人，正在講電話。

每次夫人一來，多多良就拘謹萬分，頻頻拿手帕拭汗。

鳥口把羊羹全部吃完後，向也已經吃完點心的多多良搭話。因為兩個人在吃羊羹的時候都一直默默無語，鳥口覺得有點尷尬。

「多多良先生。」

「什麼事？」

「您和師傅——中禪寺先生是怎麼認識的？」

「哦。大概兩年前，我被捲入一樁與出羽的即身佛有關的奇妙事件。那個時候面臨了不得不解剖即身佛這種天大的狀況。就是當時解剖即身佛的外科醫師把中禪寺介紹給我的。他說：我認識一個喜歡妖怪的傢伙唷。」

「原來如此，那個醫生叫做里村，對吧？」

里村是個法醫，與同樣是中禪寺朋友的木場刑警很熟。聽說他是個怪人。多多良說：「對，就是那個頭頂稀疏的人。」但鳥口並不知道里村的頭髮是否稀疏。

「這個醫生很有意思……那時候我和一個叫沼上的人一起行腳全國，探索妖怪，不過我們兩個動不動就愛插手一些怪事，好幾次陷入危機。」

「這……常有的事呢。」

鳥口感同身受。

「那時就是中禪寺救了我們。那是宗殺人命案。我雖然懂得學問，卻不懂犯罪啊。」

「哈哈，我懂犯罪，但是對學問一竅不通。嗳，人各有所長──這句俗諺我沒說錯吧？」

「沒錯。對，他算是實踐者嘛，咒術的實踐者。他的驅魔很有效吧？」

「很有效。」

驅魔──中禪寺秋彥的第三個職業。中禪寺秋彥的第三張面孔，是以祈禱來祓除妖物的驅魔祈禱師。

祈禱師……

多麼過時的副業啊。

不過說是祈禱師，中禪寺也不是個單純的祈禱師。若問他是否會進行一般的念咒或加持祈禱，因為他也是一個禰宜，所以好像也會做這類事情，不過他的驅魔似乎與這些並不相同。說起來，鳥口連何謂附身魔都不太清楚。

認識中禪寺以前，什麼狐仙附身、蛇精附身，鳥口不是把這類東西當成迷信妄語完全屏斥，就是認為世上有人智無法了解的不可思議之事，全盤接受相信。因為他認為近代以後和以前，有著一道絕對無法跨越的鴻溝。

但是到了最近，鳥口逐漸覺得這個想法似乎是錯的。

談論幽靈和妖怪是很簡單，但是若問鳥口是否能夠說明，他完全沒辦法說明，所以也無法斷言什麼；不過中禪寺所驅逐的可以說是這類東西，也可說不是這類東西。

「他的那個……到底是什麼呢？」

中禪寺完全不會引發任何神祕不可思議的現象。

他只是述說。透過述說，撼動人心，將附在人身上的東西解體。

中禪寺所擁有的莫大無用的知識，乍看之下彼此無關，然而拼湊組合起來，就會化成大量的語言，而這些語言化為咒文，化為祝詞，有時候則化為詛咒，迷惑人、疏遠人、激勵人、撫慰人……

驅逐附在人身上的壞東西。

這是他身為祈禱師的做法。在他編織出來的語言漩渦裡，許多人受到幻惑、任其擺布，近乎好笑地被他玩弄在掌中。然後……身心獲得淨化。

——那個時候也是。

武藏野事件時也是。

他穿著一身墨黑的簡便和服。

那是他驅魔時的裝扮。

中禪寺在終結混亂的事件時，進行驅魔。他驅逐附在事件關係者身上名為犯罪的妖物。

而不是解決。

他的做法對於一般破案所說的揭開隱藏的真相、揪出兇手並沒有貢獻。但是看樣子，它具備使事件本身的特異性失效的功能。該安頓的東西安頓到應有的位置，被事件扭曲的世界暫時被矯正回來，世界被整頓為徹頭徹尾的、沒有任何不可思議的狀態。

就這樣，事件也被解體了。

「……那……唔，我無從形容起，不過那算是一種訊息操作吧？」

鳥口問道，多多良「唔唔」地低吟。

「我啊，覺得是有所謂神祕的領域的。」

多多良接著說。

「中禪寺好像完全不這麼認為吧？但是和他好好談過之後，我發現我和他只是立場不同罷了。我是個研究者，而他就像我剛才說的，是實踐者。」

「可以說得更清楚一點嗎？」

「我研究有關怪異的許多事。所謂怪異就是不了解的東西，但它只是複雜而已，一定有其理由。只要窮究下去，加以爬梳，解明它的詳情，幾乎所有的怪異都可以拆解為論述。會覺得根本沒有什麼妖怪、詛咒根本不會有效。可是即使如此，我個人還是會保有論述的外側這樣的事物。會留下境界的外側這種東西。可是——中禪寺就站在境界線上。他的立場是不能談論不可思議的。」

「哦，原來如此……」

中禪寺常說，

這個世上沒有任何不可思議的事。

起初，鳥口把它當成一種科學信徒的發言。不過那似乎不是立足於近代合理主義的發言。當然，根源似乎也不在中世的黑暗當中。

沒有任何不可思議的事。

鳥口當然不明白那句話的真意，但是每當聽見那句話，他總是會同時感覺到一股陰冷的不安以及舒適的安心。

對，不知怎麼著，會感到放心。

另一方面也會感覺到慄然。

中禪寺說，無論是否不可思議，這個世上只會發生可能發生的事，不會發生不可能發生的事。他說的確實沒錯。既然已經發生，說它不可能發生，邏輯上是矛盾的，而說那是不能夠發生的事，就完全是恣意的解釋了。

那麼，確實只能夠去接受沒有不可思議這件事。

雖然沒辦法說得很明白，但鳥口陳述了自己的想法。

他不知道自己的意思是否傳達出去了，但多多良點了點頭。

「我們不是會懷疑**另一邊**嗎？但他有時候反倒像是在懷疑**這一邊**。」

多多良說道，高聲笑了。

鳥口心想，如果這個世上沒有任何不可思議的話……

換句話說，這是否代表這個世上包括理所當然的事在內，全都是不可思議？全都是不可思議的話，就沒有什麼好不可思議的了。

不管怎麼樣，這與科學或魔法都沒有關係。如果懷疑認識現象的主體，完全肯定現象本身，那麼謎團和不可思議也全都只是個人認識的問題罷了。製造出謎團的總是人。既然都是人所製造出來的，要消滅謎團也很簡單吧。

這麼一想，中禪寺這個人實在相當恐怖。鳥口覺得如果他企圖惡意陷害別人，肯定無人能夠阻止他的奸計。只要他出手，想要使一個人不幸，簡直是易如反掌吧。這樣一想，唯一值得慶幸的一點，就是他並非壞人。

鳥口認為中禪寺這個人雖然難以應付，但不是一個壞人。不過鳥口會這麼想，或許也只是因為他也被中禪寺一流的詭辯給唬住了……

即使如此，鳥口還是這麼認為。

關於去年的事件，鳥口應該是生涯難忘吧。

鳥口覺得即使這一切全都是中禪寺的詐術也無所謂。無論兇手就逮還是謎團解開，對於倖存下來的人來說，事件都是難以終結的。而中禪寺使得事件終結了。唯有這一點是確定的。鳥口在武藏野的事件中所感覺到的，多多良會不會也在出羽的事件中感覺到了？鳥口私下這麼認定。

「對了對了，說到即身佛……」

多多良說。鳥口以為他會談起出羽的事件，結果不是。

「哦，因為都是佛嗎？」

「我在想，塗佛會不會和即身佛有關呢？」

「唔，這也是原因之一。雖然似乎並不一般，但有時候木乃伊會塗漆。那不就是塗佛了嗎？所謂即身佛，就是即身成佛，換句話說，是徹頭徹尾的佛（註）。」

「原來如此。那麼是為了固化屍體嗎？」

「對，為了保存。而且塗上漆也會比較有光澤。雖然是佛，不過終究是屍體，會被蟲啃蝕，也會腐爛。而且日本的風土和埃及不同，不適合製作木乃伊。生前的斷食五穀、斷食十穀要是做得不夠徹底，就會腐

註：日文中「佛」也是屍體的諱稱，這裡有「屍體」＝「佛」的雙關意思。

爛。而且最重要的是，我國的木乃伊死後是不進行防腐措施的，頂多只會燻一燻。」

「這樣啊，聽起來好壯烈唷。那麼這就是正確答案嗎？」

「不……」

多多良笑著，雙手擺在膝上。

「格格不入呢。鄉下的即身佛信仰無法和這張圖連結在一起。」

「木乃伊不是長這樣嗎？」

「或者說，木乃伊無法和江戶的佛壇連結在一起。我覺得這個佛壇和密教系的傳說怎麼樣都搭不起來。而且這張圖上畫的是阿彌陀佛吧？宗派不同。那樣的話，我覺得塗佛壇還比較有可能。雖然也不是沒有即身佛的怪異傳說……像是即身佛復活之類的傳說。可是，喏……」

多多良指著桌上的畫。

「……這張圖，眼珠子不是蹦出來了嗎？」

蹦出了五寸之遠。

「是啊。唔唔……即身佛被埋在地下，相當痛苦，對吧？會不會是因為這樣而用力過猛，眼珠才……可是也不會蹦出這麼遠吧。」

簡直就像蝸牛一樣。

「不過啊，鳥口先生，這張畫不是用雙手指著嗎？指著自己蹦出來的眼珠……」

塗佛以一副「怎麼樣？」的模樣誇示著。

「所以這一定有意義才對。以石燕的作風，不會將沒有意義的事情畫進圖裡的，而他卻把塗佛畫成這個樣子。從這張圖來推測，在注意什麼塗啊佛之前，應該是有一個眼珠子掉出來的妖怪，是名聞遐邇的。因為即身佛的眼珠是不會掉出來的。」

「確實如此呢。」鳥口望向圖畫。「與其說是在害怕，更像在自誇呢。誇耀自己蹦出來的眼珠。就算這樣，一般眼珠會掉出這麼遠嗎？掉出這麼遠，已經不是病了吧？我看過眼珠蹦出來的屍體，但也沒有掉出來這麼長。就算拿木槌敲打後腦勺，也不會蹦出這麼遠。」

「就是啊。」多多良說道，這次指著自己的小眼睛說：「一般人會覺得，不管生什麼病，都不可能變成這麼恐怖的症狀，對吧？可是這是有紀錄的。而且不是屍體，而是活生生的人，而且有一大堆。」

「有這種眼睛的人？」

「被當成怪胎觀賞。」

「怪胎？您是說假日會搭起棚子收錢的，什麼長脖妖、蛇女、甲府捉到的巨鼬，或是什麼父母結怨報應在兒女身上怎麼樣的那個？」

「對。見世物小屋這類商業活動對照現今的倫理，是有人道上的問題吧。但是古來民眾就喜好觀賞這類東西。見世物小屋只因為低俗、下流，就被排除在學問的對象以外，但那也是一種文化。」

「我非常明白。」

對鳥口這種一腳踏在社會黑暗面裡的人來說，那並非距離太遙遠的事物。

「這樣啊。將過剩、缺損、變形等身體方面的異常當成怪胎來觀賞，如果說這是一種歧視的話，確實如此；但是見世物小屋這種東西，給人觀賞的一方有時候並不認為自己的異常是低劣的，反倒是對自己的特性感到自豪。他們等於是在表演才藝賺錢。他們也是有自尊心的。嗳，雖然可能內心也有些扭曲之處，而且每個人情況都不同吧。但他們是堂堂正正表演給人看，而看的人也驚嘆不已。或許這比表面上說什麼所有的人都一樣，私底下卻陰險地加以歧視的現代更要平等也說不定呢……。哎呀，我這番話會惹來抨擊哪。」

多多良說道，笑了。

「然後啊，以前有一種叫做目力藝的。」

「目力？」

「對，眼睛的力量。例如天保十二年（一八四一），兩國廣小路有一個叫目出度男眼力太郎的人舉行表演。他只要一用力，眼珠就會像這樣……蹦出來。」

「唔嘿，騙人的吧？」

難以置信。

「不，有留下文獻。而且他的眼珠不僅能自由自在地伸縮，還可以在掉出來的眼珠上綁繩子掛東西，像是酒杯、小石頭等等，聽說到五貫(註)左右都沒問題。他的表演大受歡迎。」

這是真的嗎？

「聽起來好痛唷。」

「不曉得痛不痛呢。《甲子夜話》裡也留下了相同的藝人紀錄，這裡的叫做目出小僧。作者松浦靜山還特地派醫師去實地見聞。目出小僧用扇子尾一按目頭，眼珠就會擠出來。其他還有《見世物雜志》的花山成勸，《江戶見聞圖會》的若松出目太郎等等，非常多。看看上面的插圖，跟這個……塗佛的畫非常相似。」

多多良說道。如果真的就像這張圖所畫的，那還真是種噁心的才藝。鳥口正準備再一次「唔嘿」地怪叫時，紙門無聲無息地打開了。

中禪寺站在那裡。

＊

尾國先生救了我……

佐伯布由這麼說。

榎木津完全沒有要起床的跡象。

益田詳細地詢問當時的狀況。

布由生長的家——佐伯家，似乎是一棟相當宏偉的宅子。益田透過布由的敘述所想像出來的建築物整體規模與裝潢都十分壯麗，與其說是民宅，稱為武家屋邸似乎較為妥當。但因為沒有實際見聞，無法斷定，不過總之那與益田所想像的荒村農家大異其趣。佐伯家稱為舊家望族，似乎完全當之無愧。

布由以敲奏玻璃樂器般的音色述說著。

「家父……對他人總是不苟言笑，非常可怕，對我卻十分慈祥。家父管教得很嚴格，我也曾經挨罵過，但我從來不討厭家父。雖然沒有家父時常陪我玩耍的記憶，但是正因為次數不多，印象也特別深刻……對，家父曾經在簷廊為我拍手鞠。年幼的我連雙手都拿不住的大手鞠，被高大的家父拿起來一拍，看起來竟小巧玲瓏極了，我覺得滑稽又好笑……」

益田以前住在長屋，後來搬到文化住宅，他成長的環境中，無法想像有簷廊的光景。

「家母是個端莊高雅的人。我一直希望能夠變得像家母那樣。所以即使被嚴格地管教，學習禮儀，也完全不以為苦，對於遲早要嫁到父母決定的人家，也不覺得抗拒。家母很內斂，很勤快，無論什麼時候，都絕不粗聲罵人。她總是待在廚房裡，在爐灶前煮飯，要不然就是切菜……」

有爐灶的生活——也與益田無緣。

「我……」

布由如同玻璃珠般的雙眼空虛，彷彿念誦看不見的稿子似地淡淡地說道。

「……我有個哥哥，還有一個和哥哥相差一歲的甚八哥，他是叔公的孫子，所以算是我的堂兄弟吧，他和我們住在一起，雖然長大以後成了傭人，不過我們三個人就像親兄妹一樣地長大。」

益田連個兄弟姊妹都沒有。

「……家兄徹頭徹尾地溺愛著我，無論大小事都照顧我。我一哭他就抱我，我抓到的蝴蝶飛走時，他會在原野上不斷地為我追捕。家兄還說『我不要讓布由嫁到別人家』……不過那都是小時候的事了。」

「蝴蝶啊……」

益田成長在神奈川雜亂的市街裡，幼時家境貧困，長大後也不記得過著多富裕的生活，但父親憧憬著都市，所以益田所過的生活似乎比同年代的人略為時髦一些。因此布由所敘述的山村風景，他只有憧憬，卻無法感覺到鄉愁。

益田想像著。

山的景色、草原的景色、宏偉的古老日本房舍。對益田來說只能是想像的風景，卻是布由的現實吧。

「家祖父……是個比家父更嚴格的人，他十分沉默寡言，雖然已經上了年紀，卻十分健朗，村人打從心

註：一貫約三・七五公斤。

底尊敬他，所以我也感到很自豪。一想到村子裡最了不起的人就是自己的祖父，我就覺得高興。當然，他只是在五十人左右的小村落受到景仰而已……但我覺得村人和家祖父說話時都很緊張……」

益田不知道祖父母的長相。

所以他也不是很明白布由打從心底尊敬祖父的心情。例如說，益田有時候覺得自己的父親很厲害，但有時候也覺得父親很讓人傷腦筋。雖然覺得自己的父親還算不錯，但這個評價距離畏懼、敬畏甚遠。他不輕蔑也不尊敬自己的父親。對益田來說，布由所吐露的真情每一樣都十分新鮮。

「還有……」

布由繼續說道。

「……家裡還有父親的弟弟乙松叔叔住在一起。」

「叔叔啊……？」

「是的。家叔好像畢業於東京一所嚴格的學校，從事治學，但是身體不好，所以回家來了。叔叔總是待在小屋的房間裡讀書。他會告訴我和哥哥許多非常有趣的從前故事……」

益田仔細地聆聽布由述說的故事，腦裡不知不覺間浮現出未曾見過的情景。儘管未曾體驗過那種風景，卻不知為何覺得懷念。

乾裂的木條、透過紙門射入的柔和光線、榻榻米上的手鞠、壁龕上擺飾的吉祥物、黑得發亮的棟梁、地爐、自在鉤（註一）、木櫃階梯（註二）、祭祀在廚房角落架子上的，是被燻黑的惠比壽大黑……

這些都是益田身邊沒有過的事物。

他不可能覺得懷念。然而……

益田微微搖頭。

這不是什麼美麗的故事。布由只是在講述淒慘的事件爆發前的過程。

無論有多美、有多麼令人懷念……都只是已然崩壞的事物。

沒錯……那是已經崩壞的事物。

益田曾經從事刑警這種特殊的職業。他透過工作，邂逅了被害人、加害人、關係人等各式各樣的人物，知道了各式各樣的人生。

確實有人活在不幸的深淵。但無論再怎麼不幸，都一定有那麼一絲救贖。同樣地，即使處在幸福當中，也有禍根悄悄地萌芽。無論本人覺得有多幸福，不幸的苗芽總是會在某處探出頭來。然而布由所述說的過去情景中，感覺不到陰影到來的跡象。不僅如此，那種景色——任誰都多少懷抱的**那種景色**——就這麼維持原狀，被一種甘美的鄉愁所籠罩。如果這是真的，希望它就這樣一直下去，不想再繼續聆聽下去——益田開始這麼感覺。

所以益田故意公事公辦地開口：

「呃，那麼府上——佐伯家當時的家庭成員有……令尊、令堂、令祖父、令兄、令堂兄、令叔和妳……總共七人，對嗎……？」

益田試圖逃離那不斷地攫住自己、未曾體驗卻感覺懷念的記憶。

布由答道：「是的，總共是七個人住在一起。不過，甚八哥的父親玄藏，在村子郊外蓋了一棟小屋居住。我的叔公——家祖父的弟弟——去了別人家當養子，玄藏叔叔是他的兒子，因為一些原因，和叔公斷絕了父子關係，改姓佐伯。村子裡的人都稱玄藏叔叔家是分家。甚八哥出生以後，嬸嬸就過世了，所以只有甚八哥一個人住在本家……」

「本家……和分家啊……」

如果有禍根，就是這個嗎？

「他們斷絕父子關係的理由是什麼？」

「我不是很清楚……」布由說道，略略偏了偏頭。布由說她不太清楚，表示這與後來的崩壞無關嗎？

「……叔公這個人……好像被斷絕父子關係後，送去別人家收養。詳細情形我也不清楚。那是明治時代

註一：裝設於地爐上的鉤子，以吊掛鍋壺之類，可上下自由伸縮。
註二：江戶時期的商家等為了有效利用空間，將階梯下方設計為抽屜櫥櫃，一物二用。

的事了。」
「明治啊……。唔，令祖父的弟弟的話……差不多是那個年代呢。」
「我聽說祖父是明治四年出生的。」
「明治四年啊。如果他還活著……就八十二歲嘍？」
「嗯。如果沒有被我殺害的話。」
「啊。」
暗轉——指的就是這樣的狀況吧。布由也絲毫沒有情緒表露，那張面具般面無表情的臉，更教益田感到膽寒。有什麼……
有什麼東西走調了。從剛才一直與益田對話的這名女子或許沒有學養，卻充滿知性，而且明辨是非，相當聰明。情緒也安定過了頭。她既不激動，也不悲嘆。然而……
這一切宛如理所當然。
——這反而……
不，只是益田這麼認為罷了。這種人應該不會做這種事、那種人應該不會說那種話、一般人應該不會那樣——這些都只是單方面的、一廂情願的認定罷了。認定對方是這種人、社會是這種樣子，畫下根本不存在的所謂普通的境界線，任意將對方嵌進模子裡，結果卻嵌不進去，如此罷了。
但即使如此，益田仍無法擺脫那種難以彌補的失落感。
「聽說叔公在收養他的人家裡也引發了糾紛，離家流浪，但玄藏叔叔痛恨那樣的生活，回來投靠本家……。不管怎麼樣，這都是我出生以前的事了。從我懂事的時候開始，玄藏叔叔就已經在村子郊外成家，並且開業，甚八哥也已經出生了……。這些事都是我後來才聽說的。」
「開業……？」
「哦，玄藏叔叔是村裡唯一的醫生。」
「醫生？」
「說是醫生……或者那應該叫做漢方？會煎藥草之類的。」

「呃，就像条山房那樣嗎？」

「唔……嗯，是啊。甚八哥告訴我，玄藏叔叔和叔公斷絕父子關係的時候，因為家祖父允許他留在村子裡，並改姓佐伯，叔叔十分感激，所以想要對村子有所貢獻……不過從家祖父的角度來看，玄藏叔叔只是被不肖的弟弟所牽累，所以二話不說就答應玄藏叔叔留下來了……。而且村子裡也沒有醫生。」

「然後呢？」

「唔……聽說玄藏叔叔——或者叫堂叔比較正確——有一段時期住在富山，小時候就在藥店裡做著打雜的工作。他在工作的店裡學醫好幾年後，才回到村子裡來……」

「富山啊……」

尾國是富山的賣藥郎。關聯就在這裡嗎？

可是即使如此，仍然看不見崩壞的徵兆。

「……那麼，妳的叔公姑且不論，那位玄藏先生和妳的家人……相處良好，對吧？」

「嗯。但可能因為顧及體面，表面上並不親密，但家祖父似乎非常賞識玄藏叔叔，村人也都很倚重叔叔……」

布由說，甚八的母親是村裡的女人。那麼應該可以視為玄藏與村人之間有著深厚的信賴關係。益田認為要加入共同體，締結婚姻關係是非常有效的方法。如果共同體的內部還留有主從關係——即使表面上已經消失——那麼玄藏等於是選擇離開中心，成為構成分子的一部分。

「令叔公後來呢？」

如果慘劇的火苗——禍亂，是從外部被帶入共同體內部，應該是這個人才對吧？

「叔公……在那種狀況下，他一年還是會回來個一兩次。每次回來，好像都會和家父和家祖父吵架。事實上每次叔公回來，都會在村子裡引發騷動。可是……」

「可是？」

「儘管嘴上說斷絕關係了、沒有關係了，但是每次叔公回來，家人都不會把他趕回去。大家都說他很令人傷腦筋，感覺卻也不是多討厭他。在我來看，叔公給我的印象就是會為我帶來禮物的、吵吵鬧鬧的人而已。」

「哦……」

總覺得很悠閒。

「那麼……爭吵的原因是什麼？」

「這……我不太清楚。不過聽家祖父說，叔公是個投機分子。」

「投機分子？」

「那個時候，我並不懂是什麼意思……不過現在想想，應該在說叔公想要創辦一些不太正經的事業，藉此大撈一筆吧。」

「原來如此……」

那種人都市裡比比皆是。

世上夢想發財的人多如牛毛。如果布由的祖父的評語真確，那麼布由的叔公也不是多麼特殊的人。他只是無法融入山村而已，這種人在都市裡多不勝數。

不，近代以後，經濟制度和身分制度改變，唯有夢想，是任何階級、任何地區的人都被允許的。那麼貧窮的農村地方裡，胸懷野望或大志的人是不是更多呢？或許只是因為太多，反倒顯得不醒目罷了。

這麼一想，把布由的叔公當成攪亂村落秩序的罪魁禍首，或許太武斷了。不管怎麼樣，如果他這個人只是有點投機，也不致於成為引發空前絕後大屠殺的契機。他會如此引人側目，只能證明布由所居住的村子比一般更和平安穩。

「村子十分和平。」

布由真的這麼說了。

「……當時發生了日華事變等等，世局不安，但山裡十分和平。我當時才十四、五歲，完全是個不知世事的小姑娘，只覺得每天都過得好愉快……」

然而，然而到底為什麼……？

益田感覺到心跳加速了。

「尾國先生初次拜訪村子……對，我記得是十六年前的秋天。」

「他來販賣家庭藥品？」

「不。呃，怎麼說，村裡的人很貧窮，沒辦法每一戶都購買一箱藥，但是還是需要常備藥，所以玄藏叔叔會去以前當學徒的富山藥局拿藥。叔叔自己也會調合藥品，但可能材料也不夠吧。每年兩次，春季與秋季的時候，藥商會過來拜訪。」

「哦，來批發藥品是嗎？」

「根據我的記憶所及，原本都是一個固定來訪的熟悉藥商……對，好像是一個老爺爺，如果我沒記錯的話，就是從那年秋天開始，換成了尾國先生……」

「哦，那麼尾國一開始是去玄藏先生那裡……？」

「是的。那個時候……對，那個時候，有個警察先生被派遣到村子來。警察先生只待了一年而已，所以……對，尾國先生在昭和十二年秋天，第一次到村子裡來。」

「警察啊……」

益田在記事本中寫下來。

「咦？那麼有駐在所嗎？」

「有的。不過只有一年。」

「那麼……」

在警官離開之後，慘劇才發生嗎？

「一開始……好像是尾國先生來到村子的時候，對家兄無禮還是怎麼樣，被玄藏叔叔帶到本家來道歉。我記得他不斷地鞠躬行禮。家兄起初臉色很僵，但可能也是尾國先生為人的關係，之後兩人很快就相談融洽了……」

不是為人的關係。

益田這麼認為。

如果鳥口的調查可信，尾國這個人會使用催眠術，而且本領非比尋常。尾國能夠隨心所欲地操縱對方的意志、記憶和行動。

益田感到困惑。布由看了益田猶豫不決的表情一會兒，接著說：「我……對尾國先生沒有不好的印象。他還活著的事……我也……」

「沒關係。請繼續。」益田說道。

「由於村子十分偏僻，藥商大部分都會在玄藏叔叔那裡住個一兩晚再回去，尾國先生也是如此。可是不知道為什麼——我當然不知道為什麼，尾國先生隔年過年也來了。」

「過去都只來春秋兩次對吧？」

「是的。他大概逗留了五六天左右。尾國先生後來春天的時候也來了，那時已經是第三次來村裡，村人也很熟悉他了。尾國先生帶了許多禮物過來。他在村裡住了一星期之久，也親切地和我談天，說了許多外頭稀奇的傳聞給我聽……」

「那時候……尾國大概幾歲？」

「我想應該是二十二、三歲左右。」

符合計算。

「妳……呃……」

對尾國……

益田難以啟齒。這該怎麼問才好？十四、五歲的女孩和二十二、三歲的男子……會陷入愛河也是很自然的事。布由靜靜地轉動臉。

在益田眼中看來，布由像是在笑。但那一定只是心理作用。布由的表情完全沒有改變。十五年前恐怕也……

——這樣啊。

十五年前，布由一定也是相同的一張臉吧。

「我……只說我對尾國先生沒有不好的印象，並沒有……任何特別的感情。」

布由這麼說。益田慌了。

「例、例如說，有沒有想過牽手一起逃離村子……」

「沒有。」布由說，真的笑了。

一定是吧。根據她剛才的話，過去的布由對於嫁給父母決定的對象沒有任何疑問。

窗外……響起那道不可思議的聲音。

益田豎起耳朵。

原本一直保持沉默的敦子望向窗外。

布由也在意著外面。

聲音很快就停了。

益田感覺到一陣惡寒。

「開始變得不對勁……」布由說道。「村子開始變得不對勁……是在春天過去，尾國先生回去以後。」

「變得不對勁？這是什麼意思？」

「我想不到別的說法。那個時候，警官可能是恰好任滿，也離開了村子……所以村子裡感覺變得慌亂，或者說很不安定，整個村子變得騷然不安……」

「騷然不安？」

「嗯。對，雖然不是什麼大事，可是到處都看得到夫妻吵架，或是無聊的糾紛……」

「那種事……」

不是很常見嗎？難道過去從來都沒有嗎？

「嗯，這點程度的事過去當然也曾經發生過。可是……對，總覺得心情暴躁……」

「暴躁？殺氣騰騰那樣嗎？」

「嗯，還是該說乾涸呢……？我自己本身那個時候不知道為什麼，每天都很煩躁。我覺得整天黏著我的家兄很煩人，或覺得看家兄臉色、卑躬屈膝的甚八哥很卑微……」

「這是當然的啊……」

益田說道。

「從我所聽到的來研判——我得聲明，這只是我個人的見解而已。令兄或許——請不要動怒——令兄會不會對妳懷有超出兄妹的感情呢？像是性欲，或是戀愛感情之類……這種事就算不說出口，也可以敏感地、直覺地察覺吧？所以……」

「這……」布由的音量放大了一些。「確實如此。」

「確實……如此？」

「那個時候的我也察覺得出來了。您說的沒錯，那種事是感覺得出來的。但是家兄很守分際，而我也了解。明知道這些事，但還是平穩地過日子，不就是一家人嗎？挑剔彼此的缺點、污點，加以指責，貶低彼此，或強迫彼此，這樣的生活……我覺得是不對的。」

「不對？」

「我覺得不對……我剛才不是談論過個人嗎？」

「是的。」

「如果要真正尊重個人，在主張自己的個性以前，若不先認同對方的個性的話，至少我認為每天的生活是過不下去的。」

「可是……」

「嗯，我懂。這種觀點應該無法適用於每一個社會，但是例如說，至少家人之間不是這樣的話……對，因為能夠改變自己的只有自己，而這樣的自己……」

「是……一面鏡子嗎？」

「嗯。所以……」

「妳的意思是，若想要敦促別人自省，強制或試圖啟蒙是無效的嗎？家人的信賴才是最重要的？」

「是的。不過……說是信賴，我覺得也有些不同。信賴這句話裡，背後有著期待。而期待是一種無言的壓迫。」

「原來如此……」

雖然有人因為無法信賴他人而迷失，但也有許多人被他人的信賴給壓垮。

「所以不管發生什麼事，都全數接受，過著**日常生活**……這才是……」

「這才是一家人嗎？」

「我是這麼認為。」布由說。

「妳所說的……唔，我非常明白。或許事實就像妳說的。不過人在小的時候還好，只是隨著成長，就會出現種種想法，不是嗎？有時候想法也會相左……這就像是妳說的，自我每天不停地在改變。所以人生中會有厭煩親兄弟的時期。要是完全沒有，也算有問題吧。無法離開父母、或無法放手讓孩子離開也是……」

「您說的沒錯。」布由打斷益田的話。「因為我也是如此。即使是我，也曾想反抗父母。相反地，我也曾經遭受過無理的對待。這是有的。無論是父母還是孩子，都有這樣的時期。即使如此，還是全數接納，這不就是日常嗎？」

「呃，是啊……」

仔細想想……布由說的是真實。在主張身為父母或孩子的立場之前，人類若是不聚集在一起，就無法活下去。吃喝拉撒睡不需要大義，也不需要名分。彼此保證沒有大義名分的事物，或許這就是家人。

但是……

「過去一直是這樣的。」布由說。「不管生氣還是吵架，那都是另一回事。即使討厭、爭執、就算是憎恨……我們也順利地相處過來了。」

「妳是說……一切再也不是如此了……？」

布由默默地注視著益田。

「可是布由小姐，無論是什麼樣的家人……孩子總會獨立，父母也會衰老，遲早……」

「嗯，可是……」

「可是？」

「並不會彼此殘殺吧？」

布由說道。益田垂下臉去。

「並不是爭吵變多了，也不是爭執變嚴重了。而是覆蓋著爭執的日常性變得稀薄，使得爭端顯露出來了……」

即使表面清澈美麗的湖，只要水位降低，也會露出骯髒的湖底。就是這麼回事嗎？

「就是這麼回事。」布由說。「家兄與甚八哥開始為了瑣事彼此反目。家父開始吼人。家母臥病不起。叔叔被人說是米蟲，關在房間裡不出來。家祖父斥罵村裡的人……此時……」

「又是……尾國嗎？」

「嗯。尾國先生還有叔公回來了。大概是……六月底的時候吧。」

布由說，他們一回來，就吵得不可開交。

當時村子正處在歇斯底里的擺盪之中。

投機分子的叔公——上一代當家的放蕩弟弟在玄關口，首先毆打了布由的哥哥以及自己的孫子甚八，並大聲怒罵。

哥，今天我**一定要看到**……！

布由說，就是這句話揭開了序幕。

叔公抓起放在玄關的柴刀，穿著鞋子就這麼走進屋裡，從走廊往裡面走去。布由的哥哥抓住他，但甚八插了進來。甚八說：**讓他看**！你也看個清楚……！

此時玄藏接到消息，得知斷絕關係的父親所做出來的蠻行，與幾名村人趕了過來，爭先恐後地衝進裡面。上代當家擋在走廊中央，現任當家則叉著腿站在後面。沒錯。男人在保護著什麼。

「那麼……令叔公……是想看**裡面的**……」

「是的。他想看**裡面的**……**大人**吧。」

「**裡面的**……」

裡面有東西。

「場面演變成一場混仗，簡直如同活地獄。男人們在房間前纏鬥在一起，大吼大叫，彼此叫罵，彼此毆打……」

活地獄——這樣的形容經常聽到。

家人之間的糾紛有時會發展到脫離常軌。像是丈夫對妻子施暴、不良少年毆打父母、兄弟爭奪遺產——

若要舉例，實在不勝枚舉。這如果是陌生人的糾紛，一旦動手，立刻就鬧上警察了。遭到破壞的關係一輩子都無法修復。

但是就像布由剛才說的，不管罵得多麼不堪入耳，即使演變成傷害事件，家庭中的糾紛也會擴散進無止境的日常反覆中，不久後就像魔法般修復了。益田覺得這是一種隱忍、是不對的事。例如家庭中的暴力，不管再怎麼忍耐，也無法解決任何問題。所以他一直覺得該主張的時候就該好好主張，該改變的時候，還是得徹底改變。

但是……

確實，婚姻是個人與個人間的契約。

家是古老落伍的社會制度。

但是，看樣子家人並非契約也非制度。

家人還能夠發揮家人的功能時，或許人是不會崩壞的。

益田這麼感覺。

益田逐漸覺得，在個人和社會當中尋找人會崩壞的原因，或許沒有意義。如果當中有什麼個人主義和社會科學無法完全解釋的部分，那麼浮面的現代主義是否有可能放過了某些極大的誤謬？將父親責罵孩子的行為直接視為虐待兒童、將夫妻吵架直接視為性別歧視——比起事情本身，這種直接代換的行為或許反倒有問題。

如果借用布由的話來說，人是不是漸漸失去了做為一個生物正常存活的方法——將日常視為日常的方法了？

當人完全失去它的時候……

「家母……突然大叫著什麼，闖進他們之間。紙門破掉倒下，叔公連滾帶爬地進了內廳，往壁龕後面的禁忌房間入口直衝而去。家兄撲上叔公，卻被甚八哥給抱住了。我嚇得雙腳僵直……但是為什麼呢？我突然覺得悲傷，悲傷得無法抑制，搖搖晃晃地上前去阻止。甚八哥說危險，叫我讓開……」

把布由推開了。

「家兄叫著：你對我妹妹做什麼……」

從叔公手中搶過柴刀。

「朝著甚八哥的臉……揮下去……」

血肉橫飛。

「瞬間，在場的人都怔住了。家母……尖叫起來。我……我說了什麼呢？我不記得了。我渾身潑滿了血跡，覺得有什麼東西從腹部底下衝了上來……」

布由從呆住的哥哥手中搶下柴刀。

然後，

「我朝發呆的哥哥額頭揮下柴刀……」

接著，

「把只顧著守護無聊事物的家父的脖子……」

斬斷了。

「把空有威嚴，什麼都無力阻止的祖父的頭……」

敲破了。

「朝著把秩序搞得一場糊塗的叔公後腦勺……」

一刀刺下。

兩三下就結束了。

「此時家母爬了起來，硬要從我手中奪下柴刀。我奮力抵抗，結果砍到了家母的肩口……」

布由的母親彷彿生平第一次大叫似地厲聲尖叫，噴出鮮血倒下了。

「家母倒下以後，在場的人似乎才理解發生了什麼事。」

玄藏大叫著跑了過來。

「不可思議的是，我一點都不感到害怕。害怕的反而是叔叔。我毫不感動地揮下柴刀。到了這個時候，乙松叔叔才總算從小屋裡出來了。我非常生氣，覺得他漠不關心到這種地步也太離譜了……」

布由將博學的叔叔也殺害了。

「叔叔連尖叫也沒有。」

接著，布由將靠近她的人接二連三地加以殺害。

她說她已經糊塗了。

——但是。

就算手中持有凶器，一個才十五、六歲的小女孩，有可能做出如此殘暴的凶行嗎……？

——不。

可能……吧。布由的恐懼感麻痺了。相反地，她身旁的人受到恐怖所支配。無論在任何勝負中，先感到恐怖的人就輸了。

內廳化成了血海。接近布由的人，全都被濕黏的液體絆住腳步，輕易地成了少女凶刃的餌食。渾身是血的人體在房間裡堆積如山，不知是死是活。

那種情景簡直有如地獄。

但是痛苦得翻滾的亡者當中站立的不是惡鬼，而是一名洋娃娃般的少女。

而那名少女——面無表情。

「可能……血噴進眼睛裡了。人不是常說眼前一片鮮紅嗎？那是因為鮮血噴進眼中，才會看起來一片鮮紅。我像那樣待了多久？等我回過神時，偌大的房間裡……只有我一個人站著。」

益田無法插嘴陳述感想。

「我把所有的家人都殺了。」

益田全身的毛細孔張開，感到坐立難安。

「妳……」

「我……腦袋空白一片。不，我在想今天的晚餐是什麼？母親會做些什麼好吃的？明明母親早已渾身是血地死在我的腳下……」

益田摀住嘴巴。

短短兩小時前，他才吃了布由準備的早餐。

了那扇門……」

「嗯。他說他趕過來阻止，卻怕得不敢動彈，逃到裡面去了。因為叔公在我砍破他的頭之前，已經打開

「他、他從禁忌房間裡、裡面走出來？」

地站在禁忌房間的入口，目不轉睛地盯著我……」

「對了，時間……我不太清楚過了多久，但我忽地回頭一看，尾國先生就站在那裡。尾國先生一臉呆然

尾國呢？

「尾……」

尾國這麼說了：

布由小姐，剛才有個人逃走，到村子裡去通風報信了……

現在村人一定已經趕到，包圍了這棟屋子吧……

再這樣下去妳就危險了。他們絕對不會就這樣放過妳……

妳殺害了這座村子無可取代的重要人物……

即使不是如此，這陣子村人也殺氣騰騰……

就算村人放過妳，妳也釀成了大禍……

妳會被逮捕。要是遭到逮捕，一定會被判處死刑……

「……那個時候，我依然猶如身處夢境，漠不關心地聽著那番話……」

尾國扳開布由的手，搶走柴刀。

布由小姐……

去洗臉，洗手……

換衣服，然後逃離這裡……

只有這條路了。這裡就交給我，妳快逃吧……

妳要直接去韮山的駐在所。不，不是去自首……

妳聽好，到了駐在所之後，不要提起這裡發生的事……

記住了嗎？一句話都不要說，總之，妳請他們聯絡山邊這個人……

只要說山邊，駐在所就知道了……

「山邊？」

「嗯。我照著尾國先生說的做了。我急忙洗臉更衣後，總算明白自己做了什麼事。我記得我渾身發抖，連鈕釦都扣不上去。抖得簡直離譜。沒有多久，我就聽見鬧哄哄的聲音……」

村人們大舉進到家裡來了。

「我感到害怕，從後門暫時逃到後面的墓地，躲在墓碑後面。」

「躲在墓碑後面？」

「嗯。不，與其說是躲起來，我是怕得動彈不得了。探頭一看，村人手裡拿著鐵鍬和鋤頭，瘋了似地吼叫——他們恐怕真的瘋了吧。我覺得每個人都變得像我一樣。所以每個人都不曉得自己在做些什麼、發生了什麼事。眾人只是因為裸露出來的恐懼而拿起武器……襲擊尾國先生。沒有多久……尾國先生渾身是血地跑出來。然後我聽見了慘叫——尾國先生的慘叫。」

然後布由總算了解了。

「那個時候，尾國先生成了我的替身……所以……」

「替身？」

——為什麼？

尾國只是個偶然碰上慘劇的行腳商人罷了，不是嗎？

就算尾國人再怎麼好，一般人會替關係不怎麼深厚的女子頂下殺人罪嫌嗎？不，不只是頂罪而已。如果布由說的是真的，尾國甚至捨命讓布由逃走。身為外地人的尾國沒有任何犧牲自己的性命來保護布由的必要性。完全沒有。

前提是如果布由說的是真的。

這……

「那時我打從心底感到恐怖。從此以後……我再也沒有碰上過那麼恐怖的事。與其說是恐怖，更接近疼痛。我好悲傷，悲傷得無以復加，悲傷得無法自持，不知道是胸口還是心，痛得不得了……」
布由在疼痛催趕下，逃走了。
她在險峻的山路上奔跑，跌倒了好幾次，然後照著尾國說的，去到了山腳下的駐在所。
警官看到布由，露出詫異的表情。
「我不知道多少次想要說出實情。可是別說是自白了，我連話都說不出來。即使張嘴，也只是空虛地開合，然後好不容易，我總算說出山邊這兩個字。」
警官好像相當困惑，但是他一聽到山邊這個名字，似乎了解了什麼，打電話到哪裡去了。警官講了一會之後，似乎了解了情況，接著拿錢給布由。
益田覺得事情的發展十分不可思議。
然後警官這麼說話了。
到東京去……
「去東京？」
好……奇怪。
「嗯……警官送我到途中，說之後的事那邊會安排。我完全是一頭霧水……」
布由煩惱得幾乎發狂，獨自一個人前往東京。益田無法想像她的心情。
但是……不久後悸動平息，掠過車窗的陌生景色逐漸沖淡了日常性，一切變得就像夢中的記憶。
即使如此……布由並沒有忘記自己做的事。布由並沒有瘋。到了東京以後，不僅沒人為她安排，也沒有人迎接她。布由在寂寞當中恢復了感情。她的判斷力恢復後，不禁為自己犯下的重罪驚恐戰慄。這也難怪，犧牲者少說有十幾人，最多甚至有五十幾人……
但是……
過了好久，都沒有追兵追上來的跡象，慘劇也沒有被報導出來。沒錯……沒有人知道這個事件，當然益田也不知道。
「布由小姐……那……」

會不會是假的？

益田望向敦子。

敦子將手按在臉頰上，沉默著。

寅吉起初坐在布由附近，不知不覺間卻移動到窗邊的偵探專用椅子上了。

「可以推測的可能性……」

可以推測的可能性——布由再一次說。

「我想……只有一個。如果有任何一個村人存活下來，那麼駭人的事件不可能沒有曝光。所以……」

「妳是說……村人無一倖存，全都死了？」

「是的。如果那樣的話……我所居住的村子與其他的村子幾乎沒有交流，發現慘劇也不易，可以在這段期間收拾善後……」

「隱蔽工作嗎？殺害所有的村人善後？」

——這種事……

「妳是說尾國殺的？」

布由搖搖頭。

「尾國先生……死了。那種狀況不可能得救。所以……是那個……」

「妳是說……山邊？」

「我在想，之後的事**那邊會安排**……指的會不會是……收拾善後的意思……」

「是這樣……嗎……？」

山邊是誰？殺害了多達五十個以上的人，有可能將整件事葬送在黑暗當中嗎？就算辦得到，又是為了什麼？為了救布由嗎？有那麼可笑的救濟嗎？而且……

最重要的是，尾國還活著。

益田思考。

可疑之處實在不少。

單憑一把柴刀能有多大的殺傷力？憑一個十五歲小女孩的臂力能夠殺害幾個大男人？——不是這種問題。因為雖然看似不可能，但也並非完全不可能。

例如說……布由洗臉和更衣。

在那種狀況下，實在不可能有閒功夫去做那種事。

如果相信布由的話，慘劇發生以前，村子已經開始走調了。如果這是真的，那麼包括布由在內，所有的村人都陷入了一種集團歇斯底里的狀態，而慘劇成為引發暴動的導火線。然而從慘劇發生到布由逃離，中間的空檔實在太長了。暴動不是那麼悠閒的吧？

說起來，集團歇斯底里的原因是什麼？

尾國的行動也教人完全無法信服。

布由的殺人應該是被哥哥行凶所觸發的突發行動，而哥哥會殺人，也是被叔公闖入的混亂所觸發，是所謂的衝動殺人。一切都是偶然發生的。然而尾國——還有那個叫山邊的人，卻彷彿事前就已經商量好了某些事。內容姑且不論，但是他們透過警官，已經事前說好了。

不管怎麼樣，尾國……

尾國肯定有什麼**陰謀**。

這件事應該打從一開始就是設計好的。

——為了什麼？

就在這個時候。

一道格外巨大的**那種聲響**，打亂了益田的思緒。

聲音……沒有停止。

「怎麼回事？那是什麼聲音？」

寅吉轉動椅子站起來，望向窗外，「噢噢」地叫著。益田也站了起來。那種音色十分惹人厭。對……那種聲音教人**心情暴躁**。

益田望向窗外，也「噢噢」地叫出聲來。

奇異的集團在大馬路上遊行。

他們穿著色彩鮮艷的異國服裝，胸前掛著金屬製的圓形飾物，舉著長長的竿子，上面掛著長條旗。一些人戴著奇妙的布帽，一些人舞蹈著，一些人拿著未曾見過的各種樂器。完全就是——異樣。

不可思議的聲音，是那些樂器同時吹奏所發出來的音色。

「這……是什麼遊行啊？」

寅吉嘴巴半開地說：「是化妝遊行嗎？還是中華蕎麥店全新裝潢重新開幕？」

不像是抗議遊行。旗子上的字也全是漢字，完全看不懂。隊伍緩慢地移動，只留下聲音，從視野中消失了。聲音不斷地在耳邊縈繞。

感覺非常討厭。

益田……大聲開口：「布由小姐！」

布由靜靜地看著益田。

「妳……無論如何，妳一定被尾國給陷害了。這十五年來，妳一直受到矇騙。不管妳怎麼說、怎麼想，尾國誠一這個人都還活著……」

益田不像平常的他，突然激動了起來。

他覺得激動是一件很丟人的事。

「他是什麼人？他有什麼目的？有什麼……」

裡面的東西。

——原來如此。

沒錯。一定是這個。這就是他的目的嗎？

「布、布由小姐，禁忌的房間。那個禁忌的房間裡……」益田問。「究竟放了些什麼！」

布由一瞬間露出慌亂的神色。

「這……有什麼問題嗎？」

「既然他的目的是那個東西……」

「咦？」

「裡面到底……」

「是水母！」

背後突然響起一道怪叫聲，益田往前撲倒。回頭一看，寢室的門扉完全打開了。接著那聲音的主人以快活的語調說道：「那個水母好像很有意思！」

在陽光照耀下透成茶色的頭髮，大得嚇人的一雙眼睛。修長的睫毛，褐色的瞳孔，五官端正得宛如陶瓷娃娃。來人捲起高級白襯衫的袖口，穿著寬鬆的黑色長褲，吊帶從一邊的肩膀滑落下來。

那就是全世界最不像偵探的，偵探中的偵探。

榎木津禮二郎……起床了。

「不是水母的話，是凍豆腐嗎？對吧，那位小姐，下次務必把我介紹給那位水母。」

「水母？」

榎木津說的話大抵都令人莫名其妙，但這次格外難以理解。益田覺得都快虛脫了。不過……他記得榎木津前幾天救出布由的時候，也說過相同的話。

「榎、榎木津先生……你說的水母是……」

「什麼榎木津先生？」

榎木津滿臉怒容地說。

「喂，笨蛋王八蛋。」

「呃？」

「說到笨蛋王八蛋，就是益山，你！你這個笨蛋王八蛋！這麼一大清早的，你還大聲嘰哩呱啦，吵死人啦。所以你才不只是一個笨蛋，而是笨蛋王八蛋！而且那是什麼鬼聲音啊？噗—噗—喵—喵—的，吵死人啦！一大早就製造噪音遊行，害人家完全沒辦法睡覺！到底是誰啊……」

「什麼一大早……現在都已經中午了。」

「笨蛋東西，我起床的時間就是早上。我睡覺的話就是晚上。從老早以前就是這樣了。」

多麼唐突的傢伙啊。

榎木津大步往門口走去。

「呃……」

「我要去申訴！本大爺親自出馬呢。一般來講，應該是你們去才對啊。主人睡不著覺，就唱搖籃曲，主人睡著，就消滅妨害安眠的傢伙，這不是奴僕的職責所在嗎？和寅和益山，你們兩個好好記住啊！」

榎木津鬼叫了一堆莫名其妙的話，之後走了出去。鐘「匡噹」一響。

一陣尷尬而空虛的沉默降臨。

「我……我來泡個茶好了。」寅吉說道，就要前往廚房的時候……

布由開口了。

「內廳的禁忌房間裡……有著**不死**的大人——**君封**大人……」

「君封？」

——不死？

「匡噹」一聲，鐘響了。

益田以為是榎木津回來了，朝那裡一看……

屏風後面露出一張戴著眼鏡的陌生臉孔。

「哎呀，是拿錯藥了嗎？」寅吉說。

「路上有些不好的東西在晃盪……我有些擔心……鳧浴蝯躩鴟視虎顧是否無礙……」

男子笑著說道。

敦子無聲無息地站了起來。

＊

遲了許久回來的主人不知為何一臉嚴肅，不過這是老樣子了，鳥口隨口搭訕說：「師傅，好慢唷。」

中禪寺看也不看鳥口，只對多多良說：「抱歉讓你久等了。」

主人在固定位置——壁龕前坐下。京極堂家的客廳沒有上座下座的概念，據小說家關口說，中禪寺會坐在那裡，純粹只是因為壁龕堆著書本。就算有來客，也能隨時伸手拿到書，所以他才坐在那裡。這個書痴就連在接客時，只要一有空檔，也會拿書來讀。不過大部分的訪客都明白這一點。

「那麼……有什麼發現嗎？」

中禪寺劈頭就問。

「算是有。話說回來，中禪寺，前天的……」

多多良皺起一雙短眉問道。中禪寺微微揚起單眉，「哦」了一聲。

「……真是麻煩你了。」

多多良揮揮手。

「那不算什麼。那位女士和我聽說的印象大不相同呢。那位姓織作的女士很摩登呢。」

「織、織作……？」鳥口發出錯愕的聲音。「……您、您說的織作，是那個織作茜嗎？」

多多良詫異地望向鳥口。中禪寺還是老樣子，無視於鳥口說：「那麼她問了什麼問題？」

「哦，她在尋找適合供奉宅神的神社。」

「宅神啊……。那麼你建議她什麼地方？」

「下田或雲見。」多多良答道。中禪寺點點頭說：「原來如此。」鳥口覺得一頭霧水。

「那麼你說的發現是……？」

鳥口還沒有機會發問，話題就結束了。多多良說：

「對對對，然後啊，昨天我突然想起來了。呃……喏，豐後國某氏婦屍塗漆之事——這個故事。中禪寺，你有沒有印象？」

多多良說道，中禪寺「啪」地拍了一下手，說：

「哦，《諸國百物語》啊。這我倒是沒有注意到。的確，那是在屍體（佛）上塗漆的故事。」

「對吧？我本來也一直忘記了。所以我想要回歸基本來看。」

「我記得那是將夭逝的美麗妻子的屍體塗漆固化，收在持佛堂（註）裡的故事……是嗎？」

「對對對。」多多良點點頭。

「什麼什麼？這是在說什麼？」

一聽到在屍體上塗漆固化，糟粕雜誌的記者就興奮難耐。簡直就是獵奇事件。

中禪寺回答了：

「豐後的話，是大分縣吧。據說是發生在那裡的事，有個人娶了十七歲的美麗妻子。」

「十七啊，真羨慕。」

「會嗎？夫婦倆鶼鰈情深。」

「噯，妻子才十七歲的話，也難怪會鶼鰈情深嘛。」

「你幹麼這麼拘泥十七歲？你就這麼喜歡幼齒嗎？」

「咦？不，就算年紀再大一點……再多個五六歲也……」

「什麼跟什麼啊？然後，丈夫在閨房中對妻子說，如果妳先死了，我這一生絕對不會再續弦。」

「好個甜言蜜語。一般這種話只有結婚前才會說呢。這等於給釣上鉤的魚餵餌嘛。」

「你的譬喻也太莫名其妙了吧？然而妻子卻因為風寒加劇，一下子就死了……我記得是風寒吧？還是不是？」

「風寒之症，終致香消玉殞。」

多多良答道。

「臨終之際遺言曰：如憐妾身，毋需土葬火葬，剖我腹取臟腑，填米粒，上塗漆十四遍，外設持佛堂，置我入內，使持鉦鼓，朝夕來我前，勤念佛。」

「剖腹？真是獵奇呢。持佛堂是什麼東西？」

註：安置早晚祭拜的佛像或祖先牌位等等的建築物或房間。江戶中期以後，演變為一般家庭中的佛間或佛壇。

「收納牌位和佛像的祠堂。」

「鉦鼓是那個鐘嗎？」

「是念佛的時候拿來敲的圓形銅鉦。」

「哦。那麼那個丈夫……真的這麼做了？」

「他照做了。接下來就是怪談了吧。」

「早就是怪談了。女的變幽靈了嗎？」

「沒錯。丈夫獨身了一段時間，但是在朋友強烈勸說下，他續了絃。然而繼室很快就要求離婚。於是丈夫再娶，新的繼室很快地又回娘家了。不管娶了多少個，都無法長久。」

「哦，幽靈出來了是吧？」

鳥口垂著雙手說道，多多良便說：「不是。」

「不是幽靈嗚嗚地出現嗎？」

「不是。中禪寺，那……不是幽靈吧？」

「不是。但以現今流行的愚蠢靈異科學來分類，也算是幽靈的一種吧。不過這個故事中出現的東西，和幽靈完全不同。但是那個男子一開始也以為是死靈或作祟之類，找人來祓除惡靈和祈禱。」

「請人來除魔了啊？」

「是啊。結果有了一點效果。一段時間平安無事，男子便放心地外出夜遊，新的妻子找來女傭女僕，一起談天說地。結果到了四時——大概晚上十點左右吧，外頭傳來敲鉦的聲音。」

「鉦……是讓屍骸拿的那個鉦嗎？」

「就是那個鉦鼓。沒有多久，鐘聲一邊響著，一邊有人打開門進來了。紙門一扇接著一扇打開，鐘聲愈來愈響。聲音終於來到隔壁房間……」

「唔——」

「要唔嘿還太早。聲音愈來愈近，隔著一扇門停住了。然後一道年輕女子的聲音響起，說：『打開這扇門。』每個人都怕得要命，不敢開門。於是女人說：『如果不開門就算了，我今天就這樣回去，但如果把這件事告訴外子，妳們就沒命了。』」
「唔嘿，就這樣回去嘍？為什麼不開門呢？這樣豈不是更恐怖嗎？」
「沒錯，反而更恐怖。然後呢，妻子戰戰兢兢地從門縫裡偷看，結果看到一個年約十七、八歲，全身漆黑的女子，手中拿著鉦鼓……」
「全身漆黑？好、好恐怖唷。」
益田曾經說過，黑漆漆的很可怕。
「詳細過程就先省略，然後妻子覺得害怕，又要求離婚。丈夫覺得奇怪，逼問妻子，結果妻子忍不住說出當天晚上發生的事，但丈夫說八成是狐狸作怪，不當一回事。結果四、五天之後，丈夫晚上出門，於是……」
「又來了？」
「又來了。女子又在紙門另一頭要求開門。然而聽到聲音時，妻子才赫然驚覺除了她以外的人全都睡著了。她正愁不知道該如何是好的時候，門『喀啦啦』地打開了。」
「這次打開啦？」
「打開了。一個頭髮幾乎拖地的漆黑女子走了進來，說道：『妳說出去了！』當場飛撲上來，把妻子的脖子給扭斷了。丈夫回來之後大吃一驚。因為他看到的是一具現代所謂的無頭屍體呢。於是他去到持佛堂，打開門一看，漆黑的漆佛前面，就擺著妻子的頭顱。丈夫一時激怒，大叫：這女人性情怎麼這麼卑劣！把漆佛給拖了出來。」
說到這裡，多多良指著桌上的圖。
「關於這部分的記述是：自佛壇拽下，黑婦暴睜眼，咬夫頸，夫亦殞命矣……所以我想說是不是就是這張圖呢？不對嗎？」
的確，鉦鼓扔在地上，從佛壇裡現身的不是佛像，而是有顏色的屍體，而且眼珠還蹦了出來……
「這個。這雙蹦出來的眼睛，是不是在表現雙眼暴睜的模樣？」
多多良問道，中禪寺抱起雙臂。

「唔……這好像不是在表現睜大眼睛吧。而且並不黑呀，如果是黑色的話，應該會整個塗黑吧？精螻蛄也是塗成黑的。」

「說的也是。」多多良說道，有些消沉。

「會不會是紅漆……？」

說是說了，但鳥口的好主意完全被漠視了。

他自以為是個很棒的想法。

「總覺得沒法子完全吻合呢。」微胖的研究家說。「就是啊。」瘦骨嶙峋的古書商應道。

鳥口呆了一會兒之後問道：「呃，剛才的故事，哪裡不算幽靈呢？死人懷恨——或許恨得沒有道理吧，因為怨恨而出來作祟，不是嗎？這樣不叫幽靈嗎？」

中禪寺臉微微糾結。鳥口心想：如果不是自己，而是小說家關口提出這個問題，會發生什麼事呢？中禪寺肯定會把發問的人當成全世界最愚蠢的傢伙，毫不留情地破口大罵吧。

中禪寺「唔唔」了一聲之後說：

「這個嘛……鳥口，你看看這個。」

他拿出那套《百鬼夜行》的其他卷數。

「這個……這是生靈，旁邊的是死靈，下一個是幽靈。」

「這樣啊。」

「石燕將這三種三態畫成不同的樣子。他會畫成不同的樣子，是有理由的。當然，這類事物無法明確地劃分，基準也會隨著時代改變，因此相當難以斷定。其他的相似詞還有惡靈、怨靈、精靈之類。」

「的確。」

「惡靈是帶來惡禍的靈。怨靈是怨恨的靈。精靈的精，則是精米的精，有去蕪存菁——本質這樣的意義在，換言之，也是靈魂的意思。是精銳之靈、精粹之靈吧。然後，生靈是生人的靈，死靈是死人的靈。」

「這個我懂。」

「嗯。換言之……生靈當中邪惡的也叫做惡靈，同時也有並不是惡靈的死靈。無論是死是活，只要懷有怨念，就叫做怨靈。到了精靈，人格就會減少，比較接近古來的神明概念。像是石精或花精……」

「哦……」

「換句話說，靈這種東西是沒有形體的主體，怨、生或死，是用來說明它的狀態和種類。並不是在說明形狀，所以有些怨靈長相如惡鬼，也有些死靈是看不見的，同時也有一些生靈只會作祟，只有現象。然後，說到幽靈，以字面來看，這是幽微的靈。」

「幽微？淡淡朦朧的嗎？」

「對。它必須幽淡才行。但是怨恨並不是絕對必要的條件。所以雖然可以有說『我恨哪……』的幽靈，但是不一定要這麼說才叫幽靈。照道理說，也有不會怨恨的幽靈才對。」

「原來如此，那麼照這個道理來看，也有活生生的人的幽靈囉？」

「沒有。」中禪寺說道。

「沒有嗎？」

「活著的話，就不會變得幽微。只是少了那麼一點，是不能叫幽靈的。」

「少了那麼一點？」

「這個嘛，說書之類的不是常有『魂魄停駐於此世』的說法嗎？魂魄指的是靈魂，不過魂和魄是不同的。人說三魂七魄，魂有三，魄有七。人死掉以後，三魂消失，在六道輪迴，而七魄則隨著屍骸留在此世。換句話說，屍體裡面是留有靈魂的。」

「那麼幽靈就是那個什麼七魄嘍？」

「不是。離開身體以後，卻無法進入輪迴，四處迷惘，才會出來作怪吧？那麼幽靈應該是三魂才對。換句話說，十裡面少了七之多。」

「哦……」

「然而《諸國百物語》中的塗漆女子，屍體**本身**會活動。她被施加了防腐措施，所以七魄也沒有離開。留在這個世上的七魄成了鬼神，移動屍骸。她有實體，所以一點都不幽。」

「還把別人的脖子咬斷了呢。」

「連牙齒都有呢。如果屍體本身沒有活動，而是生前的女子形姿朦朧地出現作祟，稱之為幽靈也無妨。唔，當然現在這種情況也有變成幽靈的可能性，但是出現的模樣是塗成黑色的，顯然是死後的形姿，而且看得一清二楚。」

「哦哦，那比較像那個嗎？那是……海地嗎？巫毒的活死人？那是屍體出來活動對吧？」

鳥口在糟粕雜誌上看過。

「我說啊，那不是屍體活動，而是活人被毒藥控制。藉由神經毒使人暫時陷入假死狀態，從假死狀態醒來時，記憶和感情等**所有的自由意志都被奪走了**，等於成了使魔。活死人的稱呼，是形同奴隸的意思。」

「毒藥能把人變成那樣嗎？」鳥口問。連鳥口都不知道有那麼方便的毒藥。但是中禪寺卻滿不在乎地說：

「就是因為能才珍奇不是嗎？」看樣子似乎是真有其事。

「可是鳥口，這個故事和活死人不同。因為人真的死了。反倒比較接近中國的……」

「僵屍，對吧？」

多多良接口說。

「薑、薑絲？」

「正確的中國發音是jiang-shih。直譯的話，意思是路死的屍體吧。這個嘛……對，是**屍體本身**妖怪化。沒有受到安葬的屍體，倏地爬起來，因為死後僵硬，軀體硬邦邦地像這樣蹦蹦跳跳地襲擊活人，會咬人，很恐怖的。可是這個僵屍呢，不僅沒有生前個人的經驗記憶，和為人也毫無關係。或者說，除了形體以外，已經不是人類了。所以和這個故事還是不一樣……」

「屍體本身妖怪化啊……」

中禪寺似乎有些讚嘆，口裡直呼「形容得真巧妙」。

「這麼說的話，僵屍的位置比較接近付喪神嘍？」

「算接近嗎？」多多良露出難以言喻的表情。「把屍體……當成物體來看嗎？」

多多良挺直腰桿子，縮起脖子，手臂在胸前交抱，說著：「唔唔，付喪神啊……」低吟了起來。

「但付喪神仍然是器物吧？中禪寺。屍體不可能保持百年之久啊。那依然得是木乃伊之類的才成啊。」

「說的也是。」中禪寺說。

多多良再一次低吟。

「可是……可是，屍體這個看法或許不錯唷，中禪寺。我和鳥口先生聊著，想到了一件事有時候忌諱直接說死的時候，不是會以『目出』(註一)來諱稱嗎？還有死掉這件事也直接稱做『眼落』不是嗎？眼珠的珠，和靈魂的魂被視為相同(註二)。」

「換句話說，這個眼珠掉出來的畫，代表了靈魂正在脫離嗎？原來如此。它在表示『我不是幽靈，我只是個屍體』啊。」

「而且是四十九天以內的。」

「原來如此。所以也沒有成佛，待在佛壇裡……出殯的時候，塗封收納屍體的棺木的禁咒之術就稱為塗殯呢。」

「有塗封的咒法啊？」

「有的。塗封是咒法的一種。這個思考方向相當不錯。可是……多多良，如此一來，塗佛就不是妖怪了呢。」

「是啊。」多多良笑道。

「其實呢，多多良，我也查了不少資料……但收穫不多。喏，江戶末期到明治時期，不是製作了許多妖怪歌留多嗎？它反映了不少沒有留存在文獻中的都市俗說。像是喀噠喀噠橋的撞木娘等等。我弄來了好幾種妖怪歌留多。」

「怎麼樣？」多多良的表情突然開朗起來。

「符合的……只有一種。那須野原的黑佛。」

註一：有吉利之意。

註二：「珠」與「魂」在日文中發音同為「tama」。

「黑佛？是怎樣的圖？」

多多良探出身子。他小小的眼睛閃閃發光。

「野原上有個漆黑的佛像，眼珠像這樣……」

「蹦……蹦出來嗎？」

中禪寺抿起嘴唇，頭傾斜了十度左右。

「眼珠的確是大得出奇……但那與其說是蹦出來，更接近瞪大眼睛呢。而且是那須野原啊。」

「啊……殺生石（註一）嗎？」

「對。你記得《玉藻譚》嗎？」

「岡田玉山（註二）寫的？」

「對。上面的《殺生石之怪》的畫也是一樣。所以那是妖怪地藏系吧。」

「哦……那就不是了。可是妖怪地藏為什麼每一個眼睛都那麼大呢？這也是個問題呢……」

完全不懂他們在講什麼。鳥口只聽過殺生石這個名稱而已。

鳥口打從心底目瞪口呆，感嘆似地說：「兩位都由衷喜愛妖怪呢。」

「鳥口，妖怪這玩意啊，要是小看可是會遭殃的。」

「會遭殃嗎？」

「是啊。對不對？」中禪寺向多多良徵求同意。

「哦……。可是師傅，小看妖怪是什麼意思？又沒有真的妖怪。難道我說『我一點都不怕妖怪』，就會有妖怪像這樣伸出舌頭……」

鳥口吐出舌頭。

「噯，就是這麼回事。就連你們當成吉祥物看待的妖怪，追本溯源，來頭也是十分驚人的。看著有河童登場的漫畫嘲笑，就像拿著樹齡千年的大樹削成的牙籤剔牙一樣。不過既然都變成了牙籤，不管原料是什麼，用途也只剩下那麼幾樣，要人們區別也不可能吧，所以不管是拿去剔牙還是刺魚板，都不是什麼壞事啦。」

「呃，是這樣嗎？」

「是啊。」中禪寺說。

兩人交談的時候，多多良一直抱著雙臂，不久後他呢喃：

「器物系這條線索還是難以割捨呢，塗佛。中禪寺，你怎麼想？」

「唔，可是沒有出典哪。所謂土佐派的《百鬼夜行繪卷》裡並沒有畫下這種形態的妖怪吧？」

「付喪神的起源不一定只限於那個繪卷吧？就算沒有繪卷，只要有傳說的話……」

「也沒有傳說啊。或者可能傳說是按照繪卷編出來的。」

「你是說不是記錄傳說中的怪異，而是從畫好的畫上編出怪異傳說嗎？這不是不可能，可是……唔，那豈不是本末倒置了哪。」

「對，是本末倒置。可是我認為笊籬或草鞋化成妖怪這樣的怪異，是中世以後——不，是非常接近近世的事。」

「咦？」

多多良露出狐疑的表情接著開口。

「唔，付喪神是在室町時期完成做為妖怪的形態，這我也明白。因為當時是工匠——技術工作者的社會地位逐漸提升的時期，也恰好是社會生產力提高的時候。使用道具或捨棄道具的行為變得普遍，舊貨妖怪也才擁有說服力。以這個意義來說應該沒錯，但物化為怪——物精現身的故事，古今東西俯拾皆是，**付喪神**這樣的稱呼，也是從更早以前就有了吧？」

「是這樣沒錯，但付喪神原本應該不是指稱器物妖怪的稱呼。因為付喪神這三個漢字顯然是表音的字。

註一：栃木縣那須溫泉附近的一塊熔岩。據傳鳥羽天皇的寵妃玉藻前是九尾妖狐化身而成，她現出原形，遭到數萬軍勢殺害，化成石頭，即殺生石。

註二：江戶時代的讀本作家，《玉藻譚》的作者。

付喪（tsukumo）原本是九十九（tsukumo），而神（kami）與其說是神，指的更應該是頭髮的髮（kami）才對吧？」

「百年不足一年九十九髮……嗎？是《伊勢物語》（註）中的和歌。」

「什麼是tsukumo？」

鳥口插話問道。

「Tsukumo寫做九十九。」中禪寺冷冷地答道。

「哦？所以才說百不足一嗎？」

「對，九十九和九十九里一樣，是指很大的數目……在這種情況下，單純地只是非常古老的意思。而且如果原本指的是頭髮的髮，很有可能是指老人——而且是老女人的詞彙。」

「確實如此。《伊勢物語》的注釋書《冷泉家流伊勢抄》裡，不僅說付喪神是夜行神，還說年老的貍、狐之類是付喪神。若只說古老的事物會化成妖怪，確實並不限於器物哪。不過……我的專門是中國，只有這樣的紀錄，還是無法令我信服。因為中國《搜神記》裡記載了許多器物精，而許多志怪小說當中，也有多不勝數的非生物妖怪，大陸自古就有器物的妖怪，這些不可能沒有傳入我國啊。」

鳥口啞然無言。

其他的話題姑且不論，但這是鳥口初次見識有人能夠在中禪寺最拿手的妖怪話題上，如此能言善道地反駁這個辯論家。

多多良接著說了：

「例如《今昔物語集》卷二十七本朝附靈鬼篇裡，有物怪化成油瓶害死人的故事，還有銅精化為人形出現的故事。器物之精作怪的故事，在《百鬼夜行繪卷》出現以前也非常多。對吧？」

中禪寺從懷裡抽出手來搔了搔下巴，接著說：

「那是**物精**吧？不是**器物本身**。」

「什麼意思？」多多良問。

「例如說……對，就像剛才說的，精是去蕪存菁，是本質的部分。以概念來說……是抽象的。」

「抽象……？」

「對……。什麼是精？從事物或表象捨去固體偶然具備的屬性後，它的本質屬性稱之為精，不是嗎？例如說花精，它是被賦予人格的花這個普遍的概念，這麼想大致上不會錯。但是這種情況，花不是以個體，而是以種類來理解。」

「好難唷。」鳥口說。

「不，很簡單。像山茶花精，是山茶花這種種類的精，是本質，而不是**特定某朵山茶花化成的**精。精是原本就具備的種類的本質。所以偶然歷經歲月，顯露出本質的話，就成了古山茶花精，但是就算不古老，也是有精的，有時候也會顯現。」

「意思是也有年輕山茶花的精嗎？」

「沒有聽說過，但是有可能。」

「經您這麼一說，花精大部分都是年輕女子呢。」

鳥口當然不是很懂，只是有這種印象。

「說起來，老花基本上不可能存在。花很快就會枯萎了，花的本質總是年輕的。倒是追求樹木的本質時，大部分都會是老人之姿。」

「哦，有這種感覺呢。櫻花感覺就是櫻花小姐，但松樹感覺就是松樹婆婆。」

「至於梅花就有點微妙了呢。」多多良說。中禪寺露出苦笑。

「有吧，有這種印象吧。所以說到某某精的時候，某某的地方不會是個體名。個別的屬性落脫，涵蓋了更廣大的範圍。或曰木精、或曰草精、或曰動物精，什麼精都有，但是到了河精山精，就已經太過於模糊，與神是同義了。」

中禪寺轉過頭去，多多良想了一下，說：

註：平安時代的歌物語，敘述疑似在原業平的風流貴族男子的一生。

「是啊，確實與神接近。但是中禪寺，在大陸，無生物的靈作怪的時候，稱為精怪，而鬼——這裡指的是人的靈魂——鬼和神仙有著明確的區別。在我國，像是剛才提到的《今昔物語集》裡面可以看得出來，精指的顯然是非生物物體的靈。像我們絕對不會說充滿怨念的**人精**。」

「那是因為人精這種東西**不可能**存在。以我剛才說的區分來想，去掉人身上的個別要素，普遍的人類概念應該就是人精，但是這種概念不可能抽出，而且也沒有意義。這要是禽獸，可以用種來予以概括，不是就有狼精、兔精嗎？」

「有呢。」

「但是人之所以是人，就是因為我們擁有應該要被捨去的個別要素。怨恨、悲傷，是個人的感情，而這類感情不可能成為代表種的普遍要素。所以**沒有**人精這種東西。有個體的主張時，就成為靈。即使是動物，尊重個體的時候也不叫精，而說是靈，對吧？有貍靈、狐靈，而這時就會專有名詞化，例如叫做團三郎貍（註一）或是御虎狐（註二）。」

「原來如此……聽起來很合情合理。是啊，就像你說的，至少在我國，精怪並不等同於器物之怪呢。」

「嗯……就像先前說的，語言是多義的，會隨著時代變化，沒辦法像數學公式一樣正確精簡。不過即使在我國，精或精靈這樣的稱呼，用法也和其他的靈不同，這一點是事實吧。」

「這……我了解了。但是中禪寺，從你剛才所說的脈絡來看，我覺得你的意思是，付喪神並**不是**器物的**精**？」

「你說的沒錯。」中禪寺說。

「哦？請務必告訴我其中的理由。精怪並非只限於器物的怪，這一點我是明白了。但是即使如此，我覺得將器物之精視為付喪神，並沒有什麼扞格之處。如果有除此之外的看法，請務必告訴我。」

多多良搔搔額頭。中禪寺則搔搔下巴。

「就像你所指出的，器物之精非常多。枕精、筆精、棋盤精、硯精等等，而且自古以來就有，多不勝數。但是例如說，硯精的外表並**不像硯**吧？」

「嗯，不像。」

「精——不管是器物的精或動植物的精，大部分都以人形現身。例如說……對，池主（註三）現身於人前時，也都以人的形姿出現，直到被殺以後，才會變回鯽魚或嘉魚，現出真面目。器物也是，被消滅以後棋盤裂開，眾人才知道那是棋盤精，是這樣的構造。剛才舉例的《今昔》，裡面的〈東三条銅精成人形被掘出語〉不是這麼寫嗎：此後，人皆知物精亦如此**化人形現身**……」

中禪寺突然念起古文，讓鳥口愣住了。

多多良皺起短小的眉毛回道：

「上面也寫道：此等物怪，**化形種種事物現身**，是吧？」

回答也是古文。

「你說的是〈鬼現油瓶形殺人語〉吧？不過那句話的意思是說，物怪會以各種器物的形姿現身吧？和**物化成妖怪**不同。」

「嗯？」

多多良把頭傾向另一側。

「相反嗎？」

「相反。不是器物化成妖怪，而是莫名其妙的東西化成器物。有物怪這樣一個詞彙出現，讓人覺得好像是在指器物的妖怪，但是不是的。說起來，物怪這個詞的解釋形形色色，要怎麼看都行，所以容易混亂，而且若是解釋為物品怪異之情狀，感覺就像是在指付喪神。不過在室町時代以前，說到物怪，指的都是怨靈帶來的災禍。」

「啊……物怪這個字彙開始被用來指稱器物之怪，是在中世以後呢。」

「是啊。這是怪異的解體與再構築的結果。」

註一：團三郎貍是新潟佐渡傳說中的妖怪貍，是佐渡貍的總大將，雖然會惡作劇，但也會幫助人類，有著許多傳說。
註二：御虎狐（オトラ狐）是一種會附身人類的狐妖，有許多傳說。
註三：一般指棲息於池中、有靈力的古老動物，為該池子的主人。

「解體與再構築？」

「是的。只能夠默默承受人智不可企及的自然現象——包括天變地異的自然之理時，怪異不可能是怪異。如果只能夠垂著頭畏懼崇敬，那會成為信仰；但縱然那是一種威脅，也不是怪異。試圖人為操縱這些人智不可企及的事物——重新構築世界之後，才會誕生出御靈信仰這樣的東西。」

「你是說，怨靈……是認識世界的方法？」

「會發生旱災，是因為某某作祟，之所以降雨，是因為某某聖人的法力所致——這種理解方式，完全是對原本**只是單純存在**的世界賦予意義，為它的存在附加理由的行為。」

「哦……原來是這個意思啊。」

「例如說……打雷很恐怖，因為天會轟隆轟隆響個不停，還有閃電劈過，非常駭人，大樹還會被擊倒，引發火災，再恐怖也不過了。而且也會帶來無法抗拒的災害。雷在古時候稱為神鳴。不過只說是神，太過於模糊，還是令人不安。於是人便賦予自然現象一個人格——雷神，向祂祈禱。但是人畢竟無法忖度神明的意志，於是再為打雷的現象附加一個更容易理解的理由，例如這是菅原道真在發怒……」

「咦？那麼因為害怕怨靈而加以祭祀，來安撫怨靈的怒意，是……」

「其實是一種**本末倒置的想法**。」

中禪寺說。

「怨靈之所以可怕，是因為怨靈會造成危害吧？如果不會造成危害，就不可怕了。所謂危害，是包括天變地異在內的各種災厄。人所害怕的是禍害，而怨靈只是追溯禍害的原因，事後附加上去的理由罷了。」

多多良「唔唔」地呻吟。

「先有……禍害嗎？」

「是啊，多多良。雨會下的時候就是會下。不管人們怨恨還是哭泣，天也不會因此下雨。無論信仰上說法如何，也沒有人的意志使天下雨的道理。先是下雨，眾人感到困擾，但因為不明白理由，無法阻止雨下，於是安上一個人人都能夠了解的理由，再依據這個理由努力除去原因——進行祭祀。不久後，雨停了——這和驅魔的機制是相同的。」

「雨、雨會停嗎？」

鳥口問道。聽著中禪寺的話，他漸漸覺得雨真的會停。中禪寺答道：「如果雨不停，就是作祟太強，再繼續祈禱。」

多多良似乎了解了。

「原來如此。有人發瘋，不明白為什麼，於是咒術者安上一個理由，然後除去它的原因——這是驅魔的形式呢。」

「對……更進一步說，這場禍害是因為那個人的怨念造成的——這種本末倒置的想法變成眾人的共同認識，在這樣的過程中，隱藏著人的意志甚至能夠支配自然的狂妄想法。敬畏御靈的心情，其實是想要支配自然的心情的另一面。」

「原來如此。可是中禪寺，你所說的妖怪的解體與再構築，我還不是很懂。」

「不太容易懂吧。」中禪寺說。「所以說……就是本末倒置的逆轉發生之處……」

「逆轉發生之處？」

「對……。古人將人由於天變地異而死亡的構圖，逆轉為因為人的緣故而發生了天變地異這樣的構圖。這是最早的大逆轉。接著，又再一次發生了逆轉……」

「逆轉不只有一次？」

多多良睜圓了小眼睛。

「簡直就像偵探小說呢。」鳥口說。

「是啊。」中禪寺難得同意。「在人無法與自然相抗衡的時代，這樣就可以了吧。御靈信仰應該是非常有用的。但是隨著時代變遷，人類真的能夠**操縱自然**了。」

「哦……」

「灌溉土木、產鐵精煉、養蠶紡織——技術的提昇，真的開始凌駕自然了。對於沒有技術的人來說，技術應該就與上天自然的威脅一樣，是莫大的威脅。為了理解這種神祕不可思議的技術，人們再次導入了相同的機制。」

「在技術中尋求神性？」

「神性……，或者說是……蔑視……」中禪寺簡短地說。「例如陰陽師的崛起和衰微，就很清楚地表現了這個過程。」

陰陽師——鳥口並不清楚陰陽師是什麼樣的人。但是知道中禪寺第三張面孔的人，都稱他為陰陽師。昭和的陰陽師開口了：

「陰陽師……以前被稱為陰陽博士、天文博士，是當時最尖端的科學技術者。有一段時期，在宮中也極具權勢。這些都是因為陰陽師搭上了最早的逆轉的潮流。陰陽師統率技術者集團，利用舶來的最新知識解讀世界，做為世界的操縱者，受到尊敬與重用。但是……陰陽道後來受到禁止，陰陽師步上凋零一途。」

「祓除惡鬼的陰陽師……成了惡鬼。」

「沒錯。當中的理由有幾個……」

中禪寺說到這裡，沉默思考了一會兒。

「首先是剛才多多良舉例的《今昔物語集》中的一節——物怪以器物之形現身的故事。就端看……如何解讀它。」

「就像你剛才說的吧？不是器物化成妖怪，而是鬼神之類的東西化成器物……」

「換句話說，這代表不可知的力量就是道具——技術，對吧？」

「這怎麼了嗎？」

「所以說……」中禪寺說道。「想要掌控自然的願望翻轉過來，成了御靈信仰，另一方面，掌控自然的技術也同樣地不斷開發——換言之，怨靈與技術是對付自然的兩個輪子。然而隨著技術的進步和普及，御靈信仰漸漸地失去了效力，對於自然的畏懼心理就這樣轉移到原本應該是為了統治自然而開發的技術身上。然後……」

「然後……？」

「就像自然現象的空中放電被視為雷神一般……技術也被賦予了人格。」

多多良用力一拍膝蓋。

「啊，那就是……器物之精嗎？」
「是的。我認為那就是器物之精。」
「這個嘛，很容易懂。可是、不過、那樣的話……中禪寺，先等一下唷。呃……那樣的話，付喪神呢？付喪神跟這個不一樣嗎……？」
不一樣嗎？——多多良再一次發出疑問，以抽搐般的動作又彎起脖子。中禪寺答道：
「我覺得不同……或者說，必須視為不同，道理才說得通。」
「道理？可是如果說對於技術的畏懼、想要控制技術的心理賦予了技術這個概念人格，應該也能應用在道具的付喪神上啊。」
「不……雖然不是毫無關係，但我覺得還是不同。」中禪寺說。
「怎麼個不同法？」
「這個嘛……這類器物的精，是器物的本質，是最初就具備的事物，對吧？」
「是……啊。」
「掃帚被製成掃帚的瞬間——從竹子變成掃帚的瞬間，就**具備**帚精這個普遍的概念了。但是付喪神是**道具本身**經年累月變化而成。帚精的話，每一個掃帚的個體屬性在某種程度上會被捨棄掉。但是如果是掃帚的付喪神，就可以特定說是**這把**舊掃帚變化而成的。換言之……如果以剛才的幽靈的例子來比喻，器物之精就是三魂，而付喪神是七魄——我是這麼認為的。」
「物品的概念與物品本身。」
「是的。」中禪寺點點頭。「……是靈與物。」
「那麼，經年累月……這部分是重點嘍？」
「是啊。剛才多多良舉的中國《搜神記》非常古老，不過從中可讀到物品經過長久的時間會化為怪異這種想法的萌芽。但《搜神記》只是說明時間的經過會為萬物帶來同樣的變化罷了，這很理所當然。《搜神記》的說明與其說是著重在時間經過，更偏向於**氣一亂，就會產生怪異**。」
多多良點頭如搗蒜。

「啊啊，是啊。上面說，得天之氣，則化有形體，有其形即有其性，性質會隨著時間的變化而改變……」

「對。春分之日，鷹變為鳩，秋分之日，鳩變為鷹，時之化也……」

「苟錯其方，則為妖眚……」

「因其氣之反也。每到節氣——春分或秋分，氣就會紊亂。這後來被視為節分和庚申……」

「氣與氣的境界……百鬼夜行。」

「是的。器物的妖怪為什麼後來會被當成百鬼夜行的代表選手，我想這點是思考妖怪進化史時的重要關鍵……不過這就先暫且擱著吧。」

中禪寺說道。

「總而言之……器物之精與時間無關，原本就棲宿在器物身上，而且是以人形現身。另一方面，付喪神是古舊的道具本身變化而成，**外表完全就是道具本身**。」

「總算連上了呢。」多多良高興地說。

「連、連上了嗎？」

哪裡跟哪裡連上了？原本是在講些什麼？鳥口根本都忘了。

「中禪寺主要在說，接納技術這個新威脅的過程有好幾個階段，付喪神位在最後。對吧？」

「是啊。首先是鬼神化成器物，然後是棲宿於器物的精以人形現身，再來是器物本身變成妖怪——這麼排列起來，就容易懂了吧？」

「伴隨著畏懼的神性漸漸消失，被置於人的控制之下，最後被當成污穢遭到蔑視……原來如此，我了解你剛才說這與陰陽師相同的理由了。還有，付喪神的傳說無法追溯到《百鬼夜行繪卷》之前的理由也大致了解了。因為更早的傳說，都不出器物之精的範疇呢。」

「或許只是我不知道而已。不過看看近代據傳與《百鬼夜行繪卷》差不多時期創作的《付喪神繪卷》，以及御伽草子（註）的《付喪神記》等等，能看出形姿上顯然又歷經過搖擺。」

「哦。那些作品……哪邊比較早？」

「只能說不清楚呢。依我的看法，《付喪神記》比較早吧。」
「是因為像剛才說的，你認為器物本身化成妖怪——妖怪呈現器物外形，比人形更要晚嗎？」
「對。《付喪神記》的妖怪，就像書名所說的，是器物本身化成妖怪，所以是付喪神，但是一妖怪化，又變得不是器物了。」
「你是說外形嗎？」
「是的。一開始完全是老舊的道具，但是會慢慢地變得像野獸或人，逐漸變得不像道具，全都成了器物之精。不過形狀類似的妖怪也在《百鬼夜行繪卷》中登場，兩者之間確實有某些因果關係。一定是哪邊模仿哪邊吧。那麼我認為徹底將器物妖怪化的《百鬼夜行繪卷》製作得比較晚。」
「原來如此。」
「而且如果是受到追求誇張變形極致的《百鬼夜行繪卷》的圖畫所觸發，不可能畫出《付喪神繪卷》那樣平板的畫吧。那頂多只能算是戴個面具罷了。相反的話倒是有可能。」
「哦，你也畫水墨畫嘛。我也會畫畫油畫當做興趣，可以了解你的想法。」
多多良說。鳥口不知道中禪寺還會畫圖。意外地多才多藝的古書商接著說了：「然後，我認為物品化成妖怪——呈現器物外形的異形、付喪神這樣的發想，怎麼樣都是先有視覺上的衝擊。」
「你是說先有畫？」
「沒錯。例如說琵琶，從某些角度來看，琵琶看起來也像是人的臉吧。可是一般人不會因為這樣就幫它添上手腳，這種怪人世上少有。可是……《百鬼夜行繪卷》上**清楚地畫上了手腳**。在這裡，靈機一動不只是靈機一動的瞬間造訪了。類推取代了同一，從此以後，循著相同的法則，各式各樣的器物就容易妖怪化了。」
「相同的法則？」
「首先是比擬。比擬成別的東西，琴可以比擬成四腳獸，寺廟房簾上掛的大鈴鐺被比擬成爬蟲類。還有

註：御伽草子為室町時代至江戶初期流行的通俗短篇小說形式。

意義的翻抄。鳥兜（註一）變成了鳥，負責拉車的是拉——癩蝦蟆（註二），所以是青蛙。然後是過剩的附加，不管什麼東西，只要畫上一張臉，添上手腳，大抵都會變成怪物。這種手法就這樣一直流傳承下去，直到石燕。」

「器物妖怪的文法成立了。」

「沒錯。據傳為土佐光信所畫的《百鬼夜行繪卷》足以激起這樣的想法。當然沒有人知道那是否為光信所作，而且許多類似的仿作中哪個才是最早創作的，目前並無人能夠證實，所以沒辦法說哪一個才是始祖……」

鳥口沒看過中禪寺說的繪卷，也沒看過其他繪卷。

多多良噘起嘴巴。

「你之所以說塗佛不是付喪神……」

他指著桌上的圖。

「……是因為這張圖並未遵循付喪神的法則，對吧？」

「是。這是不同的系統。」

「沒錯。是鄉下繪師或狩野派中少部分流傳的《妖怪圖卷》或《化物遍覽》、《百鬼夜行圖》之流的系統吧。文法不同嗎？」

「對……這些是不遊行的妖怪。」

中禪寺說。

「以這個塗佛為始，塗篦坊、嗚汪、咻嘶卑、哇伊拉、休喀拉、歐托羅悉……這些妖怪是一個個附上名字畫下來的，是特別的妖怪。」

「特別……」

「很特別。我認為他們原本是**遊行的成員**。但是祭典變成了百鬼夜行，他們**扔下了道具**，從隊伍中脫離了。」

「咦？那《付喪神繪卷》裡原本有他們……？」

「沒有吧。但是《付喪神繪卷》中的付喪神，一部分是付喪神，一部分卻不是。我認為畫中的**搖擺**就是起因於此。」

多多良沉思起來。

「這部分我不懂。」多多良說。接著他仰望天花板一會兒，說了：「不過呢，中禪寺，從搖擺的《付喪神繪卷》，到擺脫搖擺的《百鬼夜行繪卷》之間，並無能顯示出過渡時期的作品吧？說妖怪的文法跳躍式地進化，也有點……」

等一下——多多良突然說道。

接著他張開右手伸出。

「請等一下。據傳是光信所畫的《百鬼夜行繪卷》之前，不是也有器物妖怪的圖畫嗎？《土蜘蛛草子》和《融通念佛緣起繪卷》裡，不是已經有怪物是依照你剛才所說的文法所畫出來的嗎？那是南北朝時代（註三）的作品。」

「對，是有。但是光信以前的那些作品，依照我的看法，與其說是器物的妖怪……更接近式神。」

「式神？」

「應該是式神。《不動利益緣起》中所畫的疫神也沿襲了相同的潮流。而且那是晴明祓除的……。多多良，我啊，認為式神與器物之精是一對的。」

「這又是一番奇特的見解了。」

多多良再次露出困惑的表情。

鳥口怎麼樣都趕不上話題。

「師傅，我記得式神不是任人使喚、方便的神明嗎？叫他倒茶就會倒茶，說鼻子癢就會幫忙抓癢。」

註一：舞樂的伶人戴的鳳凰頭形狀的冠帽。

註二：日文中癩蝦蟆（蝦蟇，hiki）與拉車的「拉」（引き，hiki）同音。

註三：一三三六年至一三九二年，這段時期日本分裂為南朝與北朝，彼此對立。

「才不是。」中禪寺有些厭煩地說。「式是遵從一定規範的行為。是結婚式、葬式（註）、方式、公式、構造式的式。賦予這個式人格的時候，稱為式神。」

「聽不懂。」

中禪寺露出更加厭煩的表情。

接著他從懷裡伸出手來。

「聽好了，鳥口，假設這裡有張紙，然後這裡有把剪刀。」

「是的。假設有。」

「你是一個未開化的人，不知道剪刀這種東西。」

「唔嘿，我是未開化的原始人唷？嗳，好吧。」

「然後，你想要將這張紙一分為二。」

「呃……我想把紙弄成兩半。那……哦，我不知道剪刀這種東西呢。要用手撕嗎？」

「是啊。然而我知道剪刀是什麼樣的東西，也知道用途和用法。只要像這樣把拇指和食指、中指伸進環裡，以螺絲為支點，喀喳喀喳地剪下去……這就是咒術。」

「只是剪而已啊。」

「對不知道剪刀的你來說，這是魔法吧？」

「噢噢。」

有可能。

在街頭電視機前聚滿人潮的時代，應該不會有人聽見收音機而感到驚奇了。不過這要是在百年前，收音機也是驚人的魔法。雖然人類的頭腦百年前和現在應該沒有多大的差別，但是技術已經進步到超越人腦的程度了。就算是現代人，即使知道收音機不是魔法，那也只是因為知道裡面有機器，所以不是魔法罷了。但突然叫一個人做出收音機，也不可能辦得到。

「唔……這麼說來，剪刀也是一種機關啊。雖然構造簡單，但也不能小看哪。要是沒有任何預備知識，想要做也做不出來嘛。」

以無法製造這點來看，剪刀和收音機是相同的。

「筆直地剪開紙也是魔法……嗎？」

這麼說來……

以前鳥口曾經聽中禪寺說過，方法公開的技術是科學，沒被公開的則被稱為神祕學……

中禪寺說了：「所以剪刀是一種咒具。然後剪刀的使用方法——作法就是式。剪紙的行為就是**打式**——咒術。這個公式不只是剪刀，可以套用在所有的道具上。道具都是拿來使用的，換言之，一定有使用方法。賦予使用方法人格，就是式神，而賦予道具本身人格，就成了付喪神。雖然相似，但是不同。」

「哦，對於不知道矮桌的人來說，膳食也是一種神祕哪……」

「可是啊，鳥口，」中禪寺看著鳥口說。「無論不知道剪刀的人看起來有多麼不可思議，剪刀也沒有任何違反天然自然之理。剪刀的原理是極其符合道理的。」

「說的也是。原理很單純。」

「儘管如此，即使是剪刀這樣單純的技術，看在不知道的人眼裡就像魔法一般。所以使用道具的人——技術者，亦等於咒術者。」

「技術者下詛咒嗎？」

「會詛咒也會祝福。」古書商說。「因為是人為應用自然，來做到人本來做不到的事。」

「那是……人做不到的事嗎……」

「是人本來做不到的事啊。鳥口，聽好了，技術這個玩意兒被當成是人類所創造的，是人類的偉業。但是呢，這個世上沒有任何一項技術違反天然自然之理。無論什麼工作，都在自然科學保證的範圍內，也沒有任何機械和技術違反物理法則。我們就像被玩弄在釋迦牟尼佛掌心的孫悟空一樣，無法超越自然的框架。所以人才會編出應用自然的式，那就是技術。技術會被當成第二個自然，變成畏懼的對象，也是理所當然的。」

註：即婚禮、葬禮。

「哦……」

「然後呢，多多良……」

中禪寺轉向多多良說。

「打式的時候會使用**蠱物**吧？」

「你是說……式與道具是密不可分的？」

「而道具與動物也密不可分。」

「動物？」

多多良問道，但中禪寺沒有回答。

「總之，我認為《土蜘蛛草子》等出現的怪物，是一種式神。曾經是御用畫師的光信——其實不知道誰才是真正的元祖，不過為了方便起見，就姑且當成是光信吧。光信從這些既有的作品群中學到妖物的文法，這應該是確實的。雖然這只是我的推測，但我認為光信從既有的作品各處學習作法，加以應用，以不同的角度重新解讀了《付喪神繪卷》。」

「以不同的角度重新解讀？」

「對。所以是怪異的解體與再構築。」

中禪寺再次說道。

「唔……」

鳥口低吟。又折回原點了。

解開複雜糾結的條理，追溯下去，最後又回到出發點。為了解開疑問而導出結論，一次又一次地本末倒置和翻轉。不管是上下翻轉還是裡外翻轉，最後還是回到原點。

「怎麼……解體，又構築什麼？」

「將技術、道具與工匠分離，解體無邊無際的怪異，然後把它們重新組合，附加不同的意義。」

「什麼？」

「就像多多良剛才說的，室町時代也是生產力提升的時代。城市裡到處都是道具、技術及工匠。所以付喪神這類東西才會興起，但並不是突然一下子冒出來的。付喪神這種妖怪落地生根，也代表附著在技術——器物等事物上的不可知領域——幻想性和神祕性，被畫下了句點。」

「句點？」多多良發出錯愕的聲音。「不是出發？」

「是句點。多多良，我認為妖怪是**怪異的最終形態**。」

「意思是……？」

「試圖解讀不可知的事物、無法理解的事物、並控制無法控制的事物——這種知識體系的末端，就是妖怪。無法捉摸的不安、畏懼、嫌惡、焦急——在這類莫名所以的情緒上附加道理，予以體系化，不斷地置換壓縮變換，並把它們拖到意義的層級之中——當記號化成功時，我們所知道的所謂妖怪總算完成了。」

「這……」

「當然，這是我的定義。妖怪也被視為民俗學的術語，而且一般來說，應該是更曖昧而且具有泛用性的語彙才對。可是看看最近的傾向，即使在俗世裡，妖怪所指稱的對象也漸漸變得狹隘，今後它的意義也會更趨狹隘吧。所以我特意以限定的用法來使用。若不這麼做，就會有許多疏漏。」

「那麼中禪寺……如果根據你的定義，付喪神雖然是妖怪……但**過去**並不算在狹義的妖怪範疇當中？」

「沒錯……事物的精並非妖怪。精靈與妖怪應該區別開來，式神也一樣。被賦予應有的形體與應有的名稱，被一般人認知為是限定於某種怪異的說明以後，它才能夠被稱為妖怪——我是這麼認為的。叫做某某精這種理所當然的名字，或呈現人形，或以式神這種泛稱被稱呼的時候，都不算是妖怪。妖怪……是更卑俗、更安定的。」

「像河童之類的嗎？」

鳥口只是隨口說說，但中禪寺答道：

「對，你說的沒錯。器物的精和式神，都是為了控制技術這個第二個自然而誕生的怪異形態。它的起源不只到室町，還可以更遙遠地追溯到上古。」

多多良再次拍膝。

「就是你一直放在心上的……技術系渡來人嗎？」

「對。渡來人將許多技術帶入我國，他們的後裔是使役民，是受到歧視的技術者集團。」

「受到歧視？他們被歧視嗎？」

鳥口問道。他不懂為什麼帶來優秀技術的人會遭到歧視。但是中禪寺卻冷冷地說：「我剛才不是解釋過了嗎？技術是第二個自然。自然……會同時帶來禍福。美好的生命恩惠與駭人的殺戮威猛，都是自然的面貌。技術是一種雙面刃。但是它與第一個自然不同，技術原本就是人為的。技術可以學習……也能夠使役。」

「使役……哦，雇用技術者。」

「是使喚。」

中禪寺以令人膽寒的眼神看著鳥口。

「河童——你剛才提到的妖怪，河童擁有數不清的真面目。但是它的母體……仍然是使役民。」

「是嗎？不是青蛙之類的嗎？」

「青蛙也是一部分。關於河童，多多良非常熟悉。要是讓他講述起河童渡來說，可是相當長的唷。」

多多良咳了一下：

「我隨時可以說明。」

「唔嘿，我心領了……可是河童是舶來品嗎？從哪裡來的？」

「大陸。河童渡來傳說流傳在九州熊本的球磨川流域。那裡傳說河童來自於黃河，可是妖怪不可能真的渡海而來，所以這部分不需太過在意。但是在那個地方，小孩子跳進河川時，必須念誦咒文：歐雷歐雷迪來他。」

「什麼？聽起來好像佛朗明哥。」

「嗯，應該不是日本話。也有人用外國話——中國話來解讀這段咒語，對吧？」

中禪寺問多多良。

「嗯，我也試過幾次，但還是不明確。不過前半段歐雷歐雷也可看成是『我等吳人』的意思。說到吳，就是蘇州揚子江。」

「揚子江？」

「那一帶現在仍然有水上居民呢。他們被人以中國水神——河伯這個名字稱呼。河伯是水神，但是水上居民在過去，也是受到歧視的一群。」

受到歧視的水上居民。

「那些人就是河童？」

「不是。雖然也是。不管怎麼樣，中國的水神河伯是河童真面目的一部分。而河伯同時也是受歧視民的稱呼。更進一步說，傳說吳人斷髮文身，長於水練，善於灌概土木工事。是水民。」

「工事……是技術者呢。」

「沒錯，河童是工匠。」中禪寺說。「過去，著名的工匠賦予木偶人形生命，在工程中使喚。完工以後，那些人偶被丟進河裡，成了河童——這種所謂河童起源人形化生說流傳在全國各地。河童也是參與治水、土木、木工的工人。在《塵添壒囊抄》裡查詢木工一項，可以看到完全相同的故事——不過裡面說是女官和木偶人形交媾生子——而他們的子孫被視為紫宸殿（註）的木匠。」

「都是木匠。」

「不僅如此，」中禪寺接著說。「陰陽師安倍晴明經常使役式神，傳說晴明讓式神守候在一条戻橋下。根據一說，這個式神是個人偶，而且還與女官生下孩子。這個孩子被扔進河川裡，成了居住在橋下的河原者——後世受歧視民的祖先。」

「唔嗄，這太慘了。」

「很慘呀。是現今完全無法想像的歧視性傳說。可是呢，這個式神也寫做織神，念做shikijin，有時候就直接寫成職人（shikijin，即工匠）兩個字。」

「又是職人嗎？」

「對。河童——工人——受歧視民——式神——職人，這些辭彙全都指稱同一樣事物——使役民的另一

註：平安京皇宮的正殿。

面。」

「可是……再怎麼說他們都是人吧？把他們當成妖怪太過分了。就連糟粕雜誌也不會寫出這種歧視言論。」

「不是這樣的，鳥口。」中禪寺說道，搔了搔下巴。「他們原本的確是人類……但是呢……假設有人受到歧視，這些人居住在共同體之外，由於是外部的居民，因此也就等於是異人。」

「妖怪。」

「不是妖怪，是異人。自外地來訪，帶來福禍的異人，是神也是鬼。還不是妖怪。」

「以折口老師的方式來說，是『客人』呢。」多多良說。

「嗯，是啊。這些異人隨著社會構造變化，被納入社會體系當中，進入共同體內部。此時，人們等於是接受了**活生生的異人**。聽好了，重點就在這裡。」

「重點是吧。」

「沒錯，重點。人又不是傻瓜，看到眼前活生生的人，會把他當成妖怪嗎？」

「呃，我是不會啦，以前的人會嗎？」

「怎麼可能？人腦的構造幾千年來都沒有變過。過去的人看到人，當然也知道是人。就是因為知道是人，才傷腦筋，不是嗎？」

「我不懂。」

中禪寺揚起單眉。

「過去的人……例如征服者會滿不在乎地蔑視被征服者，把他們當成妖怪看待、稱他們為妖怪，因此產生了奇妙的誤解。人就是人。聽好了，他們還是異人的時候，身上包裹著神祕的面紗，那是畏懼，也是信仰。然而他們卻突然露出了底下的臉孔，引來了眾人困惑。共同體內部一時之間陷入混亂。然後這時候發生了什麼事呢……？」

「啊……」

多多良第三次拍膝。

「……我總算懂了。這就是怪異的解體和再構築。」

「說的沒錯。幻想一度被解體了。人們發現了神祕不可思議的技法只是一種技術，每個人都能夠使用。使用技術的人不是鬼神，什麼都不是，只是人類罷了。於是原本籠罩其上的神祕離開異人，懸在半空中，不久後結實成某些形狀。那就是——妖怪。」

「那麼……怪異的最終形態……」

「是啊。所以工匠就是河童，但是工匠獲得公民權以後，變成工匠本身邂逅了河童。神性從對象分離開來，然後神性與其他各式各樣的要素融合，以人們能夠接受的形態再次構成。所以妖怪發揮的是一種救濟裝置的功能。只是……」

「只是？」

「例如工匠獲得了公民權，但是靠解剖動物屍體或以製革為業的人無法得到公民權，就這樣被編入社會；這種情況，他們是**以人類的身分**受到歧視。由於神性遭到剝奪，反而更慘。雖說四民平等，但舊幕府時代在組織中還準備了一個四民之下這個階層（註一）。雖然身分等同於職業的時代早已結束，然而影響仍在，這不管怎麼想都是不合理的。」

「就是啊。」多多良說。「可是就像中禪寺說的，妖怪與歧視是不可分割的呢。不管是附身妖怪還是其他，最後都會歸結到這裡。」

「妖怪死絕之後，這點反而更形清晰了呢。」中禪寺以有些落寞的口吻說，重新振作似地接著說道。

「不過……除了被編入社會的使役民以外，例如以『桑卡』（註二）等蔑稱被稱呼的山民及一部分的水民，直到明治時期，都還一直是異人。因為他們直到明治以後才受到歧視。但是鳥口……例如說剛才的剪刀。」

「咦？哦，剪刀。」

註一：江戶時代，分為士民工商四個階級，此外另有賤民階級，如穢多、非人。進入明治時代後，明文規定四民平等。

註二：此為音譯。發音為sanka。

「剪刀是很簡單的道具，所以很早就被納入生活當中，不過仔細想想，就知道它並不是簡單的玩意。要造出一把剪刀這種咒具，需要煉鐵為鋼的技術，而加工成鋼，需要精煉與採鐵等技術。」

「說的沒錯。」

「把手部分如果纏上皮革，就需要鞣皮革。百鬼夜行中出現的各種道具，全都是靠木工藝、金屬工藝、以及皮革工藝和紡織製成的。它們背後不只有使用這些道具的技術者，還隱藏著木雕師和產鐵民等身影。再往前推則有著輸入這些技術的、例如秦氏等渡來民的影子……」

「唔唔……」多多良低吟。「百鬼夜行中國也有。《今昔物語集》裡也提到過。可是不管參考哪一個文獻，都與《百鬼夜行繪卷》上的圖像不合。不僅如此，和剛才說的《付喪神繪卷》也不同。沒有任何一個文獻說器物會大遊行。可是……如果這與渡來人有關的話……」

多多良抱住了頭。

中禪寺說：

「用不著煩惱成那樣吧？把木偶人形或式神放水流，是讓人形乘載污穢隨水流去這種陰陽道的祓禊咒術——也就是後來的女兒節娃娃，而這是……」

「祓疫神——御靈會（註一）嗎？」

「對，像祇園……」

「牛頭天王（註二）。」

「奧州流傳著牛頭天王是河童父親的傳說。」

「唔唔……祇園祭……祓除疫鬼的隊伍嗎？」

「不管怎麼樣，都是渡來神吧？說到渡來神，像是新羅明神、赤山明神，還有……」

「哦，摩多羅神吧。這麼說來，我記得摩多羅神這個神明，被當成與牛頭天王——須佐之男命（註三）同體呢。」

「對。摩多羅神是天台宗的異端——玄旨壇與歸命壇的祕密本尊，有一段時期被當成後戶（註四）的護法神，是全國常行三昧堂的祕佛，是非常神祕的渡來神。不是有祂的祭典嗎？像是……京都的奇祭，秦氏根據地太秦廣隆寺的牛祭。」

「對對對，那個祭典非常奇怪呢。舞蹈很怪，祭文更奇怪，應該也沒有傳下是誰制定的，呃……木槌頭上戴木冠……」

「無異於百鬼夜行——他們自己說這祭典就像百鬼夜行。順道一提，多多良，你曾經認定庚申講的本尊青面金剛就是哪吒太子吧？」

「論據多不勝數。不過不只是這樣而已。庚申信仰很複雜……啊，摩多羅神也是。」

「對，你以前曾經說過摩多羅神也可能是青面金剛。雖然沒有確證，但我認為應該就是如此。那麼這個休喀拉……」

中禪寺翻著桌上的書。

「……就與摩多羅神有關了。」

「會……這樣嗎。對了，說到休喀拉，中禪寺，你曾經說過它與天台的元三大師有關係吧？那或許有道理喔。有個傳說，是良源僧都（註五）的弟子慈忍化身為獨眼獨腳的妖怪，為了教訓怠惰的僧侶，密告他們的罪行。」

「原來如此……密告的妖怪，就等於精螻蛄，對吧？」

「沒錯。據說那叫做一眼一足法師，是比叡山的妖物。可是……對了，我記得摩多羅神也有相同的傳說唷。」

「說的沒錯。」中禪寺擊掌。「不僅如此，這個摩多羅神據說是大黑天與荼吉尼天融合而成的神明。如

註一：起源於平安時代，為鎮壓疫神或死者所進行的祭典。京都的祇園御靈會特別有名。
註二：牛頭天王原為印度祇園精舍的守護神，在京都祇園社以除疫神的身分受到祭祀。
註三：亦寫作素戔嗚尊，是日本神話中伊奘諾命之子，天照大神之弟。
註四：後戶即佛堂背後的入口，一般安置本尊的守護神，或更根源性的神佛。
註五：僧都為僧官階級中的一級，次於僧正。

你所知，大黑天也是青面金剛的候補之一。再加上荼吉尼這個組合……這……」

「哦哦，降伏荼吉尼是大黑天的工作……這個組合，一般是大黑天提著荼吉尼……」

「是啊。那原本應該是性交的姿勢吧。這讓人聯想到西藏密教的歡喜佛，不過摩多羅神是**降伏的一方與被降伏的一方融合在一起**。不僅如此，兩者都是食屍的凶暴神。大黑天是吃夜叉的死神，而荼吉尼是食臟腑的死神。」

「兩者都是恐怖的神呢。傳說荼吉尼在人死半年前就知道，並吃掉那個人的內臟。但是祂會**注入其他的東西**，所以那個人不會馬上死掉。」

「是啊，因為這樣，這個摩多羅神也被傳為奪取生人精氣者——奪精鬼。」

「奪……精鬼？」

「然後……在祭祀摩多羅神的玄旨壇的灌頂中所舞唱的三尊舞樂。摩多羅神敲太鼓，丁令多童子敲小鼓，爾子多童子舞蹈……」

「這我倒是不知道……」

「這時候唱的平時絕不能談論的歌曲中，有悉悉里尼、索索洛尼等意義不明的歌詞。這些歌詞後來變成被當成將玄旨歸命壇貶為邪教的根據，說那是指臀部和女陰——總之被當成了獎勵女色男色的教派。我覺得這完全是冤枉……但問題就在這個悉悉里尼。悉悉。」

「悉悉蟲——休喀拉的別名。」

「對。此外，這個摩多羅神也是疫神。同時祂與山王神道的主神融合，更如剛才多多良說的，與牛頭天王被視為一體。還有剛才的牛祭……」

「廣隆寺的牛祭。」

「對。是太秦的廣隆寺。說到太秦……」

「唔唔……秦氏對吧？」

「對。太秦是與秦氏有關的土地，廣隆寺是與秦氏有關的寺院。多多良，說到秦氏，可以聯想到太多事情呢。」

「八幡大人是嗎？」多多良說。

「對。秦氏與八幡信仰關係匪淺。八幡神也是難以定義的麻煩神明，但有些傳說認為八幡大人是秦國的神——而且是鍛冶之神，或是韓國的太子神。然後說到八幡大人，令人在意的是……」

中禪寺又翻起書頁。

「……歐托羅悉。」

「原來如此……」

多多良也翻頁。

「……接著是……渡來系河童族之長，同樣是渡來神的兵主神眷屬——咻嘶皐嗎？而且也有傳說認為祭祀兵主神的就是秦氏。所以你才會執著於渡來人啊……」

多多良擦汗，深深地吁了一口氣。

中禪寺叼起香菸。

「技術系渡來人原本是異人。對共同體來說，他們或許是不肯恭順的人民，然而他們漸漸地進入共同體之中，陰陽師也一定是他們的後裔。如此一來他們是祓除疫神之人，但不久後被視為污穢本身。《付喪神繪卷》的故事大意是，叛亂的舊道具化為鬼，遊行為害世間，最後受到教化而成佛，我覺得這也是在影射渡來人。」

「可是光這樣還不夠。他們的神祕性隨著生產力的提升與技術普及，被假託於道具上，成了付喪神，是嗎？」

「這樣也還不完全。」中禪寺說。

「還不完全？」

「我推測這兩部《畫圖百鬼夜行下卷》的參考書《化物遍覽》、《妖怪圖卷》中的妖怪，不是以技術面，而是以渡來人——異文化的層面來理解他們，並加以妖怪化。石燕將這兩者統合在一起……不過這一卷的妖怪裡，背後一定隱藏著異國的神祇——非佛教的信仰殘渣。我認為那就是陰陽道——或者說大陸的信仰，說明白一點，就是廣義的道教。」

多多良探出身子。

「中禪寺，那麼塗佛也是嗎？」

中禪寺點點頭。

「多多良，你以前不是借過我一本中國的古文獻，說很有趣？」

「哦……《華陽國志》嗎？」

「對。雖然那是一本荒誕無稽的歷史書，但我前幾天讀它的時候，發現了一件令人在意的事。不是剛才我們提到的河童，而是塗佛這個難解的妖怪，說不定起源於揚子江？」

「哎呀呀……」一逕目瞪口呆的鳥口，聽到此再次發出怪叫聲。「這次規模好大唷。」

於是中禪寺一邊點燃香菸，一邊應道：

「是啊。鳥口，我認為能在揚子江尋找到遠古的文明呢。不過我不是研究者，話可以隨便說說。精銅、養蠶、治水、土木——如果能夠在那裡尋找到這些技術的發祥，那麼我的想像就十分完整了。」

「你的意思是……蜀國嗎？」多多良探出身子。

「對，蜀國。世界四大文明全都起源於大河周邊吧？揚子江並不輸給黃河，應該也有過古文明……這只是我的幻想。但我沒有任何確證，所以一直沒說。我總不可能跑到揚子江去，也無從確認起。」

「那樣的話，師傅！」

鳥口大聲說。他想起了一個瘋狂男子。中禪寺一臉訝異，問他怎麼了。

「哦，有個再適合也不過的人選。我們出版社的社長赤井祿郎有個朋友，日華事變後十幾年間，一直在大陸流浪，現在在做室內裝潢。」

「那個人怎麼了嗎？」

「哦，他是個怪人，叫做光保公平，不久前我認識了他。我記得他說他在揚子江流域住了相當久的一段時間，對於當地祭典之類有著相當詳細的見聞。」

「祭典！」

多多良大聲說。

「他實際見聞到嗎？」

「他曾經住在那裡啊。是個徹頭徹尾的好事家唷。」

「請務必把他介紹給我。」多多良說。「那一帶我還沒有實地調查過呢。」

「這樣啊，那讓我來引介吧。我記得他住在千住。對了對了，昨天妹尾不是去了關口老師家嗎？」

「好像是。」

「那是為了光保先生的委託。聽說……好像要尋找消失的村子什麼的。還有什麼神祕的大屠殺怎樣的……。我在途中，喏，為了敦子小姐和華仙姑的事去了神保町，所以……」

「消失的村子和大屠殺？那是什麼？聽起來好可疑。」

「是很可疑啊。」

鳥口也這麼想。他從來沒聽說過有這樣的事件。

「噯，我是莫名其妙啦……不過是光保先生委託的。啊，也不能說是委託呢，我們是出版社，又不是偵探社，只是希望調查之後能成為報導材料。」

「消失的村子和大屠殺確實很適合糟粕雜誌的胡說八道。唔，這我是懂了，可是怎麼會跑去找關口那傢伙呢？」

「希望關口老師能幫我們寫篇報導。」

「呵！」中禪寺發出瞧不起人的嘲笑聲。「噯，對那傢伙來說算是適材適用吧。他一定會寫出精采的鬼話連篇吧。可是稿子的水準能不能拿去刊載，就很難說囉。」

才沒那種事呢——正當鳥口想要開口時，響起了一陣「砰咚砰咚」的粗魯嘈雜聲。

「怎麼了？真吵。」中禪寺說。

聲音不僅沒有停下來，反而愈來愈響。

一個黑色的東西從簷廊滾了過來。

黑色物體大聲開口：

「對……對不起呃……」

「益田……這不是益田嗎？」

鳥口就要站起來。黑色物體原來是偵探助手益田龍一。但是益田平常總是行動機敏，此時的模樣卻非比尋常。

益田顯得十分慌亂。

益田爬也似地靠近中禪寺，直接將額頭頂在榻榻米上。

「對不起！」

他說。

中禪寺只是俯視著他。

「益田，怎麼了？……發生了什麼事嗎？」

「敦、敦、敦子小姐和華仙姑被、被、被抓走了！」

「什麼？」

鳥口幾乎要跳過多多良似地揪住益田的衣襟。

「喂！那你在幹什麼！榎木津先生呢！」

「就、就在榎木津先生不在的短暫時間裡……榎木津先生現在正在找她們……就這樣……」

「是韓流氣道會嗎！還是……」

「不、不……不是，可是……」

「什麼可是！明明有你跟著……」

「別吵。」中禪寺不為所動，出聲制止。

「什、什麼別吵……」

「益田，榎木津追上去了嗎？」

「嗯、是的。」

「這樣啊。那就別吵了。」

中禪寺再次說道。

4

我……是個廢物。

為什麼？就算你這麼問，廢物就是廢物。

是啊……對，我不管做什麼，都得不到成果。不只得不到成果，還總是適得其反。所謂每況愈下，指的就是我這個樣子。

很好笑嗎？

我不是在開玩笑。啊？希望？

我才沒那種玩意兒。希望。希望啊。這兩個字聽起來真令人陶醉。不過和我無緣。

我是個人渣，是垃圾。垃圾沒有做夢的資格，不是嗎？就是啊，我非常明白。如果一定要說的話……對，只要能夠活得像一般人就好了。我並沒有太大的奢望。

完全沒有。打一開始就沒有。

啊啊，話雖如此，我也曾經誤會過一段時間。我曾經自以為就像一般人一樣——不，自以為強過一般人，實在是太自命不凡了。是我誤會了。誤會。我怎麼會那麼厚臉皮？搞到最後卻淪落到這種地步，實在太可笑了，對吧？很好笑啊。請盡情地笑吧。

現在？你問我現在嗎？

現在根本無所謂了。

不管怎麼樣都無所謂了。我真的這麼覺得。就是因為這麼想，我的人生才會如此無可救藥。咦？我的人生就像趴在地上的苔蘚一樣啊。最適合去喝泥水、吃剩飯了。現在的境遇再適合我也不過了。

咦？哦，我並不是在作踐自己，真的。這不是誰害的，都是我自己搞出來的。我明白，這是我一出生就註定的命運。

是的，我命該如此。所以無所謂了。咦？是啊，那樣也好。

可不可以不要管我了？

什麼？哦，雖然我這副德性……也是讀過書的……最高學府？欸，是啊，我是最高學府畢業的。可是學歷那種東西，根本派不上用場。重要的是人。一個人沒有用，管他學了什麼，也不會有半點屁用。我就是個最好的例子。

　喏，看看我這副廢物模樣。

　審問也問夠了吧？

　如果說我做了什麼，一定就是做了什麼吧。

　我已經無所謂了。

　我並不害怕，這種事我已經習慣了。我也曾經被列為殺人命案的嫌疑犯。不，不是嫌疑犯呢，我不知道那叫什麼啦。反正我被懷疑，也遭到逼問。

　可是也沒有什麼關係啊。

　就算被捕也無所謂。

　只是被關進牢房而已，我知道不會那麼容易被判死刑的。

　別看我這樣，我只有學歷不輸人的。

　既然不會死，那又有什麼關係？就算被關進監獄，也不會遭到拷問嘛。附三餐又有床睡，多享受啊。

　咦？自由？

　別惹我笑了。你說牢裡沒有自由？外頭還不是一樣沒有自由？不管待在哪裡，都像是在牢檻之中啊。一樣什麼都做不到。

　監獄裡早上還會叫你起床，讓你工作。

　不是很好嗎？連外出都不行？外出去哪裡？我又沒有什麼想去的地方。要是一天二十四小時都被綁得緊緊的，動彈不得，那的確是不方便，可是只要能夠吃喝拉撒，人就不會死。

　死？

　我怕死。

　我也看過許多死人。屍體真是慘不忍睹。我忘不了那種死不瞑目的表情。那張臉啊，對……

　咦？

　不，沒什麼。就算我說了你也不會相信吧。無所謂啦。可是我討厭屍體，討厭死了。所以……

我怕死。

噯，我也不是對這種蛆蟲般的人生有所眷戀啦，一點都不快樂，滿是辛酸，又可怕。很可怕啊，怕死人了，所以我才討厭活著。膽戰心驚地活著真的很痛苦。戰戰兢兢地吃飯、戰戰兢兢地拉屎、戰戰兢兢地入睡──人活成這樣還有什麼意思呢？我看你一副叫我乾脆去死的表情呢。嗯。不管是死是活都沒差。

可是死掉……還是很可怕啊。

死掉這回事啊……

你問為什麼？

為什麼呢……

因為我沒死過，所以會怕吧。

你說沒有人死過？啊，確實有道理。你說的沒錯。噯，這也只有實際死過才會知道，所以無所謂啦。可是啊……

不是有另一個世界嗎？有的。當然我沒去過。可是都有死靈這玩意了，當然也有另一個世界。地獄不是很可怕嗎？如果你知道地獄是怎麼回事的話，就告訴我吧。和這個世界的監獄不同，在地獄裡，每天都會受盡折磨嗎？那是真的嗎？會被活生生地剝皮……被丟進鐵鍋裡煮到融化……被放在砧板上切碎，是嗎？那一定很痛吧。

我不要那樣，所以我才怕死啊。

因為我一定會被打進地獄的。

不過……就算活著，也跟下地獄沒什麼兩樣。雖然不會被剝皮啦。所謂活地獄，指的就是這樣。所以要是能進入極樂天堂，我一定會當場去死。

留戀？才沒有呢，完全沒有。

家人？我沒有可稱做家人的家人。老婆──住在一起的女人……有是有啦。傷心？我這種廢物不管是死是活，她都不會傷心吧。

無所謂啦。

我掙的錢實在太少了。我從家裡被踢出來了。大白天地就陰陰沉沉地縮在家裡，她看了一定也很火大吧。我這陣子簡直就像靠女人養的小白臉一樣，也難怪她會厭倦吧。所以現在她一定已經完全放棄我了。我不在的話，她一定舒服多了吧，和我這種腦袋腐爛的傢伙湊在一起，也不會有好事。這才是為了她好。

我對她也沒有留戀。

噯，若說有留戀……那也不是現在的妻子。以前的女人？才不是那種風流韻事。對方連正眼都沒瞧過我一眼呢，很淒慘的。

咦？唔，是迷上了。應該是迷上了吧。

那個女人嗎？死了。去年。

對。死了。她死了。

那是夏天的，一個下著傾盆大雨的日子。

簡直就像天蓋破了個大洞似地，雨水傾注而下。

為什麼問這件事？

你問是不是雜司谷事件？

你……你怎麼會知道這件事？

哦……你是刑警嘛。刑警的話，會知道也是當然的。就算轄區不同，也都知道是嗎？

是啊，我是那個事件的關係人。

沒錯。就像你猜想的。我……是雜司谷連續嬰兒綁架殺人事件的關係人。

看你的表情，一開始你就知道了吧？真壞心，是在揶揄我嗎？請盡情揶揄吧，我無所謂。要笑就笑吧。

那……是個可怕的事件。

老實說，那個事件就是契機。那個事件以後，我的人生……開始走下坡了。

咦？是的。雖然我過去的人生也沒有好過，不過我多少還覺得自己活得正常。真是太不知天高地厚了。

可是那個事件以後……完全是一片慘澹。地獄的深淵，指的就是這種情形吧。

我當然不是兇手。

可是……

沒關係的。

你幹麼問這種事？

嗳，無所謂啦。沒錯，你說的沒錯，都是因為我，那個事件才會變成那樣。全都是我不好，因為我是個人渣嘛。

都是因為和我這種人扯上關係，那一家才會崩潰。沒錯，他們一家毀滅了。

死了好幾個人。

已經夠了吧？

什麼？

我被附身？

你是刑警吧？為什麼說這種話？

咦？不要說了！

叫你不要說了！

對啦，你說的沒錯。

現在也在那裡。

沒錯，是死靈。死靈在監視我，我被許多死去的人給纏上了。那個事件以後，死靈就一直盯著我。你不相信是吧？是真的。很好笑嗎？那就笑吧。在那裡，他們總是在那裡。喏，柱子的後面。

看也沒用的。

他們一下子就躲起來了。

我是被作祟了。所以不管做什麼都不行。囉嗦啦。對啦。我被那個事件中死去的人們給纏住了，我被詛咒了。就像你說的，我渾身上下都被附身了，我怕死了。

洗澡時害怕背後，上廁所就覺得脖子寒冷。因為他們會在那狹窄的廁所裡，像這樣緊緊地貼在背後，從脖子後面看過來。這麼近地，貼著臉頰、後頸。我怕死了。你也被那樣盯盯看，會害怕落單的。所以我才會待在這種地方，所以……

根本無計可施。

驅魔？

嗯，我知道。我認識一個本領高強的祈禱師，或者說驅魔師。為什麼不拜託他？我拜託過啦。我哭著求他說：我好怕，救救我，求你幫我除魔……

可是他不肯理我。

因為我是自做自受，沒辦法。

那個人很可怕的。

什麼？

喂，到底是怎樣？我不是竊盜嫌疑嗎？

不是？

哦？不是我偷竊時被當場逮捕啊。真不該跟來的。

那到底是怎樣？

等一下。

我的嫌疑是什麼？

該不會……又要重提那個案子了吧？不要，我不要。不要這樣，我不是兇手啦。不是的。咦？你說什麼？**藍童子**？那是什麼？小孩？你叫我去見那個孩子？為什麼？為什麼要去見他？這裡到底是哪裡？這裡不是警署嗎？不是。這裡不是偵訊室。你也是……你那身打扮……不像是刑警呢。什麼？你到底在說些什麼？你真的是刑警嗎？

你……是誰？

＊

扭曲的構造物會從脆弱的地方崩解起。

構造物愈牢固，又或者蓋得愈堅固，接合處的負擔就愈沉重。

上野這個城市就是接合處吧。

流浪兒、妓女、外國人——戰敗後，淹沒上野市街的就是這些從社會的框架隙縫流出來的人。

當然，契機是戰爭。

但是以地下道為家的流浪兒當中，有許多其實不是戰爭孤兒，而是離家出走的孩子。他們成群結黨，藉由恐嚇或私售外食券（註一）等，頑強地存活著。不管怎麼取締、無論收容多少人，他們的數目絲毫沒有消滅。

上野的女人——流鶯，當然也是被戰後的制度改革排擠出來的女人，不過上野從戰前就是價格低於行情的妓女群聚之處。與池袋、有樂町等地打扮得花枝招展的流鶯不同，上野的妓女被稱為生活派。事實上，她們不只賣春，有時候也滿不在乎地進行近乎勒索或詐騙的行徑。

以所謂第三國人（註二）這種不當的蔑稱被稱呼的舊殖民地國家的人們，不知為何，戰後也聚集到上野來了。他們要求聯合國民待遇，進行武裝，幾乎是光明正大地在都內各地的黑市販賣違禁品。戰敗後，警察有一陣子不被允許攜槍執勤，除了與當地的黑道聯手以外，沒有方法可以對抗外國人，所以戰後有段時期，上野不斷爆發以血洗血的抗爭。

確實，整個國家貧困無比，人心荒廢。

但是秩序稍微開始恢復之後，大眾便立刻絞盡腦汁，將自己的黑暗面強行封進那類人種、那類花街裡。世人將自己的污穢單方面地推到地下道與天橋下的居民身上，然後錯覺權力者將他們一掃而空後，污穢也會隨之消滅。

猥褻的事物、無秩序的事物、不道德的事物、反社會的事物——他們相信只要捺下這些烙印，加以排除，黑暗就會被驅逐。他們認為黑暗是能夠管理的。

可是這種事並不是細節問題，而是構造問題。

戰後歷經八年，市街也變得整潔多了。詭異的攤販銷聲匿跡，流浪兒和流鶯也不見了。即使如此……

上野的黑暗還是沒有消失。地下道還是老樣子，充塞著盤旋不去的酸腐空氣，沒有去處的人還是老樣子，像地鼠般盤踞在洞穴之中。

黑暗只是表面上被均一化罷了。只是對比消失而已，換個角度來看，那些幽微的黑暗可以說變得更深沉了。

那裡……依然是扭曲的。

六月六日，那名女子跑過那條地下道。

為何奔跑？為何著急？女人肯定也不明瞭。

她的年紀約莫二十五、六歲。不是妓女之流。女子一面奔跑，一面忙碌地東張西望。女子似乎在找什麼——不，找誰。

女子發現流浪漢睡在地上，跑了過去，問了些事。每當她開口詢問，就會遭到出乎意料的對待；她的臉幾乎繃住，甚至淚眼汪汪，甩開對方的手，又找到另一名流浪漢，跑近過去，重複相同的事。

她找了十個人、二十個人，似乎仍然一無所獲。不僅一無所獲，女子甚至無法進行正常的對話。有的人拉住她的手意圖姦淫，有的人抓住她的衣服乞討金錢，有的人話也不回，淨是瞪視，有的人甚至連反應都沒有……

離開隧道的時候，淚水滑下女子的臉頰。

女子腳步有些蹣跚，靠在路燈上。

然後她拭去淚水，灰塵在臉頰上畫出黑線，白色的襯衫被泥土和汗水搞得一片污黑。

路燈閃爍著，女子的影子一伸一縮。這是條潮濕、陰暗的巷子。

「請問……」

註一：外食券是日本於二次大戰及戰後，為管制主食而發行給外食者的餐券。

註二：戰後GHQ將朝鮮、台灣等日本舊殖民地稱為「Third Nations」，第三國人就是由此而來的譯名。一開始並非蔑稱，但由於戰後日本人與在日朝鮮人、在日中國人磨擦日增，逐漸地有了侮蔑的含義。

黑暗中突然響起聲音。

女子嚇了一跳，戒備起來。

「小姐……在找人嗎？」

口氣很親暱。一道圓圓的影子浮現出來。

那是個男人，一副小混混模樣，感覺相當可疑。他身上穿著花俏的夏威夷衫，頭髮理得極短，幾乎只有二公厘長，一張臉曬成褐色，十分平坦，戴著金邊眼鏡。

男子擠出滿臉笑容，女子送上充滿了警戒的眼神。這是當然的，男子不管怎麼看都不像個正派人士。然而男子更加親熱地、厚著臉皮宣稱：「我不是什麼可疑人物唷。」

「我叫司，司喜久男。多指教。」

雖然不知底細，但男子的表情十分和藹。

「哎呀哎呀，這種地方不能待呀，太危險了，太不小心了。」

每當男子——司開口說一句，女子就往後退一步。

「怎麼了？啊。妳、妳、妳在懷疑我嗎？叫妳不要懷疑也不太可能呢。可是我一點都不可疑唷。我這個人只是在這個地方吃得開，行事方便罷了。話說回來……啊啊，好髒哪，那麼髒的衣服怎麼能穿呢？」

怎麼會髒成那樣呢？——司以玩笑般的口吻重複道。

女子更遠遠地避開身子。

「啊啊……我知道了，小姐，妳以為我意圖不軌對吧？唔，雖然也不是完全沒有，不過妳不用擔心，我不缺女人的。今天啊，交易進行得很順利，我心情好得很。我來幫忙妳吧。妳在找人對吧？」

「嗯……呃……」

「就算去問那些人，他們也不可能告訴妳什麼啦。重要的是，有錢能使鬼推磨……不過妳也沒錢吧。哎，沒錢也有沒錢的法子啦。不管什麼樣的地方，都有勢力關係的。怎麼樣？要不要跟我一道來？」

司豎起食指，勾了幾下。他的態度親熱到了極點。

女子非常猶豫。老實說，在這種狀況下，相信這種人才是腦子有問題。但是女子苦惱了好一陣子之後，這麼說了：「您……真的願意幫我嗎？」

司笑開了臉，點點頭。

「當然幫了。我介紹老大給妳。雖然不能保證一定會有收穫……不過妳在找人吧？就算老大幫不上忙，我也認識偵探，可以介紹給妳。他很有本事，不過對金錢方面有點糊里糊塗的，應該不會收妳錢吧。」

「哦……」

「總之，要不要去見見管理這一帶的老大？就在這附近而已。」

司比比下巴，女子點點頭。司說：「在那之前，先來請教芳名。」

「我叫黑川玉枝。」女子答道。

「玉枝小姐啊。還是叫妳黑川小姐比較好？」

「叫我玉枝就行了。」女子說。

「那，玉枝小姐，呃……駱駝老師，你已經聽到啦。」

司回過頭去，朝著背後的草叢出聲。

「嘔嘔」一聲，一道嘔吐般的聲音響起。玉枝吞下尖叫，躲到路燈後面。草叢沙沙作響，分了開來。黑暗中冒出一張鬆垮的臉，細眼睛、長鼻子、頭髮直伸到肩膀處。玉枝終於輕聲尖叫出來。

「妳……在找誰？」

聲音非常渾厚。

「啊……」

「用不著害怕。」渾厚的聲音說。「白天的時候就聽說有個女孩臉色大變地在這裡找人，我正想該怎麼辦才好哪。平常的話，我是不會去管啦，可是最近這一帶很不安寧，要是鬧出事來就麻煩了。碰巧這位喜久哥過來，我就順道拜託他了。要是叫我手下的人出去，妳一定會嚇得逃掉嘛。」

司笑嘻嘻地說：

「嚇到了嗎？背後竟然藏了這樣一個人，妳一定嚇到了吧。這位老師啊，從戰前就一直住在這一帶——

已經三十年左右了吧。叫做駱駝福兄，黑道和妓女都對他另眼相待。他很受流浪漢、扒手之類的尊敬唷。雖然長這樣，他可是個了不起的菁英分子，聽說原本是個畫家，還去過法國留學，但現在……」

「過去的事就甭提啦。」駱駝說。「現在就如你所見，是個自由人——所謂的乞丐哪。不過啊，乞討可不是卑賤的行為。施予和接受以行為來說是等價的。無償給予的行為是高貴的，而無償接受的行為是卑賤的，這是近代的想法。功德這種東西，不是只有施予的一方才有德。我幹這行很久了，但從來不覺得苦，也不覺得卑微下賤。不過倒是有些臭啦。人說乞丐只要幹上三天就會上癮，一點都不錯。」

駱駝粗野地笑了。

司幾乎不改表情地說：「又講那種艱澀的大道理了。」

「哪裡艱澀了？這可是真理哪。聽好了，出家的和尚要托缽，基督也是身無分文才尊貴。不管是佛教還是耶穌教，都異口同聲地說放棄財富才是神聖，不是嗎？多餘的財富是社會之毒啊。吃掉那些財富的我們，是共同體不可或缺的啊。」

「為什麼乞丐不可或缺？」

「真是蠢蛋。聽好了，喜久哥，社會可不是企業，而是一種大家庭。人啊，不會只為了追求利潤和方便而形成集團。我們乞丐之所以結成一家，也不是為了賺錢。如果要賺錢，早就去工作了。這裡頭沒有道理可言。不了解這種事的笨蛋太多，國家可是會滅亡的。因為沒有我們的社會啊，就不是家庭了。沒有籤子，丸子串不起來；斷了尾巴，風箏會掉下來啊。」

「聽不懂啦。」司說。「福兄啊，你叫住這位小姐，不是為了要對她講大道理吧？」

「哦，我差點忘了。」駱駝點了幾下頭。「說來聽聽吧。別看我這樣，我可是個紳士，看到小姐坐困愁城，沒辦法袖手不管哪。對吧？喜久哥？」

駱駝露齒大笑。

「小姐是做啥的？」

「我是護士。」

「護士啊，真辛苦哪。幾歲？」

「二十九。」

「妳在找的是男人嗎？」

玉枝點點頭。

「男人跑掉了？」

「不……呃……」

「是妳老公嗎？還是……心上人？」

玉枝坐立不安，視線游移不定。

「小白臉啊……」駱駝說。

玉枝默默地背過臉去。

「怎麼，原來有小白臉啊？」司噘起嘴巴。

「喂喂喂，喜久哥，你該不會在打什麼歪主意吧？喂，小姐，別看這傢伙這副德性，惹上他可不得了啊。會被賣到緬甸爪哇去的。這傢伙啥都賣哪。」

「福兄，別胡說啦。」司說道。「我可不搞人口買賣。把人家說得那麼難聽。可是玉枝小姐，那種小白臉，妳何必那麼拚命地找呢？小白臉耶？難道那傢伙是潘安再世嗎？還是有錢？」

「有錢就不叫小白臉啦。」駱駝說。「說的也是。」司笑了。

「那，還是那個小白臉很溫柔？」

「他……不溫柔。」

「那是怎樣？難道是……那裡很厲害嗎？」

「他……既粗魯又膽小，不爭氣，從來沒有對我說過半句體貼的話。」

「那妳為什麼還要找他？」

「別囉哩囉嗦的啦。」駱駝一副打哈欠的模樣說。「男女就是這樣啦。會去找他，只是因為本來和他住在一起……對吧？」

玉枝默默地垂下頭。

「喏，看吧。」駱駝說。「就算是一見面就沒好事，徹頭徹尾看不中意，但是一旦不見，心裡還是會空出個洞來。我剛才也說啦，這是沒有道理的。那麼，那男的是做啥的？」

「他就算去工作，也撐不了三天……」

「為什麼妳覺得他會在上野這裡？」

「那個人很怕一個人獨處。所以以前離家出走的時候，也是躲在那邊的地下道……我住的公寓在谷中，聽說他以前住在御徒町，所以……」

「哦，這男的膽子真小哪。叫什麼名字？」

「內藤……內藤赳夫。」

「內藤啊……」駱駝說道，搔了搔被油脂和灰塵壓得扁塌的頭髮。「內藤啊……哦哦？內藤？」

「您知道嗎？」

駱駝垂下浮腫的眼皮陷入沉思。

「噢……」

駱駝又發出嘔吐般的聲音。

「……噢，小姐，那個人……是人口販子仁藏的兒子嗎？」

「人口販子？……他出生沒多久，父母就……」

「雙亡了，對吧？是啊，就是那個內藤。是那個抓到了搖錢樹，囂張地進了醫生學校，在豐島一帶當見習醫師的小鬼頭吧。」

「呃……對。」玉枝說道。

「他的話我知道。」駱駝的聲音渾厚，抬起沉重的眼皮。「這樣啊，小姐是那傢伙的女人啊。噯，那就不必問別人了，我知道他。那傢伙的話，就在那前面的……喏，那座天橋底下，三、四天前就賴在那裡了。」

「這樣嗎……」

玉枝整個人開朗起來。

「上個月底，我們大吵一架……就在我值班那天晚上，他不見了。那麼……」

玉枝轉向駱駝指示的方向。

「可是現在已經不在了。」駱駝說道。

「不在了……？他還到哪裡去了嗎？」

「昨天來了一個說是刑警的男人，把他帶走了。」

「刑警……？」

「不過……那個樣子怎麼看都不像是刑警哪。」駱駝說。

「什麼……意思？」

「那個人穿著和服。說是和服，也不是便裝和服哪。是像這樣，穿著窄窄的輕衫褲裙，打扮就像個俳句師傅。手裡提了一個大大的行李箱，還跑來我這兒問：有沒有這樣一個男人？」

「那樣不像個刑警啊。」司說道。「才沒有刑警會做那種打扮呢。」

「你說的沒錯哪。」駱駝說。「可是卻沒有半個人覺得奇怪。那個時候，我也……不覺得有什麼蹊蹺哪。現在這麼一回想，真的很不對勁哪。那個時候我以為他在跟監，所以喬裝並不覺得有什麼不對勁呢。」

「然後……然後怎麼了？」玉枝問道。

「嗯……偷竊……哦，妳那小白臉啊……這麼說或許有點難聽，不過最近是落魄到了極點哪，不是偷竊就是幹扒手。所以我本來以為他是因為這樣被帶走的。」

「不是嗎？」

「好像不是哪。過了兩小時左右，人很快就回來了。」

「回來了……？」

「回來啦。」駱駝從破破爛爛的外套裡捏出香菸——把撿來的菸屁股拆開重新捲成的菸——叼進嘴裡。

「然後啊，很快地……對……說他要去哪裡。唔唔……啊啊。」

駱駝嘴巴一開，菸掉到地上。

「對對對，那個藍……藍童子……」

「藍童子？藍童子是什麼？」

玉枝問道，司回答她：

「是個神童，可以看透一切。在某個圈子裡——罪犯和警察相關人士之間很有名氣。他是個十三、四歲的美少年，可以識破謊言，看穿心裡所想的事。可是福兄，怎麼會冒出藍童子來呢？那個叫內藤的人說謊嗎？」

「不是啦。我又沒這麼說。」

「那是怎樣？」

「我記得……對，說什麼驅魔怎麼樣的。」

「驅魔？」玉枝揚聲問。「這麼說來，他說過這種話……」

「說過什麼？」

「少爺和小姐……」

「什麼？」

「呃，不……他以前工作的醫院的小姐過世了，所以……呃……」

「哦？」駱駝從鼻子裡哼氣。「總之，我是不曉得怎麼了，但內藤很高興。說什麼這下子運勢就會好轉了、等著瞧吧之類的，歡天喜地的。然後他就這麼消失了。就昨天夜裡發生的事。」

「那……他是去了叫藍童子的人那裡？」

「應該吧……」駱駝的回答就像他的臉一樣長。玉枝一瞬間倒吞了一口氣，然後轉向司問道：

「那個……叫藍童子的人在哪裡？」

司晃了晃平坦的臉。

「不知道。沒有人知道他在哪裡。對吧？福兄？」

駱駝點點頭。

「我知道的也只有這樣而已。」

「謝謝兩位。呃……」

玉枝欲言又止，駱駝伸長了人中說：「謝禮就免了。」然後他轉向司接著說：「你幫幫她吧。你不是認識偵探嗎？」

司敷衍地應聲，於是駱駝便說「別管這麼多了，快去吧」，拍了一下他的臀部。

玉枝和司踩出腳步聲，消失在夜晚的街道裡。

駱駝目送兩人離去以後，慢慢地**望向這裡**。然後……應該是對著我說了：

「那邊那位……招牌後面的先生。自稱什麼刑警的先生。我不知道你是何方神聖，不曉得你有什麼企圖，而且那也與我無關……不過咱們乞丐也是很重道義的。我們才不想被利用在你的陰謀上，要是惹來麻煩，我們隨時都會與你為敵。乞丐是很團結的。你給我好好記住了。」

接著駱駝蜷起身子，背過身去。

我……滿心愉悅地離去了。

＊

我背痛得很厲害。

每當早上起床的時候，真是難過得不得了。

胃也從很早以前——年輕的時候就得了病，已經五十年以上了，我吃得非常少，比貓還要少。因為這樣，嫁也嫁不出去，都已經變成這樣一個老太婆了……

可是啊，最近我竟然能吃上滿滿一碗飯，而且這陣子背也不再那麼痛了。

這一切都是託成仙道的福。

宗教？那才不是宗教呢。我家代代信的都是天台宗啊，可是成仙道從來沒叫我不要繼續信仰，父母的牌位也還在佛壇上。

喏，就在這裡。

很好笑吧？佛壇這麼小。我嫁到這個家都已經五十年以上了，現在還是受到這樣的待遇哪。連這個房間也是，小得就像下人的房間，真是羞死人了。

咦？我這麼說過嗎？

外子痴呆嘍，這陣子整個人很不對勁。

嗯，我才不是什麼女傭呢。那全都是那個叫磐田的詐欺師灌輸給他的胡言亂語。喏，就是今早來拜訪的那個老頭子。真氣死人了。我連看都不想看到他，所以才像這樣關在房間裡。

對不起啊，難得你留宿，卻沒辦法好好招待。就是因為這樣的苦衷啊。要是碰上那個磐田，真不曉得會吃上什麼樣的苦頭。

客人也千萬小心啊。

小女說……嗯，小女現在在東京。她叫麻美子。那孩子也很擔心，做了許多調查，聽說那個叫磐田的召集了許多中小企業的社長之流的，灌輸他們一些有的沒的，榨取金錢，是個很惡劣的詐騙師。

呃……叫什麼「指引康莊大道」的。客人知道嗎？雜誌好像偶爾也會報導呢。不過我是不會看啦。什麼叫康莊大道嘛。嗯，客人**上次拜訪之後，他馬上就入會了**。

您上次來訪，是什麼時候去了？

就是第一次來的時候呀。

前年嗎？那就是那之後入會的。

真是被奇怪的東西給騙了。是的。聽說會長磐田和外子是尋常小學校的同窗。我一直勸阻他，可是外子根本不聽我說。

是啊。

外子起初也是半好玩的心態。可是他錯了。那種東西啊，一旦踏進去，就會深陷不可自拔的，沒多久他就認真起來了。

已經沒救了。

再怎麼說，他每個月都支付非常驚人的金額啊。什麼研習啊研修的。噯，就像您看到的，我們住在這麼豪華的屋子裡，過得是不貧困啦，可是錢並不是源源不絕的。手頭會愈來愈緊，不是嗎？結果外子啊，竟然收掉自己擔任股東的公司，嗯，那家公司已經經營了六十年以上了呢。竟然賣了那家公司，還把傭人全部解雇，說要把錢都捐出去。還說韮山的山林也要全部捐出去。

世上有這種事嗎？

的確，光我們夫婦倆生活，是不需要那麼多錢。可是我們還有女兒啊。就算已經是風燭殘年了，不把手中的財產留給唯一一個獨生女，那怎麼行呢？

小女啊，去年死了孩子，還離了婚呢。無依無靠的。真是的，外子真不曉得怎麼了，簡直是瘋了。

要是我嘮叨得嚴厲一些，他就對著我吼叫，要我滾出去。

小女也是，來了好幾次，說服他說那是詐欺，可是也沒有用。

客人也幫我說說他吧。

小女嗎？

今年二十六了。

外子嗎？外子今年七十八。很晚才生的？是啊，真是丟人，是他五十歲以後才生的孩子。我生下小女的時候，也已經過四十了。老蚌生珠哪。嗯。和第一個孩子差了二十好幾呢。

那孩子已經過世了。是二十年前的事了。所以我們格外疼愛女兒呀。

真是沒想到哪……

咦？

她當然是我的孩子啊。是我懷胎十月忍痛生下來的孩子啊。

您在說些什麼？

所以說，外子是被磐田給誆騙，才會說出那種話來。

木村？那是我的舊姓。繁代？繁代是我親戚。她……對，十年左右以前過世了。在哪裡？咦？在哪裡去了呢？她臨終的時候，我也陪著她。啊啊，對了，就在這個家。

她是住在這裡工作的女傭。

一定是的。

應該是的。沒錯。我記不太清楚了。

我也上了年紀哪。

要不要來杯茶？

這茶很香的。

嗯。身體健康起來，連茶的味道都不一樣了。以前我一直以為茶喝起來都一樣呢。

喏，很香吧？

恕我失禮一下，我服個藥。咦？嗯，這是返老還童的藥。哎呀，討厭，不是那種藥啦。嗯，我聽說這對胃病有效，請人分了一些給我。嗯，非常有效，叫做五石護命散。

咦？對，這是成仙道的藥。

嗯，他們不是什麼宗教。

成仙道會傳授健康法，是叫養生嗎？

先是像這樣，呼吸的方法。是不是叫深呼吸？像這樣慢慢地吸氣，再深深地、長長地……對，喏，像這樣，會感覺吸進去的氣充滿全身對吧？然後氣像這樣慢慢地下來，下來，對吧？氣會像這樣聚集在肚子下面……是叫丹田嗎？聚集在這裡，凝固起來……然後再這樣，呼……地吐出來。

感覺很舒爽吧？太難的事我不懂，不過這我就辦得到。

然後就是注意像是吃飯啊、運動等等。

有效嗎？

有效啊。他們說，現在的醫學都錯了。還說只是治好現在罹患的病是不夠的，要治好今後會罹患的病……這樣可說是治嗎？還是讓人不會罹患？預防？對，是預防吧，是啊。聽說有些人天生就是會得病，就是要治好這種身體，讓身體不會患病。

我們不是常說元氣嗎？

元氣，就是氣的根源。元氣分成心氣、肝氣、胃氣等等，嗯，會隨著血液流遍全身。氣會繞行全身，要是氣停滯就不好了。停滯的地方會出毛病。是有穴道的。

雖然我也不是很懂啦。

是的，我變得健康多了。我很感謝成仙道。這樣的話，要活上一百歲也不是問題。哎呀，討厭啦，才沒那回事，不過我覺得變年輕了。

嗯，就是啊。所以我也向外子推薦。可是喏，他已經完全不聽我的話了。看那個磐田把他給騙的……

最近外子還幫忙磐田的事業呢。竟然跑去當詐欺師的爪牙，真是教人啞口無言，竟把結縭五十年以上的我當成女傭……

世上哪有這種荒唐事呢？

什麼？

所以說，外子已經忘了家人了。他忘掉我們結縭多年的事了吧。

那個磐田是不是使了什麼詭異的妖術呢？

嗯，我一直盡心盡力，默默地忍耐。外子是個只顧工作的人啊。我日復一日下廚做飯，守護這個家，簡直就像個傭人。

他從來沒有為我買過半件和服，也不曾帶我出去遊山玩水。

真的把我當成女傭一樣。

可是啊，我們是一家人嘛，一直住在一起。要是真有辦法，希望他趕快恢復以往，趕快和那些惡棍斷絕關係……

對不起啊，抱怨個沒完。

難得客人隔了那麼久來拜訪。

您上次是什麼時候來的了？哦，大前年。大前年。然後……來做什麼？對，您是來調查這個地方的……什麼去了？對了，傳說。鄉土……史家。對了，您是個鄉土史家。

咦？奇妙的傳聞嗎？

這個嘛，這件事我之前說過嗎？咦？沒有嗎？

我沒陪您聊天嗎？哦，我一直待在廚房？哦，從那個時候起，我就被當成女傭對待呢。真是對不起啊。

這個嘛……

是的，那個傳聞雖然有些無聊，不過您願意聽聽嗎？是朋友告訴我的。

是零戰（註一）的幽靈傳說。
這附近不是沒有基地嗎？
嗯，要去到沼津才有基地。
對，所以零戰不可能飛到這裡來。
我是沒有看過啦。咦？不，是即將戰敗的時候。說是有十架零戰飛了過去。
嗯，是啊。那時期不可能有飛機在這種地方。飛機應該都在海上啊。
在這裡的話，不可能獲得補給和維修嘛。
嗯，說那些飛機啊，飛過了韮山上面。
是編隊飛行唷，有十架之多。
我說那會不會是敵軍的轟炸機？看到的人說不是，說機身上有日之丸（註二）。
那些飛機往後山那裡飛去……可是那邊什麼都沒有呀，只有山而已。就算越山，也沒有基地，所以才懷疑是不是幽靈。
我是覺得應該看錯了啦。
但是看到的不只一個人。
對，我從三個人口中聽到這件事。
我相信嗎？當然不信了。哪有什麼飛機幽靈嘛。誰會信呢？
可是駕駛零戰的人全都死了吧？啊，裡面也有活著回來的駕駛員啊？可是……死了很多人吧？那或許也會看到那種幻覺吧，我想。零戰的駕駛都是年輕人吧？他們一定很不甘心吧，開著飛機衝進異國就這樣死掉，不是嗎？他們一定也想回故鄉吧。
看到的人嗎？去年死了兩個，是營養失調。
年紀都很大了。待在後方村子裡的，不是女人小孩就是老年人啊。剩下的一個去了哪裡呢……？
嗯。我不想死。我才不要死。就算活到了這把歲數，還是想活下去。所以我才會加入成仙道。嗯，有祭典呀，很快就會到韮山這裡來了。

方士大人就要來了……

*

庭院是一片郁郁青青的雜草。根據建築物主人的說法，是一年以上疏於整理才變成這樣。從裡面種著蘇鐵來看，這裡原本似乎是個略帶南國風味的洋式庭園，但是種類繁多的植物無窮無盡地茂盛生長，幾乎不留原形，現在它與其說是個庭院，景象更接近南方叢林。

高度約至腰部的叢林當中，站著一個瘦骨嶙峋的老人。老人穿著木綿質內衣，上面覆著一件碎白花紋和服，樣子有些無精打采。他高高的顴骨上浮現老人斑，皮膚乾燥，整個人除了筋疲力竭外，找不到其他的形容了。

他是這個家的主人——加藤只二郎。

從外表無法判斷草叢中的只二郎在生氣還是悲傷。但是如果他的表情種類當中有柔和這種，當時的他確實不是這種表情。

只二郎傾斜重心，往前走去。

他拄著拐杖。左腳似乎無法隨心所欲地行動。只二郎只走了三步就停下來，用拐杖撥開雜草，於是後面冒出了另一個人影。

也是一個老人。

老人個子很小，他穿著尺寸不合的鬆垮西裝，打著一條直條紋細領帶。他的頭部紅禿禿的，除了鬢角以外，全都禿光了。那張臉上刻滿了皺紋，一雙大眼睛夾在三、四層的上下眼皮之中，一片黃濁，給人一種狡

註一：全名為零式艦上戰鬥機，為日本二次大戰時的主力戰鬥機。

註二：即日本國旗上象徵太陽的紅圓。

獪的印象。

這個老人自稱磐田純陽。

這個小個子的老人，主持一個叫做「指引康莊大道修身會」的可疑啟蒙團體，宣稱能夠啟發眾人，喚醒沉眠的自我，使人奮發向上。那雙混濁的眼睛散發出來的狡猾印象，不必說，是他扭曲的人生經驗所造成的。他鑽營法律漏洞，撈取從社會的扭曲之處滴漏出來的甜頭，長久以來就這麼過活。

「看哪……」

只二郎環顧庭院說。

「……雜草的生命力真是非同小可。即使只是微弱地從石板間探出頭來的一根草葉，置之不理的話，一年後也會成長為幾乎衝破石頭的雄壯形姿。人是贏不了天然的。吶，會長……」

只二郎喚道。

「不……還是我可以叫你岩田？」

磐田答道：「現在只有我們兩個，沒關係。」

「這樣啊，那麼岩田……」

只二郎搖晃著身體，又踏出一步。

「你想談你的孫女，是嗎？」

「嗯，是啊。」

「她不是不去了嗎？」

磐田沙沙作響地穿過草叢，來到只二郎旁邊。

「不再去那個……假占卜師那裡了。」

「她說她沒再去了。」只二郎說道，仰望陰天。「一切就像你說的。」

「是嗎。那麼她也不再說些莫名其妙的胡言亂語了嗎？」

「她寫了封信過來，說她錯了。她說她是中了叫什麼華仙姑的女人的妖術，好像也被騙了不少錢。如果沒有你告訴我，真不曉得事情會變成什麼樣子。我得先向你道謝才行。」

只二郎將重心移到拐杖，改變身體方向，朝著磐田行了個禮。
「……謝謝你。」
「加藤，把頭抬起來。我們兩個不需要這樣。」
「不……我現在不是以修身會同志加藤引導員的身分向磐田純陽會長說話。我是以加藤只二郎個人的身分，向尋常小學校的同窗岩田壬兵衛低頭致謝。」
只二郎把頭垂得更低了。
「那麼你更不需要低頭了。」磐田說道，把手放到只二郎肩上。「那麼加藤……已經可以不必再向你孫女進行我們會的啟發活動了吧？」
「啊啊……」只二郎發出呻吟般的聲音。接著他再一次發出喘息聲，費勁地起身。「如果更早點拜託你啟發我的孫女的話……不，如果更早點**相信你**的話……不不不，不管怎麼樣，這或許都是無可避免的。」
只二郎放鬆脖子，搖了幾下頭。
「怎麼了，加藤？」
磐田搖搖晃晃地走到只二郎面前。只二郎垂下嘴角，望著腐朽的晾衣台。那裡已經許久一段時間沒有晾曬東西了。
「我說過……孫女死了孩子的事嗎？」
「我聽說了。是去年春天的事吧？」
「那個時候恰好是你……不，會長遭到暴徒攻擊的危急時候。聽孫女說……嬰兒會死，還有她和丈夫會離婚、失去工作，全都是那個占卜師害的。曾孫……我的曾孫……」
只二郎說到這裡，忍不住哽咽，視線在荒廢的庭院中游移。
「我只抱過那孩子一次而已啊。」
磐田頓時露出不知該如何應對的表情，接著轉向只二郎說：
「就算悔恨，死者也不能復生。」
「我知道。我知道啊，會長……」

只二郎撐住拐杖，背向磐田。

「要積極，要堂堂正正……如此一來，禍害自會遠避……我也是這麼教導會員的。只要前景改變，過去的意義也會隨之改變。如果未來有不幸守候，無論什麼樣的快樂和喜悅，都只是不幸的種子；但是如果未來是幸福的，無論什麼樣的悲傷和痛苦，都會變成幸福的種子。我也是這麼引導著會員。只是……」

「只是什麼？」

「現在，我想稍微沉浸在這樣的情緒裡。」只二郎說道，拖著腳走近簷廊。

磐田望著他削瘦衰老的背影。

「會長……」只二郎背對著磐田說道。「孫女……仍然勸說我退會。」

「她還在說那種話嗎？說什麼我對你施法，改變你的想法什麼的……」

「對。她說是洗腦。」

「這個誤會不是已經洗清了嗎？對你孫女灌輸一些有的沒的想法的，不是占卜師華仙姑處女嗎？」

只二郎慢慢地回過頭來。

「她說……這是兩碼子事。」

「兩碼子事……？」

「華仙姑確實是個惡劣的詐欺師，但孫女說……你也一樣是個詐欺師。」

「什麼？」

磐田小跑步趕上只二郎。

「加藤，你……」

磐田趕上來的時候，只二郎已經走到簷廊邊了。老人辛苦地改變方向，坐了下來。

「無所謂。」

「什麼叫無所謂？哪有什麼無所謂？」

「就算……」

只二郎稍微放大音量說。

「……就算你是個詐欺師也無所謂。」

「連……」

磐田轉過身體，在只二郎旁邊坐下。

「……連你都說我是詐欺師嗎？」

「不是。你應該不是詐欺師吧。我……相信你。」

「那麼加藤……」

「岩田。」

只二郎凹陷眼窩中的圓眼珠盯住一臉狡猾相的老人。磐田則以被皺紋環繞的巨大三白眼回望乾瘦的老人。

只二郎以不帶喜怒哀樂、完全乾涸的表情說：

「岩田──不，會長，你……是個不得了的人。」

平常應該老獪而且大膽的煽動者──指引康莊大道修身會會長的大眼睛隱約閃過慌亂神色。

「加藤……你……」

只二郎再次轉向庭院。

「岩田，我很清楚你。打從年輕的時候，就是個投機分子。常常規摸搞到太大，無法收拾而失敗。村裡的人都說你是個誇大妄想狂。」

「都……」

他應該想說「都過去的事了」。但是磐田吞回了話，在他透露出真意之前，只二郎接下去說了。

「可是……以結果來看，你救了許多人。志向平凡的人是沒辦法救助多少人的。無論你的話是真是假，許多人被你激勵，因而對世界改觀。你救了許多人，所以假設十人裡面有一個你救不到，而當救助的人多達百人千人時，救不到的也會增加到十人百人。所以你會遭人怨恨，也在所難免吧。可是啊，感謝你的人……包括我在內，是多得數不清。所以啊……」

「加藤……」

「抱歉。我一看到你，就會心想自己是不是也能夠做些什麼，所以我相信了你。既然相信了，就不該說這種話吧。不……不能說這種話。」

只二郎告戒自己似地說。

「孫女不明白這些事。依我看，她可能是聽信了怨恨你的人的說詞吧。所以才會諄諄告誡我，說你是詐欺，問我難道要當詐欺師的爪牙嗎？她還說，我的財產全被你騙走了。她覺得那片山裡的土地也是被騙走的。」

「什麼騙走，說的太難聽了。我從以前就要求透過正式的契約買賣啊。」

「當然，是我拒絕的。我想要捐出那片土地。」

「所以叫你別那麼見外……」

「我不能收你的錢。」只二郎說。

「可是……那樣會招來無謂的誤會。我不是看上你的財產。這一點你也明白吧？」

磐田瞪大了眼睛說。

「噯，別急。」

只二郎伸手制止。

「我之所以拒絕買賣，不完全是因為客氣，而且收到錢的話，又會被課稅，還有最重要的是……」

只二郎說到這裡，緘默不語，在意起背後。磐田也偷看背後。

「……米子她啊……」

「你說那個女傭嗎？」

磐田轉過頭來。

「你孫女不知道那個女傭變得不對勁嗎？」

「不知道……或者說，她根本聽不進我的話。她完全認定我被你操縱了……」

只二郎深深地嘆了一口氣。

「……孫女之所以會固執地勸說我退會，當然是因為聽到了修身會的負面傳聞……不過我想一部分也是因為米子吧。孫女非常信賴米子啊。她完全沒想到米子會那麼瘋狂地迷上那種奇怪的宗教。」

「哼……」磐田興致索然地冷哼一聲。要是站在講壇上滔滔雄辯，他看起來也未必不像個大人物，但是像這樣坐在簷廊邊，連一絲威嚴都感覺不到，完全就是副狡猾的色老頭相。

「無聊。」磐田說。「說起來，盯上你的財產的，是那個老太婆——不，是成仙道那些人吧？被洗腦的是那個女傭才對吧？」

「是啊。起初，我就是去找你商量這件事。結果反而讓你遭到懷疑了哪。」

只二郎說道，稍微咳了一下。

「你為什麼不早早把她解雇了？」

「要是把她解雇，孫女不會默不吭聲的。我老伴過世後，孫女就把她當成自己的祖母——不，當成母親一樣。這也是沒辦法的事，我兒子和媳婦都早死，這個家等於是靠我老伴和米子撐起來的。對孫女來說，她完全就等於母親。事實上，她也……真的是鞠躬盡瘁了。」

「好像是吧。」磐田望向天空。「可是……不管那個女傭過去對你多麼地盡心盡力，現在那種樣子，根本莫可奈何。那已經沒救了。完全無法區別現實和虛構。我說過好幾次了，她才是被施了法。最近她不是還開始宣稱她是你的正房嗎？」

「嗯。她甚至還說孫女是她生的……」

只二郎抱住了頭。

「米子是我死去的老伴的遠親，年輕的時候害了病，沒辦法生孩子，所以才被休妻回到了老家，而我雇用了她。當時我家裡人手不足，米子的娘家又窮，沒辦法維持生計。」

「沒想到好心沒好報哪。」

「不，小犬過世的時候，還有媳婦過世的時候，都是因為有米子在，才能撐持過來，我現在還是很感激她。沒想到……都是因為和那種假宗教扯上關係，她整個人變得莫名其妙。米子現在的記憶，有一半是我**過世的老伴的記憶**，她把我死去的老婆的人生當成了自己的人生。最近連媳婦的記憶也混了進去，我……實在不知道該怎麼辦才好了，所以才會去拜託你。然而孫女……孫女卻站在米子那一邊，說瘋的人是我，說我不當地對待米子，還說是你教唆我這麼做的。對不起啊，岩田……」

只二郎再次垂下頭來。

磐田皺起眉頭。

「吶，加藤。」

只二郎低著頭仰望磐田。

「已經夠了吧？那個女傭——米子嬸嗎？把她交給我吧。雖然你不願意，但那些傢伙也太為所欲為了。這個節骨眼，就算是騙她，即使方法稍微粗魯一點也無妨吧？我來抓住她，**重新幫她洗腦**。一星期——不，只要十天，**我就可以讓她恢復成原本的人格**。」

只二郎露出極為複雜的表情。

「會長……可是這實在……」

「幸好『創業家的自我啟發研修』也進行得很順利。已經過了第二週，再一星期就結束了。到時候那棟山中小屋也會空出來，我也比較有時間。由我親自……」

「會長……不，岩田。呃……我不是在批評你的做法，但是**操弄記憶實在是……**」

「反正都已經被操弄過了。我只是讓她恢復原狀而已。」

磐田嚴厲地說。

「加藤，事到如今，你還在猶豫些什麼？你剛才不是說了嗎？就算我是詐欺也無所謂。」

「會長……你在說些什麼……？」

「沒錯，我幹的事有一半是詐欺。」磐田豁出去似地說道，表情也突然變得卑俗。「沒錯，把人從社會隔離開來，不斷地重複相同的事好幾遍，每個人都會變得深信不疑的。只要複誦我會成功我會成功幾百遍，就會自以為成功，但實際上根本沒有什麼改變。只是啊，加藤，認定自己會失敗、自己很沒用地活著，和認定自己絕對會成功地活下去，到底哪邊比較幸福？這種事不必想都知道。不管怎麼想、怎麼做，社會都不會改變。人是無法改變社會的。可是人能用不一樣的角度去看社會。社會這種東西不是外在，而是內在的。不管是過去還是未來，知道的都只有自己而已。」

「你說的沒錯。說的是沒錯，可是……」

「加藤，不要怕，你怎麼能害怕呢？你可是『指引康莊大道修身會』的引導員啊。聽好了，所以我的做法是詐欺，但也不是詐欺。就如你說的，也有許多人因此得救。不，沒有人不會因此得救，會怨恨我的人，全都是些半途而廢的人。只要相信就是了，相信。相信的人就能得救。」

不知不覺間，磐田的表情從卑微的色老頭轉變為煽動者。只二郎疲倦的臉上浮現苦澀的表情。

「加藤啊，如果我想操弄你的記憶、改變你的人格，那簡直易如反掌。可是怎麼樣？你被我操縱了嗎？怎麼樣？加藤？你不是以你的意志主動擔任引導員的嗎？」

「這……沒錯。我……」

「你被我騙了嗎？你被我洗腦、被我操縱了嗎？你之所以想要把山裡的土地捐給我，是因為我指使你這麼做嗎？回答我，加藤！」

「我……我……」

只二郎站了起來。

「……我是出於自己的意志這麼做的。」

「就是吧？」磐田說道。「我叫你把土地賣給我。不管是你要入會還是擔任引導員，我都完全沒有強迫你。我只是告訴你，只要改變看法，世界就可以變得如此不同。你已經改變了。你改變了吧？」

只二郎點點頭。

「對吧？這是洗腦嗎？這算是我做了詐欺行為嗎？不算吧？不算。我對其他人也是一樣。但是成仙道怎麼樣？米子嬸變成什麼樣子了？」

「這……」

「就是吧？所以我才提議讓她恢復原狀，但你一直抗拒，如果你打從一開始就照著我的話做，她的情況就不會變得如此嚴重了。華仙姑的事也是。你不幸地失去了曾孫，但是如果我能夠更早知道這件事，就算手段會有些粗魯，或許也可以從華仙姑手中救回你的曾孫了。要是那樣的話，現在怎麼樣了？你孫女的不幸就會消失。你剛才不也說了嗎？要是早點相信我就好了。是一樣的。」

「沒錯……你說的沒錯。」

只二郎說道。

「是我錯了。就交給你辦吧。」老人說著，挺直蜷起的背，抬起頭來。

四目即將交接，於是……

我關上二樓的窗戶。

＊

混帳東西，讓開！

幹麼？

咦？囉嗦啦。這裡是哪裡啊？

叫韮山的地方嗎？不是？什麼？下田？下田是哪裡啊？嗳，哪裡都好啦。無所謂啦，沒關係啦，哪裡都可以啦。

嘿嘿嘿。

我嗎？

我啊，可是個醫學博士哪。

別瞧不起人哪。我跟你可是天差地遠，完全不同的。少囉嗦，別說了，拿酒來。老子現在想喝酒啦。

今天是個好日子啊。

髒？

哪裡髒了？泥土？身上有點土也很正常吧。我的工作可不同凡響，和你們這種人完全不同。不知道啦。噢，是啦。別囉嗦了，乖乖倒酒就是了。噢。

好喝！

這酒真讚，沁入五臟六腑哪。我已經一年沒喝酒啦。戒酒？無聊。我才不幹那種事呢，混帳東西。我只是因為不想喝，所以才沒喝。咦？那當然是因為想喝啦，所以我才喝嘛。

悶酒？才不是呢。你們這些人水準真夠低的。

你啊，看過人死掉的樣子嗎？

不是啦，我不是說戰爭那些啦。我也上過前線啊。外國人管他死上多少個，我都不覺得傷心啦。日本人也死了？當然也死啦。可是非親非故的，管他死上多少，也跟我沒關係吧？

沒關係的啦。就算覺得可憐，那也只是同情吧？不關己事吧？所以啊，我是說直到剛才都還活著，就像家人一樣的人死在自己眼前的情形。不能接受？那當然不能接受啦。真的無法接受啊。

哼。喏，再多倒點，我想喝個痛快。

閉嘴啦，臭傢伙。

要幹嗎？

我才不怕咧，我天不怕地不怕。

沒有任何東西讓我害怕。

流氓？警察？誰知道啊。怎樣？幹麼啊，喂，你們怕那種東西唷？他們只是手上有槍罷了。我知道了，哈哈，你們怕死對吧？所以才會怕那種東西。那麼膽小，成什麼樣子！就是滿腦子想著會被殺掉、不想死掉，才會連那種小意思也怕得要命。

哈哈哈，真夠膽小的。

你們啊，給我好好聽著。

你們啊，從來沒有碰過真正嚇人的事，所以才會說這種話。這些沒種的，聽好啦，真正恐怖的是啊……算了，你們不會懂的。

囉嗦啦。閉上你的狗嘴，乖乖倒酒。比起死掉，活著更要恐怖多了。你們要明白這種恐怖啊，知不知道？混帳東西。

啊啊，好喝。

太讚了。

要叫警察就去叫啊。
現在的我天不怕地不怕。
嘿嘿嘿。
我啊，贏啦。
贏了誰？誰會告訴你們啊，不能說啦。
所以才高興啊。我總算和糾纏了我一整年的過去訣別啦，我贏啦。這豈不教人高興？
喏，你也喝啊。
這是慶祝啊，慶祝。
啊啊，好喝。這酒太美味了。
這酒多少杯我都喝得下。
幹麼？喂，你這混帳！
哈！
你們啊，看過幽靈嗎？沒有吧。
別在那裡說大話了。我可是喝過墨水的，別瞧不起人哪。你們以為沒有幽靈是吧？開玩笑。所以才會那麼孬種，怕什麼警察。
有的。
是死靈啊。
一點都不奇怪啦。
搞不好你身上也附著死靈咧。
哈！誰知道？或許只是沒發現罷了，小心點哪。咦？沒看過？真敢說，這不是廢話嗎？那些傢伙幾乎都跟在後面，不會出現在前面，看不到的。
他們會從背後像這樣……偷看過來。默默地。
真的很毛。你想像看看嘛。

所以啊，要是被他們纏上就完啦。

可怕嗎？當然可怕了。所以我才告訴你們不是嗎？

真的很可怕，小心點啊。

什麼？怎樣？

該怎麼辦？要我告訴你嗎？

這可不簡單哪。

咦？

我就辦到啦。

辦到啦。所以我才在高興不是嗎？是啊，沒錯，我辦到啦。

我消滅死靈啦。

死靈這種東西啊，千萬不能看到臉，千萬不行哪，混帳東西。

聽好了，那些傢伙啊，要從後面像這樣抓住，像這樣唷，這樣。

辦不到？當然辦不到啊。我不是說了嗎？他們在背後啊。

是有訣竅的。

有人教我怎麼做。

誰？不能說啦。

死靈有個村子哪。在山裡面，首先要去到那裡。

有啦。那個村子只住著死人，是亡者的村子。外表雖然看不出來，但他們全都是死人。臉色蒼白，吐出來的呼吸也充滿屍臭，一下子就能察覺他們不是活人了。地點？我不能告訴你。離這裡不是太遠，我去了那裡哪。

那個村子有個池子。

要找到那個池子，費了我好大的功夫呢。

我找了很久哪。雖然有疑似要找的池子，可是得要確定是不是才行，相當麻煩哪。要是搞錯就白費功夫了。

我找到了。

白天的時候什麼都沒有，所以我一直靜靜地等。等到晚上。

不是一般的晚上，而是有月亮的晚上。

在月夜裡，悄悄地讓自己倒映在池子的水鏡上。

這麼一來啊……

背後的那些傢伙也會倒映在水面，不是嗎？而那一瞬間，他們就會被水給困住了。會從背後溜也似地離開，封進水裡。

不管有幾個附在身上，全都會變成一個哪。

大概是會凝固在一起吧。啊啊，我看得一清二楚哪，因為有實體嘛。是那個女人哪。

我迷上那個女人，吃了大苦頭，最後那個女的死了。臉？不行不行，絕對不能看臉，只有這一點絕對不行。死靈的臉不能看，性命會被吸走。所以……

所以我不是說了嗎？只能從後面下手啊。這才是重點啊。那些傢伙沒辦法離開水面，所以他們被吸走的瞬間要閉上眼睛，然後慢慢地繞過去。繞到死靈背後去。就是和他們交換位置。要非常小心，不能發出聲音。

然後就可以看到死靈的背了。

就是要趁這個時候。窺看情形，然後立刻從背後拿繩子用力地……

不能用一般的繩子。

得是設下神域結界用的注連繩。這條繩子啊，供奉在村裡某個神宮的寶庫裡，我把它給偷了出來，用它來抓住死靈。

我把繩子套在死靈的脖子上，

用力一拉……

捉到之後，我把她吊起來，拖出池子。

那個時候也絕對不能看臉。要是和死靈對看就完了。會沒命的。因為對手可是死靈哪。不管怎麼勒脖子，都不會死的。因為是死靈哪，殺也殺不死。所以必須小心謹慎，不能看到對方的臉。

然後我把死靈搬到山上的神木去。神木就在附近，在池子那一帶。不過明明很近，卻怎麼走都走不到。可能是因為我扛著死靈吧。

那簡直就是無間地獄，不管怎麼走都走不到。可是不能放棄。

那全都是錯覺，啊啊，或許那個村子本身就是個錯覺。或許就是這樣吧，時間和空間都扭曲了。歪曲了。

只是走上幾尺，就像走了幾里一樣。可是如果那時候就放棄，放下死靈的話，一切就前功盡棄了。會繼續遭到附身，被緊緊地貼在背後，就跟原來一樣。

不，比以前更糟。糟透了。

所以我只是不斷地往前走。

我走到啦。我進入神域了，神木的神域。

我用繩子設下結界，把死靈綁在上面。這麼一來，死靈就再也無法離開那裡了。被封在那棵神木裡了，然後只要盡快離開那裡就是了。

我跑掉了。

那個時候也絕對不能回頭。

要是看到就完了。

會怎麼樣？

會交換啊。咦？所以說，封住死靈的我，會跟被封住的死靈交換啊。要是回頭，和死靈的眼睛對上，那一瞬間我們就交換了。應該逃走的我會被樹木綁住，死靈會進入我的身體跑走。

所以絕對不能回頭啊。

你辦得到嗎？

這很困難的。

我嗎？所以說我辦到啦，我把死靈綁在樹上了。

我已經自由了，我擺脫了那個女的，擺脫了那個男的，已經自由了。那個死靈、那個女人……嘿嘿嘿，真是活該。你那是什麼眼神？你在看什麼？你幹麼啊？喂！你說什麼！說我瘋了？你說誰瘋了？喂，你這個混帳！

滾開啦，囉嗦。難得人家喝得正爽快，掃什麼興？我一看到你這種人就噁心，閉嘴啦，滾一邊去。

你做什麼！

喂！

啊……剛才那個人。

喂，你知道剛才那個人嗎？

囉嗦啦，喏，就那個人啊，那個打扮奇怪的，提著旅行箱的人啊，叫住他。喂！你！給我等一下！放開我，喂，讓開啦！你這傢伙，別擋路！喂！沒聽到嗎！別擋路啦！幹什麼？錢？沒錢啦！叫你讓開啦！我有話跟那傢伙說！叫警察？去叫啊，王八蛋。好啊，那傢伙就是刑警啊，是刑警。幹麼啦，放開我！叫你放開！

啊……你們是死靈嗎？

怎樣啦？喂。

喂。

＊

老人站在草叢中，點了幾下頭。

接著他以有些落寞的口吻說：「雜草很堅韌哪，客人，你不這麼覺得嗎？」

然後加藤只二郎慢慢地轉向這裡。

「這座庭院……原本不是這樣的。現在生長得比以前更要精采。雜草不管怎麼拔，就是會不停地長。不覺得很厲害嗎？」

「你這麼覺得嗎？」

「對。或者說，我老早就明白這個道理了。因為採伐山林是我過去的謀生手段啊。年輕的時候，我一直相信樹木不管怎麼砍伐，都會再長出來。不過我現在已經不這麼想了。」

只二郎是靠林業致富的。

「加藤先生，你現在依然還是相信吧？就是因為相信不管怎麼砍伐都不會減少，你——不，你們才會不斷地採伐，不是嗎？事實上，現在不也正在採伐嗎？」

「哼哼。」只二郎哼笑。「可是啊，客人，我最近改變想法了。砍了這麼多樹，真的好嗎？樹木和雜草不同，是會日益減少的。砍伐只是一瞬間，但要成長為一棟樹，要花上好幾年、好幾百年哪。」

「你說的沒錯。要是像這樣繼續砍伐下去，不出幾年，那座山就會完全荒蕪了吧……」

「就是啊……」只二郎說道，表情變得不甚愉快。「……我一直在糟蹋自然嗎？」

「是啊。」

「我做錯了嗎？」

「你沒有做錯。」

「但是山……會死。不，會被人殺死……嗎？」

「是啊。禿山就等同於死山吧。山上少了樹木，氣流也會改變，野獸會離山而去，水也不再停佇山中，因此川流變急，水溫降低，魚也會死亡吧。金木水火土的相乘相剋一旦紊亂，氣脈將會斷絕，也會引起災禍。」

「這……不算是我——人類扼殺了自然嗎？」

「不算。」

「不算嗎？」只二郎顯得意外。

「那種想法是**自命不凡**。」

「自命不凡？」只二郎說道，眉間浮現困惑的神色。「這……不是相反嗎？」

「不，不是的。加藤先生，聽好了，人是天所創造的，人所行之事，也是上天的意志。認為人是以自己的意志去破壞自然，就等於是把自己和上天視為對等，這不是出於一種極為傲慢、自命不凡的心態嗎？若非如此，是不會說出那種話來的。」
「這……這樣嗎？」
「是的。不管是驅使再怎麼先進的技術建造出來的人工都市，只要置之不理……就如同眼前所見，氣將會流通，草木將會生長。人的壽命至多百年，而上天的壽命卻不知有幾億年。不管人怎麼掙扎，也只能夠順其自然吧。」
「這……樣嗎？」
「是的。例如說……加藤先生，即使山上的禽獸滅絕，河川的魚類絕跡，獸和魚也絕對不會怨恨你。」
「不會嗎？」
「不會的。」
只二郎拔起一束草。
「因為懷有怨念的，只有人而已。會執著於生的，也只有人而已。加藤先生，聽好了，野獸只要生下後代就會死，牠們天生如此。」
「也有野獸生下孩子還是活著。」
只二郎撒出拔起的草。
「那只能說是還活著罷了。生物這種東西原本就不是以個體存在，而是以種存在的。只要不絕種就行了，僅此而已。這當中並沒有意義，不僅如此……例如不適合存活的物種，會將後續交給適合存活的物種，就此絕跡。天地之間有如此多種的生物存在，如果這當中有什麼理由的話……那或許是上天為了無論環境如何改變，都能夠有生物存活下來而做的安排……」
只二郎咬住乾燥的嘴唇。
「……加藤先生。包括人類在內，生物只是個筒子罷了。」
「筒子？」
「從父母到兒女，傳遞生命這股氣的筒子。氣通過之後，筒子的任務就結束了。」
「任務……？」

「所以呢，加藤先生……現在雖然是人類君臨世界，但萬一這個世界不適合人居了，那麼人類就會滅絕了。到時候能夠存活下來的生物自然會存活下來。」

「就會滅絕了……？」

「是的，滅絕。然而……人執著於生，眷戀不捨，同時人擁有多餘的智慧，於是人類使盡各種手段，試圖延長壽命。但是……如果人類能夠因此長壽，那也是上天的意志。」

「上天的意志……？」

老人充滿不安的表情變得更陰沉了。

「不是人的意志嗎？」

「當然是上天的意志。這個世上能夠實現的事，全都是上天允許的。換言之，如果人為了生活而不得不伐木，同時有樹木可供砍伐，那麼那些樹木仍舊應該被砍伐，這是自然之理。所以抗議砍伐樹木是破壞自然，是不對的。大地並不感到困擾，上天也沒有哭泣。因為採伐過度而沒了樹木，**會困擾的是人類**。對自然而言完全無關痛癢。」

「唔唔……」只二郎低吟。

「主張這是為了自然、為了地球，是一種巨大的欺瞞——加藤先生，你不覺得嗎？說什麼保護環境、保護自然，其實並不是為了環境與自然，這一切都是為了人的私欲。」

「是這樣嗎？」

「是啊。物種會滅絕，是因為無法順應環境，不是人所造成的。自然包括人在內，全都是自然。人類是地球的一部分，然而卻誤把自己當成了神一般，叫囂著應該保護即將滅絕的野獸、豪語人類必須守護地球，這不是很荒謬嗎？如果真心感到憂慮，先自我滅絕就行了，然而人類卻不這麼做。所以，如果老實地說：再這樣下去我們人類會面臨危機，人類還想要多活一分一秒，還想要盡可能奢侈享受，所以不要再伐木了——那還可以理解。所謂本末倒置，指的就是這種事吧。」

「這……或許如此……」

只二郎踩著顫顫巍巍的腳步，走出三步。

「……客人。」

接著他靜靜地開口了。

「我不知道你是鄉土史家還是學者……但你似乎學識相當淵博。我想借重你的智慧，請教幾件事。」

「請。」

「你怎麼看？與自己所知道的不同的，自己的過去和現在……唔……我沒辦法說明得很好呢。」

「是什麼事呢？」我問。

老人似乎很苦惱。

「你……我記得你第一次忽然來到我這裡，是大前年的事吧。因為你留下的雜誌……我得知指引康莊大道修身會的事，所以是昭和二十六年吧。」

「是啊。我是大前年前來蒐集韮山的傳說的。那個時候，我第一次借宿在此。」

「那個時候……米子……那個女傭，**真的是女傭嗎……？**」

只二郎的問法支離破碎。

他的表情也同樣是崩壞的。

「……還是……是我的妻子……？」

只二郎才一說完，就被自己說出來的話弄得惴惴不安，說著：「什麼？什麼？我到底在問些什麼？」他的身體失去了平衡。「我瘋了嗎？我瘋了，是吧？」只二郎大叫，倒進雜草當中。

「你的問題真是奇怪。喏，請起來。」我伸出手去。但是老人用手中的拐杖一下又一下地敲打地面，揮開雜草。

「我……」

接著只二郎背對我，肩膀微微顫抖。

「我的腦袋……已經完全不行了嗎？我是誰？我不是加藤只二郎嗎？我的人生、我知道的我的歷史……吶，客人，你大前年來的時候，是什麼情形？那個時候那個、那個米子是我的妻子嗎？還是女傭？」

「這個嘛……我只是個旅客，而且也只借宿了一宿，府上的情形實在不甚清楚……」

我說，於是只二郎的肩膀垂了下來。

「米……米子是我的老婆嗎？麻美子是我跟米子的女兒嗎？我的人生裡沒有那樣的歷史。一開始我以為那個女人是在覬覦我的財產……可是不是。她瘋了。不……瘋的是我嗎？麻美子是我的孫女。我的老婆是十年前過世的繁子。這……這是我編出來的妄想嗎？」

「加藤先生……」

我一叫名字，只二郎便害怕地回過頭來。

「什、什麼？」

「你為何狼狽？」

「這……」

「聽好了，加藤先生，這個世上的一切……**全都是不可思議之事**。世上充滿了不可思議。我會在這裡，與你會在那裡，若說不可思議，全都十分不可思議。所以你所記憶的你的人生，與米子孀所記憶的人生完全不同，這點小事……完全不值得驚惶。」

「這……」

「你憑藉什麼，相信你所記憶的你的歷史？」

「咦？」

「你真的是你嗎？」

「你……你在說些什麼？我就是我啊。」

只二郎背對我說。

「……如、如果我不是我……那麼我是誰？這……或許我有些糊塗了……可是我就是我。」

「是嗎……？」

只是一個問號，轉眼間就讓只二郎陷入不安。

「難、難道不是嗎？我弄錯什麼了嗎？我七十八年來，一直都是我。這……」

「那種個體的經驗無法保證任何事，加藤先生。沒用的。」

「這、這樣嗎？」

「對你而言的你，對我而言的你，對米子孀而言的你，對麻美子女士而言的你……這些全都不同。對貴公司的員工來說，或許你是一個值得尊敬的上司。但是對於在路上擦身而過的人而言，你只是一個年老的男子。這……兩邊都是真實。我沒有說錯吧？」

「你說的沒錯，可是……」

「那麼**你**是什麼？根本沒有所謂**你**這個確實的東西啊。你——加藤只二郎這個人，只是在眾多的你當中，視不同的情況選出適合的**你**而成立的罷了。無論你再怎麼自我主張，那也只對你一個人有意義。不管你再怎麼宣稱，對別人來說，你也只是個老人、是個客人、是公司的上司，如此罷了。」

「所以說……」

「所以**你並沒有實體**。」

「怎、怎麼會……」

只二郎……應該陷入了恐懼之中。

「不，就是如此。對你來說，米子孀是女傭。從幾十年前開始就是女傭，但是對米子孀來說，你是她的配偶。只是這樣而已。這有什麼不妥嗎？」

「當、當然不妥了。」

「會嗎……？」

只二郎猛烈地顫抖。

「財、財產怎麼辦？如果米子真的是我的妻子，法律上她就有繼承的權利。當然前提是她真的是我的妻子。」

「事實如何，根本無所謂，不是嗎？你打算將你所有的財產捐贈給指引康莊大道修身會，就算米子孀是你的配偶，你的意志也不會改變吧？」

「可、可是……」

「可是什麼？有什麼關係呢？照你想的去做就是了。你對米子孀覺得感激，因此想要將一部分財產分給她——如果你這麼想，這麼做就是了，不要捐贈出去就行了。即便她是女傭，但她長年以來也一直支持著你吧？這一點不會改變，不是嗎？」

老人用力握住拐杖。

「不管別人怎麼想，就算你不是你所想像的人，即使你的人生全是一派謊言……縱然你這個人只是一場夢幻虛構……也不需要慌張，不需要困擾。因為你依然存在於這裡啊。看看這座庭院的雜草吧。」

只二郎聞言，凹陷的眼睛裡的瞳孔忙亂地轉動起來。

「它們自由自在、強健地生長著。天然的力量教人嘆為觀止。這些草只是存在於這裡，只是生長而已，沒有任何過與不足。草不會煩惱。即使被人當成雜草，被一視同仁地受到輕蔑，也不會主張個體。天然總是**順其自然而滿足**……」

「教人嘆為觀止是嗎……？」只二郎說道，崩潰似地蹲了下去。接著他更細細地盯著青蔥茂盛的雜草看，就這樣靜止了好一會兒，不久後無力地呢喃：「是啊……。你的意思是，人無法勝過天然嗎？」

「我是說，人也是天然的一部分。」

「聽、聽著你的話……我的確逐漸覺得怎麼樣都無所謂了。在天地之間，這些事根本微不足道，不管米子是我的妻子還是女傭，或是我是誰，每天的生活……都不會有什麼太大的改變嗎……？不會……吧……」

只二郎重複道。

「可是啊……或許不管我是誰，我的人生是怎樣的人生，都無所謂吧。但是這說起來算是心態問題吧？是一種比喻，不管我怎麼想，真實都不可能扭曲。」

「沒那回事。無論何時，**決定真實的都是你**。」

「請別說笑了。」老人說道，細瘦的脖子上浮現青筋，笨拙地望向我。「客……客人，真實不是用決定的。真實總是只有一個。不對嗎？」

真實只有一個——多麼膚淺的話啊。

老人像是被什麼給催促似地，不斷地發出無用的話語。

「……例、例如說，即使這一切都是我的錯覺，都是米子的妄想，真實也屹立不搖地存在於某個地方，不是嗎？喏，怎麼樣？客人？我的外側有真實存在對吧？那樣的話，如果真實存在於某處的話，到底哪邊才是真實呢？」

「哪邊……？」

「米子是女傭的過去……還有米子是我的妻子的過去……對第三者來說，哪邊才是真實？」

老人擠出聲音似地問。

「到底是哪邊？客人？」

「所以說，哪邊都無所謂吧。」

我不置可否。

因為太愚蠢了。

老人緊抓上來，更愚蠢了。

「確、確實，或許哪邊都無所謂。不，哪邊都沒關係。因、因為就像你說的，即使如此我還是存在於這裡。沒關係，這樣就好。……即使如此，真實、真實這種東西……」

牙齒合不攏。

即使如此，真實、真實這種東西——衰老的男子誦經似地念個不停。

「加藤先生。」

老人張開牙齒脫落的嘴巴。

「真實、真理，那是什麼？假設真有這種東西，知道了它，又有什麼意義？加藤先生，你聽好了，現世呢，說穿了只是華胥氏之國罷了。」

「華胥氏……？那、那是中國傳說中的……對，黃帝午睡時夢見的……夢中的理想國嗎？」

「對……這個世界是白日夢中的理想鄉。加藤先生，你知道為什麼華胥氏之國會是理想國嗎？」

「這……這種事……」

「那是因為啊，加藤先生……」

我不想聽到什麼愚蠢的回答。

「……**因為那是個夢。**」

「夢？」

「夢是無法共享的。因為夢是個人、單獨一個人看見的。夢確實地反映了欲望、嗜好、忌諱、恐怖、一切的一切。夢是旁人無法涉足的、只存在於自己心中的世界。不受第三者干涉，也不會被客觀評價，所以不可能不是理想國。可是加藤先生……」

「什……」

「這個世界並不是理想國。為什麼？因為人會製造外側。不管怎麼樣，你都只能夠透過你的眼睛來認識世界。然而你們卻不向內在尋求理想，而是向外在尋求理想。你們並沒有大到可以包容外側，而外側也沒有真實。所以呢，你們所看見的這個世界的形相，全都有如白日夢一般。」

「華胥……之夢。」

「華胥之夢，剎那即會清醒。」

我伸手指去。

老人略為後退。

「夢與現實並沒有太大的差別。加藤先生，虛構與真實沒有分別的。所以無論何時，你都只能是你，你也無法容納超出於你的事物。你的存在沒有任何意義，雖然沒有意義，但也不會因此消失。如果你……承受了無法容納的兩種過去，這個時候，你只剩下一條路可以走。」

「一……一條路？」

「所以……我剛才不是說過了嗎？」

「說、說什麼？」

「我說，不必去想。根本沒必要去想啊，加藤先生。能夠決定你的真實的，只有你一個人而已。所以……你必須決定才行。」

「決……決定什麼？」老人問。

「也就是……**決定哪邊的過去才是真實**啊，加藤先生。」

「你、你是說，由我來決定真實嗎？」

「我……已經這麼說過很多次了。」

「哪、哪有這麼荒唐的事！」

「荒唐？這話可奇了。這是理所當然之事啊。你的未來由你決定——這不是你們現代人成天掛在嘴邊的口號嗎？同樣地，你的過去也是由你來決定。這是你唯一的、身為一個人的尊嚴，不是嗎？」

「可……可是……這……」

老人如同空殼般的身子僵直了。

「……就算你這麼說，我……我……」

「很困擾是吧？」

「別……別耍我了。我……就算老糊塗了，也、也還有理解能力……」

沒錯……你的理解力將會要了你的命。

明明剛才已經說了那麼多，叫他根本不需要理解了。

存在只是存在就已經足夠了。沒必要自覺到存在，也沒必要去探索、理解存在的理由。

只要存在就是了，還不了解嗎？

「對……對了。」老人想到什麼似地說道。「那樣的話，客人，例如說要判斷一件事，豈不是沒有任何基準了嗎？人賴以成立的事物，不是只有自己經驗性的知識嗎？」

「是嗎？」

「當、當然是了。不管是自己還是他人，主觀的事實完全不可信任，這我可以了解。可是如果連客觀的事實都無法相信的話……就等於所有的事象都無法相信了。那麼要拿什麼來判斷才好？豈不是無法下決定了！」

「為什麼不行？」

「所以說……」

「所以說？」

「所以說……這樣一來，不是什麼都不能決定了嗎？我等於沒有任何可以依據的事物了。那我要怎麼下決定才好？你說我只要照自己的心意去做……」

「沒錯，你只要照你的心意去做。」

「可是……」

「可是什麼？你在迷惘些什麼？不依賴那種經驗性的知識就無法保證的存在，豈不是像幽靈一樣嗎？如果你因為這樣而無法下任何決定，那麼豈不是等於你這個人不存在，你以為是你的這個人其實是你**經驗性的過去**了嗎？」

「怎……」

「現在在那裡的你是什麼！」

老人蹣跚地後退。

「你是加藤只二郎吧？不是嗎！」

「我、我……」

「難道說，如果你沒有那種連真假都無法判別的模糊的——不，連是否有過都不確實的、根本無足輕重的過去這種幻影來保證，連存在都沒有把握嗎？那麼你就是過去的影子，等於根本沒有加藤只二郎這個人存在。那麼站在我面前的人是誰！你是誰！」

「不，我、我……我……是我。」

只二郎小聲地說。

「你沒有自信嗎？」

「不，這……」

「你現在存在於這裡。而你確實是加藤只二郎這個人，對吧？」

「對，可是……」

「那就很簡單了，加藤先生。選一個你喜歡的吧。」

「選……？」

「如果你是你，你的過去由你來決定就行了。這是你的真實。來吧，選一個吧。選一個你喜歡的。」

也就是……
——選擇指引康莊大道修身會嗎？
——還是成仙道？
此時，馬路上傳來熱鬧的樂器聲，接著米子的聲音響起：「啊啊，方士大人，大恩大德啊……」
只二郎不知所措地看著我，喚道：「堂、堂島先生……」
觸怒神經的音色響起。
傳來一股群眾一擁而上的氣息。
只二郎像隻鶴似地伸長脖子，坐立難安地東張西望。然後他再次以沙啞得幾乎聽不見的聲音說：「堂島先生……那、那是什麼聲音……？」
那是什麼？是什麼？是什麼是什麼？老人極度狼狽，驚惶不已。
太滑稽了。簡直就像掉了顆螺絲的白鐵機關人偶。
老人接著大叫：「米子、米子！」但是別說回應了，連點聲響都沒有。只有一股非比尋常的異樣壓迫感籠罩在房屋四周。老人敏感地察覺，過度反應。
「那個聲音……到底……是什麼聲音？」
「不知道。看樣子成仙道……正式進入韮山這裡了。」
「成……成仙道？」
只二郎凹陷的眼睛燃起不安的火苗。
「那些傢伙今早還在下田呢。」
「他們從下、下田……？」
只二郎看著我，表情有如害怕的野狗。
「……堂、堂島先生，這、這麼說來……三天前，你離開的時候說要去下田……」
「是啊……」
無聊。

這個老人竟為了這點小事動搖嗎？

「加藤先生，我呢，這三天以來一直待在下田……而他們那段期間一直在整個下田傳教。他們今早大批聚集在車站，率領著下田的信眾，剛才抵達了韮山。」

「為……為什麼？」

「不知道呢……」

我背過身去。

迷失了主人的老狗追了上來。

都活了那麼久，還害怕寂寞嗎？

「不過呢，我偶然和他們搭上同一節車廂。結果呢，加藤先生，那節車廂裡……」

「那節車廂裡……？」

「似乎坐著教祖。」

「教祖……那個叫什麼方士大人的？」

「我不知道怎麼稱呼呢。不過有位看似地位不凡、裝扮顯然異於其他信徒的人搭乘。所以……這只是我的推測，他們是不是打算在韮山這裡設立新的根據地呢……？」

「根、根據地？」

「所以說，**在你的土地**建立根據地啊，加藤先生……」

「啊……」老人洩了一口氣，蹣跚了一下。「可……可是，那、那塊土地……」

「所以我才要您下決定。」

「決……決定什麼？」

「就算你要讓給修身會……我想也最好清楚地做個決定。那些人……很難纏的。」

「我……」

「你打算怎麼做？」

「但、但是……」

「但是什麼？你不是非常仰慕指引康莊大道修身會的會長嗎？」

「這……這……」

他在迷惘。

結果**磐田純陽連這樣一個人都無法籠絡**。那麼他被判定為無能，也是咎由自取。只二郎把瘦骨如柴的手指按在乾癟的額頭上，為了不明所以的事物戰慄。

「堂島先生……」老糊塗叫道。「我、我……我不懂。我完全無法判斷。救救我。告訴我該怎麼辦，堂島先生！」

「加藤先生，很遺憾，我辦不到。」

「求求你、求求你求求你……我快要瘋了！」加藤只二郎乾燥的皮膚勉強包覆著即將崩壞的自我，不斷抽搐著。

「裁判不能站在任何一邊。裁判若是不維持公平，**遊戲就沒意思了**。所以……**所以這要由你來決定**——我說完後，穿過庭院，走向吵鬧的馬路。」

＊

是！

兩位是、是下田署的……

辛苦了。

是的。辛苦兩位遠道而來。

淵脇，本官是淵脇巡查！

是。

不，本官被派遣到這裡，正好是第二年。什麼？

不。本官是九州出身，但家叔是靜岡縣的……是的，沒錯，是本部的……不，是警邏部。是的。本官由於家叔的關係，才會當上警官。
是的。
啊……
前任？
是這樣嗎？您是十五年前的……，呃……不，這裡是個好地方。哦……。不、本、本官絕對不是那個意思……
是。
辛苦了。本官聽說了。
是四天前的事吧？是。
但是上面下了封口令。
嗯，是靜岡本部下的。
是。昨天來過了。那個時候，本官說明了一切。
是的。
的確有個打扮奇特的人來到這裡。
嗯。來過。確實沒錯。什麼？關口？關口嗎？哦，那張照片上的男子……我看過照片了。是的。不記得呢……。是的，嗯，雖然那張臉不是很有特色……好像也有看過……
不過還是沒看過。
是的，本官明白自己的證詞有多重要。是的，所以本官才會格外慎重……唔唔。嗯，好像看過也好像沒看過……是！您要問有沒有在路上看過這個人吧……是，這名男子未曾拜訪過這個駐在所！
是的，本官可以斷定！
是的，不僅是四天前，他一次都沒有來過！
咦？四天前來的不是這個人。是的，來的是另一個完全不一樣的人。
是的。

是六月十日。沒有錯。

本官也寫在日誌上了。您要看看嗎？好的，請稍等。呃……是的。啊啊，請坐。啊，椅子……啊，本官站著就行了。不，沒關係。

請稍等。唔……啊，請。

啊啊，找到了。

呃……午後鄉土史家云云……喏，在這裡。就像上面寫的，來的只有這個人，而他並不是照片上的人。是的，我上面寫了，這個人是和服打扮。是的，是最近已經很難看到的打扮……

咦？那種事一般不會寫在日誌上？只會寫案件？呃，可是這裡沒有案件，所以……。平常不會寫嗎？可是因為沒有其他事情好寫……嗯。那就不要寫？

您說的沒錯。

本官會改進。

是……

可是……嗯，大致上就像這上面寫的。

名字？呃，我沒有連名字都記下來呢。

什麼？他有沒有報上名字？這……

不，他有自我介紹。

可是我沒有寫下來……我記不記得？

不記得呢……

叫我想起來？

呃，您說的理所當然。靜岡本部的長官也這麼吩咐。

唔……

本官想不起來。

嗯，總覺得一片朦朧。

是，是有點問題，而且才幾天前的事而已。我自己也這麼覺得。可是本官做夢也沒想到竟會演變成這麼重大的案件……

哎呀，想不起來呢。本官從昨天就一直在想……名字……到底叫什麼去了呢？怎麼想不起來呢……？

他講話的語氣什麼的倒是記得很清楚呢。名字就……咦？他說了什麼？

哦，這個啊，對，是關於這一帶的風土信仰……是的。這些事本官不太了解，完全無法回答他。

是的。

我聽他說明了廁神的習俗。

廁所的廁，是的。

聽說這一帶並沒有引人注目的廁神信仰……。是，還說在靜岡，廁所的神被稱為不動大人。咦？哦，這樣啊？本官是從九州來的，所以不太……。然後這上面的……對，您知道呢，您以前待過這裡嘛。是啊，他說這前面的山上的村落裡，廁所的神被稱做雛公主。是。所以那座山上的村落的居民，是從……是從哪裡去了呢？我忘記了，不過是東北，說是從東北遷移過來的。大概講了這類的事。

是的。沒有錯。

咦？不可能？

呃，本官不太清楚，所以只是隨口應應而已。

呃，那座村子那麼古老嗎？什麼？戶什麼？戶人？戶人嗎？戶人村？哦，那個村子叫這個名字啊。

不過現在已經不這麼叫了。

名稱不是會改變嗎？戰後有很多事物都變了呢。

嗯？可是……不對。我曾經聽過呢。總覺得好像在哪裡聽過這個名字。

戶人村啊……

是在哪裡聽到的呢？

不記得了……但是資歷尚淺的本官都聽過了，應該就叫這個名字吧。

佐伯？

不知道呢。沒有這個姓氏的居民。

沒有。

不，本官絕不是在說警部補大人說謊。

是的，本官赴任到這裡，也才短短兩年，所以……呃，和警部補大人在的時候，相隔了十幾年，不是嗎？會不會是這段期間搬走了之類的……什麼？不，可是這是住民登記冊，這是住居區分地圖，您只要看看就明白了，並沒有那個姓氏的居民……

喏，這裡是熊田家，還有田山家、村上家，這裡是空屋，這也是空屋，這裡是須藤家，沒有姓佐伯的人家。

完全不一樣？這樣嗎？沒有一家姓氏和十五年前相同？這樣啊。

因為中間隔了戰爭嘛。

嗯，會不會是連夜潛逃之類的？

唔……

咦？

不，沒事。只是……

只是本官覺得……好像在哪裡說過相同的話……不，不，沒什麼。只是心理作用。

嗯……怎麼了？什麼？登記冊嗎？嗯，可以啊，請看。怎麼了？您的臉色好蒼白。咦？這是假的？不是假的，這些人真的住在這裡。是的。偶然？什麼叫偶然？什麼意思？

您不要緊嗎？

以偶然來說，太湊巧了？

我不懂您的意思。什麼？和刑警先生的親戚相同？姓氏相同？哦，有個姓村上的老人家呢。名字和您的雙親相同，是嗎？不只這樣？您說登記冊上面的姓氏，全都和您的親戚相同？呃，這究竟……是怎麼回事？

咦？哦，緊急聯絡人上抄了兒子的地址姓名……這個嗎？

您說這是您？這……

村上貫一……哎呀，名字一樣呢。

咦？不……本官不了解。

這是怎麼回事呢？

啊……您還好嗎？

住址也一樣嗎？不一樣？一樣是在下田啊……咦？是您成家以前的地址？這樣啊。那麼……那麼是令尊令堂搬到這裡來了嗎？您是下田出身的嗎？

熊野？紀州的熊野嗎？

十五年前都住在那裡？這些人？

不可能有這種事。

如果他們是從別的地方遷移過來的，那也是東北……對，對了，是宮城。是從宮城的哪裡……對，四天前來訪的怪男子就是這麼說的。

所以這不是騙人的！

本官並沒有做出虛假的報告。

這上面的村子不叫做戶人村，也沒有叫佐伯的人家，也不是那麼古老的村子，有自宮城一帶遷移過來的形跡，四天前只有一個自稱鄉土史家的……名字我忘記了，不過只有他一個人來過，照片上的嫌疑人……本官並不認識，也沒有和他一起去上面的村子。

是真的。

是、是真的！

如果不能相信自己的記憶，還能相信什麼呢？不會錯，絕……

咦？

什麼？

哦，呃……

什麼都儘管說，是嗎？

哦，四天前……
本官的腳踏車突然變得很髒……
不，沒事！本官對自己的證詞有信心！
啊啊，村上刑警大人，您還好嗎？我立刻去泡個茶……嗯？怎麼了？外頭好吵鬧呢。
啊，是。昨天靜岡本部的搜查員回去之後，來了一群可疑的人。呃，咦？
喂！
嗯，我想應該是靜岡或三島的流氓分子。
你們在做什麼！
嗯，在這一帶亂晃。
喂，我在叫你們……！
嗯？那是什麼聲音？
是樂器嗎？咦？成仙？那是什麼？啊啊？那……
那是什麼！
好、好驚人的隊伍，往、往這裡來了……。哇，人多得嚇死人。這是怎麼回事？這得取締才行。哇……
咦？承先道？宗教？那是宗教嗎？哇，為什麼會往這裡來？怎、怎麼辦？呃，向前來搜查的轄區外的刑警請教這種問題非常失禮，可是這種情況，本、本官該那個怎麼……啊啊，這聲音吵死人了。
請問，這個……啊啊，您要過去嗎？請稍等一下，呃，本官也……
啊啊，這聲音好討厭。
村、村上刑警！有馬警部補！呃……
啊啊……我受不了！

＊

這天，整座村子隆隆作響。

那陌生的聲音和鼓動，肯定傳遍了閑靜的鄉鎮每一個角落。

聲音並不特別響亮，而是這個村子太安靜了。聲音演奏的音域，波長與經驗學習到的悅耳音階微妙地不同，觸怒人們的神經；同樣地，鼓動與經驗學習到的舒適律動也有若干的差異，撩起了人們的不安。肯定如此。

這座村子也開始扭曲了。

成仙道的指導者曹真人即將蒞臨韮山的消息，似乎約一星期前就傳播開來。那個時候不僅是近鄰，連遠在山梨和關東的信徒都聞風而至，聚集在韮山。

數年前，成仙道就已經暗中在韮山進行傳教，包括潛在性的信徒在內，他們所招攬的信徒數目可觀，因此沒有發生重大的磨擦。這應該是成仙道不強迫統一信仰形式的狡猾作法奏效了。

比起祈禱，更重要的是先改善生活環境和體質。

比起念咒，更重視服藥與健康法。

信徒拿出來的錢財不是喜捨捐贈，而是處方費、指導費。

相信的不是神佛，而是自我永恆的幸福，以及獲得永恆幸福的方法……

因此就算不是熱心的信徒，也沒有人把成仙道視為可疑的宗教。曹方士是為人治病的恩人，是保證長生的指導者。結果愚民們在完全不受強迫的情形下，自發性地學習、相信曹的教誨，並崇敬曹個人。

相信、尊崇就叫做信仰。

崇敬、供奉就叫做崇拜。

信仰是宗教活動的意識性側面，而所謂崇拜，是對於宗教對象的一種心理態度。

若伴隨著儀式，那就完全是宗教了。而它的儀式，早已假借生活習慣之名，傳播給信徒了。

此外，除了藥品費和指導費以外，錢財也以感謝之意、報恩等名目不斷地流入。換言之，此時成仙道實質上已經完全是一個新興宗教團體，然而卻沒有任何一個人發現這件事。這代表老獪的教主曹方士所策畫的計謀更勝他人一籌嗎？

消息公開得也十分迅速。

那天——六月十四日下午。

鄉下的車站附近，事前已經被韮山當地的信徒以及仰慕曹方士而來的地方信徒所淹沒。他們高舉雙手，大聲歡呼，歡迎方士一行人的到來。

他們抵達的聲勢十分浩大。

親信們身穿鮮黃色的中國服，舉著幡幟，樂隊穿著紫色的服裝，也高聲演奏通知抵達的樂曲。

領頭的是乩童——刑部，他穿著滾綠邊的黑衣。身後則是一群女子，穿戴著模擬水鳥的華麗飾品舞蹈著，此外還有吹奏蘆笙的信徒及綁紅巾的黑衣道士。接著一頂裝飾華麗得嚇人的轎子被半裸的男人們抬著，肅穆地前進。轎子裡坐的是曹方士。轎上蓋著遮陽布，看不到方士的臉。眾多信徒們脖子上掛著太極首飾，就像鯉魚群聚在撒出去的餌旁似地圍繞在四周，數量驚人。

他們從山梨出發，行經沼津、三島、東京及下田，不知不覺間，加入隊伍的信徒數目徐徐增加，抵達韮山的時候，一行人已經成了超越百人的大隊伍。

一些人拜佛似地合掌，一些人如同迎接賢者般感激涕零。有人念誦「南無妙法蓮華經」，也有人口唱「南無阿彌陀佛」，當中甚至有人高喊神的名字。這些急就章的信徒們毫無批判地將方士神格化，看起來也對此絲毫不感到疑問。

成仙道一行人納入聚集在車站前的信徒，聲勢更形壯大，不久後肅穆地行進。青色、紅色、黃色，色彩鮮艷的布塊隨風飄舞，線香的味道甚至飄到路邊來。

一行人在村中所有的道路列隊遊行。

每當經過人家門前，樂器就會響起，然後就會有信徒加入隊伍。不是信徒的人也會停下手邊工作，或背著孩子來到路邊，束手無策地看著這場異形遊行。

隊伍中央，有從下田隨行而來的村上貫一的妻子——美代子的身影。她與其他信徒一樣，雙頰泛紅，甚至嘻嘻微笑。沒多久，**加藤家的女傭**木村米子也加入隊伍。

然後……放眼隊伍最後列，只見加藤只二郎神情呆滯地跟上隊伍，猶如空殼一般。

整個村子傾軋著。

隊伍在眾目睽睽下嚴肅地前進。

村子郊外的駐在所看到隊伍最前頭時，太陽都已經西斜了。

隊伍自車站出發以後，已經過了四小時以上。

人數膨脹到剛抵達時的一倍以上。

裡面也有一些人完全不明白狀況，只是來湊熱鬧吧。也有一些人覺得奇怪，在觀望情況吧。裡面或許也有許多人誤會這是一場祭典。或者說，這根本是一種祭典。只是轎子裡坐的不是神，而是人罷了。陌生的樂器吹奏著。

此時。

異變發生了。

幾名男子站在路中央，擋住了隊伍的去路。從那些人的外貌來看，稱之為地痞流氓應該最為合適。人數約有十人之多。有些人手中還拿著木材和鐵棒。男人們發出粗鄙的叫聲，張開雙手阻止行進。

隊伍停下來了。

「你們要去哪裡？」其中一名口氣粗魯地問道。

回答的是最前面的男子——刑部。

「吾等為成仙道。帶領吾等行於正道的偉大真人——曹方士蒞臨此地，為了讓當地居民知曉此一消息，並帶來祝福，吾等正在進行遊行，以通暢此地之氣。」

口吻有禮，態度卻很高傲。

「哦，這樣啊。」男子應道。他的臉上有傷，看起來不學無術。「那就到此為止。回去吧。」

「礙難從命。既然這裡有路，吾等將行進到這條路的盡頭。最重要的是，曹方士欲往前行。」

「誰管你想不想啊，老子說不能過就是不能過啦，混帳東西。這條路過不去啦，死路一條。」

「何出此言……？」

「沒有什麼何不何的啦。」

男子舉起右手，於是幾名疑似粗工的男子從道路兩側接連出現，搬出廢物，在路中央築起路障來。「諸位在做什麼？」刑部問道。「叫你們回去啦！」男子們口口聲聲說。

「這樣的說明鄙人無法信服。」

「跟你說不行就是不行，聽不懂啊？」

臉上有傷的男子臉龐醜陋地糾結，把那張野蠻的臉用力湊過去。然而刑部依然故我，一張臉仿若鐵面具。他逆來順受，絲毫不為所動。

臉上有傷的男子有些膽怯，縮回身體，說道：「大哥，這些傢伙好像聽不懂哪。」一個外表稍微體面一些，但仍然十分下流粗俗的男子從路邊走了出來。

「噢噢，多麼驚人的諸侯出巡景象哪。嗯。引發糾紛不好哪。我說啊，再過去是私人土地，不可以隨便進入。小哥，可以請你打道回府嗎？」

「私人土地？請問是哪位的土地？」

「真囉嗦哪。這裡是鼎鼎大名的羽田製鐵總公司大樓建設預定地。聽懂了沒？」

「這樣嗎？那麼您的意思是這條路是私人道路嗎？這……真是如此嗎？」

「這、這是公家道路。可是再過去是建設預定地。」

「那裡是羽田製鐵的土地嗎？」

「是預、預定地啦。現在正在收購。」

「收購。從哪位人士手中呢……？」

「你很囉嗦耶。我沒義務再向你們多做說明了。這傢伙真是不明事理。人家對你客氣，你就跩起來啦……？」

男子厲聲說道，於是兩旁跳出兩名小混混，揪住刑部的衣襟。氣氛倏地緊張起來，幾名信徒搶上前來。暴徒們也戒備起來。

此時，「喂！你們在幹什麼！」一道窩囊的叫聲傳來。

「喂！」聲接著響起。村上刑警和有馬刑警從駐在所跑了出來。暴徒看也不看他們，想要撂倒刑部。眾多信徒衝了過來，想要救助乩童，粗工們試圖擋下他們。

場面即將演變成亂鬥之前，年輕巡查臉色大變地衝進漩渦中心。

「你、你們在做什麼！住、住手！統統給我住手！」

是淵脇巡查。但是他拚命地仲裁也徒勞無功，叫罵聲響起，叫他滾一邊去，巡查本人也被推開倒在地上。

「你……你們做什麼……好、好痛！這是防、防礙公務執行……」

「臭小鬼，給我閉嘴！」纏著綁腿的粗工踹上淵脇。更有幾名粗工圍了上來，拳打腳踢。他們顯得興奮異常。

他們完全不了解自己為何興奮。愚蠢之人只會將無法理解的不安與焦躁投射在眼前的對象，藉由破壞對象來消除不安。太單純了，做這種事的人就叫做笨蛋。

「住手！還不快給我住手！」有馬和村上插了進來。「你們是什麼人！」暴徒更加興奮地大叫。

「我們是下田署的刑警。」

有馬舉起警察手帳。

「下田？下田的條子跑來這裡幹麼？沒關係的人滾一邊去！」

他們不僅血氣過剩，又興奮得沖昏了頭，根本無從應付。有馬被臉頰有傷的男子推開，倒向團團圍繞的群眾當中。人牆為了避開有馬，嘩然左右分開。

一名女子扶住老刑警的肩膀，讓他坐下，站了起來。

「……各位大哥，你們適可而止一點吧！竟然對警官動手，你們到底是想幹麼！」

那是一個束髮、穿銘仙（註）和服的年輕女子。

「怕警官還能幹土木工嗎！」男子叫道。

「這位大姐，嘴皮伶俐得很嘛。妳是信徒嗎？」

註：一種和服用的絹織物，以絲綢而言，價格便宜而且牢固，在二次大戰前十分普及。

「我跟他們沒關係，只是路過罷了。」

「那就乖乖閃一邊去。這可不是醉鬼鬧事哪。我不想動粗，但難保不會波及旁人，會受傷的。」

女子沒有退縮。

「愛說笑，別以為我是女人就瞧不起。我可不是平白吃苦活到現在的，也沒嫩到被吼個兩三下就會怕得躲一邊去。」

「臭婆娘……！」原本在毆打淵脇的兩三名男子把矛頭轉向女子。

「下三濫給我滾邊去！」女子說。「那邊的那個大哥。就是你，我在問你，你要吵架是你家的事，可是連和事佬都一起打，到底是什麼意思？管他是警察還是憲兵都沒關係吧？怎麼樣！」

大哥級的男子憤恨不已地瞪著女人。

女人束起的長髮隨風飄搖。此時……

「鏘」地一聲，銅鑼響起，蘆笙又吹奏起來。

男子嚇壞了似地回望刑部。

就在蠢蛋們被警官和女人絆住的時候，刑部的身邊已經被數名道士服打扮的男子緊緊護住了。他們的外圍更被一群眼睛焦點渙散、以另一種意義來說也是蠢蛋的瘋狂信徒給圍住了。

瘋狂的信徒與地痞流氓對峙了好一會兒。

在這種情況下，維持理性的一方應該是輸家。

「不……不想受傷的就給我讓開！」年輕的小混混歇斯底里地大叫。要是聽得進去，一開始就不會加入這種隊伍了吧。笨蛋不會懂這一點。但是儘管不懂，這些人卻也歷練豐富，看得出有沒有勝算。

大半的地痞流氓內心都浮動了起來。

他們的武器不是腕力。煽動人心，讓對方預期到暴力行為，才是他們唯一的武器。換句話說，如果對方不害怕，就沒有用了。

如果威脅無效，就只能真的動手了。但是現在這種狀況，要打的不只一兩個人。

這些人畢竟只是為錢所雇，並沒有信念。眼前的情勢風險太大了。可能敏感地察覺了部下的變化，身為大哥的男子拱起肩膀大吼：「你們！快點搬沙包來！」

聽到吩咐，疑似粗工的男子們跳起來似地分往左右，趕走包圍的群眾，開始將堆在路邊的沙包搬到路上來。

刑部以絲毫不變的口吻說：

「阻塞公路，不是違法行為嗎？」

「你們怪模怪樣地在公路遊行，才是違法行為吧？別以為這裡是鄉下地方，就可以為所欲為！」

「恕我冒昧……能否請諸位表明身分呢？依鄙人所見，諸位並不像是羽田製鐵的員工……」

「身分？我、我們是羽田的使者。」

「使者？是羽田製鐵關係企業的員工嗎？」

「聽好啦，我們是清水桑田組的人。」

「組？」

刑部蹙起眉頭，表情看起來像是不屑。

疑似大哥的男子見狀，額冒青筋，接著他辯解似地粗聲說道：「喂，你那是什麼眼神？我們可不是黑道，是不動產公司。有限公司桑田組。我們受到在羽田製鐵擔任經營顧問的太斗風水塾塾長委託，重新開發這一帶。」

「哦……原來如此，是南雲正陽花錢雇來的啊。話說回來，沒想到南雲垂死掙扎，竟派出這種無賴之徒，看樣子他是走投無路了……真是愚蠢。」

刑部自言自語地說道。

「你……你說什麼？聽好了，我們可是受到正式委託來辦事的。我是桑田組的常務董事小澤。怎麼樣？懂了沒？這下子你們沒話說了吧！」

「有。」刑部說。

「什麼？」

「你們並未與土地的地主正式簽約。如果前方土地的地主點頭……那麼吾等就可以過去吧？」

「什麼？你怎麼……」

小澤話還沒說完，刑部已經略略回過頭去。於是侍立一旁的青衣男子跑到隊伍後面，接著數名道士帶來一名女子，把她拉到前頭。

那名女子年近三十，長相平庸，服裝很樸素，身上掛著太極飾品，一雙眼睛十分空洞。

「這位三木春子小姐……持有這條公路上的土地。對吧？」

女子點頭。

小澤退縮了。

「妳……真的……」

「這位三木小姐信奉成仙道的教誨，不可能做出違背曹方士大人心意之事。對吧……？」

春子再次點頭。

「等、等一下。我們說的是這上面的……對，更上面的……」

「哦，您是說山的另一側──加藤先生的土地，是嗎？那樣的話……」

刑部回頭之前，木村米子已經一臉拚命地撥開人牆爬了過來。

「那、那、那片土地是我丈夫的。你、你們沒道理在那裡囉嗦！」

「妳是……加藤的老婆？」

小澤望向臉頰有傷的男子。

「怎、怎麼會……」

臉頰有傷的男子一臉泫然欲泣地回望小澤。

「喂，這是怎麼回事？」

小澤低聲質問。

臉頰有傷的男子表情變得蒼白。

「那……那片土地應該已經是修身會的了。不！絕對是的！大哥！事實上修身會就從另一邊上山，已經在那裡進行研修什麼的，將近二十天了。大哥，真的啦！我的調查不會錯的。而、而且加、加藤的老婆十年前就已經……」

「你……你們！你們是磐田的爪牙，對吧！」

米子尖聲罵道。

「對吧！所以才會在這裡胡言亂語。乩童大人，這些傢伙是那個詐欺的指引康莊大道修身會的走狗！」

「不是，我們不是！」桑田組的人一面後退，一面分開到剛堆起的路障兩旁。

連小澤都有點慌張起來。

「我、我們跟那種人無關。雖、雖然我們的確和修身會商量過，要他們拿到加藤的土地後賣給我們……」

乩童冷冷地笑了。

「不管怎麼樣，你們都無權堵住這裡。請讓開吧，**中央的土地的地主**也在我們當中。接下來的土地全都是吾等成仙道的。」

刑部口頭有禮，態度高壓地說。

小混混畢竟是小混混。他們最初的氣焰已消失無蹤，完全被嚇住了。

「喏，氣流通暢，才算是道路。擋路者全是阻礙氣流的壞東西。如果諸位無論如何不肯讓開，就只有排除一途了。」

幾名體格壯碩的信徒察覺到刑部細微的指示，走上前來。他們服裝雖然不一，但胸前都掛著太極飾物，其中一人穿著軍服。

桑田組背對看熱鬧的人群，一步一步地後退。群眾害怕受到波及，紛紛躲得遠遠地圍觀。到了最後，倒在地上的淵脇和扶著他的村上刑警就像被遺留在原地似的。

村上靜靜地站了起來。

「刑……刑部先生。」

刑部戴了面具似地面無表情，盯住村上。

「哎呀，這不是下田署的村上刑警嗎？您執行公務辛苦了。村上刑警，您看見這些無賴對那位先生的暴力行為了吧？請您立刻將他們逮捕吧。他們是暴行傷害、妨礙公務的現行犯啊。」

有馬汗流浹背地分開人群走了過來。

剛才的女子跟在他的身邊。

桑田組的成員更是不斷地後退，沒有多久，他們嘴裡罵著不堪入耳的唾罵，一個、兩個地逃之夭夭了。

小澤怒罵：「混、混帳東西！竟敢落跑，你們知道會有什麼下場吧！」

「請轉告南雲。我想他一定在這附近觀望吧。請告訴他……一切都太遲了。」

刑部對著逃跑的小混混說。

小澤額冒青筋，瞪著刑部，結果就這樣朝隊伍後面跑了出去。手下們也臉色大變地跟了上去。暴徒們落荒而逃，簡直就像打輸的喪家之犬。目送他們完全離開以後，村上一臉憔悴地轉向乩童，再次呼喚他的名字：「刑部先生……」

「咦？刑警先生不追上去嗎？」

村上幽幽地笑了。

「反正已經知道他們是什麼人了。話說回來，刑部先生，我在火車上沒能問你……」

「是的，方才村上先生在火車裡突然失去意識，真是讓人嚇了一大跳。您……看起來似乎很疲累呢。」

「哼。我不曉得我是昏倒還是被下了法術，但那種事我不在意。刑部先生，昨天你那樣大發豪語，那麼應該已經知道小犬……隆之在哪裡了吧？」

「哦……」刑部發出樂器般的聲音。「遺憾的是，鄙人不知道令公子的事。」

「什麼？」村上大為光火。刑部顫動他那宛如兩棲類的臉頰說：「……不過……如果您說的是吾等成仙道成員村上美代子女士的公子隆之……喏，他就在那裡……」

乩童伸出指甲留得相當長的細長手指，指向後方。

「隆……隆之！」村上叫道。

有馬也伸長身體，望向刑部指示的方向。

「隆之！」村上叫著，想要進入人牆，卻被魁梧的男子們給擋住了。

「放開我！那是我的……」村上叫道，卻被刑部打斷了。

「彼人並非令公子。」

「你胡說些什麼……」

「昨天，您不是放棄了和睦的親子關係這個幸福的選項嗎？」

「那、那是……」

「聽好了。美代子女士的丈夫貫一先生已經戰死了。隆之是戰死的貫一先生出征前留下來的遺子，由美代子女士十二年來一手帶大。村上先生，在美代子女士與隆之的歷史當中……已經**沒有您**了。您這個人連同過去，和他們兩人切割了。事到如今，即使您出面相認……」

樂隊吹奏起聲響。

「……您也只是個幽靈。」

「啊啊……」

村上往後蹣跚了兩三步，就這樣坐倒在跪伏於地面的淵脇旁邊。

有馬瞪大眼睛一五一十地看著，踏出一步，代替失了魂的部下說道：

「你……你們……你們究竟有什麼目的？說起來，你到底在胡說八道些什麼！村上沒有戰死，他人不就在這裡嗎！隆之是他和美代子養大的孩子。美代子不可能忘掉他！」

「哎呀哎呀，您也真是頑固。那麼您問問看好了。美代子女士一定會說她不認識這個人。她就在後面，需要鄙人請她過來嗎？」

「去啊！」有馬吼道。「如果真是那樣，就是你們對她下了邪術。那、那是犯法的！」

老兵也陷入混亂。

「犯法？您說得可真難聽。吾等成仙道一心一意，只為了在場諸位的幸福、健康以及長壽而祈禱……」

歡呼響起。

攪亂人心的樂器聲音。

「……吾等只曾受人感謝，從未被誣賴為罪犯。關於這件事……聚集在這裡的諸位都是活證人啊……」

歡呼再次響起。

有馬的表情彷彿看見了怪物。

「……喏，再繼續讓氣停滯下去，對這塊土地不好。請讓開吧。必須將這急就章的路障撤去才行。吾等將……」

「不許……不許玩弄別人的人生！」村上大叫。「你、你說我是什麼人！這、這前面到底有什麼！為什麼、為什麼我的父母、親戚會在前面的村子裡？我所知道的我的過去全都是假的嗎！竟然把我和妻兒度過的時間都弄成假的！你、你們到底是什麼人！有什麼權力把……」

「您、您在……」

「閉、閉嘴……！」

村上雙眼布滿血絲。

堅忍溫厚的刑警那無處發洩的抑鬱情緒終於爆發開來。村上迅捷得有如彎曲的青竹反彈，朝刑部直衝而去。就連刑部也不得不被他那非比尋常的模樣嚇得有些變了臉色，一反常態，躲開了身子。

此時——兩輛卡車發出異樣的尖銳聲，突然從旁邊的田埂猛衝過來。貨架上坐滿了疑似桑田組的成員。

「讓開讓開！不讓開就撞死你們啊！」

小澤從副駕駛座探出身子大叫。

瞬間，紀律崩壞了。

人牆散亂，兩三根旗子倒下，信徒、道士和看熱鬧的人群混成一團，尖叫四起，混亂的漣漪瞬間擴大，在場的人都混亂了。淵脇與有馬也在轉眼間沒入人海。有人倉皇逃竄，有人大喊大叫，這條小村落郊外的小路平日鮮有人跡，此時卻呈現出一種宛如異國嘉年華會的景象。

這……彷若一場盛宴。

因為東跑西竄的人們胸前大多掛著華麗的飾物，鮮艷的布條和衣服紛紛飛舞，甚至還有莫名其妙的叫聲和咒文此起彼落。

卡車穿梭於混亂似地橫衝直撞，好幾個成員被甩了下來。

到處發生爭執，隊伍陷入大混亂。最後卡車撞進路障似地停了下來，其中一輛翻倒，完全堵住了道路。

桑田幫鬧哄哄地下了車子。

信徒們群起應戰。看熱鬧的人嚇得腿軟，四處竄逃。村上大吼。有馬抱住淵脇，穿過混亂，往駐在所趕去。敵我交雜在一起，團團包圍住村上。村上不顧對方是誰，胡亂毆打，哇哇大叫。

一名軍服男子抓住他的肩膀。村上掙扎著大叫：「放開我！放開我！」

胸膛厚實的那名男子把臉湊近村上耳邊，說了句：「住手……」

此時……

人群後方響起一陣喧嚷。

隊伍後面，方士所乘坐的轎子猛烈搖晃。

刑部這下子真的慌了。

無法確認究竟發生了什麼事。

「方士！方士他……！」

刑部啞著嗓子大叫。方士的轎子在人潮中左搖右擺，被捲入渦中，搖晃得更厲害了。村上又大聲嚷嚷，刑部以比他更高亢的分貝大叫。

軍服男子推開村上。

接著揚聲叫道：「混帳東西！兩側太鬆啦！要攻擊隊伍的話，當然是朝肚子啊！連櫻田門外之變（註）都不曉得嗎？就算制住頭部也沒用啊！」

束髮女子聽見男子的聲音，轉過頭來。

軍服男子叫道：「讓開！」推開兩三個人，撥開人潮，朝混亂的中心逼近。

「木場先生……木場刑警……！」

註：一八六〇年，江戶時代末期，幕臣大老井伊直弼由於簽定《日美修好通商條約》以及安政大獄等事件，在江戶城櫻田門外遭到尊皇攘夷派志士暗殺的事件。

束髮女子伸手呼喚，卻沒有傳進軍服男子耳中。

刑部帶著數名道士追了上去。

女子也追趕上去。

轎子猛烈地上下晃動。怒號響起。「竟然為所欲為……！把他拖出轎子……！」

一道野獸咆哮般的怪叫之後，接連發出幾道鈍重的聲響，一名男子隨即滾向路邊。幾個人被那名男子撞到，嚷嚷著左右散去。接著第二名男子又倒向人牆的那道裂縫。

又有幾個人避開，被推倒的第二個人掉到空出來的地點。眾人朝四方散去，視野變得開闊。又一個男子摀著臉，倒在方才倒下的男子身上。

「你們是什麼人！想要幹什麼！」

軍服男子擋在轎子前，壓低了身子戒備著。

幾名穿著黑色拳法衣的男子包圍住他。

「我們是守護祖國的憂國之士，韓流氣道會！我們替天行道，前來剿除國賊曹方士！」

「韓流？」

軍服男子有著一張下巴寬闊的國字臉，他把一雙細小的眼睛瞇得更細，開口說了。

「我不知道什麼韓流暖流的，嘴上說什麼守護祖國這種大話，做的事倒是挺骯髒的嘛。要攻擊的話，就堂而皇之地上啊，混帳東西！竟然趁人之危，實在是太下流了。」

「為鏟除國賊，不擇手段！」

韓流氣道會趁著成仙道與桑田組爭執產生的混亂，逼近轎子，看準了戒備鬆懈的時機，試圖襲擊方士。

氣道會的一名成員大喊：「讓開！」

刑部臉色有些發白，他趕忙穿過混亂的人群走到轎子旁。

轎子慢慢地放了下來。

道士們圍住轎子。

「放、放肆！竟然把偉大的方士大人稱做國賊，豈有此理！是韓大人教唆的嗎！」

「沒錯！」聲音響起，同時一名身材高大的男子拄著拐杖出現了。

男子左臂綁著固定用的木頭，額頭也包著繃帶。

「這場襲擊是韓流氣道會會長韓大人對成仙道的抗議行動。」

「抗議？」

「沒錯，抗議。現在會長也來到韮山了。會長對於你們成仙道下三濫的行動甚為惱火。」

「什、什麼叫下三濫！」

「哼。」男子狂傲地一笑，右手扯下額頭上的繃帶。「少給我裝傻了！開什麼玩笑。你叫刑部是吧？手腳倒是挺俐落的嘛。想想你們擄走了哪裡的誰，害我們費了好大一番功夫才找到哪！」

「擄走……？說得也太難聽了。你是代理師範岩井吧？如果有什麼話想對吾等成仙道說，請韓大人親自前來。又不是流氓混混，竟如此粗暴……」

「粗暴？」岩井這次把拐杖砸在地上。「你們八天前，從音羽的酒三家裡拐走了三木春子，對吧？三木春子人不就在那裡嗎？這就是最好的證據！」

「哦？你們似乎有所誤會了。春子小姐是依自身的意志成為吾等同志的。什麼綁架擄人……要說的話，據聞你們氣道會才是綁架她，將她監禁了一星期，不是嗎？」

刑部完全振作起來了。

但是岩井也不是省油的燈。

他完全豁出去了。

「對，你說的沒錯。我們強行帶走三木春子，將她隔離。可是那完全是因為尊重三木春子個人的意志才這麼做的。」

「監禁算得上是尊重個人意志嗎？」

「是啊。我們才不像你們一樣心狠手辣，對人施法，改變一個人的人格，加以操縱。我們希望與她談談，卻遭到拒絕，所以我們只好把她帶走，如此罷了。沒辦法對談的話，也沒辦法相互理解吧？所以我們完全是為了與她商量，才把她帶到道場的。」

「話是你們在說。」刑部回嘴道。「春子小姐說，她被監禁的時候，還遭到了拷問。對人施加暴行，還談什麼尊嚴？」

「總比對人施法，要對方照你們的心意去做要來得正派吧？我們可是好好地說明原委，請求她了解哪，只是手法有點粗魯罷了。」

「給我閉嘴！」軍服男子說。「那個女的是出於自己的意志離開那個江湖藝人的家。這是事實。」

「你？」岩井浮現困惑的表情。「你……那身打扮讓我一時沒認出來，你是東京警視廳的……對了，沒錯。是春子見過好幾次的……刑警。對吧？木……」

「我是木場修太郎。」

軍服男子——木場說。

「哈！刑部先生，我真是服了你哪。我還以為會籠絡警方的只有藍童子而已咧。沒想到条山房的張也好，成仙道也好，也搞這套，這到底是怎麼搞的？喂，木場先生，你也真是蠢得可以哪。好好的公僕放著不幹，竟然跑來當詐欺教團的看門狗？」

「囉嗦。要拜啥是老子的自由。」

「哈……」岩井攤開雙手。

木場皺起鼻梁。

不知不覺間，大部分的混亂平息下來了。

桑田組一行人集合在路障前，而成仙道聚在轎子四周，一般信徒圍繞在外側。看熱鬧的人則躲得遠遠地觀望。

岩井更拉大了嗓門說道：「你們！我說那邊的你們，給我仔細聽好啦。你們信奉的成仙道啊，是不得了的大騙子哪。這些傢伙啊，用可疑的催眠術騙了你們哪！不過你們應該沒有被騙的自覺吧。你們只是被操縱而這麼認定罷了！聽好了，這些傢伙的目標就是那裡……！」

岩井指著路障前面。

「……那前面有什麼……我雖然不能說，不過你們仔細聽好了。這些傢伙企圖顛覆國家啊！這個國家好不容易從敗戰復興到這個地步，他們卻想再次顛覆它！」

「別再胡言亂語了！」

刑部嚴厲地說。

「閉嘴！」

岩井喝道。

「我們氣道會是憂國之士。」

岩井彷彿宣言似地大聲說道。

「這個國家再這樣下去就完蛋了。不，會走上絕路。我們不能被徒有形式的談和條約給欺騙了。也不能沉醉在浮面的復興之中。我們絕不允許這個國家甚至淪為列強的屬國而苟延殘喘著，這太屈辱了。我們為了這個國家真正的獨立，挺身行動。但是！」

他的口氣像在演說。岩井指著刑部。

「敵人不一定是外來的！這個成仙道欺騙萬民，掠奪錢財，甚至想要奪取國家……他們才是獅子身中蟲！」

岩井大叫。

話聲未落，幾名男子叫著：「替天行道！」衝向轎子。

木場反射性地轉身，撞飛一名衝過來的男子，雙手揪住剩下的兩人衣襟和胸口，「喝」的一吼，推回其中一個，放開的手順勢揍向另一個人的臉。被推回去的男子反擊，木場躲開，屈身正拳打進男子的腹部。幾個人接連攻擊木場。他們可能看出再這樣下去情勢會陷入不利吧。

但是頑強的木場不動如山，他抓住撲上來的男子手臂一扭，就這樣甩向另一個人，又摔出另一個人。好強。

「我說啊，你們這些乳臭未乾的東西道行差得遠啦！混帳！」

木場吼道。

銅鑼響起，穿著黑色道士服、綁紅巾的男子們立刻參戰，援助木場。這次和桑田組不同，對手是拳法家。然而看樣子，紅巾男子們也會使拳法。

到了這個時候，遠方才總算傳來警笛聲。

警官隊的吉普車快到了。

在場的眾多廢物們一副宴席突然散會似的表情，怔在原地。

轎子的布幕掀起來了。

裡面露出一張金黃色的、眼珠蹦出的異形臉龐。

我……獨自一人捧腹大笑。

5

這天……第一個站在眩暈坡底下的，是鳥口守彥。

鳥口這個時候也在坡道底下停了一會兒，想像坡道上平凡的景觀。但是不知為何，他的記憶紛亂，遲遲無法凝聚出一個明晰的景象。鳥口無計可施，只能深深地大吸一口氣，接著一股作氣地奔上扭曲的坡道。

喘不過氣來了。

這個健壯的年輕人，唯有體力是大家公認的唯一優點，難得他會喘不過氣。鳥口就算扛著一袋米跑上金比羅神社（註）的階梯，也只會「呼」地小吁一口氣而已。

——因為睡眠不足嗎？

鳥口這麼想。

這半個月以來，安眠遠離了鳥口。失眠這種事對鳥口來說，也是極端罕見的生理現象之一。

不管處在多麼惡劣的環境下，或身處多麼淒慘的事件當中，也獨有鳥口一個人能夠安穩地入睡，這是他引以為傲之處。只要他想睡，就算倒立也能睡。這不是譬喻，而是事實。而且鳥口一旦入睡，不管是被揍還是被踢，甚至是空襲警報大作，都不會醒來。他曾經在殺人命案現場熟睡不起，睡著的時候又發生命案，在大騷動當中依然呼呼大睡。

鳥口是個不折不扣的安眠魔人。

然而……

他竟然怎麼樣都睡不著。睡眠很淺。

不過他大概知道原因是什麼。

——失落感。

半個月過去，中禪寺敦子的行蹤依然完全不明。當然，佐伯布由也不知去向。

然後……那天出去追趕兩人的榎木津也一去不回。

鳥口和益田半個月來拚命地搜索，卻徒勞無功，三個人杳然不知所蹤。不僅不知道他們人在哪裡，甚至是生死未卜。

那一天……

在京極堂得知敦子遭到綁架的消息時，鳥口大為驚慌。中禪寺斥責要他冷靜，鳥口卻甩開中禪寺衝了出去。他無法冷靜，他坐立難安，他無法什麼事都不做。

鳥口趕到玫瑰十字偵探社，卻不見榎木津的蹤影。

只有寅吉一個人一臉泫然欲泣，不安地走來走去。鳥口抓著寅吉的肩膀搖晃，質問情況。

綁架似乎發生在無法理解的狀況下。

趁著榎木津不在房間的短暫時間，一名眼鏡男子出現。如果寅吉沒有看錯，那是条山房藥局一個叫宮田的人。寅吉說，那個宮田嘴裡念出莫名其妙的咒語，敦子和布由同時站了起來，默默地離開了房間。益田想要追上去，然而出到門口卻**不知為何再也無法追上去**，就這樣倒在門口。

是催眠術。

鳥口當下這麼想。

在華仙姑背後操縱的尾國是個催眠師。

而且他似乎能夠在瞬間施術。是否是相同的手法？事後一問，益田說他覺得當時好像被撒了什麼粉狀物。因為是藥局，有可能使用藥物。可是敦子與布由的行動，顯然是尾國擅長的後催眠。那麼条山房與尾國有關係嗎……？

入夜以後，榎木津依然沒有回來。

鳥口那天晚上不曾闔眼，等著他們。益田深夜回來了，但榎木津最後還是沒有回來。

然後……

榎木津也消失了。

隔天早上，鳥口和益田展開搜索。

鳥口首先前往条山房。但是主人不在藥局，宮田也不在。說是從昨天就沒有回來。益田負責打探韓流氣

註：位於香川縣，參道的石階極長，共有一三六八階。

道會，但是氣道會似乎發生了什麼糾紛，情況一片混亂，完全無法偵查。其他也找不到任何線索，兩人只能四處奔走。他們也試過盯梢，卻是白費。

搜查展開過了一週以後，条山房人去樓空，連門都沒鎖，與其說是外出，更接近趁夜潛逃。同一時刻，氣道會也關閉了道場。不管怎麼樣，這兩者肯定與事件有關，但線索也到此為止。

之後每一天，鳥口不但動身體也動腦，累得不成人形。即使如此，他一上床，神經就變得興奮不已，遲遲無法入睡。就算睡著，也一下子就醒了。

鳥口困惑極了。他比任何人都容易入睡，打出娘胎到現在，連一次都沒有想過睡不著覺時該怎麼辦。他試過喝烈酒，也試過讀艱澀的書，但都徒勞無功。他沒力氣上花街去，也沒心情去找熟識的女友。這種感覺有點像是餓得睡不著，於是鳥口姑且找東西塞肚子。但是不管怎麼吃，舒適的睡眠就是不肯造訪。他花了一個星期，才發現不滿足的不是胃，而是胸口。

肚子餓的話，只要吃就能夠填補了，但是胸口的空洞卻沒有方法能填補。

就這樣，以遲鈍聞名的體力派糟粕記者被剝奪了名為惰眠的快樂。

敦子、華仙姑、榎木津、条山房和韓流氣道會，所有的關係人都消失了。這種失落感就彷彿忘了藏有寶貝的錢包放到哪裡去了一樣。另一方面，這也是一種宛如被獨自遺棄在異鄉般的空虛感。

無法貼切地形容。

擔心，寂寞，這的確是有，但說出口來，又覺得有些不一樣。

鳥口仰望天空。

應該是廣闊無垠的天空，現在卻感覺格外狹窄。

舊書店開著。

玻璃門另一頭的書本縫隙間，可以看見中禪寺依然故我地頂著一張臭臉。鳥口又猶豫了。不知為何，他不知道該怎麼面對中禪寺。鳥口比以前更不了解中禪寺這個人了。

——他在想些什麼？

鳥口不懂。

敦子失蹤隔天起，中禪寺離家了三、四天。鳥口聯絡了好幾次，但他一直不在。鳥口一直以為他去找妹妹了。他一廂情願地認定，既然是中禪寺，肯定會使盡各種手段，循著鳥口等人連想都想不到的線索找出妹妹的所在。

——可是。

真是如此嗎？

鳥口自己忙著行動，中禪寺也完全不提他的單獨行動，事實上他到底去哪裡做了些什麼，沒有人知道。話雖如此，鳥口也覺得中禪寺不可能在這種節骨眼為了別的事出門。然而中禪寺後來卻完全停止了行動，也沒有向鳥口詢問搜索進度。後來他就像完全沒發生過任何事一般……

——讀著書。

中禪寺好像還是在看書。

——他在想些什麼？

該和他說些什麼才好？鳥口很困惑。他不可能不擔心吧？失蹤的可是自己的親妹妹。鳥口下定決心，用力打開拉門，踏進裡面。他就直接穿過書牆之間，一逕來到櫃檯前，也不打招呼，劈頭就問：「有、有沒有聯絡……？」

「誰的聯絡？」

連頭也不抬。

「什麼誰？師傅，就榎木津先生或……」

「沒有。」

「沒有……？」

鳥口困惑了。他真的不懂了。

「……師、師傅，您都不擔心嗎？竟然這麼冷靜地看書。您、您不去找敦子小姐好嗎？」

「去哪裡找？」

「就是不知道才要找啊！」

中禪寺一臉非常不耐的表情。

「沒頭沒腦的，你是怎麼了？」

「哪裡沒頭沒腦了？師、師傅，中、中禪寺先生，您知道嗎？連榎木津先生都不見了耶。我說、呃、您也稍微慌張一點吧！」

「榎木津不見蹤影，這不是稀鬆平常的事嗎？或許你不知道，但他曾經在倉庫二樓住了一個月，自個兒在那裡玩得不亦樂乎。也曾經去溪釣就這樣沒有回來，一直在溫泉旅館裡下將棋（註）。」

「這……或許是這樣，可是、可是敦子小姐呢？敦子小姐總不可能在溫泉旅館招藝妓吧！」

中禪寺揚起一邊的眉毛，斜眼盯著鳥口說：「你擔心的是敦子的話，何必拿榎木津來說？」

「我、我兩邊都很擔心啊。」

中禪寺「哦？」了一聲，撫摸下巴。

「噯，好吧。話說回來，你的說詞教人無法苟同。如果我驚慌失措，敦子就會有聯絡嗎？如果我停止讀書，她就會回來嗎？要是那樣的話，要我中斷讀書也可以。不過天底下應該沒這麼便宜的事。」

「話是這樣說沒錯，可是人之常情……」

「我也是有人情的。」

鳥口急忙摀住嘴巴。

每個人都有不同的情感表現方法。就算表面平靜，不代表內心就沒有情緒波動。中禪寺平素就是個看不出內心的人，但不管怎麼樣，親人都是無可替代的，或許只是看不出來，其實中禪寺心急如焚，那樣的話，鳥口的抱怨就實在是太多管閒事了。他想要開口辯解，卻先被牽制了：

「不是只有大哭大叫才是人情。重要的是……如果你那麼擔心的話，不必特地跑來這種地方。現在開始也不遲，隨便上哪兒去找，找到你滿意為止吧。」

「能找的地方我都找過了……可是……」

「既然能做的事都做了，那也沒辦法了吧？你就那麼擔心那傢伙嗎？」

「這……」

鳥口確實是擔心。但是……仔細想想，或許鳥口只是希望境遇相同的中禪寺能夠分擔一些他一個人無法承受的失落感和焦急罷了。

為什麼自己會被逼到甚至睡不著覺的地步？鳥口也不明白。

「你誤會了，鳥口。」

中禪寺闔起原本在讀的書。

「誤會？」

「沒錯，誤會。你沒有責任。聽好了，你在追查華仙姑。敦子被捲入與華仙姑有關的事件裡，失蹤了。不僅如此，你還曾經向我隱瞞敦子和布由小姐共同行動的事，所以你才會耿耿於懷。如此罷了。」

「呃，是這樣沒錯……」

「你很早就委託我協助你調查華仙姑，對吧？在那之前，我們一直共有關於華仙姑的消息。對你來說，向我隱瞞找到華仙姑這樣的大消息，讓你十分心虛吧？不僅如此，你還得對我隱瞞敦子遭到惡漢襲擊受傷的事。敦子是我的親人，你當然會感到猶豫。換言之，你對我懷有雙重的罪惡感，所以對於敦子失蹤，你感覺到不必要的自責。」

這是事實。但是……鳥口不明白這樣哪裡算是誤會？

中禪寺還是老樣子，一臉索然地說：「這是吊橋上的邂逅。」

「什麼？」

「所以說是誤會。對了，《稀譚月報》的中村總編輯也非常擔心那傢伙。噯，一般來說，無故缺勤半個月的話，就算被開除也理所當然。所以我拜託總編輯說，等那傢伙回來之後，務必要對她處以一個社會人應得的處分，但是我錯了。中村總編輯似乎誤解了我的意思，竟然要求說那傢伙回來的話，務必讓她做自己的媳婦。」

註：一種下棋遊戲，傳自中國，先吃掉對方的「王將」棋者獲勝。特徵是可以將吃掉的對方棋子做為自己的棋子使用。

「唔嘿！」

「真傷腦筋。」無情的哥哥說。「總編輯說如果敦子有個三長兩短，全都是他的責任，不斷地向我道歉。他說允許敦子採訪氣道會的是他，決定刊登報導的也是他，沒發現敦子遭到氣道會施暴，也都是他不好。」

「這樣啊。」

「就算如此，向我道歉也找錯對象了吧？我並不是那傢伙的監護人啊。」

「那麼，那個……媳婦的事……」

「你慌個什麼勁？唔，聽說總編輯的孩子除了今年二十九歲的長男秀男外，底下還有政男、龍男、年子，光是兒子就有三個。他說要帶照片和履歷過來，任我挑選，不過我鄭重地婉拒他了。」

「哦，這樣啊……」

「當然啦。敦子是以自己的意志行動，她必須自己負起責任，總編輯沒有責任，跟總編輯的兒子更沒有關係。說起來，這跟結婚是兩回事吧？不過倒是很像他會講的話哪。」

中禪寺微微地笑了。但這個話題也太悠哉了。

毫無緊迫感。中禪寺突然以凶狠的眼神瞪住鳥口，然後說：「同樣地，你也不必感到自責。」

「呃，這樣嗎？」

「當然了。我聽益田說，敦子會與布由小姐相識，完全是偶然，她們會一起行動，也是因為採訪韓流氣道會而結下的緣分吧？那麼就與你無關。而且拜託你隱瞞這件事的是敦子吧？你因為這樣，不得不感到無謂的內疚，而且就你而言，甚至連調查的目標華仙姑都給逃走了。被添了麻煩的是你才對吧？」

「話是這樣說沒錯……」

話雖如此……這不是誤會。

鳥口還是不懂哪裡怎麼誤會了。即使如此……

即使如此……

「師傅。」

「什麼？」

「敦子小姐……真的沒事嗎？」

「沒事的。」中禪寺說。

「可是師傅，您說敦子小姐是出於自己的意志行動，但敦子小姐她被施了催眠術……」

「一樣的。」中禪寺說。

「一樣嗎？」

「一樣。或者說，**正因為這樣，所以不會有事**。」

莫名其妙。

「先不管這個……我看，你似乎睡眠不足哪。睡眠不足，心跳會加劇，自律神經也會失調。」

「呃，嗯，師傅說的是……」

「那就休息吧。今天的事和你沒關係，你沒必要同席。而且說起來，聽說把我介紹給光保先生的是關口。」

「可是說要介紹的是我。」

「不過光保先生是透過雪繪夫人知道這裡的住址前來拜訪的。說到關口，聽說他五天前就去了伊豆，目前還在旅途當中。」

「我從妹尾那裡聽說了。是為了光保先生那件事，同時也兼為敝雜誌採訪吧？」

「那是妹尾的企畫。」

追尋消失村落的大屠殺事件——是這樣一個企畫，但鳥口不知道詳情。他好一陣子連編輯部都沒去了。

——消失的村落。

——大屠殺。

總覺得有些掛意。

「好像是呢。」中禪寺說。「我也還沒有聽到詳情……不過今天光保先生的訪問與這件事無關。聽說光保先生有事想問我，但之前多多良不是說務必想和光保先生談談嗎？所以我也聯絡多多良，安排了一次會面，如此罷了。」

「可是怎麼說呢，俗話說一騎虎二不休嘛。」

「什麼跟什麼？」

「沒關係，請讓我同席。」鳥口答道。他不想自己一個人，不管怎麼說，和中禪寺在一起就覺得安心。鳥口原本感到六神無主、手足無措，然而只是和中禪寺聊了幾分鐘，就恢復冷靜了。

中禪寺板著一張臉站起來，無聲無息地穿過鳥口旁邊，走向門口，在門前掛上「休息中」的牌子，鎖上門後，指示鳥口去客廳，自己則進屋裡去了。

客廳裡，夫人正默默地準備迎接客人。夫人看起來比平常落寞了一些，是在擔心小姑子的安危嗎？鳥口點頭致意，中禪寺夫人像平常一樣微笑說：「歡迎光臨。」鳥口無法開口提敦子，接著在上次坐的相同位置坐下。

沒事的——中禪寺這麼說。

哪裡怎麼樣沒事呢？

正因為這樣，所以不會有事……

——這是什麼意思？

韓流氣道會是黑道團體。從敦子的話聽來，那些人會因為一時衝動就取人性命。另一方面，擄走敦子和布由的条山房也惡評不斷，也不是能以尋常方法應付的對手。

不僅如此，應該與敦子在一起的布由，追究起來，也和那些傢伙同樣是一丘之貉，是靈感占卜師華仙姑處女。華仙姑本身似乎只是遭到利用，布由看起來也不像壞人，但既然她背後有黑手控制，也沒有什麼太大的差別。

誰與誰對立？目的與相互關係都完全不明。目前韓流氣道會與条山房似乎彼此敵對，但這也很難說。敦子說她為条山房所救，但是帶走兩人的就是条山房，条山房與韓流氣道會難保不會在背地裡彼此勾結。至於華仙姑背後的尾國誠一與這兩個組織是什麼關係，老實說，更是完全不明白了。

——哪裡沒事了呢？

鳥口覺得危險極了。完全無法保證敦子不會遭到危害，連性命都難保無虞。

——她會不會已經不在世上了？

中禪寺一離開，鳥口立刻不安了起來。

會不會已經……

「鈴鈴」一聲，風鈴作響。

抬頭一看，風鈴底下的小短籤正不停地打轉。

——只有風景……

一如既往。

和半個月前相同。

沒多久，多多良擦著汗進來了。

多多良看到鳥口，那雙又小又圓的眼睛斜斜地注視著他，沒多久想起來似地，笑著說：「哦，鳥口先生。」他好像真的是想起來的，之前的事都給忘了。多多良的外形教人看過一眼就忘不了，但鳥口的外表似乎沒有什麼特色，這也是沒辦法的事。

「上次好像發生了什麼事，後來怎麼樣了呢？」

多多良和平地這麼問道。「沒有怎麼樣。」鳥口答道，於是妖怪研究家歪著短眉說：「那真是傷腦筋呢。」

接著多多良環起雙臂，「唔唔」地低吟。

「上次鳥口先生不是急急忙忙地離開了嗎？」

「呃……那個時候真是失禮了。」

「後來那個來通知的人——叫益田，是嗎？他向中禪寺說明情形。我雖然是個外人，不過怎麼說呢，有種騎虎難下的感覺……」

「就是這個！」

「什麼？唔，就是那種只能一不做二不休心境……」

「這個！」

「你到底在講些什麼呢？呃，我一直聽著說明，但有件事一直弄不明白。」

「有什麼……可疑之處嗎？」

多多良再次低低地「唔」了一聲。

「就是中禪寺的態度啊。」

「態度？」

「他看起來面色非常凝重。我和中禪寺認識沒有太久，但我頭一次看到他露出那麼悲愴的表情。嗳，妹妹被惡漢擄走，沒有人會覺得高興，但是那張表情……」

中禪寺果然十分憂心。鳥口有些放心了。

「那張表情……」多多良重複說道。「……**在隱瞞些什麼**。」

「咦？」

意料之外的發展。

「中禪寺他……是啊，嗯，與其說是在隱瞞些什麼，我認為他知道這次事件的核心部分，但卻隱瞞不說。不過說是這次事件，我也完全不知道是怎樣的事件啦……」

「師傅知道什麼？」

怎麼回事？

「益田……完全沒有提到啊……」

「那個人驚慌到不知所措，又似在深深反省自責，當時那個樣子應該無法察覺到他人的臉色變化吧。不過那天中禪寺不是講了很久的電話嗎？」

「對對對。」

「我覺得那通電話……與事件有關係。」

「咦？」

意思是接到預告嗎？

「呃……您有什麼根據？」

「哦。每當那個益田說了什麼，中禪寺就好似恍然大悟，可是同時又露出極為悲傷的模樣，而不是擔心或慌張的樣子。雖然或許只是我多心，不過……對，我覺得那是知道某種程度的真相，然後想到了答案的表情。」

真相……

——什麼真相？

自己究竟哪裡還沒搞懂？哪裡有謎團？這次的事件……是哪個事件？有太多不明白的事了。事實上，鳥口連敦子的所在都不明白，也不明白她為何會被擄走。就算被無端捲入，也不知道華仙姑為何會被綁架。尾國的目的、条山房和氣道會的動向，若說完全不明白，確實是不明白。

可是，這麼一來……

究竟發生了什麼事？

敦子和榎木津確實消失了，街頭巷尾也充滿了可疑的傢伙跋扈自恣。

可是……這樣真的能說是發生了什麼事嗎？並沒有人死掉啊。說是被綁架，但犯人也沒有要求贖金。犯罪的主體並不明確。發生了許許多多的事，而這些事在某些地方彼此有著隱隱的關聯，即使如此……

還是……

——沒有發生任何算得上事件的事件。

鳥口察覺到這一點，感到一陣慄然。

例如有人遭到華仙姑——尾國所騙。但是以事件來說，已經完結了。条山房似乎曾經進行某些可疑的買賣，韓流氣道會也一樣。還有氣道會攻擊敦子，使她受了傷。不過以事件來說，這也已經結束了。詐欺事件、暴力事件，它們各別的被害人與加害人都很明確，沒有任何謎團。然而……

什麼都不明白。

只是混亂而已，也覺得似乎什麼事都沒有發生。就這個意義來說，鳥口的理解程度與多多良是一樣的。

——但是。

肯定發生了什麼事。

中禪寺到底知道些什麼？

真的有真相嗎？

「中……中禪寺先生說了什麼？」鳥口逼問多多良。多多良歪著短短的脖子說：「唔，不，這只是我的印象，並不明確，不過……對，為什麼我會這麼想呢？對了，因為他說了一句話：**遊戲不可能還在繼續吧……？**」

「遊戲？」

「對。我不懂他在說什麼。可是他確實這麼說了。若不是知道些什麼，不會講出這種話來吧？所以我才會這麼想。你去問問他本人就知道了，他就快過來了吧。」

──沒用的。

中禪寺不可能會說的。

如果能說的話，中禪寺老早就說了。既然他沒說，不管怎麼問都是白費功夫。

中禪寺不說的時候，就是有不能說的確切理由。

例如說，如果他的結論欠缺足以證明的論據，或是他的推論中包括了不確定的構成要素，無論它所導出來的解答再怎麼充滿整合性，中禪寺也絕對不會說出口。即使滿足這些條件，如果公開以後會使狀況惡化，他也會三緘其口。只要有任何人會遭受到任何一點損害也是一樣。

有時候，說了也是沒用。

這時他的饒舌會完全中止。所以即使如同多多良所言，中禪寺知道些什麼，他也有理由現在不說吧。

──沒事的。

他有什麼根據，確信敦子平安無事嗎？

──遊戲？

這是指什麼？

一陣風吹來，風鈴發出清脆的聲音且旋轉著。

「不好意思，請問有人在嗎？」一道聲音響起。

一會兒之後，夫人帶著光保公平進來了。這個人特色十足，非常肥胖。多多良也很胖，不過整體上感覺經過壓縮，但光保給人一種膨脹的印象。多多良看起來硬邦邦的，光保則感覺軟趴趴的。不僅如此，光保的頭頂和眉毛都很稀疏，膚色也白，**形態**就像顆水煮蛋或巨大的嬰兒。

「哎呀，鳥口先生，你是鳥口先生吧？」

光保看到鳥口，連呼了兩次他的名字。

夫人介紹多多良，並且端出茶來說：「外子很快就過來了，請三位稍待。」

中禪寺真的很快就來了。

紙門打開的瞬間露出來的那張臉，確實就像多多良說的，神色淒慘。鳥口倒抽了一口氣。但是中禪寺一看到光保，立刻恢復了常態。

「歡迎光臨。我是中禪寺。這位是……」

中禪寺指著多多良，於是光保急忙說：「多多良先生，是多多良先生，對吧？方才夫人為我介紹了。您好，敝姓光保。」

光保取出名片，恭恭敬敬地一人一張。

光保也遞給鳥口，鳥口說：「我之前收過了。」

「啊啊，我給過你了，給過你了。嗯，就像上面的頭銜，我是個室內裝潢業者。雖然從事室內裝潢，但我也在研究野篦坊。不，算不上研究這麼了不起，只是個好事家罷了。然後呢，上個月底透過赤井介紹，我見到了作家關口老師，那個時候也聊了許多，談到中禪寺先生的事，聽說您對妖怪變化魑魅魍魎等等造詣極深。」

「唔……頭銜是妖怪研究家的，是這位多多良……」

多多良用小熊般的動作再行了一次禮。

「啊啊。然後，我聽說了有關中國野篦坊文獻的事，所以想要詢問詳情。是什麼去了呢，紅衣無臉的女子……」

「啊，你是說《夜譚隨錄》的紅衣婦人那段嗎？」

多多良當下反應。

「什麼？請您再說一次。」光保說道，拿出筆記本。多多良重複，光保便一邊複誦，一邊寫下。

「那是沒有臉的女人嗎？」

「沒有臉呢，白面模糊。故事本身和常見的野篦坊故事一樣。」

「中國也有野篦坊嗎？」

「唔，有是有……」

多多良望向中禪寺。中禪寺一派輕鬆，說：「那只是怪臉的一種變化罷了。」

「您是說，那不是野篦坊？」

「只是沒有臉罷了。如果說沒有臉的妖怪都叫野篦坊，那麼也算是野篦坊，不過中國並沒有那類的特別怪物。《搜神記》裡也有類似的故事，但提到的怪物單純只是長相恐怖而已。嗳，用不著深思，無臉妖怪大概是我國獨特的產物吧……」

「或許吧。」多多良說。

鳥口窺看中禪寺的表情。

沒有什麼太大的變化。

完全看不透內心的古書商說了：

「如果要在大陸尋找我國野篦坊的起源，我想太歲、視肉這類不定型的異形比較接近吧。」

「這樣啊！」

光保露出得到滿意回答的笑容，拍了拍自己光禿禿的額頭。

「完全符合我的主張呢！完全符合。」

光保再一次重複。

「其實我曾經挖到過太歲。」

「咦！」

多多良大叫。朝光保一看，眼睛都瞪圓了。

「真的嗎？」

「真的。是日華事變的時候，我們在挖壕溝，結果挖到了太歲。然後就像傳說中說的，部隊死了一大半，是傳染病。」

「哇，那真是太慘了。中禪寺，對不對……？」

多多良興奮無比地望向中禪寺，中禪寺卻似乎完全無動於衷。不過多多良把眼睛睜得更圓，問道：「你也看到太歲了嗎？」

「不，要是看到，我就已經死了。」光保說。

中禪寺微笑，改變話題說：

「對了，聽說光保先生在大陸生活了很長一段時間呢。我聽鳥口說的……」

「是住了很久。」光保答道。「那裡的生活很適合我，我住了十二年之久。昨天通電話時說到什麼去了？各位想知道揚子江周邊的傳說是嗎？」

「是的，我很有興趣。」多多良說。「聽說您也看到了祭祀儀禮？」

「看到了，看到了。」光保重複說。「我在四川住了相當久。人民共和國宣言以後，現在變得如何我不清楚，不過我在的時候，那裡簡直就像是世界的盡頭，完全是窮鄉僻壤，什麼都沒有。我住得最久的是廣漢縣，在四川省的成都盆地，古時候就是蜀國。制蜀者制天下的蜀國唷。那裡幽幽暗暗濕濕的，是個非常幽靜的地方。」

真的很寂靜呢——光保反覆說。

「連條路都沒有，是世界的盡頭。李白不是有首詩嗎？蜀道之難，難於上青天……」

「噫吁，危乎高哉！對吧？」中禪寺說。

「對對對，那裡的路就像切開懸崖邊邊一樣，恐怖極了。聽說是玄宗皇帝落難時走過的路，就那樣保存原狀。去程艱險極了，當時我非常飢餓，聽說四川食糧豐美，我完全只依靠著這一絲希望，朝著夢想中的糧食移動。就像在馬鼻子前掛蘿蔔一樣。」

「你在那裡住了多久？」

多多良的口吻充滿了好奇。

光保動動小鼻子，答道：

「這個嘛，大概住了五年吧。……那一帶氣候溫暖，不過也容易滋生黏膩的黴菌呢。在整個大陸裡，也算是比較適合人居的地方，所以我在那裡住得比其他地方久。不過四川非常遼闊，我是到處遷移，總共住了大概五年。」

多多良稍微噘起下唇。

「其實呢，光保先生……我對中國的轉變感到若干憂慮。不，我並不是反對共產主義，只是對於中國拋棄過去的宗教和禮儀，令人十分憂心哪。而且四川周邊古代的歷史還不是很清楚吧？雖然三國時代以後的歷史是明朗了，不過……」

「嗯，那一帶被諸葛亮作為大本營。《三國志》裡出現的英雄現在仍然受到祭拜唷，也有武候祠之類的廟。還有，啊啊，樂山的大佛，比奈良的大佛還要大。非常大呢。」

「哦，那是個磨崖佛呢。我記得是唐代建造的吧？在那之前的……對，有沒有那之前的民間信仰呢？像是祭典，或是小祠堂之類的。」

「這個嘛，我想想，對了，有養蠶的神和水神。有祠廟，也有祭典。」

「蠶！欸，中禪寺，養蠶耶！」

多多良叫道。

看樣子，這個研究家動不動就愛大驚小怪。

「那個蠶神叫什麼？」

「呃……對了，叫青神。也有村子就叫做青神，那一帶盛行養蠶，就是蠶的守護神。」

「青神？」

「嗯，神像穿著青衣，所以叫做青神……啊啊，對了，好像也叫做蠶叢。好像吧。」

「蠶叢！中禪寺，蠶叢是《華陽國志》中記載的《三國志》以前的蜀王之名呢。是傳說中的第一個蜀王。古代的王果然活在民間信仰當中呢！」

「那個花陽……是什麼啊？」

「一本古書，記載了古代蜀國之事。是晉朝時寫的，但內容怪異荒誕，完全不被當成正史看待。」

「怪異荒誕？大陸的古代史不都很奇怪嗎？只因為這樣就不被當成正史嗎？」

「唔，如果這麼說，的確也是啦。」多多良望向中禪寺。中禪寺笑了。

「四川距離京城遙遠，是遠地邊境。對了，光保先生，您剛才吟了李白的詩的一部分，您知道它的後續嗎？」

「呃……我記得是……蠶叢及魚鳧，開國何茫然……吧。啊，那首詩裡的蠶叢就是那個蠶叢啊。原來他是蜀國的開國者啊……」

「是的。魚鳧也是王的名字。所以在李白活著的唐代，那些王並不是傳說，而是歷史。然而……現在不是如此了。為什麼呢，因為記載這件事的史料，留存下來的只剩下遠在後世所寫下的《華陽國志》而已了。沒有其他當時的紀錄。或許有，但既然已經失傳，也無從確認起了。這些事物即使會變成傳說，也不可能成為正史。」

「因為……沒有其他紀錄嗎？」

「是的。**沒有紀錄的過去，待記憶消失，也會隨之消滅**。能夠維繫過去的，原本就只有物質。唯有時間經過對物質造成的物理變化，才是過去的證明。但是物質會消滅，所以只要資訊沒有傳遞給下一代，過去就只有消失一途。過去原本就會消失，若是想要留住過去，就只有紀錄……或是記憶下來。」

「沒、沒有紀錄的過去……就只能依靠記憶嗎？」

一瞬間，光保的表情變得極為不安。

「如果記憶斷絕的話……」

「就會消失。」

「會消失嗎？會消失不見嗎……？」

光保微微滲出細汗。中禪寺答道：

「正因為如此，傳遞沒有紀錄的過去——記憶的民間傳說和口傳文藝，就顯得格外重要了。對吧？多多良？」

「沒錯！」

多多良有些激動，一本正經地點頭。

「就是如此。正因為如此，田野調查是非常重要的。」

研究家稍微探出身子，責怪中禪寺說：「你也應該多外出走走才是。」然後他重新轉向光保，身子更往前傾地接著說：「光保先生，怎麼樣？初代王蠶叢的蠶，就是蚕的舊字（註）。據信蠶叢是將養蠶技術傳到蜀國的王。經過數千年後，在當地養蠶依然盛行，而且蠶叢也被神格化而受到祭祀，這完全是出於人民的感激呢。可是如今這個信仰也會出於政治理由遭到禁止，不久將會逐漸消失吧。」

「該不會已經消失了吧？」中禪寺說。光保再次露出害怕的表情。

「如果我所看到的那些祭典消失不見，那麼《三國志》以前的歷史真的就會消失嗎？會消失嗎……？」

光保確認似地反覆問道。這似乎是他說話時的習慣。

多多良依然一本正經地說了：

「可是光保先生，你不是看到了嗎？既然你看到了，就表示資訊還活著。對，如果說蠶叢依然受人祭祀，或許二代王柏灌、三代王魚鳧的傳說也都還保留著。這些都是《華陽國志》裡記載的人名……」

「柏灌嗎？字怎麼寫？柏樹的柏，灌溉的灌嗎？這個嘛……是有個地方叫做灌……是在成都盆地的西北呢。揚子江不是有個都江堰嗎？那是個規模浩大的水壩，各位知道嗎？」

「那是世界最古老的水壩呢。」中禪寺說。

「是的，據說是西元前建立的。那個髒兮兮的水壩，看起來就像木筏還是棧橋一樣。那一帶就叫這個地名。那裡有個祭典，叫清明放水節，場面非常壯觀唷。和日本的祭典不同，怎麼說呢，色彩繽紛，像這樣豎著一大堆旗幟……」

光保似乎看開了什麼，比手畫腳地滔滔不絕起來。

「他們會供上一整隻烤豬，然後用青銅的酒尊盛酒，人們五顏六色地打扮成道士等等等……就像京劇那樣。男女會一起舞蹈，然後還有龍，額頭上像這樣長著一根奇怪的角，像長崎的蛇舞般扭來扭去……。我也素描下來了。」

「那叫什麼祭典？」

「清明放水節。是重現都江堰完成時的情景，大肆慶祝，意思是治水成功，萬歲萬萬歲，所以是治水祭。治水呢。」

「這樣啊。第二代的王叫柏灌，看他的名字，我一直猜測他會不會是個擅長治水灌溉的王。符合我的推測呢。那麼魚鳧呢？」

「魚鳧……魚我知道，但是鳧……」

「是水鳥吧。」多多良答道。

「那裡的人家飼養鵜鶘呢。」

「鵜鶘！」

多多良第三次吃驚。

「養鵜鶘耶，養鵜鶘唷！」多多良像要激起中禪寺興趣似地說。

「那像長良川一帶那樣嗎？」

「沒有綁繩子呢。」光保說。「我是在樂山那一帶看到的。他們的技巧非常熟練，不用綁繩子就可以控制川鵜，簡直就像使喚狗一樣，鵜鶘會乖乖聽話，潛到河裡吞了魚之後，就這樣一吐……」

「怎麼樣呢？中禪寺。」多多良皺起眉頭。「養蠶紡織，灌溉土木，川漁，要是再加上冶金精銅的話，重要的古代技術大概都湊齊了。這麼說來……中禪寺，你上次不是說什麼要是古代的揚子江也有文明就好了嗎？」

「是啊……」中禪寺摸摸下巴。「之前不小心說溜嘴了，不過我沒有根據。只是突發奇想罷了。不，應

註：日文中的「蠶」字，現今通用字形為「蚕」。

該說是願望吧。」

「願望？」

「對，願望。我讀了《華陽國志》，忍不住幻想起來了。如果就像上面寫的，古代真的有蜀國存在，那就是紀元前數千年的事了，不是嗎？太古老了。可是，那與殷商或周朝等中國的初期王朝性質似乎又截然不同。如果那是黃河文明傳播過來而興起的文化，應會餘留下同質性的傳說才對。所以我在想，滅亡之後至今，會風化到幾乎無紀錄可循嗎？而到後來……《三國志》的時代以後，歷史的性質就變得相同了。」

「是啊。」

「我覺得這與同根源的文化染上地域色彩逐漸改變的狀況有些不同。所以我才會猜測它們的根源可能不同。這麼一來，就等於長江上游出現了與黃河中游流域根源不同的文明——揚子江文明。這麼一想，想像就變得完美了，對吧？」

「那麼古代蜀國怎麼了呢？」光保問道。

「這個嘛，文獻上並沒有提到滅亡。只是王的連續性斷絕了。所以它才沒有被當成歷史，而是被視為傳說。從蠶叢、柏灌到魚鳧都有連續性，但是之後的杜宇顯然民族文化的系統不同，可以看出斷絕了。其他文獻上說最後的蜀王魚鳧升天成仙——成了長生不老的仙人。所以古代蜀國是在這裡……」

「滅絕了呢。」光保說。

「滅絕了。」中禪寺說。「然後古代蜀國的歷史就此斷絕。古代蜀國從歷史這張地圖上被刪除了，被當成了**不曾存在過**。」

「國……國家消失了嗎？」

光保取出挾在後口袋的手巾，抹掉額頭上細小的汗珠。

「從……從歷史上被刪除了。國家……連同過去……完全消失不見了……」

「所以還是受到侵略了吧。很難想像一個國家能夠自然地與他國同化。若不是連同文化一起被根絕，不可能會斷絕得如此徹底。如果《華陽國志》中所記載的內容包括了歷史上的事實，就表示與這段歷史有關的人全都死絕了……」

「全都……死絕了……」

「不曉得究竟如何呢。」

「不管到那裡，提、提到以前的事，也、也已經沒有任何人知道了……」

光保看起來有些蒼白。

「所以留存下來的民間傳說非常重要啊。」多多良說。

「不過呢……」中禪寺澆冷水說。「民間傳說不能算是物理證據，所以沒辦法從民間傳說來推測國家的規模及年代，也沒辦法做出歷史定位。無論是養鵜鶘或養蠶，都沒辦法查出是哪個時代傳入該地區的。因為其他地區也有相同的產業。」

「證據啊……」

「是的。當異文化滅絕時，有時候即使信仰和習慣被斬草除根，也只有技術會保存下來，不是嗎？侵略者會將技術者當成奴隸使喚，所以……是啊，假設有一些技術是起源於古代蜀國，它們也會輕易地成為後續王朝的財產，還是很難證明它的獨特性和先行性吧。」

「是啊……」多多良環抱雙臂。現在比起提出這個觀點的中禪寺，多多良似乎更執著於揚子江文明來了。

「對了，中禪寺，你之前不是提到塗佛的事嗎？我記得你說讀了《華陽國志》，感到掛意……」

這麼說來，好像提過此事。

中禪寺再次搔搔下巴。

「嗯。關於那件事，我覺得我太輕率了，因為毫無根據呢。我不該說出口的。」

「有什麼關係嘛。又不是要發表文章。」

「嗯……」

中禪寺轉過身體，從壁龕取出一本《百鬼夜行》，翻開書頁。

「這個……燭陰。」

中禪寺翻開書本，放到桌上。

光保「哇」的一聲，望向書本。

畫上是一隻纏繞著岩石的巨蛇。

不……那不是蛇，而是一個人頭蛇身的怪物。

蛇的身體上是一顆老人的頭，睜著一雙貓眼般的眼睛，披頭散髮。

「燭陰……怎麼了嗎？這是北海鍾山的神明吧？有個說法說祂是北極的極光……」

「是啊。就像畫上的說明，石燕是從《山海經》裡轉錄這個妖怪——應該說是神才對。附帶一提，多多良，你記得燭陰在《山海經》裡的記述嗎？」

多多良瞬間瞪著虛空。

「石燕引用的是〈海外北經〉呢。」

「因為是鍾山，所以是〈海外北經〉。但是〈大荒北經〉裡也有記述吧？〈大荒北經〉的比較詳盡。」

多多良了解似地「啊啊」了一聲，然後背誦了起來。

「西北海之外，赤水之北有章尾山，有神，人面蛇身而赤，身長千里，直目正乘，其瞑乃晦，其視乃明，不食不寢不息，風雨是謁，是燭九陰，是謂燭龍。」

「這是什麼意思呢？」光保問道。

「這個嘛……，人面蛇身……這就像書上畫的，然後身體赤紅，體長有一千里，一閉上眼睛，天地就被黑暗籠罩，一睜開眼睛，世界就輝煌明亮。祂一呼吸，強風暴雨席捲萬里之外，所以祂什麼也不吃、不睡、也不呼吸，靜靜地不動。祂的神力甚至可以照耀九重的冥府黑暗——這就叫燭龍。」

「燭……龍。」

「是啊。燭是蠟燭的燭，也就是光明。燭陰的意思就是照亮陰暗。所以燭龍只要睜眼，世界就會變得光明，祂一閉眼，世界就一片黑暗。」

中禪寺從懷裡抽出手來。

「格局很浩大吧？燭陰毫無疑問地就是太陽神。祂一呼氣，就烏雲籠罩，降下雪來，一吸氣，就陽光普照，連金屬和石頭都會熔化。那麼祂或許是金屬神。最重要的是，祂只要一閉眼或呼吸，世界就會一片混亂，所以祂才不敢呼吸眨眼，靜靜地待在北方的盡頭。這種規模不可能僅止於山的守護神……」

中禪寺指著《百鬼夜行》。

「我認為這種格局之大，會不會是暗示燭陰原本是創造神或宇宙神……？」

「哦？」多多良雙手擺在膝上。「中禪寺，換句話說，你的意思是燭陰會不會是過去滅絕文明中的最高神祇？」

「是啊。就算要納入征服王朝的新信仰體系裡，也不能讓兩個最高神並列吧？這要是基督教之類的一神教，就會被當成邪神或惡魔，不過遺憾的是，中國並沒有那樣的體系。」

「唔，也是呢。」

「所以……我思忖這個燭龍原本會不會是蜀之龍的意思？」

「哦哦……」多多良叫出聲來。「蜀……唔，確實是在西方……」

「是啊。《山海經》是古代的地理書，是一本奇書，內容也荒誕無稽，所以也很少人會把裡面的內容類比為實際上的地名……。不過我在意的，是剛才多多良背誦的《山海經》記述中，直目正乘這四個字。這是什麼意思呢……？」

「我是當成眼睛豎生，直立閉上這樣的意思來解讀。據說乘這個字是朕的意思，也就是舟縫。正乘應該是閉上眼睛時，接縫呈直線的意思吧。不對嗎？」

「也有其他解釋吧。首先直目就令人不解。什麼叫直目呢？」

「這個嘛……」多多良納悶地偏頭。

「我從以前就一直疑惑這到底是什麼意思。然後前幾天我在讀這本《華陽國志》的時候，看到了這樣的記述。是關於初代王蠶叢的記述：蜀候蠶叢其目縱——蜀有國王，名叫蠶叢，他的眼睛縱生……」

「縱……難道你的意思是，蠶叢就是燭陰？」

「是的。古來在大陸，龍就是王的象徵。如果燭陰是蜀龍，就代表祂是蜀王。傳說燭陰直目正乘，而蜀國最早的王**眼睛縱生**。」

「原來如此……。可是什麼又叫目縱呢？」

「問題就在這裡。目縱到底是什麼樣的眼睛呢？縱、直、正、乘——這些文字全都不適合拿來形容眼睛。然後呢，我突然想到這會不會是……」
中禪寺翻開另一本《百鬼夜行》。
「……像這樣的眼睛呢？」
那一頁畫著塗佛。
「從顏面**垂直蹦出來的眼珠**——縱目。噯，我所說的靈機一動就是這個，完全沒有根據。不過另一頁的濡女是蛇身，這件事可能也多少影響了我吧……」
中禪寺有些難為情地笑了。
「喏，我之前不是說過，這本下卷所收錄的妖怪背後，可以看見大陸渡來的技術系使役民的影子嗎？所以我才在思考這個塗佛和濡女是否也具有這樣的屬性。滅亡的古代蜀國的技術者來到本國，千年之後化為妖怪，這聽起來頗有意思吧？」
多多良半張著嘴呆了好一會，不久後擠出「唔唔」的低吟聲。
「論可能性……也不是不可能，不過這沒辦法發表呢，所以你才保密不說，對吧？」
鳥口認為依中禪寺的性情，這類假說他絕對不會說出口吧。光保一臉欽佩的模樣，直盯著桌上的妖怪圖瞧，或許他喜歡這類東西。正當中禪寺就要闔上書本的時候，光保「啊……」地發出怪聲。
「縱、縱目……」
「什麼？」
「不，呃，那個妖怪……非、非常恐怖。雖然恐怖，可是我**在曾經大陸看過那種妖怪**。」
「什麼？」
「這個……」
多多良一臉詫異。
「看過？看過哪個？總不會是塗佛吧？」
光保從皮包裡取出老舊的記事本。封皮磨損得很厲害，都殘破不堪了。
「……請看看這個。這是我的備忘錄……喏，這是我剛才說明的清明放水節。還有這是樂山的大佛。」

多多良望向記事本，說：「哦，畫得真棒。」

「戰前我是一名警官，但是在當上警官前，是在澡堂畫壁畫的，所以……喏，就是這個，這個……」

光保打開記事本，攤在桌上。

上面畫了一張奇怪的圖。

那似乎是一個面具。

下巴扁塌、耳朵巨大、鼻子高挺，額頭上豎著一根像角的裝飾，然後格外巨大的眼睛裡……

眼珠遠遠地蹦出。

「這、這是……」

多多良彷彿被糊住了似地僵住，「塗」了一聲。

接著他滿臉漲得通紅，小聲地叫道：「塗佛！這、這很像塗佛呢，真的！中禪寺你快看。喏，眼睛……」

中禪寺難得露出訝異的表情望過去，罕見地「噢噢」地叫道。

「這……光保先生，您在哪裡看到的？」

「這個嗎？一樣在四川看到的。四川。而且是在郊區。呃……是三星村。」

「三星村……」

「對。那一帶有古代遺址。那時候我幫忙挖土曬磚，聽當地的農夫說的。當時說是十幾年前發現的，所以距今已經有二十年以上了。聽說是在挖掘灌溉水路的時候，挖到了許多玉石器。那個面具一定也是在挖東西的時候挖到的，它被安置在村子郊外的祠廟裡。村人說雖然不太清楚，不過那應該是陽神。」

「陽神……太陽神嗎？」

「對。不過也有人說那是龍的臉，很模稜兩可呢，模稜兩可。」

光保看著筆記接著說。

「我在這裡這麼寫著。唔……蜀為雲霞之國。聞蜀犬吠日，因陽光罕見，故祀陽神乎？——這是我當時的感想。我的感想。」

「光保先生，這個面具是什麼材質？」

「哦，是銅。」

「銅？」

難得看到中禪寺這麼吃驚。

「這……真的是古老的遺物嗎？不是誰做出來的吧？」

「看起來不新，應該不是什麼人做的吧。這個東西很大，不是拿來戴的面具。上面還有金箔剝落的痕跡，也有綠鏽……。唔，不是農夫做得出來的吧。」

「這……」中禪寺一反常態，有些大聲地說。「……這是證據啊，光保先生。是物理證據。中國沒有這種樣式的出土品，至少黃河流域發源的文化裡沒有這種東西。雖然有些銅器會刻上象徵臉部的花紋，但是應該沒有做成臉部本身的巨大銅器。這……如果這是青銅器，而且不是個人創作的話……」

「如果這個眼球突出的面具實際存在，就表示它可以成為證據，證明古代蜀王朝曾經有過獨特的揚子江文明，與黃河中游流域起源的文化不同，對吧？」

多多良一瞬間露出奇妙的表情說道。

「可是……古代做得出這麼細緻的工藝品嗎？這是鑄造的吧？技術當然不必說，這需要相當強大的國力才有辦法。欸，中禪寺，如果古代蜀國有這麼先進的技術，那麼就像你剛才說的，國家滅亡以後，那些技術者……」

多多良說到這裡，沒有再說下去，然後說了聲「哦，塗佛啊……」，深深地嘆了一口氣。

＊

這天……第四個站在眩暈坡底下的，是益田龍一。

益田很迷惘。該上坡嗎？還是不該？

益田沒有和中禪寺商量，藏匿受傷的敦子，不僅如此，還讓她在眼前被人大搖大擺地拐走，甚至只能束手無策地眼睜睜看著。原本，他根本沒有臉去見中禪寺，然而益田現在卻想要向中禪寺求助。

這不是益田可以裁量處置的問題。既然榎木津不在，他唯一能夠依賴的就只剩下中禪寺了。

——竟然連那樣的人都……

益田心想。

當然，他想的是偵探榎木津。

益田覺得自己應該比任何人都更要佩服榎木津。而且他認為那並不是高估，也不是一廂情願，而是正當的評價。所以他才會擔任偵探助手。

但即使如此——或者說正因為如此，益田從來沒有依賴過榎木津。

榎木津一定瞧不起彼此依賴的關係。說起來，榎木津根本不會說什麼正經話，也不會思考一般事情。他不採取尋常行動，也不為理所當然的結果高興。他的態度乍看之下似乎是瞧不起社會，也像在嘲笑社會。

可是……

這是益田認識榎木津之後，第一次打從心底希望他在身邊。

當然就算榎木津在，應該也不會聽從益田的請求，而且也不會為益田這種人出力吧。

前天晚上，來了一堆麻煩的傢伙。

那天益田也在外頭徒勞地奔波了一整天，累得幾乎渾身癱軟地回到神保町的事務所。

自從敦子、布由及榎木津失蹤那天起，益田就睡在玫瑰十字偵探社裡。

神保町是個方便的地點，適合做為活動據點，要和鳥口聯絡時也比較方便。那裡有電話，寅吉也總是守在那裡，等於是個中繼站。而且榎木津不一定不會回來。益田也覺得如果敦子有消息，一定也會聯絡那裡。

話說回來。

益田連想都沒有想到，竟會演變成這樣一場耐久賽。

一早醒來，就徒勞地四處奔走，然後回來睡覺——每天就這麼反覆過著。就算維持著一定程度的緊張，過了第十天，也難免會萌生出一些惰性。

於是……原本應該是非日常的奇異生活，竟然讓人覺得宛如日常了。會禁不住錯覺這種生活從老早以前就是如此，同時也將會永遠持續下去。當然應該不會如此，而且要是這樣就糟糕了，但察覺到時，自己潛意識裡卻這麼認為了。每當益田發現自己的這種心態，就覺得厭倦不已。

益田心想，不安與焦躁或許意外地難以持久。人這種生物，本能地就是會逃避這種不安定的狀態吧。

這天……益田記得自己累得提不起勁爬樓梯。他應該很擔心，很不安，很難過，但是一想到自己的感想頂多只有這點程度，就禁不住厭惡起來。

即使如此，那時他仍然覺得腳沉重得抬不起來，滿腦子只感覺到倦怠。

開門的時候，響起「匡噹」一聲。

屏風另一頭孤孤單單地坐著面無血色的寅吉——應該如此。然而……

坐在接待區沙發上的，卻是一對陌生男女。

男子……怎麼看都不像個正派人士。打扮像是黑市商人或江湖藝人。頭髮理得極短，戴著金邊眼鏡，穿著花俏的夏威夷衫。這類男人旁邊通常都有歡場女子服侍，然而出乎意料的，女方的打扮十分普通，不但沒有化妝，服裝也很樸素，頭髮很短，沒有一點媚態。女子看起來很乾淨，但個子很瘦，給人一種堅毅的印象。

益田花了好長一段時間，才理解到原來是來拜訪偵探的客人——委託人。既然坐在偵探事務所的接待區，一般應該都會這麼想，但益田卻覺得這些人好礙事，心想因為這些人讓今天變得與昨天不同了。

寅吉噘著紅得異樣的嘴唇招著手，但益田仍然沒有向委託人打招呼，蠻橫地開口說：「和寅兄，你那手是在幹麼？」

「你是助手嗎？」男子問道，於是益田回頭望向男子的臉，總算把握了狀況。

「嗯……」

很虛脫的第一聲。

「你是津仔的助手嗎？」

「津、津什麼？」

「哦，榎木津啦，津仔。」

「呃……這、呃……」

「益田益田。」寅吉再次呼喚。「喏，這位是司先生，司喜久男先生，是先生的老朋友。他來委託工作。」

「我叫司。」男子快活地說。「怎麼，聽說那傢伙不見了？助手也真是辛苦哪，你一定很傷腦筋吧？」
「啊……呃，託您的福……」
「你很緊張嗎？不行不行，來來來，坐下吧。津仔不在，可以依靠的只剩下你了啊。和寅是不行的。你不行吧？」
「不行呢。」寅吉說。
「喏，他自己都這麼說了。你叫什麼名字？我叫司，叫我喜久哥就行了。」
「我叫益田。」益田回答。
「咦？跟津仔那傢伙說的名字不一樣哪。」
「我、我嗎？榎木津先生有說我什麼嗎？」
「有啊。他說什麼有個傻瓜來見習了，被那傢伙說成傻瓜就毀了啊。怎麼樣？」
「什麼怎麼樣……呃……」
司仰起身子，高聲大笑。
「沒關係啦，沒關係啦。我說啊，聽和寅講得亂七八糟，莫名其妙，不過這裡好像是一團亂？嗳，既然都亂成一團了，就順便幫我找個人吧。」
「找人……？」
益田忍不住瞪向寅吉。
哪有人會在這種狀況下接受委託的？簡直瘋了。寅吉別開視線，匆匆躲到廚房去了。
「呃，現在……」
「我了解。我們一星期前也來過一次，想要委託，但那時候也亂成一片，本來想打消念頭，但是我稍微調查了一下，覺得就算津仔不在，也還是委託一下比較好……」
「請、請等一下，呃……」
「嗳，快點坐下吧。」司說道。
益田怨恨地瞪著廚房，在接待區的椅子坐下。司那張褐色平坦的臉笑了開來，說：「益田，這位是黑川玉枝小姐，是個護士。」他介紹女子。

「她呢，住在一起的男人失蹤了。就是想要找到那個男人。」

「可、可是司先生……」

「益田，你先聽我說吧。我和這位小姐是偶然結識的，但我覺得這實在不是偶然。她說她知道津仔，還說以前曾經見過。世界真是小哪。不僅如此，她失蹤的男人好像也認識津仔。所以呢，我不說這是命運，可是這種情況還是……」

「這位小姐……認識榎木津先生？」

「是啊。這位玉枝小姐啊，以前曾經在**那家**雜司谷的久遠寺醫院工作，失蹤的男人也是那裡的實習醫師。」

「久遠寺……醫院嗎？」

去年夏天，那家醫院發生了淒慘的事件。這件事益田也曾經聽說過。榎木津、中禪寺以及關口似乎也和那個事件有著深刻的關聯。益田本身也和事件中心人物的久遠寺醫院前院長見過。

「您知道嗎？」女子問。

「唔，聽說過。」益田答道。這半年來，益田透過他們幾個關係人口中，得到有關事件的片斷知識。那是一個難以捉摸的事件，益田到現在依然無法了解它的全貌，不過他能感覺出那是個極為寂寞、悲傷的事件。

「我忘不了那個事件。」女子說。「……我……事件最後一天正好值班……」

「那麼……您目擊到慘劇了？」

「不。呃，我遭到毆打……」

「啊啊……」

她真的是當事人。

「那麼失蹤的那位……妳的同居人是……？」

「是的。他叫內藤──內藤赳夫，住在久遠寺醫院實習的醫師，不過他現在沒有工作……成天遊手好閒……」

「哦……」

益田沒有聽過這個名字。

「這個內藤呢，算是這位玉枝小姐的非正式丈夫，嗳，就是小白臉啦。啊啊，對不起啊，可是沒關係吧？這是事實嘛，這個人哪……對小姐雖然不好意思，是個窩囊廢。」

「哦，沒有正職是嗎？」

「沒工作是無所謂啦。可以不用工作地過活，也算是爭氣吧。世上並不是只有會賺錢才叫了不起。像家事，雖然掙不了錢，但是做家事的太太們還是很偉大啊，不是嗎？就算連家事都不做，只要能夠讓男人養，那樣的女人也是豁出身體在過活啊，那樣不是也很厲害嗎？不管是身體、個性還是認真努力，什麼都好，都是一種過活的手段吧？」

「是……啊。」

司笑了。

「嘿嘿，益田，你這人滿老實的嘛，你這種人也不賴啦。像津仔，骨子裡也是個老實人對吧？」

「是、是這樣的嗎？」

「當然啦，那傢伙家世不凡嘛。」司笑得更厲害了。寅吉從廚房端咖啡出來說：「喜久男先生和我們先生是老相識嘍。」他徹底扮演下人角色。

「是老相識嘍。話說，修仔現在在做什麼啊？」

「修……木場先生嗎？」

「對。他還在當刑警嗎？」

「這……您和木場先生也是朋友嗎？」

「嘿嘿嘿，被人這麼鄭重其事一問，還真不好意思哪。嗳，這些事無關緊要啦。然後呢，說到內藤。」

司強硬地轉回話題——不過原本讓話題離題的就是他自己。

「內藤他呢，對這位玉枝小姐暴力相向，還辱罵她。不過這種事是他們兩個人的問題，對吧？只要他們兩個覺得沒問題，旁人也沒資格插嘴說什麼。但內藤這個人啊，真的很窩囊，動不動就逃避。」

「逃避？」

「從這位小姐身邊逃走。然後過不久又回來。對吧？」

玉枝答道：「是的。」

「他為什麼要逃走？」

如果是玉枝逃走，還能夠理解。內藤殘忍地對待玉枝，玉枝卻仍然願意照顧內藤，益田實在想不出內藤為什麼要從這麼奇特的女人身邊逃走。

司回答了：「內藤是在逃避他自己。那是叫做罪惡意識嗎？還是叫做罪惡感？他大概覺得自己這樣下去不行，應該也覺得很對不起這位小姐吧，所以才會逃跑。逃跑之後可能去做了些什麼吧。但是不行，結果還是沒轍，又回到這位小姐身邊來了。」

「這……如果有意思反省，只要痛改前非不就好了？」

「要是辦得到，他一開始就不會當什麼小白臉了。你不行哪，太老實了。」司說。

「呃，不行嗎？」

「不行啦。噯，不過內藤這樣反反覆覆的時候還好，對吧？」

玉枝露出一種難以形容的表情，不過還是點點頭。

她的態度像在說「一點都不好」，也像在說「那樣還比較好」。或許兩邊都是。

「然而啊，不久前……五月底嗎？這位小姐和內藤大吵了一架。那個時候呢，內藤說了奇怪的話。」

「奇怪的話？」

玉枝不知為何，用道歉般的口吻答道：「說是……在久遠寺醫院事件中過世的人附在他身上……」

「哇……」

這是中禪寺的管理範圍。

「然後他們兩個吵得更凶了。這位小姐雖然否認，但是我明白的。這位玉枝小姐啊，是在嫉妒。」

「您又說這種話了……」玉枝一臉困窘。

「嘿嘿嘿。」司笑了。「妳可瞞不了我這個老江湖的眼睛。內藤啊，一定是對死在那事件裡的人有所留戀。」

「留戀……？」

「益田，你懂嗎？不管對方是個再怎麼爛的男人，只要心思還在自己身上，就什麼問題也沒有。可是一旦覺得他移情別戀，就完全無法忍耐了。而且對手還強得很哪，如果只是隨便和哪裡的流鶯花心也就罷了，但對手是死靈的話，根本沒有勝算嘛。」

「哦……」

「然後呢，兩個人還扭打起來，結果隔天內藤就不見了。他好像跑到了上野的天橋底下閒晃。問題是之後。」

「問題……？」

司一改之前親暱的態度，身體向前屈。

「內藤他……疑似被奇怪的男子教唆，捲入了什麼麻煩的事件裡。」

「事件……？」

「對。他的背後有藍童子操縱。」

「藍童子……？」

「本名彩賀笙，是個通靈少年。他是個美少年，會使一種照魔之術，能識破對方的謊言，也協助警方搜查辦案，在地下社會裡有些名氣。藍童子從去年底開始，主要協助目黑署的搜查二組，將一些小混混全都取締光了。但是三月的時候，取締世田谷的条山房失敗，後來就收斂了許多。」

「条、条山房……」

怎麼會冒出這個名字來？

「你知道条山房？」司的表情很意外。「条山房好像很難對付呢。好像都已經掌握證據了，結果還是抓不到人。其他的全都被逮捕了說。不過啊，藍童子的手法太骯髒了。」

「骯髒？」

「因為藍童子他知道底細啊。像是黑市物資的來路，還有流通的通路等等，他抓住這些消息後，向警方告密，只是這樣罷了。」
「不是通靈，而是告密嗎？」
「唔……他能夠指揮統率那些流浪兒，在這方面算是個天才吧。總之，他很擅長蒐集消息。對那些被檢舉的人來說，是個麻煩的小鬼。地下社會的人也不曉得底細是從哪裡洩露出去的，每天都過得戰戰兢兢的。依我看，藍童子是個以罪犯為餌食的恐怖傢伙。他靠著出賣那些社會邊緣人來生活，藉此從警方等勢力獲得報酬哪。實在是太惡劣了。」司說道。
這個叫司的人似乎通曉那類所謂的地下社會。
「就是那個藍童子抓走了內藤。」
「抓走內藤……？」
「背後一定有什麼……或者說，我覺得非常危險。這種情況也不能依賴警方，因為不知道藍童子在哪裡和什麼人互通聲息，所以只能拜託津仔了。」
「就算您這麼說……」
榎木津人也不在。
「噯，由於我也覺得有些不安，所以稍微調查了一下。我也有我的情報網哪。結果內藤似乎往靜岡去了。七天前的六月五日，恰好是他去見藍童子的那天晚上，有人目擊到他搭乘電車往靜岡去。」
「靜岡……？」
「對。內藤身上應該沒錢，所以我認定他不會移動到太遠的地方，但是我想得太天真了。他好像有同伴。那個同伴是一個賣藥郎，叫做尾國……」
「請等一下！尾國……您是說尾國誠一嗎？」
「你知道嗎？」
「豈、豈止是知道……」
事情不得了了。
「……尾、尾國是……怎麼說，他在黑社會裡有名嗎？」

「尾國那傢伙非常可疑，雖然我不知道他的真實身分……不過知道他的人就知道。他和許多宗教團體有聯繫，也會在大宗黑市交易現場露面。雖然沒有什麼醒目的行動，但是在業界裡是個必須注意的人物。然後呢，因為這次的事，發現他和藍童子似乎也有關係。所以我在猜想，幕後黑手會不會就是尾國……」

「尾、尾國……」

尾國誠一、条山房。內藤遭到劫持，與華仙姑一事有關嗎……？

——藍童子嗎？

「司、司先生……」

「怎麼樣？益田，你就接下委託吧。我啊，實在沒辦法拋下這樣的女人不管哪。可是呢，其實明天我有個工作，得到東南亞去一趟哪。去了的話，暫時是回不來的。等我回來，會付你一大筆酬勞的……」

「我、我答應。可是……有些事我想請教一下。」

「儘管問吧。」司說。

「是關於条山房……」

「咦？那裡不是關起來了嗎？記得好像是上星期的事吧。」

「是的。那裡為什麼關門了？還有，他們去了哪裡……？」

「去了哪裡……？哦，你說那個通玄老師嗎？這個我就不知道了呢。我只是因為藍童子的事，稍微打聽了一下而已。啊，可是……唔，我有個住在音羽的朋友叫酒三，是江湖藝人的頭頭，聽說他藏匿了一個条山房的受害人，結果人逃走了什麼的。」

「条山房的受害人？」

「傳聞，完全只是傳聞而已。他們很講仁義、重義氣，不會輕易洩露消息的。這件事……我記得應該是恰好一星期前發生的。」

「一星期前？」

什麼？這是什麼意思？

益田混亂了。他完全不明白哪裡和哪裡怎麼樣連繫在一起。司從前屈的姿勢換回原來後仰的姿勢，像是要看清楚益田的表情。接著他輕浮地說：

「那麼就拜託你了。玉枝小姐，告訴他地址和聯絡方法。益田，這是訂金。幫幫她吧。」

司從口袋裡直接掏出一疊鈔票，擺在桌上。玉枝見狀困惑無比，出聲道：「呃……」但是司以輕鬆的態度說：「沒關係沒關係，我會申請經費啦。」

「那麼我收下了。」益田暫且說道，把錢交給寅吉。

就在這個時候，「匡噹」一聲，鐘響了。

抬頭一看，眼前出現了一張表情糊里糊塗的細長臉龐。

「嗨。」

「伊……伊佐間先生。」

「嗯，好久不見。」

來人是伊佐間一成。

伊佐間在町田經營釣魚池，是個閒人。他是榎木津海軍時代的部下，最近和中禪寺及關口交情也不錯。

他這個人超脫塵俗，飄忽不定，難以捉摸。他留著一頭刺蝟般豎起的短髮及鬍子，服裝品味也很奇特，使得他那張令人聯想到古代貴族的臉龐看起來國籍難辨。

「啊，有客人嗎？」

伊佐間看到司和玉枝，彎腰輕輕點頭致意，悄聲問道：「榎兄呢？」

「這……說來話長。」寅吉說。

的確很長。或者說，完全不知該從何說起。

「哦。」

但伊佐間似乎了解了。他可能看出有什麼無法簡單交代的原委了。

接著他這麼說了：「呃……那麼聯絡一柳先生的……」

「是、是我。」

益田像個小學生似地舉手。伊佐間噘起嘴巴「嗯」了一聲。

「今天我是代替一柳先生過來的。」

益田原本打算去見據說認識尾國的一柳史郎，但由於發生了意料之外的狀況，他暫時先以書信詢問。伊佐間站在屏風旁邊說：「一柳先生出門行商，已經在神奈川巡迴了三個月，途中繞到我這兒來。他告訴我他聯絡了家裡，結果家裡的人說收到一封來自玫瑰十字偵探社的信件。可是他還要好一陣子才能回家，所以沒辦法讀信。」

「哦……」

換句話說，詢問尾國這個人的內容，並沒有傳達給一柳知道。

「嗳嗳嗳，請裡面坐。」寅吉說。

「我等會就告辭了。」伊佐間說。「然後，一柳先生那時候說，他的夫人——朱美女士的樣子不太對勁。」

「不太對勁？」

「他說朱美女士說要去韮山。說什麼四月的時候發生過什麼事，所以她一直在等一柳先生回來，但是一柳先生原本預定頂多半個月的行程遲了兩個月，朱美女士說她再也等不下去了……」

「發生過什麼事？是什麼事？」

「不太清楚。」

「哦……」

「好像是……使用催眠術怎麼樣的……」

「催……催眠術？」

「嗯。」伊佐間點點頭。「一柳先生自己都不太了解了，我更不可能清楚吧？可是……對了，好像說什麼要去找人。朱美女士被捲入一個事件，當中的被害人被一個叫什麼的人給帶走了……」

「是、是不是叫尾國！」

「嗯？」

伊佐間像枯木折斷般僵硬地偏了偏頭。

「好像……是這個名字吧。你知道嘛。」

「那，朱、朱美女士追隨著尾國去了韮山嗎？」

「不清楚呢……」伊佐間再次歪了歪脖子。「可是一柳先生非常擔心，說他想要回老家看看。他叫我轉告你，說他回去看了信後會立刻回信。可是我家沒有電話，正好我想去秋川那一帶釣魚，所以順路過來跟你說一聲。」

伊佐間說「那我告辭了」，就要離開。

但是他一轉身，人就停住了。他維持有些駝背的姿勢回頭看益田，然後說道：「有人來了唷。」

接著他再說了一次「我告辭了」，舉起手來，「匡噹」一聲關上門。司在後頭說：「這人真有意思呢。」寅吉開始說明：「那是釣魚池的老闆。」司應聲附和著什麼。就在這個時候……

最後一個麻煩「匡噹」一聲弄響了鐘。

當時益田目送著伊佐間，正埋伏似地站在門口，所以就像迎頭撞上似地迎接了來訪者。

是個老人。

老人個頭很小，滿臉皺紋，眼神凶狠，有個鷹鉤鼻。他穿著染有家紋的和服褲裙，拄著有雕刻紋的拐杖。

老人望著自己走來的方向，很快地重新轉向益田。可能是和模樣奇特的伊佐間錯身而過吧，他在看伊佐間的背影。

老人瞪住益田的眼睛。

「恕……恕我冒昧……」

「榎木津禮二郎在嗎？」

老人顫動著嘴巴四周的細紋說：「我是羽田。羽田隆三。聽好了，是羽田隆三本人哪，不是使者。羽田隆三本人親自上門商量哪，快點把偵探給我叫過來……」

「嗚哇！」寅吉的尖叫聲傳來。接著他拜託司和玉枝移到其他地方，一拜託完就衝了出來，點頭哈腰個不停。

「哎、哎呀呀，羽田老爺，呃，上次真是失禮了。這、那……」

「別囉嗦了，快點給我叫人。沒聽見嗎？」
「呃，這個嘛，偵、偵探他……」
「怎麼，不在嗎？」老人說。
「我、我是偵探代理人，呃……」
益田這麼說，老人以更加凌厲的視線瞪向益田。
「這樣，那我就跟你談。」
「請、請裡面坐，這邊坐。請、請用茶……」寅吉慌得手忙腳亂。確實，這個皺巴巴的老人在日本的富豪排行中，也是從前面數來比較快的所謂重量級人物。但是老人只是悶哼了一聲。
「我趕時間，沒空喝什麼粗茶。喂，給我仔細聽好了。本來要拜託你們的工作，結果你們沒有接下，不是嗎？所以我想說找自己的親人解決算了，沒想到事情變得更棘手了。」
「變得更棘手？意思是……？」
「我還沒有確定，也完全不想相信。所以我接下來要去親眼確定。我的親人……」
老人說到這裡，揪起益田的襯衫用力拉，接著往下扯，要他彎下身子，在他耳邊呢喃似地說了。
「好像被殺了。」
「被……被殺了？」
老人說：「這事不能大聲說哪。」接著他隔著益田，窺視著寅吉和司等人。
益田會意，把嘴巴湊近老人耳邊，再次確認似地問道：「您是說被殺了嗎？」
「沒錯。聽好了，這是機密。我也叫警方暫時不要公開，所以千萬不許洩露出去。聽到了沒……？」
益田「哦……」了一聲，回答得有些不牢靠。
「事情發生在伊豆的下田，是昨天早上的事。我接到聯絡，急忙結束手上的工作，接下來要趕去下田。」
小哥，你聽好了，接下來是重點——老人聲音沙啞地說。
「這次的事啊，是為了調查我公司的經營顧問——太斗風水塾的塾長南雲，還有我創立的民間研究團體徐福研究會主持人東野這兩個人的可疑行動，沒想到才一開始就出了事……」

老人從懷裡取出厚厚的文件袋。

「概梗都寫在裡面了，現在我沒時間在這裡詳細說明……」

老人以節骨分明而粗糙的手指拿起厚厚的文件袋，塞給益田。

「你自個兒看吧。不過啊，我不認為上面寫的事，警方會輕易相信。他們是公家機關，就算要他們相信，也要經過好幾道手續。若是不蓋上一堆章，警察連小指頭都不肯動一下吧……」

老人咳了幾下。

益田以前曾經是警官，老人的見解也不能說不正確。

「我啊，接下來得去當地警署和他們談。當然我也打算告訴他們這件事。這事很詭異，很難清楚說明白。但不管是南雲還是東野，都有可能趁這個機會逃走。就算他們沒有逃走，警方暫時可能也不會理會。所以，接下來是我要委託的事……」

老人更凌厲地瞪住益田。

「……抓住那兩個人。」

「抓、抓住？」

「很簡單，我知道他們人在哪裡，你只要在他們逃之夭夭以前，把他們抓住就是了。後頭司法人員會處理。」

這是當然的。偵探沒有審判人的權力。

但是……偵探也沒有抓人的權限。不管是罪犯還是嫌疑犯，除非是緊急逮捕現行犯，否則一般平民強制奪取個人的自由，是會觸犯逮捕監禁罪的。

「呃，這個……」

「錢多少我都付，我是說真的。既然我都這麼開口了，要多少都沒問題。要我拿你一輩子都沒見過的、厚得要死的一疊鈔票砸在你臉上也行。」

「可、可是現在這裡正忙……」

「忙？需要人手也沒問題。這樣好了，我把我的祕書借給你。不過他是關係人，現在不能脫身，明天再派他過來吧。怎麼樣？」

「什麼怎麼樣……」

就算老人這麼說，榎木津人也不在。光是尋找內藤的事與華仙姑和敦子的事彼此之間的關聯，益田就已經一籌莫展了。就算派個祕書來，也不能夠如何。說起來，既然老人願意出這麼多錢，應該還有許多地方能接受委託才是。

益田退了一步。

屁股碰到屏風。

「怎麼啦？不乾不脆的，我可急得很哪。」老人探出滿是皺紋的臉。「我說啊，要是偵探半個月前人在這裡，接下我的委託的話，或許那個女孩就不會死啦。對吧？你說對吧……？」

老人說得咄咄逼人。老人是乾枯的，雖然乾枯，卻充滿迫力。

「過世的是女性嗎？」益田問。

「沒錯！」老人吼道。「被殺的……被殺的……**是織作茜啊！**」

老人這麼說。

沒錯。

織作茜……

老人的確是這麼說的。

那場……悲愴地終結的織作家殺人事件，益田還記憶猶新。事件中唯一的生還者——就是織作茜。而老人說，那個茜被殺害了。

益田感到呼吸困難，彷彿喉嚨被年糕給噎住似的。

思考一片混亂。

益田終究想不出恰當的話語，默默地盯著羽田老人。

「拜託啦。」皺巴巴的老人丟下這麼一句話，離開了。

鐘「匡噹」一響。

益田終究說不出半句話來。

不久後，司和玉枝也跟著告辭，偵探事務所恢復了以往的模樣。

好安靜。

只有風景一如往常。

然而……此時益田心中的狀態非比尋常。

該怎麼理解才能夠釋然呢？

——不。

不能混為一談。

意料之外的四名訪客所帶來的線索，與益田手中的事件完全沒有關係。只是有兩、三名關係人重疊罷了。至於羽田所委託的事件，更是與華仙姑及敦子完全無關。但是……

益田喝著寅吉泡的茶，姑且讀起羽田隆三留下來的文件。文件袋裡放著幾張調查報告書和地圖藍圖，還有以毛筆書寫的備忘錄及支票。

益田讀了起來。

然後他大叫一聲，從椅子上站起來。上面所寫的事，是益田不可能知道的、性質迥然不同的事件概要。

但是……

益田更加混亂了。

接著他感到一股衝動，想要找人傾訴。

他急忙尋找寅吉。

寅吉在偵探的椅子上打瞌睡。

——不行。

恐怕講不通。

——鳥口。

益田接著拿起電話，卻拿著話筒就此僵住了。

現在這個時間，不可能聯絡得到鳥口。不知不覺中，時間已經是凌晨一點了，鳥口租屋的中華蕎麥麵店應該早就關門了。也不好吵醒人家，請人家叫鳥口聽電話吧。去找中禪寺嗎？還是關口？——益田這麼想，結果還是打消了念頭。

他無法用言語說明。

太複雜了。益田完全無法理解現在是什麼狀況？究竟發生了什麼事？他的腦中只是盤旋著不合理的巧合。

——得整理一下才行。

接著益田拚命地思考。

羽田隆三的備忘錄所記載的事件可以大分為兩宗。

首先，是關於羽田擔任董事顧問的羽田製鐵有限公司所雇用的經營顧問——太斗風水塾的塾長南雲正陽——本名南雲正司的背信行為。

南雲是個奇特的人物，使用風水這種占卜術來進行企業諮詢，自從去年春天受雇以來，他做為社長的親信，似乎對業績提升做出了不少貢獻。但是今年四月他建議將總公司遷移到伊豆韮山某處，引起隆三的懷疑；隆三進行調查，結果發現南雲的姓名及履歷等資料全都是偽造的。紀錄上，並不存在南雲正陽這個人。

此外，追蹤調查之後，還發現南雲預支了許多用途不明的高額款項，這些錢極有可能拿去投資在南雲的個人事業上。

以結果來說，儘管不知道雲南的用意何在，但是可以判斷他提議購入土地和總公司遷移計畫，都是出於和羽田製鐵的經營毫無關係的動機——備忘錄上這麼寫道。

還有……

另一件事，是關於在羽田發起成立的民間研究團體——徐福研究會的主持人東野鐵男的嫌疑。

據說徐福研究會是昭和二十三年羽田隆三親自發起設立的私人研究團體，由十幾名對徐福傳說有興趣的大學教授及民間研究家所組成。成立以來，一直腳踏實地地進行徐福渡來傳說的研究活動。

負責主持研究會的東野鐵男是個住在甲府的在野研究家，研究會成立以來，他一直參與會誌《徐福研究》的編輯作業。此外，他也是研究會財團法人化的計畫提案人，這個計畫羽田從去年就一直持續在推行。

研究會成立至今五年來，羽田和東野似乎締結了牢固的信賴關係。

但是……今年四月，做為法人化計畫的一環，一直懸而未決的提案之一——徐福紀念館建設計畫開始進行了。東野強力推薦某個地點做為建設地的候補。

然而……

同樣又是伊豆韮山。

而且奇妙的是，那裡和南雲指名做為羽田製鐵總公司的遷移地點，區域分毫不差。

羽田感到狐疑，調查之後，發現東野也是個假名，經歷也是偽造的。因為這樣，他不再信任東野。

備忘錄這麼作結：

占術經營指南與碩學老人，同樣埋名隱姓，一方誑騙企業，一方欺騙羽田隆三個人，意圖詐取同一土地，甚屬異事。此地究竟有何祕密？

這又如何呢？若說如此，就只是這樣而已。只是碰巧同一塊土地成為候補罷了，不是嗎？戰後的混亂時期，有許多人拋棄了過去的經歷，偽造經歷也不是什麼稀奇事。

但是。

土地的祕密……

土地。

是什麼呢？是什麼讓我感到在意？

織作茜似乎說好將來要幫忙祖父的弟弟羽田的事業。羽田則好像打算在財團法人化之後，讓織作茜負責徐福研究會的經營。

也因為這樣，茜才會前往伊豆調查那塊土地**有什麼蹊蹺**。然後……

——慘遭殺害……嗎？

織作茜被殺了。

——那個茜……

死掉了。

為什麼？是誰殺的？為了什麼？

茜、內藤、朱美，還有敦子、榎木津。

尾國、藍童子、条山房、韓流氣道會。

南雲、東野。

——怎麼會這樣，這到底是怎麼回事！

益田想了一整個晚上，苦思惡想，他實在是睡不著。不久後，窗外漸明，益田總算從一個疑團中脫出了。

織作茜是與房總事件有關的人物。一柳朱美是與逗子事件有關的人物。內藤赳夫是雜司谷事件的關係人——但會不會是益田連這類個人的屬性都去細想，才會搞不清楚呢？例如敦子也是，雖然她與氣道會發生過糾紛，但基本上是被華仙姑——佐伯布由牽連，才被綁走的。

而榎木津更只是單純地追上去罷了。

条山房和氣道會所爭奪的會不會只有華仙姑而已？那麼……

所以……

先將這些事暫且擱置一旁，無視個人的屬性，只將發生的事情陳列在一起，這樣是否就能夠看見整個事件的面貌了？

例如說……

条山房與氣道會在爭奪華仙姑。

華仙姑背後的黑手是尾國誠一。

內藤被尾國引誘到靜岡去。

朱美追隨著尾國前往韮山。

南雲和東野在爭奪韮山的土地。

織作茜為了調查那塊土地而前往韮山……

然後被殺了……

被殺了。

韮山。

「然後，然後怎麼樣啊！」

益田吼道，敲打桌子。寅吉「嗚嗚」一聲，醒了過來。

確實……隱約地看見什麼了，但益田卻完全不明白。

「可惡！」

益田再一次敲打桌子。桌上的紙張飛揚散落。

就在這個時候，報告書掀開，益田發現那份文件後面還有另一頁。最後一頁幾乎是白紙，但上方寫了幾行註記。

韮山某地十五年前疑似發生大規模村民屠殺事件，雖未經確認，但是否有關？記下報導刊登之報紙名及發行日期……

——村民屠殺？

「啊！」

益田叫出聲來。

寅吉完全清醒，以睡迷糊的口吻問道：「益、益田，怎麼啦？」

「和……和寅兄。你、你還記得布、布由小姐的告白嗎？」

「咦？還記得啊……」

「布由小姐是哪裡出生的……？」

「伊……伊豆韮山山裡的……」

「就是這個！」

益田急忙收拾桌上的紙張，塞進文件袋，就這樣衝出事務所。

收拾的時候好像打翻了茶杯，但他不加以理會。寅吉沒出息地叨念著：「幹麼啦？怎麼了嘛？」

韮山。

大屠殺。

——布由所犯下的村民大屠殺事件。

那樁慘劇就是一切的關鍵——益田如此確信。一切的事象都圍繞在布由及韮山的那塊土地上。

——報紙的報導嗎？

報導本身並沒有附在資料裡。

但是上面記載了報紙名稱和發行日期，那麼可以弄到手。內藤的去向和殺害茜的犯人以及敦子的安危，這下子就能全部明白了……

益田跑了起來。

然後……

然後益田大失所望。

雖然找到了報紙……

卻一無所獲。

報告書上寫了兩種報紙名稱。

其中一份是全國性報紙，另一份是地方報紙。益田最先找到的是全國報。報導篇幅意外地小，益田懷疑自己是不是看錯了。那不是一場前所未見的大屠殺嗎……？

【桐原記者於三島報導】靜岡縣某山村疑似發生村民全數失蹤的重大事故。儘管尚未獲得證實，但消息指出，很可能是一起大屠殺事件。韮山等鄰近警察機關協商之後，認為縱然是謠傳，亦可能造成民心惶惑不安，決定於近日前往搜查。

報導的筆調就像把它當成一場玩笑。不僅如此，不管怎麼找，都沒看到後續報導。意思是那是一場騙局嗎？報導上也只說警方決定前往搜查，並沒有說已經出發搜查了，所以或許根本沒有進行搜查。

如果大屠殺是事實，就是前所未見的大事件了。不管怎麼樣，都實在難以想像完全沒有被報導出來。當然，前提是這是事實，可是……

——有活證人。

地方報紙則費了益田好一番功夫，但是這是他唯一的希望，所以他拚了命地尋找，最後總算是找到了。

【韮山訊】縣內一部分地區煞有介事地流傳著村民於一夜之間全數消失的詭譎傳聞。被認為神祕消失的H村位於縣內中伊豆，是個十八戶五十一名村民的小村落。傳聞的來源是中伊豆地區的巡迴磨刀師津村辰藏先生（四十二）。津村先生習慣每半年拜訪一次H村，但是他於日前六月廿日造訪時，發現村中竟空無一人。據推測，由於H村平素與其他村子幾乎不相往來，所以延誤了發現時間。一說屋內濺滿了大量血跡，或屍體堆積如山，但消息真偽未明。由於津山事件剛發生不久，也傳出大屠殺等駭人聽聞的說法，其他亦有集體潛逃、食物中毒、傳染病等說法，流言蜚語甚囂塵上，盼有關當局能夠盡速查明，發表真相。

讀完之後，益田恍惚了。

報導內容一樣曖昧。只是稍微詳細了一點而已。

——理所當然嗎？

仔細想想，這是理所當然的事。

兇手布由本人不就說了嗎？

她說長久以來，都沒有追兵追上來，**慘劇似乎也沒有被報導揭露**。她說的是真的。真兇長達十五年之久，都沒有受到制裁，也沒有遭到逮捕，這不就是最好的證據嗎？這件事沒有任何人知道。事件……

——被掩蓋下來了嗎？

等一下。

那麼。

這才是……

就到此為止了。接下來的事件樣貌，不在益田的視野範圍內，就像透過小小的潛水艇圓窗窺看游經一旁的鯨魚腹部般。

然後，益田來到這條坡道底下。

他仰望坡道上方。

油土牆不斷地延伸上去。

圍牆另一頭綠意盎然，繁茂得讓人覺得虛脫。

那些樹木吸收屍體的養分成長。坡道兩旁是遼闊的墓地。
墓地小鎮的眩暈坡……
斜坡平緩而漫無止境、坡度不上不下。
益田跑了上去。
無止境的平緩坡道……
——用走的雖遠，用跑的卻只要一下子。
到盡頭了。
屋簷下掛著木牌。遠遠地也看得到店門關著。益田直接繞了過去，來到主屋玄關，用力打開門。
中禪寺夫人正在插百合花。
「啊……」
不知為何，益田的視線往下垂。貓翻著肚子睡在玄關木框上，用力伸了個懶腰，爬了起來。
「……啊，呃……」
益田垂著頭說「打擾了」。
益田從來沒有和夫人好好地說過話。
「哎呀……您是……益田先生嗎？」
「我、我是益田。呃、您、您先……」
玄關前擺了好幾雙鞋子。
有客人。中禪寺不穿皮鞋的。
就在益田支支吾吾地說不出「您先生在嗎」這種再明白也不過的招呼時，夫人開口說：「來，請進。總覺得好像要下雨了呢。」
夫人從門口望著天空。
「您來的路上沒有遇到下雨嗎？」
「託、託您的福……」

益田說話語無倫次，擺好脫下的鞋子。貓在聞鞋子。記得牠好像叫石榴。益田一伸出手，貓就倏地溜掉了。啊啊……

我……

益田往裡面的客廳走去。

客廳裡除了主人以外，還有三個客人。一個是鳥口。另一個肥肥胖胖、一臉老實的男子，記得他是中禪寺的朋友，名叫多多良。他半個月前也坐在那裡。剩下的男子益田不認識。男子感覺膨膨的，膚色極白，毛髮稀疏。桌上一如往常，攤著書本和記事本之類。

鳥口一看到益田就大叫起來：

「這不是益田嗎！有什麼發現嗎？一定有什麼發現吧！既然你會來到這裡，就表示有什麼新發現……！」

鳥口激動地就要站起來，但中禪寺以他一貫的駭人眼神瞪住鳥口，朝他一喝。

「你這人也太毛躁了。我最討厭在客廳裡看到有人要站不坐的，簡直就像哪裡的小說家一樣，難看極了。這裡也有初次見面的人，等人家打完招呼再說也不遲吧？益田，你也別杵在那裡，坐下吧。」

空著的只有中禪寺對面的座位。

益田坐下後，中禪寺首先指著多多良說：「多多良知道他吧？」多多良說：「前些日子承蒙照顧了。」他站起來，像個小和尚似地鞠躬致意。

「然後這位是在千住經營室內裝潢業的光保先生，是鳥口公司社長的朋友。啊啊……介紹的次序顛倒了，這名青年是偵探見習生益田。」

「敝姓益田。」益田行禮，光保也跟著行禮。

抬頭一看，鳥口的表情十分不服。與其說是不服，或許他正焦急難耐，他在擔心著敦子吧。看在基本上個性精明的益田眼中，鳥口這個青年天生呆傻得很有意思。但是敦子一失蹤，他就宛如變了個人。益田前來通知敦子遭人綁走的消息時，鳥口那不變的模樣，益田恐怕一生難忘。

且說……

益田的思考在此階段完全停止了。

因為……中禪寺太過冷靜了。

「呃……」

該說些什麼才好？如怒濤般蜂擁而至、占據了益田腦袋整整兩天的眾多事實，彷彿退潮似地逐漸退去。腦袋變得一片空白。中禪寺在看。

「前、前天晚上，呃、那個……」

「怎麼了……？」

「咦？就是……」

「別管順序了。如果發生了什麼事……說出發生了什麼事就行了。這樣就可以了。」中禪寺說。

益田首先說明司和玉枝來訪的事。中禪寺聽到司的名字，說：「這樣啊，小司來了啊。」他們可能以前就認識了吧。但益田一提到內藤的名字，中禪寺的臉色就沉了下去。

「內藤……」

在座的人當中，與雜司谷的事件有關係的只有中禪寺一個人。「內藤啊……」中禪寺再重複一次。他的表情看起來有些不祥。鳥口似乎正全心全意將內藤的事與敦子綁架事件連結在一起，不過他八成不會有結果。

鳥口的狀態就和前天的益田一樣。

接著益田說出伊佐間帶來的消息：一柳朱美疑似追隨著尾國前往韮山。鳥口似乎更加混亂了。

然後，益田提到羽田隆三前來拜訪偵探事務所的事。他拿出文件袋，說明南雲和東野這兩個底細不明的男子那難以理解的策謀。他攤開地圖。

那個地點……

究竟有何祕密？

「就是這裡。這個地方……」

正當益田要說「織作茜小姐」的時候……

「這、這裡……」

光保啞著嗓子叫道。

「這裡不是戶、戶人村嗎！這、這張地圖、這個地點，怎、怎、怎麼會！」

「光保先生知道些什麼嗎？」

益田問道，光保面色蒼白，手撐在後方扭動著身體，渾身抽搐，不斷地重複：「我、我的記憶、我的記憶……」這意外的發展讓益田不知所措，為何這個素不相識的男子會有所反應？

「光保先生？您怎麼了？您知道些什麼！」

「那裡就是消、消失的村子……戶、戶人村啊！」

「消失的村子？」鳥口怪叫。「您是說關口老師去找的村子嗎？」

「戶人村……那麼那裡果然是布由小姐出生的村子嗎？」

「布由小姐？」

光保瞬間停止抽搐，望向益田。

他的頭上布滿了斗大的汗珠。

原本就稀薄的頭髮被沾濕，緊貼在宛如水煮蛋般的頭皮上。

「您、您剛才是說布、布由嗎？」

「您認識佐伯……布由小姐嗎？」

「佐、佐伯！」

光保往後仰去，接著全身劇烈一晃。

「我、我的妄想……我的**記憶漏出來了**……」

「光保先生！您到底在說些什麼！」

益田起身扶住光保。

「……中禪寺先生！」

中禪寺一動也不動，正面注視著光保。多多良歪著短眉，看著中禪寺。

「中禪寺，這……是怎麼回事？」

「多多良，我也不知道啊。光保先生，請您冷靜下來，慢慢說吧。您委託關口尋找的消失村落……就是這份地圖上顯示的那個地區嗎？您曾經在那個村子居住過嗎？」

「對……沒錯，可、可是那是我的妄想……」

光保牙齒打顫。

「妄想也無妨。」

中禪寺的聲音果然具有咒力。

光保……一瞬間回過神來了。

中禪寺緩緩地詢問：「您的妄想中……住著佐伯布由嗎？」

「對……沒錯。我認定十六年前，我曾經被派任到某個村子一年，那個村子……就在那裡，就是那個地點。我在妄想中編造出來的村子裡，有一戶姓佐伯的大戶人家，那個家裡有一位叫做布由小姐的女子……」

「佐伯布由小姐是真實存在的，光保先生。」鳥口說。

光保搖頭。

「可是……可是、可是，**那裡現在沒有那樣的村子**。不，過去就沒有，那裡從好、好幾十年以前，就住著完全不同的人。對，也沒有紀錄，一切都消失得一乾二淨。我的記憶……」

我的記憶是錯的——光保說。

「沒有、什麼都沒有。不管是村人還是紀錄、過去，什麼都沒有。野篦坊和白澤圖還有君封都……」

「野篦坊和白澤圖？」

多多良表現出奇妙的反應。

「什麼都沒有，是騙人的，全都是假的。**那裡**是個虛假的、妄想的村子。那個地圖的地點……」

光保又猛烈地哆嗦起來。

「可是……」

那並不是假的。

「可是布由小姐真的存在！」

益田抓住光保的肩膀，止住他的顫抖。

「光保先生。那個村子會消失，是因為村人全部慘遭殺害。喏，請您看看這篇報導！」

益田拉過皮包，取出報紙。

「那、那是……可是，那篇報導上沒有提到任何可以確定的事。完全沒有。」

光保知道這篇報導嗎？

可是……

「這篇報導是真的，十五年前發生過殺人事件。我是聽布由小姐親口說的。**殺害佐伯家成員的，就是布由小姐。**」

「嗚嗚……」

「益田，別這樣。光保先生耳朵不好，別大吼大叫的。而且……不能再讓他更激動下去了。」

中禪寺說道，無聲無息地站了起來。

「中禪寺先生……」

此時，有人打開了玄關的門。

＊

這天……第五個站在眩暈坡底下的，是青木文藏。

青木走起路來有點跛。同時不知為何，他感到有些安心。身體各處出現障礙，每個地方都疼痛不已，他卻十分急切，想要衝上坡道。他強烈地想要盡快上去，肉體卻不聽使喚。

青木慢吞吞地走上坡道。

坡度微妙的坡道微妙地攪亂了平衡感。即使不是如此，青木也已疲累不堪。青木在坡道十分之七的地方感到微弱的眩暈，停了下來。

青木先生……

好像聽見了敦子的叫聲。

青木仰望天空。

上頭的陰天呈現出一種難以形容的顏色，幽暗沉重地蓋在頭頂。是因為疲勞嗎？總覺得視野變得狹窄了。天空的邊緣從四面八方溢出視野，只看得到正中央，所以感覺格外窒悶。

八天前……

青木回溯記憶。

然後確認自己就是自己。

八天前，青木和河原崎一起拜訪貓目洞。兩人在那裡遭到韓流氣道會襲擊，千鈞一髮之際，被条山房的張所救。

——沒錯，這是事實。

應該是事實。剛才大島在電話裡說，青木無故缺勤了整整八天，那麼應該沒有錯。但是……

當時，青木牽著貓目洞阿潤的手逃到地上，受到外頭的条山房員工宮田照顧，不知為何，就這樣失去了意識。然後……然後……然後大概以那時候為界，青木的過去**分歧了**。

——不對。

那一切都是假的。現在……自己踏著並且見聞到的這個現實，與這個現實連繫在一起的記憶才是真實。若非如此……

——就等於自己不存在於任何地方了。

青木踏緊地面似地再次登上坡道。

然後他再次回想起來。自己一定有義務去通知。所以他在腦中冷靜地、忠實地重現自己所見聞到的事實。

幽暗如隧道般的階梯、尖叫、怒吼、切割成四方形的天空。一名戴著眼鏡、看似和善的男子從那裡探出頭來。青木握著手，握著阿潤的手。男子伸出手來，阿潤甩開他的手。

我記得。

我記得阿潤的手的觸感，也記得宮田的聲音。

——所以那是現實。

可是。

後來……

記憶中斷了。

然後……

青木先生……

青木先生……

很懷念的聲音在耳畔響起。

於是青木……慢慢地甦醒了。

青木先生……

青木先生，你還好嗎……？

中禪寺敦子就在枕邊。啊啊我在做夢呢——青木心想。

敦子露出悲痛的笑容撫慰著青木。怎麼，發生了什麼事？敦子在笑，為什麼卻讓人覺得可憐？怎麼，敦子小姐不也受了傷嗎？可是卻為了我……敦、敦……口齒不清。還不要動比較好唷。這樣啊，敦子小姐。

冰冰涼涼的，好舒服。

敦子用沾濕的手巾為青木擦拭臉上的汗水。這不是夢。應該昏倒在路上的青木，不知為何卻被中禪寺敦子照顧著。

「敦、敦子小姐……」

青木好像躺在床上。

他不明白為何敦子會在這裡。這裡是……？

「我、我到底……？松……河原崎刑警——不，和、和我在一起的男子……」

「不必擔心。他睡在那裡……」

敦子說道，轉向左後方。青木縮起下巴，抬起頭來，勉強望向那裡。紙門另一頭，看得見被窩裡有一雙腳。

河原崎好像睡在那裡。

是敦子救了他們嗎？那麼這裡是敦子家嗎？還是京極堂的客廳？但陳設也差太多了。中禪寺的品味變了嗎？不可能……

當時青木真的這麼想。

但是……他完全想錯了。

那是一戶像文化住宅般的小型建築物。榻榻米房間有兩間，還有歐式廚房。房間似乎就只有這些。

「這裡很安全。」敦子說。

──安全……？什麼意思？

「你會不會餓？好像沒辦法馬上吃平常的食物……不過通玄老師會為我們準備。」

「通玄老師……？」

「就是条山房的……」

「姓張的……？」

「是啊。」敦子以母親般的口吻說道，站了起來，去廚房倒了杯水，放在托盆上，再次回到青木枕邊。

「老師吩咐青木先生醒來後就服藥。這是藥粉，說是也可以化在溫水裡喝……。你要怎麼服用呢？」

青木說要直接服用。他不知道自己為什麼這麼說。他讓敦子扶起上半身，背後和脖子根痛得要命。他記得油紙包裝的白色粉末沒有氣味，也沒有味道，顆粒頗大，以藥粉來說，算是容易服用。

嚥下之後，青木不安了起來。這……

──是什麼藥？

敦子的態度太過於自然，青木毫不遲疑地服下了藥。可是沒人保證那不是毒藥，雖然青木為他們所救，但**条山房原本是敵人**。

可是……敦子她……

青木一瞬間感到困惑，目不轉睛地盯著敦子的臉。

她的表情和以往一樣，凜然有神。她垂著一雙杏眼，接過青木喝完的茶杯，放到托盆上。但是……

她的全身到處都是小傷痕和瘀傷，伸長的後頸還看得到烏青的內出血痕跡。怎麼看都是遭到毆打的傷痕。

「敦子小姐……」青木出聲，敦子以纖細的手指覆住脖子，說：「這也是氣道會的人下的手。」她似乎察覺到青木的視線。

「氣……氣道會？韓流氣道會嗎？」

「是。我似乎莫名其妙地和他們結了怨。」

敦子不當一回事地說。「和他們結了怨？」青木追問，敦子答道：「嗯，我不是寫了一篇報導嗎？」

哦，那篇報導啊——青木心想。青木原本也在憂心這件事。他私下擔心敦子會不會因為寫了有關氣道會的報導而惹禍上身。

「韓流氣道會很纏人，即使待在家裡也很危險……要是隨便跑去哥哥那裡，也可能給哥哥嫂嫂添麻煩吧？也沒辦法去上班……。既然青木先生的身分也曝光了，回去住的地方很危險的。」敦子說道。

「我的身分曝光？」

「不是嗎？」敦子反問他。

這麼說來……打鬥的時候，河原崎叫了青木的名字。他記得河原崎似乎也拿出了警察手帳，那麼青木的身分很有可能已經曝光。条山房的張為了救助青木等人，將氣道會的十幾個會員和岩井打得體無完膚，青木不知道氣道會的規模有多大，但是根據河原崎的調查，那些幹部原本都是黑道分子，不難想像他們會登門「道謝」。而且聽說那個叫岩井的代理師範還曾經惹出與公安有關的危險事件，就算青木是警察，他的身分對岩井也沒有任何嚇阻作用。就算他們會採取某些報復行動也不奇怪。

這不算杞人憂天吧。

但是……

此時，青木大概突然恢復了時間感覺。自己究竟昏厥了多久……？

現在似乎是白天，那表示記憶至少消失了半天以上。青木詢問時間，敦子回答：「正好是中午。」

「這樣啊。」青木放下心來。他想既然如此，就不必擔心了。翌日的休假申請已經核准下來了，所以今天一整天休息筋骨，明天起再回歸職場就行了——他暫時這麼想道。

——等一下。

是哪天的中午？

可是，如果已經過了一天以上，就得向警視廳聯絡才行——青木最先想到的是這種瑣事。接著他煩惱起該用什麼藉口說明才好。他心想，考慮到河原崎的失控行為，也不能實話實說吧，然後就在青木左思右想著無聊藉口的時候，總算發現了一件事。

這裡是哪裡？

「敦子小姐，這裡……」

「咦？這裡是条山房的……」

「那麼是世田谷的……三軒茶屋嗎？」

「青木先生，你在說什麼呢？這裡是靜岡啊。」敦子說道。

「這樣啊。」青木應話之後，才懷疑自己是不是聽錯了。

「靜岡……？妳是說駿河伊豆的……靜岡嗎？」

青木確認。他以為自己聽錯了，但是敦子卻滿不在乎地應著「是啊」，擰乾手巾。

「怎麼了嗎？」

「什麼怎麼了……這……」

怎麼可能有這種荒唐事？

就算氣道會再怎麼糾纏不休，也沒必要逃到靜岡吧？就算必須藏身，為什麼要選擇靜岡？對手不是只要拉開距離就會罷手的。如果他們會追來，不管多遠都會追來，那麼既然要藏身，待在都市裡不是比較好嗎？……不。

不……不是這種問題，不是所謂程度的問題。但到底是什麼問題，青木也完全一頭霧水……總之，青木**處在某種巨大的誤謬之中**，這一點似乎錯不了。

青木在池袋昏倒的。那麼他醒來的時候人在靜岡的話，就表示青木在失去意識的期間移動的——被搬運。這不是一段算短的距離，河原崎姑且不論，青木的傷並沒有多嚴重，不管怎麼想，這種情況都讓人無法信服。

「我、我昏倒了……那麼久嗎？」

「咦？」

敦子臉色一暗。

「青木先生並沒有昏倒呀？」

「什麼？」

「難道青木先生……產生意識障礙？」

「咦？」

她在說什麼？

青木感到困惑，回頭望向敦子。

敦子的眼中確實充滿了擔憂的神色。

「青木先生……你不要緊吧？你可別說你完全不記得了。」

「不要緊……？什麼東西不要緊？我做了什麼嗎？」

「你真的不記得嗎？」

「記得啊。我和河原崎兩個人一起去了貓目洞，在那裡被韓流氣道會……」

「貓目洞？」敦子反問。

「對，池袋的貓目洞。」

「池袋？什麼時候？」

「阿、阿潤小姐呢……？」

「阿潤小姐？」敦子一臉不可思議。

「我、我們遭到攻擊的時候，阿潤小姐也在……」

「我……不知道呢。」

「不知道……？」

敦子訝異地將臉湊上來。

然後問道：「那是什麼時候的事？」

「就是……昨天……不，對了，今天、今天是幾號！」

「六月十日。」

「六月十日？怎麼可能……」

青木是在六月六日拜訪貓目洞的。已經過了整整四天。

「這、這怎麼可能……」

此時青木錯覺到彷彿聽見了動脈中血液流動的聲響。

他覺得有什麼不明就裡的危險正在逼近，有股輕微的激動。腦袋完全無法理解任何事，那是一種毫無根據的焦躁；但儘管腦袋無法理解，身體或許已經察覺了什麼。不，也許是無法以理性控制現狀的不安，造成了身體的異常。

也可能是因為敦子把臉湊了過來。

不對。

——為什麼敦子會在這裡？

敦子人在這裡，為什麼？

「敦子小姐……妳……為什麼……」

「我和一位小姐在一起的時候，遭到氣道會襲擊，被通玄老師救了。後來我們在榎木津先生那裡暫時借住了一陣子……但**總覺得不能繼續待在那裡**，所以就遷到了条山房……」

「不能繼續待在那裡？」

「是的。我只是單純地莫名與人結怨，但是和我在一起的小姐是位特別的人物。氣道會也窮追不捨地追捕著她，所以我心想不能給榎木津先生添麻煩……」

「什麼麻煩，敦子小姐，不是還有中禪寺先生在嗎？如果妳需要幫忙，何必……」

而且還有我在啊——青木想加上這麼一句。

「我們的敵人不只有氣道會。事態十分複雜，而且嚴重。我不能……把榎木津先生和哥哥捲入。」

「那麼妳就更應該……」

青木總覺得不對勁。敦子的話確實合情合理。中禪寺不會輕易出面，也討厭扯上麻煩，但是即使如此，青木還是不認為敦子會撇下中禪寺和榎木津，跑去相信条山房。

或者說……

不想從敦子口中聽到這樣的話——這才是青木的真心話吧。敦子再三強調不想給他們添麻煩，但是青木怎麼樣都不願意承認他們與敦子之間的關係是如此生疏。榎木津和中禪寺都不是不能依靠的人，中禪寺更是敦子的親人。不管事情有多棘手，他都不可能不為敦子解決。

敦子說：「這件事與榎木津先生和哥哥都沒有關係。說起來，要是向哥哥撒嬌，一定會被他責罵，說我給他惹麻煩。而且通玄老師是個值得信賴的人。」

「可是……可是敦子小姐……」

不知為何，此時青木有了一種好似遭到敦子背叛的感情。

為什麼呢？——青木思忖。

青木與敦子、中禪寺和榎木津等人，過去共同經歷了幾樁大事件。這些體驗讓青木有了不少收穫，也失去了不少東西。不管怎麼樣，對於青木來說，那都是無可替代的重要體驗。所以包括敦子在內，青木對他們有著一種同生共死般的情誼。那不是信賴、友情或義氣這種施恩於人的感情，也不是互利互惠，或利害關係。

那是一起在日常中共同經歷過非日常的、說不清同時也無可取代的牢固關係。青木之所以覺得被背叛，也是因為這樣吧。

——木場前輩。

這或許與木場失蹤所萌生的失落感根本上是相同的。

青木更感到不安了。

自己被捲入什麼狀況了？

這個事件一點都不小……

是規模太大，所以看不見整體罷了……

「到底……」

青木問道。

「**到底發生了什麼事**？」

敦子面無表情。

看起來像在擔心青木，也像在懷疑青木。看起來也彷彿感情消失了。

怎麼看都成。青木深切感覺到人的心情追根究柢，是由接受的一方來決定的。無論對方是個什麼樣的人、做出什麼樣的行為、是出於什麼樣的心情，只要接受的一方以好意相待，大部分都可以視為好意。相反地，如果懷著厭惡感來看，大部分的人都散發出惡意。只要陷入強迫觀念中，周圍所有的人都會是敵人，反過來說，因為這樣，所以人總是會被騙。目前這種情況——青木不得不保留自己的態度。他對敦子懷有好感，但是……

——她真的是敦子嗎？

當時青木真的如此懷疑。面對熟識的人，卻不得不懷疑對方的真偽——這種狀況平常不管怎麼樣都絕對不可能發生。但是青木當時打從心底懷疑，也覺得所謂被狐狸迷騙，大概指的就是這樣的狀況。

——我在想什麼！

「青木先生……你真的什麼都不記得嗎？」

敦子維持著一張讀不出感情的表情，對著青木問道。

「與其說是不記得……」

「青木先生……據我所聽到的，你和那位河原崎先生，是為了尋找一位叫三木春子的小姐……而來到伊豆的韮山。」

「尋、尋找三木小姐……？可是……」

聽說三木春子確實曾經一度遭到氣道會綁架。可是……河原崎應該把她救出來了。河原崎前天——不，五天前曾經明白地這麼說。說他隻身闖入氣道會並搶回三木春子，把她藏匿在音羽的朋友家裡。

「……三木小姐在音羽的……」

「詳細情形我不知道，不過……」敦子說。「聽說那位小姐……四天前被什麼人給帶出那戶人家了。」

「四天前……六月六日嗎？」

是去貓目洞那一天——也就是青木的記憶中斷的那一天。

「什麼人……氣道會？」

「咦？好像不是。」

「那是誰……？為了什麼！」

「我不是說了嗎？敵人……不只有氣道會而已。」

「敵人……？」

「有好幾個人在覬覦同一樣東西。和我在一起的那位小姐，也是在前往条山房的途中**被其中一方勢力綁走了**。我們……是追著她來到這裡的。關鍵就在韮山，所以青木先生和河原崎先生也才會來到這裡，不是嗎……？」

「請等一下……」

思考完全無法整合，甚至無法整理。

「……那位……和敦子小姐在一起的小姐……也是被氣道會糾纏不休地追捕對吧？她是誰……」

「她是華仙姑處女。」敦子說。

「華……華仙姑？那個占卜師？」

「是的，她的本名叫做佐伯布由。」

「妳、妳是說氣道會試圖綁架華仙姑？這……是為了將她利用在政治目的上嗎？」

韓流氣道會……

似乎是個政治結社……

河原崎這麼說過。

但是敦子搖了搖頭。

「布由小姐被氣道會盯上的理由……和三木春子小姐被盯上的理由相同。」

「三木小姐……？」

他們想要她擁有的土地……

聽說是在韮山……

那女孩在伊豆韮山擁有土地……

「……韮山的土地？」

「你想起來了嗎？」敦子說。

「也不算是想起來……呃，那個華仙姑也在韮山有土地？」

「對……**那裡是佐伯家的土地，為了去到那裡**，必須先經過三木小姐擁有的土地。」

「所以……才把三木小姐和那位佐伯小姐……？」

「對。」

「妳是說，有好幾方勢力在爭奪那塊土地嗎？而三木小姐和佐伯小姐是被氣道會以外的勢力給擄走的？」

「沒錯。攻擊我們的……是一群小孩子。」

「小孩子？」

「是的。」

敦子按住脖子上的傷痕。

「我們被大批流浪兒給包圍……才十歲或十五歲左右……或許還有更小的孩子。宮田先生……你知道宮田先生吧？」

「呃……嗯。」

雖然只瞥到一眼而已。

「雖然宮田先生保護著我們，卻束手無策。因為對方是那麼年幼的小孩……而且數量龐大，大概有三十個人吧。我們被十人左右絆住的時候……布由小姐不見了……」

「這……」

不可能是氣道會。但是……

「是什麼時候的事？」

「五月二十九日……所以是十二天前。我暫時去了条山房，正好遇上氣道會的突襲……吵著要条山房交回三木小姐。」

「交回三木小姐？這……」

我一星期前隻身潛入氣道會……

順利地將遭到軟禁的三木春子小姐……

給救出來了……

那……是河原崎救出三木春子那天。氣道會拘禁了春子卻被搶走，他們一定認為是条山房把她給搶回去的。青木聽說原本盯上春子手中土地的就是条山房。

「三木春子小姐原本是通玄老師的病患。」敦子說。「所以氣道會才會懷疑通玄老師吧。那個時候是通玄老師把他們趕走，平息了爭端……。後來通玄老師聽說布由小姐被擄，三木小姐也被抓，說事情刻不容緩，而且要是再遭到襲擊，也無法保護我的安全，所以翌日就把我送到這裡了……」

「那麼敦子小姐……妳已經在這裡住了將近十天？」

「嗯。所以三木小姐的事……我並不知道。我是在韮山這裡尋找布由小姐……」

「所以……」

所以自己是……

青木更加混亂了。

「通玄老師和宮田先生五天前曾經回到東京一趟，因為弟子們還有病患都還會去条山房。可是老師說萬一發生什麼事就不好了，把藥局關起來了，然後昨天傍晚……**他們和青木先生及河原崎先生一起回來了。**」

「我是一起……用走的過來嗎？」

「當然啦……？」

「我……自己走到這裡的？」

「嗯。通玄老師說，你們兩位也是為了尋找三木小姐而與氣道會發生衝突，在詢問原委當中，意氣投合……」

「我……和那位通玄老師談過？」

「不對嗎？」

「不……」

這……

四角形的天空。

宮田的臉。

阿潤手掌的觸感。

青木記得的只有這些。

記憶中的宮田在微笑。

敝姓宮田，是在世田谷經營漢方處方的条山房員工……我馬上替您療傷……啊啊，動得那麼厲害，會傷到肌肉的——宮田這麼說著，抓住青木的手。他的肩膀後方……遙遠的馬路另一頭的混合大樓屋頂上，有顆頭金光閃閃，大得異常。巨大的耳朵、高挺的鼻子、扁塌的下巴。而那雙睜得大大的雙眼中……

眼珠子蹦了出來。

——那是幻覺嗎？

然後……

粉。

是粉，一種粉狀物……

不……

就到此為止了。之後，青木的記憶與剛才清醒的場面直接連結在一起。沒有中間。換言之，整整四天都是空白。只能說青木這段期間失去了意識，他不是帶著意志行動的。

「那麼……我和敦子小姐說過話嗎？」

「咦？昨晚老師帶青木先生過來的時候，我非常吃驚，問是怎麼了？結果青木先生露出好可怕的表情……」

「可怕的表情？」

「說是和氣道會發生亂鬥，受了傷……」

「是我……說的嗎？」

「嗯，大概。所以說要先讓你休息……」

「我……那麼我只是一直在睡覺嗎？」

「是的。因為……」

不可能有這麼荒唐的事。

只能說，青木完全喪失了這四天的記憶。若非如此……

「敦子小姐。我……不，關於我這幾天做了些什麼，那個人——通玄老師怎麼說……？」

「呃，就說青木先生在找三木小姐……。三木小姐失蹤了，氣道會一定正拚了命地在找她，所以青木先生也……」

「不對！」

青木大叫。

敦子的表情露骨地轉為狐疑。

「我……我是在找木場前輩……」

沒錯。我是在找木場前輩。

「木場先生怎麼了嗎？」敦子問。不行，說了她也不會懂。重要的是……

重要的是……

青木慢慢地呼吸，壓抑激昂的心情。

——這時候激動也於事無補。

「敦子小姐，我似乎被弄糊塗了，請妳告訴我更詳細的情形。韓流氣道會……或是那些各路人馬，為什麼會想要這塊韮山的土地呢？」

「據說……是為了革命。」

「革、革命？」

「舊日本軍的隱匿物資……」

「隱匿物資？藏在那裡？」

「藏在那裡的地下。」

「地下？防空壕還是什麼嗎？」

「不是的。據說那裡是**帝國陸軍的地下軍事設施**。」

「陸……陸軍？」

有那種設施嗎……？

「那似乎是設備相當龐大的設施，而且除了所謂的隱匿物資以外，還藏著時價數億圓的大量鴉片……」

「鴉、鴉片？」

時價數億圓——如果青木沒有聽錯，敦子確實這麼說了。那是青木完全無法想像的金額。

「然後，雖然我不太清楚，不過好像還有許多開發中的武器和**零戰**……」

「零戰？零式艦上戰鬥機嗎？」

怎麼可能？

「沒錯，有**十架毫髮無傷的零戰**……」

「不可能！」

青木忍不住爬了起來。

「零戰是海軍的啊！妳說那個什麼地下設施是陸軍的吧？而且說什麼地下基地，根本就是痴人說夢。不可能的！什麼零戰……事到如今……事到如今那種東西……」

連看都不想再看到。

她到底在胡言亂語些什麼！

「不……這是可能的。」

河原崎站在紙門後面，他的右眼周圍是一大片青黑色的瘀傷。

「松……松兄，你……」

「啊，恕我這樣子見人。」

河原崎向敦子行了個禮，坐到旁邊。他穿著四角內褲和圓領襯衫。不知為何，他的脖子上掛著念珠。青木一直沒有注意到，不過自己的穿著也差不多。

「松兄，你……」

記得這四天的事嗎？

「……你知道……今天是六月十日嗎？我們……」

變得有些憔悴的河原崎轉向青木。

「老實說，我也很混亂。好像有記憶，又好像沒有記憶。」

「在貓目洞遭到襲擊以後，我們怎麼了？」

「我記得我被岩井打倒，就這樣昏倒了。可是，我有走到這裡的記憶，也和這位小姐打過招呼。是……昨晚，對吧？」

「怎麼可能……？」

「重點是，小姐，妳剛才提到的事……那是事實嗎？消息來源是哪裡？」

「是通玄老師說的。老師說韓流氣道會想要以那些物資做為軍資，把地下設施當成據點，向聯合國宣戰……」

「太愚蠢了！」

青木大叫。

「不可能有那麼荒唐的事。戰爭是國與國之間進行的，區區流氓，不管召集多少人，都不可能進行戰爭！好不容易和平總算到來……」

「還有人無法接受戰敗。」

河原崎打斷青木的話。

「就算是陛下的玉言，要日本無條件投降，有人還是難以接受——全日本不知道有多少人還懷有這種心情。事實上，我隸屬的航空基地裡，在玉音放送的隔天還是繼續實施夜間飛航訓練。大家都在說，我們要死守在山裡，戰到最後一個人，然後壯烈犧牲。我們是認真的。」

「你在胡說八道些什麼！」青木吼道。「你是歌頌戰爭者嗎！開什麼玩笑，說那什麼蠢話……你、你坐過那種東西嗎？被吩咐飛去殺人，殺了人之後去死，孤單一個人被塞進那種密不通風的棺材裡，你知道那是什麼感覺嗎！」

對青木來說，零戰完全是一具在空中飛行的棺材。零戰的性能確實優越，它的行動機敏，續航距離也長得離譜，以戰鬥機來說是一流的。但是零戰的裝甲非常薄弱，萬一被擊中，根本不堪一擊。

「青木兄，我不是國粹主義者，也不是歌頌戰爭者。可是我只知道一件事：這些人——無法接受波茨坦宣言的人，並不全都是國粹主義者。因為青木兄，你自己也一樣，現在你雖然說得出這種話，但是八年前你敢像這樣大聲說嗎？不可能說得出口。因為在那之前，為國家戰鬥、為國家犧牲才是正義。**那才是對的。**」

「可是就算如此……」

「我明白。我非常明白。戰爭是不對的。可是在那之前，直到剛才的前一刻，我們都深信那才是真實，一心只相信著這件事啊！就算有人對你說，從今天開始那再也不是真理了，你能夠馬上接受嗎？」

直到前一刻都還相信著，

卻被說那再也不是真理了……

「這……」

「只是這樣罷了。只是這樣罷了啊。這跟國家、思想完全沒有關係。被鞭策、命令著：去打勝仗啊！去殺人啊！就算突然被吩咐住手，也會一時煞不住腳而多踏出幾步啊。同胞接二連三地死在自己眼前啊。要是束手無策也就算了，但是如果自己保有足夠的飛機和人員，我才不會高舉雙手說什麼『好了我投降了對不起』咧……」

河原崎說的沒錯。青木也聽說厚木的海軍航空隊就是這樣(註)。

「青木兄說的沒錯，戰爭是國家與國家之間進行的。就算我再怎麼憎恨他國，戰爭也不會因為這樣就開打。話雖如此，實際上上戰場的不就是我們個人嗎？管他國家之間決定要打還是不打，拚上老命的可是我們啊。就連我都這麼想了，一定還有更多更憤恨不平的人。如果實際上真有那種武器和物資，也難保不會有人想要再打上一仗啊。」

「可是……什麼零戰……當時的日本根本沒有那種餘力了。別說是兵力了，當然武器也是……什麼都沒有，所以……」

「實際上面臨本土決戰時，政府曾經試圖將戰力溫存在國內，不是嗎？聽說剛戰敗的時候，聯合國的戰略爆擊調查團展開調查，發現國內還留有七千數百架飛機。聽好了，那是昭和二十年九月時的事啊。光是零戰，就還有一千架以上。」

「可是……武裝被撤除了啊。如果聯合國都找到那麼多的武器了，那相反地，表示應該已經沒有了。不管是物資還是武器，都不可能四處留存。再說……那種地下設施，我實在不認為在戰爭時還能夠建造那種東西。」

「整個日本不是都在挖洞嗎？全日本都被挖遍了。事實上到處都是防空壕啊。即將敗戰時，軍需工廠也遷移到地下，各地都建造了軍方的地下作業場。大本營本身也是地下設施，也有厚木的基地。令人惶恐的是，就連皇居也計畫搬遷到長野的地下壕，就算有地下基地也不足為奇。」

「可是……」

「聽說另一側……」

原本默默聆聽的敦子開口了。

「山的另一側，熱海那裡有入口，規模非常巨大。」

「敦、敦子小姐……」

「聽說確定戰敗以後，入口遭到爆破，現在甚至找不到在哪裡了。但是……」

「敦子小姐，所以說，那只是謠傳罷了。什麼零戰還有時價數億圓的鴉片？這是妄想。把它當真才有問題。就算真有那種東西，為什麼一介平民會知道？為什麼那個条山房的老師會知道？騙人的，那肯定是騙人的。妳被他給騙了！」

「那麼……為什麼三木春子小姐和布由小姐……會被多方的可疑勢力給盯上？通玄老師對我撒謊又有什麼好處？氣道會有什麼陰謀？青木先生能夠說明嗎？」

「敦……敦子小姐……」

這不是敦子。

「松、松兄……」

青木望向河原崎。

「青木兄，我判斷這位小姐的話十分可信。而且，如果真的有那樣的東西……絕對不能夠交到韓流氣道會手中。時價數億圓的鴉片和誇耀全世界的十架戰鬥機，還有……我想所謂開發中的武器，應該是毒氣瓦斯之類……這些物資要是交到那些人手中，這個國家肯定會被搞得天翻地覆。一旦變成如此，不管他們有什麼樣的信念或思想，都無意義了。這個國家好不容易才剛脫離占領期，毫無防備。現在的日本沒有力量遏止擁有那種危險兵器的人。戰爭……真的會爆發。」

河原崎松藏說道，站了起來。

「松兄，你……你要相信条山房嗎！」

「我誰都不信。」

「咦？」

「条山房的張先生、還有那位小姐──不，甚至是青木兄我也不信。要懷疑，每個人都很可疑。我相信的……只有自己。」

河原崎抓住胸口的念珠。

註：厚木海軍飛行場為二次大戰末期的海軍東京防空據點。一九四五年八月十四日，日本接受波茨坦宣言投降，十五日玉音放送之後，小園司令官仍不願投降，主張抗戰到底，部隊陷入叛亂狀態。最後司令官被強制收容到精神所，暴動士兵遭驅離，結束了這場叛亂。

相信的只有自己……

青木垂下頭去。

青木**無法相信自己了**。其實青木並沒有河原崎那樣強烈的主張。他會否定敦子的話，對河原崎的主張提出異論，都是因為若不這麼做，青木的**自我似乎就要消失不見**了。

河原崎以篤定的語氣說：「我相信我自己。所以我……無論如何都要救出三木春子小姐。原本我就是這個打算，才插手這件事的。如果為了達到目的，必須擊垮韓流氣道會……我會堅持戰鬥到底。如果条山房的目的與我相同，我也不惜和条山房聯手。小姐……」

河原崎叫道，敦子抬起頭來。

「那位……通玄老師現在在哪裡？」

「嗯……老師昨晚一到，就說下田那邊情勢有異，宮田先生趁夜到下田去探聽情況了。今早宮田先生回來，說他看到一個疑似三木小姐的人站在街頭。」

「春子小姐站在街頭？」

「嗯。似乎是……加入了疑似宗教團體的組織……」

「宗教？是另一個敵人嗎？那麼老師在下田嗎？」

「是的。老師剛才說，氣道會似乎去了伊豆，必須趕快，所以就在剛才啟程了。他或許還在車站吧？」

「我們走吧。」

「河原崎！你……」

青木感到十分困惑。青木的疑問沒有一個得到解答。然而……

——為什麼……

「青木兄要怎麼做？」河原崎問。青木完全無從判斷。無論如何、不管怎麼樣，這場鬧劇肯定是假的，是騙人的。

「如……如果這是真的，那就是犯罪。不，事實上已經構成犯罪行為了。綁架、監禁、暴行傷害……而且還有可能發生破壞活動。這是恐怖活動。」

「說的沒錯。」河原崎說。

那樣的話、那樣的話……

「應、應該通知警方才對。你好歹也是個警官吧？你那麼做，絕對違反了服務規程。那種……什麼零戰、鴉片的，不管是真是假，無論如何都不是一介平民能夠處理的大問題啊！」

「警方能做什麼？」

「警、警官怎麼能不相信警察機關！就算只是做做樣子，也得照規矩來才行。你不是警官嗎！」

我在語無倫次些什麼？

「身為警官之前，我更是河原崎松藏這個個人。我在非法奪回春子小姐的時候，就已經喪失公僕的資格了。」

「你這是在耍賴嗎！」

「如果青木兄想要報警……悉聽尊便。我沒有權力阻止你。但是我認為東京警視廳聯絡國家警察靜岡縣本部，再下令這附近的轄區警署，然後再聯絡派出所或駐在所——等到警官趕到的時候，春子小姐已經不知道變得怎麼樣了。」

河原崎邊穿上皺巴巴的長褲邊說。敦子也面無表情地杵在原地。

——等一下。

「河……河原崎，我……」

「是我把青木兄牽扯進來的，我感到非常抱歉。我不會強迫你任何事。青木兄只要照著你自己的信念行動就行了。」

——要我相信什麼？

敦子開口了。

「青木先生……呃，通玄老師說，青木先生和河原崎先生的傷勢都不輕，最好休息個一整天……」

河原崎說：「我不要緊的。」

「哦……我想和通玄老師在一起的話，應該是不要緊……不過如果青木先生……」

「夠了，快去吧。」

青木說道。

敦子一臉悲傷。

「如果青木先生要留下來的話……藥在這裡，食物在這裡……」

「敦子小姐，別管我了，乾脆我也離開這裡吧。妳不鎖上門窗也沒辦法離開吧？」

「不是那種問題。」

「那是什麼問題！」

敦子輕咬下唇，注視青木的臉。

青木將視線別向牆壁。

敦子沉默了一會，說：「請你務必記得服藥，要不然一定要去看醫生。門窗不必鎖，如果你要回去東京……請轉告家兄……告訴他不必擔心。」

事到如今還說這什麼話？

敦子在河原崎催促下離開。最後朝著這裡稍微回望一眼的那雙大眼，不知為何看起來悲傷極了。大概……只是看起來這樣罷了。

然後，青木變成孤單一人了。

到底怎麼回事？

剛才那……短短數十分鐘的喧鬧。

當青木回過神時，他發現自己抱著膝蓋，在陌生土地的陌生房間裡，孑然一身地坐著。應該熟悉的敦子看起來像個陌生女人，應該有過相同體驗的河原崎，卻輕易地接受了眼前的非日常，離開了。

——這是虛假的現實。

零戰、鴉片、毒氣瓦斯。

那種東西，日常生活不需要。

不需要。不能夠存在。竟然有人在爭奪那種莫名其妙的東西，這根本不是現實會發生的事。所以這個現實是假的……

青木這麼想。但是很快地，他發現這個想法非常恐怖。因為無法相信自己才剛體驗過的現實，就代表自己經驗性的過去也全都是假的。

無論哪邊才是現實，自我都岌岌可危。

如果現在的時間是真的，那麼青木所知道的過去就全都是假的。如果青木所記憶的過去是真的，那麼眼前的現實就全都是假的。是青木的理性一直不正常，還是他早就已經瘋了？不是前者就是後者。

無處容身。

木場。

木場去了哪裡了？

青木想著這些事，睡了一下。

騷然。

騷然的氣息。

騷然的氣息傳來。

青木渾身一震，醒了過來。

——什麼！

一陣風撲向臉頰。

門。

門開著。青木腹部使力，猛地坐起來。背後和脖子根很痛。好痛，好痛。

「誰……什麼人？」

大開的門扉外頭已是一片黑暗。他好像睡了半天以上。一群小影子吵吵鬧鬧地蠕動著。是什麼？

——那種**大小**是什麼？

小孩子嗎？是一群小孩。

——女人？

一名女子忽地走了進來。
「妳、妳是誰……！」
「您是……条山房的……」
「咦？」
「您是条山房的人嗎？」
聲音清脆得宛如玻璃風鈴。
吵鬧的氣息聚集在門口。
青木仰頭上望，上面垂著一條電燈拉繩。
開燈……
「啊……」
發不出聲音。
那名女子擁有半透明質感的皮膚，以及左右對稱的臉龐，眼睛清澈如玻璃珠，卻也空虛如玻璃珠。
「妳……妳是華、華仙姑……」
「我叫佐伯布由。您……不是条山房的人吧？」
「我……我是……」
「敦子小姐呢？」
「咦……」
無法直視她的眼睛。
「中禪寺敦子小姐……已經不在這裡了嗎？她……」
「不……」
不要再把她牽扯進去了——青木想這麼說。
這個女人——反正是個虛飾。她是彼岸的居民，是假的，毫無生活感。
女子盡力保持面無表情。她冷漠得甚至給人一種不祥的預感，讓人覺得即使就這樣朝她的胸口捅上一刀，她一定也不會顯露出一絲痛苦的神情就這樣死去。

所以這種女人不存在。華仙姑處女只是個都市傳說。沒有人見過她。沒有人……

「敦子小姐……被騙了。」

「妳說什麼？」

「她被下了催眠術。」

「妳說什麼？」

「条山房的宮田……那個人在治療的時候下了暗示。對我……還有敦子小姐。」

「暗示……？」

「聽到特定的某句話……身體就會失去自由，會任憑使喚……」

「那麼，妳們會離開榎木津先生的事務所……」

華仙姑──布由點點頭。

「那……」

那麼敦子……

剛才的敦子果然不是敦子。可是，這個女的也不能相信。就算連存不存在都很可疑的女人突然現身，下達神諭，也不能就這麼囫圇吞棗地輕易相信。

青木瞪住女人。

不可以看她的眼睛。

彷彿會被那雙玻璃珠般的眼睛吸引進去。

「您被迷惑了呢。」

聲音自女子身後響起。

一道小巧的影子倏地自女子背後出現，無聲無息地從門口進來。

那是一名少年，才十四、十五歲左右吧。他穿著顏色十分不可思議的立領服裝，以這個年紀的少年來說十分特別，留著一頭沒有理短的直髮，每走一步髮絲就隨著飄動。以這個季節而言，現在算是相當寒冷，或許是因為長時間曝露在夜風當中，少年的臉頰微微地染成淡櫻色，這反而讓少年更顯得清冽。

少年親和地微笑，來到青木面前。

「你……你是……」

「晚安。我姓笙，不過大家都叫我藍童子……」

「藍……藍童子？」

藍童子及華仙姑……

這果然是虛構的舞台。

「你真的是……藍童子？那個聽說協助目黑署刑事課搜查二組的……」

「對。不過岩川先生辭職以後，我就再也沒有協助過警方了。」

「岩……岩川刑警怎麼了！」

「啊啊，原來如此……」少年發出清朗的聲音，並睜大了渾圓的眼睛。「……您是警方的人。而且……這樣啊，您是東京警視廳的刑警呢。警視廳的刑警會跑到離轄區這麼遠的地方……是為了找人……尋找前輩刑警……不對呢。換句話說……哦，您對那位敦子小姐有好感呢。」

「你在說些什麼……」

背脊發寒。

我的心被他讀出來了嗎？不可能有這種荒唐事。中禪寺說過，讀心術是不可能的。可是……

少年笑了。

「請別害怕。我不是讀心的妖怪，不可能看得出人心。說起來，人根本沒有心，人有的只有身體。人是個空殼子，就像筒子一樣。」

「筒、筒子？」

「對。筒子裡塞滿了各式各樣的資訊，流動、纏繞、糾結在一起。這些有如蛇巢般的資訊偶然觸碰到筒子表面時，唯有那一瞬間會產生意識。人把那些斷續發生的意識錯覺是連續不斷的，把這種錯覺稱為心。實際上根本沒有心這種東西。若是相信著不存在的東西，會走進死胡同的。因為會背負上生或死這類苦惱。很愚蠢。人活著，活下去就好了。**身體活著**，這才有意義。所以追求意義而活，當然還有追求意義而死，都是本末倒置。」

「本末倒置……」

「是啊。因為有意義的是資訊，而資訊並非本質，對吧？所以您這個事物就只有**身體**，而身體的存在沒有任何意義，只是存在罷了。但是您誤以為您這個概念才是本質。所以您才會困惑，會去煩惱：我不是這樣的、我所追求的世界不是這樣的、社會不需要我。最後還會去煩惱一些無聊事，像是活著沒有意義、死了才有意義等等。就算什麼都不做，什麼也不想，即使不願意，意識仍然會萌生，只是活下去的話，根本不需要去煩惱。」

「我、我並沒有……」

「昨天以前的您，與今天的您並不連續。剛才的您與現在的您也不連續。連續的……只有您的身體……」

「身體……」

「只要身體沒有變化，人就不要緊。要是醒來發現自己變成了狗或蟲，的確是得慌張一下才行呢……」

藍童子再次笑了。

「所以您儘管放心吧。您就是您，我能夠說中您的事，只是整理、統合得自您的資訊罷了。我說中了，對吧？」

——這孩子……

藍童子微微偏著頭看青木。

「討厭啦，我只是實話實說罷了。對吧？刑警先生？我順便再告訴你一個事實吧。条山房是個邪惡的組織，張果老這個人會誆騙他人，所以敦子小姐也被他騙了。我聽了這位佐伯小姐的話，便前來解放她。」

「解放……」

「沒錯，解放。不過好像晚了一步呢。刑警先生，您……會一個人留在這裡，表示您沒有中了張果老的妖術……對吧？」

「他、他會施法嗎？是催、催眠術嗎？」

「是啊，張果老對人的潛意識施術，馴養我剛才說的筒中的蛇。蛇會聽從張果老的意思，與筒子接觸，然後就會產生張果老希望的意識。人深信自己是依照意志在行動，然後受到操縱。」

「敦……敦子小姐也……」

「她也被操縱了吧。」少年說。

「怎麼會？那……」

敦子現在果然十分危險。

「要解除法術，非常棘手。不過其實也非常簡單。只要懷疑自己是不是真正的自己就行了。就像我剛才說的……其實根本**沒有自己這種東西。只要發現沒有自己，知道原本就沒有**自己，就不會深陷進去。您迷惘了，然後暫時保留結論，對吧？」

說的沒錯。

「如果您做出結論的話，會怎麼樣呢？」

「做出……結論的話？」

過去的自己是假的嗎？

現在的自己是假的嗎？

無論選擇哪邊，都是假的。

「沒錯……」

少年的說話聲聽起來很輕快。

「您一定都會發生破綻，出現裂痕。張就是趁機來填補這個裂痕。但是，只要知道自己這個東西其實並不連續，只是誤以為連續罷了，就根本不會有什麼裂痕。不，到處都是裂痕，所以別人要來填補，也只是平添麻煩罷了。所以呢，您……十分賢明。」

賢明……？

不是憨直嗎？——青木心想。接著他發現自己被這個還帶有青澀的不可思議少年玩弄於股掌之間。

——這個少年……

手法和中禪寺很像。

青木目不轉睛地盯著那張清秀的臉看。

「敦……敦子小姐會怎麼樣？」

——我在問些什麼？

問這種人又能怎麼樣！

藍童子第三次微笑了。

「沒關係的，您那樣就行了，沒必要相信我。我所發出來的終究是話語——換句話說，對您來說只是資訊。假設您相信不要被話語所騙這種話而被騙了。這種情況算是被話語所騙嗎？當我說不要相信我的話時，無論對方相不相信這句話，都會產生矛盾呢。語言總是自我指涉的，資訊不可能是本質。語言什麼都無法傳達，但是我們不使用語言，什麼都無法傳達出去。這又是個矛盾。」

「可是……那麼要怎麼做……」

「我覺得怎麼做都可以。不過，我不建議您和張碰面，而且我認為任由那個邪惡的人隨心所欲地操縱……不是件好事。」

「可是敦子小姐……」

「敦子小姐……」布由開口了。「敦子小姐我一定會……」

如玻璃樂器般的聲音顫抖著。

——這個人……

「敦子小姐就像是我的恩人。所以我一定會把她救回來。她不能被捲入這樣的紛爭，所以……」

藍童子稍微回頭，看了看布由說：

「布由姊姊這麼說，我會想辦法的。您……要怎麼做？」

青木的視線從少年臉上移開。

然後望向布由的眼睛。

——我可以相信這個女人嗎？

不知為何這麼想。此時青木覺得比起應該是現實的敦子，更能相信這個應該是虛構世界居民的華仙姑處女。

半透明質感的皮膚在微溫的黃色電燈泡照耀下，染成不可思議的色澤。是它賦予了原本接近人偶的左右對稱臉龐更人性的感覺嗎？還是陰影讓那張面無表情的臉有了表情？布由慢慢地點頭。

——好。

条山房嗎？藍童子嗎？還是華仙姑？

——反正總要被其中一方騙。

青木下定決心了。

接著他說：「我……要回去東京。」

「這樣啊。」藍童子說。接著他如此作結：「**請轉達中野那位先生**，請他千萬不要輕舉妄動……」

於是……青木在陌生的屋子裡度過一晚，做了個驚恐萬分的夢：走在路上的眾多行人，全都長著自己父母的臉。

隔天青木在劇烈的頭痛和肌肉痠痛中痛苦得醒來。不僅如此，青木這時候才發現自己幾乎身無分文。不過他還是先離開了屋子。

他只想得到向派出所借錢，拖著腳在路上徘徊了五六分鐘，總算發現了駐在所。

身穿制服的巡查正拚命地刷洗著腳踏車。腳踏車上沾滿了泥土和枯草。青木心想，他應該是騎車去山上才會搞成這樣吧。

青木原本想謊稱自己前來遊山玩水，不小心弄丟錢包，但是既然要借錢，就必須說明身分才行，那麼想要撒謊，到底不太容易。青木也想過要聯絡警視廳，卻不知道該怎麼說明才好。結果青木只是出示警察手帳，表明身分，說他一定會回來還錢，最後借了一筆錢。那名巡查叫做淵脇，他敬禮說道：「遵命！」

淵脇不知怎麼著，人看起來非常朦朧恍惚。

青木借了足夠回到東京所需的金額。

接下來的事，青木記得不是很清楚，總之他在前天下午抵達水道橋的租屋處。然後大概睡了整整一天以上。醒來的時候，也因為飢餓和疲倦而動彈不得。房東娘擔心地為他端來米湯，青木文藏喝了湯之後，總算……

回到了分歧之前的時間。

那天夜裡，青木一次又一次回想這段期間發生的事，然後入睡。今天一醒來，他立刻到最近的派出所打電話到警視廳，一個勁兒地道歉，然後直接來到了……眩暈坡。

眩暈坡十分之七處。

青木仰望陰天。

——得趕快……

得趕快去才行。

敦子是中禪寺的妹妹。

還有……

藍童子的那句話。

青木從昏暗的天空放下視線。

因為水滴接二連三地打上了臉頰。

——快點。

在這裡淋濕的話八成會感冒。萬一感冒，這遍體鱗傷的身體可承受不了。

青木低下頭，踏出沉重的腳步。不出所料，一滴雨落在後頸上。

——不要下。

一滴，一滴，再一滴。

——糟糕。

正當青木這麼想的時候，一道黑影從背後覆蓋上來。抬頭一看，是一把黑色的雨傘。青木回頭，只見一張五官分明、長得異樣的臉龐。

「增、增岡律師……」

「青木，你要去中禪寺那裡吧？上這條坡道的人實在不太可能會有其他事，問了也是白問，不過既然我也走在這條坡道上，表示我也正要去他那裡，我們一起去吧。」

說得好快。但是咬字很正確，發音也十分清晰，所以聽得一清二楚。聽起來雖然有些高傲，但增岡這個人其實並不怎麼傲慢。

增岡則之是柴田財閥顧問律師團的律師。

「嗯？你好像受了傷。發生了什麼案件嗎？是重大事件嗎？」

「是重大事件。」青木答道。

至少對青木來說是重大事件。

希望對中禪寺而言也是。

不過這只是希望。

「這樣啊。那麼中禪寺可要頭大了。我手上的案子比重大事件更嚴重多了，連我都被嚇到了。」

增岡連珠炮似地說。

雨勢突然變強了。

「喏，快走吧。褲管會濕掉。」增岡說道。

然後……

在煙雨迷濛的稀疏竹林旁……

出現了「京極堂」三個字。

門「喀啦啦」地打開。

夫人吃了一驚似地走了出來。

「啊啊，夫人，冒昧打擾，真是抱歉。我有急事，可以幫我叫一下中禪寺嗎？還有這位青木是為了別的事來的，他受了傷，腳不方便，所以被雨給淋濕了。這樣下去可能會弄髒府上的客廳，能不能借個手巾或抹布……」

增岡一口氣說完。

青木只是點頭致意。他看到中禪寺夫人的臉，瞬間莫名地鬆了一口氣。

增岡說：「青木，我先進去嘍。」夫人拿了手巾過來，青木把髒掉的褲管擦乾淨，道了謝，進了屋子。玄關擺滿了鞋子。

——發生了什麼事嗎？

中禪寺夫人知道小姑發生了什麼事嗎？青木有些在意。

正當青木要開口的時候，夫人說：

「今天怎麼了呢？竟然來了六位客人……」

青木什麼話也說不出來。

客廳似乎正在為何事吵鬧。增岡打開紙門，青木從他背後往旁邊一看，裡面坐著事件記者鳥口、榎木津的助手益田，以及兩個青木不認識的男子。其中一個非常激動，另外三個人也驚慌失措。中禪寺從壁龕前站了起來，但是他並沒有慌張，一樣十分冷靜。

「中禪寺，中禪寺，現在不是氣定神閒的時候啊。」

增岡說道，大步走進客廳。

「不得了了，事情不得了了。」

中禪寺用一種獨特的表情盯住增岡，看不出他是不高興、生氣還是傷腦筋。

「增岡先生，怎麼連你都……怎麼了？」

「什麼叫連你**都**？話說回來，現在可不是裝模作樣地說什麼『怎麼了』的時候啊。你也知道我這個人很少會說什麼『不得了』吧？」

「我才不知道。怎麼了？」

中禪寺坐了下來。

增岡站著，掃視驚慌失措的先到客人們。

「……在忙嗎？」

「忙得很，我們這裡也很不得了的。」

鳥口抗議似地說。

「啊，呃，然後……」

益田正想說什麼，卻被增岡給打斷了。

「中禪寺，這些人可以相信吧？」

「這不是由我來決定的。他們全是朋友熟人，身分沒有問題。不管這個，到底是怎麼了？一點都不像增岡先生，你這樣的紳士竟然會周章狼狽的。」

「因為事情太不得了，我才會倉皇失措啊。事情嚴重到連平日臨危不亂的我這樣的紳士都不禁亂了手腳──你應該這麼去理解我接下來要說的事。」

「我已經這麼理解了，請坐吧。話說回來，青木……你受傷了嗎？」

青木正想回答，卻被增岡制止了。

「青木找你是為了別的事，等一下再說。」

「我知道了，快點說吧。」

「那我要說嘍，不要嚇到啊。前天早上，伊豆下田蓮台寺溫泉旁邊的高根山山頂附近，發現了一具被吊在樹上的勒殺屍體。」

「那……」

益田大叫。

增岡以一雙大眼睛瞪住他。

接著增岡深深地吸了一口氣，這麼說了。

「被害人……是織作茜。」

織作茜。

「而嫌疑犯……是關口巽。」

關口巽？

織作茜，

被關口巽……

關口巽殺了織作茜？

「關口在棄屍現場以現行犯遭到逮捕。柴田勇治先生今早已經趕往下田。詳細情形尚未確認，但這毫無疑問地是事實。聽好了，中禪寺，那個關口殺掉了那個織作茜哪，你明白了嗎？」

增岡說。

＊

鳥口潛伏著。

風帶著濕氣，但道路是乾的。

這個地方色彩單調。幾乎都褪色了。

天空昏暗泛白。梅雨時節教人昏昏欲睡，很討厭。

簡素的白鐵牆壁暖暖的。裡面是葡萄酒工廠，但並沒有特別聞到葡萄酒的香味。青木刑警在斜對面的佛壇店屋簷底下探出頭來。他生得一張娃娃臉，但不愧是現任刑警，盯起梢來有模有樣。昨天他看起來相當衰弱，但意外地恢復得很快，身體似乎相當健壯。鳥口對於這個怎麼樣都擺脫不了學生青澀模樣的刑警有些刮目相看了。

——還不到一年嗎？

鳥口在去年八月底初次認識青木刑警。當時青木正在搜查分屍案，地點在相模湖。鳥口也是那個時候認識敦子的。兩邊都是關口所引介，他覺得緣分真的很不可思議。敦子現在遭到不法之徒所誘拐，而關口甚至身陷囹圄。

——這麼說來。

武藏野事件的時候，青木也掛了彩，行動起來似乎相當痛苦。

只是他孩子氣的外表和一板一眼的態度常令人誤會，其實青木是個很有骨氣的男子漢吧。或許只是因為老是跟感覺打也打不死的木場混在一起，因而顯得遜色罷了。

青木比比下巴，鳥口屈身奔了出去。

揚起一陣灰塵。

鳥口跑過馬路，鑽進佛壇店旁邊的小巷子。

他暫時壓低身體，然後窺看狀況。

潮濕的風吹過道路。

「怎麼樣？」

「沒有動靜，人在室內。」

葡萄酒工廠旁邊的木造長屋。

屋瓦剝落，裸露的牆壁龜裂。

「沒有……人的氣息呢。」

「所以會更醒目啊。」

「怎麼辦？」

「再……觀望一下，然後進去那個房間……」

「那間空房是吧？外面數來第四間……對嗎？」

「是裡面算來第三間，千萬別弄錯了。」青木說。「六間長屋裡最裡面和最外面，住的應該是與案情無關的老人家。對方將外面算來第二和第三個房間打通使用。所以空房是……」

「裡面算來第二間和第三間而已，對嗎？但那個叫津村的羽田製鐵的祕書失蹤到哪裡去了？益田說……」

「噓！」

青木把食指豎在嘴巴前。

好緊張。鳥口是事件記者，看過許多危急場面，但是記者畢竟只是記者，鳥口面對的幾乎都是事發後的現場。就算盯梢，緊張的程度也不同。

而且……

鳥口和青木對於目前監視的對象，幾乎沒有任何線索，當然也不曾見過。如果目標**是與其他傢伙是同一夥**，不曉得會使出什麼伎倆來。

這個人是昨天突如其來登場的人物。

徐福研究會主持人東野鐵男。

鳥口和青木代替前往調查太斗風水塾的益田，今天一大早來到東野居住的甲府，以拘捕東野。

昨天……

綜觀聚集在京極堂的六人所帶來的消息，浮現出來的整體情況令人費解。狀況令鳥口大感愕然，原以為毫無關係的好幾個事象，剝開一層皮後，竟複雜地糾結在一起。它們彼此之間有著密切的關聯，以韮山的土地為中心，有一場規模非比尋常，而且不明所以的陰謀正在進行……

然而……

「青木先生。」鳥口呼喚青木。

「什麼？」

「我……實在搞不懂中禪寺先生……或者說，我本來就不懂他這個人。」

「我也不懂啊。」

「他……是個好人吧？」

青木那張小芥子木偶（註）般的臉稍微糾結了一下。

「是好人吧。雖然我不知道怎麼樣才叫好人，至少他的所做所為入情入理，而且我好幾次……」

青木說到這裡，噤聲了。

接著他窺望道路另一頭。

鳥口明白青木沉默的心情。

註：產於日本東北的一種木偶，特徵為圓頭圓身，沒有手腳。

中禪寺本身應該是個善良的人，但是他所說的話很可怕。當然，他的話撫慰人心，拆解謎團，帶來安定。但是威力愈強，也愈有可能帶給聽到的人完全相反的效果。事實上，他應該也能夠以語言殺人，顛覆常識，撩撥不安。

語言是沒有人情的。

沒有真假，也沒有過去未來。語言做為語言，就這樣自我完結。語言與現實乖離，卻又左右現實。就某種意義而言，語言是最強的武器。

所以……

能夠仰賴的，只有他的為人。

一旦懷疑起他的為人，絕對會教人害怕得不敢靠近。

「鳥口……難道你在懷疑中禪寺先生嗎？」

「我沒有懷疑。師傅就是師傅。可是……」

可是……

昨天，聽到織作茜的訃報的那一剎那——

鳥口慌亂，青木大叫，就連似乎事先獲知消息的益田也慌了手腳。然而中禪寺卻不為所動。接著聽到嫌疑犯不是別人，就是夥伴關口的時候，他依然……不為所動。

雖說認識的時間不長，但關係密切的人遭到殺害了。不僅如此，被當成殺人兇手的嫌疑犯是他的老友，而且自己的親妹妹被捲入，應該親密如家人的兩個朋友也行蹤不明。儘管如此……

中禪寺卻叫眾人不要慌，然後……

根本沒有發生任何算得上事件的事件啊。

中禪寺這麼說。

他說的確實沒錯。

榎木津、木場、關口，還有敦子都不是小孩子了。他們都是已經出社會的大人，對自己的行動要負責任。無論造成什麼樣的結果，都沒有道理要中禪寺出面收拾，而且雖然有一群可疑的人暗中進行著什麼陰謀，卻沒有稱得上受害人的受害人。

占卜師、通靈少年、氣功道場、漢方藥局、風水經營指南、自我啟發研修、私人研究團體、新興宗教——每一個都很可疑，但是很難在他們身上找到明確的犯罪事證。頂多只有韓流氣道會犯了暴行傷害、逮捕監禁罪罷了。而且要是不向警方報案，也會就這麼不了了之。並沒有像是不知道犯人是誰、不了解動機、找不到作案手法等所謂的謎團。

可是……織作茜被殺了，而且據說還是關口殺的。中禪寺說的確實沒錯，但是他沒有把織作茜命案給算在裡面。

不要混為一談——中禪寺這麼說。

這是不同的事件嗎？——鳥口問，中禪寺卻說一樣，但是不能夠混為一談。接著他這麼說了。

華仙姑、張果老、韓、還有曹……

這玩笑太差勁了。簡直是低俗……

什麼叫差勁的玩笑？——鳥口追問，但中禪寺不肯回答。

「他為什麼什麼都不說呢？他明明一定知道些什麼的……」

遊戲不可能還在繼續吧……

多多良說，中禪寺曾經這麼說過。

而且……還有藍童子要青木轉述的話。

請轉達中野那位先生，請他千萬不要輕舉妄動……

「他知道就應該說啊。」

「鳥口。」

「什麼……？」

「木場前輩也什麼都不願意告訴我，聽說榎木津先生也完全沒有對益田說什麼，不是嗎？」

「只是，就算榎木津大將說什麼我們也聽不懂吧。」

「唔……有可能，可是……中禪寺先生很明白。他明白自己的話是多麼可怕的凶器。」

「嗯……」

「武藏野事件的時候不也是嗎？他早就知道了。但是他為了木場前輩和陽子女士而保持沉默。如果他一下子就公開真相，會變得如何？被害人會減少嗎？」

青木沒看著鳥口，如此說道。

青木說的沒錯。關於武藏野事件，中禪寺知道旁人不可能得知的線索，但他所知道的線索，對於解決事件並沒有任何助益。若是弄錯公開的時機，反而可能招來混亂，讓事態變得無法收拾。

「緘默不說，一定也很痛苦啊。」青木說。

「這我明白。我這個人天生嘴皮鬆，眼皮重，也因為這樣，覺得人生過得輕鬆多了。」

青木面對另一頭笑了。

「鳥口，像我啊，只是忘了昨天發生的事，就慌得好像整個人生空掉了似的，因為我一直把自己嵌在社會要求的模子裡過活。我總是畫有界線，決定從這裡到這裡是自己的領域，然後感到放心。但是事實上根本沒有那種界線不是嗎？也沒有內外之分。只是我一這麼想，就不安極了。因為會失去根據……」

青木回過頭來。

「……他不是常說嗎？世上沒有不可思議之事。」

「是啊。」

「要是沒有了不可思議，活下去一定非常辛苦。」

「是……這樣嗎？」

「嗯，人會勉強去**製造不可思議**。透過覺得不可思議來取得平衡。事實上……真的沒有什麼好不可思議的吧。」

「嗯……」

多多良也說，中禪寺是站在境界處的實踐者。說他的立場讓他不能說不可思議。

「鳥口，我覺得呢……」

「覺得什麼？」

「中禪寺先生這次的樣子的確不對勁。我昨晚就一直在想是哪裡不對勁。於是我想到，或許……」

「或、或許什麼……？」

「這次的事件，是**他的事件**。」

「什麼？」

「過去我們涉入的所有事件中，他總是貫徹旁觀者的角色，對吧？怎麼說，因為這樣才能明白自己的分際……」

「是啊……」

主體與客體無法明確地分離開來……觀測行為本身會影響對象……正確的觀測結果只能在不觀測的狀態下追求……所以觀察者必須將觀察行為本身視為事件整體的一部分——中禪寺經常這麼說。鳥口覺得似懂非懂。

「你是說，這次狀況不同？」

「我是這麼感覺……啊。」

青木輕叫一聲。

一個老太婆從裡面走了出來。

應該是沒有關係的……居民。

「要闖進去嗎？」

「不……再等一下吧。」

青木露出刑警貫有的表情說道。

「剛才有個中年男子走進前面的房間對吧？房東說，住在那裡的是一個打零工的土木工人……但是如果那是東野的同伴……」

青木小聲地說。青木受了傷，敵人愈少愈好。

「東野也會功夫嗎？」

「功夫？我不認為他是個武術家。」

「那……果然是催眠術嗎？」

「不……雖然不一定是，但是綜合昨天的談話，敵人有個共同點，對吧？」

「共同點……哦哦，記憶……」

「對。尾國誠一使用催眠術。条山房不太清楚，但會使用藥品使人昏厥，然後再操縱記憶。指引康莊大道修身會也會做些似近洗腦的事。還有……成仙道。」

「成仙道也有關係嗎？」

「我認為有。我被襲擊的時候，還有敦子小姐被擄走的時候，他們都在場。而且增岡先生說，織作茜遭到殺害當天，他們在下田。」

「是耶。」

「雖然幾乎沒有成仙道與太斗風水塾的線索，但我怎麼樣都覺得……他們也使用相同的伎倆。我也**被擺了一道**。」

鳥口從胸袋裡取出一張照片。

是羽田隆三交給益田的資料裡面附的照片。

照片上是一個看起來很老實的中年男子，坐在矮桌旁邊。疑似資料的紙張在他周圍堆積如山。和服胸口敞開，圓領襯衣看起來很土氣。

「我不覺得這個老爺爺有什麼重大關係耶。根據益田給的資料，這傢伙偽造經歷，對吧？」

「對，據說他本來是在陸軍開發武器的理學博士。」

「陸軍啊……？他和傳說位在韮山地下的開發中武器有關係嗎？」

鳥口問道，青木垂下頭去。

「地下軍事設施啊……」

青木在想敦子的事吧——鳥口這麼感覺。

不，或許是因為鳥口自己聯想到敦子，才會這麼想。

——有什麼關係？

青木都看到敦子本人了嘛——鳥口這麼想。

——陸軍的軍事設施。

——陸軍。

「青木先生！」

——對了。一定就是這樣。

「青木先生，中禪寺先生在戰時確實是陸軍的……」

「嗯，他說是隸屬於帝國陸軍第十二特別研究所——就是那個武藏野事件的舞台呢。和那個美馬坂教授一起……」

天才醫學博士美馬坂幸四郎——在武藏野事件中殞命的人物。

「那和這次的事件有沒有關係呢……？」

青木一臉訝異。

「你是說……那個研究所嗎？」

「中禪寺不是說過，他在那裡被迫進行宗教性的洗腦實驗嗎？」

「沒錯。說什麼當日本戰勝的時候，必須將敗戰國的國民全都變成國家神道的信徒，真是教人啞口無言的實驗。中禪寺先生好像百般不願意。」

「所以那是洗腦吧？還有帝國陸軍。而且那裡不是陸軍造兵廠所管轄的嗎？那麼武器開發也……」

「鳥口！」

青木壓低了身體。

鳥口疊在他身上似地看過去。前面的房間門打開了，一個中年男子上身赤裸，頭上綁著毛巾，懷裡抱著一升（註）容量的酒瓶，與另一個穿著日式短外套的褐皮膚老人走了出來。兩個人都醉得東倒西歪。

註：一升約為一．八〇四公升。

「跟那也沒有關係啦。這下子那棟長屋裡……只剩下東野一個人了。」
「是啊。」
青木抬頭仰望。
「也先用不著……潛入空房裡了吧。」
「那麼……是正中央那間吧？從前面算來第二間和第三間……對吧？」
「不知道他會使用什麼伎倆，不過……」
「敵人只是個乾枯的老人。而我們……不過青木先生，你不要緊嗎？」
「什麼事不要緊？」
「這種事不是違反那個什麼毒物歸程嗎？」
「什麼？哦，你是說服務規程嗎？我現在是休假。無故缺勤五天後還請假，課長和部長氣得暴跳如雷，我也不曉得還能不能復職呢。所以沒關係。」
「什麼沒關係，那我們不就是一般平民了嗎？那闖入之後……」
完全沒想到接下來要怎麼辦。
「要求東野同行吧。要求他自願。不過……還是亮一下這個好了。」
青木拿出警察手帳。
「……趁著我還有這玩意的時候。」
鳥口覺得青木變得好像木場。
「我……從前面的門口進去。你從中間的房間過去。長屋沒有後門，這樣目標就逃不掉了。」
青木微微舉手。
「我身上有傷，拜託你多擔待啦。」
他衝了出去。
揚起一陣煙塵。
青木在第二道門前站住。

鳥口趕過他，來到第三道門前。望向青木的臉。

彼此點頭。

開門。

「東……」

鳥口想要開口叫東野，卻叫不出聲。

隨著一道轟然巨響，堆積如山的書本崩塌下來。一個打扮如同照片中的老人跳也似地閃到房間角落去。打通兩戶人家而成的房間幾乎完全被紙張和書本埋沒。書本嘩啦啦地崩倒。

「啊啊……等、等、等一下！」

「你是……自稱東野鐵男的人，對吧？」

青木從隔壁入口進來說道。

「我、我、我不是，我是……」

老人胡亂搖著頭，一頭白髮變得散亂。鳥口愣住似地望向青木，青木也瞄了鳥口一眼，穿著鞋子就這樣踏上紙張，來到害怕的老人身邊。

「原、原諒我！我、你、你們是羽、羽田的人嗎？還是啊、啊啊……」

青木打開警察手帳，出示警徽。

「我是東京警視廳刑事部搜查一課的青木巡查。有些事想要請教你……。可以請你和我們走一趟嗎？」

老人張開牙齒脫落的嘴巴，接著他放棄掙扎似地垂下頭，說道：

「人是、人是我殺的……」

＊

益田屈著身。

天空看似快要下雨了。

他靠在混合大樓骯髒的牆壁上。

然後偷看。接著他懷疑自己眼花了。

——中禪寺先生。

中禪寺先生怎麼會在這裡？

益田感到心跳加速。

他明明那樣囑咐眾人不要輕舉妄動……為什麼？

昨天中禪寺交代益田還有青木及鳥口，要他們千萬不要輕舉妄動。他說如果想救敦子，就不要亂來。但是益田無法信服。

因為他不明白為什麼要袖手旁觀。

唯獨昨天，中禪寺沒有多加說明。

即使如此……

益田還是覺得相信他比較好，因為再怎麼說，這都是中禪寺親口交代的話。

只是……益田也接下了羽田與司的委託，還收了訂金，他不能就這麼置之不理。鳥口和青木看來似乎也無法接受，於是三人決定背著中禪寺私下調查。

人手不足。對手實在太多了。地點也相隔遙遠。羽田說會派祕書幫忙他，但是益田到現在都還沒有聯絡到那名祕書——津村信吾。增岡說儘管兇手已經落網，搜查卻不知為何陷入瓶頸。祕書是被困在那裡嗎？協議之後，益田決定讓鳥口和青木去甲府。住處可確定的只有東野一人。所以派兩個人處理確實的一邊，益田自己則去調查太斗風水塾。

益田一大清早就前往大塚。

即羽田的備忘錄中記載的太斗風水塾本部，地址不在京都也不在滋賀，而是在豐島區大塚。很近。可是該處似乎是事務所，而不是南雲生活起居的地方，所以難說本人在不在。

現場的確掛著招牌，但風水塾並沒有營業。

益田從玻璃門窺望裡面，彷彿連夜搬遷了似地，房間一片空蕩，別說是桌子了，連個垃圾都沒有。不是歇業，也不是尚未開店，而是關門大吉了。益田在附近打聽了一下，說是上個月底左右搬走了。

羽田似乎是在四月中旬開始懷疑起南雲。南雲偽造經歷的事很快就曝光了。一個月後，後續調查發現南雲詐領公款，因此南雲雖然沒有被提告，但是正被追究責任，當然也正處於受到監查的狀態，所以應該不是趁夜潛逃吧。或許是無法從羽田製鐵詐取錢財，使得事業觸礁了。如果他所做的事業並不正派，當然也會躲起來吧。

只能去找南雲的自宅了。

益田心想詢問羽田製鐵總公司或許問得出來，但總覺得猶豫。畢竟前來委託的是羽田隆三本人。於是益田決定拜訪木場的妹婿。

因為青木說，木場的妹婿以前曾經找過太斗風水塾。為了慎重起見，益田事先問出了木場的妹婿工作的地點。

與木場一點都不像的妹婿——保田作治，一聽到益田是木場的朋友，立刻熱絡地笑了起來，非常親切地告訴他風水塾的資訊。他說風水塾除了大塚總部外，還有名古屋分部和靜岡分部。保田說他曾經打過電話問遍每個地點，打到靜岡分部時，是南雲本人接的電話，說：「我是南雲。」或許那裡就是他的住家。

靜岡分部位在清水。不管如何，都只能改天再去了。要是隨便打電話，可能會引起對方警戒。

益田辭去之際，保田纏人地追問木場的事。保田和大舅子之間似乎沒有什麼交流往來，益田也不好說出木場失蹤，所以回答說他們一陣子沒見面了。保田說妻子明天就會回來，希望在那之前聯絡到木場。

益田離開以後，才想到保田說的妻子就是木場的妹妹。

一想到木場也有家人，不知為何，益田感到一種仿若悲哀的不可思議心情。

然後他走入死胡同了。

益田想了一下，遂前往池袋。

他想去貓目洞看看。

青木和河原崎這個不良刑警，就是在那裡遭到韓流氣道會襲擊的。不知一起遇襲的女店主後來怎麼了？她的記憶一樣也被消除了嗎？

然後……

益田在池袋情色充斥的人潮中，發現了熟悉的和服男子。

在路上看到中禪寺，是件極為難得的事，更不必說是鬧區了。何況是這種大白天就充滿酒味般的落魄郊區，看到中禪寺的機率更是低於天文數字吧。

可是，益田不可能看錯。

距離日暮還有一段時間，然而街上已經有些喝得醉醺醺的猖狂之徒東倒西歪地四處徘徊。中禪寺宛如一陣風似地閃避醉漢前進。他穿著一身條紋簡便和服，打扮可以說是時代錯亂、格格不入，卻不顯得引人注目，也是因為他流暢的舉止之故吧。

火災遺蹟中有一棟格外骯髒的住商混合大樓，和服男子彷彿被吸入似地消失了。益田隔著相當遠的距離尾隨在後。中禪寺的直覺靈敏，要是被他跟蹤，肯定不會發現，但隨便跟蹤他，兩三下就會曝光了。

益田站在入口邊，等了十分鐘以後，才戰戰兢兢地往裡望。大樓裡面一片昏暗，牆上遍布燒焦的痕跡，還有污垢及亂七八糟的塗鴉，猶如魔窟一般。益田踏進一步，裡面是幽暗的上升階梯——以及通往地獄深淵般的下降階梯。

——是哪邊？

條紋隱約晃過地獄深淵。

——下面嗎？

益田凝目細看。

條紋消失在深處的門扉。

益田雙手貼壁，牆壁濕濕的，他沿著牆壁踏進四方形的洞窟。

裡面傳來中禪寺的聲音。

「咦？你是……」接著有女子說話。「……中禪寺，是嗎？」

「久疏問候……聽說妳這次遭逢橫禍。」

「看就知道了吧？」

橫禍……？

門壞了。門板靠在牆上，開出一道人可以出入的空隙。益田把身子縮得更小，腳邊掉著一塊生鏽的金屬板。

貓目洞……

——這裡就是……那麼中禪寺……

益田豎起耳朵。

「這……真慘呢。」

「你這麼覺得？那就幫我修修吧，我連打掃的力氣都沒了。啊，小心踏到玻璃。」

「妳一直在這裡……？就這樣……？」

「是啊。因為，喏，裡面沒事嘛。只是亂成一團，沒客人來罷了。連燈都點不著了，暗是暗，倒是挺讓人安心的。要喝點什麼……啊啊，你不喝酒呢。」

「我不會喝酒，真抱歉。」

「這裡沒茶，要喝水嗎？」

「不必麻煩了……話說回來，潤子小姐，妳沒受傷吧？」

「咦？嗯。那個小朋友……怎麼了？」

「人還活著。」

「另一個火爆浪子呢？」

「這我就不清楚了。重要的是……可以請妳告訴我，他們兩個是在什麼樣的狀態下離開的？」

「你真是熱心助人呢。」

「……天性如此。」

「了不起，想學也學不來呢。不過我也不想學就是了。我啊……被青木——是叫這個名字嗎？被那孩子拉著手……那孩子拚命地想要保護我呢。挺帥氣的，讓我覺得偶爾被保護一下也不錯呢……你笑什麼呢？」

「我並沒有笑啊。」

「算了。我隨口說說罷了。然後，上面有個圓臉的男子，叫什麼……条山房的宮田，一副就是『我來救你們吧』的嘴臉。我擔心我的店，所以甩開他……跑了回來。」
「難得青木把妳救了出去……？」
「是啊，我這個女人不值得救哪。可是啊，底下有個老爺爺在打架，所以我又跑上去了。結果恰好被我看到了……」
「看到青木被人下藥……？」
「你知道嘛。那個宮田朝著青木的臉上噴藥粉呢。所以我……逃跑了。」
「逃跑了？虧妳逃得掉呢。」
「因為青木癱軟了，宮田抱著他，就沒功夫抓我啦。竟然下藥，真是下三濫。噁心死了。」
「那麼……妳回老家去了？」
「我才不會回去那種鬼地方呢。你這人記性也太好了吧？中禪寺，你一定很惹人嫌吧。我去了里美那裡，降旗的女朋友家。結果早上回來一看，半個人影都沒了。」
「然後妳就這麼一直待在這裡？」
「還能去什麼地方？我剛才不就說了嗎？」
「妳這個人真是……」
「怎樣？」
「妳不覺得危險嗎？」
喀喳。
打火機的聲音。
幽明。黑暗中浮現人影。
「……你……怎麼想？」
「請妳更珍惜自己一些。如果妳有了什麼萬一……會有人傷心的。」
「你……會為我傷心嗎？」

「嗯。」
「嘴巴真甜。你怎麼不去追女人呢？」
「我記性太好……總是招人嫌。」
「討厭啦，你真的會被嫌唷。話說，那些人是在找春子吧？春子又不在這裡，我覺得他們不會再來了，所以……」
「妳……在等他吧？」
「等誰？」
「妳覺得他或許會過來這裡，對吧？」
「所以說……你在說誰呀？」
「木場修太郎。」
「哼……」女子哼了一聲，像貓一樣。「你在胡言亂語什麼？誰會等那種……」
「請告訴我有關木場刑警的事。」
中禪寺的聲音十分清晰，女子似乎倒吞了一口氣。
「他……還沒有找到嗎？」
「似乎。」
「他……死了嗎？」
「沒有。」
「你怎麼知道？」
「他不會死，他沒有死。只是……掌握不到動向。我直到昨天都不知道他失蹤的消息。所以……」
「等一下……」
女子站了起來，似乎移動了。是在拿酒瓶嗎？
「你……好管閒事也該有個限度吧？何必連那個大塊頭的事都往身上攬？那傢伙笨得就像腦袋裡塞滿了浮石一樣，是個笨到無可救藥的大傻瓜啊。」

「我很清楚。」

「遲鈍、單純又膽小。」

「愛唱反調，粗線條卻又神經質……是嗎？」

「被你一說，一點都不像玩笑了。可是……唔，是啦。真是的……什麼『好可怕』？欸，我可以喝酒嗎？」

「請便。木場刑警……五月二十七日來過這裡，對嗎？」

「為什麼你連我忘得一乾二淨的事都記得啊？大概……是那天吧。總覺得……他笨得比平常更厲害，說著什麼怕死不怕死的，喝個不停。那傢伙是那樣的人嗎？」

「潤子小姐……」

「幹麼？」

「妳……」

「哎唷，你這種木頭人不要說什麼情啊愛的好不好？我不想聽。要講那種事，先追到女人再來。」

「妳說的沒錯。我不是想問那種事。木場刑警……對，他有沒有提到女人？」

「女人？那個醜八怪談女人？怎麼可能？」

「有個女子從四月初以來定期拜訪木場刑警的住處，甚至為他擺花裝飾。」

「哦哦，」女人的聲音變大了。「那是宗教，宗教啦。」

「宗教……？」

「四月底那個笨蛋來過一回，不過一下子就回去了。那個時候他說有個女人一直來傳教，糾纏不清的煩死人了。我還捉弄了他一下呢。」

「捉弄？」

「因為那個笨蛋不敢跟一般女人說話，不是嗎？所以我跟他說，管他是傳教的還是來推銷的，女人來拜訪的話，就要請人家進房間。那個笨蛋還逞強罵我囉嗦，結果其實還滿有那個意思的，是嗎？真傻呢，好好笑……」

女人笑了。

「妳知道是什麼宗教嗎？」

「叫什麼去了呢？是個滿奇怪的宗教。」

「是……成仙道嗎？」

「對，就是那個。」

「原來如此。我明白了。」中禪寺說。

「你明白了？」

「明白了。木場刑警沒有死。」

在遲鈍的笨刑警回來之前，至少打掃一下吧——中禪寺說。女人又哼著鼻子笑了。

「他回來的話，我就叫他幫忙打掃。」

中禪寺說「就這麼辦吧」，笑了。

「你這個人……真可怕。」

「沒那回事。」

「千萬別來追我呀。」

「哎呀……想要追到潤子小姐，得費上一番功夫呢。這先暫且不提……喂，益田。」

「哇！」

益田嚇得心臟幾乎要從嘴巴裡蹦出來了。

「啊、呃、我、中、中、中……」

「我不叫什麼中中中。用那種姿勢站著，會閃到腰的。潤子小姐，那是榎木津的助手，名叫益田……是個幹練的年輕人。」

「哎呀，這樣啊，我還以為是食蟻獸在睡午覺呢……」

壞掉的門扉裡頭出現一名長相華美的女子。真的就像貓一樣。

「……哎呀，你好年輕，偵探小少爺好嗎？」

「託……託您的福。哇！」

女人背後浮現一張凶惡的臉。

「什麼託您的福。你這樣也算是偵探嗎？那麼潤子小姐……恕我就此告辭。」

「怎麼，要回去囉？」

「近來……有些忙亂。」

中禪寺就這樣穿過女人身邊走出來。接著他回頭望向女子。

女子——潤子微微瞇起睫毛修長、有些濕潤的眼睛，露出半哭半笑般的表情。或許她是感到刺眼。

「走了。」中禪寺說。然後趕過益田，匆匆地走上地獄的隧道。

外頭有些暗下來了。

中禪寺走出大樓，仰望天空。

「會下雨嗎……？」

「中、中、中禪寺先生！」

「我說過我不叫什麼中中中。」

「呃……這要是鳥口，一定會『唔嘿』個一聲，不過……真的很抱歉。」

益田低下頭來。

「你在亂晃些什麼？不是叫你們不要輕舉妄動嗎？鳥口和青木怎麼了？」

「去……去了甲府。」

「混帳……。那你是去了大塚嗎？」

「您真是明察秋毫。」

「昨天不是你拿資料給我看的嗎？我應該忠告過你，先不要行動。」

「可是……中禪寺先生也……」

「我是來**確認是不是先不要行動比較好**。因為關於木場失蹤的事，幾乎毫無線索，但也有可能和這件事沒有關係。」

「結果有關係嗎？」

「大有關係。射將先射馬。木場就是馬。」

中禪寺說道，靈巧地從懷裡掏出香菸叼住。接著又說了一次：「他就是馬啊。」

「木場先生看起來不像馬啊，這是什麼意思？」

「所以說，木場修是為了誘出三木春子小姐才被傳教的。被成仙道。」

「那麼，從音羽的某人家中帶走春子小姐的，也是木場先生嗎？」

「沒錯。」中禪寺說道，擦亮火柴，點燃香菸。他在店裡是出於客氣才沒有抽菸吧。

「三木小姐由於条山房一事，對木場信賴有加。三月以後，他們至少見了七次以上。敵人就是看準了這一點。」

「敵人……是成仙道嗎？」

「是啊。不過，既然已經知道**有關係**，木場也平安無事吧。」

「這……一般不是相反嗎？有關係比較危險吧？」

「不危險。」

「可是中禪寺先生……」

「這個世上沒有人會因為殺了木場修而得利的。連一文錢的利益都拿不到。但是讓他活著，就派得上用場。像是讓他搬運重物，或叫他去打架……」

這話也算是有理。

「益田……」

中禪寺呼叫益田。

「你……想救敦子嗎？」

「這……這當然啦！您問這是什麼問題呢！」

「那個他……又怎麼想呢？說來這個敦子雖然那副德性，也算還有點魅力嗎……？」

益田窮於回答。這個問題太直接了。

「噯，罷了。益田，如果你想救敦子，就不要再輕率行動了。千萬不要輕舉妄動——有人這樣轉告我。」

中禪寺靜靜地說道。

＊

青木文藏縮起了脖子。

中禪寺罵人的景象已經司空見慣了，但這還是青木頭一遭挨他的罵。

「明明有你跟著……這究竟是什麼樣子？你不是警官嗎？竟然做出這種非法行為，這樣你身為公僕的面子就保住了嗎？還是怎麼樣？你也打算辭掉警察不幹，去當榎木津的弟子嗎？」

中禪寺好像真的動怒了。

「鳥口你也是，究竟存著什麼心態？你在箱根受了傷，卻連一點教訓都沒學到嗎？」

「可是師傅……」

鳥口激昂不已。

「……我無法接受。因為……因為我們根本不明白究竟發生什麼事，就算師傅叫我們靜靜待著不要動……」

「你們沒必要懂。」中禪寺說。益田很安分地待在一旁。

「可是師傅，事實上光是逮到東野鐵男，狀況就大逆轉啦。那個人……說**他就是戶人村大屠殺事件的犯人啊！**」

「那又怎麼樣？」

「什麼叫怎麼樣……」鳥口爭辯不休，青木再次陷入無法判斷的狀態。

關於戶人村的村人屠殺事件，華仙姑處女——佐伯布由已經告白她就是兇手了，然而東野鐵男卻也對青木及鳥口做出相同的告白。

在青木聽來，那是一場逼真的告白，完全不像偽證。然而……內容卻與布由對益田說的分毫不差。

只是……揮舞柴刀的人，從少女變成了一個病弱的篤學中年男子。

東野鐵男的本名叫做佐伯乙松，是布由的叔叔。

乙松立志向學，大正五年十八歲的時候，他意氣風發地前往東京，然而由於體質虛弱，無有大成，大正十二年二十五歲的時候，帶著遺憾回到了鄉里。之後直到昭和十三年慘劇爆發，他一直被人嘲笑是個吃閒飯的，過著屈辱的生活。

昭和十三年六月二十日，與布由的證詞相同，乙松的叔叔——也就是布由的叔公壬兵衛闖進家裡，引發衝突。姪子亥之介與傭人甚八扭打在一起，乙松挺身制止。但是甚八慘遭殺害，以此為導火線，乙松長年來的抑鬱爆發開來，陷入意識不清的狀態，將家人一個個砍殺——東野如是說。

「我大吼大叫著：不許瞧不起我！」東野哭著說。

但是，東野的故事裡沒有尾國的戲份。東野說他揮舞柴刀和鋤頭，殺害了全部的村民之後就遁逃了。一個體弱多病的四十多歲男子真能殺害五十名以上的村人嗎？雖然還有疑點，不過較之行商的賣藥郎豁出性命加入殺戮更有整合性。

乙松改名東野，提心吊膽地過著日子。但是不知為何，沒有人追上來，他的土地也被軍方和ＧＨＱ給查封了。後來東野透過原本就感興趣的徐福傳說，受到羽田隆三賞識和禮遇，生活為之一變。

然而……就在法律追溯時效即將到期前，土地的查封解除了。不僅如此，好死不死，羽田製鐵竟然提出要購買那塊土地。那裡應該有著堆積如山的屍骨。東野慌了，然後……他騙了隆三。

可是事情進行得並不順利。東野無計可施，只能鬱悶地關在房間裡。

所以當東野看到青木拿出警察手帳的瞬間，持續了十五年之久的緊張一口氣繃斷，東野鐵男——佐伯乙松束手就擒了。

青木和鳥口帶著垂頭喪氣的老人回到了東京。他們再三說明這不是逮捕，但老人已經崩潰，形同廢人，幾乎無法溝通。他同時也非常衰弱。

這個老人現在正在京極堂客廳旁的小房間睡覺。

「你們打算把他怎麼辦？」

中禪寺責問。

「什麼怎麼辦……」

「你們要把他送去警署，說他是在韮山殺了五十人的兇嫌嗎？」

「這……是啊。」

「你們要怎麼向警方說明？另一個兇手布由小姐會怎麼樣？你們知道哪邊才是真兇嗎？無論哪一方是真兇，其他的事件會因此而解決嗎？關口會被釋放、敦子和木場會回來，皆大歡喜嗎？」

「這……呃……」

鳥口往這裡看。青木咬住嘴唇。

「所以說，這就叫做輕舉妄動。不對嗎？我應該吩咐過你們，不要胡亂行動。你們聽不懂日語，是嗎？那種屠殺事件根本就無所謂，你們不懂嗎？根本沒有發生任何算得上事件的事件啊，不是嗎？你們為什麼就這麼衝動？」

鳥口握緊拳頭說了：「可是……織作茜被殺了。」

「我說過，不要混為一談。」

「一樣的！不可能沒關係！」

「當然不是沒關係。但就算解開十五年前的事件之謎，對織作茜命案也沒有任何助益。這根本無法洗雪關口的冤情，反而只會帶來更大的混亂。」

「可是有人死了！」

「不會……再有人死了。」

「或許下一個就是敦子小姐啊！」

「這……絕對不可能。」

中禪寺說道，表情仍然有些悲愴。

雖然沒辦法說得很明白，但青木覺得中禪寺一定很悲傷。他擔心妹妹的安危，為朋友的冤罪憂心。當然，只是青木這麼認為罷了。

這麼說來，關口以前說過，中禪寺總是擺出一張臭臉，所以剛認識他的人完全看不出他的心情好壞。現在青木總算了解他這番話的意思了。

青木開始覺得中禪寺說的話或許是對的，因此看在他的眼裡，中禪寺才顯得悲傷吧。鳥口似乎仍然無法接受，所以中禪寺那悲愴的表情，看在他的眼中肯定就像一張冷酷的鐵面具。

可是鳥口的心情也不是不能理解。他不安極了。因為平常的話，中禪寺就算撒謊，也會讓大家放心，唯獨這次卻什麼都不肯說。

「為什麼？為什麼您能這麼斷定！中禪寺先生！」

鳥口從矮桌上探出身體。

「您有什麼確實的證據，能夠保證敦子小姐絕對不會遭遇危險嗎！」

中禪寺表情不變，壓低聲音說了。「聽好了，鳥口。你仔細想想，這是組織性的計畫犯罪吧？唔……其實算不算犯罪很難說，不過既然有許多綁架監禁、暴行傷害等具有犯罪性的要素，說它是犯罪也無妨吧。這種組織性的計畫犯罪裡，你覺得最有風險的行為是什麼？」

「這種事……」

「是殺人。殺人這種高風險的愚行，是執行計畫時最大的障礙。沒有人感到困擾、沒有人投訴，甚至讓人看不出有犯罪進行——這才是最聰明的做法。要是殺了人，事跡敗露，馬上就會遭到逮捕了。」

「話是這樣說沒錯，但是師傅，黑道的抗爭……」

「抗爭是抗爭，不是所謂的計畫犯罪。是抗爭的結果使得犯罪行為曝光。目的不一樣吧？即使最終目的是為了營利，但除掉敵方大將才是抗爭的首要目的。因為你想想，詐欺師會殺人嗎？要殺人的話，不必騙人，直接去當強盜還快多了。」

「可是……」

「我明白……」

中禪寺勸諫鳥口似地張開手。

「不管是詐欺還是其他都是反社會的行為，難保不會因為什麼差錯而殺人。可是那種情況幾乎都是在計畫出差錯時才會發生。像是為了除掉礙事者、除掉背叛者、除掉目擊者等等，對吧？」

「是啊，所以……」

「這次的事件不適用這個道理。」

中禪寺斷定。事件記者一瞬間退縮了，接著拱起肩膀，**耍賴**似地追問：

「為什麼！」

「你不懂嗎？」

中禪寺慢慢地開口。

「只要將礙事者洗腦就行了。」

「啊……」

「將目擊者的記憶消除就行了。」

「啊啊……」

「所以無從背叛起。」

鳥口啞口無言。

說的沒錯。

「了解了嗎？」中禪寺說。「如果有人辦得到這種事，他們真的會去殺人嗎？如果辦得到這種事，無論過去現在還是未來，任何事都能隨心所欲。」

而那些人就辦得到——中禪寺說。

「這就是這次的大前提。你們聽好了，現在正在發生的種種事象，無論再怎麼可疑，都絕對不可能成為事件。關係者的**證詞全都無法相信**。不管是當事人還是第三者都不能相信。事實上，不管是青木還是光保先生，都無法相信自己的記憶。鳥口所見聞的事，益田所掌握的線索，**沒有一樣可以相信**。」

「這……」

「在哪裡被下了什麼暗示？還是記憶被竄改了？本人不可能知道。就算你們自以為是憑著自己的意志在行動，但其實是被誰下了後催眠，那會怎麼樣？不管是過去的事實還是未來的行動，一切都順著敵人的意思啊。」

「那豈不是束手無策……？」

「是束手無策啊。」

中禪寺再次斷定。

「經驗性的過去全都可疑的話，也沒有什麼不在場證明可言了。一切的資訊都有可能是假的。或許每個人都被騙了。在這種狀況裡，我們**無法證明任何事**。如果所有的實驗結果都有可能是恣意捏造出來的，不管導出來的結論多麼充滿整合性，那樣的理論依然不可信任。可是呢，正因為如此……」

「**不會發生殺人**，是嗎？」

青木說道，鳥口垂下肩膀。

「青木，你說的沒錯。所以只要避免**某種行為**，被害人就不會繼續增加。不管涉足多深，都絕對不會蒙受危害。」

「某種行為是什麼行為？」

「輕舉妄動啊。」

「輕舉妄動……嗎？」

請千萬不要輕舉妄動……

藍童子說的話。

青木心想，中禪寺說的沒錯，關係人的性命或許平安無虞。可是這是多麼消極的安心啊。身陷敵人的圈套之中，隨波逐流竟是唯一的保身之道。

──徹底敗北嗎？

「可是……」

雖然這應該不是勝負的問題。

益田悄聲說。

「可是……中禪寺先生，有件事我怎麼樣都想不透。就如您所說，沒有人可以在殺人中獲利。那麼……

那麼為什麼織作茜小姐會被殺害呢？」

「這……因為她是織作茜啊。」

中禪寺說了。

「我不懂。」

「我也不懂。」鳥口說。

青木當然也不懂。

益田開口說：「昨天夜裡，羽田隆三先生的祕書津村先生聯絡我了。他說雖然不明白是怎麼回事，但茜小姐似乎觸碰到謎團的核心了。我一直以為茜小姐一定是因為解開了真相，才遭到殺害。但是如果照您剛才說的道理來想，只要用洗腦籠絡她，或消除她的記憶就行了啊。」

中禪寺的表情有了些微變化，若是不注意看就會錯過了。

「她……是個聰明人，我想她應該看穿大致上的構造了。可是她並不是因為逼近了謎團核心才被殺的。她之所以被殺，是……」

紙門打開了。

鈴鈴……風鈴響了。

中禪寺千鶴子站在門外。

「雪繪……和增岡先生一起……」

「啊啊……」鳥口手足無措起來，望向青木。

就算鳥口望過來，青木也不知該如何是好。益田站起來，移動到客廳角落，青木也跟著過去，向鳥口招手。三個人在東野沉睡的隔壁房間紙門前並坐下來。

中禪寺只是雙臂交抱，沉默不語。

鈴鈴……風鈴響了。

增岡一如往常，大剌剌地走了進來。

他的背後，是關口的妻子——關口雪繪。

千鶴子靜靜地繞到前面，說：「雪繪，來。」雪繪恭敬地將坐墊挪到旁邊（註），垂著頭坐下來。增岡在她旁邊坐下。

「剛才靜岡縣本部的搜查員過來，對夫人進行了偵訊。我原本也想將夫人帶到下田去，不過仔細想想，現在也無法會面。我打算從柴田財閥顧問律師團裡挑選幾名律師派遣過去。柴田勇治先生這麼要求。我個人雖然想去，但是律師與嫌疑犯有交情的事實，可能會在往後造成不利，所以……」

他的口氣……像在說關口要被起訴了。

這表示關口不是被誤逮嗎？但至少這種時候，慢慢說話也不會怎麼樣吧——青木心想。

他望向雪繪的側臉。

毫無血色。

好像不是在哭。

「他……」雪繪的聲音細得幾乎聽不見。「……他……已經不行了嗎……」

口吻彷彿在回想什麼似地，十分輕柔。

中禪寺原本有些隱含凶暴的悲愴表情略略轉為柔和。

「沒那回事。」他接著說。「……這要看關口自己了。」

「中禪寺，這是什麼意思？我掌握了相當詳細的狀況，但是這……對夫人雖然過意不去，但這肯定會被起訴的。逃不掉的。」

「我認為關口不會被起訴。」中禪寺說。

「不可能。關口在棄屍現場遭到逮捕，甚至自供了。照他的個性，一旦被強行逼問，不管什麼事都會承認的。而且還有目擊者，而且是一大堆。二十幾個人目擊到關口搬運屍體，而且每個人都明確地記住他的長相。他在偷竊作為凶器使用的繩子時，臉也被人看到了。不僅如此，他在行凶前還在書店順手牽羊。完全是

註：日本的禮節中，拜訪人家時，需先將座墊挪到一旁行禮寒暄，待主人勸座，才能在座墊坐下。

不折不扣的嫌疑犯。」

增岡的說法教人搞不懂他到底是站在哪一邊。

「那麼警方為什麼不快點移送檢察單位？都到了這步田地，到底還在搜查些什麼？」

增岡哼地嘆了一口氣。

「動機。沒有動機。還有行蹤，關口一如往例，又胡說八道些令人費解的話。說什麼野篦坊在消失的村子跳舞之類的。」

「那個村子昨天開始就成為熱門話題了呢。」

「這樣嗎？」

「是的。所以……既然關口記得他去過那個村子，表示敵人並**不打算真心陷害**關口。」

「聽不懂你在說什麼，是我太笨嗎？」增岡不滿地問。接著他望向並坐在一旁的青木等人，又「哼」地呼了一口氣。

關口是被陷害的。

青木也這麼想。不過直到剛才，青木一直認為關口會被陷害，是因為他踏入了祕密的聖域。但是聽著中禪寺的話，他逐漸覺得不是如此了。

就算關口看到了什麼不該看的東西……

只要**消除他的記憶**就行了。根本沒必要殺掉他，甚或將他塑造成殺人犯。不僅如此，就像中禪寺說的，這次的事件裡，所有的目擊證詞都不足採信。

說起來，明確地記住路過行人的長相，是絕對不可能的事。不管那個人打扮得再奇裝異服都一樣。姑且不論打扮，不可能連長相都記得一清二楚。而且看到的人全部記得，這怎麼想都不可能。如果所有的目擊者都作證自己記得，那就是撒謊。與其說是撒謊，更應該說是不自然。所以有那麼多的目擊證人，這件事本身就是關口遭到陷害的最佳證據。

換言之……

但是，接下來青木就不懂了。就算關口確實遭人陷害，也不明白陷害他的理由以及陷害他的人是誰。

「不懂哪。」律師不悅地說，撫摸了一下鏡框。「你是說他被人陷害嗎？」

「應該說是他自己陷進去的吧。」

「哎，我也覺得，如果他有那個膽量殺人，過的應該會是更不一樣的人生吧……。話說回來，你說他是無辜的嗎？」

「關口……是清白的。」

中禪寺說。

雪繪沒什麼反應。

青木與關口十分熟識，但是和雪繪只打過招呼而已，當然也沒有仔細地觀察過她。

垂落在後頸的毛髮總教人不忍卒睹。

她在擔心丈夫嗎？還是在為身陷眼前的事態而悲傷？她在為丈夫的愚行生氣嗎？還是怨恨自己嫁給了這種沒用的男人？……雪繪確實了無生氣，但青木完全無法想像她的心情。

「是誤逮嗎？」

「說是誤逮嗎……逮捕本身是正當的吧。但是關口沒有殺人，就算置之不理，沒多久也會被釋放的。」

中禪寺盯著矮桌說道。

「現在只能祈禱他不會在這段時間裡因為警察無視人權的審問而……崩壞。雖然可能已經太遲了。」

「那麼已經太遲了呢。」增岡說。「他好像已經崩潰了。或者說，因為崩潰了所以才會被逮捕吧。……搜查本部似乎正在研究送交精神鑑定的必要性了。」

「哎……應該是吧。照你這樣說……」

「這……」鳥口探出身子。「……這太冷酷了吧？既然關口老師無罪，就救救他啊。師傅是有確證才這麼說的吧？關口老師不是師傅的朋友嗎？」

益田插口：「我也這麼認為。如果關口先生是無辜的，就應該立刻要求警方釋放才對。冤罪逮捕是絕對不能夠原諒的行為，不管表面上再怎麼標榜民主警察，但實際上警方根本無視於嫌疑犯的人權。遺憾的是，現狀就是如此。中禪寺先生……」

「所以說，」中禪寺瞪著矮桌，以強硬的口吻說。「現階段沒有任何物理證據能證明關口無罪，就算有證詞也沒用，你們還不懂嗎？是可以看穿證明關口有罪的證據全都不可靠。這非常簡單。但是同樣的，證明關口無罪的一切證據也毫無效用。還是怎樣？只要哭著哀求警方說這個人是無辜的，警方就會放人嗎？警察機關是這種組織嗎？你們不要以為這是別人家的事，就在那裡七嘴八舌地亂出主意，也想想雪繪夫人的心情吧。」

中禪寺說道。

青木赫然一驚。

「什、什麼別人家的事，我們是別人嗎！我們不是朋友嗎！」

鳥口憤慨不已。

青木抓住他的背，制止他。

「鳥口，你冷靜點。我們是別人啊。朋友就是別人。所以不管我們在這裡怎麼吵鬧，也於事無補，而且……」

青木很在意雪繪。

「我……」

雪繪維持著同樣的姿勢，以幽微的聲音說。

「……老實說……我不懂。例如說，有個自己信賴的人，那個人犯了罪，犯罪是不對的，所以受罰也是理所當然……但是如果真心相信他，就應該認為他有什麼不得已的苦衷，才會觸犯法律。那麼沒辦法，就讓他好好地去償還自己的罪吧——應該會這麼想吧。相反地，有個人應該相信著自己，而這個人犯了罪，那麼自己應該會覺得非常懊恨，心想為什麼他在動手之前不來找自己商量呢……」

雪繪的臉稍微改變了角度。

「……所以有罪無罪……對社會來說，或許是很重大的問題，但是對夫婦而言，並不是什麼大不了的問題。反而比起這些問題……」

「可是夫人，關口老師或許是無辜的啊。不……既然師傅都那麼說了，老師一定是清白的。而妳卻說要坐視不管嗎！這不是太冷酷了嗎？你們不是夫妻嗎？」

「鳥口，你適可而止一點。」

中禪寺斥責說。

雪繪以稍微有張力一些的音調說了：「無論有罪無罪……我們都是夫妻。因為犯罪就要離婚，還是沒有犯罪就不離婚……世上沒有這種荒唐事吧？我們不是因為這樣才在一起的……只要他……人還活著……」

「人還活著……」

命保得住吧。

可是……

「他怎麼想、有什麼感覺，現在的我……不了解。所以只能等了……」雪繪說。

意思是不要行動嗎？

青木心想。

果然……

「說的沒錯！」

紙門「砰」的一聲打開。

一道黑影張開雙手雙腳擋在簷廊上。

就維持著這樣的姿勢用力開門。

「啊……榎……」

「榎、榎、木……」

「榎木津先生……」

「沒錯！就是我！你們那是什麼表情！」

端正的臉龐，大得嚇人的一雙眼睛，褐色的瞳孔，白得不像東方人的皮膚，在陽光下會透成褐色的髮絲……

是偵探榎木津禮二郎。

中禪寺緩緩地轉過頭去。

「吵死人了。不過經過多少年，你都只會用這種方法登場嗎？我家的紙門都要被你給拆了。」

「哼。偵探就是這樣！」

「那我一輩子都不想成為偵探哪。」

「你想當也當不了！話說回來，這副慘狀是怎麼回事！」

「榎、榎木津先生，您、您一直都……」

益田驚慌失措地問。

「哼，什麼一直二直的。你們這些蠢蛋！喂，京極！這是什麼？鳥頭跟笨蛋王八蛋還有小芥子並排在一起耶！你們以為你們這種人能夠擔綱主角嗎？還早了一百年哪。三個人合起來早了三百年！」

榎木津朗聲說道，也不關上紙門，大步走了進來，開朗地說：「嗨，小雪，好久不見了呢。」雪繪默默地點頭。

增岡呆了一會兒，哆嗦似地回過身來，更加連珠炮似地說了：

「榎……榎木津，你還是老樣子，沒神經又沒常識。你明白這位女士現在處在什麼狀況嗎？」

「哼。你在小雪面前講了那麼多小關的壞話，事到如今還說什麼？既然要說的話，就應該更簡明地說他是猴子、笨蛋。那麼小雪也已經習慣了。」

「什麼習慣了！」

「可是我跟京極在小雪面前，早就已經不曉得罵過那隻猴子幾億次猴子了。沒什麼交情的律師突然冒出來，說什麼小關沒有生活能力、沒有自我實現能力、自閉又缺乏社交性、發音模糊不清、健忘症、油膩膩，更讓人覺得討厭吧！」

「我、我又沒說他油膩膩！」

「你也是個空有學歷，缺乏理解力的傢伙哪。遺憾的是，只有油膩膩可以說！因為我也會說。」

榎木津高聲大笑。

益田看不下去，出聲阻止：

「榎……榎木津先生！請適可而止……」

「要適可而止的是你，你這個笨蛋王八蛋。我說啊，這個人是小雪啊。不管是猴子還是油膩膩，都是她老公的事，沒你插嘴的份。說起來，反正他是猴子，被關進籠子也不要緊的！就算待在外面，也跟關在籠子裡沒什麼兩樣！」

「這、這太過分了吧？大將……」

「過分？他這人天生就該被人這麼說，有什麼辦法？小雪可是比誰都清楚這件事的唷……」

榎木津說道，瞇起眼睛望向雪繪頭上。

「嗳……要拋棄他就趁現在……如果不是的話，又得辛苦照顧他了，小雪，妳也要做好心理準備呀。說起來，那傢伙就算被踢被打也不會壞的。他本來就是壞的，不要緊啦！」

雪繪望向榎木津，說了聲：「嗯……」

那是什麼意思？雪繪是在笑還是在哭？從青木的位置無法看出來。

「榎木津，那麼你的意思也是不必為關口想任何法子嗎？」

增岡一臉奇妙地逼問。

「區區一隻猴子，殺得了人嗎！順手牽羊或許有可能，但他應該沒偷東西。小——毛賊，怎——麼會，在——下田，變——這樣！」

他在胡鬧。

增岡露骨地表現出嫌惡。

「你、你在胡說八道些什麼？胡鬧也該有個限度。可……可是中禪寺，我無法接受。如果這是圈套，究竟是什麼樣的手法？有許多目擊者啊。有什麼機關嗎？還是……」

根本不需要機關。增岡不明白這一點。

偵探翻著三白眼望向律師，大叫：

「猴子有兩隻！」

「關……關口有兩個？」

增岡露出更加無法理解的表情。
「沒錯。所以只要丟著不管，就算不願意，小關也會被放出來，對吧京極！」
中禪寺雙臂交抱，簡短地說：「嗯……對。」他的聲音很低沉。
榎木津瞄了一眼那張不高興的臉。
「那樣的話……另一隻猴子會被捉，是嗎？」
「唔，是啊。」
「原來如此啊。」
榎木津難得以自制的口吻說道，又說：「不管怎麼樣……**難過的都只有你一個**，是嗎？」
中禪寺以凶狠的眼神瞪住榎木津。
「你很清楚嘛。」
「別小看偵探了。我都看穿了。」
「那就別管了。」
「你要孤癖也該有個限度吧，開書店的。」
「你才是……不是為人操心的料吧？」
中禪寺布滿血絲的銳利眼神盯著偵探。
榎木津則以色素淡薄的瞳眸回敬古書商。
「完全聽不懂耶，大將。」鳥口說。「就您們兩個人懂也沒用吧？」
榎木津再次瞇起眼睛。
「你們這些奴僕不管過多久都是奴僕哪！三個人聚在那裡到底是在幹麼？京極也是，教也不好好教。奴僕的基本就是絕對服從啊！」
「我不記得我有這些僕從。」中禪寺說。
鳥口把手撐在榻榻米上：「奴僕也好，奴隸也罷，老實說，我們非常困惑。益田，對不對？青木先生也是吧！」

榎木津「砰」地一拍矮桌：

「這些傢伙吵死了。太麻煩了，你說明吧！」

中禪寺依然緊抿嘴唇。

「不說啊？這樣下去……真的好嗎？」

「我……都說好了。」

「榎木津先生！如果你明白，請解釋給我們聽吧！」益田叫道。

榎木津看著中禪寺說：「這傢伙步步為營，慎重過頭，所以還打算繼續忍下去，真是蠢。」

「忍？」

「你們這些奴僕或許不了解，但我是偵探，早就看透了。張大你們的耳朵聽好啦。我竟然會向人解釋，真是前所未聞哪。這可是世紀盛事，你們實在太幸福啦。那場活捉猴子的荒唐宴的事前準備，就是為了讓這個長舌男閉嘴的……說穿了就是一種騷擾！」

「騷擾？」

「什麼意思？中禪寺先生！」

「小鳥！本大爺在說明，你去問京極是什麼意思？我說啊，**只要這傢伙閉嘴**，換句話說，只要他不要插手干涉事件，猴子就可以從籠子裡被放出來！所以這是在叫他閉嘴。還有，接著取而代之被捉的猴子**因為他而殺人**，所以這是騷擾。對吧？」

「嗯。完全……是騷擾哪。」

中禪寺低低地說。

「榎木津，說得更明白點。」增岡說。「難、難道中禪寺，織作茜命案是對你的一種威脅行動嗎？」

「威脅！」鳥口叫了出來。中禪寺皺起眉頭。

有關係……

可是不要混為一談……

原來是這麼回事嗎？這果然……這個事件果然……

——是中禪寺的事件嗎？

青木望向頑固的古書商。

「你說的沒錯，增岡先生。」

中禪寺終於打開他沉重的嘴巴。

「織作茜女士之所以被殺，是因為我和她有關係。關口被誣陷為兇手，是因為我跟他熟識。這……是針對我的明確訊息，叫我**不要干涉遊戲**。」

雪繪抬起頭來。

「師、師傅。那師傅果然……」

「鳥口，益田，還有青木……現在我們周遭正在進行一場遊戲。它在暗地裡，長年累月，緩慢而且確實地進行著。如果有人注意到這場遊戲……全日本大概只有我一個人吧。當然，我不打算涉入那遊戲裡。不僅如此，我甚至一直忘記了，我完全沒有把它當真。然而……」

中禪寺望向鳥口。

「……世界太小了。不知不覺間，我和它的一部分牽扯上了。」

「是……華仙姑的事嗎？」

「沒錯。今年年初，我涉入了加藤麻美子女士的事。而它成了開端，引來了……」

「条山房的事？」

益田問道，中禪寺點了點頭。

「敦子會遭到氣道會襲擊，真正的理由應該是因為敦子是我妹妹。如果寫下報導的是其他人，氣道會應該不會採取任何行動。同樣地，如果前往調查韮山的不是關口……那個人應該抵達不了，就算到了，記憶也會被消除吧。織作茜亦然。所以雪繪夫人，這次關口會遭到逮捕……也可說是我害的。」

中禪寺盯著矮桌。「就是這麼回事。」他轉向雪繪說。

「但是……只要我不行動，關口就絕對不會被起訴，敦子應該也能夠平安無事地回來。可是只要我稍微有所行動……關口遭到起訴的可能性很高。一旦被起訴，幾乎肯定是有罪，而敦子也無法保證能夠活著回來。不只是敦子，現在在場的所有人或許都有危險。所以……」

所以我只能沉默——中禪寺說。

「遊戲是指什麼？」

鳥口無力地問。

「那個遊戲和陸軍地下設施有關係嗎？」

中禪寺毫無反應。

「還是跟不死的生物有關？」

不回答。

「還是與戶人村的村人屠殺事件相關？這也不能說嗎……？」

「不能說。」中禪寺點點頭。

「師、師傅，您太見外了！我……這不是害得我都懷疑起師傅來了嗎！太過分了！」

木場前輩，你太見外了……

那個時候，青木也曾這麼說。

增岡拿出手帕擦拭額頭。

「那麼織作茜命案……是殺雞儆猴嗎？意思是如果你敢亂動，就會有這種後果……是嗎？中禪寺？」

「不……就像偵探說的，那是騷擾。」

織作茜會被殺……

是因為她是織作茜……

——原來如此。

「敵人……敵人到底是誰！」

鳥口依然追問個不停。

「是尾國嗎？還是磐田純陽？是氣道會嗎？還是条山房？……不……等一下。他們全都是串通的嗎？不是彼此敵對的嗎？」

「你們沒必要知道，別起什麼怪念頭。」

「您在說些什麼！師傅無法行動的話，當然就只能由我們來了啊！對不對？益田？這叫見義不為，游泳也！」

中禪寺彷彿忍耐著痛楚，定在原地。

榎木津叼起香菸。

「我說啊，京極，這些傢伙比你想像中的笨多啦。就算你叫他們安靜，他們也不可能安安分分的。如果你真的不希望他們亂動，為什麼不撒謊？你的話，憑一根小指頭就可以騙倒他們了吧？」

「是啊。被你這麼一說，我才想到哪……」

早知道隨便編個謊言就好了——中禪寺說。

榎木津說的沒錯。

憑中禪寺的才識，要哄騙青木、益田、鳥口這些人，根本不費吹灰之力。

但是……例如鳥口本來對中禪寺的言行有所懷疑；青木之前也無法甩開模糊的不安，益田也是一樣吧。反過來說，這不就證明了中禪寺信賴著他們嗎？

如果是沒有信賴關係的對象，中禪寺一定會隨便幾句花言巧語，就把人給瞞騙過去吧……

鳥口垂著眉毛望著青木。他可能也發現這件事了吧。換句話說，青木等三人等於是背叛了中禪寺的信賴。所以中禪寺才會那樣生氣吧。

青木垂下頭去。

「沒意思。」

榎木津說道，彷彿這才突然想起一直覺得這件事沒意思似地，叼著香菸就這樣把手肘撐在矮桌上，身體傾向中禪寺。

「我說啊，京極，你那雙惡鬼般的眼珠是彈珠做的嗎？坐在這裡的是誰啊？」

榎木津指著自己的鼻子說。

「……是偵探啊！」

「我知道啊。」

「我和步步為營，敲了石橋也不敢過河的書商可不一樣啊。」

「你想……說什麼？」

「當然，我和敲了石橋還是摔進河裡的小關，還有敲壞石橋的笨蛋修也不一樣。石橋這種東西，我連敲都不必敲，直接就跳過去啦。這才叫偵探。」

「你是在煽動我嗎？」

「你偶爾也被煽動一下會怎樣？」

「可是……無論直接間接，我都不希望我的行為造成別人犧牲。」

「狡猾。」

「沒錯，我是狡猾。若不狡猾……這個位置太辛苦了。我自出生以來，沒有一次不覺得自己狡猾的。我很狡猾。」

青木吞了一口口水。

青木一直認為，中禪寺在事件中的位置就像樂團的指揮家。他靠著一根指揮棒，能夠驅動、停止一切。換句話說，在種種事件裡，中禪寺立足的地點是最強的位置。青木一直這麼認為。

但是他似乎錯了。

「哼，少說嘴了。」榎木津說。「狡猾的不只是你而已。哪個人不狡猾啊？而且就算你騙得了奴僕，也騙不了我。你……**不願意就這樣放任下去**吧？」

「放任不管，就不會再連累更多人。」

「但是**你不願意**吧？」

「所以說……」

「別管那麼多了，講講你自己吧。」

無法插口。鳥口和益田都沉默了。

榎木津詰問中禪寺這樣的場面，至少在青木等人的想像範圍內，是絕對不可能的事。

然後青木想到了。過去每當遇到事件，中禪寺就被眾人拱出來，說出許許多多的話語。不，是被迫吐出許許多多的話語。但是他從來沒有一次是為了自己而說，或述說自己的心情。

像青木……無論何時，他都只能陳述自己的想法。

中禪寺深思熟慮過後，這麼說了：「單就這次來說……只要我不出手，就不可能有人犧牲。但是我一旦出手，就絕對會牽連我周遭的人——也就是你們和你們身邊的人。所以……」

「織作茜又怎麼說？」增岡說。「她不是已經犧牲了嗎？她不是你說的那個什麼遊戲的受害人嗎？」

「所以說，那……那完全是對我輕率的行動所做的牽制和報復。茜女士不是我親近的人，但是對我來說，也算是遭到殺害會具有意義的人。另一方面，暗地裡持續進行的遊戲……就我所知，目的並不在於奪取人命。進行的遊戲有個規約，是不可以殺人。所以遊戲本身絕對不可能製造出殺人事件。事實上，並沒有發生任何可稱為事件的事件，也沒有人遭到危及性命的危險。他們完美地遵守著遊戲規則，沒有犯罪之虞。」

「中禪寺先生，真是這樣嗎？」益田開口。「恕我在此大放厥詞，但中禪寺先生剛才的話裡有些錯誤。我剛才想起來了。」

「錯誤？」

「嗯。不，我是從鳥口那裡聽來的。是關於……加藤女士的事。」

「啊啊……」鳥口說道，揮了一下拳頭。「加藤麻美子女士的……」

「加藤……」中禪寺說道，瞪住益田。

「中禪寺先生說，除了織作茜以外沒有任何人受害。可是……加藤麻美子女士的嬰兒過世了。那個嬰兒……不算是那個**遊戲的受害人**嗎？」

中禪寺的臉色變了。

「加藤麻美子女士的……孩子……」

連旁人都看得出他的臉正逐漸失去血色。

中禪寺正拚命地思考著。

「這樣啊……是啊……」

益田說的沒錯——中禪寺呢喃。

「……沒錯。上游的水漏了出來。益田說的沒錯，遊戲本身製造出被害人了。那麼這場遊戲……無效！」

中禪寺站了起來。

「要幹嗎？」

要幹是吧？——榎木津確認道。

中禪寺望向偵探。

榎木津依然一臉精悍，嘴角泛著微笑說：「這樣就對了。」

「話說回來……你去了哪裡？」

「去了那個叫韭菜還是大蒜的地方。」

「咦咦！」益田叫起來。「榎、榎木津先生，可是您不見蹤影的時候，還完全沒有查到那裡……」

「喂，笨蛋王八蛋，別拿我和你們相提並論，我是萬能的。說起來，就因為你們太沒用，這個笨書商才總是這麼辛苦啊。這傢伙是會創造和破壞，但是沒有推進力啊。要是沒有我，豈不是連一步都踏不出去了嗎？你們這無能三人組！失去了才知道榎木津的好——給我把這句格言銘記在心哪！」

鳥口「唔嘿」了一聲。

榎木津說的沒錯。

青木為自己的無能感到愧疚。

青木光是守護沒有價值的自己就費盡心力，什麼都看不見。

只是意識中斷了幾天就心情浮動的自己，根本形同不存在。不值得去拘泥、守護。然而青木只因為冀望自己就是自己，而去懷疑敦子。她就在伸手可及之處，青木卻放掉了她。

——我滿腦子只顧著自己。

青木懊恨、空虛，然後抬起頭來。

——這不是我的事件。

而是中禪寺的事件。所以……

中禪寺站著俯視榎木津。

「那麼榎兄，你……看到了嗎？」

「看到了。」

「**有幾個人**？」

「一個。」

「是男……還是女？」

「男的。」

「這樣……」

中禪寺似乎了解了什麼。

「鳥口……」

「什、什麼事！」

「你還記得塗佛嗎？」

「嗯……記得。」

「這場遊戲就像塗佛。在漫長的歲月中失去真意，表面擁有了不必要的深度，被附加了不同的意義。它已經本末顛倒，所以就算抓住它、揭露它，也還有大逆轉之後的裡側。它的形態不斷地改變，完全固定不下來。但是……它的真實面目其實是個無聊的東西。空虛遊戲的真意只有主辦人了解，而主辦人是不可侵犯的。玩家不能挑剔裁判。而且因為不知真意，觀眾也無法妨礙遊戲進行。被騙的是騙人的一方……」

所以這個事件就如同塗佛之宴——中禪寺說。

鳥口、益田以及青木都緊張起來。

即使如此，青木還是稍微安定下來了。

「中禪寺先生……有對策吧？」

「對策……是有，但沒有勝算。」

「膽小鬼，說那什麼洩氣話。別擔心，有我給你撐腰，而且小敦有那三大笨蛋來保護。會吧，你們三個笨蛋！」

榎木津指了過來。

青木站起來。

鳥口和益田也繃緊全身。

「喏，看吧。奴僕就是要這樣使喚。命令他們，就會乖乖聽話。能被主人命令，他們也心滿意足。你就是太客氣啦！」

榎木津仰望中禪寺。

「喏，要怎麼做！」

「別慌。」

「先下手為強啊。這是激戰啊！爆裂伊豆！」

「不……要做的話，就依我的做法來。」

「怎麼，你還在說那種話嗎！那種東西，打它個落花流水就是啦！除了殲滅以外沒有其他選擇！」

「先……驅魔。不過我需要士兵。」

「召集就好啦。去叫川新來吧。」

「但是……關口或許會出不來。」

中禪寺說道。然後望向雪繪。

「雪繪夫人……」

從青木的位置，無法看到雪繪的表情。

榎木津再一次望向雪繪。

「小雪早就做好心理準備了。還有……千鶴也是。」

望過去一看，中禪寺的夫人正坐在簷廊上。中禪寺沒有看自己的妻子，右手撫著下巴，轉向壁龕。

「千鶴子。」中禪寺呼喚妻子的名字。「可以請妳和雪繪夫人一起暫時到京都去嗎……？」

記得京都是千鶴子夫人的娘家。

夫人無聲無息地站起來，說：「我把貓也帶去。」

榎木津也猛然起身。

「哈哈哈哈，你被說動了哪，中禪寺！我們認識了這麼久，這還是你第一次被人說動哪！不管怎樣都好，總之讓我揍**那個怪老頭**一拳啊！」

偵探說道。

青木望著中禪寺的背影。

6

一睜開眼睛，看到的是四方形的天空。

怎麼，又一樣啊──貫一再次闔上眼皮。

他看見父親的臉。父親正破口大罵。嘴巴一開一閉，一開一閉。完全聽不見。不知道他在說什麼。完全不了解父親在想什麼。夠了吧。媽在泥地房間裡哭，弟弟妹妹也在哭。妹妹應該已經嫁人了，為什麼還那麼小呢？

吵死人了。明明沒有聲音，卻吵死人了。

啊啊，我是個討人厭的傢伙。每個人都討厭我。

父親的嘴巴開閉著，母親在哭，窗外有叔叔嬸嬸叔叔嬸嬸叔叔和許許多多的人，他們在偷看。

他們在說些什麼？完全聽不見。

兵吉在哪裡？我說兵吉在哪裡？

啊啊，這樣啊，得去找兵吉才行。沒時間管父親了，兵吉才十四歲，是個什麼都還不懂的孩子。他才十四……

還是十二？

是十二歲嗎？美代子？美代子去哪裡了？真是的，這種時候跑哪兒去了得快點去找才行那孩子跑出去了美代子在哪裡做什麼快點，工作什麼的請假就行了隆之他……

──隆之他……

一睜開眼睛，看到的是四方形的天空。

脖子根陣陣作痛。啊啊……隆之。

得去找隆之才行。啊。

「隆之……」

「你醒了嗎？」說話的是有馬。

「老、老爺子……我……」

「你也真是遲鈍。刑警怎麼會讓警官隊給毆打呢？我都那樣阻止你了……害我都被揍了哪。」

有馬摩擦著灰白色的髮際與額頭的皺紋中間。

「被……警官隊？」

這麼說來。

「隆之呢……美、美代子……」

有馬縮起皺紋如網目般遍布的臉頰。

「怎……麼了？」

有馬的表情苦不堪言。

「村上，你老婆被騙了哪。」

「被騙……？」

沒錯。

不認識貫一的妻子。不認識貫一的兒子。

只有貫一消失的家族歷史。

——然後。

淵脇拿給他看的住民登記冊。

貫一所不知道的貫一的家人。

——我。

我瘋了嗎？記憶慢慢地復原，完全恢復之後，貫一感覺到一陣戰慄。

——我的歷史。

「喝口水。」

有馬遞水過來。貫一撐起身子，把嘴巴湊上杯子，一口氣喝光。成團的液體通過咽喉時，他感覺到自己活著。

——我還活著。

所以瘋了也無所謂吧。

「喂，村上。關於你說的……那件事。」

「哪件事？」

反正都是瘋言瘋語吧。

「那份住民登記冊啊。戶人村的。」

「戶人村……？」

「我待在駐在所的時候，那裡是這麼稱呼的。」老刑警說著，打開開襟上衣領子，用扇子搧風。「怎麼樣？你……真的記得那裡全部的居民嗎？那個叫村上福一的是你父親嗎？」

「這……」

對。不會錯。雙親，對面三戶人家還有左右兩鄰，以及後面的人家。紀州熊野的新宮郊外是村上一族定居之處。可是……

「可是……是我腦袋有問題，一定是的。不可能有這種事。」

有馬垂下嘴角。

「我……不對勁了。被孩子毆打，老婆跑掉……」

「被毆打？」

你被隆之打了嗎？——有馬問道。

「為什麼？……你不是說你跟兒子連架都沒得吵嗎……？」

有馬睜大泛黃混濁的白眼。

「……這樣啊。那孩子發現他的出生……」

「老爺子？老爺子知道些什麼……？」

「不，沒事。」有馬說。「噯……我知道你十分混亂。但是啊，村上，困惑的不只有你一個。總之你先回答我的問題。那個村子的居民是你的親人嗎？」

「是啊。」一貫以平板的口吻回答。

「這樣啊……不知道是燒掉了還是弄丟了，但就是沒有遷入證明。我剛才去村公所查過了。那裡的居民在官方資料上從以前就一直住在那裡。」

「所以說，那是我的記憶有問題……」

「不是的。」老人說道，慵懶地站起來，關上窗戶。

——這裡是哪裡？

仔細一看，這裡是像文化住宅般的小戶人家房間，幾乎沒有家具。雖然沒有灰塵，也不骯髒，但沒有人居住的氣息。

「老爺子，這裡是……」

「這裡啊，我也不太清楚，不過是個好心人借給我們的，很乾淨吧？不知道是別墅還是祕密住處……」

會有點熱，不過忍耐些吧——有馬說。

「隔牆有耳哪。雖然把這裡借給我們的姑娘非常親切，但也不能保證能夠相信。我除了你以外，沒有任何人可以相信。」

「我也……不能相信啊。」

因為我連我自己都無法相信了——村上說。

有馬翻過座墊坐下來。

「噯……不就說先別提那件事了嗎？村上啊，你忘了嗎？十五年前，我待過那個駐在所啊。我不是說過嗎？我待了兩年。」

「這……怎麼了嗎？」

「我在駐在所時不也說了嗎？十五年前，那裡的村民不叫那些名字。」

「咦？」

「所以如果你瘋了，那麼我也瘋了。登記冊上頭沒有半個我認識的名字。那個巡查說會不會是搬走了，搬出去是可以理解，因為那個地方鳥不生蛋的。可是為什麼會有那麼多人大舉遷進來？就算搬去那裡，也沒有半點好處啊。」

「那……」

「不對勁。這裡頭一定有什麼鬼。」有馬說。「我也這把年紀了，難免老糊塗，可是我不會連那種事都給忘了。那裡是佐伯的土地，住的是佐伯的眷族，靠外面的地方是三木屋的土地。不會錯的。」

「可是……」

有馬上半身前屈。

「我看到登記冊的時候也相當混亂，以為我終於腦袋失常了。可是啊，我並沒有搞錯。」

接著他揚揚下巴比比外面說：「喏，昨天成仙道不是把一個女人拖出來，說她是土地的地主？那是三木屋的孫女，我記得她。如果說那裡的土地是那個女人的……」

老刑警用中指敲了兩下白髮蒼蒼的頭。

「……就表示我**這裡**也還正常，三木屋是存在的。那表示登記冊上的人十五年前是不存在的。那麼……」

「就、就算他們是我的家人，也不奇怪，是嗎？」

「不奇怪。」老刑警說。「總之一定有什麼問題。絕對有什麼。村上，你不能放棄。」

「放棄……放棄什麼？」

「你的家人。」

有馬轉向旁邊說。

「你老婆也只是被那個成仙道給誆騙罷了。你兒子一定也是……對了，你兒子怎麼了？你老婆怎麼會加入那種宗教？」

「這……隆、隆之離家出走……」

「果然如此。」老刑警說道，表情糾結得更厲害，抱起雙臂轉向旁邊。

「然後怎樣？他們說要幫你找兒子嗎？」

村上點點頭，確實如此。

「我不相信，我無法相信。但我老婆信了。然後我……從家人的歷史中被剔除了。現在我實在不曉得哪邊的選擇才是正確的……或許乾脆被騙還……」

「你這話就錯了，村上……」

有馬壓低身體，朝上望著村上。

「……隆之不在那裡面。」

「咦？」

「你看到隆之了嗎？」

「可、可是……」

那時候刑部只是指向人牆，貫一並沒有確認。

「村上，我啊，在那場大混亂中找了很久，可是我沒有看到你的兒子。你老婆的確是在，但是只有她一個人。我本來想抓住她詢問，但你不聽制止地胡鬧，後來你老婆走掉，我沒能問到她……」

「這……」

很遺憾，敝人不清楚**令公子**之事……

但是……如果是吾等成仙道成員——**村上美代子女士的公子**……

隆之的話……

「……原來是這麼回事嗎？」

「什麼意思？」有馬問。

「他、他們……會操縱別人的記憶。那樣的話，想怎麼做都行啊。就算隨便從哪裡抓來一個孤兒，說是兒子，父母也不會發現，所以美代子……」

「這樣啊，所以你才說什麼法術怎麼樣的啊。可是……這種事真的辦得到嗎？」

辦得到吧。

「美、美代子呢？」

「你老婆還跟那些人在一起。信徒和地痞流氓在派出所前面僵持不下，不過騷動是暫時平息下來了，所以警官隊也沒辦法出手。」

「還在那裡嗎？」

「是啊。那個叫桑田組的土木建築商築起路障盤踞在那裡。成仙道聚在那前面……大概有一百人左右吧。還有那個……叫什麼氣道會的人，他們幾乎都被逮捕了，不過還有一些餘黨，目前是三方對立。有不少人受了傷，但是警方……似乎也無能為力。」

「可是擋住道路，不是違反交通法嗎？」

「如果是公道的話。但那裡並不是馬路，所以暫時沒有強制驅離。」

現在處於膠著狀態哪——有馬有氣無力地說完後，搔了搔脖子。貫一盯著他那節骨分明的手指動作。

「那，隆、隆之他……」

「不必擔心。」有馬說。「你不是報案失蹤了嗎？警察和騙人的宗教不同啊。相信同伴吧。」

——不是的。

就算找到了隆之。

「我……我……老爺子，我已經沒辦法再當他的父親了。我……」

脖子的痛楚。

貫一用手按住頸子。

「你在胡說些什麼？隆之不是別人的孩子，是你的孩子啊。只是被揍個一兩下，別嚇成那樣好嗎？聽好了，村上，相信這回事啊，不是對對方有所期待。希望自己的兒子怎麼樣、是自己的兒子就一定要怎樣、只有我家的兒子絕不會怎樣——這不叫做相信。所謂相信，不是向對方要求啊。」

有馬說的沒錯。

可是……

「被打，覺得生氣就生氣啊。覺得傷心的話，哭就是了。沒有什麼好丟臉的。你們是父子啊。」

「我們……不是真正的父子。」

「父子還分真假嗎！」

有馬吼道。

「你們住在一起，你把他養大的，不是嗎？那麼你就是他父親。除了你以外，他沒有別的父親了。別在那裡發傻了，村上……」

有馬闔上扇子。

「……什麼嚴父慈母，就是拘泥這種無聊事才不行。父親沒什麼好偉大的，母親也不一定就慈祥，孩子也不全都是好孩子啊。我們全都是笨蛋，一群笨蛋聚在一起，彼此依靠著活下去，不是嗎？只是這樣罷了。這……這樣罷了。」

有馬咳了起來。

「老爺子……」

村上撫摸老人蜷起的背。

「我沒事，只是感冒還沒全好罷了。村上……」

有馬轉向貫一。

「我也沒辦法就這樣罷休，我們去那個村子吧。成仙道也說要去那裡。」

「可、可是老爺子……」

「嗯？什麼？」

「搜查……」

蓮台寺裸女命案的搜查怎麼辦？貫一和有馬都是為了那個案子而來的。

「沒關係啦。」有馬說。「事到如今，就算我們進行搜查，狀況也不會有所改變，而且我剛才聯絡署裡，有件事讓我覺得怎麼樣不對勁。還是老樣子，接到一大堆目擊證詞，但是目擊到關口的那些人裡面，有人說六月十日就已經看到他了。」

「這怎麼了嗎？」

「就是關口順手牽羊的那家書店。我一直奇怪店家竟然記得住他那張平凡無奇的臉，原來是因為前天下午關口也來過。店家說，關口前一天——也就是六月十日下午也來過，讀了那本書——他自己寫的書。那傢伙六月十日下午就一直在下田到處徘徊。但是關口本人作證說他六月十日下午去了戶人村，還說戶人村裡有野篦坊。」

「可是，昨天那個淵脇巡查作證說關口並沒有來……」

「你不覺得他的話也很可疑嗎？」

「那……老爺子是說淵脇巡查撒謊？」

「不是啦。」老刑警說。「你不是說過嗎？成仙道會**操弄記憶**。」

「咦？」

「作證目擊到關口的人，有好幾成是成仙道的信徒啊。那些傢伙在案發幾天前來到下田，命案一發生，就只作了證，然後馬上撤離了，對吧？剩下的目擊證人也很可疑啊。」

「可、可是……」

這……或許有可能。

「那麼老爺子的意思是，關口去了那個村子？」

父親、母親、叔叔和嬸嬸居住的……

那個村子。

「如果他去了……那傢伙就是無辜的。」

「可是……村人的記憶也……」

「成仙道那些人還沒有上山。當然……如果他們還有其他分隊，那另當別論。而且人的記憶並不是唯一能夠證明過去的手段。」

門口傳來嘰咯聲。

有馬回過頭去，用手把貫一推到旁邊，問道：「是一柳女士嗎？」回應他似地，一道冶艷的女聲響起：「嗯，是啊。」

「一柳？誰？」

「噢，就是那個豪氣的大姐。」

一名女子抱著蔬菜，從後門出現。

「哎呀……你醒了嗎？」

女子穿著暗紅色碎花紋的銘仙和服，披著夏季外套。溫婉的瓜子臉和束起的長髮感覺十分清新，給人一種不可思議的印象。

「啊啊……」

就是那個在混亂中救助被桑田組推倒的有馬，對著流氓痛快大罵的女子。

「那麼這個家是這位……」

「不是唷。」女子笑著說。

「把這裡借給我們的是別的姑娘。這位女士是我剛才在村公所遇到的。」

「村公所？」

有馬微笑，搔了搔額頭。

女子以溫柔的語調說著：「請稍等一下，我馬上準備。」進了廚房。

有馬望著她的背影。

「這麼棒的女人這一帶難得一見呢。不過邂逅的場面太遜了哪。在對方看來，我只是個虛弱沒用的老頭子吧。但是那樣一個大美人，不管是什麼樣的機緣，能夠認識就值得慶幸了哪。」

不知道有幾分是真心話。貫一連有馬的心都看不透。

「她到底是……？」

什麼人？從哪裡冒出來的？

有馬揚起眉毛，在額頭擠出皺紋，「嗯」了一聲。

「她說她叫一柳朱美。」

「是什麼……」

看起來不像村公所的員工。

「不，她不是這裡的人。她好像住在沼津。」

「沼津？靜岡的沼津嗎？」

「就是那個沼津。她說她是來這裡找人的。」

當然話是隨人說啦——老人向貫一耳語。

「找人……？」

「好像。我們在村公所碰見。她好像在查資料，然後她還記得我——嗳，才昨天的事嘛，當然記得——我告訴她緣由，她說我們可能有許多不便之處，提議為我們做個飯，就是這樣。」

「老、老爺子，你說緣由，你告訴她什麼？你把搜查內容告訴一般平民嗎？不……說起來我們也被下了封口令……」

「不是啦，不是啦。」有馬小聲說。「我還沒聽到詳情……不過那個婦人與這次的事件……似乎有關係。」

「這次的事件……？」

貫一望向女人的背影。

接著他把嘴巴湊近有馬耳邊問：「織作茜命案一事嗎？」

「不是。嗳，雖然或許是同一件事啦。」

「我不懂。到底是怎麼回事？」

「嗯……是啊。她在尋找的男人之所以失蹤，似乎與成仙道有關。而那個男人……好像**打算去那座戶人村**。」

「去……那座村子？」

「所以啊……」有馬瞟著女子繼續說道。「不管是真是假，是不是別有用心，這個女人都很有意思，而且又是個美人胚子。嗳，反正不管怎麼樣……」

都得去戶人村一趟哪——老人沙啞地說。

＊

鳥口守彥和青木文藏一起趕到時，小村子已經是一片混亂。車站周圍有許多警官待命，他們一穿過剪票口就被抓住了。如果青木沒有警察手帳，兩人肯定動彈不得。

青木利用東京警視廳的頭銜問出狀況。昨天通往目標村落的入口一帶似乎發生了騷動。成仙道與清水的建設業者還有韓流氣道會三方對峙，發生衝突。「一堆人遭到逮捕和受傷，真是一場大騷動哪。」警官說。清水的建設業者似乎主張他們是接到羽田製鐵的委託而行事，那麼應該是太斗風水塾所指使的。

梅雨時節飽含濕氣的微溫空氣吹過村子。兩人彷彿乘著那不怎麼舒適的順風前進。平穩的鄉下小鎮雖然安靜，卻顯然失去了安寧。應該悠閒的風景有些扭曲，不知是否因為如此，感覺居民們也有些殺氣騰騰。

通往戶人村的道路入口被堵住了。

那裡由三輛卡車、沙包和廢材等等築起了路障。

卡車貨架和駕駛座上有幾個一眼就看得出是無賴的男子，各自擺出粗野的姿勢，四方睥睨。

距離該處約一町（註）遠的地方，有許多人聚在一起，鋪著涼蓆或草蓆而坐，約莫有一百人左右。中央停放著一頂裝飾得金碧輝煌的轎子，被一群穿著異國服飾的人高舉著紅藍綠等旗幟團團包圍住。

更遠的地方，有幾名制服警官監視著。

只能從稍遠處的人家旁邊偷看。

「南雲……藏在某處。」

青木說。

「氣道會的餘黨應該也在附近吧。」

「韓當然不必說，岩井好像也還沒有被逮捕，那麼一定是躲在附近觀察情況吧。可是……」

可是該怎麼辦？——青木回過頭來。

註：一町約為一〇九公尺。

「真能……照著中禪寺先生吩咐的做嗎？」

「只能上了吧。這是為了敦子小姐。話說回來，青木先生被帶去的条山房祕密基地在哪裡？」

青木來到路中間，墊起腳尖環顧四周的人家。

「我對這裡不熟悉，完全分不清楚東西南北……當時記憶又模糊……可是，那裡是駐在所吧？所以……應該是這裡……」

青木左右張望，回到路邊，問道：「要去看看嗎？」

鳥口想著敦子。

如果青木的記憶可靠，敦子七天前與条山房一派為了尋找三木春子這名女子，前往下田。根據中禪寺的推測，騙出藏匿在音羽的三木春子的，就是被成仙道教唆的——木場。

——木場……

木場竟然會變成那種人的爪牙——鳥口實在難以置信。但是唯獨這次，不管發生什麼事都不奇怪。如果中禪寺的推測正確，三木春子就在成仙道手中。而既然成仙道從下田來到韮山，表示敦子回來這裡的可能性也很高。

但是，只是魯莽地硬闖也沒有勝算。条山房的張似乎武功高強，甚至能夠一眨眼就打倒韓流氣道會的高手，那個叫宮田的傢伙又會使藥。不僅如此，敦子完全信任著条山房。不……被迫信任。鳥口判斷，不管是打倒条山房或帶走敦子都不可能辦到。

「還是不要吧。」鳥口說。「我們……現在是師傅的棋子。棋子亂動的話，原本贏得了的賽局也會輸掉的。」

不要性急——中禪寺這麼吩咐。

「鳥口……」

青木叫了聲鳥口的名字，就這麼沉默了。鳥口也沉默，然後望向爐邊生長的夏枯草。

——再兩天。

遊戲結束日是六月十九日……

中禪寺這麼說。

「距離師傅說的日期……還有兩天。但是那個日期有根據嗎？」

「不知道……。不過如果相信東野鐵男的證詞，那是村民屠殺事件追溯期限到期日。但是前提是真有大屠殺發生……。不過我不知道那麼重大的命案，到期後是否就生效呢。」

「那麼，果然實際發生過嗎？」

「唔唔……」青木低吟。「事到如今……也不太可能認為沒有……。可是啊……」

青木再次沉默了。

他會困惑也是當然。

的確，要將村民屠殺事件與地下軍事設施連結在一起，並導出具有一貫性的結論，非常困難。此外，也很難想像韓流氣道會或条山房等勢力與屠殺事件有關係。

「我們等於是參加了一場連規則都不明白的遊戲呢。總覺得……好緊張。到底是怎麼回事呢？」

青木說道。

成仙道的曹方士、指引康莊大道修身會的磐田純陽、条山房的張果老、太斗風水塾的南雲正陽、韓流氣道會的韓大人、以及華仙姑處女和藍童子，再加上東野鐵男，八個人湊齊……

是中禪寺出馬的條件。

中禪寺說，如果八個人湊不到一起，就沒有勝算。同時他也說，如果他們就在近處，一定會在十八日行動才對。完全不懂。鳥口和青木就這樣一頭霧水地前來窺伺這些遊戲參加者的動向。

「為什麼……這八個人裡面沒有尾國誠一呢？」

這一點讓鳥口無法信服。在華仙姑背後操縱的是尾國。

青木也點點頭。

「就是啊。這八個人幾乎都是幕後黑手吧？只有華仙姑一個人不是，還有藍童子。他也有可能是受到尾國操縱……或是與尾國有關。」

「把那個叫內藤的人介紹給藍童子的，果然是尾國嗎？」

「不清楚……」青木偏頭。「我也不知道呢。」

青木說著，把手遮在額頭上窺看成仙道的動向。或許他是在找木場。

討人厭的聲音響起。成仙道開始吹奏樂器了。穿著鮮艷衣裳、額戴裝飾的女子以及身穿異國服裝的男子們以獨特的動作跳起舞來。

音色本身很悅耳，但吹奏出來的調子十分惹人厭。

鳥口摀住耳朵不想聽。那種聲音愈聽愈讓人覺得不安不斷地膨漲。

煩躁不堪。想要胡亂遷怒。是因為那道聲音直擊了自己不堪的部分吧。讓自己的渺小和無能裸露出來，厭惡他人與厭惡自己是同樣一回事。

聽到聲音，看熱鬧的人冒了出來。許多人遠遠地看著舞蹈，形成人牆。察覺到時，鳥口和青木身邊也出現許多疑似當地居民的人，他們只是茫茫然地看著奇異的異國風舞蹈。

青木看著舞蹈說。

「鳥口，關於那個內藤……」

「怎麼樣？」

「老實說，他是個……很噁心的傢伙。雜司谷事件本身就是個十分教人心酸的事件了，而那個叫內藤的傢伙，在裡面的角色也是最教人憤怒的。就連榎木津先生都忍不住對他破口大罵，是個了不得的壞胚子哪。」

「大將他……對人破口大罵？」

榎木津從來不會認真吼人。不，鳥口覺得他不會去吼人。他覺得榎木津總是態度從容，根本不會對誰認真。

但是儘管鳥口似乎熟悉那個奇矯的偵探，實際上或許根本一無所知。

「不過內藤並沒有做出任何會遭到刑事處分的違法行為，木場前輩和只是在一旁觀望的我都覺得不甘心極了。可是，最後的一刻，中禪寺先生對他**下了詛咒**。」

「詛、詛咒……？」

他是個實踐者……

驅魔很有效吧……？

「……什麼樣的詛咒？」

「他只說了一句：**死靈附在你身上**。」

「然後……？」

「內藤認定自己被附身了吧。……我想詛咒就是這麼回事。」

「師傅也真是可怕呢。」

「很可怕啊。」青木答道。「可是呢，如果中禪寺當時沒有下詛咒，我們肯定會留下相當苦澀的回憶。內藤原本一直目中無人，但是他一聽到那句話，頓時變得一臉哭喪……我們都覺得痛快極了。可是，中禪寺先生本人如何就不知道怎麼想了。」

「他看起來很不願意？」

「他總是一副不甘願的樣子，不是嗎？」

「也是。」鳥口笑了。

「我不知道他本身對內藤是否感到憤怒。不管面對什麼樣的壞蛋，他總是十分紳士啊。」

「唔……是呢。」

不可以歧視犯罪者、犯罪者不是特別的人——中禪寺總是這麼說。窮究去想，他的發言十分正確。但是太過於固執於那種擁護人權的立場，往往會使得受害人以及受害人的家屬承受到不當的痛苦。憎恨罪，但不憎恨人——這樣的說法是名正言順，卻十分難以勵行。

——這樣啊。

所以中禪寺才會採取讓事件本身無效化的做法吧。

就算報復也無法雪恨。即使殺害加害人，被害人也不會回來。或許賦予事件這個不明就裡的怪物一個名字、一個形象，將它從所有關係者身上祓除，才是修復錯綜複雜關係的唯一救濟之道。

鳥口覺得或許判決再怎麼樣都贏不了神諭。因為每個人都知道用來審判的法律，是人所制定的。而且說起來，現行的法律缺少撫慰受害人的觀念。此外，唯有懲罰才具有遏止力量的想法，對於**甘於**受罰的人也無法發揮效果。所以……

所以鳥口認為或許人們還是需要那些因為無法明文化或數值化而被捨棄的、在某些意義上是不可侵犯的領域。若是缺少了對於超越人智的他者的恐懼和崇敬，人就再也無所畏懼了。相反地，也再也無法被撫慰了。

正因為如此……中禪寺不是偵探，而是驅魔師。偵探是開示祕密之人，但是驅魔師不是。若是無法驅使各種手段解體並重新構築，就無法勝任這個工作。

所以中禪寺才會說，無論直接或間接，他都不願意因為自己涉入而造成任何人犧牲。反過來說，這句話也代表他**可以輕易地預測到**，無論直接或間接，一旦他涉入，**就會有人犧牲**。

背脊一陣發寒。

鳥口想起了武藏野事件。

——中禪寺所下的詛咒。

這麼說來，武藏野事件落幕時，也有過這樣的事。當時驅魔師露出再恐怖也不過的表情來。鳥口能夠十分清晰地回想起他的表情。

——他一定很不願意吧。

無論何時，那一定都是教人不願意的。

俗話說，欲咒他人，須掘二穴（註）。**詛咒總是會還諸己身**。這對他來說，果然不是一件情願的事。可是鳥口覺得，有時候為了撫慰，也不得不詛咒吧。

咒術的實踐者不容許迷惘。

換言之，中禪寺所處的位置，若不排除身為人類的感情，就無法勝任。亦即無論有多麼憎恨、有多麼悲哀、有多麼不捨——既然以驅魔師的身分涉入事件，就必須絕口不提這些事。這樣的束縛非同小可。

相反地，如果那些束縛鬆脫了……如果他出於個人的感情發出語言——咒術，他一定能夠隨心所欲地操縱身邊的一切。

到時候……

鳥口望向成仙道那群人。

——就變得跟他們一樣了嗎？

中禪寺十分清楚這一點。

涉入事件時，中禪寺就不是好人，也不是壞人了。那裡沒有善惡，也沒有人情。與其如此痛苦，視而不見豈不是輕鬆多了？然而……

鳥口覺得似乎窺見了中禪寺的心情。

周圍看熱鬧的人增加了相當多。

「怎麼辦？」青木問。「毫無疑問，曹就在那頂轎子裡。東野會由益田帶來。現在能夠掌握到的只有兩個人吧？剩下的人……真的在附近嗎？」

「和桑田組接觸看看如何？」

「怎麼做？」

「我有法子……咦？」

這個時候……

幾名警官朝成仙道一群人奔了過去。

警官制止舞蹈，張開雙手，做出驅趕的動作。沒多久，一輛漆黑的轎車出現了。

轎車駛過成仙道，在路障前停了下來。

駕駛座車門打開，一個高個子、褐皮膚，疑似司機的男子下了車。司機也不打開後車座的車門，就這樣直接走近卡車。好像不是載什麼人過來。

無賴之徒一陣喧嚷。「你幹麼啊！」怒號聲響起。幾顆石頭砸在男子身上，男子也不閃避，以響亮的聲音說了幾次：「請問代表在嗎？」

註：此為日語中的俗諺，有害人害己之意。意思是說，如果要詛咒他人，必須覺悟到自己也會遭到報應而死，因此必須掘好兩個墓穴。

「老子在問你是誰啊？」大搖大擺地坐在卡車駕駛座的光頭男子說。

「我是羽田製鐵董事顧問羽田隆三的祕書，敝姓津村。我想與各位的……代表會面。」

「羽田……？」

兩三名像是作業員的男子怪叫，跳下地面。

「你真的是羽田的人嗎？」

「如果懷疑，可以請你們確認。」

無賴漢們一陣慌亂。

很快地，一個打扮稍微像樣的男子走上前來。

「請問您是代表嗎？」

「我是有限公司桑田組董事，小澤。有何貴幹？」

「據說貴公司宣稱接到敝公司——羽田製鐵有限公司的委託做出這樣的事，這是真的嗎？」

「沒錯。我們接到委託，收購這上面的土地並建設新公司大樓。這怎麼了嗎？」

「委託貴公司的是南雲正陽先生嗎？」

「這……怎麼了嗎？」

「南雲確實曾經在敝公司擔任經營顧問，但是六月一日，雙方已中止雇用契約關係。」

「嗯？」

小澤揚起下巴。

「你是說南雲被開除了嗎？」

「是的。目前關於敝公司的業務，南雲先生沒有任何決定權。此外，羽田製鐵也沒有計畫將總公司遷移至這塊土地。我不知道貴公司與南雲先生之間有著什麼樣的協議，但是至少那並非羽田製鐵的意向——我是來轉達這一點的。」

兩三名男子跑近小澤旁邊，附耳報告些什麼。

小澤點了幾下頭，將那張鯰魚般的卑俗臉龐轉向津村。

「你的意思我明白了，不過如果你說的是真的，這就是詐欺行為，但我們已經從南雲先生那裡收了準備金和訂金等等，在確定事實之前，我們沒辦法撤離。」

「這一點無妨。但是，請貴公司今後不要繼續以敝公司的名號宣傳。還有，南雲先生目前身負背信及侵占公款的嫌疑，敝公司正在找他。如果您知道他的下落……」

「這……」

無賴的臉上浮現狼狽的神色。

「敝公司不會給各位添麻煩。雖然遭到冒名，但敝公司也有部分責任。如果各位希望，敝公司也準備支付各位相當的報酬，以示歉意。」

「你的意思是……叫我們出賣南雲嗎？」

動搖蔓延開來。

「說法怎麼樣都無所謂……但是站在哪一方比較有利，我想應該是一目瞭然……」

桑田組的紀律崩解了。瞬間，鳥口目擊到一名男子靜悄悄地遠離看熱鬧的人群。男子遮著臉似地快步離去。

「青木先生！那個人……！」

那名男子沿著遠遠圍觀成仙道的人牆後面移動。

「那個人……好可疑。」

我去看看——鳥口也不等青木回話，跑了出去。如果那是南雲……不能讓他逃了。中禪寺說，不湊齊八個人，就沒有勝算。

鳥口跑過屋簷下。

男子穿過成仙道周圍的人海，跑進村子裡。

——那是南雲。

鳥口覺得那一定是南雲沒錯。南雲一定是看到情勢不利，想要遁逃。

——至少。

至少要派上一點用場。

鳥口沒辦法取代中禪寺，可是至少能成為他的手足。

這次的事件是中禪寺的事件。那麼他打從一開始就被逼到不得不扼殺感情的地方。無論是妹妹被擄、朋友被捕，還是悲傷、難過、不安、寂寞——他都完全無法吐露。像鳥口，他只是被敦子失蹤的失落感驅策而行動罷了，不是嗎？他什麼都看不見，只知道激憤……

甚至連中禪寺都懷疑。

「南雲……！」

鳥口叫道，撲向男子。

男子拚命抵抗。鳥口雙手揪住他的身體，把他按在民宅牆上。男子瘋狂地揮舞手腳。

「南雲！你是南雲正陽吧！」

鳥口叫出名字，男子頓時虛脫了。

*

四方形的天空扭曲了。

為什麼哥哥老是這樣……？

十四歲的弟弟拚命地繃緊著那張平凡的臉孔瞪上來。為什麼哥哥老是、老是這樣……？

「騙人！」貫一大叫。「一、一柳女士……妳是什麼人！」

一柳朱美露出忍耐著痛楚般的表情。

「……妳、連妳也想要誆騙我嗎？兒子失蹤，老婆不記得我，應該住在紀州鄉下的我的家人住在伊豆山中，這下子又說我十六年前失蹤的弟弟還活著？別開玩笑了！我弟弟還活著？哪有那種荒唐事！我不相信！」

「村上，冷靜下來。」有馬說。這種情況，要他冷靜才是強人所難。

一柳朱美這個女人竟然說她來到韮山這裡，是為了尋找貫一失散的弟弟——兵吉。

真的有這種偶然嗎？不可能，太湊巧了。不，根本違背常理。除非這個事件是**為了村上**而準備的……

「不可能有那種事！」

貫一吼道。

「沒、沒有不可能這回事吧？」

有馬安撫道。

「村上，聽好了。你和你弟弟都在十五年前就離家出走了。這段期間，你的家人發生了什麼事，你並不知道。但是應該在紀州的家人不知不覺間竟跑到伊豆的話，任誰都會想要過來確定吧？」

「是這樣沒錯，可是……」

為什麼事到如今才……？

為什麼會這麼突然地變化？

人不可能承受得了這麼劇烈的變化。

貫一長年以來平平凡凡地過日子，為了一點小風波忽喜忽憂地生活，此時卻突然要他擔綱故事的主角……

「我、我只是個普通的、一個沒用的男人罷了。我並不是吊兒郎當地醉生夢死，所以、所以這種……」

——這種現實，我無法接受。

「村上先生……」

朱美以平靜的口吻說了。

「我過去也一直這麼認為。但是我錯了。一直到去年之前……我的人生當然有好有壞，卻是個平平凡凡的人生。可是，其實並不是的。」

「不是？」

「**我的人生的主角是我**啊。對村上先生來說，這幾天發生的事，一定是嚴重到幾乎快讓自己崩壞……不過那依然是平平凡凡的日常的延續啊。這次的事，只是一定會發生的事發生了而已……」

不值得那麼大驚小怪——朱美說。

「……村上先生的人生主角，是村上先生自己。所以沒有什麼好吃驚的。同樣的，令弟有令弟自己的人生。而這兩個人生，今天透過我交會在一起，只是這樣而已啊。」

貫一感覺到脖子的血管陣陣脈動。

有馬那張皺巴巴的臉漲得通紅，盡可能平靜地說：「村上，這位女士說的沒錯。我也……總算下定決心了。」

「下定決心？」

「沒錯，決心。我一直猶豫不決。」

「猶、猶豫什麼？」

「村上……我了解你的心情，但怎麼能為了這點事就驚惶失措呢？我和你都還活著。不能就這麼任由它去。最重要的是，我有責任看顧你們一家到最後……」

——他在說些什麼？

貫一完全不明白這個老前輩刑警的意思。應該唯一能信任的人變得語言不通，貫一的興奮如同退潮般鎮靜下來。有馬轉向朱美。

「一柳女士，請妳說得更詳細一點。妳在……呃，沼津見到了疑似村上弟弟的男子，是嗎？妳說他住院了……」

「嗯。」朱美說。「村上兵吉先生說他現在住在東京，但由於一些因緣際會，得知了過去離別的家人現在的住址。」

——兵吉。

弟弟應該討厭著父親。

討厭著貫一。

「那些住址全都在伊豆，對兵吉先生來說十分遙遠，所以他猶豫了相當久，不過他先去了下田的哥哥的住址……」

「騙人！」

不可能。

「兵吉他討厭我……」

「但是兵吉先生說，唯一應該會了解他的就只有哥哥了。」

「這……」

朱美用一雙又大又清澈的眼睛看著貫一。

「家人不就是這樣的嗎？我很早就失去了所有的兄弟姊妹……不過現在依然很懷念他們。我明明最討厭戀戀不捨了……真是好笑呢。」

朱美垂下頭去，微微地笑了。

「那麼兵吉他……」

弟弟到下田來找貫一嗎？

「不過他說那裡空無一人。」朱美說。

那麼弟弟是去了住民登記冊上面的地址吧。貫一十四年前成家以後，就搬到鄰町去了。

「兵吉先生一直走訪整個伊豆，尋找親戚，然後來到沼津，說最後還沒有找的父母的地址……就在韮山這裡。然而他卻被一個叫指引康莊大道修身會的可疑團體下了奇妙的法術，不僅如此，還被成仙道的刑部給誆騙，在沼津受了傷，所以他才住院了。那是……我記得是四月中旬左右的事吧。」

「那……」有馬問道。「……他也被成仙道給拐走了嗎？」

「不是的。」

「那……是被誰？」

「嗯。結果兵吉先生受了三個星期才能痊癒的重傷，積欠了不少治療費和住院費，他寫信給租屋處的房東，請房東把他的存款寄過來，卻石沉大海……他的錢被那個叫什麼修身會的給偷了。兵吉先生走投無路……所以我在鎮裡幫他募款，暫時是度過了難關。兵吉先生非常惶恐，說要工作還錢……但是傷好了之後還有接下來的復健，沒辦法隨心所欲地行動，不過我還是幫他在鎮裡租了一間長屋照顧他，兵吉先生也很努力……」

朱美說到這裡，表情突然沉了下來。

「我記得是六月六日。兵吉先生突然失蹤了。把他帶走的……」

朱美停頓，痛苦地皺起眉頭。

「……是賣藥郎尾國誠一。不是別人，他是我的老朋友。」

「賣藥郎尾國？妳是說尾國嗎？」有馬反問。

朱美「嗯」了一聲，露出詫異的表情。

遠遠地，傳來成仙道那些樂器敲擊聲。

老人再次漲紅了臉，到處觸摸著自己的身體各處。

怎麼看都是坐立不安的樣子。

「老爺子怎麼了？」貫一問。最後有馬把手按在額頭上，重複道：「尾國、尾國……」

他是在回溯過去的記憶——貫一所失去的過去嗎？

「尾、尾國……是那個男的啊……」有馬說。「這樣啊……那麼……」

「老爺子，你有什麼線索嗎……？」

「村、村上！」

有馬大聲說。

「這、這個事件啊，不只是你一個人的事件。我、我也是主角。」

老人的眼睛轉眼間布滿了血絲。

「老爺子，你怎麼了？」

「啊啊，我啊，我已經不長了。我兒子戰死了，老伴也死了……。現在我和姪子一家人住在一起，但就是處不來。所以我也常常想起許多事。我像頭牛一樣，反芻著自己的人生活日子，每天過得就像榨乾的糟粕般。即使如此，即使如此，我的人生主角還是我哪。」

「老爺子……你在說些什麼啊？」

老刑警的模樣顯然不尋常。

有馬握緊拳頭，下定什麼決心似地緊抿嘴唇之後說了：「**果然有關聯**。我一定會讓你的家庭恢復原狀。我不知道什麼成仙道不成仙道的，可、可是，我絕對不會任由那些傢伙予取予求！」

貫一總覺得無地自容。
有馬雙手朝皺巴巴的臉上一拍。
「老爺子，請你說得明白點吧。」貫一懇求道。跟不上。他完全跟不上。
「嗯……」老人說道，正襟危坐。
接著他這麼開口了。
「十三年前……我……做了**一場交易**。」
「交易？」
「對，交易。交易的對象……是內務省的山邊唯繼，就是你的恩人。」有馬說。
「你、你和山邊先生……」
貫一再次感覺到心跳加劇。
——連山邊都和這件事有關係嗎？
「對……是我突然從韮山調到故鄉下田以後……第二年的事。那時候我做了身為警官絕**不應該**做的事。我不能說是什麼事……總之，你就當成我做了一件身為公僕——不，身為一個人絕不被允許的行為吧。救了我的就是山邊。但是他並不是單純地救了我。山邊……他有不得不救我的理由。」
「理由……？」
「對。我……手中握有山邊的**把柄**。不過現在想想，或許那根本算不上什麼把柄哪。我只是個警官，而對方是個官僚。在立場上，對我是壓倒性地不利，所以那或許根本稱不上交易。也許那只是山邊對兒時玩伴的我施恩罷了。」
有馬垂下嘴角。
「即使如此，我還是徒有自尊心吧。當時我自暴自棄，把自己當成了河內山（註），做的事簡直就是勒

註：指歌舞伎戲碼《天衣紛上野初花》的主角河內山宗俊。取材自真實人物河內山宗春，他因為恐嚇取財而遭到逮捕，死於獄中。

索。我說，要是你不幫我，我就要揭穿那件事……結果山邊真的救了我，我哭著低頭向他道謝……真是好笑哪。」

有馬顫動著肩膀笑了。

——他到底想說什麼？

山邊是為貫一勾勒出人生藍圖的恩人。那樣的山邊會有什麼把柄？這……與眼前的事態又有什麼樣的關聯？難道這一切都是設計好的嗎？

「老、老爺子，你說的山邊先生的把柄……到底……是什麼？」

「問題就在這裡。」有馬說。「我勒索他的材料……對，就是關於戶人村的事。」

老人說道，闔上皺巴巴的眼皮。

「我啊，在這附近的那間駐在所，從昭和十一年春天到十三年的六月二十日擔任警官。就是那時候的事。那是……昭和十二年夏天的事。一直沒有消息的山邊突然聯絡駐在所，把我嚇了一跳。因為他變得太遙不可及了……」

老刑警抬頭上望。

「山邊是個菁英分子。那傢伙在警保局（註）的保安課，為了擴充特別高等警察組織而奔走。說到那個時候——昭和十三年，盛行國民精神總動員運動哪。但是那個時候，山邊似乎擔任了某一項特殊任務。」

「特殊任務……？」

「詳細情形我當然不清楚。但是他與陸軍合作，這是確實的。」

「陸軍？」

「對。山邊說他有事拜託我。說是非常重大、而且祕密的工作。」

有馬睜開充血的眼睛。

「他拜託我的事非常簡單……他說他想暗中進入戶人村，調查**某樣東西**，要我幫忙……只是這樣而已。」

「暗中……調查什麼？」

「這個嘛……嗯，他說得很奇怪。我把它當成玩笑話，是為了哄騙我的藉口，實際上有什麼更不能公開的祕密，像是軍事訓練，或是……對，噯，我是覺得不可能啦，不過像是毒氣人體實驗之類……我做了許多揣測……」

「毒氣？……這……」

「不是毒氣實驗。」有馬搖搖頭。「如果真是那樣的東西，我也不會老實幫忙。欸，說是這樣說，當時的我應該也沒辦法違抗他吧。不過不是毒氣實驗。那傢伙所說的奇怪的理由呢……」

有馬嘴唇一歪，說：「……是要調查長生不老的仙藥。」

「長、長生不老？」

太唐突了。

「長生不老……你是說不會死……？」

「一般人根本不會相信吧？」有馬顫動皺紋。他在笑。

「我也不相信。所以我笑了。電話另一頭，山邊竟也笑了。所以我想：啊啊，這一定是玩笑話。但是到了秋天，山邊的使者真的來了。那個人就是──尾國誠一。」

朱美輕叫出聲。

「可是……他是個藥商……」

「嗯，尾國那個時候就已經是賣藥郎打扮了。當時他才二十來歲吧。可是他不是賣藥郎，而是軍人。尾國也不是他的本名。我直覺地認為，那是他當時所使用的假名。」

「假名啊……」

「我這麼感覺。不過沒有證據。」

「那麼那個自稱尾國的人……是去調查長生不老的藥？」

太脫離現實了。

註：舊內務省的機關之一，負責指揮全國警察行政工作，特別是高等警察、特別高等警察方面的活動。

但是有馬點了點頭。

「就在山邊打電話過來稍早之前，確實有一些奇妙的活動。像是突然在戶人村設立駐在所。那種地方根本不需要駐在所。山腳下就有了。而且當時根本人力不足。不出所料，不到一年，那個駐在所的警官就因為出征而出缺了。就在警官離開之後不久，山邊又打來了一次電話。」

那不是玩笑話——有馬說。

「山邊說，調查即將展開，叫我聽從尾國的指示。然後尾國真的來了。恰好就是現在這個時候——六月。然而……」

有馬深深地嘆了一口氣。

「……沒有多久，佐伯家的女兒從山裡逃了下來。」

「逃下來？」

「山上**發生了什麼事**。她的鞋子沾滿了血。我攔住那個姑娘，等待尾國，然後**把姑娘交給了尾國**，當成一切都沒有發生過……。隔天，我被調到了下田署。」

這就是勒索的把柄——有馬作結。

＊

青木靜靜地興奮著。

青木前面坐著南雲正陽。

青木趕到的時候，這名意外年輕的風水師雙手撐在鳥口腳邊，茫然自失。

和東野一樣，他出乎意料地輕易放棄了掙扎。

青木拉起男子，把他拖到小巷子裡。南雲雖然沒有抵抗，卻不停地東張西望，嘴裡不斷地喃喃自語。

青木問他是不是太斗風水塾的南雲，男子無力地垂頭承認，就這樣癱坐在地上。

「鳥口……呃，該怎麼說……」

青木有些瞠目結舌地回頭，鳥口肩膀上下起伏地喘著氣說：「沒什麼，這是我唯一的長處。」
「你、你們……是羽田雇的人嗎？還是……桑田組？……難道是警、警察？」
「我們……」
青木不想再繼續誇示他的警官身分。
青木現在是以個人的身分行動。
青木望向鳥口。
鳥口不懷好意地一笑。
「我們是玫瑰十字團。」
「玫、玫瑰十字……？」
「我們好像是榎木津先生的奴僕，而且也不是偵探，所以也不能說是偵探團……噯，反正大概就是這樣啦，無所謂吧……」
鳥口說完，突然粗聲叫喚南雲：
「喂，南雲！所以我們不能逮捕你，而且要是對你動手動腳，師傅會生氣，所以我們也不會對你動粗，你放心吧。但是呢，視你的態度，我們會考慮把你交給警察，或是塞給桑田組，或送給羽田。」
南雲害怕地仰望青木及鳥口。
比想像中的年輕太多了。大概才三十出頭吧。青木模糊地以為他大概是個五十多歲男性，所以感覺相當怪異。男子穿著短袖開襟襯衫和灰色長褲，是個平凡無奇的普通男子。青木蹲下來，望著那張失去血色的臉。
「可以請你回答我們的問題嗎？」
「我、我回答，我會回答……」
「用不著擔心，我們也會把你帶去戶人村。不，要是你不去就糟了。」
對吧？青木先生？——鳥口說。
沒錯。這個人是中禪寺指名的八人之一。青木懷著複雜的心境望著那張臉。他看起來不像個將大企業玩弄於股掌的詐欺師，也不像是詭異遊戲的幕後主使者。

「南雲先生，你……為什麼要欺騙羽田製鐵，甚至雇用那種無賴，如此執著於那個村子？那個村子有什麼？」

「這……」

「是……通往陸軍地下設施的入口嗎？」

「你說什麼？」

南雲瞪大了眼睛。

「不是……嗎？」

「那、那個村子裡……」

南雲微微顫抖。

「……那個村子裡，有、有著長生不老的祕密……」

「長生不老？」

鳥口望向青木，眉毛垂成八字形。

「沒錯，長生不老。成仙道那夥人的目的就是它。成仙道這個宗教，終極目標就是獲得長生。成仙的意思就是成為仙人。所謂仙人，並不是使用不可思議法術的魔法師，而是指不會死的人。所以那些傢伙才會去到那裡尋求**它**……」

「**它**？」

「条山房也一樣。」

南雲靠到牆上。

「条山房那些人，舉行叫做什麼長壽延命講的可疑講習會斂財。顧名思義，延命講的目的就是長生。據說他們有許多病患，要是他們得到長生不老的仙藥，不曉得會賺成什麼樣子。不，長生不老原本就是人類的夢想。如果真有那種東西，會震驚全世界的。古來許多權勢追求長生不老而不得，無論什麼樣的科學家和魔法師都試圖製造而失敗……世、世界會天翻地覆的。」

「要是真有的話哪。」

「**有的**。」

南雲瞪住青木。

「那個村子裡……就有。那裡有一個不死的生物，僅靠著一點水和空氣，就活了數百年還是數千年哪。」

青木從南雲身上別開視線，瞥向鳥口。

鳥口又露出一副傷腦筋的臉孔。

那個不死生物的事，光保也曾經提過。不僅如此，實際上住過那裡的華仙姑好像也對益田說過同樣的話。根據益田所聽到的，那個生物被安置在佐伯家內廳的禁忌房間裡。如果光保的話可信，佐伯家代代祕密地守護著它，直到有資格品嚐它的貴人來訪。它……

「叫做**君封**大人。是個沒有手、沒有腳也沒有頭的怪物。是個濕濕黏黏的肉塊。但是它活著，像這樣蠢蠢欲動著。表面會蠕動。當然它不會走路，也不會說話，只是活著。」

「那……那種東西有什麼用！」

「所以啊，只要吃了它，就可以長生，病痛也會痊癒。而且只是吃上一點，它也不會減少，很快就會恢復原狀，會增加。」

「這太違反常理了。」

「是真的。而且只要把**君封**大人帶回去分析研究……或許就可以揭開生命的奧祕了啊。因為它是**不會死**的生物啊。」

會顛覆常識的——南雲說。

鳥口的嘆息聲傳來。

這是當然的。

戶人村一定有什麼祕密，這肯定沒錯。是村民遭到屠殺的證據嗎？還是存放著陸軍的隱匿物資？……不知道。但是不管怎麼樣，那肯定是荒唐無稽的祕密。對青木而言，不管是屠殺五十人還是零戰，聽起來都只是缺乏現實感的夢話。

但是即使如此，也遠比主張有個長生不老的妖怪更來得合理多了。

好不容易抓到的其中一名幕後黑手，竟然大力主張起最缺乏現實感的說法才是事實。

「南雲先生。」

青木問道。

「那麼你……也是為了想要得到那個**君封**大人，才籠絡羽田製鐵嗎？」

青木覺得如果真是如此，南雲也太蠢了。

南雲的表情再次暗了下來。

「不、不是。我對那種東西沒興趣。」

「那麼是為什麼！」

「我、我只是覺得不能把**君封**大人交給那些傢伙。聽好了，成仙道豪語說他們繼承太平道的源流。所謂太平道，是後漢末期興起於現今河北省的道教團體，但是這個教團後來群起叛亂哪。說到後漢末期，就像戰後的日本一樣，飢饉天災接踵而至，國家大亂，民不聊生。在這當中，太平道就像現在的成仙道一樣，以治療疾病為藉口，收買人心，以農民為中心壯大勢力……最後終於群起叛亂了。那就是黃巾之亂啊，是農民、農民暴動哪……」

南雲高燒夢囈似地說著。

「所以、所以成仙道那些傢伙會標榜太平道，就是在表示他們遲早要造反哪！他們花言巧語聚集信眾，擴大勢力，企圖毀滅這個國家。要是把**君封**大人交給這種人，會變得怎樣？所以，所以……」

「所以你是為了保護這個國家……嗎？氣道會也好，這個人也好，愛國之士還真多呢。對不對……？」

鳥口向青木徵求同意。

青木……難以置信。

「你是說，条山房……也企圖謀反？」

「這、這我不知道。可是他們很邪惡，聽說他們做了許多壞事。」

「韓流氣道會呢？」

「不、不知道。我、我……」

「唔，成仙道和条山房想要的應該是同一樣東西，應該不會共謀吧。」

——就算真是如此。

青木還是無法信服。

「你說你不想要那個**君封**大人，是吧？那麼為什麼你不和氣道會聯手？韓流氣道會與成仙道和条山房敵對。不……指引康莊大道修身會又怎麼說？」

「我、我不太清楚他們的事……」

「不清楚啊……」

青木站了起來。

「那麼……南雲先生，意思是因為你太愛國了，所以才會去欺騙企業，是嗎？」

「我對羽田製鐵的社長覺得很抱歉。可是我沒有其他方法。我只是個風水師。我靠著這個……」

南雲從臀部的口袋裡取出小型的圓盤狀物體。它看起來像個磁鐵。

「靠這個羅盤觀看地相和家相。我只有這點才能。幸好大家都說我看得很準、很有本事，風評傳了開來……所以我才想到去做經營顧問，如此罷了。」

南雲說道，彎下膝蓋，望著那個圓盤。

「我的占卜很準。說是占卜，也只是蒐集許多資訊，來綜合判斷，並沒有什麼不可思議的力量。因為風水是一種智慧，而不是魔法。我只是知道這片大地、天空和大海的構成，透過讀相來預測罷了。同時我更進一步稍微做出修正，任意賦予未來一點變化，所以行的完全是天。所謂風水，就是巧妙地順從自然之理、天然運行。我受到了器重。但是……我得到消息，知道成仙道和条山房盯上了君封大人……」

「所以你才想出遷移總公司的計畫？」

「沒錯。但是卻招來董事顧問羽田隆三先生的懷疑，再這樣下去，已經……」

南雲垂下頭去。他很沮喪。

「……已經不行了。」

「侵占公款呢？」

「說我背信，的確是吧。但是我並沒有把錢拿去用在什麼特別的地方。錢全都給了桑田組。因為我覺得無論如何都必須設法阻止。無論如何，那裡都……」

「為什麼挑上了羽田？」

「咦？」

「沒有人居中斡旋嗎？」

「沒、沒有。只是碰巧……」

「太奇怪了。如果你說的是真的，那麼你根本沒有必要隱瞞。你只要堂堂正正地揭穿他們不就行了？」

青木問道，南雲一臉泫然欲泣。

「可、可是不會有人相信我的。你們不也不相信嗎？可是這是真的。**君封**大人是真實存在的。因為，你們看看那場騷動！如果沒有君封大人，會引起那麼大的騷動嗎？不死的生物是真的存在的！」

「為什麼你會**知道**？」

南雲張著嘴巴，僵住了。

＊

六月十七日晚上八點。篝火點燃了。

在熊熊燃燒的紅蓮之火照耀下，布滿精細金屬裝飾的豪華轎子緩緩地離開地面。成仙道偉大的指導者——真人曹方士，終於要打通通往戶人村道路的氣道了。

鑼鼓響起，幡幟揮舞，大批群眾站了起來。音色不可思議的樂器開始演奏，小村子充滿了陌生的不協調音。

益田龍一張著嘴巴望著這一幕。

益田旁邊，東野鐵男——佐伯乙松一樣茫然地望著眼前的景象。

「不……不好了。」

益田呢喃。

中禪寺說，要是被其中一個人先趕到，就**不好驅逐**了。益田才剛抵達，也不曉得青木和鳥口在哪裡、現在怎麼了。他無從確認中禪寺所指定的八個人是否已經到齊了。

信徒們開始行動，警官隊在相當遠的距離外並排著。

但是感覺警官隊不是要阻止行進，反而像是在阻止成仙道回到村子裡。通往山上的入口處，以瓦礫築起了城塞。約三十名狀似流氓的男子在前方排成一列，被光線照得瞇起眼睛。仔細一看，那裡停了三輛卡車，他們被卡車的燈光照亮。

不可思議的笛聲吹奏，轎子緩緩地往山裡前進。綢緞磨擦般的聲音響起，幾名黑色道士服男子來到轎子前，進入臨戰態勢。

——中禪寺呢？

他說他有些事要確認。

——榎木津呢？

「重要的時候卻……」

益田抓住東野的手。

「要走了。準備好了嗎？」

蓬髮老人「嗚嗚」了一聲。

益田跑了出去。只能混進成仙道裡了。

前頭傳來高音域與低音域兩種充滿張力的獨特聲音。益田混進後方的信徒裡，暫時放慢速度。

「諸位已經沒有必要占據此處了，不是嗎？委託只是一場詐欺。然而都已過了半日，諸位仍然像這樣妨礙通行。有暴徒堵住道路，警方卻也不勸告驅離，到底是怎麼了？不管怎麼樣，已經沒有時間了。如果諸位無論如何都不肯讓開，吾等只好強行突破了……」

「閉嘴！」

逆光中傳來沙啞聲。

「還不知道是不是詐欺。就算和羽田製鐵無關，我們也已經從委託人那裡收到準備金了。管他是詐欺還是騙人，只要出錢，就是不折不扣的委託人。所以這是工作，在聯絡上委託人南雲之前，我們可不能離開崗位。你們不許過去。」

「這樣……」

「鏘」的一聲，鑼響了。

數名黑衣男子無聲無息地奔近。凶猛的男子們手持凶器，戒備起來。「混帳東西！」罵聲響起。

此時……

一道尖叫響起。不是前方，而是從後方的信徒中傳來的。益田嚇了一跳，吃驚地護住東野。

——河童？

他真的這麼以為。是因為不僅光線昏暗，對象物又動作敏捷嗎？最重要的，是它的大小讓益田這麼以為吧。破爛的衣裳形成一個個小人影到處彈跳。它們一個接一個撲上信徒又離開，或糾纏不放。

——這、這是……式神嗎？

原本團結一致的信徒陷入混亂，分崩離析。哇哇聲此起彼落。「小孩子！是小孩子！」有人叫道。

——小孩子？

沒錯，那是小孩子。一群流浪兒披頭散髮、穿著髒成褐色的衣服襲擊過來了。益田躲開孩子們的攻擊，拉著東野的手只管前進。前方，流氓們手持鐵管和木材，正與黑衣拳法師們展開生死鬥。剛才那種充滿特色的嗓音就在益田旁邊響起。

「不要停！不許停下方士的轎子！後方遭到攻擊了。快點突破！」

轎子加快速度，衝進路障。

流浪兒與信徒們哇哇大叫，扭打著從後方壓上來。益田拉著東野的手，想要越過路障。愣在原地會被壓垮的。就在益田爬上瓦礫山的時候，一輛卡車被信徒們推擠，翻覆過來。歡呼聲響起。

信徒們亂哄哄地從那裡湧入。

——那是……

「敦子小姐！」

是中禪寺敦子，不會錯。那麼張和宮田……

「敦……敦子小姐！」

不可能聽得見。雜音震耳欲聾。四周充滿了怒吼、叫罵、尖叫和歡呼……

那個聲音……聲音？

——為什麼這種時候還要吹奏樂器？

益田把東野拉上來。「毀掉樂器！」一道格外洪亮的聲音響起。益田望過去。岩井站在卡車車頂上。他的後方……一名男子穿著繡有龍紋的衣物，看起來很像軍服。

——那就是韓大人嗎？

「那些聲音是混亂的元凶！先擊垮樂隊！」

——聲音是混亂的元凶？

岩井大叫。幾名拳法衣打扮的男子——韓流氣道會，攻向成仙道的樂隊。

「誰都不許過！不許任何人通過！」

益田幾乎是溜下路障似地跳下來，然後扶下東野。

東野被混亂懾住，腿都軟了。

「東野先生，快！」

青木呢？鳥口在哪裡？敦子……

——敦子人就在這裡啊！

一道轟然巨響。障壁的一部分隆隆崩塌，轎子終於衝進來了。東野「哇」地尖叫，摔了下來。道士、流氓和信徒也接二連三地滾下來。

「敦子小姐，不要去！」

有聲音在叫敦子。

——是誰？

佐伯布由，是布由的聲音。

——華仙姑處女在這裡面。

轎子突破路障後，突然加快速度，往山路裡前進。益田看到岩井與韓在後面追趕。他扶起東野的肩膀。路障外的亂鬥似乎有警官隊加入了。身形靈巧的孩子們接二連三地跳上路障並翻越，侵入進來。各處都看得見三方、四方對立的戰鬥。沒辦法前進。突然，木材揮了下來。

「去死！」

簡直是瘋了。益田打從心底感覺到恐怖。

因為襲擊過來的不是流氓也不是拳法師，似乎只是一般的成仙道信徒。

「嗚、嗚啊啊啊！」

益田抱住東野似地伏下身子。

一道「嗚嗚」呻吟。回頭一看，信徒手持木材倒了下去。一名滿臉皺紋的中年男子把他給撞倒了。男子從信徒手中搶過木材。

「你好像不是信徒，是被捲入了嗎？這裡很危險。每個人都殺氣騰騰，真的會被殺掉。去向警官說明情形，到那裡的駐在所避難吧……」

小個子老人說完，提著木材往山裡去了。

——是刑警嗎？

「東、東野先生，喏……」

——一定要把他帶去。

益田撿起掉在地上的棒子。

——也要救回敦子。

可是……話說回來，這個地方如此狹窄，人也太多了。翻覆的卡車車燈散漫地照亮亂鬥場景。與其說是一場混亂，這些人看起來彷彿在地獄裡受罰。

拳法衣男子和黑衣道士扭打在一起，撞了過來。

後方則有信徒被流氓推倒，跌向這裡。警官隊翻過路障。

——萬一被抓……

就前功盡棄了。益田死命揮舞棒子，拉著東野的手前進。

到了這個地步，日常已經完全崩壞，事件呈現出非日常的景況。人們失去了理智。

益田心想，這個情景……也是已經預測到的嗎？如果這是主持人意料之外的發展，那麼這場遊戲的規則可以說是漏洞百出。在遊戲中展開亂鬥，根本可以說是卑鄙下流。不管任何情況，勝負都是由契約來決定的。人之所以為人，不就是因為能夠遵循約款，和平地決定勝負嗎？

「可惡！」

——不……這也在意料之中嗎？

即使演變成這種狀況，或許也不會出現死者。如果這些人是被什麼人給控制，那麼一定會被操控著不致人於死。

進入山路。

曹與韓，還有華仙姑應該都進入山路了。剩下的還有張、南雲以及藍童子。

——跟磐田純陽嗎？

一名道士發出怪叫，襲擊上來。

益田用棒子揮開他，但棒子一下子就折斷了。

——不行！

「嘎！」一聲慘叫，黑衣男子倒在腳邊。

「你這個笨蛋王八蛋。太慢了，慢死了！小鳥都已經上山啦，你這個慢郎中！快點去！」

榎……

「榎木津先生，慢的是您吧！您也為您的奴僕想想啊！」

「哇哈哈哈哈！你總算有了自覺，是吧？看在這個份上，這裡交給我吧！」

榎木津說著，看也不看地打倒兩名流氓。他真的……好強。

「暴力不需要動腦，太輕鬆啦！不要老是賣弄道理，偶爾也需要來場激鬥！哇哈哈哈哈，那一瞬間的退縮……」

榎木津一面高聲大笑，一面踹飛了氣道會。

「……會招來敗北呀，不懂嗎？」

這種時候靠的是反射神經和瞬發力啊，笨蛋！——榎木津得意揚揚地說道，望向益田。

「喂，別磨磨蹭蹭啦！小孩子女人老人和虛弱的人打從一開始就脫離戰線了，輪不到你操心。現在陷入亂鬥的全是些專門負責亂鬥的混帳東西。怎麼踢怎麼打都不會死的，所以別在那裡瞎操心了，快點去！去啊，奴僕！」

——專門負責亂鬥？

這麼說來，確實如此。小孩子們也不見了。

那麼……眼前的事態果然也是計算好的嗎？

益田抓起東野瘦弱的手臂。

榎木津指著山上。

＊

晚上八點過後，村子郊外發生了異變。青木慌張地跑出巷子一看，遠方幾束篝火搖曳，還聽得見鑼鼓的聲音。

「有……有行動了！開始行動了！」

鳥口把南雲拖出來。得快點才行。

「快！」青木揮舞著手臂，接著衝了出去。

——長生不老？

什麼叫長生不老？不會老，不就是不會成長嗎？長生不死，豈不也算不上活著嗎？

你怕死嗎……？

——木場。

青木怕死，怕得要命。青木是個膽小鬼，他不想死。從來都不想死。他討厭戰爭，也討厭紛爭。人或許無法彼此理解，但至少可以不彼此憎恨吧？那麼那樣比較好。

不管是希望別人去死，或自己主動尋死，青木都不願意。因為他活著。

他活著，所以不想死。

可是他從來不期望長生不死。

「怎麼了！鳥口！鳥口！」

那裡……一片大混亂。

「不好了，師傅還沒來啊！」

「能不能阻止……」

不可能。桑田組和成仙道正發生衝突。

警官隊慢慢地逼近上去。

「那是……」

小巧的影子。是小孩子。

「……藍童子來了。」

那麼華仙姑也在這裡面嗎？

「嗯。那不是氣道會嗎？」

岩井站在卡車上。他在叫囂些什麼。

「四方對峙……把警方算進去的話，就變成五方對峙了。我從來沒看過這種狀況。就連成仙道的時候，也只有兩方而已。」

「鳥口，怎麼辦？要衝進去嗎？」

青木望向鳥口，接著看南雲。

南雲的表情僵硬得就像被糊住了似的。他在害怕。

「南雲先生。接下來我們得請你到這上面的——佐伯家去不可。據說你所參加的這場遊戲再一天就結束了。」

「遊、遊戲？這是什麼意思？」

南雲不知道。他沒有自覺。

被騙的是騙人的一方。

——原來如此，指的是這麼回事啊。

「鳥口，走吧。只要混進那頂轎子周圍……」

鳥口望著混亂的戰鬥場景，忽然全身僵住了。

「鳥口！」

「不行……青木先生，你看……」

鳥口伸出手去。

「是敦子小姐。」

青木先生，敦子小姐在那裡——鳥口往前走去。

「……喏，敦子小姐在路障那裡！」

「可是中禪寺先生吩咐不要出手……」

「可是很危險啊！難道你要說敦子小姐很安全嗎！」

「有張跟著她！」

「不要！我要先救敦子小姐！」

「鳥口！」

鳥口——青木把鳥口拉了回來。

「你冷靜點。總之先把南雲……」

「不要、我不要！」

南雲叫著，往後退去。

「不要，好、好可怕，我、我不要去那裡……」

鳥口背對篝火赤紅的火光回過頭來，凝視著害怕的風水師。在遠方的燈火照耀下，風水師看起來正緩慢地搖晃著。「我不要被抓。我不要、我不要……」他夢囈似地說著，往後退去。

「青、青木先生，我有個請求。」鳥口說。「我……實在冷靜不下來。所以，我帶著這個窩囊的大叔……先一步上山了。」

「鳥口……」

「敦子小姐就交給你了。我一定會把這傢伙帶去。所以……請你趕快把敦子小姐……」

「可是……」

「我相信師傅的話。所以敦子小姐應該不會有什麼萬一。但是我不是驅魔師，沒辦法扼殺自己。我很擔心，不管那個姓張的傢伙有多強，我都無法相信。但是……青木先生的話，我可以相信。」

鳥口抓起南雲的手臂。

「喏……大叔，走嘍。俗話不是說欲速則快跑嗎？那，青木先生，佐伯家見。」

鳥口拖著南雲，繞過警官隊旁邊，前往路障。接著他再一次回頭，叫道：「快點去救敦子小姐！」

青木吞了一口氣，朝警官隊奔了出去。

「我、我是警視廳的刑警！讓出路來！」

兩三名警官回頭。

不管三七二十一，豁出去了。青木高高地舉起警官手帳。

「我是東京警視廳搜查一課的刑警！一名綁架犯帶著人質趁著這場騷亂逃進山裡了！讓出路來！」

「我們沒有接到這樣的通知！」

「哪有閒功夫通知！」

「沒有上級的指示，我們無法讓您通過。若是狀況緊急，請透過駐在所聯絡本部……」

「囉嗦！」

青木推開兩三名警官，奔進混亂之中。敦子呢……？
——木場。
木場正在破壞路障。
一支鐵棒從旁邊刺了過來。
桑田組那個臉頰上有傷的男子襲擊過來了。
——不管什麼人都打嗎？
「噢！」男子吼叫。青木蹲下身子。凶器從頭上掠過，青木就這樣用頭撞上去。撞他的肚子。「嗚嗚！」男子呻吟，抓住青木的腰。
——糟糕。
這樣下去，會被凶器攻擊背部。青木不擅長打架。可惡！——他閉上眼睛，接著聽見一道歡呼。
但是出乎意料之外，青木被男子抓著，就這麼一同往旁邊倒下了。
他在地面翻滾了兩三次才爬起來。
「松兄！」
河原崎正揪著男子的衣襟。
「青木兄，你果然來了。你真是個男子漢。」
河原崎張大右手，再一次用力握緊，揮向男子的臉。
「松兄！敦子小姐呢？」
「她平安無事。現在正與通玄老師在那裡面……」
青木望過去一看，益田正站在路障上。
「益田！」
「誰都不許過！不許讓任何人通過！」
小澤啞著嗓子，拉扯喉嚨大叫。
他沙啞的渾厚嗓音把青木的呼喚給壓了過去。益田帶著東野，消失在路障另一頭。

「可惡！」

警官隊的隊伍亂掉，亂無章法地跑了過來。他們的動作不太對勁。

——背後嗎？

警官隊的背後遭到攻擊了嗎？

一道龐大的影子分開警官的隊伍出現。

那是個禿頭巨漢。而且還穿著軍服。

「川、川島新造……」

他是木場的朋友，曾經在房總的事件裡把警方耍得團團轉。

川島旁邊……

——那是光保先生嗎？

就在青木這麼想的瞬間……

有人拍了青木的背一下，把他嚇得差點休克。

「呆在這種地方會死掉的！」

「榎木津先生！」

「笨蛋書商……總算大駕光臨啦！」

「中禪寺先生……」

中禪寺來了。

「這傢伙手續也太多了！嗳，只限這一次，我特別親自為他開道。你這傢伙也實在是太幸運了。從來沒聽過死神讓神明開路登場的！你看清楚了啊！」

榎木津話一說完，輕巧地登上瓦礫山，踩著輕快的腳步消失在另一頭。

幾乎就在同時，一道巨響之後，瓦礫的一角崩塌了。載著曹的轎子終於突破了路障，靜靜地往路障彼方前進。

——怎麼辦？

青木陷入了慌亂。

青木周圍的無賴破口大罵，追上轎子。

身穿道士服的一群人像風一般追上他們。

背後又有罵聲接近。

聲音嚷讓著：

「別擋路別擋路！太礙事啦！警察去收容受傷的人就好了。武力能鎮壓暴力嗎？誰叫你們只會眼睜睜地看著事情演變成這樣，都是你們的責任！能防範於未然，才叫做維持治安啊！」

川島以他壯碩的手臂擋開人牆，來到青木面前。仔細一看，他真的龐大得異樣。與肥胖的光保完全是兩相對照。

「川、川島先生……」

「噢……是刑警先生啊。上次給你添麻煩了哪……」

儘管是夜裡，巨漢卻戴著墨鏡。

城寨上頭的篝火在墨鏡裡小小地燃燒著。

光保拿下眼鏡，收進胸袋裡，緊靠在川島身邊，把一雙小眼睛瞇得更小，眨了好幾下。

「光、光保先生……連你都……」

「是的。那個戶人村……原本應該是我的妄想才對。所以這……這場騷動是我引起的。關口老師會碰到那種事，也是……我害的。都是我害的呢。」

光保重複道。

「唔，就是這樣。今天我是兵卒，算是為我老弟造成的麻煩賠罪。可是……唔，照這樣下去，可能會被逮捕呢，都已經撞傷兩個人了。不過那個恐怖的傢伙……叫我保護這個人……」

川島說著，回望背後。

青木背對路障，望向來時的方向。

總覺得一片荒廢。

大部分的戰鬥都轉移到路障裡面了。但是四處仍有小規模的紛爭進行。

警官正在搬運負傷者，但好像沒有人受重傷。到處都是呻吟和喘息。

篝火燃燒著。

黑煙竄上夜空。

道路兩旁，成仙道的一般信徒失了魂似地蹲著。

有人吼叫。

有人啜泣。

也有人念念有詞。

疑似刑警的男子東奔西跑。

在這荒廢的夜裡……

浮現出一道格外漆黑的影子。

看起來就像黑暗所凝聚而成。

墨染般的漆黑便裝和服。染有晴明桔梗紋的黑色和服薄外套。手上戴著手背套，腳下穿著黑色的布襪與黑木屐。只有木屐帶是紅的。

——是中禪寺。

下望的眼睛周圍彷彿渲上黑色一般，呈現陰影。

憔悴不堪。

模樣簡直形同死人。

警官、刑警，剩下的人似乎沒有一個注意到他。中禪寺沒有被制止，也沒有受到妨礙，猶如一陣風席捲而過……

黑衣的驅魔師維持著一定的速度，筆直來到青木面前。

中禪寺帶著另一個人。

「中禪寺先生……」

「青木，抱歉我來晚了。我花了一點功夫才找到他。」

中禪寺把手放到男子背上。

「這個人……是我一年前沒有除掉附身妖怪的……另一個關口。」

那是——內藤赳夫。

＊

百鬼夜行。

這是百鬼夜行。

鳥口心想。

前頭是曹的轎子。刑部、數十名紫色唐衣男子、體格壯碩的信徒。還有黑衣道士。與這些道士激烈衝突的韓流氣道會餘黨。岩井和韓大人跟在後面。渾身骯髒的孩子們跑過山壁，藍童子在樹木間前進，髮絲隨風飄動。他身後跟著華仙姑，一臉不安。鳥口牽著南雲的手，跑過崎嶇的山路。後面一定還有好幾個魑魅魍魎。益田、東野，還有条山房……和敦子。敦子怎麼了呢？

南雲極度害怕，雙腿瑟縮。一拉他就跌倒。

鳥口吼他，喝道：「把你丟在這裡唷！」

但是鳥口連自己都腳步不穩。

——可惡！

路況太險惡了。泥濘不堪。兩三天前剛下過雨吧。

茂密的樹林遮蔽了陽光，妨礙乾燥。也沒有路燈。曹所乘坐的轎子有道士在前方引導，他們手中的火炬是唯一的標記。

但是道路迂迴曲折，有時候連那渺小的路標都不見蹤影。於是漆黑的黑暗立時造訪，變成一片連輪廓都會融化的黑暗。那片黑暗讓人甚至無法去理會自己是誰、現在是什麼時候。

視野一旦被遮蔽，就根本無暇去理會那些事了。一個人能夠誇示自我的根據，轉瞬間就會融化。只有手中牽著的南雲的手部皮膚觸感，讓鳥口認知到自己是自己。

所以。

換句話說。

對於南雲的不信任與憎恨，

疑心與敵意，

這些東西也會融化。

不安和擔心都會流洩出來。

鳥口心想，人這種生物一旦委身於昏黑的黑暗，或許反而會感到安心。

連續三次跌倒後，連鳥口也忍不住喘息。

南雲在呼吸。

哈、哈、哈。

哈、哈。

哈。

「誰……」

有人。

「是誰！」

沙……黑暗動了。

哈。

哈。

「你是誰……！」

閃光。

黑暗被切成銳角，那裡一瞬間浮現出一張平板的臉。

「尾國……」

是尾國誠一。尾國很快地再度被吞入黑暗。

「喂……」

鳥口伸手，但很快地打消念頭。他無論如何不能放開南雲的手。

這種狀況追上去也沒有意義。可是，剛才的光……閃光再次亮起。光照亮被泥土弄髒的南雲，直射鳥口的臉。鳥口掩住眼睛。

「噢噢，小鳥。這好像試膽大會，好好玩。」

「大、大將……」

光源是榎木津的手電筒。

「你在這裡拖拖拉拉些什麼？快點去！啊啊，你們怎麼笨成這樣呢？笨到沒藥救了。好！」

榎木津一把抓住鳥口的手，用力拉扯。

「你知道我的腳程很快吧？跌倒了我也不管唷。喏，快點，快點跟上來吧，迷惘的奴僕啊！」

榎木津……確實推進力十足。

這個偵探也以駕駛莽撞聞名，由他來帶路，根本是胡來。只有速度確實沒話說。南雲跌倒了好幾次，每當他一跌倒，鳥口就覺得手快被扯斷了。感覺完全麻痺，同時眼睛也稍微開始習慣黑暗的時候……他看見火把的火光。

榎木津停下來了。

「唔嘿！」

鳥口腳滑了一下，差一點又要跌倒。

南雲緊抱住鳥口停下來。

轎子被困住了。

那是一道險坡，腳下的路況也很糟糕。那裡似乎是在斜坡上打入樁子，必須拉著鎖鏈才能攀爬上去。十分險峻難行。

想要乘著轎子上去實在不可能吧。但是就成仙道而言，也不能讓後續的人先趕到。

相反地，對後續的氣道會等人來說，這個難關可說是最恰當的攻擊地點。但是在這種狀況下互鬥，對彼此都有致命的危險。萬一跌落山谷，就很難再回歸戰線。弄個不好還會喪命。

道士們團團圍繞在轎子前。

看到刑部了。拿著火炬的似乎就是刑部。

「到此為止。吾等不能讓諸位過去。韓大人……乖乖折回去才是聰明人的做法啊。」

「這話原封不動奉還給你。聽說曹已經高齡八十，垂垂將死，不是嗎？老人家沒法子爬上這條險路。國賊刑部，該死心的是你們！」

陷入僵局。

榎木津「啪」地關掉手電筒。

「高齡八十，好不容易總算來到這裡啊……唔，看這樣子，不會有結果哪。」

榎木津凝視著被火炬照亮的一行人。

「可是我不懂呢，榎木津先生。」

「什麼東西不懂？」

「因為……」

鳥口覺得眼前的發展太**奇怪**了。

這樣簡直就像**第一個抵達目的地的人獲勝**，不是嗎？這太可笑了。**那個東西**是可以捷足先登的嗎？無論是陸軍的隱匿物資或長生不老的生物，雖然不是不明白想要第一個得到手的心情，可是就算這時候阻止了，就像榎木津說的，除非殲滅敵人，否則敵人仍然會鍥而不捨地襲擊過來。

「他們……到底……」

「我說啊，小鳥，這個大叔還有那個老爺爺跟那個厲害的老爺爺，他們都不是想要什麼東西，而是想要隱瞞某些東西。想要什麼的是那個像人妖的傢伙，還有那個受傷的傢伙。真是的，夠會給人添麻煩。」

「隱瞞？」

「沒錯。」

隱瞞……是什麼意思？

湮滅證據……嗎？

——湮滅村民屠殺事件的證據？

「可是……」

犯人是華仙姑……

不，是東野鐵男……

——難道……他們是共犯？

既然殺了五十人以上，比起實行犯只有一個，是複數犯人所為——有好幾名共犯的看法比較符合現實。

如果他們是共犯的話……

——但是……

那樣一來，就不懂他們為何要彼此扯後腿了。如果他們有某種共犯關係，就沒有理由彼此妨礙。鳥口無法想像有什麼犯罪，比其他共犯更早一步湮滅證據會有意義。

他覺得，例如說那裡埋藏了偷來的金錢等等，這類單純明快的犯罪似乎更接近真相。

——那裡有什麼？

「水母啊。」榎木津說。

「什麼叫水母？」

「君、君封大人……」

「咦？」

「君封大人，啊啊，啊啊，原諒我，請原諒我……」南雲吵鬧起來。難道水母指的是君封大人嗎？那麼榎木津……

——看到了君封大人嗎？

它真的存在嗎？

「啊！那個面具好讚唷！」

榎木津說。反應簡直像小孩。在黑暗中凝目望去，火炬底下，有個男子頭戴面具，下了轎子——是曹方士。

根本是異形。黃金反射出火光，妖異地閃爍著。巨大的耳朵、扁塌的下巴、高挺的鼻子，蹦出來的眼珠子，影子長長地掛在臉上搖晃著。

曹抓住嵌在崖上的鎖鏈。

數名道士隨即護住他的周圍。

韓吼叫著什麼。

「嗯……？」

榎木津發出沉吟聲。

「啊啊，好噁心。黑漆漆的就……啊。」

——他看到什麼？

榎木津幻視到什麼了嗎？

但是榎木津沒有再說什麼，突然把手電筒塞給鳥口。

「大、大將，怎麼了？」

「歡喜吧！這就賞賜給你了。歡天喜地地拜領，當成傳家寶吧。明白的話，就在這裡等京極。」

「等……？大將呢？」

「唔呵呵。」

榎木津笑了。

「我在這裡過個篩。京極過去我就來。明白了嗎？」

榎木津說完後，奔入黑暗。

面對這突如其來的伏兵，氣道會和成仙道似乎都大為慌亂。榎木津首先揪住兩名氣道會的餘黨，把他們狠狠地推下懸崖。

好殘忍，不留餘地。

「哇哈哈哈，放心，死不了的！不過等他們爬上來都天亮囉！」

「你……！」

「你該不會想問我是誰吧？」

被這麼一問，想問也問不出口了。

「沒錯，我就是偵探！」

沒有人詢問，榎木津卻這麼說，朝轎子衝去，把它也給扔下懸崖了。頂著轎子的數名道士也同時跟著滾落。

一陣轟然巨響。毫不留情。

刑部慘叫起來。

「你……！」

「就說我是偵探了嘛，沒聽見嗎！來吧，老爺爺，由我來讓老人乖乖服老吧！」

「守住方士！」刑部叫道。榎木津以敏捷的動作跳上鎖鏈，很快地就趕過了曹。道士被甩下來。曹似乎也感覺到危險，退回了原本的位置。

「來吧！從雜碎開始上！我會盡量從低等的人把你們送回低等的位置去唷！」

「榎、榎木津先生！」

他剛才說過篩。

榎木津打算在這裡挑選通過的人。

他打算只讓最低限度的人上去戶人村嗎？

可是……

——會不會已經有人先到了？

曹真的是第一個嗎？會不會只有拿著火炬的刑部而已？

——這樣沒問題嗎？

如果是指定的八個人以外，先進到村子裡也無所謂嗎？
例如說……尾國。尾國八成已經先去了。
一股分不清是殺氣還是熱氣的氣息從背後逼近。
前方傳來慘叫。
榎木津為所欲為。
南雲在發抖。
——師傅，快點，快點。
快點來啊——鳥口在心中默念。
「啊啊……不要……好可怕……」
南雲哭出來了。
「不要，母親、母親她……」
「母親？」
不祥的氣息從後方逼近。

*

中禪寺踩著堅定的步伐在山路上前進。
內藤一臉苦惱，拚命地跟上來。至於青木，他終究沒能找到敦子，只是一心一意地與險路搏鬥。
川島和光保在距離相當遠的地方跟著。光保不愧是了解這一帶，儘管身形肥胖，感覺卻走得很穩。
青木盯著內藤的背影。
光線很暗，看不出他穿什麼衣服。青木記憶中的內藤穿著白袍。他一直在哪裡？做些什麼？內藤這個人對中禪寺來說，有著什麼樣的意義……？
織作茜……關口巽……內藤赳夫。

青木無法看出這些人的共同點。

青木默默地趕過內藤。

黑衣男子比黑暗更加漆黑。白色的五芒星清晰地浮現在闇夜裡。中禪寺的前方是漆黑的黑暗。什麼都看不見。

「青木……」

中禪寺出聲。他非常敏銳。

「……來說點無聊事吧。」

「什……什麼？」

「是啊……你知道我戰時隸屬於帝國陸軍的研究所吧？」

「我聽說過。」青木答道。

「那裡——武藏野的研究所，進行過許許多多的研究。」

「什麼？」

「登戶的研究所，主要開發毒氣和氣球炸彈（註）。而我所待的研究所，大致上進行著兩種研究。」

——他會說什麼呢？

「首先是關於生命的研究，然後是關於精神的研究。」

「生命……與精神……？」

「沒錯。」中禪寺聲音嘹亮地說。「生命——也就是活著。如你所知，美馬坂教授鑽起牛角尖，埋首於解讀醫學性的——機能性的生命。雖然這是有極限的……但他是個天才。天才往往能夠超越界限。」

「是……呢。」

「另一方面，我……被迫進行所謂的洗腦實驗。這個實驗表面上宣稱是為了強制屬國人民改宗，但事實上並不是。這個實驗呢，是為了補足美馬坂先生的研究而企畫的。何謂記憶？何謂認知？何謂意識？我們依據什麼而為我們……？」

中禪寺行走的速度絲毫不變。

青木光是跟上去，就費了很大的勁。

「……看，是怎麼回事？聽，是怎麼回事？我們怎麼樣認識世界？換言之，這等於是在探索人為何看得見？為何聽得見？為何能夠思考？這與美馬坂先生的研究是相輔相成的。」

中禪寺不改姿勢地爬上泥濘的坡道。青木腳滑，絆住了。

「有個人在進行一場有趣的實驗……」

中禪寺輕巧地踩上石頭說。

「……他測量感覺受容器官接收到的物理刺激與感情的相關變化。我們所看到及聽到的事物，一切都只是腦的某部分所產生的物理變化。感情也同樣是腦中的物理變化帶來的……說起來就像是一種症狀。然後呢……」

中禪寺這才第一次回頭瞥了青木一眼。

「……例如，聆聽某個周波數的聲音一段時間以上，人會感到**煩躁不安**。」

「讓人煩躁不安的聲音？」

「對。那是一種低重音——低到連耳朵都聽不見的聲音，但是長時間曝露在這種聲音中，思考就會停止，有時候還會流鼻血。但是那傢伙研究的，是更細膩的操作。特定周波數的特定音色，會怎麼樣刺激腦的哪一個部分？音色如何？節拍如何？……唔，就是這些組合。他試圖創造出可以隨心所欲操縱對方的聲音……」

「這……」

「不，我也覺得這很有意思。像是使人喪失戰鬥意志的聲音，或是使人喪失自信的聲音。讓人暴躁的聲音、讓人憂鬱的聲音、讓人昏昏欲睡的聲音……這些在想要迴避戰鬥的時候，都是很有用的，對吧？」

「唔……讓人昏昏欲睡的話，好像辦得到吧。」

註：日本在二次大戰末期所使用的一種武器，試圖以氫氣球運送炸彈到美國本土後降落爆炸。因實際成效不明，後來計畫中止。

「不，已經完成了。」中禪寺說。

「完成了？……可以任意操縱人了嗎？」

「沒辦法任意操縱。不過……」

讓人憂鬱的聲音開發出來了──黑衣男子說道。

「憂鬱……？」

「憂鬱。我也不知道其中的機制。我聽說是會影響腦內物質的分泌。一聽到那種聲音……就會感到嫌惡、憂鬱，覺得低人一等、暴躁、焦急。會失去自制，然後……變得凶暴。」

「這……」

「一般我們所熟悉的聲音，是某程度明確的音階。自然界的聲音，音階當然不那麼明確，但腦會修正那些微的誤差，所以我們在日常生活中還是習慣性地受到音階束縛，或者是依存。聽說那個音階與這些音階有些差異，然後再混入人聽不見的周波數的聲音。就像狗笛一樣呢，接著是節拍。你應該隱約明白吧。有種聲音……聽了就是會教人坐立難安。」

「中禪寺先生，那是……」

「但沒辦法任意操縱。只能讓聽到的人感到煩躁。不過這仍然是一種操縱呢。」

「可是……」

那種樂器。那種奇妙的音樂。

「成……成仙道的那種音樂……」

中禪寺沒有回答。

「然後呢……」驅魔師接著說道。「那裡也進行了藥物研究，不是毒藥。不過聽說也製造出一些類似神經毒的副產品。有個人在研究具有即效性的催眠劑。這和攝取之後陷入昏睡的安眠藥不同。這種催眠劑能夠在一瞬間引發意識混濁和記憶障礙，就像海地的活死人咒法一樣，在藥效發揮作用的期間，人無法決定意思，完全服從命令者。」

意識混濁與記憶障礙。服從……

「中禪寺先生！」

青木繞到前面。

「請你說明白一點！這……」

「我不知道。」

中禪寺一瞬間停步說道，很快地又走了出去。

青木緊跟在旁邊。

「我們從來沒有見過面，連彼此的名字都不曉得，只有長官會帶來研究成果。我認識的只有美馬坂教授以及他的助手須崎兩個人而已。因為我們待在同一個設施。不過隸屬於那座研究所的研究者，除了我們三個人以外，還有五名。」

「五名……？」

「沒錯。但是青木，在那座研究所進行的研究，都有個奇妙的共同點。那裡和其他的兵工廠不同，並未開發具有殺傷能力的一般武器。仔細想想，那裡的每一項研究，都是為了能夠**不殺害敵人了事**的研究……」

「為了避免彼此殘殺的研究嗎？」

「對。無論是喪失戰意或是催眠誘導，都是**為了避免彼此殘殺**……而想出來的。」

不必殺人。

不必殺人就了事……

「**我討厭戰爭**。」中禪寺說。「不管是殺人還是被殺，都一樣討厭。那裡聚集的都是這樣的人。結果理所當然地，研究的終點變得兩極化。」

「什麼……意思？」

「就像我最初說的，生命與精神……。我再說得更明白些吧。所謂生命，就是不想死、不願意死、怕死──換言之，就是想要長生不老。」

──長生不老。

「這……」

「還有另一個，精神。與其說是精神，意識——不，這種情況稱為記憶比較正確吧。」

「記憶……嗎？」

「時間唯有在記憶當中才能夠回溯。唯有在意識之中，時間是多層、而且可變地進行……」

什麼？他到底想說什麼？

「……如果能夠操縱記憶，不管是紛爭還是隔閡，都能夠消弭了，對吧？只要能夠生產出無限的時間——與不死是同義的。」

「如果能夠隨心所欲地操縱記憶……」

中禪寺說到這裡，總算停下腳步。

接著他望向青木。

「……戰爭就毫無意義了。」

「中禪寺先生！」

「沒錯……以當時的感覺來看，這種想法形同叛國。但是這種思想並不是對國體的造反，而是嘗試使戰爭這種行為失效。不過……在我被分配到那裡之前，就以某人為主導，暗中進行著這類研究。當然，參謀本部並不知道詳細情形。他們應該只把它當成促進諜報活動活性化的一環。事實上，那座研究所的前身，也就是某個計畫，與陸軍中野學校（註）的創立有著深切關聯……」

「中……中野學校？」

「原本我也差點被派到那裡去。」

「中禪寺先生嗎？」

「中野學校成立於昭和十三年。那個時候，那座研究所的前身就已經存在了。是內務省管轄的特務機關與帝國陸軍的共同研究機關……」

中禪寺停了下來。

接著他朝著前方的黑暗呼喚：「聽見了嗎！就是這麼回事！」

「有、有誰在……」

一道人影忽地從黑暗中浮現。

——女人嗎？

「還是老樣子呢。你的聲音在黑夜中聽得一清二楚。」

「妳是……一柳女士……」

是一柳朱美。

朱美說：「之前承蒙你關照了。」深深地垂下頭來。

「中禪寺先生……這是怎麼回事？」青木問。

「昨天……我接到一柳女士的聯絡。她說她前來尋找一位名叫村上兵吉的先生，被捲入了一場大騷動。」

這麼說來……前些日子益田說朱美去了韮山。

「兵吉先生他……遭到綁架後，被送進你說的什麼中野學校嗎？」朱美說。

「不……以時間點來看，當年中野學校還沒有成立。但是就像我剛才說的，研究機關已經存在了。兵吉先生被送去的，就是**某人**為了實驗所成立的部門吧。那麼……妳找到村上先生了嗎？」

「這個嘛，我找到他的哥哥了……」

「哦？」

朱美背後出現兩名男子。一個是壯年男子，另一個是老人。

「我從一柳女士那裡聽說你的事了。我是下田署刑事課搜查一組的有馬警部補。這位是我的部下，村上兵吉的哥哥——貫一。」

老人說道。

註：舊日本陸軍培養諜報、防諜、情蒐等人材的訓練學校。

＊

天空消滅了。

貫一已經變成了一個只知道用腳底踏緊地面凹凸不平的物體。

黑暗述說著貫一所不知道的貫一的歷史。

那當中沒有貫一。有的只是一個被捲入不可捉摸陰謀的、與自己的意志無關地隨波逐流的愚蠢男子。

──沒想到。

沒想到**發端竟然是徐福**。

那名男子全身籠罩著黑暗的強韌與光澤，以嘹亮地迴響在無光之處的嗓音，說出弟弟兵吉失蹤的真相。

他說兵吉是遭人綁架。

這件事貫一也從朱美那裡聽說了。但是理由竟然是村上家所流傳的徐福傳說……貫一根本無法想像。

太荒謬了。

但是男子──中禪寺秋彥所述說的真相，遠比這還要荒唐。

貫一早就忘得一乾二淨了，但是貫一所成長的紀州熊野新宮村裡，還流傳著徐福渡來傳說。雖然只是依稀記得，但村子裡有祭祀徐福的神社，還有一個叫蓬萊山的小島還是小丘。也流傳著疑似仙藥的藥草。

然後……

村上家一族是徐福的後裔──這種胡說八道，貫一也不是沒有聽說過。但是貫一的父親天生對那種事毫無興趣，所以貫一覺得自己應該是從祖父那裡聽說的。祖父在貫一小時候過世了，所以兵吉一定什麼都不知道。

──然而。

真有這麼荒謬的事嗎？

「過去曾有一段時期，人們深信日本是個神國。過去也曾經有過一個時代，人們認定日本是個特別的國家，日本人是個優秀的民族。猶太人的選民思想、中國人的中華思想、甚或是德意志的優生民族思想，都與這種想法有著共通之處……不過**那個人說，這個國家就是蓬萊。他打從心底相信。不久後……他甚至認為這就是神國的證據。這與他**當時進行的某項研究內容完全相符。」

「長生……不老嗎？」

「對。如果長生不老的仙藥真的存在，它將比任何武器都要強大——前提是真的有的話，不過**他認為有。然後他**認為，徐福為了尋找長生不老的仙藥來到蓬萊，所以長生不老的仙藥一定就在這個國家。這種想法原本應該會遭到漠視，然而**有個男子**提供了協助。」

「陸軍的人……嗎？」

「沒錯。這個人原本在進行有關記憶的研究。他仔細地調查全國的徐福傳說，徹底搜查了所有可疑的地點。然後也曾經一度前往紀伊熊野新宮——村上先生一族的住處。」

然而——黑暗說道。

「調查的結果——我看過那份調查報告，那一帶留有相當古老的文化遺跡。據說殘留有古代的祭祀遺跡。但是似乎也只有這樣。那在考古學上、或是文化歷史學上或許很有意義，但找不到長生不老的線索。不過口述傳說是很難留下紀錄的。口傳、直傳基本上並不會文字化，而且就像令許多民俗學者苦惱不已的，這類家族流傳的傳說，既不能讓外人參觀，也不能向外人透露……」

「難道，就為了這種事……」那名姓青木的年輕刑警說。「就為了這種事，下了催眠……」

「可以說是如此，也可以說並非如此。不難想像，為了讓居民打開沉默的嘴巴，他大概使用了這類技術。不過，真正的問題是事後處理。」

「事後處理……」有馬問道。「……指的是封口嗎？」

「意思是不想讓別人知道軍方及內務省與這件事有關嗎？」

「這件事打從一開始就沒有人知道。只要偽裝身分，說是鄉土史家或民俗學者前往探訪就行了。此外，打聽的時候也可以使用催眠術。所以要是什麼都沒有查到，揮揮手再見就結束了。但是如果**查到什麼**的話……就必須隱瞞曾經進行過調查這件事。」

「不能洩漏出去嗎……？」

「也有這個考量在吧。萬一那裡真的有長生不老仙藥的線索……那是**屬於國家的**。絕對不能交到企業或是外國手中。不僅如此，這種祕密中的祕密，不能夠是由一個人、一個家族獨占的傳說，而應該是大日本帝國的財產——**那個人**大概是這麼想吧。」

「找、找到了嗎？」

有馬的聲音問道。

「找到了……在村上先生的老家……找到了吧。」黑暗說。

「我、我家才沒有那種東西！」

貫一朝著黑暗怒吼。

「我、我家才沒有那種荒誕不經的故事！我、我家只是個貧窮的農家，是個平凡無奇的窮人家！才沒有、才沒有那種……」

「你說的沒錯。」黑暗說道。「無論繼承了多麼奇特的傳說，或擁有多麼特殊的家訓，即使不斷地維持著外人看起來顯然異常的習慣——家庭這種東西，無論是什麼樣的家庭，都總是平凡無奇的。但是反過來說，也可以說無論再怎麼樣平凡而且和平的家庭，都一定擁有那類不尋常的部分。當然，若非由第三者來進行觀察，它是不會曝露出來的……」

黑暗暫時停頓。

「……就如同我方才所說，這件事的事後處理並非封口，而是竄改歷史。因為是國家將村上家私人的傳說就這樣整個掠奪了。所以……」

「所以？」

「所以他們……**將村上家解體了**。」

「什、什麼叫解體？」

「就是解體啊。」

「我不懂。」青木刑警的聲音響起。「不、不是沒收土地、遣散一家這種時代亂錯的處置吧？」

「不是的。不是制度上的家族解體、意識形態上的父權制度破壞這類行為。而是徹頭徹尾的家庭崩壞……」

「所以說我不懂啊！」

「青木，我剛才也說過了吧？家庭這種東西，其實無論怎麼樣的家庭都很**奇怪**，是異常的。但是呢，當家庭還是家庭的時候，那完全不是異常。所以……要破壞是很簡單的。首先……導入第三者的觀點。光是這樣，家庭就會走調了。觀察行為會為對象帶來變化。這麼一來……接下來只要將萌生的差異加以增幅就行了。」

「將差異增幅……」

「每個人都有不滿，每個人都有自卑之處。愛恨總是表裡一體。」

「這……」

青木刑警的聲音在顫抖，還是聆聽的貫一的心在顫抖？

「沒有孩子不恨父母，沒有父母不厭煩孩子。但是，也沒有孩子不尊敬父母，沒有父母不疼愛孩子。人心總是矛盾的。若是無法將這些矛盾的主體不矛盾地統合在一起，個人就無法成立。而無法將這些個人不矛盾地統合起來，家庭也無法成立。統合這些家庭的是共同體，而統合共同體的是國家，這麼一想，也可以將國家視為個人的擴大延長吧。但是……沒有那麼簡單。因為規模一旦擴大，就不可能毫無矛盾地統合在一起。」

黑暗大概正注視著貫一。

「國家是概念，對吧？已經與肉體分割開來。非經驗性的概念被要求是邏輯性的，它拒絕沒有一貫性的統合……」

這種事與貫一無關。

「……所以眾多學者思索著各種道理，摸索著擁有邏輯整合性的、完美無缺的概念。政治變成了科學。這是無可奈何的。若說這就是現代，或許如此。但是那名男子試圖將這個想法應用到個人身上。」

「我……還是不懂。」

「這樣嗎？那個隸屬於陸軍的人，與著眼徐福的**那個人**不同，對於物理上、生物學上的不死持有懷疑的見解。他就像我剛才說的，研究著記憶的問題。他將人把矛盾就這樣不矛盾地統合起來的特性視為缺陷，而不是一種特性。他認為懷有矛盾的主體是不完全的，主體必須忠實於非經驗性的純粹概念。所以他……進行了那場實驗。」

「實驗？」

「憎恨同時尊敬、厭煩同時疼愛，這是矛盾的。**一定有哪一邊是假的**。」

「怎、怎麼這樣？這是不可能的。」

「不是有性善說嗎？也有性惡說。人的本性是善或是惡……這種想法也是根出同源。說起來，善惡這種價值判斷不是絕對，所以根本沒有性善也沒有性惡，議論這種無聊事，毫無建設性可言。視論者的需要，想要把結論帶到哪邊都行。但是這種時候，如果排除掉這些價值判斷會怎麼樣？邏輯上正不正確，能不能成為絕對的判斷基準呢？——那名男子思索著這些事。所以他做了實驗，實驗一個人的**真心究竟是哪一邊**？」

這太荒唐了。

「這、這是說，喜歡還是討厭父母嗎……？」

荒唐透頂。

「是喜歡**卻討厭**，**還是討厭卻**喜歡？那名男子想要弄個明白。如果是喜歡卻討厭的話，排除掉討厭的理由就行了。討厭卻喜歡的話，只要除掉不得不喜歡的理由就行了。」

「這……是這樣沒錯，可是……」

「例如說……人為了活下去而忍耐。為了面子、為了恩義、為了規矩、為了經濟上無法自立而忍耐。因為孩子、因為父母、因為介意世人的眼光……如果**排除掉這些可能成為障礙的一切條件**，人會變得如何……？」

「這……你……」

「那名男子已經預測到某種程度的結果。而結果……村上先生非常清楚。」

兵吉離家出走了。

父親大吼大叫，母親哭叫不休，

貫一也離家出走了。

家庭……

「……家、家庭崩壞了……」

「在那之前與當時，你對家庭的想法改變了嗎？」

「沒、沒有變。我只是一直沒有去質疑。過去我只是把父母親的關係、繼承家業等一切都視為理所當然。但是**那個時候我發現**……那並不是理所當然的事……」

——啊啊。

無論怎麼樣的家庭都是異常的……

將矛盾不矛盾地統合起來……

只是導入第三者的觀點……

將差異增幅……

「……那……」

「你離家出走了。但是一般來說，那類離家出走多會失敗，除非能自力更生，或是經濟上特別富裕——不，即使如此，人還是很難一個人活下去。然而……」

只要排除掉可能成為障礙的條件……

「……這、怎麼可能？那……」

「你的障礙被排除了。你沒有回家。你……拋棄了父母。」

「山邊嗎？」有馬說。「你說的**那個人**，是山邊吧？」

「是的。內務省特務機關的山邊唯繼先生，就是計畫了徐福傳說調查的人。」

——設計了我的人生的人。

真的是這樣嗎？

「中、中禪寺先生，我、我、那個人、山邊先生他……我、我的人生……」

「村上先生。」

黑暗靜靜地說。

「即使如此，你的人生依然屬於你。」

「可、可是……」

「做出選擇的是你。」

「這、這樣嗎？」

「山邊先生他……我現在才能夠說，他其實是個反戰主義者。當然他也貫徹反暴力、反武力。所以無論他再怎麼想要保密，都不願意危害你們一家人，或做出逮捕監禁這類事情吧。但是不管是賄賂還是堵嘴，一般平民都很難保守祕密到最後。於是……他才會接受**那個男子**的提議。做選擇的完全是個人，只要鋪設好軌道即可……」

「所、所以那個人……」

「沒錯。山邊先生可能認為是他奪走了你的家人。所以做為補償，他給了你新的家人。不只是你。你的親人，全都被賦予了新的人生。他們巧妙地被準備了新的人生，使彼此不會接觸。」

「補……補償？可、可是我弟弟……兵吉他……」

「為兵吉準備的人生……被兵吉拒絕了。不過只有兵吉一個人並不是由山邊先生來安排，而是交給了**那個男子**。」

「陸軍的……男子……」

「對。他……試圖將年輕的兵吉培養成間諜。」

「所以……才讓他接受某些教育嗎？」朱美說。

「我……我父親呢？還有母親呢……？」

「是的……你們的家庭半自發性地崩壞，你的故鄉只剩下十二名老人。要將這些老人一個個分開，各自給予不同的人生相當困難。但是他們才是繼承了傳說的人，當然不能就這樣置之不理。所以……他們**所有的歷史都被掉包了**。」

「都被掉包……」

「在、在這上面？」

「對……他們被隔離在**成了空村**的戶人村裡。戶人村是個沒有牢檻的監獄，那裡的居民是沒有枷鎖的囚人。不過……居民絲毫沒有這樣的認識。他們相信自己一直住在這上面的土地，累積著歷史。以這個意義來說，他們並非不幸。他們的日常受到保證，只是經驗性的過去，全都置於第三者的管理下罷了。」

「可……可是中禪寺，駐在所的警官說這上面的人似乎是從宮城移住過來的……」

「那是實驗。我記得**那名男子**曾經討論過：習慣性的信仰是否能夠替換呢？」

「這……」

這太過分了！——貫一吼道。

「沒錯……他們保留下來的，只有有限的體驗性記憶而已吧。」

「連生活習慣都掉包了嗎！」

「什麼意思！」

「記憶障礙……這是一般被稱為喪失記憶的障礙。喪失記憶是失去記憶，不過實際上並不是失去，只是無法播放罷了，而這也是一樣。會完全忘記自己是誰，過去是個什麼樣的人。」

「忘掉……一切……」

「是的。可是就算忘掉一切，也不會忘記該怎麼說話，會穿衣服，也會洗臉、用筷子。這些記憶並沒有失去，記憶是有種類的。他們對於土地、場所、自己的來歷和習慣的記憶被掉包了。可是例如……令尊應該還記得你，也有與你的回憶。」

「這……這樣嗎？」

「應該是的。他似乎會收到郵件，寄件人是你的名字。對吧？朱美女士？」

「兵吉先生這麼說。」

「令尊認為你拋棄了他離家出走。如果他覺得悲傷……或許是對於這件事的悲傷。除此以外的事……理所當然的事。

深信不疑的事。

日常受到保證……

但是那種事、那種事……

「我、我不要這樣！……我不接受！」

貫一朝著漆黑的虛空抗議。

「這不是騙人的嗎？全、全部都是假的啊！」

「沒錯。不過總是這樣的，村上先生。做夢的人無法認識到自己是在做夢。圍繞著你的世界是虛假的——這個可能性與圍繞著你的世界是真實的可能性一樣大。」

這……

「就算這樣……記憶被竊取、過去被剝奪，遭到這樣的對待，與其活下去，倒不如死了還痛快多了！不是嗎！老爺子！」

「不是的，村上。」

即使如此，還是活下去的好啊——老人說。

「不管是自己騙自己，還是別人騙自己，只要沒發現受騙，都是一樣的。」

「可是……」

「沒錯。這場實驗也是在測試能夠瞞騙到什麼地步。就像剛才村上先生說的，操作記憶，也等於是改變過去。換言之，能夠在短時間內竄改歷史。這……對於站在**某些立場**的人來說，十分方便。」

「這……這樣啊……」

比任何武器都更強大嗎？

「所以村上先生，接下來你將會見到令尊，但是你所失去的事物，與令尊等人失去的事物並不相同。這部分……請你好好留意。」

貫一思忖。

自己失去的事物……

——爸。

「中禪寺先生……」有馬的聲音。「我還有些事不明白。或者說，我這樣的人實在沒辦法掌握到這個事件的全貌，不過……對了，像是村上老家的東西究竟是什麼？那個山邊甚至做到這種地步都要奪取的東西究竟是……」

「大概……是徐福的足跡。」中禪寺說。

「足跡？」

「我剛才也說過，新宮……並沒有實物。但是有線索。」

「你的意思是，雖然找不到仙藥的消息，卻有徐福行蹤的線索嗎？有什麼記載這些事的古書嗎？」

「不……不太可能有文獻留存。就算有，也應該是後人記錄下來的口述傳說，也有可能是偽書，沒辦法判斷真贋。所以那些線索不是紀錄……而是留存在記憶當中。」中禪寺說。

「意思是，線索在村上親人的記憶之中嗎？」

「是啊。」

——那種東西。

那種記憶……

「我不知道。我……完全沒有那種……我剛才也說過了，我不知道那種了不得的祕密……」

「那不是什麼了不得的祕密。對於傳遞的人來說，那是理所當然之事，反而是一種無聊的瑣事吧。但是，我認為它應該是連延不斷地被流傳下來，而且與其說是祕密，更應該是不足為外人道的事。」

「足跡啊……」有馬說道。「村上一家流傳著徐福的足跡，是嗎？而那個傳說……」

「應該是正確的吧。」

「你怎麼會知道！」

沒聽說過。不知道。不可能知道。就算流傳著……

又有方法能夠確認嗎？

「這個戶人村就是證據。」中禪寺說。

「這、這裡？」

「是的。我認為他們考察村上一族守護的古傳之後，**發現**了這座戶人村。」

謝。」

家族還是解體了。在新宮一地，村上一族的歷史完全消滅了。執行得很完美。山邊先生……甚至還受到感

一族，事實上是被收拾掉了。沒有任何人被殺、沒有任何人起疑、每個人都深信是出於自己的意志……但是

「應該是。調查之後……山邊發現這裡似乎是**真的**。不期然地，印證了村上家的傳說。所以新宮的村上

「所、所以……山邊才會暗中調查這座戶人村嗎！」

「應該……是吧。」

是青木刑警的聲音。語氣顯得很慌張。

「這座戶人村……是與徐福有關的土地嗎？」

「發現？」

——沒錯。山邊是恩人。

是貫一的恩人。直到數天前一直都是……

「請等一下……」

有馬似乎停步了。

「那麼……這個村子，戶人村的人……到底怎麼了？你剛才說這裡成了一個空村？」

「中禪寺先生！」青木大聲問道。「那麼村民屠殺事件……」

「屠殺？這是在說什麼……？」

「那個不死身的君封大人……」

「不、不死身？你、你是叫青木嗎？這是在說什麼？中禪寺，這是……」

「關於這件事……」

黑暗停步了。

接著黑暗朝著擴展在前方的虛無，以嘹亮的聲音呼喚：

「怎麼樣！你要說明嗎！」

誰？有誰在那裡嗎？

走在前面的人……是成仙道嗎？還是……

虛無化為朦朧的團塊，眼前出現了一名男子。

「你、你是……羽田的……」

「對。這位是羽田製鐵董事顧問羽田隆三的第一祕書，也是十五年前目擊到戶人村村民屠殺事件的津村辰藏先生的獨子——津村信吾先生。」

「這、這個人和這個事件竟是這種關係嗎！真、真的嗎？」

青木慌了手腳。看不到津村的表情。

「是的。我……」

「你也是……織作茜的同行者呢。聽說這次的旅行是由你決定日期，安排食宿，還親自駕駛……」

「這……是祕書的工作。」

「哼，津村先生，你走在前頭，聽著我們剛才的談話吧？你知道我是誰嗎？」

「不、不知道。您叫中禪寺先生是嗎？我、我是、呃……」

「令尊過世以後，照顧你們母子倆的……也是山邊先生吧？」

「咦？」

「令尊——辰藏先生由於發現了山邊先生與陸軍的那名男子在戶人村進行的機密作戰……因而喪命，對吧？」

「這……是的。家父是定期拜訪村子的磨刀師。家父目擊到這座村子發生的慘劇，告訴了新聞記者。但是家父被憲兵帶走，遭到拷問，回來的時候已經成了廢人……結果自殺了。這是事實。可、可是……」

「山邊先生這個人，無論在什麼樣的情況下，都不願意殺人。辰藏先生的時候，他也打算設法吧。但是那個時候……山邊先生和陸軍的男子都忙著**收拾這座戶人村**。然而辰藏先生卻把這件事洩漏給報社了。情資雖然能夠操作，辰藏先生卻不能放任不管，於是……他們欺騙憲兵隊，暫時先把辰藏先生軟禁起來。然而……軍方沒那麼寬容。既然聽到辰藏先生是個間諜，就算沒事也要羅織出嫌疑來。辰藏先生被交到山邊先生手中時……已經崩壞了。」

「沒、沒錯。所、所以……」
「所以山邊先生負起了責任。」
「這……」
「你當上羽田隆三的祕書，是五年前，山邊先生剛過世的時候呢。」
「所、所以那是……」
「我就直截了當地說了吧。津村先生，**你被騙了**。或許你自以為騙了別人，但是被騙的其實是你。」
「我？不，什麼騙不騙的……這是在說什麼？」
「津村先生，你策畫利用南雲……來揭露東野的罪行，對吧？」
「什、什麼！」青木大叫。
「可是很遺憾，東野並不是兇手。」
「胡、胡說！」
夜陰中看不清楚，但祕書的表情顯然糾結成一團了。
「東、東野是戶人村大屠殺的兇手！那傢伙進行毒氣實驗，把整個村子毀了。而我父親看到了。所以、所以……」
「那是騙人的。」
「不……不是騙人的。山邊先生確實對我們很好。他有如親人般，照顧貧困的我們母子，我很感謝他。但是後來我才知道這也是出於贖罪的念頭。他為了守住祕密，殺害了我父親……」
「所以說，山邊先生並不打算殺人。如果他打算殺人，老早就動手了。令尊是自殺的吧？那過度的拷問確實成了令尊自殺的契機，所以令尊遭到殺害這樣的說法，就某種意義來說是正確的。但如果這麼說，山邊先生又何必釋放打算殺掉的人？誰也不能保證令尊一定會自殺啊。」
「這……是這樣沒錯，可是……」
「你被**那個人**給騙了。你仔細想想吧。由於山邊先生過世，你被召集了。然後你成了遜於**其他七人的南雲的助手，參加了遊戲**。」

「遊、遊戲？」

「青木，南雲怎麼解釋他為何如此執著於那塊土地？」

「啊，呃，他說那裡有個長生不老的生物，不能交給成仙道和条山房……」

「原來如此。津村先生，你聽說這件事了嗎？」

「我、我……我只告訴南雲說，有人覬覦那塊土地……結果南雲臉色大變，說不可以碰那塊土地、那裡不行……」

「於是你將南雲介紹給羽田。」

「沒……沒錯。」

「對你來說，那是用來刺激東野的手段。不出所料，南雲一建議購入土地，東野就行動了。於是你確信就是東野犯的罪。」

「是的。」

秘書似乎垂下頭來。

「東、東野他……似乎比什麼都害怕那塊土地被交到其他人手中。所以……我心想這絕對錯不了。但是……」

「你不覺得奇怪嗎？」

「哪、哪裡奇怪？」

「就算東野真的進行了毒氣實驗，東野個人也完全沒有非隱蔽它不可的理由。而且若是如此……南雲不想把那裡交給東野，也教人無法信服吧？」

「這……」

「不過……這對你來說，應該是無足輕重的瑣事吧。而且難得你把羽田這個大後盾介紹給南雲，南雲卻完全無法善加利用，兩三下就露出馬腳了。但即使如此，就你而言，只要能夠揭穿東野的罪行就夠了，所以或許無甚關係吧……」

祕書開口了。他顫抖的聲音透露出他的悸動之激烈。黑暗顫抖著。

「您……您說的沒錯，我也懷疑南雲。因為東野姑且不論，南雲的行動也很可疑，有許多教人無法信服的地方。但是如果把南雲放進來，重新勾勒圖像，規模就會變得其大無比，這教我感到不安……」

「此時織作茜加入了。」

「織……織作女士非常聰明，她看透了我的身分，甚至知悉我為了揪住東野的馬腳才接近羽田的事。但是她沒有識破我操縱南雲的事。沒有被識破的理由應該只有一個，那就是因為**我也不知道南雲的真意**。我……有一股衝動，想要和織作女士一起解開所有的謎。但是……織作女士她……」

「織作茜的動向……你沒有向誰報告嗎？」

「報告？您是說向羽田報告嗎？」

「我不是說你的雇主，而是幕後黑手。」中禪寺說。「就是灌輸你東野罪行的人，還有引介南雲給你的人，以及山邊先生過世時，通知你的人……」

「可是……這……」

「東野住在你的熟人經營的長屋吧？這也絕非偶然。那應該也是**那個人**安排的。他打算遲早要利用你。」

「這……是什麼意思？您是說這一切都是設計好的嗎？織、織作女士難道是……被那、那個……」

啊啊，原來是這樣嗎！——津村叫道。

「那麼**那個人**根本不是在協助我嗎！他叫我不要把織作女士給捲入，也是……我、我……」

是我殺了茜女士嗎！——津村傾吐似地叫道，垂下頭去。

「他身為裁判……有必要排除妨礙遊戲進行的人。但是既然他是裁判，也要極力避免與參加者直接接觸。所以他想要為每一個參加者安排助手，如此罷了。而你被看上了。但是，織作茜會過世……不是……你的錯。」

黑暗的聲音也略微顫抖。

「中禪寺！」有馬叫道。「那麼，織、織作茜是被那個人給殺掉的嗎？那個人，就是山邊的協助者，那個陸軍的人嗎？」

「不是的。那個人什麼也沒做。他連一根指頭都沒有動。」

「那到底……」
一道光明忽地逼近。世界恢復正常了。
「喏，各位，登場人物似乎又增加了。」
中禪寺拱起肩膀說道。
「你聽到哪裡了！」
那裡……有個鬍鬚男子穿著像是中山裝的陌生服裝，以及一個打扮相同的眼鏡男子，還有一個穿著破掉敞領衫的光頭男子，以及一名容貌彷彿少年的年輕女子。女子手中握著手電筒，光源就是那隻手電筒。道路大大地彎曲，所以之前一直沒有看見吧。
「小、小姐，妳是……」
「敦、敦子小姐！」
有馬和青木幾乎同時叫了出來。
然而被稱做敦子的女子，卻只是僵硬地盯著中禪寺看。中禪寺無聲無息地走上前去。
「你是条山房的通玄老師吧？」
「沒錯。敝姓張。」
鬍鬚男子答道。
雖然不年輕，但也不是老人。看不出年齡。
中禪寺再踏出一步。
「那位是宮田先生。宮田……耀一先生，是嗎？」
眼鏡男似乎吃了一驚。
「沒、沒錯，你……」
「用不著吃驚，**我是中禪寺秋彥啊**。」
「啊……」
「這次舍妹承蒙兩位多方關照了。我在此向兩位鄭重道謝……」

——妹妹？

手持光源的女子是中禪寺的妹妹吧。貫一望向那張臉。凜然有神。但是那張表情與其說是見到哥哥，更像是遭遇敵人。

張的臉僵住了。

接著他說了。

「其他人怎麼樣我不知道，但你的話我聽見了。你……知道些什麼？」

「全部。」

「什麼？……這樣啊。原來你是白澤啊。那麼……就讓我聽聽這個世界的祕密吧。我也……被騙了嗎？」

「請再稍事忍耐。」

中禪寺這麼說。張點了點頭。

「敦子小姐，妳……回去妳哥哥那裡吧。我的任務似乎就快結束了。河原崎也是……讓你幫忙這麼危險的事，真是難為你了。」

「可、可是老師……」光頭男子說道。「……我不能就這樣袖手旁觀……」

「已經可以了。很快地，**一切就會無效了**吧。對吧？中禪寺？」

「老師……已經了解了嗎？」

「不了解。但是既然布由還活著……某種程度我可以猜測到。是我輸了。」

「老師！」

中禪寺的妹妹望向張。

「敦子小姐。優秀的將領能夠不戰而勝，然而愚蠢的將領卻會為了求勝而戰。想贏的瞬間就已經輸了。我贏不了這個人。」

「老師……」

「語言是賢者用來操縱天地的手段，不是沒有節操的人能夠運用的。回去妳哥哥那裡吧。」

中禪寺的妹妹被這麼吩咐，踩著蹣跚不穩的腳步，走過泥濘的山路，在哥哥面前停了下來。女孩的面容猶如少年般凜然有神，她看也不看哥哥的臉，只是一逕注視地上的泥濘。

「哥……」

「笨蛋。」

中禪寺短短地說，女孩的杏眼溢出一滴淚水。中禪寺以戴了手背套的手抓住她纖細的肩膀，將她推向青木。

接著說：「這是你的工作吧？」

青木扶住搖搖欲倒的女孩。

「你……能夠完美地鎮住這混亂不堪的氣嗎？」張說道。

「這個嘛……請看，神明正在那裡嬉戲著。不快點過去，神可是會累得回家去了……」

中禪寺指著黑暗的彼方。

＊

鳥口疲勞困頓。

榎木津如同鬼神般勇猛，前方的道士和氣道會的成員幾乎都已脫離隊伍，但是敵人不斷地從後面的山路登上來。鳥口抱著哭喊不休的南雲，只能不停地閃躲分不清敵我的人群。

即使如此，韓與岩井、曹與刑部仍然緊貼在山壁上，試圖前進。榎木津的攻擊一如往常，亂無章法，但他似乎明白韓和曹不能擊倒。而兩名心腹因為待在頭目身邊，似乎免於遭到攻擊。

沙沙沙……聲音響起。

——小孩。

小孩子們穿梭在山中的樹林移動。

——糟糕。

榎木津這個人不會攻擊小孩。

不知為何，鳥口認為絕對如此。
他拿著手電筒照過去。
榎木津抓著岩壁上的鎖鏈，皺著眉頭看上面。藍童子可能已經通過了。
榎木津沿著鎖鏈往上爬。
「不要讓他過去！」
刑部叫道。
附近還有他的手下嗎？
岩井抓住鎖鏈，韓跟在後面。
刑部、曹爬了上去，手下也追趕上去。眾人接二連三地追上去。
──要去嗎？
鳥口被吩咐要等待中禪寺抵達，總之只要待在最後就是了吧。趁著還有體力的時候先突破難關比較好。
鳥口扶起南雲。
「大叔，拜託啦。走嘍！」
鳥口抓住鎖鏈。
「師傅！中禪寺先生！」
就在這個時候。
「鳥口！」一道喚聲傳來。
是黑衣的陰陽師。
他的雙眼彷彿勾勒了一圈黑影，宛如狼一般。
「我、我等了好久！」
「這樣。還好嗎？那個人……是南雲先生嗎？」
中禪寺以淩厲的眼神望著南雲。
南雲戰戰兢兢地望向突然登場的黑衣死神，再一次害怕得蜷縮。

「……那個誇張的偵探走掉了嗎？」

「是的。藍童子似乎上去了。」

「原來如此。那不會再有人亂來了，走吧。」

「哦……呃……」

「敦子平安無事，有青木跟著她。」

青木……

鳥口站起來。

青木和敦子走過來了。開襟男子、老人、光頭男子、還有和服女子。此外還有……張和宮田嗎？後面還有人嗎？

「益田呢？」

「還沒到。或許和川新在一起。」

「川島先生……是幫手嗎？」

「他也真愛蹚渾水。」

「磐田的動向還沒有確認……」

「磐田的話……他應該會從另一側過來。修身會的研修結束，他想要下山的時候被困住了。他應該差不多快受不了，翻山越嶺而來了。」

「困住？」

「木場修的妹妹也還沒有回家。研修似乎預定十五日結束，但十四日的時候，成仙道一派與桑田組發生衝突，兩派似乎也立即派了手下趕到熱海那裡，可能又築起了路障之類的吧。修身會想下山也下不來，磐田可能急得像熱鍋上的螞蟻吧。今晚他一定會來。」

中禪寺意外輕巧地抓住鎖鏈，滑過山壁似地消失在夜色當中。

青木和敦子到了。

「鳥、鳥口……」

「啊……不，平安無事就好……」

──沒有什麼話可以說。

鳥口勉強南雲站起來，扶住他的肩膀，默默地跟上中禪寺後面。光頭男子被青木說了些什麼，跟了上來。

「……喏，我們走吧。」

回頭一看。

男子說：「我來幫忙。」

即使越過險惡的關卡，路途也一點都不輕鬆。高低差劇烈，以為有岩石擋路，沒想到卻是泥濘。一行人默默地前進。

然後……

唐突地出現了一座建築物。

沒有門也沒有境界。但是從這裡開始……

「是戶人村。」

老人說。

穿過建築物。

中禪寺往前走。

前方……

成仙道的餘黨堵住了去路。有人搶先了一步嗎？不過好像約有二十人左右，幾名氣道會的倖存者倒在地上，黑衣道士正戒備著。

岩井與韓、刑部與曹僵持不下。

中禪寺馬不停蹄，直往前進。

旁邊的柿子樹上突然有什麼東西「沙」地跳了下來。

「慢死了。我都快睡著了。」

「你根本就在睡吧？」

「猜對了。」

「榎木津先生！」

跳下來的是榎木津。

中禪寺看也不看榎木津，前往走去。

榎木津伸了一下懶腰，朝著對峙的一群人打開雙腳，雙手叉腰。

「哼！」

他大聲說。

「真是不見棺材不掉淚！都已經丟了那麼多下去，雜碎竟然還剩那麼多！」

氣道會和成仙道全都回過頭來。

光頭男子放開南雲。

「那個人……是誰？」

「那是……偵探。」鳥口說。

「偵探……」光頭男子說道，跑到榎木津後面說：「我來助陣。」

「你誰啊？你看起來滿好玩的，不過我不需要別人助陣。這種雜碎對我來說等於不存在。我保證他們光是看到我，就會自己跪地求饒啦！喏，雜碎，快點趴地！不快點躺下，要我特別讓你們躺下也行唷！」

榎木津快活地說。

「把人說成雜碎，你也欺人太甚了吧，喂！」

一名男子推開道士，走上前來。

是個身穿軍服的巨漢。

「我還以為是誰，原來是全天下最無能的偵探啊。你大老遠跑來這種深山幹啥？這裡可沒有你出場的份！這個廢物！」

「木、木場先生！」

擋住去路的……竟是木場修太郎。

「哼！才納悶最近怎麼不見蹤影，沒想到你竟在這種地方當起立方體來啦，這個積木人！我一直覺得你這種四角男不適合都會生活，看這樣子，你是在這裡幹起樵夫來了嗎？真是可喜可賀呀！」

「聽你在那裡胡說八道放什麼屁！這裡啊，誰都不許過！一個都不許過。我說不許過就是不許過，沒聽見是嗎？你的耳朵是餃子做的嗎！啊？」

木場擺出架勢。道士們同時舉起手來。

「我說我要過。」

「哦，這樣？」

木場壓低身體，握住拳頭。

「我啊，從小就一直想把你那張老是一派輕鬆的臉給揍個稀巴爛哪。」

「那是我的台詞，你這個四張半榻榻米男。我也一直想把你那張四方形的臉就像從上游沖到下游的石頭一樣削掉四邊！」

話聲剛落。

榎木津往左側衝去。

木場轉身，道士包抄上去。

榎木津高高躍起，踢倒一名道士。

「快去！」

——中禪寺呢？

——中禪寺在哪裡？

中禪寺……已經過去了。所以……

鳥口這才發現榎木津的「快去」是對他們說的。鳥口拉起南雲的手跑了出去，青木和敦子跟在後面。穿過去。鑽過去。

光頭男子撞上去。

榎木津接二連三地踢開道士。

岩井想要突破重圍。
榎木津撲上岩井。
「你也不准過！」
岩井屈身閃躲。他害怕榎木津。
韓手足無措。
──這傢伙……
韓不會使拳法。
木場架住榎木津。
道士團團包圍在四周。
兩名刑警與和服女子──大概是一柳朱美──穿過去了。張與宮田通過了。
還有另一個……
──那是羽田的祕書。
還有那個人……
──那傢伙是誰？
「快去！」榎木津叫道。
榎木津是在拖延時間嗎？
然後……
鳥口侵入了戶人村。
不應該存在的村子。
應該存在的村子。
消失的村子。
不能夠存在的村子。
厚重的雲層分開，幽陽射入。

眼前浮現出蒼白褪色的風景。
腐朽的家。
傾頹的牆。
雜草叢生的木板屋頂。
吊在屋簷下的褐色蔬果。
一切都渾然一體。
沙沙。
沙沙沙。
是小孩子。
小孩子跑了過去。
小孩子從老舊的屋子後面穿過。
門開了。
屋子裡比黑暗更加黑暗。
屋子的門口是連結現世與黃泉的洞穴。
有人從黃泉走了出來。從那裡走出來的是死人。這個村子的人不是應該全都死了嗎！
如同幽鬼般的老人探出頭來。
接二連三地走出來。
凹陷的眼睛。
虛脫的姿勢。
好暗。
這裡。
這裡……
這裡是妄想的村子……
南雲尖叫起來：「啊啊啊！對不起對不起對不起！」

「來吧！」

鳥口衝了過去。

爸！

後面傳來如此呼喚的聲音。

＊

「是戶人村！」光保叫道。

益田上氣不接下氣。這比箱根的路還要糟糕。

要是沒有川島幫忙，他或許已經放棄了。不管怎麼說，體能衰弱的東野都是個非常沉重的負擔。這趟艱辛的山路幾乎所有的路程都是由益田背負著老人走過。

「噢……幹倒了。」

川島短短地說道，小跑步過去。

疑似成仙道的男子們在地上東倒西歪。

「這毫不留情的踢法，我看是榎木津吧。那傢伙也真是的，一張臉生得那麼可愛，為什麼粗暴成這樣呢？」

川島蹲下身來，抓起兩三個人的衣服檢視後說道。

「粗暴嗎？」

「很粗暴啊。跟修有得拚。你看到懸崖那裡了吧？他竟然覺得把人扔下懸崖就沒事了。明明出身大戶人家，怎麼會這麼沒教養呢？」

川島站了起來。

「我在這裡守著。不過警官大概要到早上才會來吧。要是有誰過來，我會在這裡擋下。去吧。」

益田點點頭。

終於……

「乙松先生，走吧。」

光保說。這個村子已經不再是幻想了。

妄想之國的居民活生生地就在眼前。

益田踏入戶人村。

「好像……沒有人呢，益田先生。去年我來的時候，這裡住著不認識的老爺爺。」

「不……不是沒人。大家剛才離開了，一定是去佐伯家了。」

「佐伯家在這邊。喏，走吧，乙松先生。」

東野垂著頭，咬緊牙關地走著。

到處都是堆積如山的屍體——至少在東野腦中是如此。

哥哥、嫂嫂、姪子、姪女、叔叔、父親、家人。

家人的屍體，家人的屍山。

親手殺害家人的心情。

——然後。

隱瞞到底地活下去的心情。

——難過嗎？

悲傷嗎？就像光保的妄想化成現實，東野的妄想也會化成現實嗎？

那麼……

廢屋。

磨損的石佛。

枯木。

視野變得開闊。

「那是……佐伯家吧？益田先生？」

領頭的光保伸手指去。

——好大。

夜幕攪亂了空間感。

——不。

它真的很大，是一棟宏偉的宅子。門前聚集了許多人。是村人嗎？不……是**現在的**村人嗎？

「啊啊……」

東野嚇下尖叫。

他看成是自己殺害的人了。

「走吧。」

益田拉著東野的手，跑下斜坡。

那裡燃起了篝火。老人們沿著長長的圍牆，三三兩兩地分開站立。經過他們前面時，模糊的誦經聲掠過耳際。老人們全都口口聲聲地念誦著經文。看起來一點都不像活人。簡直是……

——祭悼生者的死人。

「這、這些人……」

光保小小的眼睛浮現慌亂的神色。益田覺得都到了這種地步還感到困惑，實在有些滑稽。

「啊啊，我記得你是……」

光保對老人說道。老人以凝縮了夜色般的無底瞳孔回望他。

「光保先生，不行。跟他們說話也說不通。這些人……」

「可是……」

一名老人突然抓住益田的手。

「什……」

「快點，中禪寺在裡面。」

「你是……」

是在山腳下的混亂中救了益田的老人。老人手中拿著火炬。
「放心。我是下田署的刑警。這個人也是……」
被火炬照亮的另一名刑警……
在哭。
「中禪寺在等你。剛才一個叫磐田純陽的男子現身了。接下來……就只剩下這個人吧？」
老刑警指著東野。
——磐田來了。
「期限……快到了呢。」
光保說。日子又過了一天吧。那麼最後一天到了。今天……
——就是遊戲結束的日子嗎？
誦經聲傳來。
不對，那是啜泣聲。
老人們在哭泣。他們在為宴會的結終悲傷嗎？
或者是……
東野的手在發抖。
——是害怕得發抖嗎？
益田用力拉扯他的手，跑了出去。
來到門前。門扉大開。
裡面有個貌似猴子的禿頭老人。
——是磐田純陽嗎？
穿過大門。
玄關前——
龍紋刺繡的軍服。是韓大人。

還有穿著黑色拳法衣的岩井。
玄關旁邊——一個男子垂頭喪氣，伸直了腿坐著。
是南雲正陽嗎？他的旁邊是鳥口和光頭男子。
矮樹前是穿著中山裝的鬍鬚男子，是張果老。
旁邊戴著眼鏡的男子——是宮田。
他的旁邊——庭石上站著一名少年。
是藍童子嗎？藍童子前面——
是佐伯布由。
還有……
玄關正面。刑部攙扶著一個戴面具的男子。
蹦出的眼珠、黃金面具——是曹方士。
全員彷彿凍結了似地僵在各處。
「啊啊啊啊！」
東野想要逃走。
益田急忙按住他。
「你來了！」
腳踏在大開的玄關門檻上……
一臉凶相的……
黑衣男子瞪視過來。
之前他被曹擋住而沒有發現。
「中禪寺先生！」
「喏，閉幕了。無聊的遊戲結束了！」
「這、這是打算做什麼？你、你這……差、差不多可以給我從、從那裡讓開了吧！」

「刑部，你還沒發現嗎！這裡根本不可能有**那種東西**。」

「什、什麼？」

中禪寺無聲無息地伸出手指。

「你也是，岩井。還有宮田先生。」

「你、你這傢伙在說些什麼！」

「岩井，你還不懂嗎！**我是中禪寺**啊。」

「啊……你、你就是……」

「你們太愚蠢了。蠢到無可救藥的地步。張先生，你應該已經明白了。」

張點點頭。

「我原本就在懷疑。但是這下子……無庸置疑了。」

「什、什麼意思！」

「布由小姐，還有乙松先生。喏，南雲先生也抬起頭來，仔細看個明白。」

中禪寺靜靜地把腳從門檻上放下，就這樣來到曹的面前，扶上他的黃金面具。

「被戴上這種無聊的東西……品味真是太低俗了！」

中禪寺扯下面具，砸在地上。

「喏，看個仔細吧！這個人是誰！」

白髮直伸到肩膀，嘴巴沒有牙齒，宛如洞窟一般，眼睛一片白濁。那是個乾瘦如鶴的老人。

「啊……」

叫出聲音的是布由。

「騙、騙人！這……」

「不是騙人。喏，南雲——不，亥之介先生。你也差不多該抬起頭來了。這才是現實！」

「亥、亥之介？」

「怎麼樣？韓大人！喏，磐田純陽，看啊！」

「哇啊啊啊！」

東野——佐伯乙松嚇軟了腿。

「爸、爸……！」

「這、怎麼回事？中禪寺……你想做什麼！」

刑部退後了兩三步。益田大叫：「這到底是怎麼回事！」

「還不懂嗎！這些人，全都是這個佐伯家的人！聽好了。根本沒有什麼大屠殺。你們根本沒有殺害你們的家人！」

「**你們的家人全都在這裡！**」

「這個人是令祖父，那個人是令尊，那裡的是令叔公，這個垂頭喪氣的人是令兄。還有在那裡嚇軟了腿的是令叔！對吧，布由小姐！」

「我……不敢相信……」

布由如同玻璃珠般的眼睛睜得老大，蹣跚向前。然後她完全喪失自我似地來到南雲面前。

「哥哥……你真的……」

「布、布由……是妳嗎……？」

布由回過頭去。

「爺、爺爺，爸爸……」

半透明的皮膚在篝火不安定的光芒照射下蠕動著。宛如人偶般的女子，此時總算像個有血有肉的生物般……哭了。

光保「噢噢」地大叫。

「是布由小姐！啊啊，這、這個人是……呃……」

「我……是岩田壬兵衛。」

禿頭老人說道，步履蹣跚地往曹走去。曹張著嘴巴，僵在原處。

「哥……對不起。我……」

「壬、壬兵衛……你、你還活著嗎？」

「騙人！這、這是假的！我……」

韓大聲嚷嚷，來到中央。

「我、我把總是盛氣凌人的父親——你！用柴刀砍死了！把攪亂村子和平的壬兵衛叔叔——你！打死了！我把想要破壞規矩的亥之介——你！切斷了你的喉嚨！然後……然後我手一滑……把布由——把妳也給……」

「**那是我所做的事……**」

「怎麼可能……這是噩夢！」

「沒錯……這是一場噩夢，癸之介少爺。但是這是現實。我……人還活著。」

張走上前去，接著在磐田前面蹲了下來。

「玄、玄藏……你也……」

「爸，我也一直以為我用這雙手殺了你。由於你素行惡劣，使得我總是抬不起頭來。所以……無論怎麼盡忠都無法獲得認同的心情……也波及了甲兵衛老爺和癸之介少爺……。可是……我們似乎被騙了。」

張——佐伯玄藏將那張看不出年齡的臉轉向中禪寺。

「喏，這樣……已經可以了吧？中禪寺。請你開示祕密吧。這……是你的任務吧？」

玄關裡看得見敦子和青木的身影，在他們身後的是一柳朱美嗎？

敦子看起來好像在哭。

中禪寺靜靜地戒備著，望向藍童子。

藍童子在庭石上回望他鋒利的視線。

「你……就是中野的先生吧？」

「你是藍童子嗎？原來如此。不好意思……小孩子可以稍微退一邊去嗎？」

「把我叫來的不是你嗎？」

中禪寺只有嘴角露出微笑。

「接下來有大人的事要談。喏……你也差不多該現身了吧！鬼鬼祟祟地躲在那種地方有什麼用？接下來我要說明這個家族的真相。你不在的話，就無從說起。」

中禪寺越過藍童子的肩膀，朝前院池塘怒吼似地說道。

沙……的一聲。

沙沙沙。

孩子們出現在池塘周圍。

不久後，一名男子從暗處現身了。

男子深深地戴著鴨舌帽，背著巨大的包袱，腳上纏著綁腿。那是……

「尾……尾國先生……」布由出聲。

尾國誠一——隱藏在事件背後的催眠師。

益田嚥下唾液。

「初次拜會。尾國先生——不，還是該稱呼你為前任內務省特務機關山邊班的雜賀誠一先生？」

尾國笑了。

「原來如此，你是帝國陸軍第十二研究所的中禪寺少尉嗎？不愧是堂島上校的心腹……不容小覷哪……」

賣藥郎說道，回視驅魔師。

「那是以前的事了。」驅魔師說。

「跟以前現在無關。」賣藥郎威嚇道。「我都已經那樣再三警告過你了，你還不當一回事地插手管閒事，甚至跑到這樣的荒山僻野來，真是辛苦啦。聽說你不是不願意與世人有所牽連，隱居起來了嗎？」

「沒錯。我根本不想再看到你們的臉。然而……你們卻不肯讓我靜靜休養，就是這麼回事。我可是被無端牽連進來的。」

中禪寺將手從懷裡伸了出來。

「哼，中禪寺，你的伎倆對我可行不通。」

尾國舉起右手，張開五指說。

「彼此彼此吧？」

驅魔師慢慢地縮短兩者的距離。

「驅魔嗎？……別笑死人了，中禪寺。為社會、為世人效勞有趣嗎？守護這種社會有什麼用？救這種人又能如何？這不是很有趣嗎？多麼意外的一齣家族重生劇哪。這年頭會為這種事高興的笨蛋，只有腦袋枯竭的劇作家罷了！」

「你沒資格說我。你演的才是……多麼賺人熱淚的人情劇啊……雜賀先生。」

「那是過去的名字了。」賣藥郎說。

「你、你說這傢伙是雜賀！」刑部突然歇斯底里地大叫。「原、原來是這樣！可惡！你到底在打什麼算盤！竟、竟然再三阻撓我！」

「刑部，是你自己太蠢了吧？你應該多多效法一下中禪寺哪。」

「你給我閉嘴！」

尾國才剛說完，刑部立刻大叫，衝上玄關，推開站在前面的敦子，跑進屋子裡。但是青木阻止了他的入侵，唐衣怪人嚷嚷著繞到屏風後面，但很快地就這樣定住了。

「搞什麼啊？慌成這樣，成什麼德性？想嚷嚷的人是我才對哪。看你之前滿嘴大道理，虛張聲勢的，我還以為你是個多麼了不起的大壞蛋，但這樣子跟個喪家之犬有什麼兩樣？」

朱美擋住了他。刑部被朱美罵得往後退去，從木框跌落到泥土地上。朱美就這樣走到木框處，狠狠地盯住尾國的臉。

「沒想到竟會在這種鬼地方再會呢，尾國兄。」

尾國靜靜地別開視線。

「我不想把妳捲入的。」

「讓、讓開！那、那是我的！是我的！」

刑部從華麗的唐衣衣擺中抽出短刀，發出怪叫，攻擊鳥口和光頭男。他是想要繞到庭院去吧。但是一個巨大的影子從草叢裡跳了出來，扭住他的手。

「喂喂喂，這裡可沒有笛子和太鼓啊。你以為你哪來的勝算？連那個老頭子的面具都給扯掉啦。別在那裡做垂死的掙扎啦！」

「你……竟敢背叛！」

抓住刑部手臂的是……木場。

「木場前輩！」

青木從玄關跑了出來。

木場瞄了他的臉一眼，說：

「你這小鬼還滿拚命的嘛。」

青木跑到木場身邊。

「木場前輩為什麼……因為……不、剛才也……呃，前輩和榎木津先生的亂鬥究竟是……」

「你那是什麼學生口氣啊？說那什麼夢話啊？你以為我是什麼人？我和那些呆瓜可不一樣。你也知道我這個人性格扭曲，怎麼可能會中了這些傢伙的蹩腳催眠術！」

「咦？那……」

「那什麼那？青木，你別把人給瞧扁啦，你跟我搭擋幾年了？我說啊，刑部，你這傢伙也是，說什麼背叛不背叛，別笑死人啦！」

「你從一開始……」

「你那是什麼表情？我說啊，刑部，或許你自以為很高明，但是我可是打從一開始就懷疑你啦。別以為每個人都會中了你的伎倆！」

「你……！」

刑部「噫」地尖叫。

「看看你那副蠢樣。我一開始就是和三木春子說好一起入教。因為不管是条山房還是那個小鬼，感覺都太危險了。就在我們懷疑一定有什麼鬼的時候，你們這些傢伙——成仙道竟然自己跑來向我和春子傳教了。你們的手法確實巧妙。我爸快翹辮子了，我媽也瘋得差不多了，妹妹的樣子也不對勁，連我都會忍不住想求神拜佛。可是哪……我總隱約覺得危險。沒多久春子就被抓了。結果你們，成仙道的女人竟然說知道春子在哪裡……」

木場扭起刑部的手臂。

刑部尖叫得就像個女人似的。

「沒道理可以靠占卜知道什麼。要是你們知道人在哪裡，肯定跟事件脫不了干係嘛，混帳東西。這種道理連小毛頭都知道，所以我裝作被你們說動，把春子帶了出來。既然這樣，就順水推舟啦。也不能讓春子一個人留下，所以我想乾脆順便來剝掉你們這些怪物的皮……」

木場罵道。

「可、可是木場前輩，你、你說你怕死……」

青木一臉泫然欲泣。

「當然怕啊。無時無刻都怕。拿掉頭銜，隻身一個人行動時，我總是怕得要命，想著隨時都有可能掛掉。所以我才格外慎重啊。青木，我啊，其實膽小如鼠哪。又膽小又愛唱反調。但是啊，青木，你給我記好……」

木場狠狠地架住刑部。

「要是不敢一頭栽進可能會死的狀況裡，豈不是什麼好玩事都不能幹了？對吧？禮二郎？」

「嘎！」刑部尖叫。

岩井想要溜走，但背後出現一道影子抓住了他。岩井「噫」了一聲，縮起脖子。

「四角人，你偶爾也會說點好話嘛！想要偷偷摸摸溜走也沒用的，這個暴力人！你應該知道你不可能打得過我吧！」

是榎木津。

「榎、榎木津先生，那剛才的……」

「哇哈哈哈小鳥，我跟這個笨蛋修至今為止已經不曉得過招過幾千回啦！那是代替招呼啦！剛才的就跟『你好』是一樣的意思啦！」

「可、可惡……」

宮田轉過身子，瞬間張──玄藏站了起來。

「宮田，站住。我不知道你的底細，但你知道我的本領吧？」

宮田停下來了。

所有的人都靜下來了。

尾國瞥了木場和榎木津一眼，視線回到中禪寺身上。

「中禪寺，你有不少優秀的部下嘛。」

「很遺憾，他們並不是部下，而是孽緣不淺的老朋友。」

「哼。」

尾國狂妄地笑了。

「那個人常說，這就是你的缺點哪，中禪寺。」

「全天下最讓我敬謝不敏的，就是被他欣賞。」

黑衣的驅魔師大大地拱起肩膀，彷彿一隻巨大的烏鴉，與佐伯家一家和圍繞在他們身邊的所有人對峙。

「你、你、這、這是騙人的吧？這才是幻影吧？是你施了法術，給了這個死人的村落生命，對吧？」

東野──佐伯乙松爬行似地接近烏鴉。

「一、一定是這樣的……絕、絕不可能有這種……」

韓──佐伯癸之介顫抖著。

「看樣子這些傢伙身上的魔物還沒有被驅逐呢，中禪寺……怎麼樣？你也看到了，這些傢伙連眼前的現實都無法接受，愚蠢至極。不，就在剛才，他們全都淪為一群蠢貨了。要是你不出現，這些傢伙除了一個人以外，都可以不抱任何疑問地繼續過著自己的日子哪……」

尾國以毫無破綻的腳步離開中禪寺。

「……不知道不是比較幸福嗎？」

賣藥郎嘲笑似地說。

烏鴉一動也不動。

「怎麼樣？中禪寺！」尾國再次吼道。「你真的是遵循你的哲學在行動嗎？事實上你不是在幫忙你最厭惡的事嗎？你很不情願吧？不是嗎！到底究竟是哪邊！」

「根本沒有所謂真實。」

驅魔師毅然決然地說。

「在這裡的是人。同時……你也是。」

「我不是說過，你這招對我沒用？」

「我也說過，彼此彼此。」

「哼。」尾國笑了。然後他說了。「……我懂了，中禪寺。我想你應該也已經做好捨棄你珍惜事物的心理準備，才拖著沉重的步伐前來吧。那麼就讓我看看你的本事吧。」

中禪寺筆直穿過玄關。

不久後……張果老——玄藏站了起來。華仙姑——布由跟上去。韓大人——癸之介、磐田純陽——岩田壬兵衛、南雲正陽——亥之介、東野鐵男——乙松、以及曹方士——甲兵衛跟在後面。

刑部被木場拉起來，宮田被鳥口及光頭男挾持，岩井被榎木津揪著脖子，也跟了上去。後面則是藍童子及尾國。益田與尾國保持一段距離，進入玄關。光保和朱美跟在他們後面。青木與敦子已經在裡面了。

漫長的……榻榻米走廊。

紅殼窗格。

走廊上掛著蠟燭。中禪寺佇足玄關時，裡面的人似乎預先點燈了。眼前的光景彷彿一群死囚行走在通往刑場的地下迴廊。

灰泥雕工的窗戶。

在燈火下搖晃的污垢。髒污。灰塵。

轉了好幾個彎。
地板「嘰」地鳴響。
走廊盡頭處，有一道巨大的紙門。
領頭的陰陽師停下腳步。
「喏，這裡就是你們意欲前來的地點。」
他回頭。
「是你們殺害家人的房間，也是你們全員遭到殺害的房間。是封印了你們過去的內廳，對吧……？」
沒有人回答。
「看仔細吧！」
陰陽師用力打開紙門。
血肉橫飛的……
慘絕人寰的……
家人遭屠的……
屍山血海的……
「這裡有什麼！」
那裡……當然什麼也沒有。
應該已經死去的人們，全都為那裡沒有自己的屍體而驚愕、慌亂，並失去了深信不疑的世界。
陰陽師走到寬闊的客廳中央。
「這裡發生了什麼事……我並未親眼目睹。這原本與我無關，即使我插手，也不能改變什麼。下判斷的是你們……但是……」
中禪寺轉過身來。
邪惡的表情。
他在看尾國嗎？

「……我也是個人，也有無法坐視不見的事。喏，請看。就是這裡。你在這張榻榻米上，殺害了你身旁的家人，對吧？怎麼樣？你也殺了這些人，對吧？你也是。你也拿柴刀砍死了人吧？這裡應該血流成河。但是怎麼樣？這裡並沒有那種痕跡，連個斑點也沒有！這裡有任何死了那麼多人的痕跡嗎！」

中禪寺聲色俱厲地說。

應該死去的人與應該殺了人的人……一擁而上地……進了房間。

與是死者、同時也是兇手的人們有關的一行人默默地跟上來。

客廳昏暗。

究竟有幾張榻榻米大？數不清的紙門圍繞在四面八方。除了紙門，還是紙門。橫梁燻得漆黑。天花板有如切割成四方形的夜空，卻又比夜空更加黑暗。即使容納了這麼多人，空間仍然綽綽有餘。

陰陽師站在疑似壁龕的地方前。烏鴉般的形姿左右各設了一個燭台，蠟燭同樣地在上面熾烈地燃燒著。有灰塵的味道。

房間中央，應該已經死去的異形一家聚在一起，彼此庇護似地坐著。

稍遠處，鳥口、青木、敦子、光保、朱美以及刑部、岩井和宮田各自佇立在各處。木場關上紙門。大廳角落，賣藥郎與藍童子混在家人當中，與陰陽師對峙，偵探就站在他們斜後方。

這種氛圍，只能夠說是異樣。

「這、這是怎麼回事……」

癸之介發問，他是這個家的當家。

幾乎是慘叫。

「……這、這種事教人怎麼相信？我、我記得一清二楚。我用柴刀……把父親的頭……」

「這……我也一樣。所以……可是……」

「中禪寺。」玄藏出聲。「求求你。再這樣下去……我們都要瘋了。我們的記憶……被人玩弄了，對吧？」

本末倒置……

騙人的是被騙的一方……

「沒錯……」

陰陽師沉穩的聲音開始述說。

「昨天……我透過某人的協助，找到了除了各位以外的村民的蹤跡。遺憾的是，我無法找到所有的人，不過確定了十幾個村民的行蹤。」

「真、真的嗎！」

「是真的。小畠祐吉先生，還有久能政五郎先生及阿繁女士夫婦，八瀨重慶先生……」

「祐吉……」亥之介呢喃。

「政五郎……還有重慶……」癸之介摀住嘴巴。

「眾人分散各處……但多半在東北——而且是宮城縣。」

「宮、宮城縣？……為什麼？」

「不知道。不過他們現在都過著普通的日子。聽說祐吉先生去年生下了第二個孩子。」

「他們喪失記憶了嗎？」

「不……他們似乎也還記得這個村子。」

「還……還記得？」

「只是，他們說不願意再回來這裡……」

「那，跟村上刑警……是一樣的呢。」朱美問道。

中禪寺點點頭。

「就是這麼回事。」

「不懂。我完全不懂。」壬兵衛說道。「你是說，村人只是拋棄了這個村子……遷到其他的土地去嗎？」

「是的。這個村子的居民每一個都認為他們是出於自己的意志拋棄村子，自力更生。但是，沒有任何人發現他們是**同時離開**村子的。」

「同時……？」

「十五年前，六月二十日的……數日之後。」

「那一天……」

慘劇發生的日子。

不……應該發生了慘劇的日子。

癸之介渾身一顫，哆嗦個不停。

「那、那……我們究竟……」

「我們就像玄藏說的，是被誰給洗腦了嗎……？」

壬兵衛那張猴子般的臉糾結了。

亥之介全身僵直。甲兵衛抽搐著。

「騙人！這是騙人的！」乙松伸出手來呻吟著。「做、做、做這種蠢事又有什麼好處！有什麼意義！這……」

這……

「這整件事……是某人對你們一家人所進行的一種懲罰。」

陰陽師說道。

「懲罰？……我、我們哪有做什麼……」

「你們大概沒有自覺吧。但是你們**受到矇騙，這件事本身**就是一種罪。」

「不懂你在說什麼……」

「等會兒就會了解了吧。」中禪寺答道。「同時，這也是某人的實驗。不……稱之為實驗，實在是太過火了。這依然只能說是一種……惡劣的遊戲。」

「遊、遊戲？」

「你們……每一位都認定自己是殺害全家人與全村人的兇手。你們如此認定，十五年來就這麼活著。這正是對你們的懲罰。同時……誰會最先發現這是一場謊言？誰會最先發現自己的人生其實是一場幻影？……就是這樣的遊戲。」

「這……怎麼……」

「只有第一個抵達這個房間的人能夠知道真相——就是這樣的遊戲。」

「到、到底是誰……為了什麼！」

癸之介大叫。

中禪寺悲憫地望著剛才還虛張聲勢、充滿敵意的男子。接著他忽地別過臉去。

「這是昭和十年代前期的事……」

終於……

祕密揭曉了。

＊

清晰嘹亮。

是中禪寺秋彥的聲音。

「那個時候……由內務省所管轄的特務機關的一名負責人提案，尋找長生不老仙藥的極機密計畫開始了。他們根據某個村子的傳說，找到了這座神祕的村里——戶人村，佐伯一族。然後……他們確信**它就在這裡**……」

它。

長生不老的生物。

君封大人……嗎？

中禪寺望向佐伯一族。

「但是……他們無法確認。這是理所當然的呢，甲兵衛先生。」

中禪寺對著恍惚的老人說。

「啊……」

突然被問話，佐伯甲兵衛張開沒有牙齒的嘴巴。

他不可能回答得了。

這個行將就木的男子直到剛才還是另一個人──將**那些過去**全部封印起來的另一個人。說起來，就像個才剛復生的死人。

「他們所追求的東西……是你們一族超越時代，守護了幾千年的事物。無論對方是什麼來頭，一個外人突然造訪，要你們開示祕密，你們也不可能輕易聽從。即使來人宣稱是為了國家、為了陛下，也是免談。對吧……？」

「啊嗚啊嗚……」老人開合著嘴巴。

「……例如，民俗學家會為了學問而揭開村子的祕密。彷彿隱匿是一種犯罪行為似的，他們揭露祕密。的確，若是放置不管，祕密將會風化，會斷絕，也會消滅，不復存在……近代就是這樣一個時代。近代化使得民俗社會中的共同體解體了，所以有些事是無可奈何的。或許，會消失的事物也只能任憑消失。但是學者卻說不能就這樣讓它們消失，要加以保護。不過祕密在揭露的階段，就再也不是祕密了。在這種情況下，為了保護而揭露這種悖論是不成立的。一旦洩露就完了，祕密再也不能以祕密的狀態保存下去。觀察者影響觀察對象，是不可避免的現實……」

所以──黑衣男子說道。

「所謂共同體的解體，指的就是第三者的觀點被導入共同體內部。結果迷信儀式之類的事物全部遭到排斥，變得徒具形式，失去了它的本質。就算淪為學者的標本也無可奈何。那種東西是屍骸。除了做為標本以外，留著也沒有意義。但是在比共同體規模更小的集團──家庭裡，它還保留著。學者就算能夠揭開村子的祕密，也無法連家庭的祕密都加以揭露。而且即使把家庭問題拿來宰割談論，也難以得到一個普遍性的解答，有時候還會直接變成歧視問題。所以家庭可以說是現代中最後的封建。但是……戶人村卻非如此。這個村子沒有受到現代化浪潮的直接影響，保存了這些事物，是個罕見的例子。當然，因為所謂戶人……指的就是同一戶的人……」

驅魔師瞪住聚集在大廳中央的一家人。

「……所謂戶人，是意味著家族的古語。」

家族。

原來如此。

答案一開始就明擺在眼前。

「戶人村的祕密……不是外人能夠窺見的。一般的懷柔方法，並無法讓他們開示祕密。對吧？雜賀——尾國先生？」

尾國站在大廳角落。

「對，你說的沒錯。這個村子——不，這些人防心很重。我先是試圖籠絡亥之介、甚八還有祐吉這些年輕人。因為這些人年輕，思慮淺，對於受到古老規矩束縛也感到質疑。但是就算籠絡這些年輕人也沒用。因為就算拉攏三個年輕人，還有五十幾個老人要對付哪。」

「尾、尾國，你……」

亥之介發出驚愕的聲音。

「原來如此。於是你們一夥人想出了一個計策。你們認為除非**把村子淨空**，否則沒辦法調查……」

「把村子淨空？」

佐伯癸之介叫了起來。

「是的。如果這是一般情形……不是將村民全部強制帶走隔離，就是加以殺害吧。但是計畫的策畫人山邊極端厭惡殺人及暴力。另一方面，協助山邊的**陸軍男子**，正研究著如何操縱記憶與人格。於是……某個計畫啟動了。就是將所有的村民遷移到別處的計畫。」

「等一下……」木場修太郎問道。「既然能夠操縱記憶，何必那麼大費周章？只要調查之後讓他們忘記就行了啊。」

「沒辦法這麼做啊。調查之後，如果那是真的，就必須得將它奪走。而且……無論當時還是現在，都沒辦法那麼隨心所欲地竄改記憶。不是一切都可以為所欲為的。對吧，尾國先生？」

「是啊。」賣藥郎冷冷地回答。「山邊先生是個大好人，可是也因為這樣，工作棘手極了，乾脆殺了不曉得有多省事。山邊先生交代，要讓所有的村人自發性地離開村子。所以我來了村子好幾次，設下機關。」

「什、什麼樣的機關！」

青木文藏問道。

「很簡單啊。只要讓村人的不滿浮出表面就行了。每個人都有不滿啊。就算旁人看起來恩愛美滿的夫妻，還是和睦的親子，都不可能完全沒有不滿。比起守住傳統的大義，日常無處排遣的不滿，累積起來對人的負擔更大。俗話說情人眼裡出西施，這是真的。但是反過來說，西施看久了也可能變東施啊。那個說……要來確定看看哪邊才是真的。」

「好……好過分……」

那麼——布由雙手撐在榻榻米上，斷斷續續地說。

「那個時候……村子裡會變得殺氣騰騰，也是因為……」

「是啊。」尾國聲音陰沉地說。「是我這麼設計的，但是我並沒有騙人，也沒有誘導，而是每個人內心都積壓了大量的不滿。討厭老公、嫌老婆煩、公公礙事、痛恨婆婆……這不是很有意思嗎？明明這麼厭惡彼此，但是在我接觸之前，眾人卻都和樂融融地過日子。你們一家人也是啊，布由小姐……」

尾國指著布由說。

「當時妳看起來很幸福呢，這裡的每一個家人都很疼愛妳哪。可是……其實妳非常嫌惡儘管有著血緣關係卻對妳抱持性欲的哥哥。妳也怨恨視而不見的母親。父親隨著妳年紀漸長，看起來愈來愈卑賤；相反地，祖父只會強迫妳們遵守莫名其妙的規矩；而叔叔成天只知道傻笑，完全不知道心裡在想些什麼，這些人全都一樣討厭。對吧？不是嗎？不，妳就這麼說過。妳清清楚楚地親口對我這麼說過。」

「住口！住口！」佐伯布由叫著，掩住耳朵。「可是、可是我……」

「那是妳的真心話。」

尾國指著佐伯亥之介。

「亥之介先生，你也一樣。你把對親妹妹發情的自己撇在一旁，卻說你最痛恨墨守成規的父親，但其實這是你反面心情的顯露。你滿腦子只擔心自己心儀的布由會不會被甚八給搶走。就算你再怎麼喜歡布由，你們都是兄妹，這段戀情根本無法實現。但是甚八不一樣，布由小姐非常有可能被甚八給吸引。所以你只好這麼想：甚八只不過是個下人，而我可是主人——你打從心底這麼想，對吧？然而因為你公開標榜廢除身分制度，所以表面上只能無可奈何地平等對待甚八，其實內心是萬般不願意。你很扭曲，事實上你根本就歧視甚八，覺得甚八根本就是個卑賤的下人，對吧？」

「嗚哇！」亥之介大聲嗚咽起來。

尾國指向玄藏。

「玄藏先生，你也是。你表面上對本家恭順，盡臣下之禮，但是其實你心底根本無法接受，心想自己也是主家血統，為何得住在村子郊外，服務原本是下人的村民不可？這一切全都是父親的錯。至於你的兒子，甚至被當成下人使喚，你一定不甘心極了，對吧？」

「我不否認。」玄藏說。

尾國指向顫抖的老學究。

「乙松先生，你認為家人把你當成只會吃閒飯的廢人而疏遠你，還認定村人輕蔑你。甲兵衛先生，你無法忍受村人毫無批判的景仰，使你不得不統率村子；因為兒子癸之介無能，你的負擔怎麼樣都無法減輕。癸之介先生也一樣，上代當家的眼神對你來說只是一種壓抑，不僅如此，你的老婆初音女士……」

「住口！不要再說了！」佐伯癸之介嚷嚷，抱住頭趴伏在榻榻米上。「那、那種、那種事……」

「不就是事實嗎？」尾國快步走上前去。「正因為是真的……你們才會認定是自己殺了全家人。如果你們內心坦蕩，就不會……」

「囉嗦！」

這次換成亥之介大叫。

「我、我的確喜歡布由。我喜歡布由。我也打從心底歧視甚八。可是、可是……」

「可是……」益田龍一激動地接下去說。「可是那是家庭的問題！無論是怎麼樣的家庭，多少有都這樣的黑暗面。即使這樣，做哥哥的也不會真的對親妹妹出手、或是真的殺害父親啊！不會做那種事的。不會的。絕對不會……」

「他們不就動手了嗎？」尾國說。「就算實際上沒做，他們也認定自己做了，不是嗎？那不就一樣嗎？事到如今還說這什麼話？你們全都禽獸不如。不，不只是你們。幾乎所有的人都是禽獸。沒有哪個父母聽到小鬼哭號而不覺得煩，也沒有哪個小鬼被父母責罵而不覺得氣憤。就算實際上沒有動手，只要心裡想要動手揍人，骨子裡就是惡鬼。沒有動手，只是因為沒骨氣罷了。」

「才、才沒那回事！」

益田絞盡聲音叫道。

儘管他無法明確地做出反駁。

「那、那種事……」

「別這麼賣力啊，小哥。」尾國看也不看他地說。「當然，反過來的情形也是有的吧。但是保證相反情形的絲線很細哪。家庭的羈絆這玩意兒，比蠶絲還要脆弱哪。過去我不知道，但是現在不就如此嗎？證據就是……這個村子的人只是稍微刺激一下，全都四分五裂了哪。」

賣藥郎厭惡地說著，中禪寺彷彿要刺上去似地瞪著他，開口了。

「就像這個人說的……戶人村的居民處在一觸即發的狀態下，這是事實。既然事已至此，接下來只要為每個人準備不同的人生就行了。只要一個個連根拔起，村子就會自然崩解。應該如此……」

「這……和熊野的村上一族一樣呢。」一柳朱美說。

「是啊。這個計畫等於是熊野的先行計畫。這個做法在緊接著的熊野村落進行得很順利。但是這個計畫在戶人村卻沒有成功。不，是無法成功……」

「為什麼？」青木問道。

「出事了。對吧？尾國先生？」

尾國沒有回答。

「出事……？」

沒有發生過大屠殺。可是……

「不折不扣的事件，是殺人事件。發生了絕不能夠發生的事……不對嗎？尾國先生？」

「說得一副你親眼目睹似的……」

「證據的話，就在這裡。」

中禪寺望向自己背後的壁龕。

「什、什麼！」

到底發生了什麼事！——岩田壬兵衛說。

「直到剛才，我都一直深信我把這裡的——哥哥的家人全都殺死了。可是那似乎不是事實。那麼到底發生了什麼事？這裡發生了什麼事？」

中禪寺環顧一家人。

「這是很簡單的減法。只要看看在場的佐伯一家人就明白了。請各位看仔細。在這裡的人，並不是佐伯一家的全家人。首先，當家的妻子——亥之介先生、布由小姐的母親初音女士不在。還有玄藏先生的兒子——壬兵衛先生的孫子甚八先生也不在。相反地……」

中禪寺靜靜地指向房間角落。

「……那裡……多了一個人。」

藍童子站在那裡。

「怎麼回事？」

木場修太郎問。

「**甚八先生被殺了**。十五年前。大概……**是被初音女士**……」

「怎、怎麼可能……」

癸之介立起膝蓋。

「不可能有那種蠢事！初、初音才不會殺人！更不可能把甚八……甚、甚八……」

「你心裡有底，是吧？」中禪寺問道。

「這……」

「就像尾國先生說的……你認為自己就算會殺害一家人也不足為奇，對吧？這十五年來，一直……」

癸之介垂下頭去。

布由變得一臉慘白。

「中禪寺，你知道得真清楚哪……」

尾國不懷好意地一笑。

「……中禪寺說的沒錯。玄藏先生，你的兒子甚八啊，是個罪大惡極的傢伙。我只是稍微刺激他一下，他就本性畢露了。」

「他、他做了什麼！」

「他強姦了初音女士。」

「啊啊……」癸之介叫出聲來。

「癸之介先生，你隱約察覺了吧？沒錯。甚八愛上了你老婆哪。」

「住、住口！不要胡說！」

癸之介搥打榻榻米。

玄藏望著他。

尾國口氣冷徹。

「這不是胡說。因為你的老婆……就像現在的布由小姐一樣是個大美人哪。對年幼失恃的甚八來說，初音女士完全就是聖母。他無法克制啊。玄藏先生，有其父必有其子哪。你也愛上了初音女士，對吧？」

玄藏默不作聲。

癸之介抬起頭來。

「嘿嘿嘿，好不容易見了面，這下子場面真難堪哪。我可是聽甚八本人親口說的，說他喜歡初音女士，愛得不得了哪。那一天，甚八就像要發洩抑鬱的日常煩憂似地……侵犯了初音。就在這裡，這個地方。我看見了。他簡直就像頭野獸。壬兵衛先生，就是你跟我一起來到這裡的那一天。」

壬兵衛望向兒子玄藏，接著視線落向榻榻米。

「壬兵衛先生，你這個人真的很方便。你只因為生為次男，無法獲知祕密；最後自甘墮落，被趕出家門。你被岩田家收為養子，卻又引發糾紛，不管去到哪裡，都會惹出麻煩。你這個人徹頭徹尾無法認清現實。你總是對自己過大評價，想要讓只是虛像的偉大自己去契合社會。即使如此，你還是每年回到村子裡，攪亂村子的安寧……。你這個人真是太好玩了。我打算利用你，徹底擴大佐伯家的隔閡。但是我沒有必要這麼做。因為我把你帶回來的時候……這個家已經一塌糊塗啦！」

「嗚嗚……」亥之介呻吟。

「家庭就是這樣。一旦產生龜裂，根本不堪一擊。你們在家門外、玄關前爭執不休的時候，甚八正在裡面的房間按倒初音，凌辱她呢。我真是戰慄了哪……」

尾國掃視眾人。

「那個時候我還年輕嘛，多少還相信著親情應該遠勝於一切吧。當時我也心想，只是我在旁邊這麼煽動，家族也不可能崩壞吧。然而事實上怎麼樣？太簡單了。簡單得教人說不出話來。我渾身寒毛倒豎哪。事情結束後，甚八道歉了。但是啊，初音女士不原諒他。她一臉凶相……拿著甚八用來脅迫她就範的柴刀……一路把他逼到壁龕那裡……一刀劈開他的腦袋。」

「呀啊啊啊……！」布由尖叫，站了起來。「母、母親……母、母親！」

玻璃珠般的瞳眸反射出幽微的燭光。

那裡倒映著過去。

布由慢慢地後退。

「沒錯……妳**目睹了這一幕**，布由小姐。」

佐伯布由……

她記得的應該是自己用柴刀砍上愣住的哥哥額頭。

「初音女士錯亂了。其實她……是你們當中壓抑最深的一個。妳的母親，斬向噴出腦漿的甚八脖子……」

將父親的脖子……

「……用柴刀朝他的後腦勺砍了兩次。」

將祖父的頭……叔公的後腦勺……

布由記得自己對家人做的事……全都是母親初音對堂兄甚八所做的事。

「母親她……母親她……」

布由如同風鈴般的聲音在大廳迴響。

「妳一定很害怕吧。玄關前，男人們正大聲爭吵。妳受到驚嚇，才逃進這裡來吧。結果卻看見母親砍死了傭人。我忘不了妳那個時候的表情哪。妳連叫都叫不出來，只是爬進房間裡，抓住茫然的母親……」

布由搖搖晃晃，終於倒下來了。中禪寺敦子跑過來。尾國瞇起了眼睛。

「不許殺害任何人……」

中禪寺說道。

「……山邊先生如此嚴命，所以你一定慌了手腳。於是……你決定先隱瞞這件事。無論如何，你都想避免驚動警察吧。所以你……對布由小姐下了催眠誘導嗎？」

尾國默默地背向中禪寺。

「做那種事有意義嗎？」木場說。「那種事只要壓下來不就得了？你上頭的老大是內務省吧？」

「事情沒那麼簡單。世上有些事做得到，有些事辦不到。就算是官僚，也不一定就什麼都辦得到。無論什麼樣的情況，這類偽裝工作能夠壓到最小，才是上策……」

沒錯。這才是……常理。

殺害五十人這種事，原本就不是可能隱瞞的規模。

會相信這種事根本是愚蠢。

「……而且，我想他們第一個考慮到的是事件對村人造成的影響，就算表面上成功隱匿，也無法堵住村民的嘴。而且原本已經四分五裂的村民，也很有可能因為這件事而重新團結起來。佐伯家也是，如果發生了如此重大的事……根本沒功夫去開示什麼祕密了。萬一那樣就糟了。沒時間了……」

尾國慢慢地回頭，望向驅魔師。

「對……因為**那個人**不得不動身出發去大陸，確實沒時間了。我對布由小姐，對妳下了強烈的暗示，讓妳去了山腳下的駐在所。幸好妳因為打擊過大，陷入心神喪失狀態，我輕而易舉地成功催眠妳。我讓妳更衣，洗手，叫妳快跑。我指示妳，無論如何要駐在所聯絡山邊先生就是了。駐在所的警官也已經事先買通了。」

「剛才我從警官本人口中聽說了。有馬先生的話，人就在外面。」

「呵。」尾國的臉頰抽動。「中禪寺……你真是滴水不漏哪。」

「不是。是你把他招來的。」

「或許吧。」尾國笑道。「讓布由小姐跑到山腳後，我急忙藏起屍體。幸好殺人是在壁龕那邊進行的。那一帶雖然化成了血海……但榻榻米並沒有弄得太髒。而且喏，那個時候其他人為了不讓壬兵衛闖進這兒，正鬧翻了天。沒有任何人進來這個房間。我仔細地擦掉血跡。不過沒能完全擦拭乾淨哪。那一帶還留有污漬吧？」

尾國指向中禪寺那裡。

沒有人去確認。

「我把初音搬到房間，讓她入睡，暫時到山腳下去請求指示。那個時候……你們還在為了不讓壬兵衛進來而吵鬧。真是蠢，蠢得無可救藥。你們的老婆、母親發生了這麼嚴重的事，卻絲毫沒有注意到！」

尾國站在他們前面，俯視一家人。

癸之介及亥之介跪倒在榻榻米上。

「你們根本是人渣。內廳的祕密比那個女人還重要，就是這樣吧！」

尾國瞪了佐伯一家好一會。

「尾國先生，你也太激動了吧……？」

這不是你自己設下的陷阱嗎？——中禪寺說。

「甚八先生會侵犯初音女士、初音女士會殺害甚八先生、這些人會沒有發現，只顧著爭吵……追根究柢，全都是因為你設下的陷阱啊。你在憤慨些什麼呢？」

「囉嗦！」尾國說道。「總之，已經沒有退路了。我向山邊先生建議，無論如何都要強行調查的話，只能強制收容居民了。但是即使如此，山邊先生還是拒絕**那類做法**。山邊先生說，一旦將他們收監，就再也不能把他們放出來了，奪走他們一生的自由，和殺了他們沒有兩樣。」

「所以……才會冒出**那個人**嗎？」

中禪寺厭惡至極地說。

「沒錯。最後決定把駐在所警官移到其他地點……迅速地將戶人村解體。」

「迅速地……？怎麼做？」

鳥口守彥問道。中禪寺靜靜地移動那凶狠的視線。

「使用藥物，讓村人同時陷入譫妄狀態。然後將他們帶出村子，隔離在別的地方以後，賦予他們新的人生——是這樣的計畫。不……是實驗吧。」

「藥物……實驗……那剛才說的事……」

青木說道，望向玄藏。

但是中禪寺並不是看著玄藏，而是看著不知所措地站著的眼鏡男子——宮田。

「於是你被派遣過來，宮田耀一博士。」

「什麼……？」玄藏回頭。「宮田……你……」

「不只他一個人。負責移送村民任務的人是你吧……？岩井崇中尉。」

「岩、岩井！」癸之介叫道。

宮田也望向岩井。

中禪寺瞪上去。

「然後收拾善後的人是你，刑部昭二博士。」

「刑、刑部……」

「你就是刑部博士嗎！你就是那個……」

宮田叫道。中禪寺看出他的臉色。

「你們認識十幾年，這是頭一次見面嗎？……聽好了，這些傢伙全都是與陸軍第十二特別研究所有關的人，換句話說，他們都是**那個人**的屬下。」

中禪寺拱起肩膀。

「那……宮田，你早就知道一切……」

玄藏瞪大了眼睛。一臉和善的娃娃臉男子在幽暗中取下他的圓框眼鏡。

「嘿嘿嘿，通玄老師，我早就知道了，我當然知道了。正因為知道，我才會接下這種愚蠢的宴會幹事工作啊。」

「你……你說什麼？那麼你們三個人都……」

「不是。」宮田說道。「我們……不知道彼此的長相和身分，也不知道與事件有什麼關係。所以我不知道韓流氣道會的岩井就是那個岩井中尉……也完全沒想到那個音響催眠術的刑部就是成仙道的幹部。不過……這種事或許稍微一想就知道了吧……」

「沒錯。玄藏先生，甲兵衛先生還有癸之介先生，你們都被你們的親信隨心所欲地操縱著。然後亥之介先生，操縱你的是他。」

微微開啟的紙門縫隙露出一名男子的身影。

「你、你是津村先生……連你都……」

津村信吾。羽田隆三的第一祕書。

「津村先生……是唯一目擊到這場惡魔計畫的平民——巡迴磨刀師津村辰藏的兒子……」

津村看著尾國。

「這只是我的推測。不過……既然宮田博士和刑部博士不知道尾國先生的真面目，這個推測應該不會錯。尾國先生，你將布由小姐送出村子後，帶著初音女士……離開村子了，對吧？因為**那個人**吩咐你，說接下來的事，陸軍會處理……」

尾國撇過頭去。

「……取而代之地，宮田先生，你進入村子，接二連三地襲擊村人。只要使用你的藥，這應該易如反掌。一碰上就噴藥，就能使人陷入渾然不覺的狀態長達兩天。接著，岩井部隊再將村人帶走……」

「我……我只是執行我身為帝國軍人的任務。是長官……堂島上校……可是……」

岩井在榎木津的束縛中辯解似地說。中禪寺朝他送上輕蔑的視線。

「津村辰藏先生……應該是岩井部隊前腳剛走，他後腳就進了無人的戶人村。那個時候，村子裡空無一人。不，那裡只有甚八先生的屍體……。我不知道辰藏先生是否目擊到屍體，不過他發現到異狀，告訴了報社……」

「這樣啊，這個人就是那篇報導的……」

「是那篇報導的目擊者的兒子啊……」

益田與光保公平交互說道。

「然後流言傳開了。刑部先生，你被指派平息這些流言。」

「三木屋的女兒真是教人頭大……」

刑部在木場前面說。

「因為她和其他居民不同，有父母住在外頭。不過祖父母與父母不和，好像幾乎沒有交流。問題是那個磨刀師，不能置之不理。」

「但是人手不足，對吧？雖說已經移送，但戶人村的居民也不能就這麼丟著不管。尾國先生，你全副心神都在處理那邊的問題是吧？」

「對。譫妄狀態持續不久。我趁著那段期間，決定每個人的去向，並施以強力的後催眠。再怎麼說都有五十幾個人，不是件易事哪。」

「但是辰藏先生到處宣揚。於是那個人……派來憲兵隊，把辰藏先生帶走了……」

中禪寺轉向尾國。

「……山邊先生知道這件事嗎？」

「後來知道了。要憲兵抓走一般百姓……這不是山邊先生會做的事。而且還是欺騙憲兵說他是共產黨間諜，讓憲兵抓走。要制住警方、讓報社閉嘴都很簡單……但是就算山邊先生是內務省的特務機關負責人，憲兵隊也不在他的管轄範圍。雖然特高和憲兵隊彼此有合作關係哪，但還是沒辦法輕易地要回那個磨刀師。」

中禪寺望向津村。

「就是這麼回事，津村先生。山邊先生他……真的對你們母子感到很歉疚。」

津村深深地垂下頭去。

尾國繼續說道：「嗯，山邊先生非常擔憂。我和他也為了這件事吵過很幾次。但是那個磨刀師不知道為什麼，被各個憲兵隊推來推去。」

「推來推去？」津村問道。

「對。從靜岡到東京、山梨，然後是長野。每次山邊先生一出手，人卻已經被移走了。」

「是那傢伙指使的嗎？」中禪寺說。

「不知道。結果……最後是以由特高接收這樣的形式，硬是把人搶回來了。那個時候憲兵的數目大增，素質也大為低落。人雖然是搶回來了，但卻已經精神異常了。最後對他進行偵訊的長野的憲兵將校……是一柳史郎──妳的老公。」

尾國說道，瞪住一柳朱美。

「朱美女士，妳的老公似乎非常厭惡憲兵這個工作哪。非常難得。憲兵這種人啊，只要聽到一聲『反對戰爭』，就絕對不會手下留情。他們是一群什麼都不懷疑、頭腦單純的傢伙。然而……妳的老公不一樣。所以我們擔心他或許從那個磨刀師口中聽說了什麼，並信以為真。所以我……才會被派去監視妳的老公。即使退伍之後……也一直監視著。」

朱美以有些憐憫的眼神望了尾國一眼，說道：

「那還真是辛苦你啦……我家主人可是一丁點都不曉得這種事哪。再怎麼說，他都是個拷問別人之後，當天晚上連覺都睡不著的膽小憲兵哪。他一定也沒能從那個人口中問出半點蛛絲馬跡吧。」

「我知道。」尾國說道。

中禪寺似乎沒有錯過賣藥郎那細微的表情變化。

「朱美女士……」

中禪寺注視著尾國說。

「這個人對於女性似乎特別心軟。所以至少……他對妳應該一直是真心相待的。」

「咦……」

「當然，他隱瞞了自己的身分……不過組織老早就已經解散了。這個人現在確實是個不折不扣的賣藥郎……」

「中禪寺，你胡說八道些什麼！我已經說過，你的伎倆對我行不通！」

尾國大聲說道。

「這樣嗎……？那麼你為什麼……要藏匿初音女士？」

「我、我才沒有藏匿她！」

「是嗎？但是……你不是只讓初音女士一個人免於參加這場殘酷的遊戲嗎？這是為什麼？」

「那個女人……」

「懷孕了……是嗎？」

「懷孕……？」一癸之介抬起頭來。「初、初音她……懷孕了？」

「沒錯。初音女士她……」

「囉、囉嗦！你給我閉嘴！中禪寺！」

尾國踏出兩三步，舉起手來。

「那……那個女人……」

「初音怎麼了！」一癸之介吼道，站了起來，撲向尾國。「初、初音在哪裡！你這傢伙，喏，你看！亥之介和布由都還活著！父親大人和乙松也還在！為什麼只有初音不在！把初音交出來！」

尾國閃過身子，然後背過臉去。

「那個女人……死了。」

「死……死了？胡說八道。我才不相信。誰會再相信你的鬼話？全都是騙人的吧？全都是假的！這十五年來，我們一家人過的人生都是虛假的吧！喏，快把初音交出來！」

「所以說，那個女的已經……」

「她過世了。留下那個孩子……」

中禪寺舉起戴著手背套的手。

他的手指前方，

巨大的紙門前——站著藍童子。

「什、什麼？」

「藍、藍童子……」

藍童子只是站著，毫無反應。

「他……就是初音女士生下來的孩子。藍童子——彩賀笙。姓氏的字雖然不同，但他是你扶養長大的吧？雜賀先生？」

尾國那張平坦的臉上，眉間刻畫出嫌惡的縱紋。

「你、你說什麼……？」

癸之介吼道，看了藍童子一眼，彈起來似地撲向賣藥郎。

「你、你把初音……把我的妻子……！」

不知道為什麼，尾國一反常態，慌張地躲了開去。他退縮了。

「不、不是！他、他是甚八的孩子。那個女人遭到凌辱而懷孕了。我……」

「尾國先生，太不像話了。你何必慌亂呢？無論那個孩子的父親是誰，你都主動藏匿了初音女士，並讓她生下那孩子，把他扶養長大了。」

「雜賀！這是真的嗎？」刑部問道。

「山……山邊先生他……」

「你要說這是山邊先生的指示嗎！」

「囉嗦！閉嘴！中、中禪寺，你想說我對那個女人有什麼特別的感情嗎？你錯了。只是因為那個女人懷孕罷了。山邊先生指示我，要讓她生下孩子。可是那位大人說……不能讓初音一個人有特別待遇。但是那個女人、初音她……生產後日益衰弱，很快就死了。所以……」

尾國背對藍童子。

藍童子冷冷地望著他。

「所以……他才會代替初音女士，被迫參加這場遊戲。不過……他是鬼牌。」

遊戲。

尾國彷彿與在場的所有人為敵似地，站立在房間正中央。

賣藥郎看起來確實被孤立了。直到剛才，這個人還高高在上，彷彿操縱著在場所有的人……

中禪寺……

不為所動。

絲毫不為所動。

他已經確信能夠在熾烈的唇槍舌劍的最後獲勝嗎？

另一方面，尾國亂了陣腳。真難看。他指著癸之介。

「喂，癸之介，看你擺出一副老公的嘴臉，但是你可曾經為你的老婆著想過嗎？喂，你們……你們每一個都是，有誰曾經為那個女的——為初音著想過？我不知道你們是夫婦還是親子，可是你們每一個都只會厚著臉皮賴在家人上頭，只顧著牢騷抱怨！」

你們是人渣！——尾國激憤地說。

「初音都告訴我了。她告訴我，自從她嫁進佐伯家以後，遭到多麼殘酷的對待、受到多麼嚴重的壓抑。即使如此，初音還是疼愛自己的孩子。這件事你們曾經思考過嗎？如果真思考過，你們覺得自己有資格抱怨嗎！」

「各位，你們都聽見了嗎？剛才那番話就是這個人的真心話。」

尾國赫然一驚，望向中禪寺。

他瞪大眼睛，張大嘴巴。

「這個人——尾國先生，對於母性懷有強烈的憧憬，同時他對家庭有著極深的執著。同時他也以強烈的自我催眠，否定這樣的感情。」

「住、住口！」

「我怎麼能住口呢？如果你的伎倆是後催眠，那麼我的武器就是語言。但是尾國先生，催眠術這種東西，畢竟只能對潛意識述。而語言呢，它不但對前意識有效，也能夠確實傳進潛意識。動輒使用催眠術的傢伙……是二流的。」

尾國沉默了。

「佐伯家的各位。剛才這個人所說的，就是你們所犯下的……罪。」

「罪……」

「不去為母親著想、不了解母親的心情，然後為了各自的事不滿……這是罪嗎？」

「沒錯。這個人無法忍受。你們一開始應該會像其他村人一樣，在別的地方度過不同的人生。但是初音女士過世以後，尾國的想法改變了。這個人決定懲罰你們。他認為既然你們這麼憎恨彼此……就讓你們憎恨個夠吧。他讓你們認定你們殘殺了彼此。既然懷有罪惡感，就為此痛苦到底吧。若非如此……你們就是真正的禽獸。」

「好過分……」中禪寺敦子說。「這……可是、可是布由小姐不是打從一開始就有了殺戮的記憶嗎？」

「記憶是後來回溯竄改的。在昭和十七年的階段……」

「布由小姐……當上旅館女傭那一年？」

「沒錯。是布由小姐發揮她身為華仙姑的能力的時候。那一年，山邊先生失勢，陸軍第十二特別研究所成立了。那一年……尾國誠一懲罰了佐伯家的每一個人。但是有個傢伙說……光是這樣沒意思。」

「什麼叫沒意思……？」

「就如同字面上的意思。然後同一年，甲兵衛先生成了曹真人，癸之介先生成了韓大人，亥之介先生成了南雲正陽，乙松先生成了東野鐵男，玄藏先生成了張果老……而岩田先生成了磐田純陽……」

中禪寺拿起蠟燭。

「……無聊。實在像是崇拜中國的**那傢伙**會開的低劣玩笑。何仙姑、張果老、韓湘子、曹國舅，這是……八仙。」

「八仙？」

「明太祖的孫子周憲王寫了一部雜劇《八仙慶壽》，就是這部雜劇中出現的八位仙人。類似中國版的七福神。八仙經常被畫在慶賀的畫上。那個人就是將這些人比擬為八仙。」

「比擬？」

「或許是附會吧。你們的假名是自己想出來的嗎？怎麼樣？岩田先生？」

壬兵衛露出一副莫名其妙的表情。

「你們應該不記得。其他的八仙……漢鍾離，字雲房，號正陽子。南雲正陽這個名字肯定是從這裡取的。呂洞賓，道號純陽子。東野鐵男則是從東華教主李鐵拐來的吧。藍童子……是藍采和。會把雜賀的雜字改成彩，一定也是為了配合采字。你們都被玩弄了。然後……**遊戲開始了**。」

「遊戲……」

玄藏斷斷續續地呢喃。

「多麼殘忍的……遊戲……」

「沒錯，惡劣到了極點的殘酷遊戲。但是，只有遊戲的主辦人一個人不這麼認為。**那個人**曾經對我說，他在進行一場有趣的遊戲，讓崩壞的一家人彼此競爭，看看到底誰比較強？他還說他正在個別做準備，等到戰爭一結束就正式開始。」

「戰爭一結束？」

「那個人……早就預料到日本會戰敗。他和站在那裡的岩井先生不同，一點愛國心都沒有……」

岩井瞪大了眼睛，做出反應。

偵探用力按住他。

「讓、讓一家人競爭，是什麼意思？」癸之介問道。

「你們每個人都受到罪惡感折磨。對你們來說，戶人村是絕對必須封印起來的場所。幸好，戰時它受到封鎖。但是……封鎖遲早會解除，那麼一來，只能先早一步前來這裡，湮滅證據才行。所以你們會開始行動。但是……」

「啊啊，原來如此。他們都認定對方已經死了，所以……」

「沒錯，他們絕對不會想到對手就是自己的家人。而且要是自己的罪行曝光，一切就完了，所以他們絕對不會說出真相。就算要拿到土地，也會編出一些有的沒的理由。什麼地相佳、立地好，千方百計欺騙周遭的人。所以狀況更顯得莫名其妙了。你們每個人都認為有許多可疑的人馬出於各式各樣的理由想要這塊土地，對吧？戶人村裡隱藏著自己犯罪的證據，所以絕對不能交給別人。你們爭先恐後地……開始抗爭。由於彼此欺騙，事態更形混亂。」

「真的太殘忍了……」中禪寺敦子呻吟。

「殘忍。沒錯，很殘忍。正因為殘忍，**那個人**才覺得有趣。然後，他給了你們每個人武器，好用在抗爭上。」

「武器？」

「對，武器。你們以各式各樣的形式，被傳授了那個人從中國弄來的各種東西。練丹、氣功、風水、老莊思想、民間道教、占卜……」

彼此排斥的魑魅魍魎。

根源只有一個。分岔之後……髮尾也只有一個。

「所以你們被給予的新人生，一面為自己的罪行戰慄驚恐，一面捲入周圍的人，驅使著詭異的伎倆，不知不覺間與家人自相殘殺……就是如此駭人的人生。」

佐伯家的每一個人都茫然了。

「日本敗戰後，你們各自被分派了參謀。曹方士是音響催眠法的刑部博士，韓大人是岩井前中尉，張果老是宮田博士……南雲正陽是津村先生，而東野鐵男則得到了羽田隆三的財力。」

「為什麼是羽田？」津村問。

「羽田隆三先生透過研究徐福傳說，似乎與山邊先生有所交流。山邊先生雖然沒有明目張膽地標榜，但他其實是個反戰論者……。所以昭和十七年的時候，他被調離了第一線，擔任閒職。但是他對於徐福的興趣似乎沒有稍減……」

中禪寺望向尾國。

尾國不知不覺間坐下了。

「然後，尾國先生……你被派給了華仙姑，或者說，是你自告奮勇的吧？你怎麼樣都無法拋下出落得有如初音女士再世的布由小姐。」

「沒錯。我……想讓布由小姐獲勝。」

「你真是傻。」

「為、為什麼！」

尾國瞪住中禪寺。

「所以才說你是傻瓜啊，竟然相信那種人定出來的規則，什麼這場遊戲只有第一個抵達這裡的人可以知道真相。如果我沒有介入，應該會有一個人進入這個房間……只有那名贏家會發現欺瞞。然後那傢伙應該會現身，保證賦予贏家一個全新的人生吧。」

「剩下的人──輸家會怎麼樣？」木場修太郎問道。

「一生都到不了這裡，終其一生都無法擺脫罪惡感。當有任何一個人抵達的階段，遊戲就結束了。」

「你怎麼會……」

「幹部們就是為了這個目的而緊跟著參加者。不管是尾國、刑部、宮田或岩井……都必須在失敗的時候讓各自的棋子收手。對吧？」

沒有一個人回答。

「等一下……那麼為什麼布由小姐會被盯上？布由小姐是棋子吧？」敦子問道。

中禪寺「呵」地一笑，說：「那是因為宮田先生盯上了她。」

「盯上她？為什麼？」

「宮田先生所協助的玄藏先生沒有這塊土地的權利。」

「咦……」

「所以宮田先生想要一個身為繼承者的本家的人。但是韓流氣道會──岩井察覺了這件事，先下手為強。他認為絕對不能把布由交給条山房。對吧？」

岩井低吼了一聲。

「這些隨從比主子更拚命哪。真是膚淺哪。怎麼樣？宮田先生？」

宮田把臉撇向一邊。

「你很不滿吧。所以……你們一家人為了隱匿自己的罪，自以為欺騙了這些手下，利用他們……然而事實上完全相反。你們只是被手下操縱罷了。然後，自以為操縱了佐伯一家的你們……也被欺騙了。」

「你胡說些什麼！」岩井說道。

「岩井，這裡沒有零戰啊。」

「騙……騙人！你少騙人了！」岩井掙扎起來。

「你相信了吧？是那個人告訴你的吧？要是你跟隨的韓大人贏得遊戲，地下的基地和物資、零戰全都是你的了……」

「沒錯。我要靠那些把這個國家……」

「別在那裡痴人說夢了。岩井，聽好了，零戰似乎真的還藏有幾架，但不在這裡，而是在更北邊，這裡只不過是中繼點。從熱海挖掘的地下道，裡面什麼也沒有。」

「騙……」

「不是騙你的。我是從那位明石老師那裡聽說的……你也知道明石老師吧？這裡沒有物資。」

岩井彷彿完全崩潰似地癱倒在榻榻米上。於是榎木津放開了手。

「津村先生也被騙了。關於這一點，你已經知道了。你所援助的南雲獲勝的話，東野的罪行將會被揭露……但是東野其實是無辜的。」

津村點點頭。

「還有宮田先生，以及刑部。你們也被騙了。藏在這裡的東西並不是什麼長生不老的仙藥啊。」

「哼……」

刑部總算甩開木場的手。

「中禪寺，就算你想騙我也沒用。那個人可是親自交代過我，要我千萬小心你說的話。你嘴上這麼說……其實是想要自己一個人獨吞吧？」

「刑部，你也太愚蠢了。要是真有那種東西，那個人怎麼可能拱手讓人？」

「因為山邊和那個人發生爭執吧？戶人村的村民被移送出去，不就是最好的證據嗎？美軍也監視著這裡。那是真貨吧？」

「這裡的村民會被移走，是因為他們防心太重，以及發生了不測的意外。那是緊急措施。而且這裡面的東西……老早就已經調查過了。」

「胡說！」

「不是胡說。」

「哎唷，別在那裡磨磨蹭蹭啦，京極！」

榎木津禮二郎突然叫道。偵探似乎再也按捺不住，朝著中禪寺衝過去。

「那種東西，趕快打開就是啦！」

「笨、笨蛋！住手！不可以……！」癸之介撲了過去。「……不可以！不可以打開！」

「囉嗦！你都多大歲數了，還不明白嗎！就是為了保護這種可笑的水母，事情才會演變成這樣啊！你的老婆都給害死了不是嗎！一家人都變得一塌糊塗了不是嗎！」

「可是它、它是我們家族的……」

「混帳東西！」榎木津推開相隔十五年後重生的佐伯家當家。「我已經看過**那玩意兒**啦！」

「哇啊啊！」

癸之介嚇軟了腿。中禪寺張開雙手。

「榎木津！……等一下，這裡……」

「京極，我和你不同，我是偵探！偵探就是為了揭露祕密而存在的。不管會有人受傷還是毀滅，都與我無關！這是我的工作！」

榎木津推開黑衣男子，爬上壁龕，狠狠地一腳踢開掛軸。

嘰……地一聲。

通往異界的入口——家族的祕密張開了黝黑的大嘴。

「喏，看仔細吧！」

榎木津抓起燭台，照亮裡面。祕密的祭壇被照了出來。

前方倒著一個乾癟的物體。是佐伯甚八的遺體。

大陸風格裝飾的祭壇上，是古書——白澤圖。

裡面……

「是、是君封大人嗎……！」光保公平叫道。

上面放了一個質感濕滑的肉塊。

肉塊微微抽動。

「噢噢，那就是……那就是……！」

刑部跑過去。榎木津推開他。

「怎麼樣？這就是祕密。無聊！」

對吧？京極——榎木津對著中禪寺說。驅魔師不知為何，猶豫了一會兒，不久後抬起頭說了：

「刑部，宮田先生，還有佐伯家的各位。這個……不是什麼長生不老的生物。這……是新種的**變形菌植物——所謂的黏菌**。」

「什……」

「黏菌？……關、關口老師專門的……？」

鳥口守彥叫了出來。

「那、那是黴菌嗎？」

「不是黴菌。聽好了，昭和十三年的時候，這個東西已經被調查完畢了。它似乎確實具有若干藥效。我聽說上面檢驗出某種抗生物質。此外，胞子也含有生物鹼，會造成輕度幻覺。可是，它並不是什麼長生不老的生物。」

「可、可是它會動啊！你看到了吧！」

「黏菌……是兼具植物與原蟲類兩種性質的特殊菌類。它不會進行光合作用，而是寄生於屍體，攝取營養。它就像黴菌般，會從胞子發芽，但是在營養時期，是呈變形蟲狀自由活動。換言之……它會動。」

「不、不是長生不老……」

宮田坐倒下去。

「……被、被騙了。我被騙了……」

「廢話！」榎木津罵道。

「沒錯。黏菌一進入生殖時期……就如同各位看到的，它會形成黴狀的子實體，請看。一端出現許多噁心的突起，胞子就是從這裡散布出去。散布的胞子會著床在固體物上，攝取固體物，成為變形體。它們是腐生生物，所以就算沒有日光，只要有可供攝取的營養和水份，怎麼樣都能夠繁殖。可是這個已經……幾乎死了。因為長時間都沒有照顧哪。」

「可惡！」宮田用拳頭搥打榻榻米。

「這個東西……這個君封大人，是附在人的屍體上的黏菌。你們一族在漫長到令人無法想像的時間裡，一直照顧著這種東西。」

癸之介頹然坐倒。

「那、那麼……佐伯家流傳的徐福、徐福的傳說是……」

「那……已經無所謂了吧？宮田先生，了解了嗎？就算你所追隨的張果老獲勝，交到你手中的也只是這種噁心的黏菌而已。**那個人**八成隨口對你說什麼內務省暗中插手，還是什麼ＧＨＱ監視著，所以才無法出手，可是封鎖這塊土地的，根本就是他自己……」

「我、我究竟是為了什麼……白白糟蹋我的人生，把我的人生賭在這種東西上？怎麼可能有這種事……」

宮田哭了。

「宮田先生……刑部還有岩井……你們都想要欺騙佐伯家的人圖利自己。就算自己被騙，也沒資格在那裡懊悔吧？你們全都是些笨蛋。什麼長生不老、零戰、大屠殺……怎麼可能有那種東西！」

「沒錯！」

偵探大步走進祕密房間。

接著……

「這種東西，就這麼辦吧！」

偵探高聲說完後……將君封大人從壇上踢落了。不語不聞，隱匿於無數星霜，一直被崇敬膜拜的長生不老生物——神聖的肉塊撞上牆壁，完全粉碎了。

「這個世上根本沒有什麼不可思議！……對吧？京極！」

榎木津說道。

中禪寺不知為何皺起了眉頭。

眾人幾乎都茫然若失。自以為騙了人的人，全都被欺騙了。

中禪寺總算離開壁龕前，走近雙膝跪地的尾國身邊。

「怎麼樣？尾國先生？這場遊戲是一場鬧劇。無論是輸是贏，都沒有人能夠得利，也沒有人能夠得救。獲勝沒有意義。不管怎麼樣，高興的都只有那個人。這種事應該馬上就能夠察覺，然而你卻沒有發現。你應該要明白……你也被欺騙了。」

「我……我才沒有被騙。」

「是嗎。可是你為了這種**無聊事**……殺了一個嬰兒，不是嗎？那真的是你的真心嗎？……怎麼樣？」

「我……我應該說過，你的伎倆對我行不通。」

「別逞強了。」

「你才是。我還在想你為何會插手干涉，結果竟是為了那個嬰兒嗎……？你也太慈悲為懷了吧？」

尾國無聲無息地站起來。

接著他把臉湊近中禪寺耳邊。

「你……把那個人給惹火了。你以為可以就這樣善了嗎？」

「我會讓它善了的。你以為我是誰？」

「這樣。關口……會出不來唷？」

「我會讓他出來。你才是，今後打算怎麼辦？你已經失去布由小姐的信任了。你所做的事，並不是初音女士所希望的。是你毀掉了初音女士。是你殺了她。是你被那個人的花言巧語說動，任由他擺布的啊，尾國先生。」

尾國斜瞪著中禪寺的頸子。

「你、你說什麼……？」

「你不應該相信那傢伙，而應該相信山邊先生才是。山邊先生有那種搭擋也實在倒楣。聽說那個和平主義者的晚年只有悲慘兩個字能夠形容。而你拋棄了那樣的山邊先生，投誠到那傢伙身邊。這就是報應。你這個……殺人兇手。」

尾國僵直了。

「尾國先生，你想要一個家，對吧？所以你嫉妒這裡的一家人嗎？所以你才加以破壞，對吧？山邊先生就是如此。他孑然一身，最後罹患結核，死在老人院裡。可是聽說他到最後都為自己的所作所為感到懊悔。他邊流著淚，邊說著好寂寞、好孤單，就這樣死去哪。」

「山、山邊……」

尾國把鴨舌帽砸在榻榻米上。

「……我、我……」

「尾國先生，你真是太窩囊了。你……這不是比我脆弱太多了嗎……？」

中禪寺慢慢地把臉轉向尾國。

「……你寂寞嗎？」

「嗚！」尾國呻吟，離開中禪寺身邊。

「那麼……你就和那孩子一起靜靜地生活吧。」

尾國望向藍童子。

附身妖物離開了。

「笙……」

所有的人都望向少年。

藍童子雙手環胸，站在原地。

「喂，京極。這個小鬼……是什麼角色？」木場問。

「這個少年……是最強的鬼牌。是對所有的手牌都有效的障礙。換言之，他負責扯全員的後腿。對吧……笙？」

藍童子在暗處垂下頭。

「笙……」

「已經可以了吧？我們收手吧。」

少年開口道。

「中禪寺先生說的沒錯。我們輸了。」

藍童子上前一步……

「我們輸了，**父親**。」

尾國搖搖晃晃地走近他身邊。

「我已經受夠這樣了。妳是我的姊姊……」

他望向布由。

「你是哥哥……」

他望向亥之介。藍童子是初音的孩子，這兩個人是他的異父兄姊。

「你……是我的曾祖父。你是祖父。」

壬兵衛與玄藏——如果甚八是藍童子的父親，他們確實是這種關係。

「在這裡的……全都是我的家人，對吧？父親？」

「笙……你……」

「我已經不願意再這樣了。我……」

就在尾國頹然垂下肩膀的時候……

益田龍一背後的紙門打開了。一名男子手持菜刀站在那裡。除了益田以外，所有的人的注意力都集中在藍童子和尾國身上。

「你、你要幹什麼……！」

「藍童子！我逮到你了！」

男子叫道。

「竟然把我的人生搞得一塌糊塗！就是因為相信你，我的、我的人生……」

「你是……岩川……！」木場叫道。

「岩、岩川兄！？」河原崎也叫了出來。

「去死吧！」

「笙……！」

岩川真司大叫，一直線朝著藍童子衝過來。

尾國飛撲上去。岩川在刺中藍童子之前撞上尾國，兩人扭打在一起，撲倒在榻榻米上。岩川拚命掙扎。

尾國「噢」地一叫，按住岩川。木場壓上去，制住兩人。河原崎也撲上去。青木奔過來。

「哇啊啊！」一道慘叫。

「尾、尾國！」

木場按住岩川。尾國站了起來。

他的腹部深深地插著一把菜刀。

「雜……雜賀先生！」

中禪寺跑過來。

「喂……」

「雜賀先生……」

「喂，中禪寺……」

「你……」

尾國一個踉蹌。

中禪寺抱住他。

「你……就像堂島先生說的……」
「雜賀先生！喂！笙！」
中禪寺喚道。
藍童子一動也不動。
「堂、堂島先生……接、接下來……」
賣藥郎……把手伸向天花板。

「接下來就請您善後了……」

「喂、雜賀、雜賀先生！」
「笙、笙……」
尾國誠一朝藍童子伸出手去，斷氣了。
動作雖然緩慢，但事情發生在一眨眼之間。愚昧之人……在競爭中失敗，斃命了。
「尾……尾國先生！」
布由叫道。
「尾國先生！尾國先生！」
布由一再呼喚，但賣藥郎張著嘴巴，再也沒有動彈。
中禪寺抱著他的屍體，就這樣定住了。他的表情看起來極其悲傷。
「岩川！」木場斥喝般地大吼。「岩川！你幹什麼！喂、我叫你啊！岩川！」
木場一次又一次毆打岩川的臉頰。但是唐突地登場的暴徒不管豪傑刑警怎麼打怎麼搖晃，都毫無反應。
他的眼睛焦點渙散。
中禪寺將遺骸安放在榻榻米上，站了起來。
「笙，你……這個人保護你……」

「中禪寺先生，你真是太天真了。」

「什麼？」

黑暗中，藍童子大概……笑了。

就在這個時候。

呵呵呵。

呵呵呵呵。

呵呵呵呵呵。

紙門接二連三地打開了。

一大群孩子並排在那裡。

「哇！」光保尖叫，奔向中央。敦子和朱美，鳥口、青木、益田還有河原崎，刑部、宮田以及岩井，全都聚集到中央的佐伯家人身邊。

木場吼道：

「你、你們做什麼！」

呵呵。

呵呵呵。

呵呵呵呵。

孩子們笑著。

「笙……你……」

「是我設計的。」

「你說什麼？」

「中禪寺先生，你就如同傳聞，聰明絕頂，可惜功虧一簣哪。你為什麼幹那種傻事？你和我不是同一種人嗎？」

呵呵呵。

呵呵呵。

孩子們聚集到藍童子背後。

「有什麼好吃驚的？我在測試那個男的。試試那個男的——雜賀誠一是不是真的可用之材？可是……遺憾的是，就像你剛才說的，他似乎遠比你脆弱，是個沒用的傢伙。看看他那副蠢樣……」

「測試……？」

「沒錯。把岩川先生帶來這裡的就是我啊。我預備如果雜賀輸給你……就這麼做。因為，如果會輸給你，就表示雜賀這個人會為情所動，那麼他一定會救我。要是不救我，他現在人還活蹦亂跳的呢……真是笨。」

「你、你給我適可而止一點……」

木場走上前來，中禪寺制止他。

「哈哈哈，沒錯，沒錯，你這樣的態度是對的，中禪寺先生。你不會對我出手吧。不，是無法出手嗎？因為我們是小孩子啊。你不是一個允許對小孩子暴力相向的人。怎麼樣？你要把我交給警察嗎？因為看樣子，你也是個守法者嘛。可是我們不會受到刑事懲罰。再說我什麼都沒做，是岩川先生自己要怨恨我、攻擊我的，雜賀也是自己要保護我才死掉的。就算說什麼催眠術，也不會有人相信吧。而且命令別人殺人的催眠術……是沒有效的。你知道嗎？」

「你的意思是，就算那個時候雜賀沒有挺身救你，岩川也沒辦法刺殺你嗎？但是如果情急之下保護你……」

呵呵呵……孩子們笑了。

藍童子微笑著走了出來。

「是啊。那種窩囊廢怎麼可能殺得了人？因為那個叫岩川的傢伙，真的是個什麼都不會的廢物啊。像那樣有氣無力地攤在那裡，才是他原本的、應有的模樣。可是……難得一場有趣的遊戲，全都被你給糟蹋了。那裡的那位……刑警先生，是叫青木先生嗎？你好好地幫我轉達了嗎？我都已經交代過……不要輕舉妄動了。」

青木「咕」地倒吞了一口氣。

「中禪寺先生，你剛才說我是最強的鬼牌，這一點說中了。可是呢，遺憾的是，我並不受雜賀的支配。我不是棋子，也不是手牌。我是主辦人那邊的。所以我不會輸給任何人。我只是使喚著雜賀罷了，而且刑部和宮田也被我隨心所欲地操縱著。因為他們很愚蠢。可是**這東西**……非常方便……今後或許會有些不便吧。」

藍童子用腳撥弄尾國。

「……無能就是無能啊。」

「喂！這傢伙……不是他把你親手養大的嗎？你說啊！」

藍童子愉快地笑了。

「你是木場先生嗎？你也在啊。可是我沒有父母，這種傢伙才不是什麼父親，而且我也不需要父母。對吧……？」

孩子們發出歡呼。

榎木津注視著紅顏少年。

藍童子以天真無邪的表情窺看榎木津。

「哦……你們是那個關口巽的朋友呢。可是已經太遲了。誰叫他誤闖禁地，是他氣數已盡。雖然他只是無端受牽連，不過既然中禪寺先生出面，我也沒辦法放他一馬了。你們……佐伯家的各位。」

第八個家人望著七名家人。

「你們這幾年來的努力令人刮目相看。特別是曹方士，你所創立的成仙道這個團體，有許多用途。指引康莊大道修身會也是。」

「你、你說什麼……？修身會已經……」

解散了——壬兵衛說。

「曾祖父，」藍童子說道。「我不會讓它解散的，我會**接收**它。……當然成仙道也是。風水不行呢，条山房也沒有效率，勞多益少。布由姊姊似乎可以利用……不過徐福研究會和韓流氣道會或許解散比較好吧。各位，聽好了。各位為了在法律追溯期到期前趕來這裡，都拚上了老命。而你們幹部為了私欲等目的，蒙蔽了雙眼，一樣拚了命。大家都很拚命呢。這場遊戲真正的主旨，其實是要在短期間內創造出能夠利用的團體。這一點各位明白了嗎？」

藍童子微笑。

「哎呀，曹方士似乎已經不中用了。沒關係。教祖有太多替代品了。只要戴上那個四川的面具……怎麼樣的愚鈍之材都能夠變成教主。」

中禪寺說。

「時代不同了。」

「那……是那個人的惡作劇。與太平道沒有關係。」

「我明白的，中禪寺先生。那種事根本無所謂。話說回來，你是不是應該擔心一下你的朋友比較好？你不理會我的忠告。虧我還那麼慎重其事，為你殺了那個織作茜……」

「是……是你這傢伙搞的鬼嗎？」

「是啊。這位中禪寺先生會使用危險的伎倆，不是嗎？我只是想讓他認清楚罷了。」

「讓這傢伙……認清楚？」

「是的。織作茜……是他原諒的人。關口巽……是他治癒的人。然後……內藤赳夫，是他詛咒的人。呵呵呵，很有趣吧？」

「哪、哪裡有趣了！」

與藍童子針鋒相對的，已經只剩下木場一個人了。

「因為……織作女士那個人很可惡呀。而這個人，喏，他不是老是擺出一副善人面孔嗎？如果他真的是個人道主義者……就應該要糾彈那個女人才對。所以我才代替他，幫他殺了織作茜。」

中禪寺無言地瞪著少年。

「幹麼擺出那麼恐怖的表情？還是織作女士過世，你覺得悲傷？那麼你就沒資格用那副樣子站在那裡。你跟那個尾國一樣，是個窩囊廢。默默地關在房間裡啃書，才是最適合你的。我本來還一直在想，你到底是哪邊的人呢？不過你都出面了嘛。」

藍童子豎起兩根手指。

「我們準備的殺人犯有兩個……一個是這個人所拯救的關口巽，另一個是他所詛咒的內藤赳夫。這兩個人原本是同一種人，然而他卻祝福一方，詛咒了另一方。所以……」

「所以怎麼樣……？」中禪寺說。

「呵呵呵。內藤先生非常苦惱唷。都是你的詛咒害的，所以我為他解開了詛咒。」

藍童子朝上望著中禪寺。

「是你不好啊，中禪寺先生。你明明是這邊的人，卻對那種人……關口巽那種低劣的人感到同情、對織作茜那種可惡的人共鳴、還詛咒內藤赳夫那種垃圾。像你這種洞悉未來的人，為何會如此為情所困？你真是罪孽深重呢……」

藍童子略壓低了頭望向中禪寺。

「……沒錯，真的都是你不好。都是你要和華仙姑、条山房、指引康莊大道修身會扯上關係，再放任下去，難得的遊戲都要糟蹋了。我知道關口巽與光保先生聯絡的時候，覺得那是個大好機會。世界真狹小呢。同一時刻，織作茜也行動了。就這樣，這個計畫很快就成立了。控制織作茜預定的津村先生在我們的掌握之中。只要能夠看穿關口的動向，接下來就簡單了。然後我們再把內藤找出來。只要讓關口來到這裡的那一天，讓織作茜也過來就行了……」

藍童子抬起頭來。

「所以呢，原本的計畫中，織作茜預定要死在這裡。所以我們讓內藤在這裡預備，打算讓他在這個家的前院，那個池子的地方殺死織作茜，再把織作茜吊在旁邊的樹上……我們連凶器的繩索都預備在後面墓地的祠堂裡了。可是在進行遊戲的時候，這樣安排有些不妥當；而且織作茜突然說要去下田。那個時候，關口已經出發了。所以我們急遽指使成仙道到下田去，然後把內藤送到下田。關口就在這裡逮到的，之後一樣送到下田去。」

「那……真兇是那個內藤嗎！」

青木叫道。藍童子微笑。

「不，是關口。」

呵呵呵。

「因為……我們事先已經對居民下了後催眠，讓他們看到內藤的時候，自動把他當成關口。對吧？刑部先生？」

呵呵呵呵。

「我……我不是受你指使才做的。」

刑部看著藍童子，彷彿在看一個怪物。

「我、我是照著那位大人的吩咐……」

「我的意思就是他的意思，刑部先生。我不是說過，我也是主辦人那裡的人嗎？喏，中禪寺先生，你要怎麼辦？關口巽本身也被下了強烈的暗示。他無法區別自己和內藤，所以……他現在或許認定是自己殺了人。不，他應該再也無法重新振作了。你剛才那麼威風凜凜地對尾國說，你會把關口放出來……但那是不可能的。關口出不來，他絕對會被定罪。」

黑衣男子沉默著。

「喂。」

木場走到藍童子面前。

「你是不是忘記我了？」

「什麼……？」

「我說啊，我以成仙道信徒的身分去到下田了。我沒看到織作家的次女被殺，也沒看到關口跟內藤……但是我應該也中了你說的後催眠。能不能分辨內藤和關口……我可以作證啊。只要我無法區別……」

「那……成不了證據。」

「不……有證據！」

走廊傳來聲音。

出聲的是……老兵有馬汎。

他身旁站著憔悴的村上貫一。

「藍童子。你似乎費了許多功夫，但是就在剛才，這個村子現在的居民——原本住在熊野新宮的村上一族的咒縛……解開了。」

「咦？」

藍童子臉上掠過迷惘的神色。

「嗯。熊田有吉——我的叔叔作證了。」

村上拿起關口的照片。

「他說六月十日下午……這張照片上的男子——關口巽，確實拜訪過這個村子。叔叔想起了一切。連遷到這裡以前的事也是。記憶的封印解開了。因為……我來到了這裡。」

「胡、胡說……他不可能作證！」

騙人！少信口開河了……！

藍童子轉頭。

孩子們有些亂了陣腳。

中禪寺看準時機似地走上前來。

「雖然看起來萬無一失，但你畢竟還是個孩子哪，藍童子。」

「你、你說什麼……？」

「很遺憾，你的計畫失敗了。」

「才沒有那種事……」

「不，我有勝過一切證據的王牌。」

「王牌……？」

「喏，內藤……進來吧！」

另一道紙門打開了。

那裡也站著一個憔悴的男子。滿臉鬍渣與充血的眼睛讓人印象深刻。

「內……內藤赳夫！」

「沒錯，就是內藤。就像你拿岩川當做伏兵，我也把他當成了祕密王牌帶來。」

「等、等一下。中禪寺先生，你該不會打算把內藤先生交給警方吧？」

「我當然是這個打算。」

「可是……製造出內藤的殺人動機的可是你啊！你就是原兇……即使這樣也好嗎！」

「沒錯。因為我，織作茜被殺了。因為我，內藤殺了人。這又怎麼樣了！」

「什麼怎麼樣……」

藍童子收起下巴。

中禪寺──烏鴉──陰陽師，宛如惡魔般走上前去。

他望著天使般的少年，彷彿要把他給刺穿。

「我說啊，小朋友，」

中禪寺壓低了聲音，呢喃似地說了。

「你可別搞錯了。沒有這點覺悟……」

眼神宛如在威嚇。

「能為人驅魔嗎！」

惡魔靜靜地說。被盯住的天使掙扎著：

「可、可是……內藤先生，你……你被下了催眠術，幾乎是在不省人事的狀態下犯了罪。即、即使如此，你還是願意乖乖服刑嗎？你因為中禪寺，殺了原本不必殺的人……」

內藤斜著身子，以蛇一般的混濁眼神瞪住少年。

「小鬼，別瞧不起人了。我的確是個無可救藥的人渣……可是我幹的事就是我幹的，不是他的責任，也不是因為中了你們的法術才幹的。就算真是那樣，勒斷她的脖子的也是我這雙手！」

內藤朝著少年伸出雙手。

「心情這種東西，總是搖擺不定，連我自己都不了解。我總是分裂著，但也總覺得自己是同一個。我啊，無論是不是被操縱，都和我無關。但是……只有我的身體是我的。喂，小鬼，這個人是叫我搞清楚這一點。他對我下了這樣的詛咒。但是我不了解，所以才會害怕自己的影子，被你這種小鬼頭矇騙。可是……現在我終於了解了，祈禱師大爺。」

內藤拍拍中禪寺的肩膀。

「喂！警察！我，內藤赳夫，勒死了織作茜。用我這雙手！逮捕我吧！我要自首！」

「我明白了。」老刑警說道，走近內藤。

「不行！不能讓他被抓！把內藤搶回來！」

藍童子揮手。

孩子們一陣嘩然，一擁而上。

中禪寺護住內藤。

木場和榎木津跑過來。

青木和鳥口奔上來。

益田和河原崎擺出架勢。

有馬和村上張開雙臂。

然而……

「隆之……」

村上叫了出來。

「隆之，你是隆之吧？」村上朝著孩子們這麼連呼。一名少年看到大叫的刑警，停了下來。

孩子們的秩序登時亂掉了。藍童子的臉色變得有些蒼白，跑到壁龕旁邊。

「隆……隆之……」

少年只是看著刑警的臉。

老刑警從少年身後抓住他。

少年掙扎起來。老人垂下頭，抱緊了他。

「隆之……你啊，你誤會啦。你聽好，你的父親千真萬確就是那個人，是村上貫一。聽好了，竊賊流鶯生下來的無父孤兒，說的並不是你，而是……我的孩子啊。」

原本還在抵抗的少年停止掙扎，凝視老人。老人漲紅了滿是皺紋的臉，垂著頭，忍耐著什麼似地繼續說道。

「我不知道誰對你說了什麼……但那都不是你。讓那個女混混生下孩子的是我，而那個孩子……老早就已經過世了。所以那都是謊言。你是……貫一的孩子。」

「老爺子……」

少年溜出老人的懷抱，仰望刑警，開口叫道：

「爸……」

孩子們……喪失了戰意，佇立在原地。

藍童子……原本櫻色的臉頰變得蒼白。

然後……

朝陽無聲無息地射入格子窗。

大廳異樣的光景徐徐獲得了色彩。

即使如此，驅魔師仍舊一身黑暗，無聲無息地來到藍童子面前。

少年的臉上初次浮現恐怖的神色。

黑衣男子低沉地說了：

「藍童子。」

藍童子還沒有回話，中禪寺一個耳光已經摑了下去。

「噢！」榎木津叫道。

少年當場癱坐下去。

他……一定非常害怕吧。

中禪寺回頭，那張臉完全就是凶相。

完全就是個惡魔。

這就是……這個人的臉。

中禪寺對著天花板大聲說了：

「喏！你也差不多該出來了！」

你在那裡吧——中禪寺叫道。

「你到底要怎麼收拾？你打算把這孩子……怎麼辦！」

「還、還有誰在嗎！」

木場說。

榎木津把緊閉的紙門接二連三全數打開。

房間轉眼間恢復了色彩。

彷彿停止的時間又開始流動起來。

孩子們害怕地聚集在藍童子身邊。

「喏，宴會結束了！」中禪寺吼道。「反正你一定正躲在暗處偷看吧！你總是這樣。看吧！你養的手下在這裡嚇得魂飛魄散啊。你聽見雜賀最後一句話了吧？你就收拾善後吧！快點把宴給撤了如何！」

——中禪寺。

鬼吼鬼叫的，一點都不像你。

不可以急功近利啊。

裝出倨傲的模樣也沒用。

我早就教過你……不可以使多餘的力啊。

我慢慢地打開密室的木門，出去走廊。

＊

走廊傳來聲響。

嘰，嘰。

來了。

風忽地吹來。

「中禪寺……怎麼可以欺負弱小呢？」

敞開的紙門另一頭……

傳來清晰而低沉的聲音。

來人身穿純白色和服與暗紅色外套。

胸口染有籠目紋，下巴輪廓分明。

兩道劍眉底下的眼神有如老鷹。

——這傢伙……

青木背脊發涼。

——這傢伙就是裁判嗎？

男子望向中禪寺。

「你的臉太可怕了，把人家小朋友都給嚇哭了。竟然跟年紀這麼小的孩子認真，真是……。喏，笙，已經可以了……」

男子笑了。

「話說回來，真是好久不見了呢，中禪寺。我好想你哪。」

「我……完全不想再見到你。」

「你還是老樣子，一點意思也沒有。不過……我不認為這年頭這種感動淚水大戲還能夠通用哪。……你的感想如何？」

男子的聲調明瞭而且穩重。

「這、這傢伙是什麼人！」

木場握緊拳頭。

「啊……喂，京極，我們說好了，要揍他的人是我！」

榎木津走上前去。中禪寺伸手制止。

青木跟在中禪寺後面。兩邊則有鳥口和益田。河原崎與有馬並站在他後方。

籠目紋男子與晴明紋男子彼此對峙，僵持原地。

藍童子逃到男子後方，躲在他身後。流浪兒急忙聚到他後頭。

「這個人……就是幕後黑手嗎？中禪寺……」

背後傳來玄藏的聲音。

「玄藏先生，什麼幕後黑手，說得真難聽呢。我可是你們的恩人呀。原本你們一家人就算被殺掉也無可奈何。死在那裡的雜賀在初音女士過世時，說要把你們都給殺了呢。是我阻止他的呀。我告訴他說，我有個更好玩的遊戲……。不僅如此，我連這種狂妄的孩子都一起扶養了，你們可得感謝我呀……」

男子在眼角擠出皺紋，只有嘴角含笑。

「很有趣吧？沒道理不有趣。這麼長的時間裡，我讓你們盡情地玩樂呀。或者是……」

男子的眼神變得鋒利。

「……你們覺得死了比較痛快？」

「開什麼玩笑！」木場吼道。「你……我不知道你是什麼人，但你少在那裡大放厥詞！竟然任意玩弄別人的人生！做這種蠢事，到底有什麼好玩的！你的目的是什麼！」

「木場，像你這種愚昧的人，一輩子都不可能了解吧。你想知道的事，是你絕不能踏入的領域。」

「你說什麼？」

木場繃緊了肌肉。

接著他瞄了榎木津一眼，退了一步。

榎木津凝視著男人。

「你是榎木津吧？我聽說你海軍時代的風評了。聽說你很有一手呢。你確實有著一雙好眼力。喏……你看見什麼了？」

榎木津浮現再厭惡也不過的表情。

「你……在中國做了些什麼？」

「愉快的事啊。」

榎木津稍微退了一步。

「你……你這個怪物……」

榎木津說道。男子再次笑了。

「榎木津，這是對初次見面的人說的話嗎？不過中禪寺，你身邊的朋友似乎也頗有意思呢。但要是不適可而止一些……會自取滅亡唷。」

中禪寺哼笑了一聲。

「你似乎健朗如常嘛，堂島上校。」

「你也是。這麼說來，去年……聽說跟你很要好的那個美馬坂也死了嘛。死得一點都不像他，毫無價值。」

「他是死了。」中禪寺說。「至於死得有沒有價值，我就不知道了。」

接著他望向躺在地上的尾國遺骸。

榻榻米上形成一片血泊。

堂島瞥了他一眼。

「這也算是高潮之一吧。不過到底是個小角色……。中禪寺，怎麼啦？你那是什麼表情？你該不會想說什麼雜賀死了，你感到悲傷這種蠢話吧？」

「如果我這麼說……你又會怎麼樣？」

「只會笑你而已。」

「請笑個夠吧。不管是美馬坂先生還是雜賀先生……只要和你扯上關係，似乎就無法指望有個善終。」

「真光榮。這比平凡地死去更教人高興吧？」

「很遺憾，我是個不懂情趣的木頭人。」

「說的也是，我都忘了。」

堂島撫摸草綠色的腰帶。

「話說回來，我一手培育的藍童子怎麼樣？和雜賀那種貨色不同，前途令人期待吧？再怎麼說……中禪寺，我傳授給這孩子的，都是**你的伎倆**啊。」

中禪寺默默地反瞪回去。

「很有意思吧？嗳，就像你說的，使用什麼催眠術，是二流的呢。雜賀這種人本事不濟，沒辦法當你的對手。不過……」

堂島瞥了藍童子一眼。

「……他年紀還太小了。這次呢，中禪寺，你贏在你的老練上。」

堂島銳利的眼神盯住眾人。瞬間，背後異口同聲地響起「堂島先生」的呼聲。

接著宮田發出哭聲。

「堂島先生，您、您太過分了！」

「哪裡過分了？我總是公平的。我早就提醒過你這傢伙可能會來礙事，也幫忙你防範未然了，不是嗎？而且我也事先預告過藍童子會以障礙的身分登場。」

岩井大叫。

「不、不是的！上校！您……您連我們都騙了！對不對！」

「騙？……什麼叫騙？」

刑部激動地說：

「根、根本沒有什麼長生不老的祕密啊！您、您不是和我說好了嗎？叫我賭上這場遊戲。您叫我選一張卡，說如果這張卡贏了……那就是我的。還說會把一切送給第一個抵達這裡的人……會實現那個人的願望！」

「沒錯，我並沒有撒謊。所以我才在這裡等著你們抵達，不是嗎？」

「什、什麼意思？」

「無論是長生不老還是征服世界……想要得到都很簡單啊。不需要武器，也不需要藥物，只要在我面前閉上眼睛就行了。在這裡，在這個地方，無論是要歌頌永恆的生命，還是沉醉在霸者的美酒當中……都隨心所欲。」

「那……」岩井渾身顫抖。「……那麼上校，您打算連我們的記憶都……」

「真可惜，只要獲勝，就可以得到幸福了哪。」

「你……你怎麼能這麼可惡！」刑部吼叫。「我……我的人生……」

堂島以侮蔑的視線望向他。

「刑部，你也真是蠢哪。你的信徒不是都很幸福嗎？這個村子的人也是如此。這樣到底有什麼不可以？不過住在這個村子裡的熊野居民，似乎再也不幸福了。」

「這個村子的祕鑰……是村上刑警嗎？」中禪寺問道。

「不愧是中禪寺，明察秋毫。遊戲愈困難，愈有意思。所以我在每個地方都準備了障礙。這場遊戲只要身為棋子的佐伯家七人當中的任何一個人發現真實，就會失效。然後，例如這個村子的人恢復記憶，那也是一個終止。這個村子已經設計好，只要失散的村上一族中的任何一個人抵達，記憶就會恢復。」

「原來如此……只要這裡的人離開村子……被蒙蔽的歷史將會崩壞。那麼一來，佐伯家的人也可能會開始懷疑……」

「沒錯。雜賀也注意到這一點了。所以他才將村上兵吉引誘到遠處……」

「兵吉……」村上刑警出聲。

「村上先生，兵吉他呢，現在……似乎在伊豆七島的某處。」

堂島說到這裡，壓低嗓音。

「所以呢，壬兵衛先生，其實你已經接近真相了呢。真是遺憾。還有刑部……這麼說來，你似乎也曾經與兵吉接觸過……而你卻沒有發現嗎？」

刑部的臉色幾乎像是快貧血了。

「哼，真沒辦法，小角色到哪裡都是小角色。可是刑部，你的人海戰術相當精采，值得參考。要是中禪寺沒有現身，你應該已經贏了吧。」

「就、就算贏了……又能怎麼樣！」

刑部憤恨地叫道，扯下胸前的飾物。

「會為此生氣，也是小角色的反應呢。噯，你也是敗在人情上。你為什麼不吩咐一般信徒——特別是女人和小孩子出來戰鬥？那樣一來，至少可以拖住中禪寺的腳步吧？」

「那……那是因為你說不可以殺人……」

「混帳東西！」堂島一喝。「你就只會照著吩咐做嗎？連一點實際應用力、判斷力都沒有。聽好了，刑部。我不像山邊那麼沒出息。我說不可以殺人，不是出於人情，純粹只是為了讓遊戲順暢地進行。剛才中禪寺不是在那裡高談闊論過了嗎？偽裝工作愈少，才是上策。要是允許你們殺人，那會變成什麼情形？你們這些利欲薰心的笨蛋肯定會大開殺戒。殺人是無所謂，但是那樣一來，遊戲就會受到妨礙。事實上雜賀為了讓布由小姐獲勝……就殺了一個孩子。就算他自以為手法高明……」

堂島瞪住中禪寺。

「……結果也引來了這種傢伙，不是嗎？一群蠢貨。宮田、刑部、岩井，就算你們三個聯手，也贏不了一個中禪寺。至於雜賀，更是自取滅亡。真是難看死了。」

堂島深深地微笑。

「美馬坂也是如此，但是什麼長生不老、國家，相信這種無聊事的笨蛋，畢竟派不上用場哪。這麼一想，中禪寺……你離開我，實在是一件教人無比遺憾的事。怎麼樣？現在也不遲，要不要再回到我身邊？」

「別開玩笑了。」

「的確是玩笑。」

堂島靜靜地恫嚇道。

「可是中禪寺……你為什麼要妨礙我？我確實地洞悉了未來。這一點你也明白吧？無論你如何阻撓……今後世界還是會依著我所想的改變。世界朝著那裡前進，已經不可能挽回。就算違抗潮流，也只是徒然讓自己疲累。」

「我也這麼認為。」

「那麼你為何阻止？放著別管不就好了？築地那個人不也制止你了嗎？」

「老師是制止我了。」中禪寺說。「明石老師在電話裡這麼對我說：不要和那個無聊傢伙扯上關係。他滔滔不絕地對我說教。昨天我告訴老師我要來伊豆，他甚至說要把我逐出師門呢。」
「不愧是明石，賢明得很——不，是老獪嗎？」
「老師他……不認同你。」
堂島再次只掀動嘴角微笑。
「聽好了，中禪寺。世上的笨蛋沒辦法長遠思考。不僅如此，還不知反省。食物、環境、文化會改變做為生物的人類。不懂肉體就是精神這種單純道理的傢伙們會破壞世界。這不是很有意思嗎？聆聽自然界不可能存在的聲音、注視自然界不可能存在的色彩，食用自然界不可能存在的食物，然後人類將會如何？不用多久，子弒親，親食子的世界就會到來。」
「怎、怎麼可能！」木場吼道。
「哈哈哈哈，很遺憾哪，木場。你這個人真是樂觀，樂觀到幾乎教人笑破肚皮。你問問你朋友中禪寺就知道了。」
木場望向中禪寺。
中禪寺瞪著堂島。
「雖然遺憾……不過你說的沒錯，人類將會愈來愈糟糕。這一點連我也明白。」
「不是愈來愈糟糕。這是宿命……」
堂島狂傲地說。
「……只是你喜愛的古老良善的條款再也發揮不了效果罷了。無論是家庭、村落、城鎮、國家，都會滅亡。這是理所當然的發展吧。我……只是試著加快它的腳步。」
「就算提早，也沒有意義。」
「愈早當然是愈好。」
「即使如此，你也沒有權利這麼做。」
「我不需要權利。世界會順其自然。」
「正是如此。所以……你沒有必要干涉。」

「就算我不打算干涉，在我做為觀察者涉入的階段，世界就已經變化了。我明白我身為觀察者的立場。」
「你不明白！」
「這一點你也一樣，中禪寺。你所做的事，和我做的事完全相同。」
中禪寺拱起肩膀。
黑色的布襪擦過榻榻米。
「唯一一點不同的呢……」
堂島靜靜地踏出腳步。
「……是你一點都不樂在其中。」
外套「颯」地一翻。
「……而我……樂在其中。」
堂島抿著嘴巴笑了。
「……眉頭還打著結的時候，你是絕對贏不了我的。」
「我打從一開始就沒想過要贏你。」
中禪寺除下手背套。
「你說的沒錯，我一點都不覺得愉快。現在也厭惡得幾乎想吐。」
「這樣啊？那真是教人同情。我非常享受眼前的狀況呢。截至目前，你大大地娛樂了我。很愉快，太愉快了。因為不管怎麼說，能夠破壞我的遊戲的，大概也只有你一個人了吧。」
堂島真的狀似愉快地說。
「這、這傢伙真的……是為了好玩才做這種事？」
木場畏縮了。
「中禪寺……」堂島喚道。「即使如此，你還是要保護即將毀滅的事物嗎？」
「我一點都不這麼打算。不過呢，堂島先生，如果人類會滅亡，到時候我也會一起滅亡。我是這個主意。我不打算保護，也不打算阻止。如果這樣下去人類會毀滅，那也是上天的意志吧。不管是阻止還是抗議，會毀滅的事物還是會毀滅。可是會留下來的時候，就會留下來吧。堂島先生，我呢，會遵從上天的旨意。可是……我不打算服從你的意志。」

「好吧。不過中禪寺，就算是這樣，你所做的事也太時代錯亂了一些吧？像是守護家庭，這又有什麼意義？就像守護國家沒有意義一樣，那不也是徒勞嗎？守法有什麼根據？和相信迷信有什麼不同？主張個性、主張性別、主張立場，這種滿是主張的醜陋世界，有何救贖可言？吶喊著廢除階級差異、廢除等級差異，變得像概念的怪物一般，這樣活著有什麼好處？」

「那麼我問你。有意義這件事，究竟有什麼意義？什麼好處、什麼救贖、什麼根據，難道你的意思是這些比吃虧、得不到救贖、沒有根據更勝一籌嗎？沒那回事吧？所以你沒資格在那裡說三道四的。」

堂島一邊的臉頰抽動，彷彿在嘲笑人似的。

「無論什麼樣的事物，不管是什麼樣的狀態，只要存在於這個世上，只要發生於這個世上……那就是日常。這個世上……」

「……沒有任何不可思議的事，堂島先生。」

「說的沒錯！」

榎木津大聲說道。

堂島大笑起來。

「真沒辦法。這次看在你的面子上，我就罷手吧。我會解散成仙道，放回信徒。相反地……那裡的內藤和岩川……我沒辦法庇護。他們將會以殺人兇手的身分被送交司法審判。」

「這也是沒辦法。」

「還有……木場。你妹妹被困在山中小屋，進退兩難。你趕快去救她吧。」

木場露出奇妙的神情。

「還有中禪寺。我只有一句話：今後不許再插手。明白了嗎……？」

堂島轉過身去。

藍童子回頭望了一眼，

與孩子們一同消失在走廊另一頭。

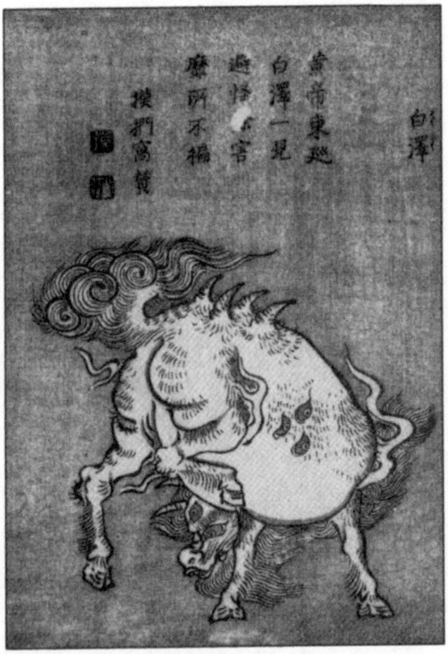

白澤——

黄帝東巡
白澤一見
避怪除害
靡所不偏
摸捫窩贊

——今昔百鬼拾遺下之卷・雨

＊

到了太陽完全高掛的時刻，警官隊才上山來。途中的懸崖應該有許多道士和拳法師被拋了下去，但不可思議的是，警方竟說沒有發現半個人。據說只看到山壁上掛著壞掉的轎子。

警官們納悶不已，頻頻說著「真不可思議」。他們口口聲聲埋怨著昨晚那場狂騷劇究是怎麼回事？結果剩下來的只有尾國可悲的屍體。岩川遭到緊急逮捕，但他似乎處於藥物中毒狀態，就這樣被搬送到醫院去。

百鬼夜行隨著朝陽一同消失了。孩子們以及藍童子、還有那名叫堂島的不可思議男子，全都不見蹤影。

木場在警官抵達稍早之前，隻身前往加藤只二郎的山中小屋。前晚熱海那一側的路障似乎已經被拆除，後來接到聯絡，包括木場的妹妹在內，修身會的研修參加者全都平安無事地下山了。

曝露在陽光下的戶人村風景，完全就是一副悠閒的山村景觀。廢屋只是單純的廢屋，農家也只是單純的農家。眼前的風景與鳥口的家鄉沒有太大的差別。老人們也都是隨處可見的老人罷了。

那條宛如噩夢般的山路也是……雖然路況的確險惡，但也不是多麼特別的道路。草就是草、樹就是樹、石頭就是石頭。鳥口終究沒能找到半點沿路上發生的激戰痕跡。崖上確實掛著轎子的殘骸，但它怎麼看都不像是多麼豪華的東西。

就這樣……鳥口下了魔山。

山腳下的成仙道信徒幾乎都消失無蹤。

路障也被撤除，形影不留。只剩下一堆亂糟糟的卡車輪胎痕跡。

不過……村上美代子獨自一個人佇立在原地，默默地迎接下山的貫一和隆之。然後宛如什麼事都沒有發生過，一家人又肩並肩聚在一起。沒有質問、沒有道歉、沒有慰勞、也沒有糾彈。甚至，他們連句話都沒有。所以彼此之間的問題絲毫沒有解決吧。

鳥口這麼說，益田便說：「家庭是不用解決的。」鳥口心想或許如此。所謂家庭，一定不是解決，而是維繫下去的。

戶人村的村人既然已經恢復記憶，遲早也都會離開吧。

沒錯……若問過了一夜，是否有了什麼重大改變？那就是毫無改變。毫無改變。

原本就形同沒有事件。

不知為何，內藤看起來神清氣爽。他拜託益田代他向黑川玉枝道歉。內藤說：「我絕對不會要她等我。」

然後……用不著套上繩索，內藤乖乖地讓有馬帶到下田署去了。一問之下，聽說目擊者接二連三地推翻先前的證詞。或許堂島即使不必設法，事情就已這麼注定好了。

——關口……

一定會被釋放吧。

佐伯家的人必須收拾各自播下的種子。那個叫堂島的人說他會解散成仙道，不過即使如此，岩田壬兵衛還是得關掉指引康莊大道修身會、佐伯玄藏則得關掉条山房、佐伯癸之介也得關閉韓流氣道。至於佐伯亥之介，則必須為他對羽田製鐵的背信侵占罪負起責任。今後，他們七人將會步上什麼樣的人生？鳥口完全無法想像。

中禪寺脫下外套，坐在河堤上。

榎木津睡在一旁。

鳥口蹲在旁邊，青木望著河川。敦子和朱美站在遠處的橡樹下。

應該還得接受偵訊什麼的，暫時會被扣留在這裡吧。

原本厚重低垂的雲霧散去，天空看來恢復了一點藍意。

「真沒意思……」榎木津說。「到底是贏了還是輸了？真想至少揍個他一拳。」

「是啊，真想揍他一拳。」中禪寺說。「我討厭那傢伙。」

「哦……？」

榎木津爬了起來。

「榎兄，被你踢壞的那個東西……」

「你說水母嗎？」

「那是真的。」

「那不是細菌唷？」

「唔，表面是黏菌……但黏菌著床的東西，應該是徐福的遺體。可能是在漫長的歲月裡失去了頭和手腳吧。那個家原本祭祀的是徐福本身。徐福的字，就叫君房……」

所以才叫做君封大人嗎？（註）

「哼哼……？」榎木津應道，又睡了。

鳥口思考著一件事。

家族……需要一個外人絕對無法干涉的傳說。

即使分開生活，即使彼此反目……只要還保有傳說，家族就是家族吧。但是一旦失去傳說，家族就崩壞了。

所以，當榎木津踢壞君房大人的時候，佐伯家的傳說就結束了吧。中禪寺之所以一臉悲傷，一定也是因為這個緣故。

十五年來不斷迷失的家族，在重生的瞬間就終結了吧。

中禪寺……怎麼想呢？

鳥口問不出口。

他害怕答案。

或許……在不需要傳說的時代，也不需要家族。即使如此，在沒有傳說的時代，或許還是會誕生擁有新傳說的家族。這是鳥口不會明白的事，也沒有必要明白。

光保和益田爬上堤防。

光保邊擦汗邊說：「這個事件……真是糟糕哪。總覺得……好像宴會結束一般，空虛極了。空虛極了呢。」

「就像塗佛一樣……」中禪寺說。

——塗佛之宴嗎？

鳥口呢喃著，光保「啊啊」地應聲。

「塗佛……對了，塗佛……」

光保說道，搔了搔頭髮稀疏的頭。

「中禪寺先生，對了，呃，這個時候說這種話或許有些突兀，不過關於塗佛，有件事我忘了說。是關於我擁有的《百鬼圖》這個繪卷。」

「哦，鳥羽僧正御真筆的……」

「對對對。那上面……其實也畫有塗佛……」

「哦？然後呢？」

「那個塗佛的背後……有著一條這麼大的、像鯰魚般的大尾巴呢。這……能夠成為參考嗎？能成為參考嗎？」

「呃……尾巴啊……？」

中禪寺說道，在榎木津身邊躺了下來。

「……莫名其妙的塗佛，還有數不清的尾巴嗎……？這下子多多良又要傷腦筋了吧。得從頭來過了呢……」

「京極，你看。」

榎木津指著天空。

「這麼一看，天空就是圓的呢……」

鳥口抬頭仰望，

天空真的是一片渾圓。

註：在日文中，「君房」發音為gunbō，與「君封」（gunhō）發音相近。

參考文獻

《鳥山石燕畫圖百鬼夜行》高田衛監修／國書刊行會
《竹原春泉　繪本百物語》多田克己編／國書刊行會

※

《妖怪繪卷》真保亨監修／每日新聞社
《日本繪卷大成》／中央公論社
《日本隨筆大成》日本隨筆大成編輯部／吉川弘文館
《定本柳田國男集》柳田國男／筑摩書房
《折口信夫全集》折口信夫／中央公論社
《異神——中世日本的祕教世界》山本弘子／平凡社
《看得見百鬼夜行的都市》田中貴子／新曜社
《比叡山與天台佛教研究》村山修一編／名著出版
《發現長江文明》徐朝龍／角川書店
《道教與道教經典》大淵忍爾／創文社
《抱朴子　列仙傳・神仙傳　山海經》／平凡社
《老子》山室三良／明德出版社
《中國民間信仰》澤田瑞穗／工作舍
《道教諸神》窪德忠／平河出版社
《古事類宛　神祇部》／吉川弘文館

※作品中所引用的文章，《嬉遊笑覽》的標記以《日本隨筆大成》為依據。

※此外，在撰寫本作品時，作者在與畏友多田克己先生的對話中獲得了許多貴重的啟發，在此特別表示謝意。

※本作品為作者所創作的虛構小說，故事中登場的團體名、人名及其他，如有雷同，純屬巧合，特此聲明。

解說　出前一廷

《塗佛之宴—撤宴》：如同莫里亞蒂的宴會之主，彰顯出了「百鬼夜行」的娛樂本質

如果以近年較知名的流行文化作品舉例，那麼《塗佛之宴：撤宴》在京極夏彥的「百鬼夜行」系列裡，位置顯然比較接近《復仇者聯盟：終局之戰》般的高潮存在。所以，若是想完全了解這本書的內容，你不只得讀過上集的《塗佛之宴：備宴》，甚至還得看過先前的相關作品，才能真正明白眾多角色關係的來龍去脈。

也因為如此，雖然《塗佛之宴》並非新讀者進入「百鬼夜行」系列的最佳選項，但對一路緊緊追隨的讀者而言，則勢必能從中獲得淋漓盡致的閱讀樂趣，看到在《備宴》中原本分頭行動的角色們，總算於《撤宴》裡正式集結，然後一口氣衝入妖魔匯聚的一場八仙亂鬥，就此帶來系列至今最為熱鬧的高潮好戲。

至於在故事謎團上，《撤宴》也延續《備宴》的元素，以「特殊設定推理」的形式，將催眠所能達成的效果大幅強化，同時還正如書中華仙姑一角所言：「看鏡子的時候，沒有一個人是在看鏡子本身。」一樣，讓我們究竟如何看待自己，又是否時常被自己的主觀認知所欺瞞等眾多困惑，就這麼與催眠元素相互連結，再度強調出京極在描繪人物心理上的書寫特色。

雖然在本系列裡，京極總是以帶有濃烈妖異氛圍的特質，呈現出角色內心的一片陰鬱，但那種非現實的氣息，卻又往往忠實地描繪出我們可能由於某些再小不過的事，便會忽地墜入深淵的那種情緒低潮。

因此，那些可能源自愛、恨、過去、未來、人際關係或社會位置的種種倉皇與焦慮，也總是能從書頁裡直衝出來，喚醒我們情緒上的共鳴，最後則使那些描述讀起來不管有多麼逸離現實，卻也往往能在情緒上真實到令人心頭一驚，成為了把我們拉入書中的主要緣由。

此外，這樣的催眠元素，也堪稱是本系列至今最難纏的犯罪手段，透過這種洗腦手法，使故事內的大多數角色幾乎均處於一種令人不可盡信的狀態，因此對於一部推理小說而言，像是這種所有證詞均不可信，就算是角色的內心回憶，也有可能僅是假象的情況，最後則意外強調出「百鬼夜行」系列比起大多數本格推理小說而言，顯然更重視娛樂性質，而非邏輯嚴謹的推理元素這件事。

至於要說到在《撒宴》中最能強調出這點的，肯定則非堂島靜軒這個角色莫屬。

雖然在整部《塗佛之宴》裡，堂島直接登場的戲份並不算多，主要集中在《備宴》的開頭與《撤宴》的結尾，以及某些乍看像第三人稱，其實卻是以第一人稱的角度，描繪他在暗中觀察一切的有趣段落。

但打從剛登場開始，這個角色便以「世上的一切全都是不可思議」一句台詞，直接與主角中禪寺秋彥的名言「這個世上沒有不可思議之事」產生鮮明對比，等同於直接宣告了堂島身為中禪寺最強宿敵的角色定位。

就這點來看，堂島的存在，其實便類似於「福爾摩斯探案」中的反派莫里亞蒂。

不過值得注意的是，雖然「福爾摩斯探案」在許多方面，確實對日後的本格推理具有無與倫比的影響力，但像是莫里亞蒂這種大魔頭的角色類型，卻較少出現在以本格掛帥的同類小說中。就算有出現那種特別厲害的犯人，也大多會在一則故事的篇幅內，便與偵探分出高下。

當然，如果就「福爾摩斯探案」的情況來看，莫里亞蒂也確實僅在〈最後一案〉這則短篇中實際登場過一次，至於在其它作品裡，頂多則是名字被稍稍提及，甚至就連在〈最後一案〉中，身為敘事者的華生，其實也不算有真正看到過莫里亞蒂，因此在原著小說裡，我們對於莫里亞蒂的認知，也不過全都僅是出自福爾摩斯口中的描述罷了。

關於這點，多少與這名角色被創造出來的動機有關。亞瑟・柯南・道爾之所以寫下這個人物，其實只是想利用他來結束「福爾摩斯探案」，因此莫里亞蒂對他來說，與其說是想達成什麼戲劇效果，實則更像是一個「工具人」一般的存在。

然而，雖說莫里亞蒂從未真正活躍在讀者眼前，但因為我們全都仰慕不已的福爾摩斯，將他形容為自己此生最強大的敵人，因此在日後的諸多改編作品裡，這名宿敵角色也不斷被後繼的創作者屢屢強化，並賦予他比原著中還要多出許多的戲份，藉此帶來更鮮明的角色對比與戲劇效果，因而在長期大量的改編作品累積下，莫里亞蒂的重要程度，最後也就這麼成為了遠超過原著描寫比例的經典存在。

但在推理的範疇內，莫里亞蒂這樣的角色則正如前面所說，顯然較少被運用在以本格推理作為核心的小說裡。反倒是具有推理元素的漫畫，或是僅將推理作為點綴的作品中，才會比較容易看到這種大魔頭類型的宿敵角色。像是《金田一少年之事件簿》的高遠遙一，或是《感應少年EIJI》的澤木晃，便均是這種「莫里亞蒂」型的人物。

而在「百鬼夜行」系列裡，雖說堂島直到《塗佛之宴》才首度現身，但就故事設定來看，這個角色則與中禪寺早在系列初期便屢屢表示不願多提的過往回憶具有密切關係，再加上《撤宴》的結局雖然解決了整起案件，但對堂島來說，一切也只不過是場大可暫時歇手的遊戲，最後依舊輕輕鬆鬆地全身而退，展現出任誰也奈何不了他的強烈氣勢。

有趣的是，從《塗佛之宴》的情節來看，京極對堂島的相關安排，也確實與莫里亞蒂有著諸多相似。除了兩者均在幕後策畫一切，並不太直接涉入行動外，在〈最後一案〉中，福爾摩斯曾表示倫敦有一半的犯罪行為，均是出自莫里亞蒂籌劃。而在《塗佛之宴》裡，那些與暴力及詐騙有關的諸多犯罪團體，也都同樣是堂島掌控下的遊戲棋子。

於是，正因堂島的登場，使系列首作《姑獲鳥之夏》原本是京極想作為漫畫題材的創作初衷，在《塗佛之宴》裡被再一次折射出來，並讓我們注意到本系列的相關要角設定，確實全都具有相當程度的動漫色彩，只是由於故事中的雜學知識、時代細節與人性探討等諸多元素實在太過豐富，因此才往往會令讀者不時忽略，其實在多元的閱讀角度與深度底下，「百鬼夜行」系列一直都是以娛樂讀者一事，作為最主要的創作源頭。

當然，《塗佛之宴》的內容也正如前述所說，除了充分的娛樂性外，也同樣描繪出了京極所想討論的嚴肅主題。

在這則故事裡，社會上的諸多魑魅魍魎，均透過催眠這項要素，化為同出一源的悲劇。至於一切的起源，則又被連結到日本二戰時期的祕密實驗，就此折射出京極對於戰爭的觀點，並透過書中河原崎一角提及本書事件「……是規模太大，所以看不見整體罷了」的類似說法，使整起案子彷彿變成一種源自當權者對人民的洗腦行為，因而也讓中禪寺與堂島的對立，同時被賦予了更多層面的隱喻意義。

沒有記錄的過去，待記憶消失，也會隨之消滅——中禪寺如此說道。

而可悲的是，就算直至今日，世界上也還是有許多地方的當權者，依舊以令人驚愕的規模，試圖掩埋人們的回憶，消滅某些確實曾發生過的事情，因此也讓《塗佛之宴》的情節，並非僅停留在對於歷史的諷刺而已。

在小說中，這場以催眠作為核心的宴席已然撤去。但在現實裡，這樣的洗腦之宴，又是否真會有結束的一天呢？

或許這樣的問題，恐怕也只有在故事中，才能讓我們獲得一個慰藉般的解答吧。

作者介紹——

出前一廷，本名劉韋廷，曾獲某文學獎，譯有某些小說，曾為某流行媒體總編輯，過去也曾以「Waiting」之名發表一些文章，近期則以影、書評寫作為主。（個人臉書粉絲頁：史蒂芬金銀銅鐵席格）

京極夏彥作品集12——塗佛之宴—撤宴

原著書名：塗佛の宴—宴の始末
原出版社：講談社
作者：京極夏彥
譯者：王華懋
編輯總監：劉麗真
責任編輯：張麗嫺
特約編輯：陳亭妤
榮譽社長：詹宏志
發行人：涂玉雲

出版社：獨步文化
　城邦文化事業股份有限公司
　104台北市中山區民生東路二段141號5樓
　電話：(02) 2500-7696　傳真：(02) 2500-1967

發行：英屬蓋曼群島商家庭傳媒股份有限公司城邦分公司
　104台北市中山區民生東路二段141號2樓

網址：www.cite.com.tw
讀者服務專線：(02) 2500-7718；2500-7719
服務時間：週一至週五：09:30～12:00　13:30～17:00
24小時傳真服務：(02) 2500-1900；2500-1991
讀者服務信箱 E-mail：service@readingclub.com.tw
劃撥帳號：19863813
戶名：書虫股份有限公司

香港發行所：城邦（香港）出版集團有限公司
香港灣仔駱克灣道193號東超商業中心1樓
電話：(852) 2508-6231　傳真：(852) 2578-9337
城邦（馬新）出版集團 Cite (M) Sdn Bhd
41, Jalan Radin Anum, Bandar Baru Sri Petaling,
57000 Kuala Lumpur, Malaysia.
Tel: (603) 90578822　Fax:(603) 90576622　email:cite@cite.com.my

封面設計：高偉哲
印刷：前進彩藝有限公司
排版：陳瑜安
2010年7月初版
2023年11月二版
售價700元
ISBN：978-626-7226-80-3（平裝）
　978-626-7226-85-8（EPUB）

國家圖書館出版品預行編目（CIP）資料

塗佛之宴：撤宴／京極夏彥著；王華懋譯. -- 二版. - 臺北市：獨步文化, 城邦文化事業股份有限公司出版：英屬蓋曼群島商家庭傳媒股份有限公司城邦分公司發行, 2023.11
面；　公分. --（京極夏彥作品集；12）
譯自：塗佛の宴：宴の始末
ISBN 978-626-7226-80-3（平裝）

861.57　　112015202